CORNEILLE
TRAGEDIE
AMENT
SERIQVE
NEPOTES

LE THEATRE

DE

P. CORNEILLE.

REVEV ET CORRIGE' PAR L'AVTHEVR.

I. PARTIE.

Imprimé à Rouen, Et se vend

A PARIS,

Chez GVILLAVME DE LVYNE, Libraire Iuré, au
Palais, en la Gallerie des Merciers,
à la Iustice.

M. DC. LXIV.

AVEC PRIVILEGE DV ROY.

POËMES.

CONTENVS EN CETTE PREMIERE PARTIE.

LOVIS par la grace de Dieu Roy de France et de Navarre. A nos Amez &
feaux Conseillers les gens tenans nos Cours de Parlement, Maiſtres des Requeſtes ordinaires
de noſtre Hoſtel, Baillifs, Senéchaux, Preuoſts, leurs Lieutenans, & à tous autres nos Iuſticiers
& Officiers qu'il appartiendra : Salvt. Noſtre cher & bien amé AVGVSTIN COVRBE'
Marchand libraire en noſtre bonne ville de Paris, Nous a fait remonſtrer, qu'il a cy-deuant
fait imprimer pluſieurs pieces de Theatre de la compoſition des ſieurs de Corneille freres, leſquelles il deſireroit faire r'imprimer, s'il nous plaiſoit de luy accorder nos lettres de prolon-
gation de Priuilege ſur ce neceſſaires; attendu que la pluſpart des priuileges, en vertu deſ-
quels elles ont deſia eſté miſes en lumiere, ſont expirez, & les autres preſts d'expirer. A ces
cavses Nous auons permis, & permettons par ces preſentes à l'Expoſant d'imprimer, faire imprimer vendre & debiter en tous les lieux de noſtre obeiſſance, *toutes leſdites pieces de Thea-*
tre compoſées par les ſieurs de Corneille freres; & ce coniointement ou ſeparement, en vn ou plu-
ſieurs volumes, en telles marges, en tels caracteres, & autant de fois qu'il voudra, durant vingt
années, à compter du iour que chaque piece, ou volume ſera acheué d'imprimer pour la
premiere fois en vertu des preſentes. Et faiſons tres-expreſſes deffences à toutes perſonnes de
quelle condition & qualité qu'elles ſoient, d'imprimer, vendre, ni diſtribuer aucunes deſdites
pieces de Theatre, ſans le conſentement de l'Expoſant, ou de ceux qui auront ſon droit, ſous
pretexte d'augmentation, correction, changement de tiltre, fauſſes marques, ou autrement
en quelque maniere que ce ſoit, à peine de quinze cens liures d'amende, payables ſans de-
port par chacun des contreuenans, & applicables vn tiers à Nous, vn tiers à l'Hoſtel-Dieu de
noſtre bonne ville de Paris, l'autre tiers à l'Expoſant, de confiſcation des exemplaires contre-
faits, & de tous deſpens, dommages & intereſts. *A condition qu'il ſera mis deux des exemplaires*
qui ſeront imprimez en vertu des preſentes, en noſtre Bibliotheque publique, & vn en celle de no-
ſtre tres-cher & feal le ſieur Seguier Cheualier Chancellier de France, auant que de les expoſer en
vente; & qu'elles ſeront regiſtrées dans le liure de la Communauté des Libraires de noſtredite ville
de Paris, ſuiuant les Arreſts de noſtre Cour de Parlement, à peine de nullité d'icelles; du conte-
nu deſquelles Nous voulons & vous mandons, que vous faſſiez iouïr pleinement & paiſiblement l'Expoſant, & ceux qui auront droit de luy, ſans ſouffrir qu'il leur ſoit donné aucun
trouble ni empeſchement. Voulons auſſi qu'en mettant au commencement ou à la fin de chacun deſdits exemplaires vn extrait des preſentes, elles ſoient tenuës pour duëment ſignifiées,
& que foy y ſoit adiouſtée & aux copies collationnées par vn de nos amez & feaux Conſeillers, & Secretaires, comme à l'original. Mandons au premier noſtre Huiſſier ou Sergent ſur ce
requis, de faire pour l'execution d'icelles tous exploits neceſſaires, ſans demander autre permiſſion. Car tel eſt noſtre plaiſir, nonobſtant clameur de Haro, Chartre Normande, & Decla-
rations, Arreſts, Reglemens, Statuts, & Confirmation diceux priuileges obtenus ou à obtenir, ſoit que le temps de ceux qui ont eſté obtenus ſoit expiré, ou non, oppoſitions ou appella-
tions quelconques & ſans preiudice d'icelles, pour leſquelles nous n'entendons qu'il differe, &
dont nous retenons la connoiſſance à Nous, & à noſtre Conſeil, & qui ne pourront nuire
audit Expoſant, en faueur duquel & des merites deſdits ouurages, nous derogeons à ce que
deſſus, pour ce regard ſeulement. Donne' à Paris le troiſieſme iour de Decembre, l'an de
grace mil ſix cens cinquante ſept, & de noſtre Regne, le quinzieſme. Signé Par le Roy en
ſon Conſeil, Conrart.

Ledit Courbé a fait part de la moitié du ſuſdit priuilege à Guillaume de Luyne, auſſi Marchand Libraire à Paris.

Et ledit Courbé a cedé ſon droit particulier du preſent Priuilege à Thomas Iolly & Louis
Billaine, auſſi Marchands Libraires à Paris, ſuiuant l'accord fait entre eux.

La preſente impreſſion in folio des œuures du ſieur P. Corneille, a eſté acheuée d'imprimer le 22.
Decembre 1663.

Les Exemplaires ont eſté fournis.

Regiſtré ſur le liure de la Communauté des Libraires le 10. Decembre 1657. ſuiuant l'Arreſt de
la Cour de Parlement du 8. Auril 1653.

AV LECTEVR.

CES deux Volumes contiennent autant de Pieces de Theatre que les trois que vous auez veus cy-deuant imprimez in Octauo. Ils font réglez à douze chacun, & les autres à huit. Sertorius & Sophonisbe ne s'y joindront point, qu'il n'y en aye affez pour faire vn troifiéme de cette Impreffion, ou vn quatriéme de l'autre. Cependant comme il ne peut entrer en celle-cy que deux des trois Difcours qui ont feruy de Prefaces à la précedente, & que dans ces trois Difcours, j'ay tafché d'expliquer ma penfée touchant les plus curieufes & les plus importantes queftions de l'Art Poëtique, cet Ouurage de mes reflexions demeureroit imparfait, fi j'en retranchois le troifiéme. Et c'eft ce qui me fait vous le donner en fuite du fecond Volume, attendant qu'on le puiffe reporter au deuant de celuy qui le fuiura, fi-toft qu'il pourra eftre complet.

Vous trouuerez quelque chofe d'étrange aux innouations en l'Ortographe que j'ay hazardées icy, & ie veux bien vous en rendre raifon. L'vfage de noftre Langue eft à prefent fi épandu par toute l'Europe, principalement vers le Nord, qu'on y voit peu d'Eftats où elle ne foit connuë ; c'eft ce qui m'a fait croire qu'il ne feroit pas mal à propos d'en faciliter la prononciation aux Eftrangers, qui s'y trouuent fouuent embarraffez par les diuers fons qu'elle donne quelquefois aux mefmes lettres. Les Hollandois m'ont frayé le chemin, & donné ouuerture à y mettre diftinction par de differents Caracteres, que jufqu'icy nos Imprimeurs ont employé indifferemment. Ils ont feparé les *i* & les *u* confones d'auec les *i* & les *u* voyelles, en fe feruant toufiours de l'*j* & de l'*v*, pour les premieres, & laiffant l'*i* & l'*u* pour les autres, qui jufqu'à ces derniers temps auoient efté confondus. Ainfi la prononciation de ces deux lettres ne peut eftre douteufe, dans les impreffions où l'on garde le mefme ordre, comme en celle-cy. Leur exemple m'a enhardy à paffer plus auant. I'ay veu quatre prononciations differentes dans nos *f*, & trois dans nos *e*, & j'ay cherché les moyens d'en ofter toutes ambiguitez, ou par des caracteres differens, ou par des régles generales, auec quelques exceptions. Ie ne fçay fi j'y auray reüffi, mais fi cette ébauche ne déplaift pas, elle pourra donner iour à faire vn trauail plus acheué fur cette matiere, & peut-eftre que ce ne fera pas rendre vn petit feruice à noftre Langue & au Public.

ã ij

Nous prononçons l'∫ de quatre diuerſes manieres : tantoſt nous l'aſpirons, comme en ces mots, *peſte*, *chaſte*; tantoſt elle allonge la ſyllabe, comme en ceux-cy, *paſte*, *teſte*; tantoſt elle ne fait aucun ſon, comme à *eſbloüir*, *eſbranler*, *il eſtoit*; & tantoſt elle ſe prononce comme vn *z*; comme à *preſider*, *preſumer*. Nous n'auons que deux differens caracteres, ∫, & *s*, pour ces quatre differentes prononciations; il faut donc eſtablir quelques maximes generales pour faire les diſtinctions entieres. Cette lettre ſe rencontre au commencement des mots, ou au milieu, ou à la fin. Au commencement elle aſpire toûjours; *ſoy*, *ſien*, *ſauuer*, *ſuborner*: à la fin, elle n'a preſque point de ſon, & ne fait qu'allonger tant ſoit peu la ſyllabe; quand le mot qui ſuit ſe commence par vne conſone, & quand il commence par vne voyelle, elle ſe détache de celuy qu'elle finit pour ſe joindre auec elle, & ſe prononce toûjours comme vn *z*, ſoit qu'elle ſoit précedée par vne conſone, ou par vne voyelle.

Dans le milieu du mot, elle eſt, ou entre deux voyelles, ou aprés vne conſone, ou auant vne conſone. Entre deux voyelles elle paſſe toûſiours pour *z*, & aprés vne conſone elle aſpire toûſiours, & cette difference ſe remarque entre les verbes compoſez qui viennent de la meſme racine. On prononce *prezumer*, *reziſter*, mais on ne prononce pas *conzumer*, ny *perziſter* : Ces régles n'ont aucune exception, & j'ay abandonné en ces rencontres le choix des caracteres à l'Imprimeur, pour ſe ſeruir du grand ou du petit, ſelon qu'ils ſe ſont le mieux accommodez auec les lettres qui les joignent. Mais ie n'en ay pas fait de meſme, quand l'∫ eſt auant vne conſone dans le milieu du mot, & ie n'ay pû ſouffrir que ces trois mots, *reſte*, *tempeſte*, *vous eſtes*, fuſſent eſcrits l'vn comme l'autre, ayant des prononciations ſi differentes. I'ay reſerué la petite *s* pour celle où la ſyllabe eſt aſpirée, la grande pour celle où elle eſt ſimplement allongée, & l'ay ſupprimée entierement au troiſiéme mot où elle ne fait point de ſon, la marquant ſeulement par vn accent ſur la lettre qui la précede. I'ay donc fait ortographer ainſi les mots ſuiuants & leurs ſemblables, *peste*, *funeste*, *chaste*, *reſiste*, *espoir* : *tempeſte*, *haſte*, *teſte* : *vous étes*, *il étoit*, *éblöuir*, *écouter*, *épargner*, *arréter*. Ce dernier verbe ne laiſſe pas d'auoir quelques temps dans ſa conjugaiſon, où il faut luy rendre l'∫, parce qu'elle allonge la ſyllabe; comme à l'imperatif *arreſte*, *qui rime bien auec teſte* : mais à l'infinitif & en quelques autres où elle ne fait pas cet effet, il eſt bon de la ſupprimer & eſcrire, *j'arrétois*, *j'ay arrété*, *j'arréteray*, *nous arrétons*, *&c.*

Quant à l'*e* nous en auons de trois ſortes. L'*e* feminin qui ſe rencontre toûſiours, ou ſeul, ou en diphtongue dans toutes les der-

nieres syllabes de nos mots qui ont la terminaison feminine, & qui
fait si peu de son, que cette syllabe n'est iamais contée à rien à la fin
de nos vers feminins, qui en ont tousiours vne plus que les autres.
L'*e* masculin qui se prononce comme dans la langue Latine, & vn
troisiéme *e* qui ne va iamais sans l'*s*, qui luy donne vn son esleué
qui se prononce à bouche ouuerte, en ces mots, *succes, acces, ex-*
pres : Or comme ce seroit vne grande confusion, que ces trois *e,*
en ces trois mots, *aspres, verite,* & *apres,* qui ont vne prononç-
ciation si differente, eussent vn caractere pareil, il est aisé d'y remedier, par ces trois sortes d'*e* que nous donne l'Imprimerie, *e, é, è,*
qu'on peut nommer l'*e* simple, l'*e* aigu, & l'*e* graue. Le premier
seruira pour nos terminaisons feminines, le second pour les Latines, & le troisiéme pour les esleuées, & nous escrirons ainsi ces trois
mots & leurs pareils, *aspres, verité, après,* ce que nous estendrons
à *succès, excès, procès,* qu'on auoit iusqu'icy escrits auec l'*e* aigu,
comme les terminaisons Latines, quoy que le son en soit fort different. Il est vray que les Imprimeurs y auoient mis quelque difference, en ce que cette terminaison n'estant iamais sans *s,* quand il
s'en rencontroit vne aprés vn *é* Latin, ils la changeoient en *z,* &
ne la faisoient préceder que par vn *e* simple. Ils impriment *veritez,*
Deïtez, dignitez, & non pas, *veritès, Deïtés, dignités* ; & j'ay
conserué cette Ortographe : mais pour éuiter toute sorte de confusion entre le son des mots qui ont l'*e* Latin sans *s,* comme *verité,*
& ceux qui ont la prononciation éleuée, comme *succès,* j'ay crû
à propos de nous seruir de differents caracteres, puisque nous en
auons, & donner l'*è* graue à ceux de cette derniere espece. Nos
deux articles pluriels, *les* & *des,* ont le mesme son, quoy qu'écrits
auec l'*e* simple : il est si mal-aisé de les prononcer autrement, que
ie n'ay pas crû qu'il fust besoin d'y rien changer. Ie dy la mesme chose de l'*e* deuant deux *ll,* qui prend le son aussi esleué en ces mots,
belle, fidelle, rebelle, &c. qu'en ceux-cy *succès, excès* ; mais comme cela arriue tousiours quand il se rencontre auant ces deux *ll,*
il suffit d'en faire cette remarque sans changement de caractere. Le
mesme arriue deuant la simple *l,* à la fin du mot, *mortel, appel,*
criminel, & non pas au milieu, comme en ces mots, *celer, chan-*
celer, où l'*e* auant cette *l,* garde le son de l'*e* feminin.

 Il est bon aussi de remarquer qu'on ne se sert d'ordinaire de l'*é*
aigu, qu'à la fin du mot, ou quand on supprime l'*s* qui le suit ; comme à *établir, étonner :* cependant il se rencontre souuent au milieu
des mots auec le mesme son, bien qu'on ne l'escriue qu'auec vn *e*
simple ; comme en ce mot *seuerité,* qu'il faudroit escrire *séuérité,*
pour le faire prononcer exactement, & peut-estre le feray-je ob-

feruer en la premiere impreſſion qui ſe pourra faire de ces Recueils.

La double *ll* dont ie viens de parler à l'occaſion de l'*e*, a auſſi deux prononciations en noſtre Langue, l'vne ſeche & ſimple, qui ſuit l'Ortographe, l'autre molle qui ſemble y joindre vne *h*. Nous n'auons point de differents caracteres à les diſtinguer ; mais on en peut donner cette régle infaillible. Toutes les fois qu'il n'y a point d'*i* auant les deux *ll*, la prononciation ne prend point cette mol- leſſe : En voicy des exemples dans les quatre autres voyelles, *baller, rebeller, coller, annuller.* Toutes les fois qu'il y a vn *i* auant les deux *ll*, ſoit ſeul, ſoit en diphtongue, la prononciation y adjouſte vne *h*. On eſcrit *bailler, éueiller, briller, chatoüiller, cueillir,* & on pronon- ce *baillher, éueillher, brillher, chatouillher, cueillhir.* Il faut exce- pter de cette Régle tous les mots qui viennent du Latin & qui ont deux *ll*, dans cette Langue ; comme, *ville, mille, tranquille, imbecille, diſtille, illuſtre, illegitime, illicite, &c.* Ie dis qui ont deux *ll* en Latin, parce que les mots de *fille* & *famille* en viennent, & ſe prononcent auec cette molleſſe des autres, qui ont l'*i* deuant les deux *ll*, & n'en viennent pas ; mais ce qui fait cette difference, c'eſt qu'ils ne tiennent pas les deux *ll* des mots Latins, *filia* & *familia*, qui n'en ont qu'vne, mais purement de noſtre Lan- gue. Cette régle & cette exception ſont generales & aſſeurées. Quelques Modernes pour oſter toute l'ambiguité de cette pronon- ciation, ont eſcrit les mots qui ſe prononcent ſans la molleſſe de l'*h*, auec vne *l* ſimple, en cette maniere ; *tranquile, imbecile, di- ſtile*, & cette Ortographe pourroit s'accommoder dans les trois voyelles *a, o, u,* pour eſcrire ſimplement *baler, affoler, annuler,* mais elle ne s'accommoderoit point du tout auec l'*e*, & on auroit de la peine à prononcer *fidelle* & *belle*, ſi on eſcriuoit *fidele* & *bele* ; l'*i* meſme ſur lequel ils ont pris ce droit, ne le pourroit pas ſouffrir touſiours, & particulierement en ces mots *ville, mille*, dont le premier ſi on le reduiſoit à vne *l* ſimple, ſe confondroit auec *vile*, qui a vne ſignification toute autre.

Il y auroit encor quantité de remarques à faire ſur les differen- tes manieres que nous auons de prononcer quelques lettres en noſtre Langue : mais ie n'entreprens pas de faire vn Traité entier de l'Or- tographe & de la prononciation, & me contente de vous auoir donné ce mot d'auis touchant ce que j'ay innoué icy ; comme les Imprimeurs ont eu de la peine à s'y accouſtumer, ils n'auront pas ſuiuy ce nouuel ordre ſi punctuellement, qu'il ne s'y ſoit coulé bien des fautes, vous me ferez la grace d'y ſuppléer.

DISCOVRS
DE L'VTILITE' ET DES PARTIES
DV POËME DRAMATIQVE.

BIEN que *selon Aristote le seul but de la Poësie Dramatique soit de plaire aux Spectateurs, & que la pluspart de ces Poëmes leur ayent plû, je veux bien avoüer toutefois que beaucoup d'entr'eux n'ont pas atteint le but de l'Art.* Il ne faut pas pretendre, *dit ce Philosophe,* que ce genre de Poësie nous donne toute sorte de plaisir, mais seulement celuy qui luy est propre ; *& pour trouver ce plaisir qui luy est propre, & le donner aux Spectateurs, il faut suivre les Preceptes de l'Art, & leur plaire selon ses Regles.* Il est constant qu'il y a des Preceptes, puisqu'il y a un Art, mais il n'est pas constant quels ils sont. On convient du nom sans convenir de la chose, & on s'accorde sur les paroles, pour contester sur leur signification. Il faut observer l'unité d'action, de lieu, & de jour, personne n'en doute ; mais ce n'est pas une petite difficulté de sçavoir ce que c'est que cette unité d'action, & jusques où peut s'étendre cette unité de jour, & de lieu. Il faut que le Poëte traite son Sujet selon le vray-semblable & le necessaire ; Aristote le dit, & tous ses interpretes repetent les mesmes mots, qui leur semblent si clairs & si intelligibles, qu'aucun d'eux n'a daigné nous dire, non-plus que luy, ce que c'est que ce vray-semblable, & ce necessaire. Beaucoup mesme ont si peu consideré ce dernier, qui accompagne toûjours l'autre chez ce Philosophe, horsmis une seule fois, où il parle de la Comedie, qu'on en est venu jusqu'à établir une Maxime tres-fausse, qu'il faut que le Sujet d'une Tragedie soit vray-semblable ; *appliquant ainsi aux conditions du Sujet la moitié de ce qu'il a dit de la maniere de le traiter.* Ce n'est pas qu'on ne puisse faire une Tragedie d'un Sujet purement vray-semblable, il en donne

*pour exemple la Fleur d'Agathon, où les noms & les choses étoient
de pure invention, aussi-bien qu'en la Comedie : mais les grands Sujets qui remuënt fortement les passions, & en opposent l'impetuosité
aux loix du devoir, ou aux tendresses du sang, doivent toûjours aller
au delà du vray-semblable, & ne trouveroient aucune croyance parmy les Auditeurs, s'ils n'étoient soûtenus, ou par l'authorité de
l'Histoire qui persuade avec empire, ou par la préoccupation de l'opinion commune qui nous donne ces mesmes Auditeurs déja tous per-
suadez. Il n'est pas vray-semblable que Medée tuë ses enfans, que
Clytemnestre assassine son mary, qu'Oreste poignarde sa mere : mais
l'Histoire le dit, & la representation de ces grands crimes ne trouve
point d'incredules. Il n'est ny vray, ny vray-semblable, qu'Andromede exposée à un Monstre marin aye esté garantie de ce peril par
un Cavalier volant, qui avoit des aisles aux pieds ; mais c'est une
fiction que l'Antiquité a receuë, & comme elle l'a transmise jusqu'à
nous, personne ne s'en offense, quand il la voit sur le Théatre. Il ne
seroit pas permis toutefois d'inventer sur ces exemples. Ce que la verité ou l'opinion fait accepter seroit rejetté, s'il n'avoit point d'autre
fondement qu'une ressemblance à cette verité, ou à cette opinion. C'est
pourquoy nostre* Docteur *dit que* les Sujets viennent de la Fortune, *qui
fait arriuer les choses,* & non de l'Art *qui les imagine. Elle est maîtresse des Evenemens, & le choix qu'elle nous donne de ceux qu'elle
nous presente, envelope une secrette défense d'entreprendre sur elle, &
d'en produire sur la Scene qui ne soient pas de sa façon. Aussi* les anciennes Tragedies se font arrétées autour de peu de familles, parce
qu'il étoit arrivé à peu de familles des choses dignes de la Tragedie.
*Les Siecles suivans nous en ont assez fourny, pour franchir ces bor-
nes, & ne marcher plus sur les pas des Grecs ; mais je ne pense pas
qu'ils nous ayent donné la liberté de nous écarter de leurs Regles. Il
faut, s'il se peut, nous accommoder avec elles, & les amener jusques
à nous. Le retranchement que nous avons fait des Chœurs nous oblige à remplir nos Poëmes de plus d'Episodes qu'ils ne faisoient, c'est
quelque chose de plus, mais qui ne doit pas aller au delà de leurs Maximes, bien qu'il aille au delà de leur pratique.*

*Il faut donc sçavoir quelles font ces Regles, mais nostre malheur
est, qu'Aristote & Horace après luy en ont écrit assez obscurément
pour avoir besoin d'interpretes, & que ceux qui leur en ont voulu
servir jusques icy ne les ont souvent expliquez qu'en Grammairiens,
ou en Philosophes. Comme ils avoient plus d'étude & de speculation,
que d'experience du Theatre, leur lecture nous peut rendre plus doctes,
mais non-pas nous donner beaucoup de lumieres fort seures pour y
reüssir.*

Ie hazar-

Ie hazarderay quelque chofe fur trente ans de travail pour la Scene, & en diray mes pensées tout fimplement, fans esprit de contestation qui m'engage à les foûtenir, & fans pretendre que perfonne renonce en ma faveur à celles qu'il en aura conceuës.

Ainfi ce que j'ay avancé dès l'entrée de ce Discours, que la Poëfie Dramatique a pour but le feul plaifir des Spectateurs, n'eft pas pour l'emporter opiniaftrément fur ceux qui penfent ennoblir l'Art, en luy donnant pour objet, de profiter auffi-bien que de plaire. Cette dispute mefme feroit tres-inutile, puisqu'il eft impoffible de plaire felon les Regles, qu'il ne s'y rencontre beaucoup d'utilité. Il eft vray qu'Aristote dans tout fon Traité de la Poëtique n'a jamais employé ce mot une feule fois ; qu'il attribuë l'origine de la Poëfie au plaifir que nous prenons à voir imiter les actions des hommes ; qu'il préfere la partie du Poëme qui regarde le Sujet à celle qui regarde les Mœurs, parce que cette premiere contient ce qui agréc le plus, comme les Agnitions & les Peripeties ; qu'il fait entrer dans la définition de la Tragedie l'agrément du discours dont elle eft composée, & qu'il l'estime enfin plus que le Poëme Epique, en ce qu'elle a de plus la décoration exterieure & la Mufique qui délectent puiffamment, & qu'étant plus courte & moins diffufe, le plaifir qu'on y prend eft plus parfait : mais il n'eft pas moins vray qu'Horace nous apprend que nous ne fçaurions plaire à tout le monde, fi nous n'y meflons l'utile, & que les gens graves & ferieux, les vieillards, les amateurs de la vertu, s'y ennuyeront, s'ils n'y trouvent rien à profiter.

Centuriæ feniorum agitant expertia frugis.

Ainfi, quoy que l'utile n'y entre que fous la forme du delectable, il ne laiffe pas d'y eftre nèceffaire, & il vaut mieux examiner de quelle façon il y peut trouver fa place, que d'agiter, comme je l'ay déja dit, une question inutile touchant l'utilité de cette forte de Poëmes. I'estime donc qu'il s'y en peut rencontrer de quatre fortes.

La premiere confifte aux Sentences & instructions Morales qu'on y peut femer presque par tout : mais il en faut ufer fobrement, les mettre rarement en discours generaux, ou ne les pouffer guere loin, fur tout quand on fait parler un homme paffionné, ou qu'on luy fait répondre par un autre ; car il ne doit avoir non plus de patience pour les entendre, que de quiétude d'esprit pour les concevoir, & les dire. Dans les déliberations d'Etat, où un homme d'importance confulté par un Roy s'explique de fens raffis, ces fortes de discours trouvent lieu de plus d'étenduë ; mais enfin il eft toûjours bon de les reduire fouvent de la Thefe à l'Hypothefe, & j'aime mieux faire dire à un Acteur, l'Amour vous donne beaucoup d'inquietudes, que l'Amour donne beaucoup d'inquietudes aux esprits qu'il poffede.

Ce n'eft pas que je vouluffe entierement bannir cette derniere façon de

Tome I.   ē

s'énoncer sur les Maximes de la Morale, & de la Politique.   Tous
mes Poëmes demeureroient bien estropiez, si on en retranchoit ce que j'y
en ay meslé ; mais encor un coup, il ne les faut pas pousser loin sans les
appliquer au particulier, autrement c'est un lieu commun, qui ne manque jamais d'ennuyer l'Auditeur, parce qu'il fait languir l'action, &
quelque heureusement que reüssisse cet étalage de Moralitez, il faut toûjours craindre que ce ne soit un de ces ornements ambitieux, qu'Horace
nous ordonne de retrancher.

J'avoüeray toutefois que les discours generaux ont souvent grace,
quand celuy qui les prononce & celuy qui les écoute ont tous deux l'esprit assez tranquille, pour se donner raisonnablement cette patience.
Dans le quatriéme Acte de Melite, la joye qu'elle a d'estre aimée de
Tircis luy fait souffrir sans chagrin la remontrance de sa Nourrice,
qui de son costé satisfait à cette démangeaison, qu'Horace attribuë
aux vieilles gens, de faire des leçons aux jeunes ; mais si elle sçavoit
que Tircis la crûst infidelle, & qu'il en fust au desespoir, comme elle
l'apprend en suite, elle n'en souffriroit pas quatre vers.   Quelquefois
mesme ces discours sont necessaires, pour appuyer des sentimens, dont
le raisonnement ne se peut fonder sur aucune des actions particulieres
de ceux dont on parle.   Rodogune au premier Acte ne sçauroit justifier la défiance qu'elle a de Cleopatre, que par le peu de sincerité qu'il
y a d'ordinaire dans les reconciliations des Grands après une offense signalée, parce que depuis le Traité de Paix, cette Reine n'a rien fait
qui la doive rendre suspecte de cette haine, qu'elle luy conserve dans
le cœur.   L'asseurance que prend Melisse au quatriéme de la Suite du
Menteur sur les premieres protestations d'amour que luy fait Dorante,
qu'elle n'a veu qu'une seule fois, ne se peut authoriser que sur la facilité & la promptitude que deux Amants nez l'un pour l'autre ont à
donner croyance à ce qu'ils s'entredisent ; & les douze vers qui expri-
ment cette Moralité en termes generaux ont tellement plû, que beaucoup de gens d'esprit n'ont pas dédaigné d'en charger leur memoire.
Vous en trouverez icy quelques autres de cette nature.   La seule regle
qu'on y peut établir, c'est qu'il les faut placer judicieusement, & sur
tout les mettre en la bouche de gens qui ayent l'esprit sans embarras, &
qui ne soient point emportez par la chaleur de l'action.

La seconde utilité du Poëme Dramatique se rencontre en la naïfve
peinture des vices & des vertus, qui ne manque jamais à faire son
effet, quand elle est bien achevée, & que les traits en sont si reconnois-
sables, qu'on ne les peut confondre l'un dans l'autre, ny prendre le vice
pour vertu. Celle-cy se fait alors toûjours aimer, quoy que mal-heureuse,
& celuy-là se fait toûjours haïr, bien que triomphant. Les Anciens se
sont fort souvent contentez de cette peinture, sans se mettre en peine de

faire recompenſer les bonnes actions, & punir les mauvaiſes. Clytemnestre & ſon adultere tuënt Agamemnon impunément ; Medée en fait
autant de ſes enfans, & Atrée de ceux de ſon frere Thyeste, qu'il luy
fait mange. Il eſt vray qu'à bien conſiderer ces actions qu'ils choiſiſſoient
pour la Caastrophe de leurs Tragedies, c'étoient des criminels qu'ils
faiſoient punir, mais par des crimes plus grands que les leurs. Thyeste
avoit abuſé de la femme de ſon frere ; mais la vangeance qu'il en prend
a quelquechoſe de plus affreux que ce premier crime. Iaſon étoit un
perfide d'abandonner Medée, à qui il devoit tout ; mais maſſacrer ſes
enfans à ſes yeux eſt quelque choſe de plus. Clytemnestre ſe plaignoit
des concubines qu'Agamemnon ramenoit de Troye ; mais il n'avoit point
attenté ſur ſa vie, comme elle fait ſur la ſienne : & ces Maiſtres de
l'Art on trouvé le crime de ſon fils Oreste, qui la tuë pour vanger ſon
pere, encor plus grand que le ſien, puiſqu'ils luy ont donné des Furies
vangereſes pour le tourmenter, & n'en ont point donné à ſa mere, qu'ils
font joüir paiſiblement avec ſon Ægiste du Royaume d'un mary qu'elle
avoit aſſaſſiné.

Notre Theatre ſouffre difficilement de pareils Sujets : le Thyeste de
Seneqie n'y a pas été fort heureux : ſa Medée y a trouvé plus de faveur,
mais auſſi, à le bien prendre, la perfidie de Iaſon & la violence du Roy
de Cointhe la font paroiſtre ſi injustement opprimée, que l'Auditeur entre aiſément dans ſes intereſts, & regarde ſa vangeance comme une justice qu'elle ſe fait elle-meſme de ceux qui l'oppriment.

C'eſt cet intereſt qu'on aime à prendre pour les vertueux, qui a obligé
d'en venir à cette autre maniere de finir le Poëme Dramatique par la
punition des mauvaiſes actions & la recompenſe des bonnes, qui n'eſt
pas un precepte de l'Art, mais un uſage que nous avons embraſſé, dont
chacun peut ſe départir à ſes perils. Il étoit dès le temps d'Aristote, &
peut-eſtre qu'il ne plaiſoit pas trop à ce Philoſophe, puiſqu'il dit, qu'il
n'a eu vogue que par l'imbecillité du jugement des Spectateurs, & que
ceux qui le pratiquent s'accommodent au gouſt du Peuple, & écrivent
ſelon les ſouhaits de leur Auditoire. En effet, il eſt certain que nous
ne ſçaurions voir un honneſte homme ſur noſtre Theatre, ſans luy ſouhaiter de la prosperité, & nous faſcher de ſes infortunes. Cela fait que
quand il en demeure accablé, nous ſortons avec chagrin, & remportons
une espece d'indignation contre l'Autheur & les Acteurs : mais quand
l'évenement remplit nos ſouhaits, & que la vertu y eſt couronnée, nous
ſortons avec pleine joye, & remportons une entiere ſatisfaction, & de
l'Ouvrage, & de ceux qui l'ont repreſenté. Le ſuccez heureux de la vertu,
en dépit des traverſes & des perils, nous excite à l'embraſſer, & le ſuccez
funeste du crime ou de l'injustice eſt capable de nous en augmenter l'horreur naturelle par l'apprehenſion d'un pareil malheur.

ẽ ij

C'est en cela que consiste la troisiéme utilité du Theatre, comme la quatriéme en la purgation des passions par le moyen de la pitié, & de la crainte. Mais comme cette utilité est particuliere à la Tragedie, je m'expliqueray sur cet Article au second Volume, où je trateray de la Tragedie en particulier, & passe à l'examen des parties qu'Aristote attribuë au Poëme Dramatique. Ie dis au Poëme Dramatique en general, bien qu'en traitant cette matiere il ne parle que de la Tragedie; parce que tout ce qu'il en dit convient aussi à la Comedie, & que la difference de ces deux especes de Poëmes ne consiste qu'en la dignité des Personnages, & des actions qu'ils imitent, & non pas en la façon de les imiter, ny aux choses qui servent à cette imitation.

Le Poëme est composé de deux sortes de parties. Les unes sont appellées parties de quantité, ou d'extension, & Aristote en nomme quatre, le Prologue, l'Episode, l'Exode, & le Chœur. Les autres se peuvent nommer des parties integrales, qui se rencontrent dans chacune de ces premieres pour former tout le corps avec elles. Ce Philosophe y en trouve six, le Sujet, les Mœurs, les Sentiments, la Diction, la Musique, & la Décoration du Theatre. De ces six, il n'y a que le Sujet dont la bonne constitution dépende proprement de l'Art Poëtique; les autres ont besoin d'autres Arts subsidiaires. Les Mœurs, de la Morale; les Sentiments, de la Rhetorique; la Diction, de la Grammaire; & les deux autres parties ont chacune leur Art, dont il n'est pas besoin que le Poëte soit instruit, parce qu'il y peut faire suppléer par d'autres que luy, ce qui fait qu'Aristote ne les traite pas. Mais comme il faut qu'il execute luy-mesme ce qui concerne les quatre premieres, la connoissance des Arts dont elles dépendent luy est absolument necessaire, à moins qu'il aye receu de la Nature un sens commun assez fort & assez profond, pour suppléer à ce defaut.

Les conditions du Sujet sont diverses pour la Tragedie, & pour la Comedie. Ie ne toucheray à present qu'à ce qui regarde cette derniere, qu'Aristote définit simplement, une imitation de personnes basses, & fourbes. *Ie ne puis m'empescher de dire que cette définition ne me satisfait point, & puisque beaucoup de Sçavants tiennent que son Traité de la Poëtique n'est pas venu tout entier jusques à nous, je veux croire que dans ce que le temps nous en a desrobé, il s'en rencontroit une plus achevée.*

La Poësie Dramatique selon luy est une imitation des actions, & il s'arrête icy à la condition des personnes, sans dire quelles doivent estre ces actions. Quoy qu'il en soit, cette définition avoit du rapport à l'usage de son temps, où l'on ne faisoit parler dans la Comedie que des personnes d'une condition tres-mediocre; mais elle n'a pas une entiere justesse pour le nostre, où les Rois mesme y peuvent entrer, quand leurs actions ne font point au deffus d'elle. Lors qu'on met fur la Scene un fimple intrique d'amour entre des Rois, & qu'ils ne courent aucun peril, ny de leur vie, ny de leur Etat, je ne croy pas que bien que les perfonnes foient illuftres, l'action le foit affez pour s'élever jufques à la Tragedie. Sa dignité demande quelque grand intereft d'Etat, ou quelque paffion plus noble & plus mafle que l'amour, telles que font l'ambition, ou la vangeance ; & veut donner à craindre des malheurs plus grands, que la perte d'une Maîtreffe. Il eft à propos d'y mefler l'amour, parce qu'il a toûjours beaucoup d'agrément, & peut fervir de fondement à ces interefts, & à ces autres paffions dont je parle ; mais il faut qu'il fe contente du fecond rang dans le Poëme, & leur laiffe le premier.

Cette Maxime femblera nouvelle d'abord : elle eft toutefois de la pratique des Anciens, chez qui nous ne voyons aucune Tragedie, où il n'y aye qu'un intereft d'amour à démefler. Au contraire, ils l'en banniffoient fouvent, & ceux qui voudront confiderer les miennes, reconnoiftront qu'à leur exemple je ne luy ay jamais laiffé y prendre le pas devant, & que dans le Cid mefme, qui eft fans contredit la Piece la plus amoureufe que j'aye faite, le devoir de la naiffance & le foin de l'honneur l'emportent fur toutes les tendreffes, qu'il infpire aux Amants que j'y fais parler.

Je diray plus. Bien qu'il y aye de grands interefts d'Etat dans un Poëme, & que le foin qu'une perfonne Royale doit avoir de fa gloire faffe taire fa paffion, comme en Don Sanche ; s'il ne s'y rencontre point de peril de vie, de pertes d'Etats, ou de banniffement, je ne penfe pas qu'il aye droit de prendre un nom plus relevé que celuy de Comedie : mais pour répondre aucunement à la dignité des perfonnes dont celuy-là reprefente les actions, je me fuis hazardé d'y ajoufter l'Epithete d'Heroïque pour le distinguer d'avec les Comedies ordinaires. Cela eft fans exemple parmy les Anciens ; mais auffi il eft fans exemple parmy eux de mettre des Rois fur le Theatre, fans quelqu'un de ces grands perils. Nous ne devons pas nous attacher fi fervilement à leur imitation, que nous n'ofions effayer quelque chofe de nous mefmes, quand cela ne renverfe point les Regles de l'Art ; ne fuft-ce que pour meriter cette loüange que donnoit Horace aux Poëtes de fon temps,

> Nec minimum meruere decus, veftigia Græca
> Aufi deferere,

& n'avoir point de part en ce honteux Eloge,

> O imitatores, fervum pecus.

Ce qui nous fert maintenant d'exemple, *dit Tacite*, a été autrefois fans exemple, & ce que nous faifons fans exemple en pourra fervir un jour.

La Comedie differe donc en cela de la Tragedie, que celle-cy veut pour fon Sujet, une action illuftre, extraordinaire, ferieufe ; celle-là s'arréte à une action commune & enjoüée : celle-cy demande de grands perils *pour ſes Heros, celle-là ſe contente de l'inquietude & des déplaiſirs de ceux à qui elle donne le premier rang parmy ſes Acteurs. Toutes les deux ont cela de commun, que cette action doit eſtre complete & achevée ; c'eſt à dire, que dans l'évenement qui la termine, le Spectateur doit eſtre ſi bien instruit des ſentiments de tous ceux qui y ont eu quelque part, qu'il ſorte l'esprit en repos, & ne ſoit plus en doute de rien. Cinna conspire contre Auguste, ſa conspiration eſt découverte, Auguste le fait arrêter. Si le Poëme en demeuroit-là, l'action ne ſeroit pas complete, parce que l'Auditeur ſortiroit dans l'incertitude de ce que cet Empereur auroit ordonné de cet ingrat favory. Ptolomée craint que Ceſar qui vient en Egypte ne favoriſe ſa Sœur dont il eſt amoureux, & ne le force à luy rendre ſa part du Royaume, que ſon Pere luy a laiſſée par Testament : pour attirer la faveur de ſon coſté par un grand ſervice, il luy immole Pompée ; ce n'eſt pas aſſez, il faut voir comment Ceſar recevra ce grand ſacrifice. Il arrive, il s'en faſche, il menace Ptolomée, il le veut obliger d'immoler les Conſeillers de cet attentat à cet illustre mort ; ce Roy ſurpris de cette reception ſi peu attenduë ſe reſout à prévenir Ceſar, & conspire contre luy, pour éviter par ſa perte le malheur dont il ſe voit menacé ; ce n'eſt pas encor aſſez, il faut ſçauoir ce qui reüſſira de cette conspiration. Ceſar en a l'avis, & Ptolomée periſſant dans un combat avec ſes Ministres, laiſſe Cleopatre en paiſible poſſeſſion du Royaume dont elle demandoit la moitié, & Ceſar hors de peril ; l'Auditeur n'a plus rien à demander, & ſort ſatisfait, parce que l'action eſt complete.*

Ie connois des gens d'esprit, & des plus ſçavants en l'Art Poëtique, qui m'imputent d'avoir negligé d'achever le Cid, & quelques autres de mes Poëmes, parce que je n'y conclus pas préciſément le Mariage des premiers Acteurs, & que je ne les envoye point marier au ſortir du Theatre. A quoy il eſt aisé de répondre, que le Mariage n'eſt point un achevement neceſſaire pour la Tragedie heureuſe, ny meſme pour la Comedie. Quant à la premiere, c'eſt le peril d'un Heros qui la constituë, & lors qu'il en eſt ſorty, l'action eſt terminée. Bien qu'il aye de l'amour, il n'eſt point beſoin qu'il parle d'épouſer ſa Maîtreſſe quand la bienſeance ne le permet pas, & il ſuffit d'en donner l'idée après en avoir levé tous les empeſchemens, ſans luy en faire déterminer le iour. Ce ſeroit une choſe inſupportable que Chimene en convinſt avec Rodrigue dès le lendemain qu'il a tué ſon pere, & Rodrigue ſeroit ridicule, s'il faiſoit la moindre démonstration de le deſirer. Ie dis la meſme choſe d'Antiochus. Il ne pourroit dire de douceurs à Rodogune qui ne fuſſent de mauvaiſe grace, dans l'instant que ſa mere ſe vient d'empoiſonner à leurs yeux, & meurt dans la rage de n'avoir pû les faire perir avec elle. Pour la Comedie, Aristote ne luy impoſe point d'autre devoir pour concluſion, que de rendre amis ceux qui étoient ennemis. Ce qu'il faut entendre

un peu plus generalement que les termes ne semblent porter, & l'étendre à la reconciliation de toute sorte de mauvaise intelligence ; comme
quand un fils rentre aux bonnes graces d'un pere, qu'on a veu en colere contre luy pour ses débauches, ce qui est une fin assez ordinaire aux
anciennes Comedies ; ou que deux Amants separez par quelque fourbe
qu'on leur a faite, ou par quelque pouvoir dominant, se reünissent par
l'éclaircissement de cette fourbe, ou par le consentement de ceux qui y
mettoient obstacle ; ce qui arrive presque toûjours dans les nostres,
qui n'ont que tres-rarement une autre fin que des mariages. Nous devons toutefois prendre garde que ce consentement ne vienne pas par un
simple changement de volonté, mais par un évenement qui en fournisse
l'occasion. Autrement il n'y auroit pas grand artifice au dénoüement
d'une Piece, si après l'avoir soûtenuë durant quatre Actes sur l'authorité d'un pere qui n'approuve point les inclinations amoureuses de
son fils, ou de sa fille, il y consentoit tout d'un coup au cinquiéme par
cette seule raison que c'est le cinquiéme, & que l'Autheur n'oseroit en
faire six. Il faut un effet considerable qui l'y oblige, comme si l'Amant
de sa fille luy sauvoit la vie en quelque rencontre, où il fust prest d'estre
assassiné par ses ennemis, ou que par quelque accident inesperé il fust
reconnu pour estre de plus grande condition, & mieux dans la fortune,
qu'il ne paroissoit.

Comme il est necessaire que l'action soit complete, il faut aussi n'a-
jouster rien au delà, parce que quand l'effet est arrivé, l'Auditeur ne
souhaite plus rien & s'ennuye de tout le reste. Ainsi les sentimens de
joye qu'ont deux Amans qui se voyent reünis après de longues traverses,
doivent estre bien courts, & je ne sçay pas quelle grace a euë chez les
Atheniens la contestation de Menelas & de Teucer pour la sepulture
d'Aiax, que Sophocle fait mourir au quatriéme Acte ; mais je sçay
bien que de nostre temps la dispute du mesme Aiax & d'Vlisse pour
les armes d'Achille après sa mort, lassa fort les oreilles, bien qu'elle par-
tist d'une bonne main. Ie ne puis déguiser mesme que j'ay peine encore à comprendre comment on a pû souffrir le cinquiéme de Melite &
de la Veufve. On n'y voit les premiers Acteurs que reünis ensemble,
& ils n'y ont plus d'interest qu'à sçavoir les Autheurs de la fausseté ou
de la violence qui les a separez. Cependant ils en pouvoient estre
déja instruits, si je l'eusse voulu, & semblent n'estre plus sur le Theatre que pour servir de témoins au Mariage de ceux du second ordre,
ce qui fait languir toute cette fin, où ils n'ont point de part. Ie n'ose
attribuer le bonheur qu'eurent ces deux Comedies à l'ignorance des Pré-
ceptes, qui étoit assez generale en ce temps-là, d'autant que ces mesmes Preceptes bien, ou mal observez, doivent faire leur effet, bon, ou
mauvais, sur ceux mesme qui faute de les sçavoir s'abandonnent au

courant des sentimens naturels : mais je ne puis que je n'avoüe du moins,
que la vieille habitude qu'on avoit alors à ne voir rien de mieux ordonné a été cause qu'on ne s'est pas indigné contre ces defauts, & que la
nouveauté d'un genre de Comedie tres-agreable, & qui jusques-là n'a-
voit point paru sur la Scene, a fait qu'on a voulu trouver belles toutes
les parties d'un corps qui plaisoit à la veuë, bien qu'il n'eut pas toutes
ses proportions dans leur justesse.

La Comedie & la Tragedie se ressemblent encor en ce que l'action
qu'elles choisissent pour imiter doit avoir une juste grandeur, c'est à dire, qu'elle ne doit estre, ny si petite, qu'elle échappe à la veuë comme un atome, ny si vaste, qu'elle confonde la memoire de l'Auditeur,
& égare son imagination. C'est ainsi qu'Aristote explique cette condition du Poëme, & ajouste que pour estre d'une juste grandeur, elle
doit avoir un commencement, un milieu, & une fin. Ces termes sont
si generaux, qu'ils semblent ne signifier rien ; mais à les bien entendre,
ils excluënt les actions momentanées qui n'ont point ces trois parties.
Telle est peut-estre la mort de la sœur d'Horace, qui se fait tout d'un
coup sans aucune préparation dans les trois Actes qui la precedent, &
je m'asseure que si Cinna attendoit au cinquiéme à conspirer contre Auguste, & qu'il consumast les quatre autres en protestations d'amour à
Æmilie, ou en jalousies contre Maxime, cette conspiration surprenante
feroit bien des révoltes dans les esprits, à qui ces quatre premiers auroient fait attendre toute autre chose.

Il faut donc qu'une action pour estre d'une juste grandeur aye un
commencement, un milieu, & une fin. Cinna conspire contre Auguste
& rend conte de sa conspiration à Æmilie, voilà le commencement ;
Maxime en fait avertir Auguste, voilà le milieu ; Auguste luy pardonne, voilà la fin. Ainsi dans les Comedies de ce premier Volume,
j'ay presque toujours étably deux Amans en bonne intelligence, je les ay
broüillez ensemble par quelque fourbe, & les ay reünis par l'éclaircissement de cette mesme fourbe qui les separoit.

A ce que je viens de dire de la juste grandeur de l'action j'ajouste
un mot touchant celle de sa representation, que nous bornons d'ordinaire
à un peu moins de deux heures. Quelques-uns reduisent le nombre des
Vers qu'on y recite à quinze cens, & veulent que les Pieces de Theatre ne puissent aller jusqu'à dix-huit, sans laisser un chagrin capable de
faire oublier les plus belles choses. J'ay été plus heureux que leur Regle
ne me le permet, en ayant pour l'ordinaire donné deux mille aux Comedies, & un peu plus de dix-huit cens aux Tragedies, sans avoir sujet
de me plaindre que mon Auditoire ait montré trop de chagrin pour cette
longueur.

C'est assez parlé du Sujet de la Comedie, & des conditions qui luy
                                                   sont neces-

font neceffaires. La vray-femblance en eft une dont je parleray en un autre lieu ; il y a de plus, que les évenemens en doivent toûjours eftre heureux, ce qui n'eft pas une obligation de la Tragedie, où nous avons le choix de faire un changement de bonheur en malheur, ou de malheur en bonheur. Cela n'a pas befoin de Commentaire, je viens à la feconde Partie du Poëme, qui font les Mœurs.

Aristote leur prescrit quatre conditions, qu'elles foient bonnes, convenables, femblables & égales. Ce font des termes qu'il a fi peu expliquez, qu'il nous laiffe grand lieu de douter de ce qu'il veut dire.

Je ne puis comprendre comment on a voulu entendre par ce mot de bonnes, qu'il faut qu'elles foient vertueufes. La pluspart des Poëmes tant anciens que modernes demeureroient en un pitoyable état fi l'on en retranchoit tout ce qui s'y rencontre de perfonnages méchans, ou vicieux, ou tachez de quelque foibleffe, qui s'accorde mal avec la vertu. Horace a pris foin de décrire en general les mœurs de chaque âge, & leur attribuë plus de defauts que de perfections, & quand il nous prescrit de peindre Medée fiere & indomptable, Ixion perfide, Achille emporté de colere, jusqu'à maintenir que les loix ne font pas faites pour luy, & ne vouloir prendre droit que par les armes, il ne nous donne pas de grandes vertus à exprimer. Il faut donc trouver une bonté compatible auec ces fortes de Mœurs, & s'il m'eft permis de dire mes conjectures fur ce qu'Aristote nous demande par là, je croy que c'eft le caractere brillant & élevé d'une habitude vertueufe, ou criminelle, felon qu'elle eft propre & convenable à la perfonne qu'on introduit. Cleopatre dans Rodogune eft tres-méchante, il n'y a point de parricide qui luy faffe horreur, pourveu qu'il la puiffe conferver fur un trofne qu'elle préfere à toutes chofes, tant fon attachement à la domination eft violent ; mais tous fes crimes font accompagnez d'une grandeur d'ame, qui a quelque chofe de fi haut, qu'en mefme temps qu'on détefte fes actions, on admire la fource dont elles partent. J'ofe dire la mefme chofe du Menteur. Il eft hors de doute que c'eft une habitude vicieufe que de mentir, mais il debite fes menteries avec une telle prefence d'esprit, & tant de vivacité, que cette imperfection a bonne grace en fa perfonne, & fait confeffer aux Spectateurs que le talent de mentir ainfi eft un vice dont les fots ne font point capables. Pour troifiéme exemple, ceux qui voudront examiner la maniere dont Horace décrit la colere d'Achille, ne s'éloigneront pas de ma pensée. Elle a pour fondement un paffage d'Aristote qui fuit d'affez près celuy que je tafche d'expliquer. La Poëfie, *dit-il,* eft une imitation de gens meilleurs qu'ils n'ont été, & comme les Peintres font fouvent des portraits flatez, qui font plus beaux que l'Original, & conservent toutefois la reffemblance ; ainfi les Poëtes reprefentant des hommes coleres, ou faineans, doivent tirer une haute idée de ces qualitez qu'ils leurs attribuent, en sorte qu'il s'y trouve un bel exemplaire d'équité, ou de dureté, & c'est ainsi qu'Homere a fait Achille bon. *Ce dernier mot est à remarquer, pour faire voir qu'Homere a donné aux emportemens de la colere d'Achille, cette bonté necessaire aux Mœurs, que je fais consister en cette élevation de leur caractere, & dont Robortel parle ainsi.* Vnumquodque genus per se supremos quosdam habet decoris gradus, & absolutissimam recipit formam, non tamen degenerans à sua natura & effigie pristina.

    Ce texte d'Aristote que je viens de citer peut faire de la peine, en ce qu'il porte que les Mœurs des hommes coleres, *ou* faineants, *doivent estre peintes dans un tel degré d'excellence, qu'il s'y rencontre un haut exemplaire d'équité, ou de dureté. Il y a du rapport de la dureté à la colere, & c'est ce qu'attribuë Horace à celle d'Achille, en ce vers.*

       Iracundus, inexorabilis, acer.

Mais il n'y en a point de l'équité à la faineantise, & je ne puis voir quelle part elle peut avoir en son caractere. C'est ce qui me fait douter si le mot Grec ρᾳθύμους, *a été rendu dans le sens d'Aristote par les interpretes Latins que j'ay suivis. Pacius le tourne* desides, Victorius, *inertes,* Heinsius, *segnes, & le mot de* faineants *dont je me suis servy pour le mettre en nostre Langue répond assez à ces trois versions : mais Castelvetro le rend en la sienne par celuy de* mansueti, *debonnaires, ou pleins de* mansuetude *; & non seulement ce mot a une opposition plus juste à celuy de* coleres, *mais aussi il s'accorderoit mieux avec cette habitude, qu'Aristote appelle,* ἐπιεικείαν, *dont il nous demande un bel exemplaire. Ces trois intrepretes traduisent ce mot Grec par celuy d'équité ou de probité, qui répondroit mieux au* mansueti *de l'Italien, qu'à leurs* segnes, desides, inertes, *pourveu qu'on n'entendist par là qu'une bonté naturelle, qui ne se fasche que mal-aisément ; mais j'aimerois mieux encor celuy de* piacevolezza, *dont l'autre se sert pour l'exprimer en sa Langue, & je croy que pour luy laisser sa force en la nostre, on le pourroit tourner par celuy de* condescendance, *ou facilité équitable d'approuver, excuser, & supporter tout ce qui arrive. Ce n'est pas que je me veüille faire juge entre de si grands hommes ; mais je ne puis dissimuler que la version Italienne de ce passage me semble avoir quelque chose de plus juste que ces trois Latines. Dans cette diversité d'interpretations, chacun est en liberté de choisir, puisque mesme on a droit de les rejetter toutes, quand il s'en presente une nouvelle qui plaist davantage, & que les opinions des plus sçavans ne sont pas des loix pour nous.*

    Il me vient encor une autre conjecture touchant ce qu'entend Aristote par cette bonté de Mœurs, qu'il leur impose pour premiere condition, C'est qu'elles doivent estre vertueuses, tant qu'il se peut, en sorte que nous n'expofions point de vicieux, ou de criminels fur le Theatre, fi le Sujet que nous traitons n'en a befoin. Il donne lieu luy mefme à cette penfée, lors que voulant marquer un exemple d'une faute contre cette Regle, il fe fert de celuy de Menelas dans l'Orefte d'Euripide, dont le defaut ne confifte pas en ce qu'il eft injufte, mais en ce qu'il l'eft fans neceffité.

Ie trouve dans Caftelvetro une troifiéme explication qui pourroit ne déplaire pas, qui eft, que cette bonté de Mœurs ne regarde que le premier Perfonnage qui doit toûjours fe faire aimer, & par confequent eftre vertueux, & non pas ceux qui le perfecutent, ou le font perir; mais comme c'eft rétraindre à un feul ce qu'Ariftote dit en general, j'aimerois mieux m'arréter, pour l'intelligence de cette premiere condition, à cette élevation, ou perfection de caractere dont j'ay parlé, qui peut convenir à tous ceux qui paroiffent fur la Scene, & je ne pourrois fuivre cette derniere interprétation, fans condamner le Menteur dont l'habitude eft vicieufe, bien qu'il tienne le premier rang dans la Comedie qui porte ce tître.

En fecond lieu, les Mœurs doivent eftre convenables. Cette condition eft plus aisée à entendre que la premiere. Le Poëte doit confiderer l'âge, la dignité, la naiffance, l'employ, & le païs de ceux qu'il introduit : il faut qu'il fçache ce qu'on doit à fa Patrie, à fes parens, à fes amis, à fon Roy; quel eft l'office d'un Magiftrat, ou d'un General d'Armée, afin qu'il puiffe y conformer ceux qu'il veut faire aimer aux Spectateurs, & en éloigner ceux qu'il leur veut faire haïr; car c'eft une Maxime infaillible, que pour bien reüffir, il faut intereffer l'Auditoire pour les premiers Acteurs. Il eft bon de remarquer encor que ce qu'Horace dit des Mœurs de chaque âge n'eft pas une Regle, dont on ne fe puiffe difpenfer fans fcrupule. Il fait les jeunes gens prodigues, & les vieillards avares; le contraire arrive tous les jours fans merveille, mais il ne faut pas que l'un agiffe à la maniere de l'autre, bien qu'il aye quelquefois des habitudes & des paffions qui conviendroient mieux à l'autre. C'eft le propre d'un jeune homme d'eftre amoureux, & non pas d'un vieillard, cela n'empefche pas qu'un vieillard ne le devienne; les exemples en font affez fouvent devant nos yeux; mais il pafferoit pour fou, s'il vouloit faire l'amour en jeune homme, & s'il pretendoit fe faire aimer par les bonnes qualitez de fa perfonne. Il peut efperer qu'on l'écoutera, mais cette efperance doit eftre fondée fur fon bien, ou fur fa qualité, & non pas fur fes merites; & fes pretenfions ne peuvent eftre raifonnables, s'il ne croit avoir affaire à une ame affez intereffée, pour déferer tout à l'éclat des richeffes, ou à l'ambition du rang.

La qualité de femblables, qu'Ariftote demande aux Mœurs, regarde particulierement les perfonnes que l'Hiftoire ou la Fable nous fait connoiftre, & qu'il faut toûjours peindre telles que nous les y trouvons. C'eft ce que veut dire Horace par ce vers.

Sit Medea ferox invictaque.

Qui peindroit Vlisse en grand guerrier, ou Achille en grand discoureur, ou Medée en femme fort soûmise, s'exposeroit à la risée publique. Ainsi ces deux qualitez, dont quelques interpretes ont beaucoup de peine à trouver la difference qu'Aristote veut qui soit entre elles sans la designer, s'accorderont aisément, pourveu qu'on les separe, & qu'on donne celle de convenables aux personnes imaginées, qui n'ont jamais eu d'estre que dans l'esprit du Poëte, en reservant l'autre pour celles qui sont connuës par l'Histoire, ou par la Fable, comme je le viens de dire.

Il reste à parler de l'égalité, qui nous oblige à conserver jusqu'à la fin à nos Personnages les Mœurs que nous leur avons données au commencement.   *servetur ad imum*
Qualis ab incepto processerit, & sibi constet.

L'inégalité y peut toutefois entrer sans defaut, non seulement quand nous introduisons des personnes d'un esprit leger & inégal, mais encor lors qu'en conservant l'égalité au dedans, nous donnons l'inégalité au dehors selon les occasions. Telle est celle de Chiméne du costé de l'amour, elle aime toûjours fortement Rodrigue dans son cœur, mais cet amour agit autrement en presence du Roy, autrement en celle de l'Infante, & autrement en celle de Rodrigue, & c'est ce qu'Aristote appelle des Mœurs inégalement égales.

Il se presente une difficulté à éclaircir sur cette matiere, touchant ce qu'entend Aristote lors qu'il dit, que la Tragedie se peut faire sans Mœurs, & que la pluspart de celles des Modernes de son temps n'en ont point. Le sens de ce Passage est assez mal-aisé à concevoir, veu que selon luy-mesme c'est par les Mœurs qu'un homme est méchant ou homme de bien, spirituel ou stupide, timide ou hardy, constant ou irresolu, bon ou mauvais Politique, & qu'il est impossible qu'on en mette aucun sur le Theatre qui ne soit bon, ou méchant, & qui n'aye quelqu'une de ces autres qualitez. Pour accorder ces deux sentimens qui semblent opposez l'un à l'autre, j'ay remarqué que ce Philosophe dit en suite, que si un Poëte a fait de belles Narrations Morales, & des discours bien sententieux, il n'a fait encor rien par là qui concerne la Tragedie. Cela m'a fait considerer que les Mœurs ne sont pas seulement le principe des actions, mais aussi du raisonnement. Vn homme de bien agit & raisonne en homme de bien, un méchant agit & raisonne en méchant, & l'un & l'autre étale de diverses Maximes de Morale, suivant cette diverse habitude. C'est donc de ces Maximes, que cette habitude produit, que la Tragedie peut se passer, & non pas de l'habitude mesme, puisque elle est le principe des actions, & que les actions sont l'ame de la Tragedie, où l'on ne doit parler qu'en agissant & pour agir. Ainsi pour expliquer ce passage d'Aristote par l'autre, nous pouvons dire, que quand il parle d'une Tragedie sans Mœurs, il entend une Tragedie où les Acteurs énoncent simplement leurs sentimens, ou ne les appuyent que sur des raisonnemens tirez du fait, comme Cleopatre dans le second Acte de Rodogune, & non pas sur des Maximes de Morale ou de Politique, comme Rodogune dans son premier Acte. Car, je le repete encor, faire un Poëme de Theatre, où aucun des Acteurs ne soit bon ny méchant, prudent ny imprudent, cela est absolument impossible.

Après les Mœurs viennent les Sentimens, par où l'Acteur fait connoistre ce qu'il veut ou ne veut pas, en quoy il peut se contenter d'un simple témoignage de ce qu'il se propose de faire, sans le fortifier de raisonnemens moraux, comme je le viens de dire. Cette partie a besoin de la Rhetorique pour peindre les passions & les troubles de l'esprit, pour consulter, deliberer, exagerer, ou extenuer, mais il y a cette difference pour ce regard entre le Poëte Dramatique, & l'Orateur, que celuy-cy peut étaler son Art & le rendre remarquable avec pleine liberté, & que l'autre doit le cacher avec soin, parce que ce n'est jamais luy qui parle, & que ceux qu'il fait parler ne sont pas des Orateurs.

La Diction dépend de la Grammaire. Aristote luy attribuë les Figures, que nous ne laissons pas d'appeller communément Figures de Rhetorique. Ie n'ay rien à dire là-dessus, sinon que le langage doit estre net, les Figures placées à propos & diversifiées, & la versification aisée, & élevée au dessus de la Prose, mais non pas jusqu'à l'enflure du Poëme Epique, puisque ceux que le Poëte fait parler ne sont pas des Poëtes.

Le retranchement que nous avons fait des Chœurs, a retranché la Musique de nos Poëmes. Vne chanson y a quelquefois bonne grace, & dans les Pieces de Machines cet ornement est redevenu necessaire pour remplir les oreilles de l'Auditeur, cependant que ces Machines descendent.

La décoration du Theatre a besoin de trois Arts pour la rendre belle, de la Peinture, de l'Architecture, & de la Perspective. Aristote pretend que cette partie non-plus que la precedente ne regarde pas le Poëte, & comme il ne la traite point, je me dispenseray d'en dire plus qu'il ne m'en a appris.

Pour achever ce discours, je n'ay plus qu'à parler des parties de quantité, qui sont le Prologue, l'Episode, l'Exode, & le Chœur. Le Prologue est ce qui se recite avant le premier chant du Chœur. L'Episode, ce qui se recite entre les chants du Chœur. Et l'Exode, ce qui se recite après le dernier chant du Chœur. Voilà tout ce que nous en dit Aristote, qui nous marque plûtost la situation de ces parties, & l'ordre qu'elles ont entre elles dans la representation, que la part de l'action qu'elles doivent contenir. Ainsi pour les appliquer à nostre usage, le Prologue est nostre premier Acte, l'Episode fait les trois suivants, l'Exode le dernier.

Je dis que le Prologue eſt ce qui ſe recite devant le premier chant du Chœur, bien que la verſion ordinaire porte, devant la premiere entrée du Chœur, ce qui nous embaraſſeroit fort, veu que dans beaucoup de Tragedies Grecques le Chœur parle le premier, & ainſi elles manqueroient de cette partie, ce qu'Aristote n'eut pas manqué de remarquer. Pour m'enhardir à changer ce terme, afin de lever la difficulté, j'ay conſideré qu'encore que le mot Grec πάϱοδος dont ſe ſert icy ce Philoſophe, ſignifie communément l'entrée en un chemin ou Place publique, qui étoit le lieu ordinaire où nos Anciens faiſoient parler leurs Acteurs : en cet endroit toutefois il ne peut ſignifier que le premier chant du Chœur. C'eſt ce qu'il m'apprend luy-meſme un peu après, en diſant que le πάϱοδος du Chœur eſt la premiere choſe que dit tout le Chœur enſemble. Or quand le Chœur entier diſoit quelque choſe, il chantoit, & quand il parloit ſans chanter, il n'y avoit qu'un de ceux dont il étoit compoſé qui parlaſt au nom de tous. La raiſon en eſt que le Chœur alors tenoit lieu d'Acteur, & que ce qu'il diſoit ſervoit à l'action, & devoit par conſequent eſtre entendu, ce qui n'euſt pas été poſſible, ſi tous ceux qui le compoſoient, & qui étoient quelquefois juſqu'au nombre de cinquante, euſſent parlé, ou chanté tous à la fois. Il faut donc rejetter ce premier πάϱοδος du Chœur, qui eſt la borne du Prologue, à la premiere fois qu'il demeuroit ſeul ſur le Theatre & chantoit : juſque-là il n'y étoit introduit que parlant avec un Acteur par une ſeule bouche, ou s'il y demeuroit ſeul ſans chanter, il ſe ſeparoit en deux demy-Chœurs, qui ne parloient non plus chacun de leur coſté que par un ſeul organe, afin que l'Auditeur pûſt entendre ce qu'ils diſoient, & s'inſtruire de ce qu'il falloit qu'il appriſt pour l'intelligence de l'action.

Ie reduis ce Prologue à noſtre premier Acte, ſuivant l'intention d'Ariſtote, & pour ſuppléer en quelque façon à ce qu'il ne nous a pas dit, ou que les années nous ont dérobé de ſon livre, je diray qu'il doit contenir les ſemences de tout ce qui doit arriver, tant pour l'action principale, que pour les Epiſodiques, en ſorte qu'il n'entre aucun Acteur dans les Actes ſuivans, qui ne ſoit connu par ce premier, ou du moins appellé par quelqu'un qui y aura été introduit. Cette Maxime eſt nouvelle & aſſez ſevere, & je ne l'ay pas toûjours gardée ; mais j'eſtime qu'elle ſert beaucoup à fonder une veritable unité d'action, par la liaiſon de toutes celles qui concurrent dans le Poëme. Les Anciens s'en ſont fort écarteZ, particulierement dans les Agnitions, pour leſquelles ils ſe ſont preſque toûjours ſervis de gens qui ſurvenoient par hazard au cinquiéme Acte, & ne ſeroient arrivez qu'au dixiéme, ſi la Piece en euſt eu dix. Tel eſt ce Vieillard de Corinthe dans l'Oedipe de Sophocle & de Seneque, où il ſemble tomber des Nuës par miracle, en un temps où les Acteurs ne ſçauroient plus par où en prendre, ny quelle poſture tenir, s'il arrivoit une heure plus tard. Ie ne l'ay introduit qu'au cinquiéme Acte non-plus qu'eux; mais j'ay préparé sa venuë dès le premier, en faisant dire à Oedipe qu'il attend dans le jour la Nouvelle de la mort de son pere. Ainsi dans la Vefve, bien que Celidan ne paroisse qu'au troisiéme, il y est amené par Alcidon qui est du premier. Il n'en est pas de mesme des Maures dans le Cid, pour lesquels il n'y a aucune préparation au premier Acte. Le Plaideur de Poitiers dans le Menteur avoit le mesme defaut, mais j'ay trouvé le moyen d'y remedier en cette Edition, où le Desnouëment se trouve préparé par Philiste, & non plus par luy.

Ie voudrois donc que le premier Acte continst le fondement de toutes les actions, & fermast la porte à tout ce qu'on voudroit introduire d'ailleurs dans le reste du Poëme. Encor que souvent il ne donne pas toutes les lumieres necessaires pour l'entiere intelligence du Sujet, & que tous les Acteurs n'y paroissent pas, il suffit qu'on y parle d'eux, ou que ceux qu'on y fait paroistre ayent besoin de les aller chercher, pour venir à bout de leurs intentions. Ce que je dis ne se doit entendre que des Personnages qui agissent dans la Piece par quelque propre interest considerable, ou qui apportent une Nouvelle importante qui produit un notable effet. Vn Domestique qui n'agit que par l'ordre de son maistre, un Confident qui reçoit le secret de son amy, & le plaint dans son malheur, un pere qui ne se montre que pour consentir ou contredire le Mariage de ses enfans, une femme qui console & conseille son mary, en un mot, tous ces gens sans action n'ont point besoin d'estre insinuez au premier Acte ; & quand je n'y aurois point parlé de Livie dans Cinna, j'aurois pû la faire entrer au quatriéme, sans pecher contre cette Regle. Mais je souhaiterois qu'on l'observast inviolablement, quand on fait concurrer deux actions differentes, bien qu'en suite elles se meslent ensemble. La conspiration de Cinna, & la consultation d'Auguste avec luy & Maxime n'ont aucune liaison entre elles, & ne font que concurrer d'abord, bien que le resultat de l'une produise de beaux effets pour l'autre, & soit cause que Maxime en fait découvrir le secret à cet Empereur. Il a été besoin d'en donner l'idée dès le premier Acte, où Auguste mande Cinna & Maxime. On n'en sçait pas la cause, mais enfin il les mande, & cela suffit pour faire une surprise tres-agreable, de le voir deliberer s'il quittera l'Empire, ou non, avec deux hommes qui ont conspiré contre luy. Cette surprise auroit perdu la moitié de ses graces, s'il ne les eust point mandez dès le premier Acte, ou si on n'y eust point connu Maxime pour un des Chefs de ce grand dessein. Dans Don Sanche, le choix que la Reine de Castille doit faire d'un mary, & le rappel de celle d'Arragon dans ses Etats, sont deux choses tout à fait differentes, aussi sont-elles proposées toutes deux au premier Acte, & quand on introduit deux sortes d'Amours, il ne faut jamais y manquer.

Ce premier Acte s'appelloit Prologue du temps d'Aristote, & communément on y faisoit l'ouverture du Sujet, pour instruire le Spectateur de tout ce qui s'étoit pasé avant le commencement de l'action qu'on alloit representer, & de tout ce qu'il falloit qu'il sceust pour comprendre ce qu'il alloit voir. La maniere de donner cette intelligence a changé suivant les temps. Euripide en a usé assez grossierement, en introduisant, tantost un Dieu dans une Machine, par qui les Spectateurs recevoient cet éclaircissement, & tantost un de ses principaux Personnages qui les en instruisoit luy-mesme, comme dans son Iphigenie, & dans son Helene, où ces deux Heroïnes racontent d'abord toute leur histoire, & l'apprennent à l'Auditeur, sans avoir aucun Acteur avec elles à qui adresser leur discours.

Ce n'est pas que je vueille dire, que quand un Acteur parle seul, il ne puisse instruire l'Auditeur de beaucoup de choses ; mais il faut que ce soit par les sentimens d'une passion qui l'agite, & non pas par une simple Narration. Le Monologue d'Æmilie, qui ouvre le Theatre dans Cinna, fait assez connoistre qu'Auguste a fait mourir son pere, & que pour vanger sa mort elle engage son Amant à conspirer contre luy ; mais c'est par le trouble & la crainte que le peril où elle expose Cinna jette dans son ame, que nous en avons la connoissance. Sur tout le Poëte se doit souvenir, que quand un Acteur est seul sur le Theatre, il est présumé ne faire que s'entretenir en luy-mesme, & ne parle qu'afin que le Spectateur sçache dequoy il s'entretient, & à quoy il pense. Ainsi ce seroit une faute insupportable, si un autre Acteur apprenoit par là ses secrets. On excuse cela dans une passion si violente, qu'elle force d'éclater, bien qu'on n'aye personne à qui la faire entendre, & je ne le voudrois pas condamner en un autre, mais j'aurois de la peine à me le souffrir.

Plaute a crû remedier à ce desordre d'Euripide, en introduisant un Prologue détaché, qui se recitoit par un Personnage, qui n'avoit quelquefois autre nom que celuy de Prologue, & n'étoit point du tout du corps de la Piece. Aussi ne parloit-il qu'aux Spectateurs, pour les instruire de ce qui avoit precedé, & amener le Sujet jusques au premier Acte, où commencoit l'action.

Terence, qui est venu depuis luy, a gardé ces Prologues, & en a changé la matiere. Il les a employez à faire son Apologie contre ses envieux, & pour ouvrir son Sujet, il a introduit une nouvelle sorte de Personnages, qu'on a appellez Protatiques, parce qu'ils ne paroissoient que dans la Protase, où se doit faire la proposition & l'ouverture du Sujet. Ils en écoutoient l'histoire, qui leur étoit racontée par un autre Acteur, & par ce recit qu'on leur en faisoit l'Auditeur demeuroit instruit de ce qu'il devoit sçavoir, touchant les interests des premiers Acteurs,

avant

avant qu'ils paruſſent ſur le Theatre. Tels ſont Soſie dans ſon Andrienne, & Dauus dans ſon Phormion, qu'on ne revoit plus aprés la narration, & qui ne ſervent qu'à l'écouter. Cette Methode eſt fort artifi-
cieuſe, mais je voudrois pour ſa perfection que ces meſmes Perſonnages
ſerviſſent encor à quelque autre choſe dans la Piece, & qu'ils y fuſſent
introduits par quelque autre occaſion que celle d'écouter ce recit. Pollux
dans Medée eſt de cette nature. Il paſſe par Corinthe en allant au mariage de ſa ſœur, & s'étonne d'y rencontrer Iaſon qu'il croyoit en Theſſalie ; il apprend de luy ſa fortune, & ſon divorce avec Medée, pour
épouſer Creüſe, qu'il aide en ſuite à ſauver des mains d'Ægée qui l'a-
voit fait enlever, & raiſonne avec le Roy ſur la défiance qu'il doit
avoir des preſens de Medée. Toutes les Pieces n'ont pas beſoin de ces
éclairciſſemens, & par conſequent on ſe peut paſſer ſouvent de ces Perſonnages, dont Terence ne s'eſt ſervy que ces deux fois dans les ſix Comedies que nous avons de luy.

Noſtre Siecle a inventé une autre eſpece de Prologue pour les Pieces
de Machines, qui ne touche point au Sujet, & n'eſt qu'une loüange adroite
du Prince, devant qui ces Poëmes doivent eſtre repreſentez. Dans l'Andromede, Melpomene emprunte au Soleil ſes rayons pour éclairer ſon
Theatre en faveur du Roy, pour qui elle a préparé un ſpectacle magni-
fique. Le Prologue de la Toiſon d'Or ſur le mariage de ſa Majeſté, &
la Paix avec l'Eſpagne, a quelque choſe encor de plus éclatant. Ces Prologues doivent avoir beaucoup d'invention, & je ne penſe pas qu'on y
puiſſe raiſonnablement introduire que des Dieux imaginaires de l'Antiquité, qui ne laiſſent pas toutefois de parler des choſes de noſtre temps, par
une fiction Poëtique, qui fait un grand accommodement de Theatre.

L'Epiſode ſelon Ariſtote en cet endroit, ſont nos trois Actes du milieu ; mais comme il applique ce nom ailleurs aux actions qui ſont hors
de la principale, & qui luy ſervent d'un ornement dont elle ſe pourroit
paſſer, je diray que bien que ces trois Actes s'appellent Epiſode, ce n'eſt
pas à dire qu'ils ne ſoient compoſez que d'Epiſodes. La conſultation
d'Auguſte au ſecond de Cinna, les remords de cet ingrat, ce qu'il en découvre à Æmilie, & l'effort que fait Maxime pour perſuader à cet objet de ſon amour caché de s'enfuïr avec luy, ne ſont que des Epiſodes ;
mais l'avis que fait donner Maxime par Euphorbe à l'Empereur, les ir-
reſolutions de ce Prince, & les conſeils de Livie, ſont de l'action principale ; & dans Heraclius, ces trois Actes ont plus d'action principale, que
d'Epiſodes. Ces Epiſodes ſont de deux ſortes, & peuvent eſtre compoſez
des actions particulieres des principaux Acteurs, dont toutefois l'action
principale pourroit ſe paſſer, ou des intereſts des ſeconds Amants qu'on
introduit, & qu'on appelle communément des Perſonnages Epiſodiques.
Les uns & les autres doivent avoir leur fondement dans le premier Acte,

õ

& estre attachez à l'action principale ; c'est à dire, y servir de quelque chose, & particulierement ces Personnages Episodiques doivent s'embarasser si bien avec les premiers, qu'un seul intrique broüille les uns & les autres. Aristote blasme fort les Episodes détachez, & dit que les mauvais Poëtes en font par ignorance, & les bons en faveur des Comediens pour leur donner de l'employ. L'Infante du Cid est de ce nombre, & on la pourra condamner, ou luy faire grace par ce texte d'Aristote, suivant le rang qu'on voudra me donner parmy nos Modernes.

Je ne diray rien de l'Exode, qui n'est autre chose que nostre cinquiéme Acte. Ie pense en avoir expliqué le principal employ, quand j'ay dit que l'action du Poëme Dramatique devoit estre complete. Ie n'y ajousteray que ce mot, qu'il faut, s'il se peut, luy reserver toute la Catastrophe, & mesme la reculer vers la fin autant qu'il est possible. Plus on la differe, plus les esprits demeurent suspendus, & l'impatience qu'ils ont de sçavoir de quel costé elle tournera, est cause qu'ils la reçoivent avec plus de plaisir : ce qui n'arrive pas quand elle commence avec cet Acte. L'Auditeur qui la sçait trop tost n'a plus de curiosité, & son attention languit durant tout le reste, qui ne luy apprend rien de nouveau. Le contraire s'est veu dans la Mariane, dont la mort, bien qu'arrivée dans l'intervalle qui separe le quatriéme Acte du cinquiéme, n'a pas empesché que les déplaisirs d'Herode, qui occupent tout ce dernier, n'ayent plû extraordinairement. Mais je ne conseillerois à personne de s'asseurer sur cet exemple. Il ne se fait pas des miracles tous les jours, & quoy que feu Mr Tristan eust bien merité ce beau succès par le grand effort d'esprit qu'il avoit fait à peindre les desespoirs de ce Monarque, peut-estre que l'excellence de l'Acteur, qui en soûtenoit le Personnage, y contribuoit beaucoup.

Voilà ce qui m'est venu en pensée touchant le but, les utilitez, & les parties du Poëme Dramatique. Quelques Personnes de condition, qui peuvent tout sur moy, ont voulu que je donnasse mes sentimens au Public, sur les Regles d'un Art qu'il y a si long-temps que je pratique assez heureusement. Comme ce Recueil a été separé en trois Volumes dans l'impression qui s'en est faite in Octavo, j'avois separé les principales matieres en trois Discours, pour leur servir de Préfaces. Ie parle au second des conditions particulieres de la Tragedie, des qualitez des Personnes & des évenemens qui luy peuvent fournir de Sujet, & de la maniere de le traiter selon le vray-semblable ou le necessaire. Ie m'explique dans le troisiéme sur les trois unitez, d'action, de jour, & de lieu. Cette entreprise meritoit une longue & tres-exacte étude de tous les Poëmes qui nous restent de l'Antiquité, & de tous ceux qui ont commenté les Traitez, qu'Aristote & Horace ont fait de l'Art Poëtique, ou qui en ont écrit en particulier : mais je n'ay pû me resoudre à en prendre le loisir ; & je m'asseure que beaucoup de mes Lecteurs me pardonneront aisément cette paresse, & ne seront pas faschez, que je

donne à des productions nouvelles le temps qu'il m'euſt fallu conſumer à
des remarques ſur celles des autres Siecles. I'y fais quelques courſes, &
y prens des exemples quand ma memoire m'en peut fournir. Ie n'en cherche de Modernes que chez moy, tant parce que je connois mieux mes
ouvrages que ceux des autres, & en ſuis plus le maiſtre, que parce que
je ne veux pas m'expoſer au peril de déplaire à ceux que je reprendrois
en quelque choſe, ou que je ne loüerois pas aſſez en ce qu'ils ont fait d'excellent. I'écris ſans ambition, & ſans eſprit de conteſtation, je l'ay déja
dit. Ie taſche de ſuivre toûjours le ſentiment d'Ariſtote dans les matieres qu'il a traitées, & comme peut-eſtre je l'entens à ma mode, je ne
ſuis point jaloux qu'un autre l'entende à la ſienne. Le Commentaire
dont je m'y ſers le plus, eſt l'experience du Theatre, & les reflexions
ſur ce que j'ay veu y plaire, ou déplaire. I'ay pris pour m'expliquer un
ſtile ſimple, & me contente d'une expreſſion nuë de mes opinions, bonnes
ou mauvaiſes, ſaus y rechercher aucun enrichiſſement d'Eloquence. Il
me ſuffit de me faire entendre, je ne pretens pas qu'on admire icy ma
façon d'écrire, & ne fais point de ſcrupule de m'y ſervir ſouvent des
meſmes termes, ne fuſt-ce que pour épargner le temps d'en chercher d'autres, dont peut-eſtre la varieté ne diroit pas ſi juſtement ce que je veux
dire. I'ajouſte à ces trois Diſcours generaux l'examen de chacun de mes
Poëmes en particulier, afin de voir en quoy ils s'écartent, ou ſe confor-
ment aux Regles que j'établis. Ie n'en diſſimuleray point les defauts, &
en revanche je me donneray la liberté de remarquer ce que j'y trouveray
de moins imparfait. Monſieur de Balzac accorde ce Privilege à une
certaine eſpece de gens, & ſoûtient qu'ils peuvent dire d'eux-meſmes
par franchiſe, ce que d'autres diroient par vanité. Ie ne ſçay ſi j'en
ſuis, mais je veux avoir aſſez bonne opinion de moy pour n'en deſeſpe-
rer pas.

EXAMEN
DES POEMES CONTENVS
en cette Premiere Partie.

MELITE.

ETTE Piece fut mon coup d'essay, & elle n'a garde d'estre dans les Regles ; puisque je ne sçavois pas alors qu'il y en eust. Ie n'avois pour guide qu'un peu de sens commun, avec les exemples de feu Mr Hardy, dont la veine étoit plus feconde que polie, & de quelques Modernes, qui commençoient à se produire, & n'étoient pas plus Reguliers que luy. Le succez en fut surprenant. Il établit une nouvelle troupe de Comediens à Paris, malgré le merite de celle qui étoit en possession de s'y voir l'unique ; il égala tout ce qui s'étoit fait de plus beau jusques alors, & me fit connoistre à la Cour. Ce sens commun, qui étoit toute ma Regle, m'avoit fait trouver l'unité d'action pour broüiller quatre Amans par un seul intrique, & m'avoit donné assez d'aversion de cet horrible déreglement qui mettoit Paris, Rome, & Constantinople sur le mesme Theatre, pour reduire le mien dans une seule Ville.

La nouveauté de ce genre de Comedie, dont il n'y a point d'exemple en aucune Langue, & le stile naïf, qui faisoit une peinture de la conversation des honnestes gens, furent sans doute cause de ce bonheur surprenant, qui fit alors tant de bruit. On n'avoit jamais veu jusques-là que la Comedie fist rire sans Personnages ridicules, tels que les valets boufons, les Parasites, les Capitans, les Docteurs, &c. Celle-cy faisoit son effet par l'humeur enjoüée de gens d'une condition au dessus de ceux qu'on voit dans les Comedies de Plaute & de Terence, qui n'étoient que des Marchands. Avec tout cela, j'avoüe que l'Auditeur fut bien facile à donner son approbation à une Piece, dont le nœud n'avoit aucune justesse. *Eraste y fait contrefaire des lettres de Melite, & les porter à Philandre. Ce Philandre est bien credule de se persuader d'estre aimé d'une personne qu'il n'a jamais entretenuë, dont il ne connoit point l'écriture, & qui luy défend de l'aller voir; cependant qu'elle reçoit les visites d'un autre, avec qui il doit avoir une amitié assez étroite, puisqu'il est accordé de sa sœur. Il fait plus, sur la legereté d'une croyance si peu raisonnable, il renonce à une affection dont il étoit asseuré, & qui étoit preste d'avoir son effet. Eraste n'est pas moins ridicule que luy, de s'imaginer que sa fourbe causera cette rupture, qui seroit toutefois inutile à son dessein, s'il ne sçavoit de certitude que Philandre, malgré le secret qu'il luy fait demander par Melite dans ces fausses lettres, ne manquera pas à les montrer à Tircis; que cet Amant favorisé, croira plûtost un caractere qu'il n'a jamais veu, que les asseurances d'amour qu'il reçoit tous les jours de sa Maîtresse; & qu'il rompra avec elle sans luy parler, de peur de s'en éclaircir. Cette pretension d'Eraste ne pouvoit estre supportable à moins d'une revelation, & Tircis qui est l'honneste homme de la Piece, n'a pas l'esprit moins leger que les deux autres, de s'abandonner au desespoir par une mesme facilité de croyance, à la veuë de ce caractere inconnu. Les sentimens de douleur qu'il en peut legitimement concevoir, devroient du moins l'emporter à faire quelques reproches à celle dont il se croit trahy, & luy donner par là l'occasion de le desabuser. La folie d'Eraste, n'est pas de meilleure trempe. Je la condamnois deslors en mon ame; mais comme c'étoit un ornement de Theatre qui ne manquoit jamais de plaire, & se faisoit souvent admirer, j'affectay volontiers ces grands égaremens, & en tiray un effet que je tiendrois encor admirable en ce temps. C'est la maniere dont Eraste fait connoistre à Philandre, en le prenant pour Minos, la fourbe qu'il luy a faite, & l'erreur où il l'a jetté. Dans tout ce que j'ay fait depuis, je ne pense pas qu'il se rencontre rien de plus adroit pour un dénoüement.*

Tout le cinquiéme Acte peut passer pour inutile. Tircis & Melite se font raccommodez, avant qu'il commence, & par consequent l'action est terminée. Il n'est plus question que de sçavoir qui a fait la supposition des lettres, & ils pouvoient l'avoir sçeu de Cloris, à qui Philandre l'avoit dit pour se justifier. Il est vray que cet Acte retire Eraste de folie, qu'il le reconcilie avec les deux Amants, & fait son mariage avec Cloris; mais tout cela ne regarde plus qu'une action Episodique, qui ne doit pas amuser le Theatre, quand la principale est finie; & sur tout ce mariage a si peu d'apparence, qu'il est aisé de voir qu'on ne le propose, que pour satisfaire à la coûtume de ce temps-là, qui étoit de marier tout ce qu'on introduisoit sur la Scene. Il semble mesme que le Personnage de Philandre, qui part avec un ressentiment ridicule, dont on ne craint pas

l'effet, ne foit point achevé, & qu'il luy falloit quelque coufine de Melite, ou quelque fœur d'Eraſte, pour le reünir avec les autres. *Mais
deſlors je ne m'aſſujettiſſois pas tout à fait à cette mode, & me contentay
de faire voir l'affiette de ſon esprit, ſans prendre ſoin de le pourvoir d'une
autre femme.*

Quant à la durée de l'action, il eſt aſſez viſible qu'elle paſſe l'unité
de jour, mais ce n'en eſt pas le ſeul defaut ; il y a de plus une inégalité
d'intervalle entre les Actes qu'il faut éviter. Il doit s'eſtre paſſé huit ou
quinze jours entre le premier & le ſecond, & autant entre le ſecond &
le troiſiéme ; mais du troiſiéme au quatriéme il n'eſt pas beſoin de plus
d'une heure, & il en faut encor moins entre les deux derniers, de peur
de donner le temps de ſe rallentir à cette chaleur, qui jette Eraſte dans
l'égarement d'esprit. Ie ne ſçay meſme ſi les Perſonnages qui paroiſſent
deux fois dans un meſme Acte (poſé que cela ſoit permis, ce que j'exa-
mineray ailleurs) je ne ſçay, dis-je, s'ils ont le loiſir d'aller d'un quartier de la Ville à l'autre, puisque ces quartiers doivent eſtre ſi éloignez
l'un de l'autre, que les Acteurs ayent lieu de ne pas s'entreconnoiſtre.
Au premier Acte, Tircis après avoir quitté Melite chez elle, n'a que
le temps d'environ ſoixante vers pour aller chez luy, où il rencontre
Philandre avec ſa ſœur, & n'en a guere davantage au ſecond à refai-
re le meſme chemin. Ie ſçay bien que la repreſentation racourcit la
durée de l'action, & qu'elle fait voir en deux heures, ſans ſortir de la
Regle, ce qui ſouvent a beſoin d'un jour entier pour s'effectuer : mais
je voudrois, que pour mettre les choſes dans leur justeſte, ce raccour-
ciſſement ſe ménageaſt dans les intervalles des Actes, & que le temps
qu'il faut perdre s'y perdiſt, en ſorte que chaque Acte n'en euſt pour
la partie de l'action qu'il repreſente, que ce qu'il en faut pour ſa repreſentation.

Ce coup d'eſſay a ſans doute encor d'autres irregularitez, mais je ne
m'attache pas à les examiner ſi ponctuellement, que je m'obstine à n'en
vouloir oublier aucune : je penſe avoir marqué les plus notables, & pour
peu que le Lecteur aye d'indulgence pour moy, j'espere qu'il ne s'offence-
ra pas d'un peu de negligence pour le reste.

CLITANDRE.

VN voyage que je fis à *Paris* pour voir le ſuccès de *Melite*, m'apprit qu'elle n'étoit pas dans les vingt & quatre heures. C'étoit
l'unique Regle que l'on connûſt en ce temps-là. I'entendis que ceux du
métier la blâmoient de peu d'effets, & de ce que le ſtile en étoit trop fa-
milier. Pour la iuſtifier contre cette cenſure par une espece de bravade,

*& montrer que ce genre de Pieces avoit les vrayes beautez de Theatre,
j'entrepris d'en faire une reguliere (c'est à dire dans ces vingt & quatre
heures) pleine d'incidents , & d'un stile plus eslevé, mais qui ne vaudroit rien du tout ; enquoy je reüssis parfaitement. Le stile en est veritablement plus fort que celuy de l'autre , mais c'est tout ce qu'on y peut
trouver de supportable. Il est meslé de pointes, comme dans cette premiere, mais ce n'étoit pas alors un si grand vice dans le choix des pensées , que la Scene en dûst estre entierement purgée. Pour la constitution,
elle est si desordonnée, que vous avez de la peine à deviner qui sont
les premiers Acteurs.   Rosidor & Caliste sont ceux qui le paroissent le
plus par l'avantage de leur caractere, & de leur amour mutuel ; mais
leur action finit dès le premier Acte avec leur peril, & ce qu'ils disent
au troisiéme & au cinquiéme ne fait que montrer leurs visages, attendant que les autres achevent. Pymante & Dorise y ont le plus grand
employ, mais ce ne sont que deux criminels, qui cherchent à éviter la
punition de leurs crimes, & dont mesme le premier en attente de plus
grands, pour mettre à couvert les autres. Clitandre, autour de qui semble tourner le nœud de la Piece, puisque les premieres actions vont à le
faire coupable, & les dernieres à le justifier, n'en peut estre qu'un Heros
bien ennuyeux, qui n'est introduit que pour déclamer en prison, & ne
parle pas mesme à cette Maîtresse, dont les dédains servent de couleur
à le faire passer pour criminel. Tout le cinquiéme Acte languit comme
celuy de Melite après la conclusion des Episodes, & n'a rien de surprenant, puisque dès le quatriéme on devine tout ce qui doit y arriver,
horsmis le mariage de Clitandre avec Dorise qui est encor plus étrange
que celuy d'Eraste, & dont on n'a garde de se défier.*

*Le Roy & le Prince son fils y paroissent dans un employ fort au des-
sous de leur dignité. L'un n'y est que comme juge, & l'autre comme confident de son favory. Ce defaut n'a pas accoûtumé de passer pour defaut,
aussi n'est-ce qu'un sentiment particulier dont je me fais une Regle , qui
peut-estre ne semblera pas déraisonnable, bien que nouvelle.*

*Pour m'expliquer, je dis qu'un Roy, un heritier de la Couronne, un
Gouverneur de Province, & generalement un homme d'authorité, peut
paroistre sur le Theatre en trois façons : comme Roy, comme homme,
& comme Iuge ; quelquefois avec deux de ces qualitez, quelquefois
avec toutes les trois ensemble. Il paroist comme Roy seulement, quand
il n'a interest qu'à la conservation de son Trosne, ou de sa vie qu'on attaque pour changer l'Etat, sans avoir l'esprit agité d'aucune passion particuliere ; & c'est ainsi qu'Auguste agit dans Cinna, & Phocas dans
Heraclius. Il paroist comme homme seulement, quand il n'a que l'interest d'une passion à suivre, ou à vaincre, sans aucun peril pour son Etat;
& tel est Grimoald dans les trois premiers Actes de Pertharite, & les*

deux Reines dans Don Sanche. Il ne paroiſt enfin que comme Iuge, quand il eſt introduit ſans aucun intereſt pour ſon Etat, ny pour ſa perſonne, ny pour ſes affections, mais ſeulement pour regler celuy des autres, comme dans ce Poëme, & dans le Cid, & l'on ne peut pas deſaviüer qu'en cette derniere poſture il remplit aſſez mal la dignité d'un ſi grand Tiltre, n'ayant aucune part en l'action, que celle qu'il y veut prendre pour d'autres, & demeurant bien éloigné de l'éclat des deux autres manieres. Auſſi l'on ne le donne jamais à repreſenter aux meilleurs Acteurs, mais il faut qu'il ſe contente de paſſer par la bouche de ceux du ſecond, ou du troiſiéme ordre. Il peut paroiſtre comme Roy, & comme homme tout à la fois, quand il a un grand intereſt d'état, & une forte paſſion tout enſemble à ſoûtenir, comme Antiochus dans Rodogune, & Nicomede dans la Tragedie qui porte ſon nom; & c'eſt à mon avis la plus digne maniere, & la plus avantageuſe de mettre ſur la Scene des gens de cette condition; parce qu'ils attirent alors toute l'action à eux, & ne manquent jamais d'eſtre repreſentez par les premiers Acteurs. Il ne me vient point d'exemple en la memoire où un Roy paroiſſe comme homme & comme Iuge, avec un intereſt de paſſion pour luy, & un ſoin de régler ceux des autres, ſans aucun peril pour ſon Etat: mais pour voir les trois manieres enſemble, on les peut aucunement remarquer dans les deux Gouverneurs d'Armenie, & de Syrie, que j'ay introduits, l'un dans Polyeucte, & l'autre dans Theodore. Ie dis aucunement, parce que la tendreſſe que l'un a pour ſon gendre, & l'autre pour ſon fils, qui eſt ce qui les fait paroiſtre comme hommes, agit ſi foiblement, qu'elle ſemble étouffée ſous le ſoin qu'a l'un & l'autre de conſerver ſa dignité, dont ils font tous deux leur capital, & qu'ainſi on peut dire en rigueur, qu'ils ne paroiſſent que comme Gouverneurs qui craignent de ſe perdre, & comme juges qui par cette crainte dominante condamnent, ou plûtoſt s'immolent ce qu'ils voudroient conſerver.

Les Monologues ſont trop longs, & trop frequents en cette Piece: c'étoit une beauté en ce temps-là, les Comediens les ſouhaitoient, & croyoient y paroiſtre avec plus d'avantage. La Mode a ſi bien changé, que la pluspart de mes derniers Ouvrages n'en ont aucun, & vous n'en trouverez point dans Pompée, la Suite du Menteur, Theodore, & Pertharite, ny dans Heraclius, Andromede, Oedipe, & la Toiſon d'Or, à la reſerve des Stances.

Pour le lieu, il a encor plus d'étenduë, ou ſi vous voulez ſouffrir ce mot, plus de libertinage icy, que dans Melite: il comprend un Chaſteau d'un Roy avec une foreſt voiſine, comme pourroit eſtre celuy de Saint Germain, & eſt bien éloigné de l'exactitude que les ſeveres Critiques y demandent.

LA VEVFVE.

LA VEVFVE.

CEtte Comedie n'eſt pas plus reguliere que *Melite* en ce qui regarde l'unité de lieu, & a le meſme defaut au cinquiéme Acte, qui ſe paſſe en complimens pour venir à la concluſion d'un amour Epiſodique; avec cette difference toutefois, que le mariage de *Celidan* avec *Doris* a plus de justeſſe dans celle-cy, que celuy d'*Eraste* avec *Cloris* dans l'autre. Elle a quelque choſe de mieux ordonné pour le temps en general, qui n'eſt pas ſi vague que dans *Melite*, & a ſes intervalles mieux proportionnez par cinq jours conſecutifs. C'étoit un temperament que je croyois lors fort raiſonnable entre la rigueur des vingt & quatre heures, & cette étenduë libertine qui n'avoit aucunes bornes. Mais elle a ce meſme defaut dans le particulier de la durée de chaque Acte, que ſouvent celle de l'action y excede de beaucoup celle de la repreſentation. Dans le commencement du premier, *Philiste* quitte *Alcidon* pour aller faire des viſites avec *Clarice*, & paroiſt en la derniere Scene avec elle au ſortir de ces viſites qui doivent avoir conſumé toute l'après-diſnée, ou du moins la meilleure partie. La meſme choſe ſe trouve au cinquiéme. *Alcidon* y fait partie avec *Celidan* d'aller voir *Clarice* ſur le ſoir dans ſon Chaſteau, où il la croit encor priſonniere, & ſe reſout de faire part de ſa joye à la Nourrice, qu'il n'oſeroit voir de jour, de peur de faire ſoupçonner l'intelligence ſecrette & criminelle qu'ils ont enſemble; & environ cent vers après il vient chercher cette confidente chez *Clarice*, dont il ignore le retour. Il ne pouvoit eſtre qu'environ Midy quand il en a formé le deſſein, puiſque *Celidan* venoit de ramener *Clarice*, (ce que vray-ſemblablement il a fait le plûtoſt qu'il a pû, ayant un intereſt d'amour qui le preſſoit de luy rendre ce ſervice en faveur de ſon Amant) & quand il vient pour executer cette reſolution, la nuit doit avoir déja aſſez d'obſcurité pour cacher cette viſite qu'il luy va rendre. L'excuſe qu'on pourroit y donner auſſi bien qu'à ce que j'ay remarqué de *Tircis* dans *Melite*; c'eſt qu'il n'y a point de liaiſon de Scenes, & par conſequent point de continuité d'action. Ainſi l'on pourroit dire que ces Scenes détachées qui ſont placées l'une après l'autre, ne s'entreſuivent pas immediatement, & qu'il ſe conſume un temps notable entre la fin de l'une & le commencement de l'autre; ce qui n'arrive point quand elles ſont liées enſemble, cette liaiſon étant cauſe que l'une commence neceſſairement au meſme instant que l'autre finit.

Cette Comedie peut faire reconnoiſtre l'averſion naturelle que j'ay toûjours euë pour les A parte. Elle m'en donnoit de belles occaſions, m'étant proposé d'y peindre un amour reciproque, qui paruſt dans les

entretiens de deux personnes qui ne parlent point d'amour ensemble, &
de mettre des complimens d'amour suivis entre deux gens qui n'en ont
point du tout l'un pour l'autre, & qui sont toutefois obligez par des con-
siderations particulieres de s'en rendre des témoignages mutüels. C'étoit
un beau jeu pour ces discours à part si frequens chez les Anciens, &
chez les Modernes de toutes les Langues : cependant j'ay si bien fait
par le moyen des confidences qui ont précedé ces Scenes artificieuses, &
des reflexions qui les ont suivies, que sans emprunter ce secours, l'a-
mour a parû entre ceux qui n'en parlent point, & le mépris a été visible
entre ceux qui se font des protestations d'amour. La sixiéme Scene du
quatriéme Acte, semble commencer par ces A parte, & n'en a toutefois
aucun. Celidan & la Nourrice y parlent veritablement chacun à part,
mais en sorte que chacun des deux veut bien que l'autre entende ce qu'il
dit. La Nourrice cherche à donner à Celidan des marques d'une douleur tres-vive qu'elle n'a point, & en affecte d'autant plus les dehors
pour l'éblöuir ; & Celidan de son costé veut qu'elle aye lieu de croire
qu'il la cherche pour la tirer du peril où il feint qu'elle est, & qu'ainsi
il la rencontre fort à propos. Le reste de cette Scene est fort adroit par
la maniere dont il dupe cette vieille, & luy arrache l'aveu d'une fourbe
où on le vouloit prendre luy-mesme pour dupe. Il l'enferme de peur qu'elle ne fasse encor quelque piece qui trouble son dessein, & quelques-uns
ont trouvé à dire qu'on ne parle point d'elle au cinquiéme. Mais ces
sortes de Personnages, qui n'agissent que pour l'interest des autres, ne
sont pas assez d'importance pour faire naistre une curiosité legitime de
sçavoir leurs sentimens sur l'évenement de la Comedie, où ils n'ont plus
que faire, quand on n'y a plus affaire d'eux ; & d'ailleurs Clarice y a trop
de satisfaction de se voir hors du pouvoir de ses ravisseurs, & renduë à
son Amant, pour penser en sa presence à cette Nourrice, & prendre
garde si elle est en sa maison, ou si elle n'y est pas.

Le stile n'est pas plus élevé icy que dans Melite, mais il est plus net
& plus dégagé des pointes dont l'autre est semée, qui ne sont, à en bien
parler, que de fausses lumieres, dont le brillant marque bien quelque vivacité d'esprit, mais sans aucune solidité de raisonnement. L'intrique y
est aussi beaucoup plus raisonnable que dans l'autre, & Alcidon a lieu
d'esperer un bien plus heureux succès de sa fourbe, qu'Eraste de la sienne.

LA GALLERIE DV PALAIS.

CE titre seroit tout à fait irregulier, puisqu'il n'est fondé que sur le
Spectacle du premier Acte, où commence l'amour de Dorimant
pour Hyppolite, s'il n'étoit authorisé par l'exemple des Anciens, qui

étoient sans doute encor bien plus licentieux, quand ils ne donnoient à
leurs Tragedies que le nom des Chœurs, qui n'étoient que témoins de
l'action, comme les Trachiniennes, & les Phœniciennes. L'Ajax mesme de Sophocle ne porte pas pour titre, la mort d'Ajax, qui est sa principale action, mais Ajax porte-fovet, qui n'est que l'action du premier
Acte.   Ie ne parle point des Nuës, des Guespes, & des Grenoüilles
d'Aristophane ; cecy doit suffire pour montrer que les Grecs nos premiers
maistres ne s'attachoient point à la principale action, pour en faire porter le nom à leurs Ouvrages, & qu'ils ne gardoient aucune Regle sur
cet Article.   I'ay donc pris ce titre de la Gallerie du Palais, parce que
la promesse de ce Spectacle extraordinaire, & agreable pour sa naïfveté,
devoit exciter vray-semblablement la curiosité des Auditeurs, & ç'a été
pour leur plaire plus d'une fois, que j'ay fait paroistre ce mesme Spectacle à la fin du quatriéme Acte, où il est entierement inutile, & n'est re-
noüé avec celuy du premier que par des valets, qui viennent prendre
dans les boutiques ce que leurs Maistres y avoient acheté, ou voir si les
Marchands ont receu les nippes qu'ils attendoient.   Cette espece de re-
noüement luy étoit necessaire, afin qu'il eust quelque liaison qui luy fist
trouver sa place, & qu'il ne fust pas tout à fait hors d'œuvre.   La rencontre que j'y fais faire d'Aronte & de Florice est ce qui le fixe particulierement en ce lieu-là, & sans cet incident il eust été aussi propre à la
fin du second, ou du troisiéme, qu'en la place qu'il occupe. Sans cet agrément la Piece auroit été tres-reguliere pour l'unité de lieu, & la liaison
des Scenes, qui n'est interrompuë que par là.   Celidée & Hyppolite sont
deux voisines, dont les demeures ne sont separées que par le travers d'une
ruë, & ne sont pas d'une condition trop élevée pour souffrir que leurs
Amants les entretiennent à leur porte.   Il est vray que ce qu'elles y disent seroit mieux dit dans une chambre, ou dans une Salle. Ce n'est que
pour se faire voir aux Spectateurs qu'elles quittent cette porte où elles devroient estre retranchées, & viennent parler au milieu de la Scene ; mais
c'est un accommodement de Theatre qu'il faut souffrir, pour trouver cette
rigoureuse unité de lieu qu'exigent les grands Reguliers. Il sort un peu
de l'exacte vray-semblance, & de la bien-seance mesme ; mais il est presque impossible d'en user autrement, & les Spectateurs y sont si accoûtu-
mez, qu'ils n'y trouvent rien qui les blesse.   Les Anciens, sur les exemples desquels on a formé les Regles, se donnoient cette liberté. Ils choi-
sissoient pour le lieu de leurs Comedies, & mesme de leurs Tragedies,
une Place publique : mais je m'asseure qu'à les bien examiner, il y a
plus de la moitié de ce qu'ils font dire qui seroit mieux dit dans la maison, qu'en cette Place. Ie n'en produiray qu'un exemple sur qui le Lecteur
en pourra trouver d'autres.

L'Andrienne de Terence commence par le vieillard Simon, qui revient

du Marché avec des valets chargez de ce qu'il vient d'achepter pour les
nopces de son fils ; il leur commande d'entrer dans sa maison avec leur
charge, & retient avec luy Sosie, pour luy apprendre que ces nopces ne
sont que des nopces feintes, à dessein de voir ce qu'en dira son fils, qu'il
croit engagé dans une autre affection dont il luy conte l'histoire. Ie ne
pense pas qu'aucun me dénie qu'il seroit mieux dans sa Salle à luy faire
confidence de ce secret, que dans une ruë.   Dans la seconde Scene, il
menace Davus de le maltraiter s'il fait aucune fourbe pour troubler ces
nopces ; il le menaceroit plus à propos dans sa maison, qu'en Public, &
la seule raison qui le fait parler devant son logis, c'est afin que ce Davus
demeuré seul puisse voir Mysis sortir de chez Glycere, & qu'il se fasse
une liaison d'œil entre ces deux Scenes : ce qui ne regarde pas l'action
presente de cette premiere, qui se passeroit mieux dans la maison, mais
une action future qu'ils ne prévoyent point, & qui est plûtost du dessein
du Poëte, qui force un peu la vray-semblance pour observer les Regles
de son Art, que du choix des Acteurs qui ont à parler, & qui ne seroient pas où les met le Poëte, s'il n'étoit question que de dire ce qu'il
leur fait dire.   Ie laisse aux curieux à examiner le reste de cette Comedie de Terence, & je veux croire qu'à moins que d'avoir l'esprit
fort préoccupé d'un sentiment contraire, ils demeureront d'accord de ce
que je dis.

   Quant à la durée de cette Piece, elle est dans le mesme ordre que la
precedente, c'est à dire dans cinq jours consecutifs.   Le Stile en est plus
fort, & plus dégagé des pointes dont j'ay parlé, qui s'y trouveront assez
rares.   Le Personnage de Nourrice qui est de la vieille Comedie, & que
le manque d'Actrices sur nos Theatres y avoit conservé jusqu'alors, afin
qu'un homme le pûst representer sous le masque, se trouve icy metamor-
phosé en celuy de Suivante, qu'une femme represente sur son visage.
Le caractere des deux Amantes a quelque chose de choquant en ce qu'elles sont toutes deux amoureuses d'hommes qui ne le sont point d'elles, &
Celidée particulierement s'emporte jusqu'à s'offrir elle mesme.   On la
pourroit excuser sur le violent dépit qu'elle a de s'estre veuë méprisée par
son Amant, qui en sa presence mesme a conté des fleurettes à une autre, & j'aurois de plus à dire, que nous ne mettons pas sur la Scene des
Personnages si parfaits, qu'ils ne soient sujets à des defauts, & aux
foiblesses qu'impriment les passions : mais je veux bien avoüer que cela
va trop avant, & passe trop la bien-séance, & la modestie du sexe, bien
qu'absolument il ne soit pas condamnable.   En recompense le cinquiéme
Acte est moins traisnant que celuy des precedentes, & conclud deux mariages sans laisser aucun mécontent, ce qui n'arrive pas dans celles-là.

LA SVIVANTE.

IE ne diray pas grand mal de celle-cy, que je tiens assez reguliere, bien qu'elle ne soit pas sans taches.   Le Stile en est plus foible que celuy des autres. L'amour de Geraste pour Florise n'est point marqué dans le premier Acte, & ainsi la Protase comprend la premiere Scene du second, où il se presente avec sa confidente Celie, sans qu'on les connoisse, ny l'un, ny l'autre.   Cela ne seroit pas vicieux, s'il ne s'y presentoit que comme pere de Daphnis, & qu'il ne s'expliquast que sur les interests de sa fille: mais il en a de si notables pour luy, qu'ils font le nœud, & le dénoüement.   Ainsi c'est un defaut selon moy, qu'on ne le connoisse pas dès ce premier Acte.   Il pourroit estre encor souffert comme Celidan dans la Vefve, si Florame l'alloit voir pour le faire consentir à son mariage avec sa fille, & que par occasion il luy proposast celuy de sa sœur pour luy-mesme ; car alors ce seroit Florame qui l'introduiroit dans la Piece, & il y seroit appellé par un Acteur agissant dès le commencement.   Clari-mond qui ne paroist qu'au troisiéme, est insinué dès le premier, où Daphnis parle de l'amour qu'il a pour elle, & avoüe qu'elle ne le dé-daigneroit pas, s'il ressembloit à Florame.   Ce mesme Clarimond fait venir son oncle Polemon au cinquiéme, & ces deux Acteurs ainsi sont exempts du defaut que je remarque en Geraste. L'entretien de Daphnis au troisiéme avec cet Amant dédaigné, a une affectation assez dange-reuse, de ne dire que chacun un vers à la fois. Cela sort tout-a-fait du vray-semblable, puisque naturellement on ne peut estre si mesuré en ce qu'on s'entredit. Les exemples d'Euripide & de Seneque pourroient au-thoriser cette affectation qu'ils pratiquent si souvent, & mesme par dis-cours generaux, qu'il semble que leurs Acteurs ne viennent quelquefois sur la Scene, que pour s'y battre à coups de Sentences ; mais c'est une beauté qu'il ne leur faut pas envier.   Elle est trop fardée pour donner un amour raisonnable à ceux qui ont de bons yeux, & ne prend pas assez de soin de cacher l'artifice de ses parures, comme l'ordonne Aristote.

Geraste n'agit pas mal en vieillard amoureux, puisqu'il ne traite l'a-mour que par tierce personne, qu'il ne pretend estre considerable que par son bien, & qu'il ne se produit point aux yeux de sa Maîtresse, de peur de luy donner du dégoust par sa presence. On peut douter s'il ne sort point du caractere des Vieillards, en ce qu'étans naturellement avares, ils considerent le bien plus que toute autre chose dans les mariages de leurs enfans, & que celuy-cy donne assez liberalement sa fille à Florame malgré son peu de fortune, pourveu qu'il en obtienne sa sœur. En cela j'ay suivy la peinture que fait *Quintilian* d'un vieux mary qui a épousé une jeune femme, & n'ay point fait de scrupule de l'appliquer à un *Vieillard* qui se veut marier. Les termes en sont si beaux, que je n'ose les gaster par ma traduction. *Genus infirmissimæ servitutis est senex maritus, & flagrantiùs uxoriæ charitatis ardorem frigidis concipimus affectibus.* C'est sur ces deux lignes que je me suis crû bien fondé à faire dire de ce bon-homme.

  Que s'il pouvoit donner trois Daphnis pour Florise,
  Il la tiendroit encore heureusement acquise.

  Il peut naistre encor une autre difficulté sur ce que *Theante* & *Amarante* forment chacun un dessein, pour traverser les amours de *Florame* & *Daphnis*, & qu'ainsi ce sont deux intriques qui rompent l'unité d'action. A quoy je répons premierement, que ces deux desseins formez en mesme temps, & continuez tous deux jusqu'au bout, font une concurrence qui n'empesche pas cette unité, ce qui ne seroit pas, si après celuy de *Theante* avorté *Amarante* en formoit un nouveau de sa part: En second lieu, que ces deux desseins ont une espece d'unité entr'eux, en ce que tous deux sont fondez sur l'amour que *Clarimond* a pour *Daphnis*, qui sert de pretexte à l'un & à l'autre ; & enfin, que de ces deux desseins il n'y en a qu'un qui fasse effet, l'autre se détruisant de soy-mesme, & qu'ainsi la fourbe d'*Amarante* est le seul veritable nœud de cette Comedie, où le dessein de *Theante* ne sert qu'à un agreable Episode de deux honnestes gens qui joüent tour à tour un poltron, & le tournent en ridicule.

  Il y avoit icy un aussi beau jeu pour les *A parte* qu'en la *Vefve*, mais j'y en fais voir la mesme aversion, avec cet avantage, qu'une seule Scene qui ouvre le *Theatre* donne icy l'intelligence du sens caché de ce que disent mes *Acteurs*, & qu'en l'autre j'en employe quatre ou cinq pour l'éclaircir.

  L'unité de lieu est assez exactement gardée en cette Comedie, avec ce passedroit toutefois dont j'ay déja parlé, que tout ce que dit *Daphnis* à sa porte, ou en la rue, seroit mieux dit dans sa chambre, où les Scenes qui se font sans elle & sans *Amarante*, ne peuvent se placer. C'est ce qui m'oblige à la faire sortir au dehors, afin qu'il y puisse avoir, & unité de lieu entiere, & liaison de Scene perpetuelle dans la Piece : ce qui ne pourroit estre, si elle parloit dans sa chambre, & les autres dans la ruë.

  J'ay déja dit que je tiens impossible de choisir une Place publique pour le lieu de la Scene que cet inconvenient n'arrive ; j'en parleray encor plus au long quand je m'expliqueray sur l'unité de lieu. J'ay dit que la liaison de Scenes est icy perpetuelle, & j'y en ay mis de deux sortes, de presence, & de veüe. Quelques-uns ne veulent pas que quand un

Acteur sort du Theatre pour n'estre point veu de celuy qui y vient, cela fasse une liaison : mais je ne puis estre de leur avis sur ce point, & tiens que c'en est une suffisante, quand l'Acteur qui entre sur le Theatre voit celuy qui en sort, ou que celuy qui sort voit celuy qui entre ; soit qu'il le cherche, soit qu'il le fuye, soit qu'il le voye simplement sans avoir interest à le chercher, ny à le fuir. Aussi j'appelle en general une liaison de veuë, ce qu'ils nomment une liaison de recherche. J'avouë que cette liaison est beaucoup plus imparfaite que celle de presence, & de discours, qui se fait lors qu'un Acteur ne sort point du Theatre sans y laisser un autre à qui il aye parlé, & dans mes derniers Ouvrages je me suis arrêté à celle-cy sans me servir de l'autre : mais enfin je croy qu'on s'en peut contenter, & je la prefererois de beaucoup à celle qu'on appelle liaison de bruit, qui ne me semble pas supportable, s'il n'y a de tres-justes & de tres-importantes occasions qui obligent un Acteur à sortir du Theatre, quand il en entend. Car d'y venir simplement par curiosité, pour sçavoir ce que veut dire ce bruit, c'est une si foible liaison, que je ne conseillerois jamais de s'en servir.

La durée de l'action ne passeroit point en cette Comedie celle de la representation, si l'heure du disner n'y separoit point les deux premiers Actes. Le reste n'emporte que ce temps-là, & je n'aurois pû luy en donner davantage, que mes Acteurs n'eussent le loisir de s'éclaircir : ce qui les broüille n'étant qu'un mal-entendu, qui ne peut subsister, qu'autant que Geraste, Florame, & Daphnis ne se trouvent point tous trois ensemble. Je n'ose dire que je m'y suis asservy à faire les Actes si égaux, qu'aucun n'a pas un vers plus que l'autre, c'est une affectation qui ne fait aucune beauté. Il faut à la verité les rendre les plus égaux qu'il se peut, mais il n'est pas besoin de cette exactitude. Il suffit qu'il n'y aye point d'inégalité notable, qui fatigue l'attention de l'Auditeur en quelques-uns, & ne la remplisse pas dans les autres.

LA PLACE ROYALE.

JE ne puis dire tant de bien de celle-cy que de la precedente. Les vers en sont plus forts, mais il y a manifestement une duplicité d'action. Alidor dont l'esprit extravagant se trouve incommodé d'un amour qui l'attache trop, veut faire en sorte qu'Angelique sa Maîtresse se donne à son amy Cleandre, & c'est pour cela qu'il luy fait rendre une fausse lettre qui le convainc de legereté, & qu'il joint à cette supposition des mépris assez piquans pour l'obliger dans sa colere à accepter les affections d'un autre. Ce dessein avorte & la donne à Doraste contre son intention, & cela l'oblige à en faire un nouveau pour la porter à un enlevement. Ces deux desseins formez ainsi l'un après l'autre font deux actions, & donnent deux ames au Poëme, qui d'ailleurs finit assez mal par un mariage de deux personnes Episodiques qui ne tiennent que le second rang dans la Piece. Les premiers Acteurs y achevent bizarrement, & tout ce qui les regarde fait languir le cinquiéme Acte, où ils ne paroissent plus à le bien prendre que comme seconds Acteurs. L'Epilogue d'Alidor n'a pas la grace de celuy de la Suivante, qui ayant été tres-interessée dans l'action principale, & demeurant enfin sans Amant, n'ose expliquer ses sentimens en la presence de sa Maîtresse & de son pere, qui ont tous deux leur conte, & les laisse rentrer, pour pester en liberté contre eux, & contre sa mauvaise fortune dont elle se plaint en elle-mesme, & fait par là connoistre au Spectateur l'assiette de son esprit après un effet si contraire à ses souhaits.

Alidor est sans doute trop bon amy pour estre si mauvais amant. Puisque sa passion l'importune tellement, qu'il veut bien outrager sa Maîtresse pour s'en défaire, il devroit se contenter de ce premier effort qui la fait obtenir à Doraste, sans s'embarasser de nouveau pour l'interest d'un amy, & hazarder en sa consideration un repos qui luy est si précieux. Cet amour de son repos n'empesche point qu'au cinquiéme Acte il ne se montre encor passionné pour cette Maîtresse, malgré la resolution qu'il avoit prise de s'en défaire, & les trahisons qu'il luy a faites; de sorte qu'il semble ne commencer à l'aimer veritablement que quand il luy a donné sujet de le haïr. Cela fait une inégalité de Mœurs qui est vicieuse.

Le caractere d'Angelique sort de la bienseance, en ce qu'elle est trop amoureuse, & se resout trop tost à se faire enlever par un homme, qui luy doit estre suspect. Cet enlevement luy reüssit mal, & il a été bon de luy donner un mauvais succez, bien qu'il ne soit pas besoin que les grands crimes soient punis dans la Tragedie, parce que leur peinture imprime assez d'horreur, pour en détourner les Spectateurs. Il n'en est pas de mesme des fautes de cette nature, & elles pourroient engager un esprit jeune & amoureux à les imiter, si l'on voyoit que ceux qui les commettent vinssent à bout par ce mauvais moyen de ce qu'ils desirent.

Malgré cet abus introduit par la necessité, & legitimé par l'usage, de faire dire dans la ruë à nos Amantes de Comedie ce que vray-semblablement elles diroient dans leur chambre, je n'ay osé y placer Angelique durant la reflexion douloureuse qu'elle fait sur la promptitude, & l'imprudence de ses ressentimens, qui la font consentir à épouser l'objet de sa haine. I'ay mieux aimé rompre la liaison des Scenes, & l'unité de lieu qui se trouve assez exacte en ce Poëme, à cela près, afin de la faire souspirer dans son cabinet avec plus de bien-seance pour elle, & plus

de seureté

de ſeureté pour l'entretien d'Alidor. *Philis* qui le voit ſortir de chez elle, en auroit trop veu ſi elle les avoit aperceus tous deux ſur le Theatre ; & au lieu du ſoupçon de quelque intelligence renoüée entre eux, qui la porte à l'obſerver durant le bal, elle auroit eu ſujet d'en prendre une entiere certitude, & d'y donner un ordre, qui euſt rompu tout le nouveau deſſein d'Alidor, & l'intrique de la Piece. En voila aſſez ſur celle-cy, je paſſe aux deux qui restent dans ce Volume.

MEDE'E.

CEtte Tragedie a été traitée en Grec par *Euripide*, & en Latin par *Seneque*, & c'eſt ſur leur exemple que je me ſuis authoriſé à en mettre le lieu dans une Place publique : quelque peu de vray-ſemblance qu'il y aye à y faire parler des Rois, & à y voir *Medée* prendre les deſſeins de ſa vangeance. Elle en fait confidence chez *Euripide* à tout le Chœur compoſé de Corinthiennes Sujettes de *Creon*, & qui devoient eſtre du moins au nombre de quinze, à qui elle dit hautement qu'elle fera perir leur Roy, leur Princeſſe & ſon mary, ſans qu'aucune d'elles ait la moindre penſée d'en donner avis à ce Prince.

Pour *Seneque*, il y a quelque apparence qu'il ne luy fait pas prendre ces reſolutions violentes en preſence du Chœur, qui n'eſt pas toûjours ſur ſon Theatre, & n'y parle jamais aux autres Acteurs : mais je ne puis comprendre comme dans ſon quatriéme Acte il luy fait achever ſes enchantemens en Place publique, & j'ay mieux aimé rompre l'unité exacte du lieu pour faire voir *Medée* dans le meſme cabinet où elle a fait ſes charmes, que de l'imiter en ce point.

Tous les deux m'ont ſemblé donner trop peu de défiance à *Creon* des preſens de cette Magicienne, offenſée au dernier point, qu'il témoigne craindre chez l'un & chez l'autre, & dont il a d'autant plus de lieu de ſe défier, qu'elle luy demande instamment un jour de delay pour ſe préparer à partir, & qu'il croit qu'elle ne le demande, que pour machiner quelque choſe contre luy, & troubler les nopces de ſa fille.

J'ay creu mettre la choſe dans un peu plus de justeſſe par quelques précautions que j'y ay apportées. La premiere, en ce que *Creüſe* ſouhaite avec paſſion cette robbe que *Medée* empoiſonne, & qu'elle oblige *Iaſon* à la tirer d'elle par adreſſe. Ainſi bien que les preſens des ennemis doivent eſtre ſuſpects, celuy-cy ne le doit pas eſtre, parce que ce n'eſt pas tant un don qu'elle fait, qu'un payement qu'on luy arrache de la grace que ſes enfans reçoivent. La ſeconde, en ce que ce n'eſt pas elle qui demande ce jour de delay, qu'elle employe à ſa vangeance, mais *Creon* qui le luy donne de ſon mouvement, comme pour diminuer quelque choſe de l'injuste vio-

lence qu'il luy fait, dont il semble avoir honte en luy-mesme; & la troisiéme enfin, en ce qu'après les défiances que Pollux luy en fait prendre
presque par force, il en fait faire l'épreuve sur une autre, avant que de
permettre à sa fille de s'en parer.

  L'Episode d'Ægée n'est pas tout-à-fait de mon invention. Euripide
l'introduit en son troisiéme Acte, mais seulement comme un passant à qui
Medée fait ses plaintes, & qui l'asseure d'une retraite chez luy à Athenes, en consideration d'un service qu'elle promet de luy rendre. En quoy
je trouve deux choses à dire. L'une, qu'Ægée étant dans la Cour de Creon
ne parle point du tout de le voir: l'autre que bien qu'il promette à Medée
de la recevoir & protéger à Athenes après qu'elle se sera vangée, ce qu'elle fait dès ce jour-là mesme, il luy témoigne toutefois qu'au sortir de Corinthe il va trouver Pitheus à Troezéne, pour consulter avec luy sur le
sens de l'Oracle qu'on venoit de luy rendre à Delphes, & qu'ainsi Medée
seroit demeurée en assez mauvaise posture dans Athenes en l'attendant,
puisqu'il tarda manifestement quelque temps chez Pitheus, où il fit l'a-
mour à sa fille Æthra, qu'il laissa grosse de Thesée, & n'en partit point
que sa grossesse ne fust constante. Pour donner un peu plus d'interest à ce
Monarque dans l'action de cette Tragedie, je le fais amoureux de Creüse,
qui luy préfere Iason; & je porte ses ressentimens à l'enlever, afin qu'en
cette entreprise demeurant prisonnier de ceux qui la sauvent de ses mains,
il aye obligation à Medée de sa delivrance, & que la reconnoissance qu'il
luy en doit l'engage plus fortement à sa protection, & mesme à l'épouser,
comme l'Histoire le marque.

  Pollux est de ces Personnages Protatiques, qui ne sont introduits que
pour écouter la narration du Sujet. Ie pense l'avoir déja dit, & j'ajouste
que ces Personnages sont d'ordinaire assez difficiles à imaginer dans la
Tragedie, parce que les évenemens publics & éclatans dont elle est composée sont connus de tout le monde, & que s'il est aisé de trouver des gens
qui les sçachent pour les raconter, il n'est pas aisé d'en trouver qui les
ignorent pour les entendre. C'est ce qui m'a fait avoir recours à cette fiction, que Pollux depuis son retour de Colchos avoit toûjours été en Asie,
où il n'avoit rien appris de ce qui s'étoit passé dans la Grece que la Mer
en separe. Le contraire arrive en la Comedie. Comme elle n'est que d'intriques particuliers, il n'est rien si facile que de trouver des gens qui les
ignorent, mais souvent il n'y a qu'une seule personne qui les puisse expliquer. Ainsi l'on n'y manque jamais de confidents, quand il y a matiere de confidence.

  Dans la Narration que fait Nerine au quatriéme Acte on peut considerer, que quand ceux qui écoutent ont quelque chose d'important dans
l'esprit, ils n'ont pas assez de patience pour écouter le detail de ce qu'on
leur vient raconter, & c'est assez pour eux d'en apprendre l'évenement

en un mot. C'est ce que fait voir icy Medée, qui ayant sçeu que Iason
a arraché Creüse à ses ravisseurs, & pris Ægée prisonnier, ne veut
point qu'on luy explique comment cela s'est fait. Lors qu'on a affaire
à un esprit tranquille, comme Achorée à Cleopatre dans la mort de Pompée, pour qui elle ne s'interesse que par un sentiment d'honneur, on prend
le loisir d'exprimer toutes les particularitez; mais avant que d'y descendre, j'estime qu'il est bon, mesme alors, d'en dire tout l'effet en deux
mots dès l'abord.

Sur tout dans les Narrations ornées & Pathetiques il faut tres-soi-
gneusement prendre garde en quelle assiette est l'ame de celuy qui parle,
& de celuy qui écoute, & se passer de cet ornement qui ne va guere sans
quelque étalage ambitieux, s'il y a la moindre apparence que l'un des
deux soit trop en peril, ou dans une passion trop violente, pour avoir
toute la patience necessaire au recit qu'on se propose.

J'oubliois à remarquer que la prison, où je mets Ægée, est un spectacle desagreable, que je conseillerois d'éviter. Ces grilles qui éloignent
l'Acteur du Spectateur, & luy cachent toûjours plus de la moitié de sa
personne, ne manquent jamais à rendre son action fort languissante. Il
arrive quelquefois des occasions indispensables de faire arréter prisonniers sur nos Theatres quelques-uns de nos principaux Acteurs : mais
alors il vaut mieux se contenter de leur donner des Gardes qui les suivent, & n'affoiblissent ny le spectacle, ny l'action, comme dans Polyeucte,
& dans Heraclius. J'ay voulu rendre visible icy l'obligation qu'Ægée
avoit à Medée, mais cela se fust mieux fait par un recit.

Je seray bien aise encor qu'on remarque la civilité de Iason envers
Pollux à son depart. Il l'accompagne jusques hors de la ville, & c'est
une adresse de Theatre assez heureusement pratiquée, pour l'éloigner de
Creon & Creüse mourants, & n'en avoir que deux à la fois à faire parler. Vn Autheur est bien embarassé quand il en a trois, qui tous ont
une assez forte passion dans l'ame, pour leur donner une juste impatience de la pousser au dehors. C'est ce qui m'a obligé à faire mourir ce Roy
malheureux, avant l'arrivée de Iason, afin qu'il n'eust à parler qu'à
Creüse, & à faire mourir cette Princesse avant que Medée se montre sur
le balcon, afin que cet Amant en colere n'aye plus à qui s'adresser qu'à
elle : mais on auroit eu lieu de trouver à dire qu'il ne fust pas auprès de
sa Maîtresse dans un si grand malheur, si je n'eusse rendu raison de son
éloignement.

J'ay feint que les feux que produit la robbe de Medée, & qui font
perir Creon & Creüse, étoient invisibles, parce que j'ay mis leurs personnes sur la Scene dans la Catastrophe. Ce Spectacle de mourants m'é-
toit necessaire pour remplir mon cinquiéme Acte, qui sans cela n'eust pû
atteindre à la longueur ordinaire des nostres : mais à dire le vray, il n'a

pas l'effet que demande la Tragedie, & ces deux mourants importunent
plus par leurs cris & par leurs gémissemens, qu'ils ne font pitié par leur
malheur. La raison en est, qu'ils semblent l'avoir merité par l'injustice
qu'ils ont faite à *Medée*, qui attire si bien de son costé toute la faveur de
l'Auditoire, qu'on excuse sa vangeance, après l'indigne traitement qu'elle a receu de *Creon*, & de son mary, & qu'on a plus de compassion du desespoir où ils l'ont reduite, que de tout ce qu'elle leur fait souffrir.

Quant au stile il est fort inégal en ce Poëme, & ce que j'y ay meslé
du mien, approche si peu de ce que j'ay traduit de *Seneque*, qu'il n'est
point besoin d'en mettre le texte en marge, pour faire discerner au Lecteur
ce qui est de luy, ou de moy. Le temps m'a donné le moyen d'amasser assez
de forces, pour ne laisser pas cette difference si visible dans le *Pompée*,
où j'ay beaucoup pris de *Lucain*, & ne crois pas estre demeuré fort au
dessous de luy, quand il a fallu me passer de son secours.

L'ILLVSION.

IE diray peu de chose de cette Piece. C'est une galanterie extravagante
qui a tant d'irregularitez, qu'elle ne vaut pas la peine de la considerer, bien que la nouveauté de ce caprice en aye rendu le succès assez favorable, pour ne me repentir pas d'y avoir perdu quelque temps. Le
premier Acte ne semble qu'un Prologue. Les trois suivans forment une
Piece que je ne sçay comment nommer. Le succès en est Tragique,
Adraste y est tué, & *Clindor* en peril de mort : mais le stile & les
Personnages sont entierement de la Comedie. Il y en a mesme un qui
n'a d'estre que dans l'imagination, inventé exprès pour faire rire, &
dont il ne se trouve point d'original parmy les hommes. C'est un Capitan qui soûtient assez son caractere de fanfaron, pour me permettre de
croire qu'on en trouvera peu dans quelque Langue que ce soit qui s'en
acquitent mieux. L'action n'y est pas complete, puisqu'on ne sçait à la
fin du quatriéme Acte qui la termine ce que deviennent les principaux
Acteurs, & qu'ils se desrobent plûtost au peril, qu'ils n'en triomphent.
Le lieu y est assez regulier, mais l'unité de jour n'y est pas observée. Le
cinquiéme est une Tragedie assez courte pour n'avoir pas la juste grandeur que demande *Aristote*, & que j'ay tasché d'expliquer. *Clindor* &
Isabelle étans devenus Comediens, sans qu'on le sçache, y representent
une histoire, qui a du rapport avec la leur, & semble en estre la suite.
Quelques-uns ont attribué cette conformité à un manque d'invention :
mais c'est un trait d'Art pour mieux abuser par une fausse mort le pere
de *Clindor* qui les regarde, & rendre son retour de la douleur à la joye
plus surprenant, & plus agreable.

Tout cela coufu enfemble fait une Comedie, dont l'action n'a pour durée que celle de fa reprefentation, mais furquoy il ne feroit pas feur de prendre exemple. Les caprices de cette nature ne fe hazardent qu'une fois, & quand l'original auroit pafsé pour merveilleux, la copie n'en peut jamais rien valoir. Le ftile femble affez proportionné aux matieres, fi ce n'eft que Lyfe en la fixiéme Scene du troifiéme Acte, femble s'élever un peu trop au deffus du caractere de Servante. Ces deux vers d'Horace luy ferviront d'excufe, auffi bien qu'au pere du Menteur, quand il fe met en colere contre fon fils au cinquiéme.

Interdum tamen & vocem Comedia tollit,
Iratufque Chremes tumido delitigat ore.

Je ne m'étendray pas davantage fur ce Poëme. Tout irregulier qu'il eft, il faut qu'il aye quelque merite, puisqu'il a furmonté l'injure des temps, & qu'il paroift encor fur nos Theatres, bien qu'il y aye plus de vingt & cinq années qu'il eft au Monde, & qu'une fi longue revolution en aye enfevely beaucoup fous la pouffiere, qui fembloient avoir plus de droit que luy de pretendre à une fi heureufe durée.

LE CID.

CE Poëme a tant d'avantages du cofté du Sujet, & des penfées brillantes dont il eft femé, que la pluspart de fes Auditeurs n'ont pas voulu voir les defauts de fa conduite, & ont laifsé enlever leurs fuffrages au plaifir que leur a donné fa reprefentation. Bien que ce foit celuy de tous mes Ouvrages Reguliers où je me fuis permis le plus de licence, il paffe encore pour le plus beau auprès de ceux qui ne s'attachent pas à la derniere feverité des Regles, & depuis vingt-trois ans qu'il tient fa place fur nos Theatres, l'Hiftoire ny l'effort de l'imagination n'y ont rien fait voir, qui en aye effacé l'éclat. Auffi a-t'il les deux grandes conditions que demande Ariftote aux Tragedies parfaites, & dont l'affemblage fe rencontre fi rarement chez les Anciens & les Modernes. Il les affemble mefme plus fortement, & plus noblement, que les especes que pofe ce Philofophe. Vne Maîtreffe que fon devoir force à pourfuivre la mort de fon Amant, qu'elle tremble d'obtenir, a les paffions plus vives & plus allumées, que tout ce qui peut fe paffer entre un mary & une femme, une mere & un fils, un frere & une fœur; & la haute vertu dans un naturel fenfible à ces paffions, qu'elle dompte fans les affoiblir, & à qui elle laiffe toute leur force pour en triompher plus glorieufement, a quelque chofe de plus touchant, de plus élevé, & de plus aimable, que cette mediocre bonté, capable d'une foibleffe & mefme d'un crime, où nos Anciens étoient contraints d'arréter le caractere le plus parfait des *Rois* & des *Princes,* dont ils faisoient leurs *Heros,* afin que ces taches & ces forfaits défigurant ce qu'ils leur laissoient de vertu, s'accommodast au goust & aux souhaits de leurs *Spectateurs,* & fortifiast l'horreur qu'ils avoient conceuë de leur domination, & de la *Monarchie.*

Rodrigue suit icy son devoir sans rien relascher de sa passion : *Chiméne* fait la mesme chose à son tour, sans laisser ébransler son dessein par la douleur où elle se voit abysmée par là ; & si la presence de son *Amant* luy fait faire quelque faux pas, c'est une glissade dont elle se releve à l'heure mesme, & non seulement elle connoit si bien sa faute qu'elle nous en avertit, mais elle fait un prompt desaveu de tout ce que une veuë si chere luy a pû arracher. Il n'est point besoin qu'on luy reproche qu'il luy est honteux de souffrir l'entretien de son *Amant* après qu'il a tué son pere ; elle avouë que c'est la seule prise que la médisance aura sur elle. Si elle s'emporte jusqu'à luy dire qu'elle veut bien qu'on sçache qu'elle l'adore & le poursuit, ce n'est point une resolution si ferme, qu'elle l'empesche de cacher son amour de tout son possible, lors qu'elle est en la presence du *Roy.* S'il luy échape de l'encourager au combat contre *Don Sanche* par ces paroles,

> Sors vainqueur d'un combat dont Chiméne est le prix,

elle ne se contente pas de s'enfuir de honte au mesme moment ; mais si-tost qu'elle est avec *Elvire,* à qui elle ne déguise rien de ce qui se passe dans son ame, & que la veuë de ce cher objet ne luy fait plus de violence, elle forme un souhait plus raisonnable, qui satisfait sa vertu & son amour tout ensemble, & demande au Ciel que le combat se termine

> Sans faire aucun des deux ny vaincu, ny vainqueur.

Si elle ne dissimule point qu'elle panche du costé de *Rodrigue,* de peur d'estre à *Don Sanche* pour qui elle a de l'aversion, cela ne détruit point la protestation qu'elle a faite un peu auparavant, que malgré la loy de ce combat, & les promesses que le *Roy* a faites à *Rodrigue,* elle luy sera mille autres ennemis, s'il en sort victorieux. Ce grand éclat mesme qu'elle laisse faire à son amour après qu'elle le croit mort, est suivy d'une opposition vigoureuse à l'execution de cette loy qui la donne à son *Amant,* & elle ne se taist qu'après que le *Roy* l'a differée, & luy a laissé lieu d'esperer qu'avec le temps il y pourra survenir quelque obstacle. Ie sçay bien que le silence passe d'ordinaire pour une marque de consentement, mais quand les *Rois* parlent, c'en est une de contradiction. On ne manque jamais à leur applaudir, quand on entre dans leurs sentimens ; & le seul moyen de leur contredire avec le respect qui leur est dû, c'est de se taire, quand leurs ordres ne sont pas si pressants, qu'on ne puisse remettre à s'excuser de leur obeïr, lors que le temps en sera venu,

*& conserver cependant une esperance legitime d'un empeschement, qu'on
ne peut encor déterminément prévoir.*

*Il est vray que dans ce Sujet il faut se contenter de tirer Rodrigue
de peril, sans le pousser jusque à son mariage avec Chiméne. Il est Histo-
rique, & a plû en son temps ; mais bien seurement il déplairoit au nostre,
& j'ay peine à voir que Chiméne y consente chez l'Autheur Espagnol,
bien qu'il donne plus de trois ans de durée à la Comedie qu'il en a faite.   Pour ne pas contredire l'Histoire, j'ay crû ne me pouvoir dispenser
d'en jetter quelque idée, mais avec incertitude de l'effet, & ce n'étoit
que par là que je pouvois accorder la bien-seance du Theatre avec la verité de l'évenement.*

*Les deux visites que Rodrigue fait à sa Maîtresse ont quelque chose
qui choque cette bien-seance de la part de celle qui les souffre ; la rigueur
du devoir vouloit qu'elle refusast de luy parler, & s'enfermast dans son
cabinet au lieu de l'écouter ; mais permettez-moy de dire avec un des
premiers esprits de nostre Siecle,* que leur conversation est remplie de
si beaux sentimens, que plusieurs n'ont pas connu ce defaut, & que
ceux qui l'ont connu, l'ont toleré.   *J'iray plus outre, & diray que
tous presque ont souhaité que ces entretiens se fissent, & j'ay remarqué
aux premieres representations, qu'alors que ce malheureux Amant se
presentoit devant elle, il s'élevoit un certain fremissement dans l'Assem-
blée, qui marquoit une curiosité merveilleuse, & un redoublement d'attention pour ce qu'ils avoient à se dire dans un état si pitoyable. Aristote dit* qu'il y a des absurditez qu'il faut laisser dans un Poëme, quand
on peut esperer qu'elles feront bien receuës, & il est du devoir du
Poëte en ce cas de les couvrir de tant de brillants, qu'elles puissent
ébloüir. *Ie laisse au jugement de mes Auditeurs, si je me suis assez bien
acquité de ce devoir, pour justifier par là ces deux Scenes. Les pensées
de la premiere des deux sont quelquefois trop spirituelles pour partir de
personnes fort affligées ; mais outre que je n'ay fait que la paraphraser
de l'Espagnol, si nous ne nous permettions quelque chose de plus ingenieux que le cours ordinaire de la passion, nos Poëmes ramperoient souvent, & les grandes douleurs ne mettroient dans la bouche de nos Acteurs,
que des exclamations & des helas.   Pour ne déguiser rien, cette offre
que fait Rodrigue de son épée à Chiméne, & cette protestation de se laisser tuer par D. Sanche, ne me plairoient pas maintenant. Ces beautez
étoient de mise en ce temps-là, & ne le seroient plus en celuy-cy.   La
premiere est dans l'original Espagnol, & l'autre est tirée sur ce modele.
Toutes les deux ont fait leur effet en ma faveur, mais je ferois scrupule
d'en étaler de pareilles à l'avenir sur nostre Theatre.*

*J'ay dit ailleurs ma pensée touchant l'Infante, & le Roy ; il reste
neantmoins quelque chose à examiner sur la maniere dont ce dernier agit,*

qui ne paroit pas aſſez vigoureuſe, en ce qu'il ne fait pas arréter le Comte après le ſoufflet donné, & n'envoye pas des Gardes à D. Diegue & à ſon fils. Surquoy on peut conſiderer, que D. Fernand étant le premier Roy de Caſtille, & ceux qui en avoient été maiſtres auparavant luy n'ayant eu tiltre que de Comtes, il n'étoit peut-eſtre pas aſſez abſolu ſur les grands Seigneurs de ſon Royaume, pour le pouvoir faire. Chez D. Guillen de Caſtro qui a traité ce Sujet avant moy, & qui devoit mieux connoiſtre que moy quelle étoit l'authorité de ce premier Monarque de ſon pais, le ſoufflet ſe donne en ſa preſence, & en celle de deux Miniſtres d'Etat, qui luy conſeillent, après que le Comte s'eſt retiré fiérement & avec bravade, & que D. Diegue a fait la meſme choſe en ſoûpirant, de ne le pouſſer point à bout, parce qu'il a quantité d'amis dans les Aſturies, qui ſe pourroient revolter, & prendre party avec les Maures dont ſon Etat eſt environné. Ainſi il ſe reſout d'accommoder l'affaire ſans bruit, & recommande le ſecret à ces deux Miniſtres, qui ont été ſeuls témoins de l'action. C'eſt ſur cet exemple que je me ſuis crû bien fondé à le faire agir plus mollement qu'on ne feroit en ce temps-cy, où l'authorité Royale eſt plus abſoluë. Ie ne penſe pas non plus qu'il manque beaucoup à ne jetter point l'alarme de nuit dans ſa Ville, ſur l'avis incertain qu'il a du deſſein des Maures, puiſque on faiſoit bonne garde ſur les murs & ſur le Port : mais il eſt inexcuſable de n'y donner aucun ordre après leur arrivée, & de laiſſer tout faire à Rodrigue. La loy du combat qu'il propoſe à Chiméne avant que de le permettre à Don Sanche contre Rodrigue, n'eſt pas ſi injuſte que quelques-uns ont voulu le dire, parce qu'elle eſt plûtoſt une menace pour la faire dédire de la demande de ce combat, qu'un Arreſt qu'il luy veüille faire executer. Cela paroit, en ce qu'après la victoire de Rodrigue, il n'en exige pas préciſement l'effet de ſa parole, & la laiſſe en état d'eſperer que cette condition n'aura point de lieu.

Ie ne puis dénier que la Régle des vingt & quatre heures preſſe trop les incidents de cette Piece. La mort du Comte & l'arrivée des Maures s'y pouvoient entreſuivre d'auſſi près qu'elles font, parce que cette arrivée eſt une ſurpriſe, qui n'a point de communication, ny de meſures à prendre avec le reſte ; mais il n'en va pas ainſi du combat de D. Sanche, dont le Roy étoit le maiſtre, & pouvoit luy choiſir un autre temps que deux heures après la fuite des Maures. Leur défaite avoit aſſez fatigué Rodrigue toute la nuit, pour meriter deux ou trois jours de repos, & meſme il y avoit quelque apparence qu'il n'en étoit pas échapé ſans bleſſures, quoy que je n'en aye rien dit, parce qu'elles n'auroient fait que nuire à la concluſion de l'action.

Cette meſme Régle preſſe auſſi trop Chiméne de demander juſtice au Roy la ſeconde fois. Elle l'avoit fait le ſoir d'auparavant, & n'avoit

aucun

aucun sujet d'y retourner le lendemain matin pour en importuner le
Roy, dont elle n'avoit encor aucun lieu de se plaindre, puisqu'elle ne
pouvoit encor dire qu'il luy eust manqué de promesse. Le Roman luy auroit donné sept ou huit jours de patience, avant que de l'en presser de
nouveau; mais les vingt & quatre heures ne l'ont pas permis. C'est l'incommodité de la Régle, passons à celle de l'unité de lieu, qui ne m'a
pas donné moins de gesne en cette Piece.

Je l'ay placé dans Séville, bien que D. Fernand n'en aye jamais été
le maistre, & j'ay été obligé à cette falsification, pour former quelque
vray-semblance à la descente des Maures, dont l'Armée ne pouvoit venir si viste par terre, que par eau. Ie ne voudrois pas asseurer toutefois
que le flux de la Mer monte effectivement jusques-là : mais comme dans
nostre Seine il fait encor plus de chemin, qu'il ne luy en faut faire sur
le Guadalquivir pour battre les murailles de cette Ville, cela peut suffire
à fonder quelque probabilité parmy nous, pour ceux qui n'ont point été
sur le lieu mesme.

Cette arrivée des Maures ne laisse pas d'avoir ce defaut que j'ay marqué ailleurs, qu'ils se presentent d'eux-mesmes, sans estre appellez, dans
la Piece directement, ny indirectement, par aucun Acteur du premier
Acte. Ils ont plus de justesse dans l'irregularité de l'Autheur Espagnol.
Rodrigue n'osant plus se montrer à la Cour les va combatre sur la fron-
tiere, & ainsi le premier Acteur les va chercher, & leur donne place dans
le Poëme; au contraire de ce qui arrive icy, où ils semblent se venir
faire de feste exprès pour en estre battus, & luy donner moyen de rendre
un service d'importance à son Roy qui luy fasse obtenir sa grace. C'est
une seconde incommodité de la Régle dans cette Tragedie.

Tout s'y passe donc dans Séville, & garde ainsi quelque espece d'unité de lieu en general, mais le lieu particulier change de Scene en Scene,
& tantost c'est le Palais du Roy, tantost l'Apartement de l'Infante, tantost la maison de Chiméne, & tantost une ruë, ou Place publique. On
le détermine aisément pour les Scenes détachées, mais pour celles qui ont
leur liaison ensemble, comme les quatre derniers du premier Acte, il est
mal aisé d'en choisir un qui convienne à toutes. Le Comte & D. Diegue
se querellent au sortir du Palais, cela se peut passer dans une ruë, mais
après le soufflet receu D. Diegue ne peut pas demeurer en cette ruë à
faire ses plaintes attendant que son fils survienne, qu'il ne soit tout aussi-
tost environné de Peuple, & ne reçoive l'offre de quelques amis. Ainsi
il seroit plus à propos qu'il se plaignist dans sa maison où le met l'Espagnol, pour laisser aller ses sentimens en liberté; mais en ce cas il faudroit délier les Scenes comme il a fait. En l'état où elles sont icy, on
peut dire qu'il faut quelquefois aider au Theatre, & suppléer favorablement ce qui ne s'y peut representer. Deux personnes s'y arrétent pour

Tome I.   ë ë parler, & quelquefois il faut préfumer qu'ils marchent, ce qu'on ne peut expofer fenfiblement à la veuë, parce qu'ils échaperoient aux yeux avant que d'avoir pû dire ce qu'il eft neceffaire qu'ils faffent fçavoir à l'Auditeur. Ainfi par une fiction de Theatre, on peut s'imaginer que Don Diegue & le Comte fortant du Palais du Roy, avancent toûjours en fe querellant, & font arrivez devant la maifon de ce premier, lors qu'il reçoit le foufflet, qui l'oblige à y entrer pour y chercher du fecours. Si cette fiction Poëtique ne vous fatisfait point, laiffons-le dans la Place publique, & difons que le concours du Peuple autour de luy après cette offence, & les offres de fervice que luy font les premiers amis qui s'y rencontrent, font des circonftances que le Roman ne doit pas oublier, mais que ces menuës actions ne fervant de rien à la principale, il n'eft pas befoin que le Poëte s'en embaraffe fur la Scene. Horace l'en difpenfe par ces Vers,

> Hoc amet hoc fpernat promiffi carminis author,
> Pleraque negligat.   & ailleurs
> Semper ad euentum feftinet.

C'eft ce qui m'a fait negliger au troifiéme Acte de donner à D. Diegue, pour aide à chercher fon fils, aucun des cinq cens amis qu'il avoit chez luy. Il y a grande apparence que quelques-uns d'eux l'y accompagnoient, & mefme que quelques autres le cherchoient pour luy d'un autre cofté ; mais ces accompagnemens inutiles de perfonnes qui n'ont rien à dire, puifque celuy qu'ils accompagnent a feul tout l'intereft à l'action, ces fortes d'accompagnements, dis-je, ont toûjours mauvaife grace au Theatre, & d'autant plus, que les Comediens n'employent à ces Perfonnages muets que leurs moucheurs de chandelles, & leurs valets, qui ne fçavent quelle pofture tenir.

Les funerailles du Comte étoient encore une chofe fort embaraffante, foient qu'elles fe foient faites avant la fin de la Piece, foit que le corps aye demeuré en prefence dans fon Hôtel, attendant qu'on y donnaft ordre. Le moindre mot que j'en euffe laiffé dire, pour en prendre foin, euft rompu toute la chaleur de l'attention, & remply l'Auditeur d'une fâcheufe idée. I'ay creu plus à propos de les defrober à fon imagination par mon filence, auffi-bien que le lieu précis de ces quatre Scenes du premier Acte dont je viens de parler, & je m'affeure que cet artifice m'a fi bien reüffi, que peu de perfonnes ont pris garde à l'un ny à l'autre, & que la pluspart des Spectateurs laiffant emporter leurs efprits à ce qu'ils ont veu & entendu de Pathetique en ce Poëme, ne fe font point avifez de refléchir fur ces deux confiderations.

I'achéve par une remarque fur ce que dit Horace, que ce qu'on expofe à la veuë touche bien plus que ce qu'on n'apprend que par un recit.

C'eft furquoy je me fuis fondé pour faire voir le foufflet que reçoit D. Diegue, & cacher aux yeux la mort du Comte, afin d'aquerir & conferuer à mon premier Acteur l'amitié des Auditeurs, fi neceffaire pour reüffir *au Theatre. L'indignité d'un affront fait à un vieillard, chargé d'années & de victoires, les jette aisément dans le party de l'offencé, & cette mort qu'on vient dire au Roy tout simplement, sans aucune narration touchante, n'excite point en eux la commiseration qu'y eust fait naistre le spectacle de son sang, & ne leur donne aucune aversion pour ce malheureux Amant, qu'ils ont veu forcé par ce qu'il devoit à son honneur d'en venir à cette extremité, malgré l'interest & la tendresse de son amour.*

HORACE.

C'Est une croyance assez generale que cette Piece pourroit passer pour la plus belle des miennes, si les derniers Actes répondoient aux premiers. Tous veulent que la mort de Camille en gaste la fin, & j'en demeure d'accord : mais je ne sçay si tous en sçavent la raison. On l'attribuë communément à ce qu'on voit cette mort sur la Scene, ce qui seroit plûtost la faute de l'Actrice que la mienne, parce que quand elle voit son frere mettre l'épée à la main, la frayeur si naturelle au sexe luy doit faire prendre la fuite, & recevoir le coup derriere le Theatre, comme je le marque dans cette impression. Si c'est une Regle de ne le point ensanglanter, elle n'est pas du temps d'Aristote, qui nous apprend que pour émouvoir puissamment, il faut de grands déplaisirs, des blessures, & des morts en Spectacle. Horace ne veut pas que nous y hazardions les évenemens trop dénaturez, comme de Medée qui tuë ses enfans, mais je ne voy pas qu'il en fasse une Regle generale pour toutes sortes de morts, ny que l'emportement d'un homme passionné pour sa patrie, contre une sœur qui la maudit en sa presence avec des imprecations horribles, soit de mesme nature que la cruauté de cette mere. Seneque l'expose aux yeux du Peuple en dépit d'Horace, & chez Sophocle Ajax ne se cache point aux Spectateurs lors qu'il se tuë. L'adoucissement que j'ay apporté pour rectifier la mort de Clytemnestre ne peut estre propre icy à celle de Camille. Quand elle s'enferreroit d'elle-mesme par desespoir en voyant son frere l'épée à la main, ce frere ne laisseroit pas d'estre criminel de l'avoir tirée contre elle, puisqu'il n'y a point de troisiéme personne sur le Theatre à qui il pûst adresser le coup qu'elle recevroit, comme peut faire Oreste à Ægiste. D'ailleurs l'Histoire est trop connuë, pour retrancher le peril qu'il court d'une mort infame après l'avoir tuée, & la défense que luy prête son pere pour obtenir sa grace n'auroit plus de lieu, s'il demeuroit innocent. Quoy qu'il en soit, voyons si cette action n'a pû causer la cheute de ce Poëme que par là, & si elle n'a point d'autre irregularité, que de blesser les yeux.

Comme je n'ay point accoûtumé de dissimuler mes defauts, j'en trouve icy deux ou trois assez considerables. Le premier est, que cette action, qui devient la principale de la Piece, est momentanée, & n'a point cette juste grandeur que luy demande Aristote, & qui consiste en un commencement, un milieu, & une fin. Elle surprend tout d'un coup, & toute la préparation que j'y ay donnée par la peinture de la vertu farouche d'Horace, & par la défence qu'il fait à sa sœur de regretter qui que ce soit, de luy ou de son Amant, qui meure au combat, n'est point suffisante pour faire attendre un emportement si extraordinaire, & servir de commencement à cette action.

Le second defaut est, que cette mort fait une action double par le second peril où tombe Horace après estre sorty du premier. L'unité de peril d'un Heros dans la Tragedie fait l'unité d'action, & quand il en est garanty, la Piece est finie, si ce n'est que la sortie mesme de ce peril l'engage si necessairement dans un autre, que la liaison & la continuité des deux n'en fasse qu'une action : ce qui n'arrive point icy, où Horace revient triomphant sans aucun besoin de tuer sa sœur, ny mesme de parler à elle, & l'action seroit suffisamment terminée à sa victoire. Cette cheute d'un peril en l'autre sans necessité fait icy un effet d'autant plus mauvais, que d'un peril public, où il y va de tout l'Etat, il tombe en un peril particulier, où il n'y va que de sa vie ; & pour dire encor plus, d'un peril illustre où il ne peut succomber que glorieusement, en un peril infame dont il ne peut sortir sans tache. Ajoustez pour troisiéme imperfection, que Camille qui ne tient que le second rang dans les trois premiers Actes, & y laisse le premier à Sabine, prend le premier en ces deux derniers, où cette Sabine n'est plus considerable, & qu'ainsi s'il y a égalité dans les Mœurs, il n'y en a point dans la Dignité des Personnages, où se doit étendre ce Precepte d'Horace,   servetur ad imum

Qualis ab incepto processerit, & sibi constet.

Ce defaut en Rodelinde a été une des principales causes du mauvais succès de Pertharite, & je n'ay point encor veu sur nos Theatres cette inégalité de rang en un mesme Acteur, qui n'aye produit un tres-méchant effet. Il seroit bon d'en établir une Régle inviolable.

Du costé du temps l'action n'est point trop pressée, & n'a rien qui ne me semble vray-semblable. Pour le lieu, bien que l'unité y soit exacte, elle n'est pas sans quelque contrainte. Il est constant qu'Horace & Curiace n'ont point de raison de se separer du reste de la famille pour commencer le second Acte, & c'est une adresse de Theatre de n'en donner aucune, quand on n'en peut donner de bonnes. L'attachement de l'Auditeur à l'action presente souvent ne luy permet pas de descendre à l'examen severe de cette justesse, & ce n'est pas un crime que de s'en prévaloir pour l'éblouïr, quand il est malaisé de le satisfaire.

Le personnage de Sabine est assez heureusement inventé, & trouve sa vray-semblance aisée dans le rapport à l'Histoire, qui marque assez d'amitié & d'égalité entre les deux familles, pour avoir pû faire cette double alliance.

Elle ne sert pas davantage à l'action, que l'Infante à celle du Cid, & ne fait que se laisser toucher diversement comme elle a la diversité des évenemens. Neantmoins on a generalement approuvé celle-cy, & condamné l'autre; j'en ay cherché la raison, & j'en ay trouvé deux. L'une est la liaison des Scenes, qui semble, s'il m'est permis de parler ainsi, incorporer Sabine dans cette Piece, au lieu que dans le Cid toutes celles de l'Infante sont détachées & paroissent hors œuvre;

Tantum series juncturaque pollet:

L'autre, qu'ayant une fois posé Sabine pour femme d'Horace, il est necessaire que tous les incidens de ce Poëme luy donnent les sentimens qu'elle en témoigne avoir, par l'obligation qu'elle a de prendre interest à ce qui regarde son mary & ses freres : mais l'Infante n'est point obligée d'en prendre aucun en ce qui touche le Cid, & si elle a quelque inclination secrete pour luy, il n'est point besoin qu'elle en fasse rien paroistre, puisqu'elle ne produit aucun effet.

L'Oracle qui est proposé au premier Acte trouve son vray sens à la conclusion du cinquiéme. Il semble clair d'abord, & porte l'imagination à un sens contraire, & je les aimerois mieux de cette sorte sur nos Theatres, que ceux qu'on fait entierement obscurs ; parce que la surprise de leur veritable effet en est plus belle. I'en ay usé ainsi encor dans l'Andromede & dans l'Oedipe. Ie ne dis pas la mesme chose des songes, qui peuvent faire encor un grand ornement dans la Protase, pourveu qu'on ne s'en serve pas souvent. Ie voudrois qu'ils eussent l'idée de la fin veritable de la Piece, mais avec quelque confusion, qui n'en permist pas l'intelligence entiere. C'est ainsi que je m'en suis servy deux fois, icy, & dans Polyeucte, mais avec plus d'éclat & d'artifice dans ce dernier Poëme où il marque toutes les particularitez de l'évenement, qu'en celuy-cy où il ne fait qu'exprimer une ébauche tout-à-fait informe de ce qui doit arriver de funeste.

Il passe pour constant que le second Acte est un des plus pathetiques qui soient sur la Scene, & le troisiéme un des plus artificieux. Il est soûtenu de la seule narration de la moitié du combat des trois freres, qui est coupée tres-heureusement pour laisser Horace le pere dans la colere & le déplaisir, & luy donner en suite un beau retour à la joye dans le quatriéme. Il a été à propos pour le jetter dans cette erreur de se servir de l'impatience d'une femme, qui suit brusquement sa premiere idée, & présume le combat achevé, parce qu'elle a veu deux des Horaces par terre, & le troisiéme en fuite. Vn homme, qui doit estre plus posé & plus judicieux, n'euſt pas été propre à donner cette fauſſe alarme. Il euſt dû prendre plus de patience, afin d'avoir plus de certitude de l'évenement, & n'euſt pas été excuſable de ſe laiſſer emporter ſi legerement par les apparences, à préſumer le mauvais ſuccès d'un combat, dont il n'euſt pas veu la fin.

Bien que le Roy n'y paroiſſe qu'au cinquiéme, il y eſt mieux dans ſa Dignité que dans le Cid, parce qu'il a intereſt pour tout ſon Etat dans le reſte de la Piece, & bien qu'il n'y parle point, il ne laiſſe pas d'y agir comme Roy. Il vient auſſi dans ce cinquiéme comme Roy, qui veut honorer par cette viſite un pere dont les fils luy ont conſervé ſa Couronne, & acquis celle d'Albe au prix de leur ſang. S'il y fait l'office de juge, ce n'eſt que par accident, & il le fait dans ce logis meſme d'Horace, par la ſeule contrainte qu'impoſe la Régle de l'unité de lieu. Tout ce cinquiéme eſt encor une des cauſes du peu de ſatisfaction que laiſſe cette Tragedie : il eſt tout en plaidoyez, & ce n'eſt pas là la place des harangues, ny des longs diſcours. Ils peuvent eſtre ſupportez en un commencement de Piece où l'action n'eſt pas encor échauffée : mais le cinquiéme Acte doit plus agir que diſcourir. L'attention de l'Auditeur déja laſſée ſe rebute de ces concluſions qui traiſnent, & tirent la fin en longueur.

Quelques-uns ne veulent pas que Valere y ſoit un digne accuſateur d'Horace, parce que dans la Piece il n'a pas fait voir aſſez de paſſion pour Camille : à quoy je répons, que ce n'eſt pas à dire qu'il n'en euſt une tres-forte, mais qu'un Amant mal voulu ne pouvoit ſe montrer de bonne grace à ſa Maîtreſſe, dans le jour qui la rejoignoit à un Amant aimé. Il n'y avoit point de place pour luy au premier Acte, & encor moins au ſecond ; il falloit qu'il tinſt ſon rang à l'Armée pendant le troiſiéme, & il ſe montre au quatriéme, ſi-toſt que la mort de ſon Rival fait quelque ouverture à ſon eſperance. Il taſche à gagner les bonnes graces du pere, par la commiſſion qu'il prend du Roy de luy apporter les glorieuſes Nouvelles de l'honneur que ce Prince luy veut faire, & par occaſion il luy apprend la victoire de ſon fils qu'il ignoroit. Il ne manque pas d'amour durant les trois premiers Actes, mais d'un temps propre à le témoigner ; & dès la premiere Scene de la Piece il paroit bien qu'il rendoit aſſez de ſoins à Camille, puiſque Sabine s'en alarme pour ſon frere. S'il ne prend pas le procedé de France, il faut conſiderer qu'il eſt Romain, & dans Rome, où il n'auroit pû entreprendre un düel contre un autre Romain ſans faire un crime d'Etat, & que j'en aurois fait un de Theatre, ſi j'avois habillé un Romain à la Françoiſe.

C I N N A.

CE Poëme a tant d'illustres suffrages, qui luy donnent le premier rang parmy les miens, que je me ferois trop d'importans ennemis, si j'en disois du mal. Ie ne le suis pas assez de moy-mesme pour chercher des defauts où ils n'en ont point voulu voir, & accuser le jugement qu'ils en ont fait, pour obscurcir la gloire qu'il m'en ont donnée. Cette approbation si forte & si generale vient sans doute de ce que la vray-semblance s'y trouve si heureusement conservée aux endroits où la verité luy manque, qu'il n'a jamais besoin de recourir au necessaire. Rien n'y contredit l'Histoire, bien que beaucoup de choses y soient ajoûtées; rien n'y est violenté par les incommoditez de la representation, ny par l'unité de iour, ny par celle de lieu.

Il est vray qu'il s'y rencontre une duplicité de lieu particulier. La moitié de la Piece se passe chez Æmilie, & l'autre dans le cabinet d'Auguste. I'aurois été ridicule si j'avois prétendu que cet Empereur deliberast avec Maxime & Cinna, s'il quitteroit l'Empire, ou non, précisément dans la mesme place, où ce dernier vient de rendre conte à Æmilie de la conspiration qu'il a formée contre luy. C'est ce qui m'a fait rompre la liaison des Scenes au quatriéme Acte, n'ayant pû me resoudre à faire que Maxime vinst donner l'alarme à Æmilie de la conjuration découverte, au lieu mesme où Auguste en venoit de recevoir l'avis par son ordre, & dont il ne faisoit que de sortir avec tant d'inquietude & d'irresolution. C'eust esté une impudence extraordinaire, & tout-à-fait hors du vray-semblable, de se presenter dans son cabinet un moment après qu'il luy avoit fait reveler le secret de cette entreprise, dont il étoit un des Chefs, & porter la nouvelle de sa fausse mort. Bien loin de pouvoir surprendre Æmilie par la peur de se voir arrêtée, c'eust été se faire arréter luy-mesme, & se précipiter dans un obstacle invincible au dessein qu'il vouloit executer. Æmilie ne parle donc pas où parle Auguste, à la reserve du cinquiéme Acte : mais cela n'empesche pas qu'à considerer tout le Poëme ensemble, il n'aye son unité de lieu, puisque tout s'y peut passer, non seulement dans Rome, ou dans un quartier de Rome, mais dans le seul Palais d'Auguste, pourveu que vous y vouliez donner un Apartement à Æmilie, qui soit éloigné du sien.

Le conte que Cinna luy rend de sa conspiration justifie ce que j'ay dit ailleurs, que pour faire souffrir une Narration ornée, il faut que celuy qui la fait, & celuy qui l'écoute, ayent l'esprit assez tranquille, & s'y plaisent assez pour luy préter toute la patience qui luy est necessaire. Æmilie a joye d'apprendre de la bouche de son Amant avec quelle chaleur il a suivy ses intentions, & Cinna n'en a pas moins de luy pouvoir donner de si belles esperances de l'effet qu'elle en souhaite. C'est pourquoy, quelque longue que soit cette Narration sans interruption aucune, elle n'ennuye point, les ornemens de Rhetorique dont j'ay tasché de l'enrichir ne la font point condamner de trop d'artifice, & la diversité de ses figures ne fait point regretter le temps que j'y perds : mais si j'avois attendu à la commencer qu'Evandre eust troublé ces deux Amants par la Nouvelle qu'il leur apporte, Cinna eust été obligé de s'en taire, ou de la conclurre en six Vers, & Æmilie n'en eust pû supporter davantage.

Comme les Vers d'Horace ont quelque chose de plus net & de moins guindé pour les pensées que ceux du Cid, on peut dire que ceux de cette Piece ont quelque chose de plus achevé que ceux d'Horace, & qu'enfin la facilité de concevoir le Sujet, qui n'est ny trop chargé d'incidens, ny trop embarassé des recits de ce qui s'est passé avant le commencement de la Piece, est une des causes sans doute de la grande approbation qu'il a receuë. L'Auditeur aime à s'abandonner à l'action presente, & à n'estre point obligé pour l'intelligence de ce qu'il voit, de refléchir sur ce qu'il a déja veu, & de fixer sa memoire sur les premiers Actes, cependant que les derniers sont devant ses yeux. C'est l'incommodité des Pieces embarassées qu'en termes de l'Art on nomme implexes, par un mot emprunté du Latin, telles que sont Rodogune & Heraclius. Elle ne se rencontre pas dans les Simples, mais comme celles-là ont sans doute besoin de plus d'esprit pour les imaginer, & de plus d'Art pour les conduire, celles-cy n'ayant pas le mesme secours du costé du Sujet, demandent plus de force de Vers, de raisonnement, & de sentiments, pour les soûtenir.

POLYÉVCTE.

CE Martyre est rapporté par Surius sur le neufiéme de Ianvier. Polyeucte vivoit en l'année 250. sous l'Empereur Decius, il étoit Armenien, amy de Nearque, & Gendre de Felix, qui avoit la commission de l'Empereur pour faire executer ses Edits contre les Chrétiens. Cet amy l'ayant resolu à se faire Chrétien, il déchira ces Edits qu'on publioit, arracha les Idoles des mains de ceux qui les portoient sur les Autels pour les adorer, les brisa contre terre, resista aux larmes de sa femme Pauline, que Felix employa auprès de luy pour le ramener à leur culte, & perdit la vie par l'ordre de son beau-pere, sans autre Baptesme que celuy de son sang. Voilà ce que m'a prété l'Histoire ; le reste est de mon invention.

Pour donner plus de dignité à l'action, j'ay fait Felix Gouverneur d'Armenie, & ay pratiqué un sacrifice public afin de rendre l'occasion

plus

plus illustre, & donner un pretexte à Severe de venir en cette Province, sans faire éclater son amour, avant qu'il en eust l'aveu de Pauline.
Ceux qui veulent arréter nos Heros dans une mediocre bonté, où quelques interpretes d'Aristote bornent leur vertu, ne trouveront pas icy
leur conte, puisque celle de Polyeucte va jusqu'à la Sainteté, & n'a aucun meslange de foiblesse. J'en ay déja parlé ailleurs, & pour confirmer
ce que j'en ay dit par quelques authoritez, j'ajousteray icy que Mirtur-
nus dans son Traité du Poëte agite cette question, si la Passion de
Iesus-Christ & les Martyres des Saints doivent estre exclus du Theatre, à cause qu'ils passent cette mediocre bonté, & resout en ma faveur. Le celebre Heinsius, qui non seulement a traduit la Poëtique
de nostre Philosophe, mais a fait un Traité de la constitution de la
Tragedie selon sa pensée, nous en a donné une sur le Martyre des Innocens. L'illustre Grotius a mis sur la Scene la Passion mesme de Iesus-
Christ, & l'Histoire de Ioseph, & le sçavant Buchanan a fait la mesme chose de celle de Iephté, & de la mort de Saint Iean Baptiste. C'est
sur ces exemples que j'ay hazardé ce Poëme, où je me suis donné des li-
cences qu'ils n'ont pas prises, de changer l'Histoire en quelque chose, &
d'y mesler des Episodes d'invention. Aussi m'étoit-il plus permis sur
cette matiere, qu'à eux sur celle qu'ils ont choisie. Nous ne devons
qu'une croyance pieuse à la vie des Saints, & nous avons le mesme
droit sur ce que nous en tirons pour le porter sur le Theatre, que sur ce
que nous empruntons des autres Histoires. Mais nous devons une foy
Chrétienne & indispensable à tout ce qui est dans la Bible, qui ne nous
laisse aucune liberté d'y rien changer. J'estime toutefois qu'il ne nous est
pas défendu d'y ajouster quelque chose, pourveu qu'il ne détruise rien de
ces veritez dictées par le Saint Esprit. Buchanan ny Grotius ne l'ont pas
fait dans leurs Poëmes, mais aussi ne les ont-ils pas rendus assez fournis
pour nostre Theatre, & ne s'y sont proposé pour exemple que la constitution la plus simple des Anciens. Heinsius a plus osé qu'eux dans celuy
que j'ay nommé. Les Anges qui bercent l'Enfant Iesus, & l'Ombre de
Mariane avec les Furies qui agitent l'esprit d'Herode, sont des agrée-
mens qu'il n'a pas trouvez dans l'Evangile. Ie croy mesme qu'on en peut
supprimer quelque chose quand il y a apparence qu'il ne plairoit pas sur
le Theatre, pourveu qu'on ne mette rien en la place ; car alors ce seroit
changer l'Histoire, ce que le respect que nous devons à l'Ecriture ne permet point. Si j'avois à y exposer celle de David & Bersabée, je ne dé-
crirois pas comme il en devint amoureux en la voyant se baigner dans
une fontaine, de peur que l'image de cette nudité ne fist une impression
trop chatoüilleuse dans l'esprit de l'Auditeur ; mais je me contenterois de
le peindre avec de l'amour pour elle, sans parler aucunement de quelle
maniere cet amour se seroit emparé de son cœur.

Tome I.   ĩ ĩ

Je reviens à Polyeucte, dont le succès a été tres-heureux. Le stile n'en est pas si fort, ny si majestueux, que celuy de Cinna & de Pompée; mais il a quelque chose de plus touchant, & les tendresses de l'amour humain y font un si agreable meslange avec la fermeté du divin, que sa representation a satisfait tout ensemble les Devots & les gens du Monde. A mon gré je n'ay point fait de Piece où l'ordre du Theatre soit plus beau, & l'enchaisnement des Scenes mieux ménagé. L'unité d'action & celles de jour & de lieu y ont leur justesse, & les scrupules qui peuvent naistre touchant ces deux dernieres, se dissiperont aisément, pour peu qu'on me veüille prêter de cette faveur, que l'Auditeur nous doit toûjours, quand l'occasion s'en offre, en reconnoissance de la peine que nous avons prise à le divertir.

Il est hors de doute, que si nous appliquons ce Poëme à nos coûtumes, le sacrifice se fait trop tost après la venuë de Severe, & cette précipitation sortira du vray-semblable par la necessité d'obeir à la Régle. Quand le Roy envoye ses ordres dans les Villes, pour y faire rendre des actions de graces pour ses Victoires, ou pour d'autres benedictions qu'il reçoit du Ciel, on ne les execute pas dès le jour mesme; mais aussi il faut du temps pour assembler le Clergé, les Magistrats, & les corps de Ville, & c'est ce qui en fait differer l'execution. Nos Acteurs n'avoient icy aucune de ces Assemblées à faire.

Il suffisoit de la presence de Severe & de Felix, & du ministere du Grand Prestre, & ainsi nous n'avons eu aucun besoin de remettre ce sacrifice en un autre jour. D'ailleurs comme Felix craignoit ce Favory, qu'il croyoit irrité du mariage de sa fille, il étoit bien aise de luy donner le moins d'occasion de tarder qu'il luy étoit possible, & de tascher durant son peu de sejour à gagner son esprit par une prompte complaisance, & montrer tout ensemble une impatience d'obeir aux volontez de l'Empereur.

L'autre scrupule regarde l'unité de lieu, qui est assez exacte, puisque tout s'y passe dans une Salle ou Antichambre commune aux Apartemens de Felix & de sa fille. Il semble que la bien-seance y soit un peu forcée pour conserver cette unité au second Acte, en ce que Pauline vient jusques dans cette Antichambre pour trouver Severe, dont elle devroit attendre la visite dans son cabinet. A quoy je répons, qu'elle a eu deux raisons de venir au devant de luy. L'une, pour faire plus d'honneur à un homme dont son pere redoutoit l'indignation, & qu'il luy avoit commandé d'adoucir en sa faveur : l'autre, pour rompre plus aisément la conversation avec luy, en se retirant dans ce cabinet, s'il ne vouloit pas la quitter à sa priere, & se delivrer par cette retraite d'un entretien dangereux pour elle; ce qu'elle n'eust pû faire, si elle eust receu sa visite dans son Apartement.

*Sa confidence avec Stratonice, touchant l'amour qu'elle avoit eu pour
ce Cavalier, me fait faire une reflexion sur le temps qu'elle prend pour
cela. Il s'en fait beaucoup sur nos Theatres, d'affections qui ont déja
duré deux ou trois ans, dont on attend à reveler le secret justement au
jour de l'action qui se represente, & non seulement sans aucune raison
de choisir ce jour-là plûtost qu'un autre pour le declarer, mais lors
mesme que vray-semblablement on s'en est dû ouvrir beaucoup auparavant avec la personne à qui on en fait confidence. Ce sont choses dont
il faut instruire le Spectateur en les apprenant à un des Acteurs, mais
il faut prendre garde avec soin que celuy à qui on les apprend ait eu
lieu de les ignorer jusques-là aussi-bien que le Spectateur, & que quelque occasion tirée du Sujet oblige celuy qui les recite à rompre enfin un
silence qu'il a gardé si long-temps.   L'Infante dans le Cid avouë à
Leonor l'amour secret qu'elle a pour luy, & l'auroit pû faire un an ou
six mois plûtost. Cleopatre dans Pompée ne prend pas des mesures plus
justes avec Charmion.   Elle luy conte la passion de Cesar pour elle, &
comme*

chaque jour ses Courriers
Luy portent en tribut ses vœux & ses Lauriers.

*Cependant, comme il ne paroit personne avec qui elle aye plus d'ouver-
ture de cœur qu'avec cette Charmion, il y a grande apparence que c'étoit
elle mesme dont elle se servoit pour introduire ces Courriers, & qu'ainsi
elle devoit sçavoir déja tout ce commerce entre Cesar & sa maîtresse.
Du moins il falloit marquer quelque raison qui l'eust laissée ignorer jusques-là tout ce qu'elle luy apprend, & de quel autre ministere cette
Princesse s'étoit servie pour recevoir ces Courriers. Il n'en va pas de
mesme icy.   Pauline ne s'ouvre avec Stratonice que pour luy faire entendre le songe qui la trouble, & les sujets qu'elle a de s'en alarmer;
& comme elle n'a fait ce songe que la nuit d'auparavant, & qu'elle ne
luy eust jamais revelé son secret sans cette occasion qui l'y oblige, on
peut dire qu'elle n'a point eu lieu de luy faire cette confidence plûtost
qu'elle ne la fait.*

*Je n'ay point fait de Narration de la mort de Polyeucte, parce que je
n'avois personne pour la faire, ny pour l'écouter, que des Payens, qui
ne la pouvoient ny écouter, ny faire, que comme ils avoient fait & écouté celle de Nearque; ce qui auroit été une repetition, & marque de ste-
rilité, & en outre n'auroit pas répondu à la Dignité de l'action principale qui est terminée par là. Ainsi j'ay mieux aimé la faire connoistre par un saint emportement de Pauline que cette mort a convertie,
que par un recit qui n'eust point eu de grace dans une bouche indigne de
le faire. Felix son pere se convertit après elle, & ces deux conversions,
quoy que miraculeuses, sont si ordinaires dans les Martyres, qu'elles*

ne sortent point de la vray-semblance, parce qu'elles ne sont pas de ces évenemens rares & singuliers qu'on ne peut tirer en exemple, & elles servent à remettre le calme dans les esprits de Felix, de Severe, & de Pauline, que sans cela j'aurois eu bien de la peine à retirer du Theatre dans un état qui rendist la Piece complette, en ne laissant rien à souhaiter à la curiosité de l'Auditeur.

Fin de l'Examen des Pieces de cette premiere Partie.

Fautes notables survenuës en l'impression.

Page 17. *Vers* 1. qu'il, *lisez* qui.
Page 18. *Vers dernier.* qu'il n'y a rien, *lisez* qu'il n'y va rien.
Page 84. *Vers* 29. rougueur, *lisez* rougeur.
Page 142. *Vers* 6. Ils ont Clarice, *lisez* Ils ont ravy Clarice.
Page 154. *Vers* 12. De cet enleuement, *lisez* De toute ma douleur.
Page 337. *Vers* 6. Pour mieux, *lisez* Peut mieux.
Page 385. *Vers* 29. d'Ethoipie, *lisez* d'Ethiopie.
Page 556. *Vers* 35. qu'elle a luy, *lisez* qu'elle a de luy.
Page 572. *Vers* 2. Puisqu'en vain, *lisez* Puisqu'en fin.
Page 573. *Vers* 12. Mon sens, *lisez* Mon sang.
Page 575. *Vers* 12. Que presse, *lisez* Que pressent.

MELITE

MELITE,

COMEDIE

ACTEVRS.

ERASTE, Amoureux de Melite.

TIRCIS, Amy d'Eraste & son Rival.

PHILANDRE, Amant de Cloris.

MELITE, Maiſtreſſe d'Eraste & de Tircis.

CLORIS, Sœur de Tircis.

LISIS, Amy de Tircis.

CLITON, Voiſin de Melite.

LA NOVRRICE de Melite.

La Scene eſt à Paris.

MELITE,
COMEDIE.

ACTE I.

SCENE PREMIERE.

ERASTE, TIRCIS.

ERA.

E te l'avoüé, amy, mon mal est incu-
    rable,
Ie n'y sçay qu'un remede, & j'en suis in-
    capable,
Le change seroit juste aprés tant de ri-
    gueur,
Mais malgré ses dédains Melite a tout
    mon cœur;
Elle a sur tous mes sens une entiere puissance,
Si j'ose en murmurer, ce n'est qu'en son absence,
Et je ménage en vain dans un éloignement
Vn peu de liberté pour mon ressentiment,
D'un seul de ses regards l'adorable contrainte
Me rend tous mes liens, en resserre l'étrainte,
Et par un si doux charme aveugle ma raison,
Que je cherche mon mal, & fuy ma guerison.
Son œil agit sur moy d'une vertu si forte,
Qu'il ranime soudain mon esperance morte,
Combat les déplaisirs de mon cœur irrité,
Et soûtient mon amour contre sa cruauté:

A ij

Mais ce flateur espoir qu'il rejette en mon ame,
N'eſt qu'un doux imposteur qu'authoriſe ma flame,
Et qui ſans m'aſſeurer ce qu'il ſemble m'offrir,
Me fait plaire en ma peine, & m'obſtine à ſouffrir.
TIR. Que je te trouve, amy, d'une humeur admirable!
Pour paroiſtre éloquent tu te feins miſerable,
Eſt-ce à deſſein de voir avec quelles couleurs
Ie ſçaurois adoucir les traits de tes malheurs?
Ne t'imagine pas qu'ainſi ſur ta parole
D'une fauſſe douleur un amy te conſole:
Ce que chacun en dit ne m'a que trop appris
Que Melite pour toy n'eut jamais de mépris.
ERA. Son gracieux accueil & ma perſeverance
Font naiſtre ce faux bruit d'une vaine apparence,
Ses mépris ſont cachez, & s'en font mieux ſentir,
Et n'étant point connus, on n'y peut compâtir.
TIR. En étant bien receu, du reſte que t'importe?
C'eſt tout ce que tu veux des filles de ſa ſorte.
ERA. Cét accez favorable, ouvert & libre à tous,
Ne me fait pas trouver mon martyre plus doux,
Elle ſouffre aiſément mes ſoins, & mon ſervice,
Mais loin de ſe reſoudre à leur rendre juſtice,
Parler de l'Hymenée à ce cœur de rocher,
C'eſt l'unique moyen de n'en plus approcher.
TIR. Ne diſſimulons point, tu regles mieux ta flame,
Et tu n'és pas ſi foû que d'en faire ta femme.
ERA. Quoy, tu ſembles douter de mes intentions?
TIR. Ie croy malaiſément que tes affections
Sur l'éclat d'un beau teint qu'on voit ſi periſſable
Reglent d'une moitié le choix invariable.
Tu ſerois incivil, la voyant chaque jour,
De ne luy tenir pas quelques propos d'amour;
Mais d'un vain compliment ta paſſion bornée
Laiſſe aller tes deſſeins ailleurs pour l'Hymenée.
Tu ſçais qu'on te ſouhaite aux plus riches maiſons,
Que les meilleurs partis... *ERA.* Tréve de ces raiſons,
Mon amour s'en offenſe, & tiendroit pour ſupplice
De recevoir des loix d'une ſale avarice,
Il me rend inſenſible aux faux attraits de l'or,
Et trouve en ſa perſonne un aſſez grand treſor.
TIR. Si c'eſt-là le chemin qu'en aimant tu veux ſuivre,
Tu ne ſçais guere encor ce que c'eſt que de vivre.

Ces visages d'éclat sont bons à cajoler,
C'est-là qu'un apprentif doit s'instruire à parler,
I'aime à remplir de feux ma bouche en leur presence,
La mode nous oblige à cette complaisance,
Tous ces discours de Livre alors sont de saison,
Il faut feindre du mal, demander guerison,
Donner sur le Phœbus, promettre des miracles,
Iurer qu'on brisera toutes sortes d'obstacles,
Mais du vent & cela doivent estre tout un.
ERA. Passe pour des beautez qui sont dans le commun.
C'est ainsi qu'autrefois j'amusay Crisolite,
Mais c'est d'autre façon qu'on doit servir Melite.
Malgré tes sentimens il me faut accorder
Que le souverain bien n'est qu'à la posseder.
Le jour qu'elle nasquit, Venus, quoy qu'immortelle,
Pensa mourir de bonte en la voyant si belle,
Les Graces à l'envy descendirent des Cieux
Pour se donner l'honneur d'accompagner ses yeux,
Et l'Amour qui ne pût entrer dans son courage,
Voulut obstinément loger sur son visage.
TIR. Tu le prens d'un haut ton, & je croy qu'au besoin
Ce discours emphatique iroit encor bien loin.
Pauvre amant, je te plains, qui ne sçais pas encore
Que bien qu'une beauté merite qu'on l'adore,
Pour en perdre le goust, on n'a qu'à l'épouser.
Vn bien qui nous est dû se fait si peu priser,
Qu'une femme fust-elle entre toutes choisie,
On en voit en six mois passer la fantaisie.
Tel au bout de ce temps n'en voit plus la beauté
Qu'avec un esprit sombre, inquiet, agité;
Au premier qui luy parle, ou jette l'œil sur elle,
Mille sottes frayeurs luy broüillent la cervelle;
Ce n'est plus lors qu'une aide à faire un favory,
Vn charme pour tout autre & non pour un mary.
ERA. Ces caprices honteux, & ces chimeres vaines
Ne sçauroient ébranler des cervelles bien saines,
Et quiconque a sceu prendre une fille d'honneur,
N'a point à redouter l'appas d'un suborneur.
TIR. Peut-estre dis-tu vray, mais ce choix difficile
Assez & trop souvent trompe le plus habile,
Et l'Hymen de soy-mesme est un si lourd fardeau,
Qu'il faut l'apprehender à l'égal du tombeau.

S'attacher pour jamais aux coſtez d'une femme!
Perdre pour des enfans le repos de ſon ame!
Voir leur nombre importun remplir une maiſon!
Ah! qu'on aime ce joug avec peu de raiſon!
ERA. Mais il y faut venir, c'eſt en vain qu'on recule,
C'eſt en vain qu'on refuit, toſt ou tard on s'y brûle,
Pour libertin qu'on ſoit, on s'y trouve attrapé:
Toy-meſme qui fais tant du cheval échapé,
Nous te verrons un jour ſonger au mariage.
TIR. Alors ne penſe pas que j'épouſe un viſage.
Ie regle mes deſirs ſuivant mon intereſt,
Si Doris me vouloit, toute laide qu'elle eſt,
Ie l'eſtimerois plus qu'Aminte, & qu'Hyppolite,
Son revenu chez moy tiendroit lieu de merite.
C'eſt comme il faut aimer, l'abondance des biens
Pour l'amour conjugal a de puiſſans liens,
La beauté, les attraits, l'eſprit, la bonne mine,
Echauffent bien le cœur, mais non pas la cuiſine,
Et l'Hymen qui ſuccede à ces folles amours
Aprés quelques douceurs a bien de mauvais jours.
Vne amitié ſi longue eſt fort mal aſſeurée
Deſſus des fondemens de ſi peu de durée.
L'argent dans le ménage a certaine ſplendeur
Qui donne un teint d'éclat à la meſme laideur,
Et tu ne peux trouver de ſi douces careſſes,
Dont le gouſt dure autant que celuy des richeſſes.
ERA. Auprés de ce bel œil qui tient mes ſens ravis,
A peine pourrois-tu conſerver ton avis.
TIR. La raiſon en tous lieux eſt également forte.
ERA. L'eſſay n'en coûte rien, Melite eſt à ſa porte;
Allons, & tu verras dans ſes aimables traits
Tant de charmans appas, tant de brillans attraits,
Que tu ſeras forcé toy-meſme à reconnoiſtre
Que ſi je ſuis un fou, j'ay bien raiſon de l'eſtre.
TIR. Allons, & tu verras que toute ſa beauté
Ne ſçaura me tourner contre la verité.

SCENE II.

ERASTE, MELITE, TIRCIS.

ERA. DE deux amis, Madame, appaifez la querelle,
　　　Vn esclave d'Amour le défend d'un rebelle,
Si toutefois un cœur qui n'a jamais aimé,
Fier & vain qu'il en eft, peut eftre ainfi nommé.
Comme dés le moment que je vous ay fervie
I'ay creu qu'il eftoit feul la veritable vie,
Il n'eft pas merveilleux que ce peu de rapport
Entre nos deux esprits ait femé le discord.
Ie me fuis donc piqué contre fa médifance,
Avec tant de malheur, ou tant d'infuffifance,
Que des droits fi facrez & fi pleins d'équité
N'ont pû fe garantir de fa fubtilité,　　.
Et je l'amene icy n'ayant plus que répondre,
Affeuré que vos yeux le fçauront mieux confondre.
MEL. Vous deviez l'affeurer plûtoft qu'il trouveroit
En ce mépris d'amour qui le feconderoit.
TIR. Si le cœur ne dédit ce que la bouche exprime,
Et ne fait de l'amour une plus haute estime,
Ie plains les malheureux à qui vous en donnez
Comme à d'étranges maux par leur fort destinez.
MEL. Ce reproche fans caufe avec raifon m'étonne,
Ie ne reçoy d'amour, & n'en donne à perfonne,
Les moyens de donner ce que je n'eus jamais?
ERA. Ils vous font trop aifez, & par vous deformais
La Nature pour moy montre fon injustice,
A pervertir fon cours pour croiftre mon fupplice.
MEL. Supplice imaginaire, & qui fent fon moqueur.
ERA. Supplice qui déchire, & mon ame, & mon cœur.
MEL. Il eft rare qu'on porte avec fi bon vifage
L'ame & le cœur enfemble en fi triste équipage.
ERA. Voftre charmant aspect fuspendant mes douleurs,
Mon vifage du voftre emprunte les couleurs.
MEL. Faites mieux, pour finir vos maux & voftre flame
Empruntez tout d'un temps les froideurs de mon ame.
ERA. Vous voyant, les froideurs perdent tout leur pouvoir,
Et vous n'en confervez que faute de vous voir.

MEL. Et quoy ! tous les miroirs ont-ils de fauſſes glaces!
ERA. Penſeriez-vous y voir la moindre de vos graces?
      De ſi freſles ſujets ne ſçauroient exprimer
      Ce qu'Amour dans les cœurs peut luy ſeul imprimer,
      Et quand vous en voudrez croire leur impuiſſance,
      Cette legere idée & foible connoiſſance
      Que vous aurez par eux de tant de raretez
      Vous mettra hors du pair de toutes les beautez.
MEL. Voila trop vous tenir dans une complaiſance,
      Que vous deuſſiez quitter, du moins en ma preſence,
      Et ne démentir pas le rapport de vos yeux,
      Afin d'avoir ſujet de m'entreprendre mieux.
ERA. Le rapport de mes yeux aux dépens de mes larmes
      Ne m'a que trop appris le pouvoir de vos charmes.
TIR. Sur peine d'eſtre ingrate, il faut de voſtre part
      Reconnoiſtre les dons que le Ciel vous départ.
ERA. Voyez que d'un ſecond mon droit ſe fortifie.
MEL. Voyez que ſon ſecours montre qu'il s'en défie.
TIR. Ie me range toûjours avec la verité.
MEL. Si vous la voulez ſuivre, elle eſt de mon coſté.
TIR. Ouy ſur voſtre viſage, & non en vos paroles:
      Mais ceſſez de chercher ces refuites frivoles,
      Et prenant deſormais des ſentimens plus doux,
      Ne ſoyez plus de glace à qui bruſle pour vous.
MEL. Vn ennemy d'amour me tenir ce langage!
      Accordez voſtre bouche avec voſtre courage,
      Pratiquez vos conſeils, ou ne m'en donnez pas.
TIR. I'ay connu mon erreur auprés de vos appas,
      Il vous l'avoit bien dit. *ERA*. Ainſi ma prophetie
      Eſt, à ce que je voy, de tout point reüſſie.
TIR. Si tu pouvois produire en elle un meſme effet,
      Croy-moy, que ton bon-heur ſeroit bien-toſt parfait.
MEL. Pour voir ſi peu de choſe auſſi-toſt vous dédire
      Me donne à vos dépens de beaux ſujets de rire,
      Mais je pourrois bien-toſt à m'entendre flater,
      Concevoir quelque orgueil qu'il vaut mieux éviter.
      Excuſez ma retraite. *ERA*. Adieu, belle inhumaine,
      De qui ſeule dépend, & ma joye, & ma peine.
MEL. Plus ſage à l'avenir, quittez ces vains propos,
      Et laiſſez voſtre esprit & le mien en repos.

                                        SCENE

SCENE III.

ERASTE, TIRCIS.

ERA. MAintenant suis-je vn foû ? meritay-je du blasme?
Que dis-tu de l'objet, que dis-tu de ma flame?
TIR. Que veux-tu que j'en die ? elle a je ne sçay quoy
Qui ne peut consentir que l'on demeure à soy;
Mon cœur jusqu'à present à l'amour invincible,
Ne se maintient qu'à force aux termes d'insensible,
Tout autre que Tircis mourroit pour la servir.
ERA. Confesse franchement qu'elle a sçeu te ravir,
Mais que tu ne veux pas prendre pour cette belle
Avec le nom d'amant le tiltre d'infidelle.
Rien que nostre amitié ne t'en peut détourner;
Mais ta Muse du moins facile à suborner
Avec plaisir déja prepare quelques veilles
A de puissants efforts pour de telles merveilles.
TIR. En effet ayant veu tant & de tels appas,
Que je ne rime point, je ne le promets pas.
ERA. Tes feux n'iront-ils point plus avant que la rime?
TIR. Si je brusle jamais, je veux brusler sans crime.
ERA. Mais si sans y penser tu te trouvois surpris?
TIR. Quitte pour décharger mon cœur dans mes écrits.
I'aime bien ces discours de plaintes, & d'alarmes,
De soûpirs, de sanglots, de tourmens, & de larmes,
C'est dequoy fort souvent je bastis ma chanson,
Mais j'en connoy, sans plus, la cadence & le son.
Souffre qu'en un Sonnet je m'efforce à dépeindre
Cét agreable feu que tu ne peux éteindre,
Tu le pourras donner comme venant de toy.
ERA. Ainsi ce cœur d'acier qui me tient sous sa loy
Verra ma passion pour le moins en peinture:
Ie doute neanmoins qu'en cette portraiture
Tu ne suives plûtost tes propres sentimens.
TIR. Me prepare le Ciel de nouveaux châtimens
Si jamais un tel crime entre dans mon courage.
ERA. Adieu, je suis content, j'ay ta parole en gage,
Et sçay trop que l'honneur t'en fera souvenir.
*TIR.*ᵃ En matiere d'amour rien n'oblige à tenir,

^a *Seul.*

Tome I. B

Et les meilleurs amis lors que son feu les presse
Font bien-tost vanité d'oublier leur promesse.

SCENE IV.

PHILANDRE, CLORIS.

PHI. IE meure, mon soucy, tu dois bien me haïr,
    Tous mes soins depuis peu ne vont qu'à te trahir.
CLO. Ne m'épouvante point, à ta mine je pense
    Que le pardon suivra de fort prés cette offense,
    Si-tost que j'auray sçeu quel est ce mauvais tour.
PHI. Sçache donc qu'il ne vient sinon de trop d'amour.
CLO. I'eusse osé le gager, qu'ainsi par quelque ruse
    Ton crime officieux porteroit son excuse.
PHI. Ton adorable objet, mon unique vainqueur,
    Fait naistre chaque jour tant de feux en mon cœur,
    Que leur excez m'accable, & que pour m'en défaire
    I'y cherche des defauts qui puissent me déplaire :
    I'examine ton teint dont l'éclat me surprit,
    Les traits de ton visage, & ceux de ton esprit,
    Mais je n'en puis trouver un seul qui ne me charme.
CLO. Et moy je suis ravie, aprés ce peu d'alarme,
    Qu'ainsi tes sens trompez te puissent obliger
    A cherir ta Cloris, & jamais ne changer.
PHI. Ta beauté te répond de ma perseverance,
    Et ma foy qui t'en donne une entiere asseurance.
CLO. Voila fort doucement dire que sans ta foy
    Ma beauté ne pourroit te conserver à moy.
PHI. Ie traiterois trop mal une telle Maistresse,
    De l'aimer seulement pour tenir ma promesse,
    Ma passion en est la cause, & non l'effet ;
    Outre que tu n'as rien qui ne soit si parfait,
    Qu'on ne peut te servir, sans voir sur ton visage
    Dequoy rendre constant l'homme le plus volage.
CLO. Ne m'en conte point tant de ma perfection,
    Tu dois estre asseuré de mon affection,
    Et tu perds tout l'effort de ta galanterie
    Si tu crois l'augmenter par une flaterie.
    Vne fausse loüange est un blasme secret,
    Epargne-moy, de grace, & songe plus discret,

Qu'étant belle à tes yeux, plus outre je n'aspire.
PHI. Que tu fçais dextrement adoucir mon martyre!
   Mais parmy les plaifirs qu'avec toy je reffens,
   A peine mon esprit ofe croire mes fens,
   Toûjours entre la crainte, & l'espoir en balance;
   Car s'il faut que l'amour naiffe de reffemblance,
   Mes imperfections nous éloignant fi fort,
   Qu'oferois-je pretendre en ce peu de rapport?
CLO. Du moins ne pretens pas qu'à prefent je te loüe,
   Et qu'un mépris rufé que ton cœur defavoüe
   Me mette fur la langue un babil affété
   Pour te rendre à mon tour ce que tu m'as prété:
   Au contraire, je veux que tout le monde fçache
   Que je connois en toy des defauts que je cache,
   Quiconque avec raifon peut eftre negligé,
   A qui le veut aimer eft bien plus obligé.
PHI. Quant à toy, tu te crois de beaucoup plus aimable?
CLO. Sans doute, & qu'aurois-tu qui me fuft comparable?
PHI. Regarde dans mes yeux, & reconnoy qu'en moy
   On peut voir quelque chofe auffi beau comme toy.
CLO. C'eft fans difficulté, m'y voyant exprimée.
PHI. Quitte ce vain orgueil dont ta veüe eft charmée.
   Tu n'y vois que mon cœur qui n'a plus un feul trait,
   Que ceux qu'il a reçeus de ton charmant portrait,
   Et qui tout auffi-toft que tu t'es fait paroiftre,
   Afin de te mieux voir, s'eft mis à la feneftre.
CLO. Le trait n'eft pas mauvais, mais puisqu'il te plaift tant,
   Regarde dans mes yeux, ils t'en montrent autant,
   Nos brafiers tous pareils ont mefmes étincelles.
PHI. Ainfi, chere Cloris, nos ardeurs mutuelles
   Dedans cette union prenant un mefme cours,
   Nous préparent un heur qui durera toûjours,
   Cependant en faveur de ma longue fouffrance...
CLO. Tay-toy, mon frere vient.

SCENE V.

TIRCIS, PHILANDRE, CLORIS.

TIR.   **S**I j'en croy l'apparence,
Mon arrivée icy fait quelque contre-temps.
PHI. Que t'en femble, Tircis? *TIR.* Ie vous voy fi contens,
Qu'à ne vous rien celer touchant ce qu'il me femble
Du divertiffement que vous preniés enfemble,
De moins forciers que moy pourroient bien deviner
Qu'un troifiéme ne fait que vous importuner.
CLO. Dy ce que tu voudras, nos feux n'ont point de crimes,
Et pour t'apprehender ils font trop legitimes,
Puis qu'un Hymen facré promis ces jours paffez
Sous ton confentement les authorife affez.
TIR. Ou je te connois mal, ou fon heure tardive
Te defoblige fort de ce qu'elle n'arrive.
CLO. Ta belle humeur te tient, mon frere. *TIR.* Affeurément.
CLO. Le fujet? *TIR.* I'en ay trop dans ton contentement.
CLO. Le cœur t'en dit ailleurs. *TIR.* Il eft vray, je te jure,
I'ay veu je ne fçay quoy... *CLO.* Dy tout, je t'en conjure.
TIR. Ma foy, fi ton Philandre avoit veu de mes yeux,
Tes affaires, ma fœur, n'en iroient gueres mieux.
CLO. I'ay trop de vanité pour croire que Philandre
Trouve encor aprés moy qui puiffe le furprendre.
TIR. Tes vanitez à part, repofe-t'en fur moy,
Que celle que j'ay veuë eft bien autre que toy.
PHI. Parle mieux de l'objet dont mon ame eft ravie,
Ce blafphefme à tout autre auroit coûté la vie.
TIR. Nous tomberons d'accord fans nous mettre en pourpoint.
CLO. Encor cette beauté, ne la nomme-t'on point?
TIR. Non pas fi-toft, Adieu, ma prefence importune
Te laiffe à la mercy d'Amour, & de la Brune,
Continuez les jeux que vous avez quittez.
CLO. Ne croy pas éviter mes importunitez;
Ou tu diras le nom de cette incomparable,
Ou je vay de tes pas me rendre infeparable.
TIR. Il n'eft pas fort aifé d'arracher ce fecret,
Adieu, ne perds point temps. *CLO.* O l'amoureux difcret!
Et bien, nous allons voir fi tu fçauras te taire.

PHI.[a] C'eſt donc ainſi qu'on quitte un amant pour un frere!

CLO. Philandre, avoir un peu de curioſité,
    Ce n'eſt pas envers toy grande infidelité :
    Souffre que je deſrobe un moment à ma flame
    Pour lire malgré luy juſqu'au fond de ſon ame,
    Nous en rirons aprés enſemble, ſi tu veux.

PHI. Quoy, c'eſt-là tout l'état que tu fais de mes feux!

CLO. Ie ne t'aime pas moins pour eſtre curieuſe,
    Et ta flame à mon cœur n'eſt pas moins precieuſe,
    Conſerve-moy le tien, & ſois ſeur de ma foy.

PHI. Ah folle, qu'en t'aimant, il faut ſouffrir de toy!

[a] *il retient Cloris qui ſuit ſon frere.*

ACTE II·

SCENE PREMIERE·

ERASTE.

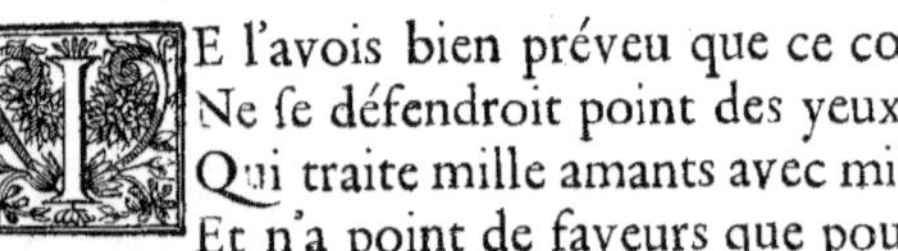

JE l'avois bien préveu que ce cœur infidelle
Ne se défendroit point des yeux de ma cruelle,
Qui traite mille amants avec mille mépris,
Et n'a point de faveurs que pour le dernier pris.
Si-tost qu'il l'aborda, je leus sur son visage
De sa déloyauté l'infaillible présage ;
Vn inconnu frisson dans mon corps épandu,
Me donna les avis de ce que j'ay perdu.
Depuis, cette volage évite ma rencontre,
Ou si malgré ses soins le hazard me la montre,
Si je puis l'aborder, son discours se confond,
Son esprit en desordre à peine me répond,
Vne reflexion vers le traistre qu'elle aime
Presques à tous momens le ramene en luy mesme,
Et tout resveur qu'il est, il n'a point de soucis
Qu'un soûpir ne trahisse au seul nom de Tircis.
Lors par le prompt effet d'un changement étrange
Son silence rompu se déborde en loüange ;
Elle remarque en luy tant de perfections,
Que les moins éclairez verroient ses passions ;
Sa bouche ne se plaist qu'en cette flaterie,
Et tout autre propos luy rend sa resverie.
Cependant chaque jour au discours attachez,
Ils ne retiennent plus leurs sentimens cachez,
Ils ont des rendez-vous où l'amour les assemble,
Encor hier sur le soir je les surpris ensemble,
Encor tout de nouveau je la voy qui l'attend.
Que cét œil asseuré marque un esprit content!
Perds tout respect, Eraste, & tout soin de luy plaire,
Rends, sans plus differer, ta vangeance exemplaire ;

Mais il vaut mieux t'en rire, & pour dernier effort
Luy montrer en raillant combien elle a de tort.

SCENE II.

ERASTE, MELITE.

ERA. QVoy, feule & fans Tircis! vraiment c'eft un prodige,
Et ce nouvel amant déja trop vous neglige,
Laiffant ainfi couler la belle occafion
De vous conter l'excez de fon affection.
MEL. Vous fçavez que fon ame en eft fort dépourveuë.
ERA. Toutesfois, ce dit-on, depuis qu'il vous a veuë,
Il en porte dans l'ame un fi doux fouvenir,
Qu'il n'a plus de plaifirs qu'à vous entretenir.
MEL. Il a lieu de s'y plaire avec quelque justice,
L'Amour ainfi qu'à luy me paroit un fupplice,
Et fa froideur qu'augmente un fi lourd entretien
Le refout d'autant mieux à n'aimer jamais rien.
ERA. Dites à n'aimer rien que la belle Melite.
MEL. Pour tant de vanité j'ay trop peu de merite.
ERA. En faut-il tant avoir pour ce nouveau venu?
MEL. Vn peu plus que pour vous. *ERA.* De vray, j'ay reconnu,
Vous ayant pû fervir deux ans, & davantage,
Qu'il faut fi peu que rien à toucher mon courage.
MEL. Encor fi peu que c'eft vous étant refufé,
Préfumez comme ailleurs vous ferez méprifé.
ERA. Vos mépris ne font pas de grande confequence,
Et ne vaudront jamais la peine que j'y penfe;
Sçachant qu'il vous voyoit, je m'étois bien douté
Que je ne ferois plus que fort mal écouté.
MEL. Sans que mes actions de plus prés j'examine,
A la meilleure humeur je fais meilleure mine,
Et s'il m'ofoit tenir de femblables discours,
Nous romprions enfemble avant qu'il fuft deux jours.
ERA. Si chaque objet nouveau de mefme vous engage,
Il changera bien-toft d'humeur & de langage:
Careffé maintenant auffi-toft qu'aperceu,
Qu'auroit-il à fe plaindre, eftant fi bien receu?
MEL. Eraste, voyez-vous, tréve de jaloufie,
Purgez voftre cerveau de cette frenéfie,

 Laiſſez en liberté mes inclinations,
 Qui vous a fait cenſeur de mes affections;
 Eſt-ce à voſtre chagrin que j'en dois rendre conte?
ERA. Non, mais j'ay malgré moy pour vous un peu de honte,
 De ce qu'on dit par tout du trop de privauté
 Que déja vous ſouffrez à ſa temerité.
MEL. Ne ſoyez en ſoucy que de ce qui vous touche.
ERA. Le moyen ſans regret de vous voir ſi farouche
 Aux legitimes vœux de tant de gens d'honneur,
 Et d'ailleurs ſi facile à ceux d'un ſuborneur?
MEL. Ce n'eſt pas contre luy qu'il faut en ma preſence
 Laſcher les traits jaloux de voſtre médiſance:
 Adieu, ſouvenez-vous que ces mots inſenſez
 L'avanceront chez moy plus que vous ne penſez.

SCENE III.

ERASTE.

C'Eſt-là donc ce qu'enfin me gardoit ton caprice?
 C'eſt ce que j'ay gagné par deux ans de ſervice!
C'eſt ainſi que mon feu s'étant trop abaiſſé,
D'un outrageux mépris ſe voit recompenſé!
Tu m'oſes préferer un traiſtre qui te flate,
Mais dans ta laſcheté ne croy pas que j'éclate,
Et que par la grandeur de mes reſſentimens
Ie laiſſe aller au jour celle de mes tourmens.
Vn aveu ſi public qu'en feroit ma colere
Enfleroit trop l'orgueil de ton ame legere,
Et me convaincroit trop de ce deſir abjet
Qui m'a fait ſoûpirer pour un indigne objet.
Ie ſçauray me vanger, mais avec l'apparence
De n'avoir pour tous deux que de l'indifference,
Il fut toûjours permis de tirer ſa raiſon
D'une infidelité par une trahiſon.
Tien, déloyal amy, tien ton ame aſſeurée
Que ton heur ſurprenant aura peu de durée,
Et que par une adreſſe égale à tes forfaits,
Ie mettray le deſordre où tu crois voir la paix.
L'eſprit fourbe & venal d'un voiſin de Melite
Donnera prompte iſſuë à ce que je médite,

A ſervir

A fervir qu'il l'achete il eft toûjours tout preft,
Et ne voit rien d'injuste où brille l'intereft.
Allons fans perdre temps luy payer ma vangeance,
Et la pistole en main preffer fa diligence.

SCENE IV.

TIRCIS, CLORIS.

TIR. MA fœur, un mot d'avis fur un méchant Sonnet
　　　Que je viens de broüiller dedans mon cabinet.
CLO. C'eft à quelque beauté que ta Mufe l'adreffe?
TIR. En faveur d'un amy je flate fa Maîtreffe,
　　　Voy fi tu le connois, & fi parlant pour luy
　　　I'ay fceu m'accommoder aux paffions d'autruy.

SONNET.

CLO. A Près l'œil de Melite il n'eft rien d'admirable.
　　　Ah, frere, il n'en faut plus. *TIR.* Tu n'es pas fupportable
De me rompre fi-toft. *CLO.* C'étoit fans y penfer.
Acheve. *TIR.* Tay-toy donc, je vay recommencer.

SONNET.

A Près l'œil de Melite il n'eft rien d'admirable,
　　Il n'eft rien de folide après ma loyauté,
Mon feu comme fon teint fe rend incomparable,
Et je fuis en amour ce qu'elle eft en beauté.

Quoy que puiffe à mes fens offrir la nouveauté,
Mon cœur à tous fes traits demeure invulnerable,
Et bien qu'elle ait au fien la mefme cruauté,
Ma foy pour fes rigueurs n'en eft pas moins durable.

C'eft donc avec raifon que mon extrefme ardeur
Trouve chez cette belle une extrefme froideur,
Et que fans eftre aimé je brufle pour Melite.

Car de ce que les Dieux nous envoyant au jour
Donnerent pour nous deux d'amour, & de merite,
Elle a tout le merite, & moy j'ay tout l'amour.
　　Tome I.　　　　　　　　　　　　　C

CLO. Tu l'as fait pour Eraste? *TIR.* Ouy, j'ay dépeint fa flame.
CLO. Comme tu la reffens peut-eftre dans ton ame?
TIR. Tu fcais mieux qui je fuis, & que ma libre humeur
    N'a de part en mes vers que celle de rimeur.
CLO. Pauvre frere, vois-tu, ton filence t'abufe,
    De la langue ou des yeux, n'importe qui t'accufe:
    Les tiens m'avoient bien dit malgré toy que ton cœur
    Soûpiroit fous les loix de quelque objet vainqueur,
    Mais j'ignorois encor qui tenoit ta franchife,
    Et le nom de Melite a caufé ma furprife,
    Si-toft qu'au premier vers ton Sonnet m'a fait voir
    Ce que depuis huit jours je bruflois de fçavoir.
TIR. Tu crois donc que j'en tiens? *CL.* Fort auant. *TI.* Pour Melite?
CLO. Pour Melite, & de plus que ta flame n'excite
    Au cœur de cette belle aucun embrafement.
TIR. Qui t'en a tant appris? mon Sonnet? *CLO.* Iustement.
TIR. Et c'eft ce qui te trompe avec tes conjectures,
    Et par où ta fineffe a mal pris fes mefures.
    Vn vifage jamais ne m'auroit arrété
    S'il falloit que l'amour fuft tout de mon cofté.
    Ma rime feulement eft un portrait fidelle
    De ce qu'Eraste fouffre en fervant cette belle,
    Mais quand je l'entretiens de mon affection
    I'en ay toûjours affez de fatisfaction.
CLO. Montre, fi tu dis vray, quelque peu plus de joye,
    Et rens-toy moins refveur afin que je te croye.
TIR. Ie refve, & mon esprit ne s'en peut exempter,
    Car fi-toft que je viens à me reprefenter
    Qu'une vieille amitié de mon amour s'irrite,
    Qu'Eraste s'en offenfe, & s'oppofe à Melite,
    Tantoft je fuis amy, tantoft je fuis rival,
    Et toûjours balancé d'un contrepoids égal,
    I'ay honte de me voir infenfible, ou perfide;
    Si l'amour m'enhardit, l'amitié m'intimide,
    Entre ces mouvemens mon esprit partagé
    Ne fcait duquel des deux il doit prendre congé.
CLO. Voila bien des détours pour dire au bout du conte
    Que c'eft contre ton gré que l'amour te furmonte;
    Tu préfumes par là me le perfuader,
    Mais ce n'eft pas ainfi qu'on m'en donne à garder.
    A la mode du temps, quand nous fervons quelqu'autre,
    C'eft feulement alors qu'il n'y a rien du noftre,

Chacun en son affaire est son meilleur amy,
Et tout autre interest ne touche qu'à demy.
TIR. Que du foudre à tes yeux j'éprouve la furie,
Si rien que ce rival cause ma resverie.
CLO C'est donc asseurément son bien qui t'est suspect,
Son bien te fait resver, & non pas son respect,
Et toute amitié bas, tu crains que sa richesse
En dépit de tes feux n'obtienne ta Maîtresse.
TIR. Tu devines, ma sœur, cela me fait mourir.
CLO. Ce sont vaines frayeurs dont je veux te guerir.
Depuis quand ton Eraste en tient-il pour Melite?
TIR. Il rend depuis deux ans hommage à son merite.
CLO. Mais dit-il les grands mots? parle-t'il d'épouser?
TIR. Presque à chaque moment. *CLO.* Laisse-le donc jaser,
Ce malheureux amant ne vaut pas qu'on le craigne,
Quelque riche qu'il soit, Melite le dédaigne:
Puisqu'on voit sans effet deux ans d'affection,
Tu ne dois plus douter de son aversion;
Le temps ne la rendra que plus grande & plus forte,
On prend soudain au mot les hommes de sa sorte,
Et sans rien hazarder à la moindre longueur
On leur donne la main dés qu'ils offrent le cœur.
TIR. Sa mere peut agir de puissance absoluë.
CLO. Croy que déja l'affaire en seroit resoluë,
Et qu'il auroit déja dequoy se contenter
Si sa mere étoit femme à la violenter.
TIR. Ma crainte diminuë, & ma douleur s'appaise,
Mais si je t'abandonne, excuse mon trop d'aise,
Avec cette lumiere & ma dexterité
I'en veux aller sçavoir toute la verité.
Adieu. *CLO.* Moy, je m'en vay paisiblement attendre
Le retour desiré du paresseux Philandre.
Vn moment de froideur le fera souvenir
Qu'il faut une autre fois tarder moins à venir.

SCENE V.

ERASTE, CLITON.

ª Il luy donne une lettre.   ERA.ª Va-t'en chercher Philandre, & dy-luy que Melite
A dedans ce billet sa passion décrite,
Dy-luy que sa pudeur ne sçauroit plus cacher
Vn feu qui la consume, & qu'elle tient si cher :
Mais prens garde sur tout à bien joüer ton rôle,
Remarque sa couleur, son maintien, sa parole,
Voy si dans la lecture un peu d'émotion
Ne te montrera rien de son intention.
CLI. Cela vaut fait, Monsieur. ERA. Mais avec ton message
Tasche si dextrement de tourner son courage,
Que tu viennes à bout de sa fidelité.
CLI. Monsieur, reposez-vous sur ma subtilité,
Il faudra malgré-luy, qu'il donne dans le piége,
Ma teste sur ce point vous servira de plége.
Mais aussi, vous sçavez... ERA. Ouy, va, sois diligent.
Ces ames du commun n'ont pour but que l'argent,
Et je n'ay que trop veu par mon experience...
Mais tu reviens bien-tost? CLI. Donnez-vous patience,
Monsieur, il ne vous faut qu'un moment de loisir,
Et vous pourrez vous mesme en avoir le plaisir.
ERA. Comment? CLI. De ce carfour j'ay veu venir Philandre,
Cachez-vous en ce coin, & de là sçachez prendre
L'occasion commode à seconder mes coups,
Par là nous le tenons.   Le voicy, sauvez-vous.

SCENE VI.

PHILANDRE, ERASTE, CLITON.

ᵇ Eraste est caché & les écoute.   PHI.ᵇ Qvelle reception me fera ma Maistresse?
Le moyen d'excuser une telle paresse?
CLI. Monsieur, tout à propos je vous rencontre icy
Expressément chargé de vous rendre cecy.
PHI. Qu'est-ce? CLI. Vous allez voir en lisant cette lettre
Ce qu'un homme jamais n'oseroit se promettre,

Ouvrez-la feulement. *PHI.* Va, tu n'és qu'un conteur.
CLI. Ie veux mourir au cas qu'on me trouve menteur.

LETTRE SVPPOSE'E DE MELITE
à Philandre.

Algré le devoir & la bien-feance du fexe, celle-cy m'échape
en faveur de vos merites, pour vous apprendre que c'eft
Melite qui vous écrit, & qui vous aime. Si elle eft affez heureufe pour recevoir de vous une reciproque affection, contentez-
vous de cét entretien par lettres, jusques à ce qu'elle aye ofté de
l'efprit de fa mere quelques perfonnes, qui n'y font que trop bien
pour fon contentement.

ERA.[a] C'eft donc la verité que la belle Melite
   Fait du brave Philandre une loüable élite,
   Et qu'il obtient ainfi de fa feule vertu
   Ce qu'Eraste & Tircis ont en vain debatu !
   Vraiment dans un tel choix mon regret diminuë,
   Outre qu'une froideur depuis peu furvenuë,
   De tant de vœux perdus ayant fçeu me laffer,
   N'attendoit qu'un pretexte à m'en débaraffer.
PHI. Me dis-tu que Tircis brufle pour cette belle?
ERA. Il en meurt. *PHI.* Ce courage à l'amour fi rebelle?
ERA. Luy mefme. *PHI.* Si ton cœur ne tient plus qu'à demy,
   Tu peux le retirer pour un fi bon amy.
   Sinon, pour mon regard ne ceffe de pretendre,
   Etant pris une fois, je ne fuis plus à prendre.
   Tout ce que je puis faire à fon brafier naiffant,
   C'eft de m'en revancher par un zele impuiffant,
   Et ma Cloris la prie, afin de s'en distraire,
   De tourner, s'il fe peut, fa flame vers fon frere.
ERA. Auprès de fa beauté qu'eft-ce que ta Cloris?
PHI. Vn peu plus de refpect pour ce que je cheris.
ERA. Ie veux qu'elle ait en foy quelque chofe d'aimable,
   Mais enfin à Melite eft-elle comparable?
PHI. Qu'elle le foit, ou non, je n'examine pas
   Si des deux l'une ou l'autre a plus ou moins d'appas,
   l'aime l'une, & mon cœur pour toute autre infenfible...
ERA. Avife toutefois, le pretexte eft plaufible.
PHI. l'en ferois mal voulu des hommes & des Dieux.
ERA. On pardonne aifément à qui trouve fon mieux?

a Il feint
d'avoir leu
la lettre par
deffus l'é-
paule de
Philandre.

C iij

PHI. Mais en quoy gist ce mieux? *ERA.* En esprit, en richesse.
PHI. O le honteux motif à changer de Maistresse!
ERA. En amour. *PHI.* Cloris m'aime, & si je m'y connoy,
    Rien ne peut égaler celuy qu'elle a pour moy.
ERA. Tu te détromperas si tu veux prendre garde
    A ce qu'à ton sujet l'une & l'autre hazarde.
    L'une en t'aimant s'expose au peril d'un mépris,
    L'autre ne t'aime point que tu n'en sois épris:
    L'une t'aime engagé vers une autre moins belle,
    L'autre se rend sensible à qui n'aime rien qu'elle:
    L'une au desceu des siens te montre son ardeur,
    Et l'autre aprés leur choix quitte un peu sa froideur:
    L'une... *PHI.* Adieu, des raisons de si peu d'importance
    Ne pourroient en un siecle ébranler ma constance.

^a *Il dit ce vers à Cliton tout bas.*

    ^aDans deux heures d'icy tu viendras me revoir.
CLI. Disposez librement de mon petit pouvoir.

^b *Il est seul.*

ERA.^b Il a beau déguiser, il a gousté l'amorce,
    Cloris déja sur luy n'a presque plus de force,
    Ainsi je suis deux fois vangé du ravisseur,
    Ruinant tout ensemble, & le frere, & la sœur.

SCENE VII.

TIRCIS, ERASTE, MELITE.

              (dre

TIR. ERaste, arreste vn peu. *ERA.* Que me veux-tu? *TIR.* Te ren-
    Ce Sonnet que pour toy j'ay promis d'entreprendre.

^c *Elle les regarde à travers une jalousie cependant qu'Eraste lit le Sonnet.*

MEL.^c Que font-ils là tous deux? qu'ont-ils à démesler?
    Ce jaloux à la fin le pourra quereller,
    Du moins les complimens dont peut-estre ils se joüent
    Sont des civilitez qu'en l'ame ils desavoüent.
TIR. I'y donne une raison de ton sort inhumain,
    Allons, je le veux voir presenter de ta main
    A ce charmant objet dont ton ame est blessée.

^d *Il luy rend le Sonnet.*

ERA.^d Vne autre fois, Tircis, quelque affaire pressée
    Fait que je ne sçaurois pour l'heure m'en charger,
    Tu trouveras ailleurs un meilleur messager.

^e *Il est seul.* *TIR.*^e La belle humeur de l'homme! ô Dieux, quel personnage!
    Quel amy j'avois fait de ce plaisant visage!
    Vne mine froncée, un regard de travers,
    C'est le remercîment que j'auray de mes vers.

Ie manque à fon avis d'affeurance, ou d'adreffe,
Pour les donner moy-mefme à fa jeune Maîtreffe,
Et prendre ainfi le temps de dire à fa beauté
L'empire que fes yeux ont fur ma liberté.
Ie penfe l'entrevoir par cette jaloufie :
Ouy, mon ame de joye en eft toute faifie.
Helas ! & le moyen de pouvoir luy parler,
Si mon premier afpect l'oblige à s'en aller ?
Que cette joye eft courte, & qu'elle eft cher venduë !
Toutefois tout va bien, la voila defcenduë,
Ses regards pleins de feux s'entendent avec moy,
Que dis-je, en s'avançant elle m'appelle à foy.

SCENE VIII.

TIRCIS, MELITE.

MEL. **H**E' bien, qu'avez-vous fait de voftre compagnie ?
TIR. Ie ne puis rien juger de ce qui l'a bannie :
  A peine ay-je eu loifir de luy dire deux mots,
  Qu'auffi-toft le fantafque en me tournant le dos
  S'eft échapé de moy. *MEL.* Sans doute il m'aura veuë,
  Et c'eft de là que vient cette fuite impréveuë.
TIR. Vous aimant comme il fait, qui l'euft jamais penfé ?
MEL. Vous ne fçavez donc rien de ce qui s'eft paffé ?
TIR. I'aimerois beaucoup mieux fçavoir ce qui fe paffe,
  Et la part qu'a Tircis en voftre bonne grace.
MEL. Meilleure aucunement qu'Erafte ne voudroit,
  Ie n'ay jamais connu d'amant fi mal-adroit,
  Il ne fçauroit fouffrir qu'autre que luy m'approche.
  Dieux ! qu'à voftre fujet il m'a fait de reproche !
  Vous ne fçauriez me voir fans le defobliger.
TIR. Et de tous mes foucis c'eft là le plus leger,
  Toute une legion de rivaux de fa forte
  Ne divertiroit pas l'amour que je vous porte,
  Qui ne craindra jamais les humeurs d'un jaloux.
MEL. Auffi le croit-il bien, ou je me trompe. *TIR.* Et vous ?
MEL. Bien que cette croyance à quelque erreur m'expofe,
  Pour luy faire dépit, j'en croiray quelque chofe.
TIR. Mais afin qu'il receuft un entier déplaifir,
  Il faudroit que nos cœurs n'euffent plus qu'un defir,

Et quitter ces discours de volontez fujettes,
Qui ne font point de mife en l'état où vous étes.
Vous mefme confultez un moment vos appas,
Songez à leurs effets, & ne préfumez pas
Avoir fur tous les cœurs un pouvoir fi fuprefme,
Sans qu'il vous foit permis d'en ufer fur vous mefme;
Vn fi digne fujet ne reçoit point de loy,
De regle, ny d'avis d'un autre que de foy.

MEL. Ton merite plus fort que ta raifon flateufe
Me rend, je le confeffe, un peu moins fcrupuleufe.
Ie dois tout à ma mere, & pour tout autre amant
Ie voudrois tout remettre à fon commandement.
Mais attendre pour toy l'effet de fa puiffance,
Sans te rien témoigner que par obeiffance,
Tircis, ce feroit trop, tes rares qualitez
Difpenfent mon devoir de ces formalitez.

TIR. Que d'amour & de joye un tel aveu me donne!

MEL. C'eft peut-eftre en trop dire, & me montrer trop bonne,
Mais par là tu peux voir que mon affection
Prend confiance entiere en ta difcretion.

TIR. Vous la verrez toûjours dans un refpect fincere
Attacher mon bon-heur à celuy de vous plaire,
N'avoir point d'autre foin, n'avoir point d'autre efprit,
Et fi vous en voulez un ferment par écrit,
Ce Sonnet que pour vous vient de tracer ma flame
Vous fera voir à nû jufqu'au fond de mon ame.

MEL. Garde bien ton Sonnet, & penfe qu'aujourd'huy
Melite te veut croire autant & plus que luy.
Ie le prens toutefois comme un precieux gage
Du pouvoir que mes yeux ont pris fur ton courage.
Adieu, fois moy fidelle en dépit du jaloux.

TIR. O Ciel! jamais amant eut-il un fort plus doux?

ACTE

ACTE III.

SCENE PREMIERE.

PHILANDRE.

TV l'as gagné, Melite, il ne m'est pas possible
D'estre à tant de faveurs plus long-temps insensible,
Tes lettres où sans fard tu dépeins ton esprit,
Tes lettres où ton cœur est si bien par écrit
Ont charmé tous mes sens par leurs douces promesses;
Leur attente vaut mieux, Cloris, que tes caresses.
Ah, Melite, pardon, je t'offense à nommer
Celle qui m'empescha si long-temps de t'aimer.
Souvenirs importuns d'une amante laissée,
Qui venez malgré moy remettre en ma pensée
Vn portrait que j'en veux tellement effacer,
Que le sommeil ait peine à me le retracer,
Hastez-vous de sortir sans plus troubler ma joye,
Et retournant trouver celle qui vous envoye,
Dites-luy de ma part pour la derniere fois,
Qu'elle est en liberté de faire un autre choix,
Que ma fidelité n'entretient plus ma flame,
Ou que s'il m'en demeure encor un peu dans l'ame,
Ie souhaite en faveur de ce reste de foy
Qu'elle puisse gagner au change autant que moy.
Dites-luy que Melite ainsi qu'une Déesse
Est de tous nos desirs souveraine maîtresse,
Dispose de nos cœurs, force nos volontez,
Et que par son pouvoir nos destins surmontez
Se tiennent trop heureux de prendre l'ordre d'elle,
Enfin que tous mes vœux....

SCENE II.

TIRCIS, PHILANDRE.

TIR.　　**P**Hilandre. *PHI.* Qui m'appelle?

TIR. Tircis, dont le bon-heur au plus haut point monté
　　Ne peut estre parfait sans te l'avoir conté.

PHI. Tu me fais trop d'honneur par cette confidence.

TIR. I'userois envers toy d'une sotte prudence
　　Si je faisois dessein de te dissimuler
　　Ce qu'aussi-bien mes yeux ne sçauroient te celer.

PHI. En effet si l'on peut te juger au visage,
　　Si l'on peut par tes yeux lire dans ton courage,
　　Ce qu'ils montrent de joye à tel point me surprend,
　　Que je n'en puis trouver de sujet assez grand,
　　Rien n'atteint, ce me semble, aux signes qu'ils en donnent.

TIR. Que fera le sujet, si les signes t'étonnent?
　　Mon bonheur est plus grand qu'on ne peut soupçonner,
　　C'est quand tu l'auras sçeu qu'il faudra t'étonner.

PHI. Ie ne le scauray pas sans marque plus expresse.

TIR. Possesseur, autant vaut... *PH.* Dequoy? *TI.* D'une Maîtresse,
　　Belle, honneste, jolie, & dont l'esprit charmant
　　De son seul entretien peut ravir un amant,
　　En un mot, de Melite. *PHI.* Il est vray qu'elle est belle,
　　Tu n'as pas mal choisi, mais... *TI.* Quoy mais? *PH.* T'aime-t'elle?

TIR. Cela n'est plus en doute. *PHI.* Et de cœur? *TIR.* Et de cœur.
　　Ie t'en réponds. *PHI.* Souvent un visage moqueur
　　N'a que le beau semblant d'une mine hypocrite.

TIR. Ie ne crains rien de tel du costé de Melite.

PHI. E'coute, j'en ay veu de toutes les façons.
　　I'en ay veu qui sembloient n'estre que des glaçons,
　　Dont le feu retenu par une adroite feinte
　　S'allumoit d'autant plus qu'il souffroit de contrainte,
　　I'en ay veu, mais beaucoup, qui sous le faux appas
　　Des preuves d'un amour qui ne les touchoit pas,
　　Prenoient du passe-temps d'une folle jeunesse,
　　Qui se laisse affiner à ces traits de souplesse,
　　Et pratiquoient sous-main d'autres affections:
　　Mais j'en ay veu fort peu de qui les passions

Fuſſent d'intelligence avec tout le viſage.
TIR. Et de ce petit nombre eſt celle qui m'engage.
De ſa poſſeſſion je me tiens auſſi ſeur
Que tu te peux tenir de celle de ma ſœur.
PHI. Donc, ſi ton eſperance à la fin n'eſt deceuë,
Ces deux amours auront une pareille iſſuë?
TIR. Si cela n'arrivoit, je me tromperois fort.
PHI. Pour te faire plaiſir j'en veux eſtre d'accord.
Cependant, apprens moy comment elle te traite,
Et qui te fait juger ſon ardeur ſi parfaite.
TIR. Vne parfaite ardeur a trop de truchemens
Par qui ſe faire entendre aux eſprits des amans:
Vn coup d'œil, un ſoûpir... *PHI.* Ces faveurs ridicules
Ne ſervent qu'à duper des ames trop credules.
N'as-tu rien que cela? *TIR.* Sa parole, & ſa foy.
PHI. Encor c'eſt quelque choſe, acheve, & conte moy
Les petites douceurs, les aimables tendreſſes,
Qu'elle ſe plaiſt à joindre à de telles promeſſes.
Quelques lettres du moins te daignent confirmer
Ce vœu qu'entre tes mains elle a fait de t'aimer?
TIR. Recherche qui voudra ces menus badinages,
Qui n'en ſont pas toûjours de fort ſeurs témoignages,
Ie n'ay que ſa parole, & ne veux que ſa foy.
PHI. I'en connoy donc quelqu'un plus avancé que toy.
TIR. I'entens qui tu veux dire, & pour ne te rien feindre,
Ce rival eſt bien moins à redouter qu'à plaindre.
Eraſte qu'ont banny ſes dédains rigoureux...
PHI. Ie parle de quelque autre un peu moins malheureux.
TIR. Ie ne connoy que luy qui ſoûpire pour elle.
PHI. Ie ne te tiendray point plus long-temps en cervelle;
Pendant qu'elle t'amuſe avec ſes beaux diſcours,
Vn rival inconnu poſſede ſes amours,
Et la diſſimulée au mépris de ta flame,
Par lettres chaque jour luy fait don de ſon ame.
TIR. De telles trahiſons luy ſont trop en horreur.
PHI. Ie te veux par pitié tirer de cette erreur.
Tantoſt, ſans y penſer, j'ay trouvé cette lettre,
Tien, voy ce que tu peux deformais t'en promettre.

LETTRE SVPPOSE'E DE MELITE
à Philandre.

IE commence à m'estimer quelque chose puisque je vous plais,
& mon miroir m'offense tous les jours, ne me representant pas
assez belle, comme je m'imagine qu'il faut estre pour meriter vostre
affection. Aussi je veux bien que vous sçachiez, que Melite ne croit
la posseder que par faveur, ou comme une recompense extraordi-
naire d'un excez d'amour, dont elle tasche de suppléer au defaut
des graces que le Ciel luy a refusées.

PHI. Maintenant qu'en dis-tu ? n'est-ce pas t'affronter?
TIR. Cette lettre en tes mains ne peut m'épouvanter.
PHI. La raison? *TIR.* Le porteur a sceu combien je t'aime,
　　　Et par galanterie il t'a pris pour moy-mesme,
　　　Comme aussi ce n'est qu'un de deux parfaits amis.
PHI. Voila bien te flater plus qu'il ne t'est permis,
　　　Et pour ton interest aimer à te méprendre.
TIR. On t'en aura donné quelqu'autre pour me rendre,
　　　Afin qu'encore vn coup je sois ainsi deçeu.
PHI. Ouy, j'ay quelque billet que tantost j'ay receu,
　　　Et puisqu'il est pour toy... *TIR.* Que ta longueur me tuë!
　　　Dépesche. *PHI.* Le voilà, que je te restituë.

AVTRE LETTRE SVPPOSE'E DE
Melite à Philandre.

VOus n'avez plus affaire qu'à Tircis ; je le souffre encore,
afin que par sa hantise je remarque plus exactement ses de-
fauts, & les fasse mieux gouster à ma mere. Après cela Philandre
& Melite auront tout loisir de rire ensemble des belles imaginations,
dont le frere & la sœur ont repeu leurs esperances.

PHI. Te voila tout resveur, cher amy, par ta foy,
　　　Crois-tu que ce billet s'adresse encore à toy?
TIR. Traistre, c'est donc ainsi que ma sœur méprisée
　　　Sert à ton changement d'un sujet de risée?
　　　C'est ainsi qu'à sa foy Melite osant manquer,
　　　D'un parjure si noir ne fait que se moquer?
　　　C'est ainsi que sans honte à mes yeux tu subornes
　　　Vn amour qui pour moy devoit estre sans bornes?
　　　Suy-moy tout de ce pas, que l'épée à la main
　　　Vn si cruel affront se répare soudain;

Il faut que pour tous deux ta teſte me réponde.
PHI. Si pour te voir trompé tu te déplais au Monde,
    Cherche en ce deſespoir qui t'en veüille arracher:
    Quant à moy, ton trépas me coûteroit trop cher.
TIR. Quoy, tu crains le duël! PHI. Non, mais j'en crains la ſuite,
    Où la mort du vaincu met le vainqueur en fuite,
    Et du plus beau ſuccez le dangereux éclat
    Nous fait perdre l'objet & le prix du combat.
TIR. Tant de raiſonnement & ſi peu de courage
    Sont de tes laſchetez le digne témoignage,
    Viens, ou dy que ton ſang n'oſeroit s'expoſer.
PHI. Mon ſang n'eſt plus à moy, je n'en puis diſpoſer.
    Mais puiſque ta douleur de mes raiſons s'irrite,
    I'en prendray dés ce ſoir le congé de Melite.
    Adieu.

SCENE III

TIRCIS.

Tv fuis, perfide, & ta legereté
T'ayant fait criminel, te met en ſeureté!
Reuien, reuien défendre une place uſurpée,
Celle qui te cherit vaut bien un coup d'épée,
Fay voir que l'infidelle en ſe donnant à toy
A fait choix d'un amant qui valoit mieux que moy,
Soûtien ſon jugement, & ſauve ainſi de blâme
Celle qui pour la tienne a negligé ma flame.
Crois-tu qu'on la merite à force de courir?
Peux-tu m'abandonner ſes faveurs ſans mourir?
O lettres, ô faveurs indignement placées,
A ma diſcretion honteuſement laiſſées,
O gages qu'il neglige ainſi que ſuperflus,
Ie ne ſçay qui de nous vous diffamez le plus,
Ie ne ſçay qui des trois doit rougir davantage,
Car vous nous apprenez qu'elle eſt une volage,
Son amant un parjure, & moy ſans jugement
De n'avoir rien préveu de leur déguiſement.
Mais il le falloit bien, que cette ame infidelle
Changeant d'affection priſt un traiſtre comme elle,
Et que le digne amant qu'elle a ſçeu rechercher
A ſa déloyauté n'euſt rien à reprocher.

D iij

Cependant j'en croyois cette fauſſe apparence,
Dont elle repaiſſoit ma friuole esperance,
I'en croyois ſes regards, qui tous remplis d'amour
Etoient de la partie en un ſi laſche tour.
O Ciel, vit-on jamais tant de ſupercherie
Que tout l'exterieur ne fuſt que tromperie?
Non, non, il n'en eſt rien, une telle beauté
Ne fut jamais ſujette à la déloyauté.
Foibles & ſeuls témoins du malheur qui me touche,
Vous eſtes trop hardis de démentir ſa bouche,
Melite me cherit, elle me l'a juré,
Son oracle receu je m'en tiens aſſeuré,
Que dites-vous là-contre? eſtes-vous plus croyables?
Caracteres trompeurs, vous me contez des fables,
Vous voulez me trahir, mais vos efforts ſont vains,
Sa parole a laiſſé ſon cœur entre mes mains.
A ce doux ſouvenir ma flame ſe r'allume,
Ie ne ſçay plus qui croire, ou d'elle, ou de ſa plume,
L'un & l'autre en effet n'ont rien que de leger,
Mais du plus, ou du moins je n'en puis que juger.
Loin, loin, doutes flateurs que mon feu me ſuggere,
Ie voy trop clairement qu'elle eſt la plus legere,
La foy que j'en receus s'en eſt allée en l'air,
Et ces traits de ſa plume oſent encor parler,
Et laiſſent en mes mains une honteuſe image,
Où ſon cœur peint au vif remplit le mien de rage,
Ouy, j'enrage, je meurs, & tous mes ſens troublez
D'un excés de douleur ſe trouvent accablez,
Vn ſi cruel tourment me geſne, & me déchire,
Que je ne puis plus vivre avec un tel martyre,
Mais cachons-en la honte, & nous donnons du moins
Ce faux ſoulagement en mourant ſans témoins,
Que mon trépas ſecret empeſche l'infidelle
D'avoir la vanité que je ſois mort pour elle.

SCENE IV.

TIRCIS, CLORIS.

CLO. **M**On frere, en ma faveur retourne fur tes pas.
Dy-moy la verité, tu ne me cherchois pas.
Et quoy, tu fais femblant de ne me pas connoiftre ?
O Dieux ! en quel état te vois-je icy paroiftre !
Tu paſlis tout à coup, & tes louches regards
S'élancent incertains presque de toutes parts !
Tu manques à la fois de couleur, & d'haleine !
Ton pied mal affermy ne te foûtient qu'à peine !
Quel accident nouveau te trouble ainfi les fens !
TIR. Puisque tu veux fçavoir le mal que je reffens,
Avant que d'affouvir l'inexorable envie
De mon fort rigoureux qui demande ma vie,
Ie vay t'affaffiner d'un fatal entretien,
Et te dire en deux mots mon mal-heur & le tien.
En nos chastes amours de tous deux on fe moque,
Philandre… Ah ! la douleur m'étouffe & me fuffoque,
Adieu, ma fœur, Adieu, je ne puis plus parler,
Lis, & fi tu le peux, tafche à te confoler.
CLO. Ne m'échape donc pas. *TIR.* Ma fœur, je te fupplie…
CLO. Quoy ? que je t'abandonne à ta mélancolie ?
Voyons auparavant ce qui te fait mourir,
Et nous aviferons à te laiffer courir.
TIR. Helas ! quelle injustice ! *CLO.*[a] Eft-ce là tout, fantasque ?
Quoy ? fi la déloyale enfin leve le masque,
Ofes-tu te fafcher d'eftre defabufé ?
Apprens qu'il te faut eftre en amour plus rufé,
Apprens que les discours des filles bien fenfées
Découvrent rarement le fond de leurs penfées,
Et que les yeux aidant à ce déguifement,
Noftre fexe a le don de tromper finement.
Apprens auffi de moy que ta raifon s'égare,
Que Melite n'eft pas une piece fi rare,
Qu'elle foit feule icy qui vaille la fervir :
Affez d'autres objets y fçauront te ravir.
Ne t'inquiete point pour une écervelée,
Qui n'a d'ambition que d'eftre cajolée,

Et rend à plaindre ceux qui flatant ſes beautez
Ont aſſez de malheur pour en eſtre écoutez.
Damon luy plût jadis , Ariſtandre, & Geronte,
Eraſte aprés deux ans n'y voit pas mieux ſon conte,
Elle t'a trouvé bon ſeulement pour huit jours,
Philandre eſt aujourd'huy l'objet de ſes amours,
Et peut-eſtre déja (tant elle aime le change)
Quelque autre nouveauté le ſupplante & nous vange.
Ce n'eſt qu'une coquette avec tous ſes attraits,
Sa langue avec ſon cœur ne s'accorde jamais,
Les infidelitez font ſes jeux ordinaires,
Et ſes plus doux appas ſont tellement vulgaires,
Qu'en elle homme d'eſprit n'admira jamais rien,
Que le ſujet pourquoy tu luy voulois du bien.
TIR. Penſes-tu m'arréter par ce torrent d'injures?
Que ce ſoient veritez , que ce ſoient impoſtures,
Tu redoubles mes maux au lieu de les guerir :
Adieu , rien que la mort ne peut me ſecourir.

SCENE V.

CLORIS.

MOn frere. Il s'eſt ſauvé , ſon deſespoir l'emporte,
Me preſerve le Ciel d'en uſer de la ſorte,
Vn volage me quitte , & je le quitte auſſi,
Ie l'obligerois trop de m'en mettre en ſoucy.
Pour perdre des amans celles qui s'en affligent
Donnent trop d'avantage à ceux qui les negligent,
Il n'eſt lors que la joye , elle nous vange mieux ,
Et la fiſt-on à faux éclater par les yeux,
C'eſt montrer par bravade à leur vaine inconſtance
Qu'elle eſt pour nous toucher de trop peu d'importance.
Que Philandre à ſon gré rende ſes vœux contans,
S'il attend que j'en pleure, il attendra long-temps.
Son cœur eſt un treſor dont j'aime qu'il diſpoſe,
Le larcin qu'il m'en fait me vole peu de choſe,
Et l'amour qui pour luy m'éprit ſi follement
M'avoit fait bonne part de ſon aveuglement.
On encherit pourtant ſur ma faute paſſée,
Dans la meſme folie une autre embaraſſée

Le rend

Le rend encor parjure, & fans ame, & fans foy,
Pour fe donner l'honneur de faillir après moy.
Ie meure, s'il n'eft vray, que la moitié du monde
Sur l'exemple d'autruy fe conduit, & fe fonde,
A caufe qu'il parut quelque temps m'enflamer,
La pauvre fille a crû qu'il valoit bien l'aimer,
Et fur cette croyance elle en a pris envie;
Luy pûft-elle durer jusqu'au bout de fa vie:
Si Melite a failly me l'ayant débauché,
Dieux, par là feulement puniffez fon peché.
Elle verra bien-toft que fa digne conquefte
N'eft pas une avanture à me rompre la tefte,
Vn fi plaifant malheur m'en confole à l'inftant.
Ah, fi mon foù de frere en pouvoit faire autant,
Que j'en aurois de joye, & que j'en ferois gloire!
Si je puis le rejoindre, & qu'il me veüille croire,
Nous leur ferons bien voir que leur change indiscret
Ne vaut pas un foùpir, ne vaut pas un regret.
Ie me veux toutefois en vanger par malice,
Me divertir une heure à m'en faire justice;
Ces lettres fourniront affez d'occafion
D'un peu de défiance, & de divifion.
Si je prens bien mon temps, j'auray pleine matiere
A les joüer tous deux d'une belle maniere.
En voicy déja l'un qui craint de m'aborder.

SCENE VI.

PHILANDRE, CLORIS.

CLO. **Q**Voy, tu paffes, Philandre, & fans me regarder?
    PHI. Pardonne-moy, de grace, une affaire importune
M'empefche de joüir de ma bonne fortune,
Et fon empreffement qui porte ailleurs mes pas
Me rempliffoit l'efprit jusqu'à ne te voir pas.
CLO. I'ay donc fouvent le don d'aimer plus qu'on ne m'aime,
    Ie ne penfe qu'à toy, j'en parlois en moy-mefme.
PHI. Me veux-tu quelque chofe? CLO. Il t'ennuye avec moy,
    Mais comme de tes feux j'ay pour garand ta foy,
    Ie ne m'alarme point. N'étoit ce qui te preffe,
    Ta flame un peu plus loin euft porté la tendreffe,

Tome I.   E

  Et je t'aurois fait voir quelques vers de Tircis
  Pour le charmant objet de ſes nouveaux ſoucis.
  Ie viens de les ſurprendre, & j'y pourrois encore,
  Ioindre quelques billets de l'objet qu'il adore;
  Mais tu n'as pas loiſir; toutefois ſi tu veux
  Perdre un demy quart-d'heure à les lire nous deux...
PHI. Voyons donc ce que c'eſt ſans plus longue demeure,
  Ma curioſité pour ce demy-quart-d'heure
  S'oſera dispenſer. *CLO.* Auſſi tu me promets,
  Quand tu les auras leus, de n'en parler jamais;
  Autrement, ne croy pas... *PHI.*[a] Cela s'en va ſans dire,
  Donne, donne-les-moy, tu ne les ſçaurois lire,
  Et nous aurions ainſi beſoin de trop de temps.
CLO.[b] Philandre, tu n'es pas encor où tu pretends;
  Quelques hautes faveurs que ton merite obtienne,
  Elles ſont auſſi bien en ma main qu'en la tienne,
  Ie les garderay mieux, tu peux en aſſeurer
  La belle qui pour toy daigne ſe parjurer.
PHI. Vn homme doit ſouffrir d'une fille en colere,
  Mais je ſçay comme il faut les r'avoir de ton frere,
  Tout exprès je le cherche, & ſon ſang, ou le mien...
CLO. Quoy Philandre eſt vaillant, & je n'en ſçavois rien!
  Tes coups ſont dangereux quand tu ne veux pas feindre,
  Mais ils ont le bon-heur de ſe faire peu craindre,
  Et mon frere qui ſcait comme il s'en faut guerir,
  Quand tu l'aurois tué, pourroit n'en pas mourir.
PHI. L'effet en fera foy, s'il en a le courage.
  Adieu, j'en perds le temps à parler davantage,
  Tremble. *CLO.* I'en ay grand lieu connoiſſant ta vertu,
  Pourveu qu'il y conſente, il ſera bien batu.

[a] *Il recon-*
noiſt les
lettres.

[b] *Elle les*
reſſerre.

ACTE IV.

SCENE PREMIERE.

MELITE, LA NOVRRICE.

NOV. ETTE obstination à faire la secrette
M'accuse injustement d'estre trop peu discrette.
    MEL. Ton importunité n'est pas à supporter,
Ce que je ne sçay point, te le puis-je conter?
NOV. Les visites d'Eraste un peu moins assiduës
Témoignent quelque ennuy de ses peines perduës,
Et ce qu'on voit par là de refroidissement
Ne fait que trop juger son mécontentement:
Tu m'en veux cependant cacher tout le mistere,
Mais je pourrois enfin en croire ma colere,
Et pour punition te priver des avis
Qu'a jusqu'icy ton cœur si doucement suivis.
MEL. C'est à moy de trembler après cette menace,
Et toute autre du moins trembleroit en ma place.
NOV. Ne raillons point, le fruit qui t'en est demeuré,
(Ie parle sans reproche & tout consideré)
Vaut bien... Mais revenons à nostre humeur chagrine,
Apprens-moy ce que c'est. *MEL.* Veux-tu que je devine?
Dégousté d'un esprit si grossier que le mien
Il cherche ailleurs peut-estre un meilleur entretien.
NOV. Ce n'est pas bien ainsi qu'un amant perd l'envie
D'une chose deux ans ardemment poursuivie:
D'asseurance un mépris l'oblige à se piquer,
Mais ce n'est pas un trait qu'il faille pratiquer.
Vne fille qui voit, & que voit la jeunesse,
Ne s'y doit gouverner qu'avec beaucoup d'adresse,
Le dédain luy messied, ou quand elle s'en sert,
Que ce soit pour reprendre un amant qu'elle perd;
Vne heure de froideur à propos ménagée
Peut rembraser une ame à demy dégagée,

E ij

Qu'un traitement trop doux dispense à des mépris
D'un bien dont cet orgueil fait mieux sçavoir le prix.
Hors ce cas il luy faut complaire à tout le monde,
Faire qu'aux vœux de tous l'apparence réponde,
Et sans embarasser son cœur de leurs amours,
Leur faire bonne mine, & souffrir leurs discours.
Qu'à part ils pensent tous avoir la préference,
Et paroissent ensemble entrer en concurrence;
Que tout l'exterieur de son visage égal
Ne rende aucun jaloux du bon-heur d'un rival;
Que ses yeux partagez leur donnent dequoy craindre,
Sans donner à pas un aucun lieu de se plaindre;
Qu'ils vivent tous d'espoir jusqu'au choix d'un mary,
Mais qu'aucun cependant ne soit le plus chery,
Et qu'elle cede enfin, puisqu'il faut qu'elle cede,
A qui paira le mieux le bien qu'elle possede.
Si tu n'eusses jamais quitté cette leçon,
Ton Eraste avec toy vivroit d'autre façon.
MEL. Ce n'est pas son humeur de souffrir ce partage,
Il croit que mes regards soient son propre heritage,
Et prend ceux que je donne à tout autre qu'à luy
Pour autant de larcins faits sur le bien d'autruy.
NOV. I'entends à demy mot, acheve, & m'expedie
Promptement le motif de cette maladie.
MEL. Si tu m'avois, Nourrice, entenduë à demy,
Tu sçaurois que Tircis... *NOV.* Quoy, son meilleur amy!
N'a-ce pas été luy qui te l'a fait connoistre?
MEL. Il voudroit que le jour en fust encor à naistre,
Et si d'auprès de moy je l'avois écarté,
Tu verrois tout à l'heure Eraste à mon costé.
NOV. I'ay regret que tu sois leur pomme de discorde;
Mais puisque leur humeur ensemble ne s'accorde,
Eraste n'est pas homme à laisser échaper,
Vn semblable pigeon ne se peut ratraper,
Il a deux fois le bien de l'autre, & davantage.
MEL. Le bien ne touche point un genereux courage.
NOV. Tout le monde l'adore, & tasche d'en joüir.
MEL. Il suit un faux éclat qui ne peut m'ébloüir.
NOV. Auprès de sa splendeur toute autre est fort petite.
MEL. Tu le places au rang qui n'est dû qu'au merite.
NOV. On a trop de merite étant riche à ce point.
MEL. Les biens en donnent-ils à ceux qui n'en ont point?

NOV. Ouy , ce n'eſt que par là qu'on eſt conſiderable.
MEL. Mais ce n'eſt que par là qu'on devient mépriſable.
    Vn homme dont les biens font toutes les vertus,
    Ne peut eſtre eſtimé que des cœurs abatus.
NOV. Eſt-il quelques defauts que les biens ne réparent?
MEL. Mais plûtoſt en eſt-il où les biens ne préparent?
    E'tant riche on mépriſe aſſez communément
    Des belles qualitez le ſolide ornement,
    Et d'un luxe honteux la richeſſe ſuivie
    Souvent par l'abondance aux vices nous convie.
NOV. Enfin je reconnois... *MEL.* Qu'avec tout ce grand bien
    Vn jaloux ſur mon cœur n'obtiendra jamais rien.
NOV. Et que d'un cajoleur la nouvelle conqueſte
    T'imprime à mon regret ces erreurs dans la teſte.
    Si ta mere le ſçait... *MEL.* Laiſſe-moy ces ſoucis,
    Et rentre , que je parle à la ſœur de Tircis.
NOV. Peut-eſtre elle t'en veut dire quelque Nouvelle.
MEL. Ta curioſité te met trop en cervelle,
    Rentre ſans t'informer de ce qu'elle pretend,
    Vn meilleur entretien avec elle m'attend.

SCENE II.

CLORIS, MELITE.

CLO. IE cheris tellement celles de voſtre ſorte,
    Et prens tant d'intereſt en ce qui leur importe,
    Qu'aux pieces qu'on leur fait je ne puis conſentir,
    Ny meſme en rien ſçavoir , ſans les en advertir.
    Ainſi donc au hazard d'eſtre la mal-venuë,
    Encor que je vous ſois, peu s'en faut , inconnuë,
    Ie viens vous faire voir que voſtre affection,
    N'a pas eſté fort juste en ſon élection.
MEL. Vous pourriez ſous couleur de rendre un bon office,
    Mettre quelqu'autre en peine avec cet artifice,
    Mais pour m'en repentir j'ay fait un trop bon choix,
    Ie renonce à choiſir une ſeconde fois,
    Et mon affection ne s'eſt point arreſtée
    Que chez un Cavalier qui l'a trop meritée.
CLO. Vous me pardonnerez , j'en ay de bons témoins,
    C'eſt l'homme qui de tous la merite le moins.

MEL. Si je n'avois de luy qu'une foible asseurance,
  Vous me feriez entrer en quelque deffiance:
  Mais je m'étonne fort que vous l'osiez blamer,
  Ayant quelque interest vous-mesme à l'estimer.
CLO. Ie l'estimay jadis, & je l'aime, & l'estime
  Plus que je ne faisois auparavant son crime,
  Ce n'est qu'en ma faveur qu'il ose vous trahir,
  Et vous pouvez juger si je le puis haïr,
  Lors que sa trahison m'est un clair témoignage
  Du pouvoir absolu que j'ay sur son courage.
MEL. Le pousser à me faire une infidelité,
  C'est assez mal user de cette authorité.
CLO. Me le faut-il pousser où son devoir l'oblige?
  C'est son devoir qu'il fuit alors qu'il vous neglige.
MEL. Quoy, le devoir chez vous oblige aux trahisons.
CLO. Quand il n'en auroit point de plus justes raisons,
  La parole donnée, il faut que l'on la tienne.
MEL. Cela fait contre vous, il m'a donné la sienne.
CLO. Ouy, mais ayant déja receu mon amitié
  Sur un vœu solennel d'estre vn jour sa moitié,
  Peut-il s'en départir pour accepter la vostre?
MEL. De grace excusez-moy, je vous prens pour une autre,
  Et c'étoit à Cloris que je croyois parler.
CLO. Vous ne vous trompez pas. *ME.* Donc pour mieux me railler
  La sœur de mon amant contrefait ma rivale?
CLO. Donc pour mieux m'ébloüir une ame déloyale
  Contrefait la fidelle? ah, Melite, sçachez
  Que je ne sçay que trop ce que vous me cachez,
  Philandre m'a tout dit, vous pensez qu'il vous aime,
  Mais sortant d'avec vous il me conte luy mesme
  Iusqu'aux moindres discours, dont vostre passion
  Tasche de suborner son inclination.
MEL. Moy, suborner Philandre! Ah, que m'osez-vous dire!
CLO. La pure verité. *MEL.* Vrayment, en voulant rire
  Vous passez trop avant, brisons-là, s'il vous plaist,
  Ie ne voy point Philandre, & ne sçay quel il est.
CLO. Vous en croirez du moins vostre propre écriture.
  Tenez, voyez, lisez. *MEL.* Ah, Dieux, quelle imposture!
  Iamais un de ces traits ne partit de ma main.
CLO. Nous pourrions demeurer icy jusqu'à demain
  Que vous persisteriez dans la méconnoissance,
  Ie les vous laisse, Adieu. *MEL.* Tout-beau, mon innocence

Veut apprendre de vous le nom de l'imposteur,
Pour faire retomber l'affront fur fon autheur.
CLO. Vous penfez me duper, & perdez voftre peine,
Que fert le defaveu quand la preuve eft certaine?
A quoy bon démentir, à quoy bon dénier...
MEL. Ne vous obftinez point à me calomnier,
Ie veux que fi jamais j'ay dit mot à Philandre...
CLO. Remettons ce difcours, quelqu'un vient nous furprendre,
C'eft le brave Lifis, qui femble fur le front
Porter empreints les traits d'un déplaifir profond.

SCENE III.

LISIS, MELITE, CLORIS.

LIS.[a] PReparez vos foûpirs à la trifte Nouvelle   [a] *à Cloris.*
Du malheur où nous plonge un efprit infidelle,
Quittez fon entretien, & venez avec moy
Plaindre un frere au cercueil par fon manque de foy.
MEL. Quoy! fon frere au cercueil! *LIS.* Ouy, Tircis plein de rage
De voir que voftre change indignement l'outrage,
Maudiffant mille fois le déteftable iour
Que voftre bon accueil luy donna de l'amour,
Dedans çe defefpoir a chez moy rendu l'ame,
Et mes yeux defolez... *MEL.* Ie n'en puis plus, je pafme.
CLO. Au fecours, au fecours.

SCENE IV.

CLITON, LA NOVRRICE,
MELITE, LISIS, CLORIS.

CLI.   D'Où provient cette voix?
NOV. Qu'avez-vous, mes enfans? *CLO.* Melite que tu vois...
NOV. Helas, elle fe meurt, fon teint vermeil s'efface,
Sa chaleur fe diffipe, elle n'eft plus que glace.
LIS.[b] Va querir un peu d'eau, mais il faut te hafter.   [b] *à Cliton.*
CLI.[c] Si proches du logis, il vaut mieux l'y porter.   [c] *à Lifis.*
CLO Aidez mes foibles pas, les forces me deffaillent,
Et je vay fuccomber aux douleurs qui m'affaillent.

SCENE V.

ERASTE.

A La fin je triomphe , & les Destins amis
M'ont donné le succez que je m'étois promis;
Me voila trop heureux , puisque par mon adresse
Melite est sans amant , & Tircis sans Maîtresse,
Et comme si c'étoit trop peu pour me vanger,
Philandre & sa Cloris courent mesme danger.
Mais à quelle raison leurs ames desunies
Pour les crimes d'autruy seront-elles punies?
Que m'ont-ils fait tous deux pour troubler leurs accords?
Fuyez de ma pensée, inutiles remords,
La joye y veut regner, cessez de m'en distraire,
Cloris m'offense trop d'estre sœur d'un tel frere,
Et Philandre si prompt à l'infidelité
N'a que la peine deuë à sa credulité.
Mais que me veut Cliton qui sort de chez Melite?

SCENE VI.

ERASTE, CLITON.

CLI. MOnsieur, tout est perdu, vostre fourbe maudite,
Dont je fus à regret le damnable instrument,
A couché de douleur Tircis au monument.
ERA. Courage , tout va bien, le traistre m'a fait place,
Le seul qui me rendoit son courage de glace,
D'un favorable coup la mort me l'a ravy.
CLI. Monsieur, ce n'est pas tout , Melite l'a suivy,
ERA. Melite l'a suivy ! que dis-tu, miserable?
CLI. Monsieur , il est trop vray, le moment déplorable
Qu'elle a sçeu son trépas , a terminé ses jours.
ERA. Ha Ciel ! s'il est ainsi... *CLI.* Laissez-là ces discours,
Et vantez-vous plûtost que par vostre imposture
Ces malheureux amants trouvent la sepulture,
Et que vostre artifice a mis dans le tombeau
Ce que le Monde avoit de parfait & de beau.
                              ERASTE.

ERA. Tu m'ofes donc flater , infame , & tu fupprimes
    Par ce reproche obscur la moitié de mes crimes?
    Eft-ce ainfi qu'il te faut n'en parler qu'à demy?
    Acheve tout d'un coup, dy que Maîtreffe, amy,
    Tout ce que je cheris, tout ce qui dans mon ame
    Sçeut jamais allumer une pudique flame,
    Tout ce que l'amitié me rendit precieux,
    Par ma fourbe a perdu la lumiere des Cieux.
    Dy que j'ay violé les deux loix les plus faintes
    Qui nous rendent heureux par leurs douces contraintes,
    Dy que j'ay corrompu, dy que j'ay fuborné,
    Falfifié , trahy , feduit , affaffiné,
    Tu n'en diras encor que la moindre partie.
    Quoy, Tircis eft donc mort, & Melite eft fans vie !
    Ie ne l'avois pas fçeu, Parques, jusqu'à ce jour,
    Que vous relevaffiez de l'Empire d'Amour,
    I'ignorois qu'auffi-toft qu'il affemble deux ames
    Il vous pûft commander d'unir auffi leurs trames.
    Vous en relevez donc, & montrez aujourd'huy
    Que vous étes pour nous aveugles comme luy !
    Vous en relevez donc, & vos cizeaux barbares
    Tranchent comme il luy plaift les destins les plus rares!
    Mais je m'en prens à vous, moy qui fuis l'imposteur,
    Moy qui fuis de leurs maux le détestable autheur.
    Helas! & falloit-il que ma fupercherie
    Tournaft fi lafchement tant d'amour en furie?
    Inutiles regrets , repentirs fuperflus,
    Vous ne me rendez pas Melite qui n'eft plus,
    Vos mouvemens tardifs ne la font pas revivre,
    Elle a fuivy Tircis, & moy je la veux fuivre,
    Il faut que de mon fang je luy faffe raifon,
    Et de ma jaloufie, & de ma trahifon,
    Et que de ma main propre une ame fi fidelle
    Reçoive... Mais d'où vient que tout mon corps chancelle?
    Quel murmure confus? & qu'entends-je hurler?
    Que de pointes de feu fe perdent parmy l'air?
    Les Dieux à mes forfaits ont dénoncé la guerre,
    Leur foudre décoché vient de fendre la terre,
    Et pour leur obeïr fon fein me recevant
    M'engloutit, & me plonge aux Enfers tout vivant.
      Ie vous entens , grands Dieux , c'eft là-bas que leurs ames,
    Aux champs Eliziens éternifent leurs flames,

C'eſt là-bas qu'à leurs pieds il faut verſer mon ſang:
La Terre à ce deſſein m'ouvre ſon large flanc,
Et juſqu'aux bords du Styx me fait libre paſſage.
Ie l'aperçoy déja, je ſuis ſur ſon rivage.
Fleuve, dont le ſaint nom eſt redoutable aux Dieux,
Et dont les neuf replis ceignent ces triſtes lieux,
N'entre point en couroux contre mon inſolence
Si j'oſe avec mes cris violer ton ſilence:
Ie ne te veux qu'un mot. Tircis eſt-il paſſé?
Melite eſt-elle icy? mais, qu'attens-je, inſenſé?
Ils ſont tous deux ſi chers à ton funeſte Empire,
Que tu crains de les perdre, & n'oſes m'en rien dire.
Vous donc, Eſprits legers, qui manque de tombeaux
Tournoyez vagabonds à l'entour de ces eaux,
A qui Charon cent ans refuſe ſa nacelle,
Ne m'en pourriez-vous point donner quelque Nouvelle?
Parlez, & je promets d'employer mon credit
A vous faciliter ce paſſage interdit.
CLI. Monſieur, que faites-vous, voſtre raiſon troublée
Par l'effort des douleurs dont elle eſt accablée
Figure à voſtre veuë.... *ERA.* Ah ! te voila, Charon,
Dépeſche promptement, & d'un coup d'aviron
Paſſe-moy, ſi tu peux, juſqu'à l'autre rivage.
CLI. Monſieur, rentrez en vous, regardez mon viſage,
Reconnoiſſez Cliton. *ERA.* Dépeſche, vieux nocher,
Avant que ces Eſprits nous puiſſent approcher,
Ton bâteau de leur poids fondroit dans les abîmes,
Il n'en aura que trop d'Eraste, & de ſes crimes.
Quoy, tu veux te ſauver à l'autre bord ſans moy,
ᵃ Si faut-il qu'à ton coû je paſſe malgré toy?

SCENE VII.

PHILANDRE.

PRéſomptueux rival, dont l'abſence importune
Retarde le ſuccez de ma bonne fortune,
As-tu ſi-toſt perdu cette ombre de valeur
Que te prétoit tantoſt l'effort de ta douleur?
Que devient à preſent cette boüillante envie
De punir ta volage aux dépens de ma vie!

Il ne tient plus qu'à toy que tu ne sois content,
Ton ennemy t'appelle, & ton rival t'attend;
Ie te cherche en tous lieux, & cependant ta fuite
Se rit impunément de ma vaine pourfuite.
Crois-tu, laiffant mon bien dans les mains de ta fœur,
En demeurer toûjours l'injuste poffeffeur,
Ou que ma patience à la fin échapée
(Puifque tu ne veux pas le debatre à l'épée)
Oubliant le respect du fexe, & tout devoir,
Ne laiffe point fur elle agir mon defespoir?

SCENE VIII.

ERASTE, PHILANDRE.

ERA. DEtacher Ixion pour me mettre en fa place!
Megere, c'eft à vous une indiscrette audace,
Ay-je, prenant le front de cét ambitieux,
Attenté fur le lit du Monarque des Cieux?
Vous travaillez en vain, barbares Eumenides;
Non, ce n'eft pas ainfi qu'on punit les perfides.
Quoy, me preffer encor! fus de pieds & de mains
Effayons d'écarter ces monstres inhumains,
A mon fecours, esprits, vangez-vous de vos peines,
Ecrafons leurs ferpens, chargeons-les de vos chaifnes,
Pour ces filles d'Enfer nous fommes trop puiffans.
PHI. Il femble à ce discours qu'il ait perdu le fens;
Eratse, cher amy, quelle melancolie
Te met dans le cerveau cét excez de folie?
ERA. Equitable Minos, grand Iuge des Enfers,
Voyez qu'injustement on m'apprefte des fers.
Faire un tour d'amoureux, fuppofer une lettre,
Ce n'eft pas un forfait qu'on ne puiffe remettre.
Il eft vray que Tircis en eft mort de douleur,
Que Melite après luy redouble ce malheur,
Que Cloris fans amant ne fçait à qui s'en prendre,
Mais la faute n'en eft qu'au credule Philandre,
Luy feul en eft la caufe, & fon esprit leger
Qui trop facilement refolut de changer,
Car ces lettres qu'il croit l'effet de fes merites,
La main que vous voyez les a toutes écrites.

PHI. Ie te laiſſe impuny, traiſtre, de tels remords
     Te donnent des tourmens pires que mille morts,
     Ie t'obligerois trop de t'arracher la vie,
     Et ma juste vangeance eſt bien mieux aſſouvie
     Par les folles horreurs de cette illuſion.
     Ah, grands Dieux, que je ſuis plein de confuſion!

SCENE IX.

ERASTE.

TV t'enfuis donc, barbare, & me laiſſant en proye
   A ces cruelles ſœurs, tu les combles de joye?
Non, non, retirez-vous, Tiſiphone, Alecton,
Et tout ce que je voy d'Officiers de Pluton,
Vous me connoiſſez mal, dans le corps d'un perfide
Ie porte le courage & les forces d'Alcide.
Ie vay tout renverſer dans ces Royaumes noirs,
Et ſaccager moy ſeul ces tenebreux manoirs.
Vne ſeconde fois le triple chien Cerbere
Vomira l'aconit en voyant la lumiere,
I'iray du fond d'Enfer dégager les Titans,
Et ſi Pluton s'oppoſe à ce que je pretens,
Paſſant deſſus le ventre à ſa troupe mutine,
I'iray d'entre ſes bras enlever Proſerpine.

SCENE X.

LISIS, CLORIS.

LIS. N'En doute plus, Cloris, ton frere n'eſt point mort,
      Mais ayant ſçeu de luy ſon déplorable ſort,
     Ie voulois éprouver par cette triste feinte,
     Si celle qu'il adore aucunement atteinte
     Deviendroit plus ſenſible aux traits de la pitié,
     Qu'aux ſinceres ardeurs d'une ſainte amitié.
     Maintenant que je voy qu'il faut qu'on nous abuſe
     Afin que nous puiſſions découvrir cette ruſe,
     Et que Tircis en ſoit de tout point éclaircy,
     Sois ſeure que dans peu je te le rens icy.

Ma parole fera d'un prompt effet fuivie,
Tu reverras bien-toft ce frere plein de vie,
C'eft affez que je paffe une fois pour trompeur.
CLO. Si bien qu'au lieu du mal nous n'aurons que la peur?
Le cœur me le difoit, je fentois que mes larmes
Refufoient de couler pour de fauffes alarmes,
Dont les plus dangereux & plus rudes affauts
Avoient beaucoup de peine à m'émouvoir à faux,
Et je n'étudiay cette douleur menteufe
Qu'à caufe qu'en effet j'étois un peu honteufe
Qu'une autre en témoignaft plus de reffentiment.
LIS. Après tout, entre nous, conffeffe franchement
Qu'une fille en ces lieux qui perd un frere unique
Iufques au defespoir fort rarement fe pique,
Ce beau nom d'heritiere a de telles douceurs,
Qu'il devient fouverain à confoler des fœurs.
CLO. Adieu, railleur, adieu, fon intereft me preffe
D'aller rendre d'un mot la vie à fa Maîtreffe :
Autrement je fçaurois t'apprendre à difcourir.
LIS. Et moy de ces frayeurs de nouveau te guerir.

ACTE V.

SCENE PREMIERE.

CLITON, LA NOVRRICE.

CLI. IE ne t'ay rien celé, tu sçais toute l'affaire.
    NO. Tu m'en as bien conté, mais se pourroit-il faire
    Qu'Eraste eust des remords si vifs & si pressans,
    Que de violenter sa raison & ses sens?
CLI. Eust-il pû, sans en perdre entierement l'usage,
    Se figurer Charon des traits de mon visage,
    Et de plus, me prenant pour ce vieux Nautonnier,
    Me payer à bons coups des droits de son denier?
NOV. Plaisante illusion! *CLI.* Mais funeste à ma teste,
    Sur qui se déchargeoit une telle tempeste,
    Que je tiens maintenant à miracle évident
    Qu'il me soit demeuré dans la bouche une dent.
NOV. C'étoit mal reconnoistre un si rare service.

[a Il est derriere le Theatre.]

ERA.[a] Arrétez, arrétez, poltrons. *CLO.* Adieu, Nourrice,
    Voicy ce fou qui vient, je l'entends à la voix,
    Croy que ce n'est pas moy qu'il attrape deux fois.
NOV. Et moy, quand je devrois passer pour Proserpine,
    Ie veux voir à quel point sa fureur le domine.
CLI. Contente à tes perils ton curieux desir.
NOV. Quoy qu'il puisse arriver, j'en auray le plaisir.

SCENE II.

ERASTE, LA NOVRRICE.

ERA. EN vain je les r'appelle, en vain pour se défendre
    La honte & le devoir leur parlent de m'attendre,
    Ces lâches escadrons de fantômes affreux
    Cherchent leur asseurance aux cachots les plus creux,

Et fe fiant à peine à la nuit qui les couvre
Souhaitent fous l'Enfer qu'un autre Enfer s'entr'ouvre.
Ma voix met tout en fuite, & dans ce vaste effroy
La peur faifit fi bien les Ombres & leur Roy,
Que fe précipitant à de promptes retraites,
Tous leurs foucis ne vont qu'à les rendre fecrettes.
Le boüillant Phlegeton parmy fes flots pierreux
Pour les favorifer ne roule plus de feux:
Tifiphone tremblante, Alecton, & Megere,
Ont de leurs flambeaux noirs étouffé la lumiere:
Les Parques mefme en hafte emportent leurs fufeaux,
Et dans ce grand defordre oubliant leurs cifeaux,
Charon les bras croifez dans fa barque s'étonne
De ce qu'après Erafte il n'a paffé perfonne.
Trop heureux accident, s'il avoit prévenu
Le déplorable coup du malheur avenu,
Trop heureux accident, fi la Terre entr'ouverte
Avant ce jour fatal euft confenty ma perte,
Et fi ce que le Ciel me donne icy d'accez
Euft de ma trahifon devancé le fuccez.
Dieux, que vous fçavez mal gouverner voftre foudre!
N'étoit-ce pas affez pour me reduire en poudre
Que le fimple deffein d'un fi lafche forfait?
Injuftes, deviez-vous en attendre l'effet?
Ah Melite! ah Tircis! leur cruelle juftice
Aux dépens de vos jours me choifit un fupplice,
Ils doutoient que l'Enfer euft dequoy me punir
Sans le trifte fecours de ce dur fouvenir,
Ouy, ce qu'ont les Enfers, de feux, de foüets, de chaifnes,
Ne font auprès de luy que de legeres peines,
On reçoit d'Alecton un plus doux traitement.
Souvenir rigoureux, tréve, tréve un moment,
Qu'au moins avant ma mort dans ces demeures fombres
Ie puiffe rencontrer ces bien-heureufes Ombres;
Vfe après, fi tu veux, de toute ta rigueur,
Et fi pour m'achever tu manques de vigueur,
^a Voicy qui t'aidera; mais derechef, de grace,   ª *Il met la main fur fon épée.*
Ceffe de me gefner durant ce peu d'efpace.
Ie voy déja Melite, ah! belle Ombre, voicy
L'ennemy de voftre heur qui vous cherchoit icy,
C'eft Erafte, c'eft luy, qui n'a plus d'autre envie
Que d'épandre à vos pieds fon fang avec fa vie,

Ainſi le veut le Sort, & tout exprès les Dieux
L'ont abîmé vivant en ces funestes lieux.
NOV. Pourquoy permettez-vous que cette freneſie
Regne ſi puiſſamment ſur voſtre fantaiſie?
L'Enfer voit-il jamais une telle clarté?
ERA. Auſſi ne la tient-il que de voſtre beauté,
Ce n'eſt que de vos yeux que part cette lumiere.
NOV. Ce n'eſt que de mes yeux! deſſillez la paupiere,
Et d'un ſens plus raſſis jugez de leur éclat.
ERA. Ils ont de verité je ne ſçay quoy de plat,
Et plus je vous contemple, & plus ſur ce viſage
Ie m'étonne de voir un autre air, un autre âge,
Ie ne reconnoy plus aucun de vos attraits,
Iadis voſtre Nourrice avoit ainſi les traits,
Le front ainſi ridé, la couleur ainſi bleſme,
Le poil ainſi griſon, ô Dieux! c'eſt elle meſme.
Nourrice, qui t'améne en ces lieux pleins d'effroy?
Y viens-tu rechercher Melite comme moy?
NOV. Cliton la vit paſmer, & ſe broüilla de ſorte,
Que la voyant ſi paſle il la crût eſtre morte,
Cét étourdy trompé vous trompa comme luy.
Au reſte elle eſt vivante, & peut-eſtre aujourd'huy
Tircis, de qui la mort n'étoit qu'imaginaire,
De ſa fidelité recevra le ſalaire.
ERA. Deſormais donc en vain je les cherche icy-bas,
En vain pour les trouver je rens tant de combats.
NOV. Voſtre douleur vous trouble, & forme des nuages
Qui ſeduiſent vos ſens par de fauſſes images,
Cét Enfer, ces combats ne ſont qu'illuſions.
ERA. Ie ne m'abuſe point de fauſſes viſions,
Mes propres yeux ont veu tous ces monſtres en fuite,
Et Pluton de frayeur en quitter la conduite.
NOV. Peut-eſtre que chacun s'enfuyoit devant vous,
Craignant voſtre fureur & le poids de vos coups:
Mais voyez ſi l'Enfer reſſemble à cette Place,
Ces murs, ces baſtimens ont-ils la meſme face?
Le logis de Melite & celuy de Cliton
Ont-ils quelque rapport à celuy de Pluton?
Quoy, n'y remarquez-vous aucune difference?
ERA. De vray ce que tu dis a beaucoup d'apparence,
Nourrice, prens pitié d'un esprit égaré,
Qu'ont mes vives douleurs d'avec moy ſeparé,

Ma gueriſon

Ma guerifon dépend de parler à Melite.
NOV. Differez pour le mieux un peu cette vifite,
Tant que maiftre abfolu de voftre jugement
Vous foyez en état de faire un compliment.
Voftre teint & vos yeux n'ont rien d'un homme fage,
Donnez-vous le loifir de changer de vifage,
Vn moment de repos que vous prendrez chez vous....
ERA. Ne peut, fi tu n'y viens, rendre mon fort plus doux,
Et ma foible raifon de guide dépourveuë
Va de nouveau fe perdre en te perdant de veuë.
NOV. Si je vous fuis utile, allons, je ne veux pas
Pour un fi bon fujet vous épargner mes pas.

SCENE III.

CLORIS, PHILANDRE.

CLO. Ne m'importune plus, Philandre, je t'en prie,
Me rappaifer jamais paffe ton industrie,
Ton meilleur, je t'affeure, eft de n'y plus penfer,
Tes protestations ne font que m'offenfer,
Sçavante à mes dépens de leur peu de durée,
Ie ne veux point en gage une foy parjurée,
Vn cœur que d'autres yeux peuvent fi-toft brufler,
Qu'un billet fuppofé peut fi-toft ébranler.
PHI. Ah, ne remettez plus dedans voftre memoire
L'indigne fouvenir d'une action fi noire,
Et pour rendre à jamais nos premiers vœux contens
Etouffez l'ennemy du pardon que j'attends.
Mon crime eft fans égal, mais enfin, ma chere ame...
CLO. Laiffe-là deformais ces petits mots de flame,
Et par ces faux témoins d'un feu mal allumé
Ne me reproche plus que je t'ay trop aimé.
PHI. De grace, redonnez à l'amitié paffée
Le rang que je tenois dedans voftre penfée:
Derechef, ma Cloris, par ces doux entretiens,
Par ces feux qui voloient de vos yeux dans les miens,
Par ce que voftre foy me permettoit d'attendre....
CLO. C'eft où dorefnavant tu ne dois plus pretendre,
Ta fottife m'instruit, & par là je voy bien
Qu'un vifage commun, & fait comme le mien,

N'a point affez d'appas, ny de chaifne affez forte
Pour tenir en devoir un homme de ta forte.
Melite a des attraits qui fçavent tout dompter,
Mais elle ne pourroit qu'à peine t'arréter,
Il te faut un fujet qui la paffe, ou l'égale,
C'eft en vain que vers moy ton amour fe ravale,
Fay-luy, fi tu m'en crois, agréer tes ardeurs,
Ie ne veux point devoir mon bien à fes froideurs.
PHI. Ne me déguifez rien, un autre a pris ma place,
Vne autre affection vous rend pour moy de glace.
CLO. Aucun jusqu'à ce point n'eft encor arrivé,
Mais je te changeray pour le premier trouvé.
PHI. C'en eft trop, tes dédains épuifent ma fouffrance,
Adieu, je ne veux plus avoir d'autre esperance,
Sinon qu'un jour le Ciel te fera reffentir
De tant de cruautez le jufte repentir.
CLO. Adieu, Melite & moy nous avons dequoy rire
De tous les beaux discours que tu me viens dire.
Que luy veux-tu mander? *PHI.* Va, dy luy de ma part
Qu'elle, ton frere, & toy, reconnoiftrez trop tard
Ce que c'eft que d'aigrir un homme de ma forte.
CLO. Ne croy pas la chaleur du couroux qui t'emporte,
Tu nous ferois trembler plus d'un quart-d'heure, ou deux.
PHI. Tu railles, mais bien-toft nous verrons d'autres jeux,
Ie fçay trop comme on vange une flame oùtragée.
CLO. Le fçais-tu mieux que moy, qui fuis déja vangée?
Par où t'y prendras-tu? de quel air? *PHI.* Il fuffit,
Ie fçay comme on fe vange. *CLO.* Et moy comme on s'en rit.

SCENE IV.

TIRCIS, MELITE.

TIR. Maintenant que le Sort attendry par nos plaintes
Comble noftre esperance , & diffipe nos craintes,
Que nos contentemens ne font plus traverfez
Que par le fouvenir de nos malheurs paffez :
Ouvrons toute noftre ame à ces douces tendreffes
Qu'infpirent aux amants les pleines allegreffes,
Et d'un commun accord cheriffons nos ennuys
Dont nous voyons fortir de fi precieux fruits.
    Adorables regards , fidelles interpretes
Par qui nous expliquions nos paffions fecrettes,
Doux truchements du cœur , qui déja tant de fois
M'avez fi bien appris ce que n'ofoit la voix,
Nous n'avons plus befoin de voftre confidence ,
L'Amour en liberté peut dire ce qu'il penfe,
Et dédaigne un fecours qu'en fa naiffante ardeur
Luy faifoient mandier la crainte & la pudeur.
Beaux yeux , à mon transport pardonnez ce blafphefme,
La bouche eft impuiffante où l'amour eft extrefme,
Quand l'efpoir eft permis elle a droit de parler ,
Mais vous allez plus loin qu'elle ne peut aller.
Ne vous laffez donc point d'en ufurper l'ufage,
Et quoy qu'elle m'ait dit , dites moy davantage.
Mais tu ne me dis mot , ma vie , & quels foucis
T'obligent à te taire auprès de ton Tircis ?
MEL. Tu parles à mes yeux , & mes yeux te répondent.
TIR. Ah ! mon heur , il eft vray , fi tes defirs fecondent
Cét amour qui paroit & brille dans tes yeux,
Ie n'ay rien deformais à demander aux Dieux.
MEL. Tu t'en peux affeurer , mes yeux fi pleins de flame
Suivent l'inftruction des mouvemens de l'ame.
On en a veu l'effet , lors que ta fauffe mort
A fait fur tous mes fens un veritable effort;
On en a veu l'effet quand te fçachant en vie
De revivre avec toy j'ay pris auffi l'envie;
On en a veu l'effet lors qu'à force de pleurs
Mon amour & mes foins aidez de mes douleurs

Ont fléchy la rigueur d'une mere obstinée,
Et gagné cét aveu qui fait noftre hymenée,
Si bien qu'à ton retour ta chaste affection
Ne trouve plus d'obstacle à fa pretenfion.
Cependant l'aspect feul des lettres d'un fauffaire
Te fceut perfuader tellement le contraire,
Que fans vouloir m'entendre, & fans me dire adieu,
Ialoux & furieux tu partis de ce lieu.
TIR. I'en rougis, mais apprens qu'il n'étoit pas poffible
D'aimer comme j'aimois, & d'eftre moins fenfible,
Qu'un juste déplaifir ne fçauroit écouter
La raifon qui s'efforce à le violenter,
Et qu'après des transports de telle promptitude
Ma flame ne te laiffe aucune incertitude.
MEL. Tout cela feroit peu, n'étoit que ma bonté
T'en accorde un oubly fans l'avoir merité,
Et que tout criminel, tu m'és encor aimable.
TIR. Ie me tiens donc heureux d'avoir été coupable,
Puisque l'on me rappelle au lieu de me bannir,
Et qu'on me recompenfe au lieu de me punir.
I'en aimeray l'autheur de cette perfidie,
Et fi jamais je fçay quelle main fi hardie....

SCENE V.

CLORIS, TIRCIS, MELITE.

CLO. IL vous fait fort bon voir, mon frere, à cajoler,
Cependant qu'une fœur ne fe peut confoler,
Et que le triste ennuy d'une attente incertaine
Touchant voftre retour la tient encore en peine.
TIR. L'amour a fait au fang un peu de trahifon,
Mais Philandre pour moy t'en aura fait raifon.
Dy-nous, auprès de luy retrouves-tu ton conte?
Et te peut-il revoir fans montrer quelque honte?
CLO. L'infidelle m'a fait tant de nouveaux fermens,
Tant d'offres, tant de vœux, & tant de complimens
Meflez de repentirs.... *MEL.* Qu'à la fin exorable
Vous l'avez regardé d'un œil plus favorable.
CLO. Vous devinez fort mal. *TIR.* Quoy? tu l'as dédaigné?
CLO. Du moins tous fes discours n'ont encor rien gagné.

MEL. Si bien qu'à n'aimer plus voftre dépit s'obftine?
CLO. Non pas cela du tout, mais je fuis affez fine :
    Pour la premiere fois il me dupe qui veut,
    Mais pour une feconde, il m'attrape qui peut.
MEL. C'eft à dire en un mot... *CLO.* Que fon humeur volage
    Ne me tient pas deux fois en un mefme paffage.
    En vain deffous mes loix il revient fe ranger,
    Il m'eft avantageux de l'avoir veu changer,
    Avant que de l'Hymen le joug impitoyable
    M'attachant avec luy me rendift miferable :
    Qu'il cherche femme ailleurs, tandis que de ma part
    J'attendray du Deftin quelque meilleur hazard.
MEL. Mais le peu qu'il voulut me rendre de fervice
    Ne luy doit pas porter un fi grand préjudice.
CLO. Aprés un tel faux-bond, un change fi foudain,
    A volage, volage, & dédain pour dédain.
MEL. Ma fœur, ce fut pour moy qu'il ofa s'en dédire.
CLO. Et pour l'amour de vous je n'en feray que rire.
MEL. Et pour l'amour de moy vous luy pardonnerez.
CLO. Et pour l'amour de moy vous m'en difpenferez.
MEL. Que vous étes mauvaife? *CLO.* Vn peu plus qu'il ne femble.
MEL. Ie vous veux toutefois remettre bien enfemble.
CLO. Ne l'entreprenez pas, peut-eftre qu'aprés tout
    Voftre dexterité n'en viendroit pas à bout.

SCENE VI.

TIRCIS, LA NOVRRICE, ERASTE, MELITE, CLORIS.

TIR. **D**E grace, mon foucy, laiffons cette caufeufe,
    Qu'elle foit à fon choix facile, ou rigoureufe,
    L'excez de mon ardeur ne fçauroit confentir
    Que ces frivoles foins te viennent divertir :
    Tous nos penfers font dûs, en l'état où nous fommes,
    A ce nœud qui me rend le plus heureux des hommes,
    Et ma fidelité qu'il va recompenfer...
NOV. Vous donnera bien-toft autre chofe à penfer.
    Voftre rival vous cherche, & la main à l'épée
    Vient demander raifon de fa place ufurpée.

^a *A Melite.* ***ERA.***[a] Non, non, vous ne voyez en moy qu'un criminel,
A qui l'aspre rigueur d'un remords éternel
Rend le jour odieux, & fait naistre l'enuie
De sortir de sa gesne en sortant de la vie.
Il vient mettre à vos pieds sa teste à l'abandon,
La mort luy sera douce à l'égal du pardon :
Vangez donc vos malheurs, jugez ce que merite
La main qui separa Tircis d'avec Melite,
Et de qui l'imposture avec de faux écrits
A desrobé Philandre aux vœux de sa Cloris.
MEL. E'claircis du seul point qui nous tenoit en doute,
Que serois-tu d'avis de luy répondre ? ***TIR.*** Ecoute
Quatre mots à quartier. ***ERA.*** Que vous avez de tort
De prolonger ma peine en differant ma mort !
De grace, hastez-vous d'abreger mon supplice,
Ou ma main préviendra vostre lente justice.
MEL. Voyez comme le Ciel a de secrets ressorts
Pour se faire obeïr malgré nos vains efforts.
Vostre fourbe inventée à dessein de nous nuire
Avance nos amours, au lieu de les détruire :
De son fascheux succez, dont nous devions perir,
Le Sort tire un remede afin de nous guerir.
Donc pour nous revancher de la faveur reçeuë,
Nous en aimons l'autheur à cause de l'issuë,
Obligez desormais de ce que tour à tour
Nous nous sommes rendus tant de preuves d'amour,
Et de ce que l'excez de ma douleur sincere
A mis tant de pitié dans le cœur de ma mere,
Que cette occasion prise comme aux cheveux,
Tircis n'a rien trouvé de contraire à ses vœux.
Outre qu'en fait d'amour la fraude est legitime,
Mais puisque vous voulez la prendre pour un crime,
Regardez, acceptant le pardon, ou l'oubly,
Par où vostre repos sera mieux étably.
ERA. Tout confus & honteux de tant de courtoisie,
Ie veux doresnavant cherir ma jalousie,
Et puisque c'est de là que vos felicitez...
^b *A Eraste.* ***NOV.***[b] Quittez ces complimens qu'ils n'ont pas meritez,
Ils ont tous deux leur conte, & sur cette asseurance
Ils tiennent le passé dans quelque indifference,
N'osant se hazarder à des ressentimens
Qui donneroient du trouble à leurs contentemens.

Mais Cloris qui s'en taift vous la gardera bonne,
Et feule intereffée , à ce que je foupçonne,
Sçaura bien fe vanger fur vous à l'avenir
D'un amant échapé qu'elle penfoit tenir.
ERA.[a] Si vous pouviez fouffrir qu'en voftre bonne grace   [a] *à Cloris.*
Celuy qui l'en tira pûft occuper fa place,
Erafte , qu'un pardon purge de fon forfait,
Eft preft de reparer le tort qu'il vous a fait.
Melite répondra de ma perfeverance.
Ie n'ay pû la quitter qu'en perdant l'esperance,
Encor avez-vous veu mon amour irrité
Mettre tout en ufage en cettte extrémité
Et c'eft avec raifon que ma flame contrainte
De reduire fes feux dans une amitié fainte,
Mes amoureux defirs vers elle fuperflus
Tournent vers la beauté qu'elle cherit le plus.
TIR. Que t'en femble, ma fœur?*CLO.* Mais,toy-mefme,mon frere?
TIR. Tu fçais bien que jamais je ne te fus contraire.
CLO. Tu fçais qu'en tel fujet ce fut toûjours de toy
Que mon affection voulut prendre la loy.
TIR. Encor que dans tes yeux tes fentimens fe lifent,
Tu veux qu'auparavant les miens les authorifent.
Parlons donc pour la forme , ouy , ma fœur , j'y confens,
Bien feur que mon avis s'accommode à ton fens.
Faffent les puiffans Dieux que par cette alliance
Il ne refte entre nous aucune défiance,
Et que m'aimant en frere , & ma Maîtreffe en fœur,
Nos ans puiffent couler avec plus de douceur.
ERA. Heureux dans mon malheur , c'eft dont je les fupplie,
Mais ma felicité ne peut eftre accomplie,
Iusqu'à ce qu'après vous fon aveu m'ait permis
D'aspirer à ce bien que vous m'avez promis.
CLO. Aimez-moy feulement , & pour la recompenfe
On me donnera bien le loifir que j'y penfe.
TIR. Ouy , fous condition qu'avant la fin du jour
Vous vous rendrez fenfible à ce naiffant amour.
CLO. Vous prodiguez en vain vos foibles artifices,
Ie n'ay receu de luy , ny devoirs, ny fervices,
MEL. C'eft bien quelque raifon , mais ceux qu'il m'a rendus,
Il ne les faut pas mettre au rang des pas perdus.
Ma fœur , acquite-moy d'une reconnoiffance,
Dont un destin meilleur m'a mife en impuiffance,

Accorde cette grace à nos justes defirs.
TIR. Ne nous refuſe pas ce comble à nos plaiſirs.
ERA. Donnez à leurs ſouhaits, donnez à leurs prieres,
Donnez à leurs raiſons ces faveurs ſingulieres,
Et pour faire aujourd'huy le bonheur d'un amant,
Laiſſez-les diſpoſer de voſtre ſentiment.
CLO. En vain en ta faveur chacun me ſollicite,
I'en croiray ſeulement la mere de Melite,
Son avis m'oſtera la peur du repentir,
Et ton merite alors m'y fera conſentir.
TIR. Entrons donc, & tandis que nous irons le prendre,
Nourrice, va t'offrir pour Maîtreſſe à Philandre.
NOV. ᵃLà là, n'en riez point, autrefois en mon temps

ᵃ Tous ren-
trent, &
elle demeu-
re ſeule.

D'auſſi beaux fils que vous étoient aſſez contens,
Et croyoient de leur peine avoir trop de ſalaire
Quand je quittois un peu mon dédain ordinaire.
A leur conte mes yeux étoient de vrais Soleils
Qui répandoient par tout des rayons nompareils,
Ie n'avois rien en moy qui ne fuſt vn miracle,
Vn ſeul mot de ma part leur étoit un oracle.
Mais je parle à moy ſeule ; amoureux, qu'eſt-ce-cy ?
Vous étes bien haſtez de me laiſſer ainſi ?
Allez, quelle que ſoit l'ardeur qui vous emporte,
On ne ſe moque point des femmes de ma ſorte,
Et je feray bien voir à vos feux empreſſez
Que vous n'en étes pas encor où vous penſez.

F I N.

CLITANDRE.

CLITANDRE,

TRAGEDIE

ACTEVRS.

ALCANDRE, Roy d'Escoſſe.

FLORIDAN, fils du Roy.

ROSIDOR, favory du Roy, & amant de Caliste.

CLITANDRE, favory du Prince Floridan, & amoureux auſſi de Caliste, mais dédaigné.

PYMANTE, amoureux de Doriſe, & dédaigné.

CALISTE, Maîtreſſe de Roſidor, & de Clitandre.

DORISE, Maîtreſſe de Pymante.

LYSARQVE, Ecuyer de Roſidor.

GERONTE, Ecuyer de Clitandre.

CLEON, Gentilhomme ſuivant la Cour.

LYCASTE, Page de Clitandre.

LE GEOLIER.

TROIS ARCHERS.

TROIS VENEVRS.

La Scene eſt en un Chaſteau du Roy, proche d'une foreſt.

CLITANDRE,
TRAGEDIE.

ACTE I.

SCENE PREMIERE.

CALISTE.

'En doute plus, mon cœur, un amant hy-
    pocrite
Feignant de m'adorer brusle pour Hyp-
    polite,
Dorise m'en a dit le secret rendez-vous,
Où leur naissante ardeur se cache aux yeux
    de tous,
Et pour les y surprendre, elle m'y doit conduire
Si-tost que le Soleil commencera de luire.
Mais qu'elle est paresseuse à me venir trouver !
La dormeuse m'oublie, & ne se peut lever;
Toutefois sans raison j'accuse sa paresse,
La nuit qui dure encor fait que rien ne la presse,
Ma jalouse fureur, mon dépit, mon amour
Ont troublé mon repos avant le point du jour,
Mais elle qui n'en fait aucune experience,
Etant sans interest, est sans impatience.
Toy, qui fais ma douleur, & qui fis mon soucy,
Ne tarde plus, volage, à te montrer icy,

H ij

Viens en haste affermir ton indigne victoire,
Vien t'asseurer l'éclat de cette infame gloire,
Vien signaler ton nom par ton manque de foy,
Le jour s'en va paroistre, affronteur, haste-toy.
Mais helas ! cher ingrat, adorable parjure,
Ma timide voix tremble à te dire une injure,
Si j'écoute l'amour, il devient si puissant
Qu'en dépit de Dorise il te fait innocent,
Ie ne sçay lequel croire, & j'aime tant ce doute,
Que j'ay peur d'en sortir entrant dans cette route,
Ie crains ce que je cherche, & je ne connoy pas
De plus grand heur pour moy que d'y perdre mes pas.
Ah, mes yeux, si jamais vos fonctions propices
A mon cœur amoureux firent de bons services,
Apprenez aujourd'huy quel est vostre devoir,
Le moyen de me plaire est de me decevoir :
Si vous ne m'abusez, si vous n'estes faussaires,
Vous étes de mon heur les cruels adversaires.
Et toy, Soleil, qui vas en ramenant le jour
Dissiper une erreur si chere à mon amour,
Puisqu'il faut qu'avec toy ce que je crains éclate,
Souffre qu'encor un peu l'ignorance me flate.
Mais je te parle en vain, & l'Aube de ses rais
A déja reblanchy le haut de ces forests.
Si je puis me fier à sa lumiere sombre
Dont l'éclat brille à peine, & dispute avec l'ombre,
I'entrevoy le sujet de mon jaloux ennuy,
Et quelqu'un de ses gens qui conteste avec luy.
Rentre, pauvre abusée, & cache-toy de sorte,
Que tu puisses l'entendre à travers cette porte.

SCENE II.

ROSIDOR, LYSARQVE.

ROS. CE devoir, ou plûtost cette importunité,
Au lieu de m'asseurer de ta fidelité,
Marque trop clairement ton peu d'obeissance :
Laisse-moy seul, Lysarque, une heure en ma puissance,
Que retiré du monde & du bruit de la Cour
Ie puisse dans ces bois consulter mon amour,

Que là Caliste feule occupe mes penfées,
Et par le fouvenir de fes faveurs paffées
Affeure mon espoir de celles que j'attens,
Qu'un entretien refveur durant ce peu de temps
M'inftruife des moyens de plaire à cette belle,
Allume dans mon cœur de nouveaux feux pour elle ;
Enfin, fans perfister dans l'obstination,
Laiffe-moy fuivre icy mon inclination.
LYS. Cette inclination qui jufqu'icy vous méne
A me la déguifer vous donne trop de peine.
Il ne faut point, Monfieur, beaucoup l'examiner,
L'heure & le lieu fuspects font affez deviner
Qu'en mefme temps que vous s'échape quelque Dame....
Vous m'entendez affez. *ROS.* Iuge mieux de ma flame,
Et ne prefume point que je manque de foy
A celle que j'adore, & qui brufle pour moy.
I'aime mieux contenter ton humeur curieufe
Qui par ces faux foupçons m'eft trop injurieufe.
     Tant s'en faut que le change ait pour moy des appas,
Tant s'en faut qu'en ces bois il attire mes pas,
I'y vay.... mais pourrois-tu le fçavoir, & le taire ?
LYS. Qu'ay-je fait qui vous porte à craindre le contraire ?
ROS. Tu vas apprendre tout, mais auffi l'ayant fçeu,
Avife à ta retraite. Hier un cartel receu
De la part d'un rival... *LYS.* Vous le nommez ? *ROS.* Clitandre.
Au pied du grand Rocher il me doit feul attendre,
Et là l'épée au poin nous verrons qui des deux
Merite d'embrafer Caliste de fes feux.
LYS. De forte qu'un fecond.... *ROS.* Sans me faire une offenfe
Ne peut fe prefenter à prendre ma défenfe,
Nous devons feul à feul vuider noftre debat.
LYS. Ne penfez pas fans moy terminer ce combat,
L'Ecuyer de Clitandre eft homme de courage ;
Il fera trop heureux que mon défy l'engage
A s'acquiter vers luy d'un femblable devoir,
Et je vay de ce pas y faire mon pouvoir.
ROS. Ta volonté fuffit, va-t'en donc, & defiste
De plus m'offrir une aide à mériter Caliste.
LYS.[a] Vous obeïr icy me coûteroit trop cher,
Et je ferois honteux qu'on me pûft reprocher
D'avoir fçeu le fujet d'une telle fortie,
Sans trouver les moyens d'eftre de la partie.

[a] *Il eft feul.*

SCENE III.

CALISTE.

QV'il s'en eſt bien défait! qu'avec dexterité
Le fourbe ſe prévaut de ſon authorité!
Qu'il trouve un beau pretexte en ſes flames éteintes,
Et que mon nom luy ſert à colorer ſes feintes!
Il y va cependant, le perfide qu'il eſt,
Hyppolite le charme, Hyppolite luy plaiſt,
Et ſes laſches deſirs l'emportent où l'appelle
Le cartel amoureux de ſa flâme nouvelle.

SCENE IV.

CALISTE, DORISE.

CAL. IE n'en puis plus douter, mon feu deſabuſé
Ne tient plus le party de ce cœur déguiſé.
Allons, ma chere ſœur, allons à la vangeance,
Allons de ſes douceurs tirer quelque allegeance,
Allons, & ſans te mettre en peine de m'aider,
Ne prens aucun ſoucy que de me regarder;
Pour en venir à bout il ſuffit de ma rage,
D'elle j'auray la force, ainſi que le courage,
Et déja dépoüillant tout naturel humain,
Ie laiſſe à ſes transports à gouverner ma main.
Vois-tu comme ſuivant de ſi furieux guides
Elle cherche déja les yeux de ces perfides,
Et comme de fureur tous mes ſens animez
Menacent les appas qui les avoient charmez?
DOR. Modere ces boüillons d'une ame colerée,
Ils ſont trop violens pour eſtre de durée,
Pour faire quelque mal c'eſt fraper de trop loin,
Reſerve ton couroux tout entier au beſoin,
Sa plus forte chaleur ſe diſſipe en paroles,
Ses reſolutions en deviennent plus molles,
En luy donnant de l'air ſon ardeur s'alentit.
CAL. Ce n'eſt que faute d'air que le feu s'amortit,

Allons, & tu verras qu'ainſi le mien s'allume,
Que ma douleur aigrie en a plus d'amertume,
Et qu'ainſi mon esprit ne fait que s'exciter
A ce que ma colere a droit d'executer.
DOR.[a] Si ma ruſe eſt enfin de ſon effet ſuivie,
Cette aveugle-chaleur te va coûter la vie;
Vn fer caché me donne en ces lieux écartez
La vangeance des maux que me font tes beautez.
Tu m'oſtes Roſidor, tu poſſedes ſon ame,
Il n'a d'yeux que pour toy, que mépris pour ma flame,
Mais puisque tous mes ſoins ne le peuvent gagner,
I'en puniray l'objet qui m'en fait dédaigner.

[a] *Elle eſt ſeule.*

SCENE V.

PYMANTE, GERONTE.

GER.[b] EN ce déguiſement on ne peut nous connoiſtre,
Et ſans doute bien-toſt le jour qui vient de naiſtre
Conduira Roſidor ſeduit d'un faux cartel
Aux lieux où cette main luy garde un coup mortel.
Vos vœux ſi mal receus de l'ingrate Doriſe,
Qui l'idolatre autant comme elle vous mépriſe,
Ne rencontreront plus aucun empeſchement.
Mais je m'étonne fort de ſon aveuglement,
Et je ne comprens point cét orgueilleux caprice
Qui fait qu'elle vous traite avec tant d'injustice,
Vos rares qualitez... *PYM.* Au lieu de me flater,
Voyons ſi le projet ne ſçauroit avorter,
Si la ſupercherie... *GER.* Elle eſt ſi bien tiſſuë,
Qu'il faut manquer de ſens pour douter de l'iſſuë.
Clitandre aime Caliste, & comme ſon rival
Il a trop de ſujet de luy vouloir du mal:
Moy que depuis dix ans il tient à ſon ſervice,
D'écrire comme luy j'ay trouvé l'artifice,
Si bien que ce cartel, quoy que tout de ma main,
A ſon dépit jaloux s'imputera ſoudain.
PYM. Que ton ſubtil esprit a de grands avantages!
Mais le nom du porteur? *GER.* Lycaste, un de ſes Pages.
PYM. Celuy qui fait le guet auprés du rendez-vous?
GER. Luy meſme, & le voicy qui s'avance vers nous.
A force de courir il s'eſt mis hors d'haleine.

[b] *Ils ſortent d'une grotte déguiſez en paiſans.*

SCENE VI.

PYMANTE, GERONTE, LYCASTE.

ª Licaste est déguisé comme eux en païsan.

ᵇ Licaste les va querir dans la grotte d'où ils sont sortis.

ᶜ Il leur presente à chacun un masque & une épée, & porte leurs habits.

PYM.ª **E**T bien, est-il venu? *LYC.* N'en soyez plus en peine,
Il est où vous sçavez, & tout bouffy d'orgüeil
Il n'y pense à rien moins qu'à son proche cercüeil.
PYM. Ne perdons point de temps. Nos masques, nos épées.
ᵇ Qu'il me tarde déja que dans son sang trempées
Elles ne me font voir à mes pieds étendu
Le seul qui sert d'obstacle au bonheur qui m'est dû!
Ah! qu'il va bien trouver d'autres gens que Clitandre!
Mais pourquoy ces habits? qui te les fait reprendre?
*LYC.*ᶜ Pour nostre seureté portons-les avec nous,
De peur que cependant que nous serons aux coups
Quelque maraut conduit par sa bonne avanture
Ne nous laisse tous trois en mauvaise posture.
Quand il faudra donner, sans les perdre des yeux,
Au pied du premier arbre ils seront beaucoup mieux.
PYM. Prens-en donc mesme soin après la chose faite,
LYC. Ne craignez pas sans eux que je fasse retraite.
PYM. Sus donc, chacun déja devroit estre masqué,
Allons, qu'il tombe mort aussi-tost qu'attaqué.

SCENE VII.

CLEON, LYSARQVE.

CLE. **R**Eserve à d'autres temps cette ardeur de courage,
Qui rend de ta valeur un si grand témoignage.
Ce duel que tu dis ne se peut concevoir,
Tu parles de Clitandre, & je viens de le voir
Que nostre jeune Prince enlevoit à la chasse.
LYS. Tu les as veus passer? *CLE.* Par cette mesme place.
Sans doute que ton maistre a quelque occasion,
Qui le fait t'éblouïr par cette illusion.
LYS. Non, il parloit du cœur, je connois sa franchise.
CLE. S'il est ainsi, je crains que par quelque surprise

Ce genereux

Ce genereux guerrier ſous le nombre abatu
Ne cede aux envieux que luy fait ſa vertu.
LYS. A preſent il n'a point d'ennemis que je ſçache.
   Mais quelque évenement que le Destin nous cache,
   Si tu veux m'obliger, vien de grace avec moy,
   Que nous donnions enſemble avis de tout au Roy.

SCENE VIII.

CALISTE, DORISE.

CAL.^a MA ſœur, l'heure s'avance, & nous ſerons à peine,
   Si nous ne retournons, au lever de la Reine,
Ie ne voy point mon traiſtre, Hyppolite non plus.
DOR.^bVoicy qui va trancher tes ſoucis ſuperflus,
   Voicy dont je vay rendre aux dépens de ta vie,
   Et ma flame vangée, & ma haine aſſouvie.
CAL. Tout beau, tout beau, ma ſœur, tu veux m'épouvanter,
   Mais je te connois trop pour m'en inquieter,
   Laiſſe la feinte à part, & mettons, je te prie,
   A les trouver bien-toſt toute noſtre industrie.
DOR. Va, va, ne ſonge plus à leurs fauſſes amours,
   Dont le recit n'étoit qu'une embuſche à tes jours,
   Roſidor t'eſt fidelle, & cette feinte amante
   Bruſle auſſi peu pour luy, que je fais pour Pymante.
CAL. Déloyale, ainſi donc ton courage inhumain....
DOR. Ces injures en l'air n'arreſtent point ma main.
CAL. Le reproche honteux d'une action ſi noire...
DOR. Qui ſe vange en ſecret, en ſecret en fait gloire.
CAL. T'ay-je donc pû, ma ſœur, déplaire en quelque point?
DOR. Ouy, puisque Roſidor t'aime, & ne m'aime point,
   C'eſt aſſez m'offenſer que d'eſtre ma rivale.

^a *Doriſe
s'arreſte à
chercher
derriere un
buiſſon.*
^b *Elle tire
une épée de
derriere ce
buiſſon, &
ſaiſit Ca-
liſte par le
bras.*

SCENE IX.

ROSIDOR, PYMANTE, GERONTE, LYCASTE, CALISTE, DORISE.[a]

ROS. MEurs brigand, ah malheur ! cette branche fatale
A rompu mon épée. Aſſaſſins... Toutefois
I'ay dequoy me défendre une ſeconde fois.
DOR. N'eſt-ce pas Roſidor qui m'arrache les armes ?
Ah ! qu'il me va cauſer de perils & de larmes !
Fuy, Doriſe, & fuyant laiſſe-toy reprocher
Que tu fuis aujourd'huy ce qui t'eſt le plus cher.
CAL. C'eſt luy-meſme de vray. Roſidor, ah je paſme,
Et la peur de ſa mort ne me laiſſe point d'ame.
Adieu, mon cher espoir. ROS.[b] Cettuy-cy dépeſché,
C'eſt de toy maintenant que j'auray bon marché,
Nous ſommes seul à seul.[c] Quoy ! ton peu d'aſſeurance
Ne met plus qu'en tes pieds ſa derniere esperance ?
Marche, ſans emprunter d'aiſles de ton effroy,
Ie ne cours point aprés des laſches comme toy.
Il ſuffit de ces deux. Mais qui pourroient-ils eſtre ?
Ah Ciel, le masque oſté me les fait trop connoiſtre,
Le ſeul Clitandre arma contre moy ces voleurs,
Cettuy-cy fut toûjours vétu de ſes couleurs,
Voilà ſon Ecuyer, dont la paſleur exprime
Moins de traits de la mort, que d'horreurs de ſon crime,
Et ces deux reconnus, je douterois en vain
De celuy que ſa fuite a ſauvé de ma main.
Trop indigne rival, crois-tu que ton abſence
Donne à tes laſchetez quelque ombre d'innocence,
Et qu'aprés avoir veu renverſer ton deſſein,
Vn desaveu démente, & tes gens & ton ſeing ?
Ne le preſume pas, ſans autre conjecture
Ie te rends convaincu de ta ſeule écriture,
Si-toſt que j'auray pû faire ma plainte au Roy.
Mais quel piteux objet ſe vient offrir à moy ?
Traiſtres, auriez-vous fait ſur un ſi beau viſage,
Attendant Roſidor, l'eſſay de voſtre rage ?
C'eſt Caliste elle-meſme ! ah Dieux ! injuſtes Dieux,
Ainſi donc pour montrer ce ſpectacle à mes yeux,

Voftre faveur barbare a confervé ma vie !
Ie n'en veux point chercher d'autheurs que voftre envie,
La Nature qui perd ce qu'elle a de parfait,
Sur tout autre que vous euft vangé ce forfait,
Et vous euft accablez fi vous n'étiez fes maiftres,
Vous m'envoyez en vain ce fer contre des traiftres,
Ie ne veux point devoir mes déplorables jours
A l'affreufe rigueur d'un fi fatal fecours.
　　O vous, qui me restez d'une troupe ennemie
Pour marques de ma gloire, & de fon infamie.
Bleffùres, haftez-vous d'élargir vos canaux,
Par où mon fang emporte, & ma vie, & mes maux.
Ah ! pour l'eftre trop peu, bleffùres trop cruelles,
De peur de m'obliger vous n'étes pas mortelles.
Et quoy ? ce bel objet, mon aimable vainqueur,
Avoit-il feul le droit de me bleffer au cœur ?
Et d'où vient que la mort, à qui tout fait hommage,
L'ayant fi mal traité, respecte fon image ?
Noires divinitez, qui tournez mon fufeau,
Vous faut-il tant prier pour un coup de cifeau ?
Infenfé que je fuis ! en ce malheur extrefme
Ie demande la mort à d'autres qu'à moy-mefme,
Aveugle, je m'arrefte à fupplier en vain,
Et pour me contenter j'ay dequoy dans la main.
Il faut rendre ma vie au fer qui l'a fauvée,
C'eft à luy qu'elle eft deuë, il fe l'eft refervée,
Et l'honneur, quel qu'il foit, de finir mes malheurs,
C'eft pour me le donner qu'il l'ofte à des voleurs.
Pouffons donc hardiment. Mais helas ! cette épée
Coulant entre mes doigts laiffe ma main trompée,
Et fa lame timide à procurer mon bien
Au fang des affaffins n'ofe mefler le mien.
Ma foibleffe importune à mon trépas s'oppofe,
En vain je m'y refous, en vain je m'y dispofe,
Mon reste de vigueur ne peut l'effectuer,
I'en ay trop pour mourir, trop peu pour me tuer,
L'un me manque au befoin, & l'autre me refiste.
Mais je voy s'entr'ouvrir les beaux yeux de Califte,
Les rofes de fon teint n'ont plus tant de pafleur,
Et j'entens un foûpir qui flate ma douleur.
　　Voyez, Dieux inhumains, que malgré voftre envie
L'Amour luy fçait donner la moitié de ma vie,

I ij

  Qu'une ame desormais suffit à deux amans.
CAL. Helas! qui me rappelle à de nouveaux tourmens?
  Si Rosidor n'est plus, pourquoy reviens-je au Monde?
ROS. O merveilleux effet d'une amour sans seconde!
CAL. Execrable assassin qui rougis de son sang,
  Dépesche comme à luy de me percer le flanc,
  Prens de luy ce qui reste. *ROS.* Adorable cruelle,
  Est-ce ainsi qu'on reçoit un amant si fidelle?
CAL. Ne m'en fais point un crime, encor pleine d'effroy
  Ie ne t'ay méconnu qu'en songeant trop à toy.
  I'avois si bien gravé là dedans ton image,
  Qu'elle ne vouloit pas ceder à ton visage,
  Mon esprit glorieux , & jaloux de l'avoir
  Envioit à mes yeux le bon-heur de te voir.
  Mais quel secours propice a trompé mes alarmes?
  Contre tant d'assassins qui t'a prété des armes?
ROS. Toy mesme, qui t'a mise à telle heure en ces lieux,
  Où je te vois mourir & revivre à mes yeux?
CAL. Quand l'Amour une fois regne sur un courage...
  Mais taschons de gagner jusqu'au premier village,
  Où ces boüillons de sang se puissent arréter;
  Là j'auray tout loisir de te le raconter,
  Aux charges qu'à mon tour aussi l'on m'entretienne.
ROS. Allons , ma volonté n'a de loy que la tienne,
  Et l'Amour par tes yeux devenu tout-puissant
  Rend déja la vigueur à mon corps languissant.
CAL. Il donne en mesme temps une aide à ta foiblesse,
  Puisqu'il fait que la mienne auprès de toy me laisse,
  Et qu'en dépit du Sort ta Caliste aujourd'huy
  A tes pas chancelans pourra servir d'appuy.

ACTE II.

SCENE PREMIERE.

PYMANTE.

^a *Il eſt en-*
cor maſ-
qué.

DESTINS, qui reglez tout au gré de vos caprices,
Sur moy donc tout à coup fondent vos injuſtices,
Et trouvent à leurs traits ſi long-temps retenus,
   Afin de mieux fraper, des chemins inconnus?
Dites, que vous ont fait Roſidor, ou Pymante?
Fourniſſez de raiſon, Deſtins, qui me démente,
Dites ce qu'ils ont fait, qui vous puiſſe émouvoir
A partager ſi mal entr'eux voſtre pouvoir?
Luy rendre contre moy l'impoſſible poſſible
Pour rompre le ſuccès d'un deſſein infaillible,
C'eſt préter un miracle à ſon bras ſans ſecours,
Pour conſerver ſon ſang au peril de mes jours.
Trois ont fondu ſur luy ſans le jetter en fuite,
A peine en m'y jettant moy-meſme je l'évite,
Loin de laiſſer la vie, il a ſçeu l'arracher,
Loin de ceder au nombre, il l'a ſçeu retrancher:
Toute voſtre faveur à ſon aide occupée
Trouve à le mieux armer en rompant ſon épée,
Et reſſaiſit ſes mains par celles du hazard,
L'une d'une autre épée, & l'autre d'un poignard.
O honte! ô déplaiſirs! ô deſeſpoir! ô rage!
Ainſi donc un rival pris à mon avantage
Ne tombe dans mes rets que pour les déchirer,
Son bonheur qui me brave oſe l'en retirer,
Luy donne ſur mes gens une prompte victoire,
Et fait de ſon peril un ſujet de ſa gloire!
Retournons animez d'un courage plus fort,
Retournons, & du moins perdons-nous dans ſa mort.
   Sortez de vos cachots, infernales Furies,
Apportez à m'aider toutes vos barbaries;

Qu'avec vous tout l'Enfer m'aide en ce noir deſſein,
Qu'un ſanglant deſeſpoir me verſe dans le ſein.
I'avois de point en point l'entrepriſe tramée,
Comme dans mon esprit vous me l'aviez formée,
Mais contre Roſidor tout le pouvoir humain
N'a que de la foibleſſe, il y faut voſtre main.
En vain, cruelles ſœurs, ma fureur vous appelle,
En vain vous armeriez l'Enfer pour ma querelle,
La Terre vous refuſe un paſſage à ſortir.
Ouvre du moins ton ſein, Terre, pour m'engloutir,
N'attens pas que Mercure avec ſon Caducée
M'en faſſe après ma mort l'ouverture forcée,
N'attens pas qu'un ſupplice, helas, trop merité
Ajouſte l'infamie à tant de laſcheté,
Préviens-en la rigueur, rends-toy meſme juſtice
Aux projets avortez d'un ſi noir artifice.
Mes cris s'en vont en l'air, & s'y perdent ſans fruit,
Dedans mon deſeſpoir tout me fuit, ou me nuit,
La Terre n'entend point la douleur qui me preſſe,
Le Ciel me perſecute, & l'Enfer me delaiſſe.
Affronte-les, Pymante, & ſauve en dépit d'eux
Ta vie & ton honneur d'un pas ſi dangereux:
Si quelque espoir te reste, il n'eſt plus qu'en toy-meſme,
Mais ſi tu veux t'aider, ton mal n'eſt pas extreſme.
Paſſe pour villageois dans un lieu ſi fatal,
Et reſervant ailleurs la mort de ton rival,
Fay que d'un meſme habit la trompeuſe apparence
Qui le mit en peril, te mette en aſſeurance.
 Mais ce masque l'empeſche, & me vient reprocher
Vn crime qu'il découvre au lieu de me cacher,
Ce damnable inſtrument de mon traiſtre artifice,
Après mon coup manqué, n'en eſt plus que l'indice,
Et ce fer, qui tantoſt inutile en ma main,
Que ma fureur jalouſe avoit armée en vain,
Sçeut ſi mal attaquer, & plus mal me défendre,
N'eſt propre deſormais qu'à me faire ſurprendre.
[a] Allez, témoins honteux de mes laſches forfaits,
N'en produiſez non plus de ſoupçons que d'effets.
Ainſi n'ayant plus rien qui démente ma feinte,
Dedans cette foreſt je marcheray ſans crainte,
Tant que....

SCENE II.

LYSARQVE, PYMANTE, Archers.

LYS. **M**On grand amy. *PY.* Monſieur. *LY.* Viença, dy nous,
N'as-tu point icy veu deux Cavaliers aux coups?
PYM. Non, Monſieur. *LYS.* Ou l'un d'eux ſe ſauver à la fuite?
PYM. Non, Monſieur. *LYS.* Ny paſſer dedans ces bois ſans ſuite?
PYM. Attendez, il y peut avoir quelques huit jours...
LYS. Ie parle d'aujourd'huy, laiſſe-là ces discours,
Répons préciſément. *PYM.* Pour aujourd'huy, je penſe...
Toutefois ſi la choſe eſtoit de conſequence,
Dans le prochain village on ſçauroit aiſément...
LYS. Donnons juſques au lieu, c'eſt trop d'amuſement.
PYM.^a Ce depart favorable enfin me rend la vie   ^a*Il eſt ſeul.*
Que tant de questions m'avoient presque ravie.
Cette troupe d'Archers aveugles en ce point
Trouve ce qu'elle cherche, & ne s'en ſaiſit point;
Bien que leur conducteur donne aſſez à connoiſtre
Qu'ils vont pour arréter l'ennemy de ſon maiſtre,
I'échape neanmoins en ce pas hazardeux
D'auſſi près de la mort comme je l'étois d'eux.
Que j'aime ce peril dont la vaine menace
Promettoit un orage, & ſe tourne en bonace,
Ce peril qui ne veut que me faire trembler,
Ou plûtoſt qui ſe montre, & n'oſe m'accabler!
Qu'à bonne heure défait d'un masque & d'une épée
I'ay leur credulité ſous ces habits trompée,
De ſorte qu'à preſent deux corps deſanimez
Termineront l'exploit de tant de gens armez!
Corps, qui gardent tous deux un naturel ſi traiſtre,
Qu'encor après leur mort ils vont trahir leur maiſtre,
Et le faire l'autheur de cette laſcheté,
Pour mettre à ſes dépens Pymante en ſeureté.
Mes habits rencontrez ſous les yeux de Lyſarque
Peuvent de mes forfaits donner ſeuls quelque marque,
Mais s'il ne les voit pas, lors ſans aucun effroy
Ie n'ay qu'à me ranger en haſte auprès du Roy,
Où je verray tantoſt avec effronterie
Clitandre convaincu de ma ſupercherie.

SCENE III.

LYSARQVE, Archers.

*LYS.*ᵃ CEla ne ſuffit pas, il faut chercher encor,
   Et trouver, s'il ſe peut, Clitandre, ou Roſidor.
  Amis, ſa Majeſté par ma bouche avertie
  Des ſoupçons que j'avois touchant cette partie,
  Voudra ſçavoir au vray ce qu'ils ſont devenus.
1. *ARC.* Pourroit-elle en douter ? ces deux corps reconnus
  Font trop voir le ſuccez de toute l'entrepriſe.
LYS. Et qu'en préſumes-tu ? 1. *ARC.* Que malgré leur ſurpriſe,
  Leur nombre avantageux, & leur déguiſement,
  Roſidor de leurs mains ſe tire heureuſement.
LYS. Ce n'eſt qu'en me flatant que tu te le figures,
  Pour moy je n'en conçoy que de mauvais augures,
  Et préſume plûtoſt que ſon bras valeureux
  Avant que de mourir s'eſt immolé ces deux.
1. *ARC.* Mais où ſeroit ſon corps ? *LYS.* Au creux de quelque roche,
  Où les traiſtres voyant noſtre troupe ſi proche,
  N'auront pas eu loiſir de mettre encor ceux-cy,
  De qui le ſeul aſpect rend le crime éclaircy.

2. *ARC.*ᵇ Monſieur, connoiſſez-vous ce fer & cette garde ?
LYS. Donne-moy que je voye : ouy, plus je les regarde,
  Plus j'ay par eux d'avis du déplorable ſort
  D'un maiſtre qui n'a pû s'en deſſaiſir que mort.
2. *ARC.* Monſieur, avec cela j'ay veu dans cette route
  Des pas meſlez de ſang diſtilé goutte à goutte.
LYS. Suiuons-les au hazard. Vous autres, enlevez
  Promptement ces deux corps que nous avons trouvez.

SCENE

SCENE IV.

FLORIDAN, CLITANDRE, PAGE.

FLO.[a] CE cheval trop fougueux m'incommode à la chaffe,
 Tien-m'en un autre preft, tandis qu'en cette place
A l'ombre des ormeaux l'un dans l'autre enlacez,
Clitandre m'entretient de fes travaux paffez.
Qu'au reste, les Veneurs allant fur leurs brifées
Ne forcent pas le Cerf, s'il eft aux repofées,
Qu'ils prennent connoiffance, & preffent mollement,
Sans le donner aux chiens qu'à mon commandement.
 [b] Acheve maintenant l'histoire commencée
De ton affection fi mal recompenfée.

CLI. Ce recit ennuyeux de ma triste langueur,
Mon Prince, ne vaut pas le tirer en longueur,
l'ay tout dit en un mot, cette fiere Caliste
Dans fes cruels mépris inceffamment perfiste,
C'eft toûjours elle-mefme, & fous fa dure loy
Tout ce qu'elle a d'orgueil fe referve pour moy,
Cependant qu'un rival, fes plus cheres delices,
Redouble fes plaifirs en voyant mes fupplices.

FLO. Ou tu te pleins à faux, ou puiffamment épris
Ton courage demeure infenfible aux mépris,
Et je m'étonne fort comme ils n'ont dans ton ame
Rétably ta raifon, ou diffipé ta flame.

CLI. Quelques charmes fecrets meflez dans fes rigueurs
Etouffent en naiffant la revolte des cœurs,
Et le mien auprès d'elle, à quoy qu'il fe dispofe,
Murmurant de fon mal en adore la caufe.

FLO. Mais puisque fon dédain au lieu de te guerir
Ranime ton amour qu'il dûft faire mourir,
Sers-toy de mon pouvoir ; en ma faveur la Reine
Tient & tiendra toûjours Rofidor en haleine,
Mais fon commandement dans peu, fi tu le veux,
Te met à ma priere au comble de tes vœux.
Avife donc, tu fçais qu'un fils peut tout fur elle.

CLI. Malgré tous les mépris de cette ame cruelle
Dont un autre a charmé les inclinations,
l'ay toûjours du respect pour fes perfections,

Tome I. K

Et je ferois marry qu'aucune violence...
FLO. L'amour fur le respect emporte la balance.
CLI. Ie brufle, & le bonheur de vaincre fes froideurs
    Ie ne le veux devoir qu'à mes vives ardeurs,
    Ie ne la veux gagner qu'à force de fervices.
FLO. Tandis tu veux donc vivre en d'éternels fupplices?
CLI. Tandis ce m'eft affez qu'un rival preferé
    N'obtient, non plus que moy, le fuccés esperé.
    A la longue ennuyez, la moindre negligence
    Pourra de leurs esprits rompre l'intelligence;
    Vn temps bien pris alors me donne en un moment
    Ce que depuis trois ans je pourfuy vainement,
    Mon Prince, trouvez bon... *FLO.* N'en dy pas davantage,
    Cettuy-cy qui me vient faire quelque meffage
    Apprendroit malgré toy l'état de tes amours.

SCENE V.

FLORIDAN, CLITANDRE, CLEON.

CLE. **P**Ardonnez-moy, Seigneur, fi je romps vos discours,
    C'eft en obeïffant au Roy qui me l'ordonne,
    Et rappelle Clitandre auprés de fa perfonne.
FLO. Qui? *CLE.* Clitandre, Seigneur. *FLO.* Et que luy veut le Roy?
CLE. De femblables fecrets ne s'ouvrent pas à moy.
FLO. Ie n'en fçay que penfer, & la caufe incertaine
    De ce commandement tient mon esprit en peine.
    Pourray-je me refoudre à te laiffer aller,
    Sans fçavoir les motifs qui te font rappeller?
CLI. C'eft à mon jugement quelque prompte entreprife,
    Dont l'execution à moy feul eft remife,
    Mais quoy que là deffus j'ofe m'imaginer,
    C'eft à moy d'obeïr fans rien examiner.
FLO. I'y confens à regret, va, mais qu'il te fouvienne
    Que je cheris ta vie à l'égal de la mienne,
    Et fi tu veux m'ofter de cette anxieté,
    Que j'en fçache au plûtoft toute la verité.
    Ce cor m'appelle, Adieu, toute la chaffe prefte
    N'attend que ma prefence à relancer la befte.

SCENE VI.

DORISE.[a]

[a] *Elle sort demy-vé-tuë de l'ha-bit de Ge-ronte qu'el-le avoit trouvé dans le bois.*

ACheve, malheureuse, acheve de vêtir
Ce que ton mauvais sort laisse à te garantir,
Si de tes trahisons la jalouse impuissance
Sçeut donner un faux crime à la mesme innocence,
Recherche maintenant par un plus juste effet
Vne fausse innocence à cacher ton forfait.
Quelle honte importune au visage te monte
Pour un sexe quitté dont tu n'ès que la honte?
Il t'abhorre luy-mesme, & ce déguisement
En le désavoüant l'oblige pleinement.
Après avoir perdu sa douceur naturelle,
Dépoüille sa pudeur qui te messied sans elle,
Desrobe tout d'un temps par ce crime nouveau,
Et l'autre aux yeux du monde, & ta teste au bourreau;
Si tu veux empescher ta perte inévitable,
Devien plus criminelle, & parois moins coupable;
Par une fausseté tu tombes en danger,
Par une fausseté sçache t'en dégager.
Fausseté detestable, où me viens-tu reduire?
Honteux déguisement, où me vas-tu conduire?
Icy de tous costez l'effroy suit mon erreur,
Et j'y suis à moy-mesme une nouuelle horreur:
L'image de Caliste à ma fureur soustraite
Y brave fierement ma timide retraite.
Encor, si son trépas secondant mon desir
Mesloit à mes douleurs l'ombre d'un faux plaisir;
Mais tels sont les excès du malheur qui m'opprime,
Qu'il ne m'est pas permis de joüir de mon crime,
Dans l'état pitoyable où le Sort me reduit,
I'en merite la peine, & n'en ay pas le fruit,
Et tout ce que j'ay fait contre mon ennemie
Sert à croistre sa gloire avec mon infamie.

N'importe, Rosidor de mes cruels destins
Tient dequoy repousser ses lasches assassins,
Sa valeur inutile en sa main desarmée
Sans moy ne vivroit plus que chez la Renommée:

Ainfi rien deformais ne pourroit m'enflamer,
N'ayant plus que haïr, je n'aurois plus qu'aimer.
Fafcheufe loy du Sort qui s'obstine à ma peine,
Ie fauve mon amour, & je manque à ma haine,
Ces contraires fuccès demeurant fans effet
Font naiftre mon malheur de mon heur imparfait.
Toutefois l'orgüeilleux pour qui mon cœur foûpire
De moy feule aujourd'huy tient le jour qu'il respire,
Il m'en eft redevable, & peut-eftre à fon tour
Cette obligation produira quelque amour.
Dorife, à quels penfers ton espoir fe ravale?
S'il vit par ton moyen, c'eft pour une rivale,
N'attens plus, n'attens plus que haine de fa part,
L'offenfe vint de toy, le fecours du hazard,
Malgré les mains efforts de ta rufe traîtreffe
Le hazard par tes mains le rend à fa Maîtreffe,
Ce peril mutuel qui conferve leurs jours
D'un contre-coup égal va croiftre leurs amours.
Heureux couple d'amants que le Destin affemble,
Qu'il expofe en peril, qu'il en retire enfemble.

SCENE VII.

PYMANTE, DORISE.

ᵃ Il la prēd pour Geronte dont elle a vétu l'habit, & court l'embraffer.
ᵇ Elle croit qu'il la prend pour Rofidor, & qu'il l'embraffe pour la poignarder.

*PYM.*ᵃ O Dieux! voicy Geronte, & je le croyois mort,
　　Malheureux compagnon de mon funeste fort...
*DOR.*ᵇ Ton œil t'abufe, helas! miferable, regarde
　Qu'au lieu de Rofidor ton erreur me poignarde.
PYM. Ne crains pas, cher amy, ce funeste accident,
　Ie te connois affez, je fuis... Mais imprudent,
　Où m'alloit engager mon erreur indiscrette!
　　Monfieur, pardonnez-moy la faute que j'ay faite,
　Vn berger d'icy près a quitté fes brebis
　Pour s'en aller au camp presqu'en pareils habits,
　Et d'abord vous prenant pour ce mien camarade
　Mes fens d'aife aveuglez ont fait cette escapade.
　Ne craignez point au reste un pauvre villageois,
　Qui feul & defarmé court à travers ces bois.
　D'un ordre affez précis l'heure presque expirée
　Me deffend des discours de plus longue durée,

A mon empreſſement pardonnez cét Adieu,
Ie perdrois trop, Monſieur, à tarder en ce lieu.
DOR. Amy, qui que tu ſois, ſi ton ame ſenſible
A la compaſſion peut ſe rendre acceſſible,
Vn jeune Gentilhomme implore ton ſecours;
Prens pitié de mes maux pour trois ou quatre jours,
Durant ce peu de temps accorde une retraite
Sous ton chaume rustique à ma fuite ſecrette,
D'un ennemy puiſſant la haine me pourſuit,
Et n'ayant pû qu'à peine éviter cette nuit...
PYM. L'affaire qui me preſſe eſt aſſez importante
Pour ne pouvoir, Monſieur, répondre à voſtre attente;
Mais ſi vous me donniez le loiſir d'un moment,
Ie vous aſſeurerois d'eſtre icy promptement,
Et j'eſtime qu'alors il me ſeroit facile
Contre cét ennemy de vous faire un azile.
DOR. Mais avant ton retour ſi quelque instant fatal
M'expoſoit par malheur aux yeux de ce brutal,
Et que l'emportement de ſon humeur altiere...
PYM. Pour ne rien hazarder, cachez-vous là derriere.
DOR. Souffre que je te ſuive, & que mes triſtes pas...
PYM. I'ay des ſecrets, Monſieur, qui ne le ſouffrent pas,
Et ne puis rien pour vous à moins que de m'attendre,
Aviſez au party que vous avez à prendre.
DOR. Va donc, je t'attendray. *PYM.* Cette touffe d'ormeaux
Vous pourra cependant couvrir de ſes rameaux.

SCENE VIII.

PYMANTE.

ENfin, graces au Ciel, ayant ſçeu m'en défaire
Ie puis ſeul aviſer à ce que je dois faire.
Qui qu'il ſoit, il a veu Roſidor attaqué,
Et ſçait aſſeurément que nous l'avons manqué:
N'en étant point connu, je n'en ay rien à craindre,
Puisqu'ainſi déguiſé, tout ce que je veux feindre
Sur ſon eſprit credule obtient un tel pouvoir.
Toutefois plus j'y ſonge, & plus je penſe voir
Par quelque grand effet de vangeance divine
En ce foible témoin l'autheur de ma ruïne:

Son indice douteux, pour peu qu'il ait de jour,
N'éclaircira que trop mon forfait à la Cour.
Simple, j'ay peur encor que ce malheur m'avienne,
Et je puis éviter ma perte par la sienne!
Et mesmes on diroit qu'un antre tout exprès
Me garde mon épée au fond de ces forests.
C'est en ce lieu fatal qu'il me le faut conduire,
C'est là qu'un heureux coup l'empesche de me nuire.
Ie ne m'y puis resoudre, un reste de pitié
Violente mon cœur à des traits d'amitié,
En vain je luy resiste, & tasche à me défendre
D'un secret mouvement que je ne puis comprendre,
Son âge, sa beauté, sa grace, son maintien,
Forcent mes sentimens à luy vouloir du bien,
Et l'air de son visage a quelque mignardise
Qui ne tire pas mal à celle de Dorise.
Ah ! que tant de malheurs m'auroient favorisé,
Si c'étoit elle-mesme en habit déguisé!
I'en meurs déja de joye, & mon ame ravie
Abandonne le soin du reste de ma vie,
Ie ne suis plus à moy, quand je viens à penser
A quoy l'occasion me pourroit dispenser.
Quoy qu'il en soit, voyant tant de ses traits ensemble,
Ie porte du respect à ce qui luy ressemble.
    Miserable Pymante, ainsi donc tu te pers!
Encor qu'il tienne un peu de celle que tu sers,
Etouffe ce témoin pour asseurer ta teste:
S'il est, comme il le dit, batu d'une tempeste,
Au lieu qu'en ta cabane il cherche quelque port,
Fay que dans cette grotte il rencontre sa mort.
Modere toy, cruel, & plûtost examine
Sa parole, son teint, & sa taille, & sa mine;
Si c'est Dorise, alors revoque cét arrest,
Sinon, que la pitié cede à ton interest.

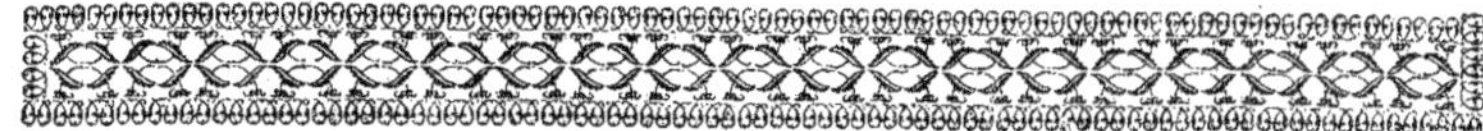

ACTE III.

SCENE PREMIERE.

ALCANDRE, ROSIDOR, CALISTE,
VN PREVOST.

ALC. L'ADMIRABLE rencontre a mon ame ravie,
De voir que deux amants s'entredoivent la vie,
De voir que ton peril la tire de danger,
Que le sien te fournit dequoy t'en dégager,
Qu'en deux desseins divers pareille jalousie
Mesme lieu contre vous, & mesme heure a choisie,
Et que l'heureux malheur qui vous a menacez
Avec tant de justesse a ses temps compassez.
ROS. Sire, ajoustez du Ciel l'occulte providence;
Sur deux amants il verse une mesme influence,
Et comme l'un par l'autre il a sçeu nous sauver,
Il semble l'un pour l'autre exprés nous conserver.
ALC. Ie t'entens, Rosidor, par là tu me veux dire
Qu'il faut qu'avec le Ciel ma volonté conspire,
Et ne s'oppose pas à ses justes decrets
Qu'il vient de témoigner par tant d'avis secrets.
Et bien, je veux moy-mesme en parler à la Reine;
Elle se fléchira, ne t'en mets pas en peine.
Acheve seulement de me rendre raison
De ce qui t'arriva depuis sa pasmoison.
ROS. Sire, un mot desormais suffit pour ce qui reste.
Lysarque & vos Archers depuis ce lieu funeste
Se laisserent conduire aux traces de mon sang
Qui durant le chemin me dégouttoit du flanc,
Et me trouvant enfin dessous un toit rustique
Ranimé par les soins de son amour pudique,
Leurs bras officieux m'ont icy rapporté,
Pour en faire ma plainte à vostre Majesté.

Non-pas que je soûpire aprés une vangeance,
Qui ne peut me donner qu'une fauſſe allegeance,
Le Prince aime Clitandre, & mon reſpect conſent
Que ſon affection le declare innocent :
Mais ſi quelque pitié d'une telle infortune
Peut ſouffrir aujourd'huy que je vous importune,
Oſtant par un Hymen l'eſpoir à mes rivaux,
Sire, vous taririez la ſource de nos maux.
ALC. Tu fuis à te vanger, l'objet de ta Maîtreſſe
Fait qu'un tel deſir cede à l'amour qui te preſſe :
Auſſi n'eſt-ce qu'à moy de punir ces forfaits,
Et de montrer à tous par de puiſſans effets
Qu'attaquer Roſidor c'eſt ſe prendre à moy-meſme,
Tant je veux que chacun reſpecte ce que j'aime.
Ie le feray bien voir.   Quand ce perfide tour
Auroit eu pour objet le moindre de ma Cour,
Ie devrois au Public par un honteux ſupplice
De telles trahiſons l'exemplaire juſtice.
Mais Roſidor ſurpris, & bleſſé comme il l'eſt,
Au devoir d'un vray Roy joint mon propre intereſt.
Ie luy feray ſentir, à ce traiſtre Clitandre,
Quelque part que le Prince y puiſſe, ou vueille prendre,
Combien mal à propos ſa folle vanité
Croyoit dans ſa faveur trouver l'impunité.
Ie tiens cét aſſaſſin, un ſoupçon veritable,
Que m'ont donné les corps d'un couple deteſtable,
De ſon laſche attentat m'avoit ſi bien inſtruit,
Que déja dans les fers il en reçoit le fruit.
    Toy qu'avec Roſidor le bonheur a ſauvée,
Tu te peux aſſeurer que Doriſe trouvée,
Comme ils avoient choiſi meſme heure à voſtre mort,
En meſme heure tous deux auront un meſme ſort.
CAL. Sire, ne ſongez pas à cette miſerable,
Roſidor garanty me rend ſa redevable,
Et je me ſens forcée à luy vouloir du bien,
D'avoir à voſtre Etat conſervé ce ſoûtien.
ALC. Le genereux orgueil des ames magnanimes
Par un noble dédain ſçait pardonner les crimes :
Mais voſtre aſpect m'emporte à d'autres ſentimens,
Dont je ne puis cacher les juſtes mouuemens ;
Ce teint paſle à tous deux me rougit de colere,
Et vouloir m'adoucir, c'eſt vouloir me déplaire.

ROS.

ROS. Mais, Sire, que sçait-on ? peut-estre ce rival,
    Qui m'a fait après tout plus de bien que de mal,
    Si-tost qu'il vous plaira d'écouter sa defense,
    Sçaura de ce forfait purger son innocence.
ALC. Et par où la purger ? sa main d'un trait mortel
    A signé son Arrest en signant ce cartel.
    Peut-il desavoüer ce qu'asseure un tel gage,
    Envoyé de sa part, & rendu par son Page ?
    Peut-il desavoüer que ses gens déguisez,
    De son commandement ne soient authorisez ?
    Les deux, tous morts qu'ils sont, qu'on les traisne à la boüe,
    L'autre aussi-tost que pris se verra sur la roüe,
    Et pour le scelerat que je tiens prisonnier,
    Ce jour que nous voyons luy sera le dernier.
    Qu'on l'améne au Conseil ; par forme il faut l'entendre,
    Et voir par quelle adresse il pourra se defendre.
    Toy, pense à te guerir, & croy que pour le mieux
    Ie ne veux pas montrer ce perfide à tes yeux :
    Sans doute qu'aussi-tost qu'il se feroit paroistre
    Ton sang rejalliroit au visage du traistre.
ROS. L'apparence deçoit, & souvent on a veu
    Sortir la verité d'un moyen impréveu,
    Bien que la conjecture y fust encor plus forte:
    Du moins, Sire, appaisez l'ardeur qui vous transporte,
    Que l'ame plus tranquille, & l'esprit plus remis,
    Le seul pouvoir des loix perde nos ennemis.
ALC. Sans plus m'importuner, ne songe qu'à tes playes.
    Non, il ne fut jamais d'apparences si vrayes,
    Douter de ce forfait c'est manquer de raison.
    Derechef, ne prens soin que de ta guerison.

SCENE II.

ROSIDOR, CALISTE.

ROS. AH ! que ce grand couroux fenfiblement m'afflige !
CAL. C'eſt ainſi que le Roy te refuſant t'oblige,
Il te donne beaucoup en ce qu'il t'interdit,
Et tu gagnes beaucoup d'y perdre ton credit.
On voit dans ces refus une marque certaine
Que contre Roſidor toute priere eſt vaine,
Ses violents transports ſont d'aſſeurez témoins
Qu'il t'écouteroit mieux s'il te cheriſſoit moins.
Mais un plus long ſejour pourroit icy te nuire,
Ne perdons plus de temps , laiſſe-moy te conduire
Iuſques dans l'antichambre où Lyſarque t'attend,
Et montre deſormais un esprit plus content.
ROS. Si prés de te quitter.... *CAL.* N'acheve pas ta plainte.
Tous deux nous reſſentons cette commune atteinte,
Mais d'un faſcheux respect la tyrannique loy
M'appelle chez la Reine , & m'éloigne de toy.
Il me luy faut conter comme l'on m'a ſurpriſe,
Excuſer mon abſence en accuſant Doriſe,
Et l'informer comment par un cruel destin
Mon devoir auprés d'elle a manqué ce matin.
ROS. Va donc , & quand ſon ame , aprés la choſe ſçeuë
Fera voir la pitié qu'elle en aura conceuë,
Figure luy ſi bien Clitandre tel qu'il eſt,
Qu'elle n'oſe en ſes feux prendre plus d'intereſt.
CAL. Ne crains pas deſormais que mon amour s'oublie,
Répare ſeulement ta vigueur affoiblie,
Sçache bien te ſervir de la faveur du Roy,
Et pour tout le ſurplus , repoſe-t'en ſur moy.

S C E N E   III.

C L I T A N D R E.[a]

IE ne sçay si je veille, ou si ma resverie
A mes sens endormis fait quelque tromperie,
Peu s'en faut dans l'excès de ma confusion
Que je ne prenne tout pour une illusion.
Clitandre prisonnier ! je n'en fais pas croyable,
Ny l'air sale & puant d'un cachot effroyable,
Ny de ce foible jour l'incertaine clarté,
Ny le poids de ces fers dont je suis arrété ;
Ie les sens, je les voy, mais mon ame innocente
Dément tous les objets que mon œil luy presente,
Et le desavoüant, défend à ma raison
De me persuader que je sois en prison.
Iamais aucun forfait, aucun dessein infame
N'a pû soüiller ma main, ny glisser dans mon ame,
Et je suis retenu dans ces funestes lieux !
Non, cela ne se peut, vous vous trompez, mes yeux.
I'aime mieux rejetter vos plus clairs témoignages,
I'aime mieux démentir ce qu'on me fait d'outrages,
Que de m'imaginer sous un si juste Roy
Qu'on peuple les prisons d'innocens comme moy.
   Cependant je m'y trouve, & bien que ma pensée
Recherche à la rigueur ma conduite passée,
Mon exacte censure a beau l'examiner,
Le crime qui me perd ne se peut deviner,
Et quelque grand effort que fasse ma memoire,
Elle ne me fournit que des sujets de gloire.
Ah Prince, c'est quelqu'un de vos faveurs jaloux
Qui m'impute à forfait d'estre chery de vous,
Le temps qu'on m'en separe, on le donne à l'Envie,
Comme une liberté d'attenter sur ma vie,
Le cœur vous le disoit, & je ne sçay comment
Mon destin me poussa dans cét aveuglement,
De rejetter l'avis de mon Dieu tutelaire ;
C'est là ma seule faute, & c'en est le salaire,
C'en est le châtiment que je reçois icy,
On vous vange, mon Prince, en me traitant ainsi ;

Mais vous ſçaurez montrer, embraſſant ma défenſe,
Que qui vous vange ainſi puiſſamment vous offenſe.
Les perfides autheurs de ce complot maudit,
Qu'à me perſecuter voſtre abſence enhardit,
A voſtre heureux retour, verront que ces tempeſtes,
Clitandre preſervé, n'abatront que leurs teſtes.
Mais on ouvre, & quelqu'un dans cette ſombre horreur
Par ſon viſage affreux redouble ma terreur.

SCENE IV.

CLITANDRE, LE GEOLIER.

GEO. PErmettez que ma main de ces fers vous détache.
    CLI. Suis-je libre déja? *GEO.* Non encor, que je ſçache.
CLI. Quoy, ta ſeule pitié s'y hazarde pour moy?
GEO. Non, c'eſt un ordre exprès de vous conduire au Roy.
CLI. Ne m'apprendras-tu point le crime qu'on m'impute,
    Et quel laſche impoſteur ainſi me perſecute?
GEO. Deſcendons, un Prevoſt qui vous attend là-bas
Vous pourra mieux que moy contenter ſur ce cas.

SCENE V.

PYMANTE, DORISE.

^a *Il regar-*
de une ai-
guille que
Doriſe
avoit
laiſſée par
mégarde
dans ſes
cheveux
en ſe dé-
guiſant.

PYM.^a EN vain pour m'ébloüir vous uſez de la ruſe,
    Mon eſprit, quoy que lourd, aiſément ne s'abuſe,
Ce que vous me cachez, je le lis dans vos yeux:
Quelque revers d'amour vous conduit en ces lieux,
N'eſt-il pas vray, Monſieur? & meſme cette aiguille
Sent aſſez les faveurs de quelque belle fille;
Elle eſt, ou je me trompe, un gage de ſa foy.
DOR. O malheureuſe aiguille, helas! c'eſt fait de moy.
PYM. Sans doute voſtre playe à ce mot s'eſt r'ouverte.
Monſieur, regrettez-vous ſon abſence, ou ſa perte?
Vous auroit-elle bien pour un autre quitté,
Et payé vos ardeurs d'une infidelité?
Vous ne répondez point! cette rougueur confuſe,
Quoy que vous vous taiſiez, clairement vous accuſe.

Brifons-là, ce difcours vous fafcheroit enfin,
Et c'étoit pour tromper la longueur du chemin,
Qu'après plufieurs difcours, ne fçachant que vous dire,
I'ay touché fur un point dont voftre cœur foûpire,
Et dequoy fort fouvent on aime mieux parler,
Que de perdre fon temps à des propos en l'air.
DOR. Amy, ne porte plus la fonde en mon courage,
Ton entretien commun me charme davantage,
Il me peut me laffer, indifferent qu'il eft;
Et ce n'eft pas auffi fans fujet qu'il me plaift.
Ta converfation eft tellement civile,
Que pour un tel efprit ta naiffance eft trop vile,
Tu n'as de villageois que l'habit & le rang,
Tes rares qualitez te font d'un autre fang;
Mefme plus je te voy, plus en toy je remarque
Des traits pareils à ceux d'un Cavalier de marque,
Il s'appelle Pymante, & ton air, & ton port,
Ont avec tous les fiens un merveilleux rapport.
PYM. I'en fuis tout glorieux, & de ma part je prife
Voftre rencontre autant que celle de Dorife,
Autant que fi le Ciel appaifant fa rigueur,
Me faifoit maintenant un prefent de fon cœur.
DOR. Qui nommes-tu Dorife? *PYM.* Vne jeune cruelle
Qui me fuit pour un autre. *DOR.* Et ce rival s'appelle?
PYM. Le Berger Rofidor. *DOR.* Amy, ce nom fi beau
Chez vous donc fe profane à garder un troupeau?
PYM. Madame, il ne faut plus que mon feu vous déguife
Que fous ces faux habits il reconnoit Dorife.
Ie ne fuis point furpris de me voir dans ces bois
Ne paffer à vos yeux que pour un villageois,
Voftre haine pour moy fut toûjours affez forte
Pour déferer fans peine à l'habit que je porte;
Cette fauffe apparence aide, & fuit vos mépris:
Mais cette erreur vers vous ne m'a jamais furpris,
Ie fçay trop que le Ciel n'a donné l'avantage
De tant de raretez qu'à voftre feul vifage,
Si-toft que je l'ay veu, j'ay creu voir en ces lieux
Dorife déguifée, ou quelqu'un de nos Dieux;
Et fi j'ay quelque temps feint de vous méconnoiftre,
En vous prenant pour tel que vous vouliez paroiftre,
Admirez mon amour dont la difcretion
Rendoit à vos defirs cette fubmiffion,

L iij

Et difpofez de moy qui borne mon envie
A prodiguer pour vous tout ce que j'ay de vie.
DOR. Pymante, & quoy, faut-il qu'en l'état où je fuis
Tes importunitez augmentent mes ennuis?
Faut-il que dans ce bois ta rencontre funeste
Vienne encor m'arracher le feul bien qui me reste,
Et qu'ainfi mon malheur au dernier point venu
N'ofe plus esperer de n'eftre pas connu?
PYM. Voyez comme le Ciel égale nos fortunes,
Et comme pour les faire entre nous deux communes,
Nous reduifant enfemble à ces déguifemens,
Il montre avoir pour nous de pareils mouvemens.
DOR. Nous changeons bien d'habits, mais non pas de vifages,
Nous changeons bien d'habits, mais non pas de courages,
Et ces masques trompeurs de nos conditions
Cachent, fans les changer, nos inclinations.
PYM. Me negliger toûjours ! & pour qui vous neglige !
DOR. Que veux-tu ? fon mépris plus que ton feu m'oblige,
I'y trouve malgré-moy je ne fçay quel appas
Par où l'ingrat me tuë, & ne m'offenfe pas.
PYM. Qu'esperez-vous enfin d'un amour fi frivole
Pour cét ingrat amant qui n'eft plus qu'une idole?
DOR. Qu'une idole ! ah, ce mot me donne de l'effroy,
Rofidor une idole ! ah, perfide, c'eft toy,
Ce font tes trahifons qui l'empefchent de vivre,
Ie t'ay veu dans ce bois moy-mefme le pourfuivre,
Avantagé du nombre, & vétu de façon,
Que ce rustique habit effaçoit tout foupçon:
Ton embufche a furpris une valeur fi rare.
PYM. Il eft vray, j'ay puny l'orgueil de ce barbare,
De cét heureux ingrat, fi cruel envers vous,
Qui maintenant par terre, & percé de mes coups,
Eprouve par fa mort comme un amant fidelle
Vange voftre beauté du mépris qu'on fait d'elle.
DOR. Monstre de la Nature, execrable bourreau,
Après ce lafche coup qui creufe mon tombeau,
D'un compliment railleur ta malice me flate !
Fuy, fuy, que deffus toy ma vangeance n'éclate,
Ces mains, ces foibles mains que vont armer les Dieux
N'auront que trop de force à t'arracher les yeux,
Que trop à t'imprimer fur ce hideux vifage
En mille traits de fang les marques de ma rage.

PYM. Le couroux d'une femme impetueux d'abord
Promet tout ce qu'il ose à son premier transport,
Mais comme il n'a pour luy que sa seule impuissance,
A force de grossir il meurt en sa naissance,
Ou s'étouffant soy-mesme, à la fin ne produit
Que point, ou peu d'effet, après beaucoup de bruit.
DOR. Va, va, ne pretens pas que le mien s'adoucisse,
Il faut que ma fureur, ou l'Enfer te punisse,
Le reste des Humains ne sçauroit inventer
De gesne qui te puisse à mon gré tourmenter.
Si tu ne crains mes bras, crains de meilleures armes,
Crains tout ce que le Ciel m'a departy de charmes;
Tu sçais quelle est leur force, & ton cœur la ressent,
Crains qu'elle ne m'asseure un vangeur plus puissant.
Ce couroux dont tu ris en fera la conqueste
De quiconque à ma haine exposera ta teste,
De quiconque mettra ma vangeance en mon choix.
Adieu, j'en perds le temps à crier dans ces bois,
Mais tu verras bien-tost si je vaux quelque chose,
Et si ma rage en vain se promet ce qu'elle ose.
PYM. J'aime tant cette ardeur à me faire perir,
Que je veux bien moy-mesme avec vous y courir.
DOR. Traistre, ne me suy point. *PYM.* Prendre seule la fuite!
Vous vous égareriez à marcher sans conduite,
Et d'ailleurs vostre habit où je ne comprens rien
Peut avoir du mystere aussi-bien que le mien.
L'azile dont tantost vous faisiez la demande
Montre quelque besoin d'un bras qui vous défende,
Et mon devoir vers vous seroit mal acquité
S'il ne vous avoit mise en lieu de seureté.
Vous pensez m'échaper quand je vous le témoigne,
Mais vous n'irez pas loin que je ne vous rejoigne,
L'amour que j'ay pour vous, malgré vos dures loix,
Sçait trop ce qu'il vous doit, & ce que je me dois.

ACTE IV.

SCENE PREMIERE.

PYMANTE, DORISE.

DOR. IE te le dis encor, tu perds temps à me suivre,
Souffre que de tes yeux ta pitié me delivre,
Tu redoubles mes maux par de tels entretiens.
    PY. Prenez à voſtre tour quelque pitié des miens,
Madame, & tariſſez ce deluge de larmes,
Pour r'appeller un mort ce ſont de foibles armes,
Et quoy que vous conſeille un inutile ennuy,
Vos cris & vos ſanglots ne vont point juſqu'à luy.
DOR. Si mes ſanglots ne vont où mon cœur les envoye,
Du moins par eux mon ame y trouvera la voye,
S'il luy faut un paſſage afin de s'envoler,
Ils le luy vont ouvrir en le fermant à l'air.
Sus donc, ſus, mes ſanglots, redoublez vos ſecouſſes,
Pour un tel deſespoir vous les avez trop douces,
Faites pour m'étouffer de plus puiſſans efforts.
PYM. Ne ſongez plus, Madame, à rejoindre les morts:
Penſez plûtoſt à ceux qui n'ont point d'autre envie
Que d'employer pour vous le reste de leur vie;
Penſez plûtoſt à ceux dont le ſervice offert,
Accepté vous conſerve, & refuſé vous perd.
DOR. Crois-tu donc, aſſaſſin, m'acquerir par ton crime,
Qu'innocent mépriſé, coupable je t'estime?
A ce conte tes feux n'ayant pû m'émouvoir,
Ta noire perfidie obtiendroit ce pouvoir?
Ie cherirois en toy la qualité de traiſtre,
Et mon affection commenceroit à naiſtre
Lors que tout l'Vnivers a droit de te haïr?
PYM. Si j'oubliay l'honneur juſques à le trahir,
Si pour vous poſſeder mon esprit tout de flame
N'a rien creu de honteux, n'a rien trouvé d'infame,

Voyez

Voyez par là, voyez l'excés de mon ardeur,
Par cét aveuglement jugez de fa grandeur.
DOR. Non , non, ta lafcheté que j'y vois trop certaine
N'a fervy qu'à donner des raifons à ma haine.
Ainfi ce que j'avois pour toy d'averfion
Vient maintenant d'ailleurs que d'inclination,
C'eft la raifon , c'eft elle à prefent qui me guide
Aux mépris que je fais des flames d'un perfide.
PYM. Ie ne fçache raifon qui s'oppofe à mes vœux,
Puisqu'icy la raifon n'eft que ce que je veux,
Et ployant deffous moy permet à mon envie
De recueillir les fruits de vous avoir fervie.
Il me faut des faveurs malgré vos cruautez.
DOR. Execrable, ainfi donc tes defirs effrontez
Voudroient fur ma foibleffe ufer de violence?
PYM. Ie ry de vos refus , & fçay trop la licence
Que me donne l'amour en cette occafion.
DOR.[a] Traiftre , ce ne fera qu'à ta confufion.
PYM.[b] Ah, cruelle! *DO.* Ah, brigand! *PY.* Ah, que viens-tu de faire!
DOR. De punir l'attentat d'un infame corfaire.
PYM.[c] Ton fang m'en répondra, tu m'auras beau prier,
Tu mourras. *DOR.* Fuy , Dorife , & laiffe-le crier.

SCENE II.

PYMANTE.

OV s'eft-elle cachée? où l'emporte fa fuite?
Où faut-il que ma rage adreffe ma pourfuite?
La Tigreffe m'échape, & telle qu'un éclair
En me frapant les yeux elle fe perd en l'air;
Ou plûtoft l'un perdu , l'autre m'eft inutile,
L'un s'offufque du fang qui de l'autre diftile.
Coule , coule , mon fang , en de fi grands malheurs
Tu dois avec raifon me tenir lieu de pleurs,
Ne verfer deformais que des larmes communes,
C'eft pleurer lafchement de telles infortunes.
Ie voy de tous coftez mon fupplice approcher,
N'ofant me découvrir , je ne me puis cacher,
Mon forfait avorté fe lit dans ma disgrace,
Et ces gouttes de fang me font fuivre à la trace.

[a] *Elle luy creve l'œil de fon aiguille.*
[b] *Il porte les mains à fon œil crevé.*
[c] *Il prend fon épée dans la grotte où il l'avoit jettée au 2. Acte.*

Miraculeux effet ! pour traiftre que je fois,
Mon fang l'eft encor plus, & fert tout à la fois
De pleurs à ma douleur, d'indices à ma prife,
De peine à mon forfait, de vangeance à Dorife.

    O toy, qui fecondant fon courage inhumain
Loin d'orner fes cheveux, deshonores fa main,
Execrable inftrument de fa brutale rage,
Tu devois pour le moins refpecter fon image :
Ce portrait accomply d'un chef-d'œuvre des Cieux
Imprimé dans mon cœur, exprimé dans mes yeux,
Quoy que te commandaft une ame fi cruelle,
Devoit eftre adoré de ta pointe rebelle.

    Honteux reftes d'amour qui broüillez mon cerveau,
Quoy, puis-je en ma Maîtreffe adorer mon bourreau ?
Remettez-vous mes fens, raffeure-toy ma rage,
Revien, mais revien feule animer mon courage,
Tu n'as plus à debatre avec mes paffions
L'empire fouverain deffus mes actions,
L'amour vient d'expirer, & fes flames éteintes
Ne t'impoferont plus leurs infames contraintes.
Dorife ne tient plus dedans mon fouvenir
Que ce qu'il faut de place à l'ardeur de punir,
Ie n'ay plus rien en moy qui n'en veüille à fa vie.
Sus donc, qui me la rend ! Destins, fi voftre envie,
Si voftre haine encor s'obftine à mes tourmens,
Iufqu'à me referver à d'autres châtimens,
Faites que je merite en trouvant l'inhumaine
Par un nouveau forfait une nouuelle peine,
Et ne me traitez pas avec tant de rigueur,
Que mon feu, ny mon fer ne touchent point fon cœur.
Mais ma fureur fe joüe, & demy-languiffante
S'amufe au vain éclat d'une voix impuiffante,
Recourons aux effets, cherchons de toutes parts,
Prenons dorefnavant pour guides les hazards,
Quiconque ne pourra me montrer la cruelle,
Que fon fang auffi-toft me réponde pour elle,
Et ne fuivant ainfi qu'une incertaine erreur,
Rempliffons tous ces lieux de carnage & d'horreur.
^a Mes menaces déja font trembler tout le monde,
Le vent fuit d'épouvante, & le tonnerre en gronde,
L'œil du Ciel s'en retire, & par un voile noir,
N'y pouvant refifter, fe défend d'en rien voir;

Cent nuages épais se distilant en larmes
A force de pitié veulent m'oster les armes,
La Nature étonnée embrasse mon couroux,
Et veut m'offrir Dorise, ou devancer mes coups,
Tout est de mon party, le Ciel mesme n'envoye
Tant d'éclairs redoublez, qu'afin que je la voye,
Quelques lieux où l'effroy porte ses pas errants
Ils sont entrecoupez de mille gros torrents.
Que je serois heureux, si cét éclat de foudre,
Pour m'en faire raison, l'avoit reduite en poudre!
Allons voir ce miracle, & desarmer nos mains
Si le Ciel a daigné prévenir nos desseins.
Destins, soyez enfin de mon intelligence,
Et vangez mon affront, ou souffrez ma vangeance.

SCENE III.

FLORIDAN.

Qvel bonheur m'accompagne en ce moment fatal!
Le tonnerre a sous moy foudroyé mon cheval,
Et consumant sur luy toute sa violence,
Il m'a porté respect parmy son insolence.
Tous mes gens écartez par un subit effroy,
Loin d'estre à mon secours, ont fuy d'autour de moy,
Ou déja dispersez par l'ardeur de la chasse,
Ont desrobé leur teste à sa fiere menace.
Cependant seul à pied je pense à tous momens
Voir le dernier débris de tous les Elemens,
Dont l'obstination à se faire la guerre
Met toute la Nature au pouvoir du tonnerre.
Dieux! si vous témoignez par là vostre couroux,
De Clitandre, ou de moy, lequel menacez-vous?
La perte m'est égale, & la mesme tempeste
Qui l'auroit accablé tomberoit sur ma teste.
Pour le moins, justes Dieux, s'il court quelque danger,
Souffrez que je le puisse avec luy partager.
I'en découvre à la fin quelque meilleur présage,
L'haleine manque aux Vents, & la force à l'orage,
Les éclairs indignez d'estre éteints par les eaux
En ont tary la source & seché les ruisseaux,

Et déja le Soleil de ſes rayons eſſuye
Sur ces moites rameaux le reste de la pluye.
Au lieu du bruit affreux des foudres décochez,
Les petits oiſillons encor demy-cachez....
Mais je verray bien-toſt quelques-uns de ma ſuite,
Ie le juge à ce bruit.

SCENE IV.

FLORIDAN, PYMANTE, DORISE.

ª Il ſaiſit PYM.ª   **E**Nfin malgré ta fuite
Doriſe qui   Ie te retiens, barbare. *DOR.* Helas! *PYM.* Songe à mourir,
le fuyoit.   Tout l'Vnivers icy ne te peut ſecourir.

FLO. L'égorger à ma veuë! ô l'indigne ſpectacle!
Sus, ſus, à ce brigand oppoſons un obstacle.
Arreſte, ſcelerat. *PYM.* Temeraire, où vas-tu?

FLO. Sauver ce Gentilhomme à tes pieds abatu.
*ᵇ Il tient DOR.*ᵇ Traiſtre, n'avance pas, c'eſt le Prince. *PYM.* N'importe,
Doriſe d'u-   Il m'oblige à ſa mort m'ayant veu de la ſorte.
ne main,
& ſe bat FLO. Eſt-ce-là le respect que tu dois à mon rang?
de l'autre. PYM. Ie ne connois icy, ny qualitez, ny ſang,
Quelque respect ailleurs que ta naiſſance obtienne,
Pour aſſeurer ma vie il faut perdre la tienne.

DOR. S'il me demeure encor quelque peu de vigueur,
Si mon debile bras ne dédit point mon cœur,
I'arréteray le tien. *PYM.* Que fais-tu, miſerable?
*ᶜ Elle fait DOR.*ᶜ Ie détourne le coup d'un forfait execrable.
trébucher PYM. Avec ces vains efforts crois-tu m'en empeſcher?
Pymante. FLO. Par une heureuſe adreſſe il l'a fait trébucher.
Aſſaſſin, rends l'épée.

SCENE V.

FLORIDAN, PYMANTE, DORISE,
TROIS VENEVRS.[a]

1.*VEN.* Ecoute, il eſt fort proche,
  C'eſt ſa voix qui reſonne au creux de cette roche,
  Et c'eſt luy que tantoſt nous avions entendu.
FLO.[b] Prens ce fer en ta main. *PYM.* Ah Cieux! je ſuis perdu.
2.*VEN.* Ouy, je le voy. Seigneur, quelle avanture étrange,
  Quel malheureux destin en cet état vous range?
FLO. Garrotez ce maraut, les couples de vos chiens
  Vous y pourront ſervir, faute d'autres liens.
  Ie veux qu'à mon retour une prompte justice
  Luy faſſe reſſentir par l'éclat d'un ſupplice,
  Sans armer contre luy que les loix de l'Etat,
  Que m'attaquer n'eſt pas un leger attentat.
  Sçachez que s'il échape, il y va de vos teſtes.
1.*VEN.* Si nous manquons, Seigneur, les voila toutes preſtes.
  Admirez cependant le foudre & ſes efforts
  Qui dans cette foreſt ont conſumé trois corps,
  En voicy les habits, qui ſans aucun dommage
  Semblent avoir bravé la fureur de l'orage.
FLO. Tu montres à mes yeux de merveilleux effets.
DOR. Mais des marques plûtoſt de merveilleux forfaits.
  Ces habits dont n'a point approché le tonnerre
  Sont aux plus criminels qui vivent ſur la Terre,
  Connoiſſez-les, grand Prince, & voyez devant vous
  Pymante priſonnier, & Doriſe à genoux.
FLO. Que ce ſoit là Pymante, & que tu ſois Doriſe!
DOR. Quelques étonnemens qu'une telle ſurpriſe
  Iette dans voſtre esprit que vos yeux ont deçeu,
  D'autres le ſaiſiront quand vous aurez tout ſçeu.
  La honte de paroiſtre en un tel équipage
  Coupe icy ma parole, & l'étouffe au paſſage;
  Souffrez que je reprenne en un coin de ces bois
  Avec mes vétemens l'uſage de la voix,
  Pour vous conter le reste en habit plus ſortable.
FLO. Cette honte me plaiſt, ta priere équitable,

M iij

---

[a] *Ils portĕt en leurs mains les vrais habits de Pymante, Lycaſte, & Doriſe.*

[b] *Il deſarme Pymãte, & en donne l'épée à garder à Doriſe.*

En faveur de ton fexe, & du fecours prêté,
Sufpendra jufqu'alors ma curiofité.
Tandis fans m'éloigner beaucoup de cette place,
Ie vay fur ce côtau pour découvrir la chaffe,
Tu l'y rameneras ; vous, s'il ne veut marcher,
Gardez-le cependant au pied de ce rocher. [a]

SCENE VI.

CLITANDRE, LE GEOLIER.

[a] Le Prince fort, & un des Veneurs s'en va avec Dorife, & les autres menent Pymante d'un autre cofté.
[b] Il parle en prifon.

CLI. [b] **D**Ans ces funeftes lieux où la feule inclemence
D'un rigoureux deftin reduit mon innocence,
Ie n'attens deformais du refte des Humains
Ny faveur, ny fecours, fi ce n'eft par tes mains.
GEO. Ie ne connois que trop où tend ce préambule,
Vous n'avez pas affaire à quelque homme credule.
Tous dans cette prifon dont je porte les clefs,
Se difent comme vous du malheur accablez,
Et la Iuftice à tous eft injufte de forte,
Que la pitié me doit leur faire ouvrir la porte ;
Mais je me tiens toûjours ferme dans mon devoir.
Soyez coupable, ou non, je n'en veux rien fçavoir,
Le Roy, quoy qu'il en foit, vous a mis en ma garde,
Il me fuffit, le refte en rien ne me regarde.
CLI. Tu juges mes deffeins autres qu'ils ne font pas,
Ie tiens l'éloignement pire que le trépas,
Et la Terre n'a point de fi douce Province
Où le jour m'agréaft loin des yeux de mon Prince.
Helas ! fi tu voulois l'envoyer avertir
Du peril dont fans luy je ne fçaurois fortir,
Ou qu'il luy fuft porté de ma part une lettre,
De la fienne en ce cas je t'ofe bien promettre
Que fon retour foudain des plus riches te rend.
Que cet anneau t'en ferve & d'arrhe & de garand,
Tens la main & l'efprit vers un bonheur fi proche.
GEO. Monfieur, jufqu'à prefent j'ay vefcu fans reproche,
Et pour me fuborner, promeffes, ny prefens,
N'ont, & n'auront jamais de charmes fuffifans,
C'eft dequoy je vous donne une entiere affeurance,
Perdez-en le deffein avecque l'efperance,

Et puisque vous dreſſez des piéges à ma foy,
Adieu, ce lieu devient trop dangereux pour moy.

SCENE VII.

CLITANDRE.

VA tygre, va cruel, barbare, impitoyable,
   Ce noir cachot n'a rien tant que toy d'effroyable,
Va, porte aux criminels tes regards dont l'horreur
Peut ſeule aux innocens imprimer la terreur.
Ton viſage déja commençoit mon ſupplice,
Et mon injuste ſort, dont tu te fais complice,
Ne t'envoyoit icy que pour m'épouvanter,
Ne t'envoyoit icy que pour me tourmenter.
Cependant, malheureux, à qui me dois-je prendre
D'une accuſation que je ne puis comprendre?
A-t'on rien veu jamais, a-t'on rien veu de tel?
Mes gens aſſaſſinez me rendent criminel,
L'autheur du coup s'en vante, & l'on m'en calomnie,
On le comble d'honneur, & moy d'ignominie;
L'échafaut qu'on m'apprefte au ſortir de priſon,
C'eſt par où de ce meurtre on me fait la raiſon.
Mais leur déguiſement d'autre coſté m'étonne,
Iamais un bon deſſein ne déguiſa perſonne,
Leur masque les condamne, & mon ſeing contrefait,
M'imputant un cartel, me charge d'un forfait.
Mon jugement s'aveugle, & ce que je déplore,
Ie me ſens bien trahy, mais par qui, je l'ignore,
Et mon esprit troublé dans ce confus rapport,
Ne voit rien de certain que ma honteuſe mort.
   Traiſtre, qui que tu ſois, Rival, ou Domestique,
Le Ciel te garde encore un destin plus Tragique,
N'importe, vif ou mort, les gouffres des Enfers
Auront pour ton ſupplice encor de pires fers.
Là mille affreux bourreaux t'attendent dans les flames,
Moins les corps ſont punis, plus ils geſnent les ames,
Et par des cruautez qu'on ne peut concevoir,
Ils vangent l'innocence au-de-là de l'espoir.
Et vous que deſormais je n'oſe plus attendre,
Prince, qui m'honoriez d'une amitié ſi tendre,

Et dont l'éloignement fait mon plus grand malheur,
Bien qu'un crime imputé noirciſſe ma valeur,
Que le pretexte faux d'une action ſi noire
Ne laiſſe plus de moy qu'une ſale memoire,
Permettez que mon nom qu'un bourreau va ternir
Dure ſans infamie en voſtre ſouvenir,
Ne vous repentez point de vos faveurs paſſées,
Comme chez un perfide indignement placées;
I'oſe, j'oſe eſperer qu'un jour la verité
Paroiſtra toute nuë à la poſterité,
Et je tiens d'vn tel heur l'attente ſi certaine,
Qu'elle adoucit déja la rigueur de ma peine,
Mon ame s'en chatoüille, & ce plaiſir ſecret
La prépare à ſortir avec moins de regret.

SCENE VIII.

FLORIDAN, PYMANTE, CLEON,
DORISE, Trois Veneurs.

FLO. VOus m'avez dit tous deux d'étranges auantures,
Ah Clitandre ! ainſi donc de fauſſes conjectures
T'accablent, malheureux, ſous le couroux du Roy !
Ce funeſte recit me met tout hors de moy.
CLE. Haſtant un peu le pas, quelque eſpoir me demeure
Que vous arriverez auparavant qu'il meure.
FLO. Si je n'y viens à temps, ce perfide en ce cas
A ſon Ombre immolé ne me ſuffira pas,
C'eſt trop peu de l'autheur de tant d'énormes crimes,
Innocent, il aura d'innocentes victimes,
Où que ſoit Roſidor, il le ſuivra de près,
Et je ſçauray changer ſes myrtes en cyprés.
DOR. Soüiller ainſi vos mains du ſang de l'innocence!
FLO. Mon déplaiſir m'en donne une entiere licence,
I'en veux comme le Roy faire autant à mon tour,
Et puiſqu'en ſa faveur on prévient mon retour,
Il eſt trop criminel. Mais que viens-je d'entendre?
Ie me tiens preſque ſeur de ſauver mon Clitandre,
La chaſſe n'eſt pas loin, où prenant un cheval,
Ie préviendray le coup de ſon malheur fatal.

Il ſuffit

Il fuffit de Cleon pour ramener Dorife,
Vous autres, gardez bien de lafcher voftre prife,
Vn fupplice l'attend, qui doit faire trembler
Quiconque deformais voudroit luy reffembler.

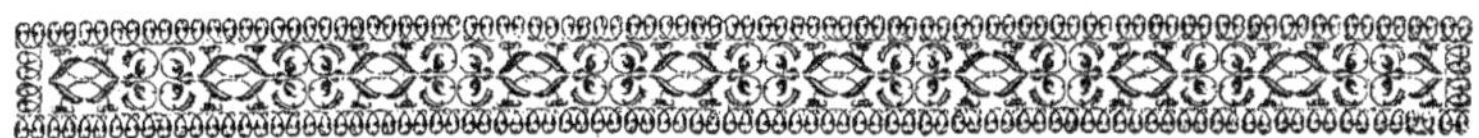

ACTE V.

SCENE PREMIERE.

FLORIDAN, CLITANDRE,
Vn Prevoft, CLEON.

FLO.[a]  ITES vous-mefme au Roy qu'une telle innocence
Legitime en ce point ma defobeïffance,
Et qu'un homme fans crime avoit bien merité
Que j'ufaffe pour luy de quelque autorité :
Ie vous fuy. Cependant que mon heur eft extrefme,
Amy, que je cheris à l'égal de moy-mefme,
D'avoir fçeu juftement venir à ton fecours,
Lors qu'un infame glaive alloit trancher tes jours,
Et qu'un injufte fort ne trouvant point d'obftacle
Appreftoit de ta tefte un indigne fpectacle !
CLI. Ainfi qu'un autre Alcide, en m'arrachant des fers,
Vous m'avez aujourd'huy retiré des Enfers,
Et moy dorefnavant j'arrefte mon envie
A ne fervir qu'un Prince à qui je dois la vie.
FLO. Referve pour Califte une part de tes foins.
CLI. C'eft à quoy deformais je veux penfer le moins.
FLO. Le moins ! quoy, deformais Califte en ta penfée
N'auroit plus que le rang d'une image effacée ?
CLI. I'ay honte que mon cœur auprès d'elle attaché
De fon ardeur pour vous ait fouvent relafché,
Ait fouvent pour le fien quitté voftre fervice :
C'eft par là que j'avois merité mon fupplice,
Et pour m'en faire naiftre un jufte repentir,
Il femble que les Dieux y vouloient confentir;

Tome I.　　　　　　　　　　　　N

[a] *il parle au Prevoft.*

Mais voſtre heureux retour a calmé cét orage.
FLO. Tu me fais aſſez lire au fond de ton courage.
La crainte de la mort en chaſſe des appas
Qui t'ont mis au peril d'un ſi honteux trépas,
Puiſque ſans cét amour la fourbe mal conçeuë
Euſt manqué contre toy de pretexte & d'iſſuë:
Ou peut-eſtre à preſent tes deſirs amoureux
Tournent vers des objets un peu moins rigoureux.
CLI. Doux, ou cruels, aucun deſormais ne me touche.
FLO. L'Amour dompte aiſément l'esprit le plus farouche,
C'eſt à ceux de noſtre âge un puiſſant ennemy,
Tu ne connois encor ſes forces qu'à demy,
Ta reſolution un peu trop violente
N'a pas bien conſulté ta jeuneſſe boüillante.
Mais que veux-tu, Cleon, & qu'eſt-il arrivé?
Pymante de vos mains ſe ſeroit-il ſauvé?
CLE. Non, Seigneur, acquitez de la charge commiſe,
Vos Veneurs ont conduit Pymante, & moy Doriſe,
Et je viens ſeulement prendre un ordre nouveau.
FLO. Qu'on m'attende avec eux aux portes du Chaſteau.
Allons, allons au Roy montrer ton innocence,
Les autheurs des forfaits ſont en noſtre puiſſance,
Et l'un d'eux convaincu dés le premier aſpect
Ne te laiſſera plus aucunement ſuspect.

SCENE II.

ROSIDOR. [a]

^a *Il eſt ſur ſon lit.*

AMans les mieux payez de voſtre longue peine,
Vous de qui l'esperance eſt la moins incertaine,
Et qui vous figurez aprés tant de longueurs
Avoir droit ſur les corps dont vous tenez les cœurs,
En eſt-il parmy vous de qui l'ame contente
Gouſte plus de plaiſirs que moy dans ſon attente?
En eſt-il parmy vous de qui l'heur à venir
D'un espoir mieux fondé ſe puiſſe entretenir?
Mon esprit que captive un objet adorable
Ne l'éprouva jamais autre que favorable,
I'ignorerois encor ce que c'eſt que mépris
Si le ſort d'un rival ne me l'avoit appris.

Ie te plains toutesfois, Clitandre, & la colere
D'un grand Roy qui te perd me semble trop severe,
Tes desseins par l'effet n'étoient que trop punis,
Nous voulant separer, tu nous as reünis,
Il ne te falloit point de plus cruels supplices
Que de te voir toy-mesme autheur de nos delices,
Puisqu'il n'est pas à croire, aprés ce lasche tour,
Que le Prince ose plus traverser nostre amour;
Ton crime t'a rendu desormais trop infame,
Pour tenir ton party sans s'exposer au blasme,
On devient ton complice à te favoriser.
Mais helas, mes pensers, qui vous vient diviser?
Quel plaisir de vangeance à present vous engage?
Faut-il qu'avec Caliste un rival vous partage?
Retournez, retournez vers mon unique bien,
Que seul doresnavant il soit vostre entretien,
Ne vous repaissez plus que de sa seule idée,
Faites-moy voir la mienne en son ame gardée:
Ne vous arrétez pas à peindre sa beauté,
C'est par où mon esprit est le moins enchanté,
Elle servit d'amorce à mes desirs avides,
Mais ils ont sçeu trouver des objets plus solides;
Mon feu qu'elle alluma fust mort au premier jour,
S'il n'eust été nourry d'un reciproque amour.
Ouy, Caliste, & je veux toûjours qu'il m'en souvienne,
I'aperçeus aussi-tost ta flame que la mienne,
L'Amour apprit ensemble à nos cœurs à brusler,
L'Amour apprit ensemble à nos yeux à parler,
Et sa timidité luy donna la prudence
De n'admettre que nous en nostre confidence.
Ainsi nos passions se desroboient à tous,
Ainsi nos feux secrets n'ayant point de jaloux...
Mais qui vient jusqu'icy troubler mes resveries?

SCENE III.

ROSIDOR, CALISTE.

CAL. CElle qui voudroit voir tes bleſſûres gueries,
  Celle... *RO.* Ah, mon heur, jamais je n'obtiĕdrois ſur moy
De pardonner ce crime à tout autre qu'à toy.
De noſtre amour naiſſant la douceur & la gloire
De leur charmante idée occupoient ma memoire,
Ie flatois ton image, elle me reflatoit,
Ie luy faiſois des vœux, elle les acceptoit,
Ie formois des deſirs, elle en aimoit l'hommage;
La deſavoûras-tu, cette flateuſe image?
Voudras-tu démentir noſtre entretien ſecret?
Seras-tu plus mauvaiſe enfin que ton portrait?
CAL. Tu pourrois de ſa part te faire tant promettre,
  Que je ne voudrois pas tout-à-fait m'y remettre:
  Quoy qu'à dire le vray je ne ſçay pas trop bien
  En quoy je dédirois ce ſecret entretien,
  Si ta pleine ſanté me donnoit lieu de dire
  Quelle borne à tes vœux je puis & dois preſcrire.
  Prens ſoin de te guerir, & les miens plus contens...
  Mais je te le diray quand il en ſera temps.
ROS. Cét énigme enjoüé n'a point d'incertitude,
  Qui ſoit propre à donner beaucoup d'inquietude,
  Et ſi j'oſe entrevoir dans ſon obſcurité,
  Ma gueriſon importe à plus qu'à ma ſanté.
  Mais dy tout, ou du moins ſouffre que je devine,
  Et te die à mon tour ce que je m'imagine.
CAL. Tu dois par complaiſance au peu que j'ay d'appas
  Feindre d'entendre mal ce que je ne dis pas,
  Et ne point m'envier un moment de delices
  Que fait gouſter l'Amour en ces petits ſupplices.
  Doute donc, ſois en peine, & montre un cœur geſné
  D'une amoureuſe peur d'avoir mal deviné;
  Espere, mais heſite, heſite, mais aspire,
  Attens de ma bonté qu'il me plaiſe tout dire,
  Et ſans en concevoir d'espoir trop affermy,
  N'espere qu'à demy quand je parle à demy.
ROS. Tu parles à demy, mais un ſecret langage
  Qui va jusques au cœur m'en dit bien davantage,

Et tes yeux font du tien de mauvais truchemens,
Ou rien plus ne s'oppofe à nos contentemens.
CAL. Ie l'avois bien préveu, que ton impatience
Porteroit ton espoir à trop de confiance,
Que pour craindre trop peu tu devinerois mal.
ROS. Quoy, la Reine ofe encor foûtenir mon rival,
Et fans avoir d'horreur d'une action fi noire...
CAL. Elle a l'ame trop haute, & cherit trop la gloire,
Pour ne pas s'accorder aux volontez du Roy,
Qui d'un heureux Hymen recompenfe ta foy.
ROS. Si noftre heureux malheur a produit ce miracle,
Qui peut à nos defirs mettre encor quelque obstacle?
CAL. Tes bleffûres. *ROS.* Allons, je fuis déja guery.
CAL. Ce n'eft pas pour un jour que je veux un mary,
Et je ne puis fouffrir que ton ardeur hazarde
Vn bien que de ton Roy la prudence retarde.
Prens foin de te guerir, mais guerir tout-à-fait,
Et croy que tes defirs... *ROS.* N'auront aucun effet.
CAL. N'auront aucun effet! qui te le perfuade?
ROS. Vn corps peut-il guerir dont le cœur eft malade?
CAL. Tu m'as rendu mon change, & m'as fait quelque peur,
Mais je fçay le remede aux bleffûres du cœur.
Les tiennes, attendant le jour que tu fouhaites,
Auront pour medecins mes yeux qui les ont faites,
Ie me rens deformais affiduë à te voir.
ROS. Cependant, ma chere ame, il eft de mon devoir
Que fans perdre de temps, j'aille rendre en perfonne
D'humbles graces au Roy du bonheur qu'il nous donne.
CAL. Ie me charge pour toy de ce remercîment.
Toutefois qui fçauroit que pour ce compliment
Vne heure hors d'icy ne pûft beaucoup te nuire,
Ie voudrois en ce cas moy-mefme t'y conduire,
Et j'aimerois mieux eftre un peu plus tard à toy,
Que tes juftes devoirs manquaffent vers ton Roy.
ROS. Mes bleffûres n'ont point dans leurs foibles atteintes
Surquoy ton amitié puiffe fonder fes craintes,
CAL. Vien donc, & puisqu'enfin nous faifons mefmes vœux,
En le remerciant parle au nom de tous deux.

SCENE IV.

ALCANDRE, FLORIDAN, CLITANDRE,
PYMANTE, DORISE, CLEON,
Prevoſt , trois Veneurs.

ALC. Qve ſouvent noſtre esprit trompé par l'apparence
Regle ſes mouvemens avec peu d'aſſeurance !
Qu'il eſt peu de lumiere en nos entendemens,
Et que d'incertitude en nos raiſonnemens !
Qui voudra deſormais ſe fie aux impoſtures
Qu'en noſtre jugement forment les conjectures;
Tu ſuffis pour apprendre à la poſterité
Combien la vray-ſemblance a peu de verité.
Iamais jusqu'à ce jour la raiſon en déroute
N'a conçeu tant d'erreur avec ſi peu de doute,
Iamais par des ſoupçons ſi faux & ſi preſſans
On n'a jusqu'à ce jour convaincu d'innocens.
I'en ſuis honteux, Clitandre, & mon ame confuſe,
De trop de promptitude en ſoy-meſme s'accuſe,
Vn Roy doit ſe donner , quand il eſt irrité,
Ou plus de retenuë , ou moins d'authorité.
Perds-en le ſouvenir, & pour moy, je te jure
Qu'à force de bien-faits j'en repare l'injure.
CLI. Que voſtre Majeſté , Sire , n'eſtime pas
Qu'il faille m'attirer par de nouveaux appas,
L'honneur de vous ſervir m'apporte aſſez de gloire,
Et je perdrois le mien ſi quelqu'un pouvoit croire
Que mon devoir panchaſt au refroidiſſement,
Sans le flateur espoir d'un agrandiſſement.
Vous n'avez exercé qu'une juste colere,
On eſt trop criminel quand on peut vous déplaire,
Et tout chargé de fers, ma plus forte douleur
Ne s'en oſa jamais prendre qu'à mon malheur.
FLO. Seigneur , moy qui connois le fond de ſon courage,
Et qui n'ay jamais veu de fard en ſon langage,
Ie tiendrois à bon-heur que voſtre Majeſté
M'acceptaſt pour garand de ſa fidelité.
ALC. Ne nous arrétons plus ſur la reconnoiſſance
Et de mon injuſtice , & de ſon innocence,

Paſſons aux criminels. Toy dont la trahiſon
A fait ſi lourdement trébucher ma raiſon,
Approche, ſcelerat. Vn homme de courage
Se met avec honneur en un tel équipage?
Attaque le plus fort un rival plus heureux,
Et préſumant encor cét exploit dangereux,
A force de preſens, & d'infames pratiques,
D'un autre Cavalier corrompt les Domestiques,
Prend d'un autre le nom, & contrefait ſon ſeing,
Afin qu'executant ſon perfide deſſein,
Sur un homme innocent tombent les conjectures?
Parle, parle, confeſſe, & prévien les tortures.
PYM. Sire, écoutez-en donc la pure verité.
    Voſtre ſeule faveur a fait ma laſcheté,
Vous dis-je, & cét objet dont l'amour me transporte.
L'honneur doit pouvoir tout ſur les gens de ma ſorte,
Mais recherchant la mort de qui vous eſt ſi cher,
Pour en avoir le fruit il me falloit cacher.
Reconnu pour l'autheur d'une telle ſurpriſe,
Le moyen d'approcher de vous, ou de Doriſe?
ALC. Tu dois aller plus outre, & m'imputer encor
L'attentat ſur mon fils, comme ſur Roſidor:
Car je ne touche point à Doriſe outragée,
Chacun en te voyant, la voit aſſez vangée,
Et coupable elle-meſme, elle a bien merité
L'affront qu'elle a receu de ta temerité.
PYM. Vn crime attire l'autre, & de peur d'un ſupplice,
On taſche en étouffant ce qu'on en voit d'indice,
De paroiſtre innocent à force de forfaits.
Ie ne ſuis criminel ſinon manque d'effets,
Et ſans l'aſpre rigueur du Sort qui me tourmente
Vous pleureriez le Prince, & ſouffririez Pymante.
Mais que tardez-vous plus? j'ay tout dit, puniſſez.
ALC. Eſt-ce-là le regret de tes crimes paſſez?
Oſtez-le moy d'icy, je ne puis voir ſans honte
Que de tant de forfaits il tient ſi peu de conte.
Dites à mon Conſeil, que pour le châtiment,
I'en laiſſe à ſes avis le libre jugement,
Mais qu'après ſon Arreſt je ſçauray reconnoiſtre
L'amour que vers ſon Prince il aura fait paroiſtre.
    Viença toy maintenant, monstre de cruauté,
Qui veux joindre le meurtre à la déloyauté,

Detestable Alecton, que la Reine deçeuë
Avoit n'aguere au rang de ses filles reçeuë.
Quel barbare, ou plutost quelle peste d'Enfer
Se rendit ton complice, & te donna ce fer?
DOR. L'autre jour dans ces bois trouvé par avanture,
Sire, il donna sujet à toute l'imposture :
Mille jaloux serpens qui me rongeoient le sein,
Sur cette ocasion formerent mon dessein,
Ie le cachay deslors. *FLO.* Il est tout manifeste
Que ce fer n'est enfin qu'un miserable reste
Du malheureux duel où le triste Arimant
Laissa son corps sans ame, & Daphné sans amant.
Mais quant à son forfait, un ver de jalousie
Iette souvent nostre ame en telle frenesie,
Que la raison qu'aveugle un plein emportement
Laisse nostre conduite à son déreglement,
Lors tout ce qu'il produit merite qu'on l'excuse.
ALC. De si foibles raisons mon esprit ne s'abuse.
FLO. Seigneur, quoy qu'il en soit, un fils qu'elle vous rend
Sous vostre bon-plaisir sa défense entreprend,
Innocente, ou coupable, elle asseura ma vie.
ALC. Ma justice en ce cas la donne à ton envie,
Ta priere obtient mesme avant que demander
Ce qu'aucune raison ne pouvoit t'accorder.
Le pardon t'est acquis, releve-toy, Dorise,
Et va dire par tout, en liberté remise,
Que le Prince aujourd'huy te préserve à la fois
Des fureurs de Pymante, & des rigueurs des loix.
DOR. Après une bonté tellement excessive,
Puisque vostre clemence ordonne que je vive,
Permettez desormais, Sire, que mes desseins
Prennent des mouvemens plus reglez & plus sains.
Souffrez que pour pleurer mes actions brutales
Ie fasse ma retraite avecque les Vestales,
Et qu'une criminelle indigne d'estre au jour
Se puisse renfermer en leur sacré sejour.
FLO. Te bannir de la Cour après m'estre obligée,
Ce seroit trop montrer ma faveur negligée.
DOR. N'arrétez point au Monde un objet odieux,
De qui chacun d'horreur détourneroit les yeux.
FLO. Fusses-tu mille fois encor plus méprisable,
Ma faveur te va rendre assez considerable

Pour

Pour t'acquerir icy mille inclinations.
Outre l'attrait puiſſant de tes perfections,
Mon reſpect à l'amour tout le monde convie
Vers celle à qui je dois, & qui me doit la vie.
Fay-le voir, cher Clitandre, & tourne ton deſir
Du coſté que ton Prince a voulu te choiſir,
Reüny mes faveurs t'uniſſant à Doriſe.
CLI. Mais par cette union mon eſprit ſe diviſe,
Puiſqu'il faut que je donne aux devoirs d'un époux
La moitié des penſers qui ne ſont deus qu'à vous.
FLO. Ce partage m'oblige, & je tiens tes penſées
Vers un ſi beau ſujet d'autant mieux adreſſées
Que je luy veux ceder ce qui m'en appartient.
ALC. Taiſez-vous, j'aperçoy noſtre bleſſé qui vient.

SCENE V.

ALCANDRE, FLORIDAN, CLEON, CLITANDRE, ROSIDOR, CALISTE, DORISE.

ALC. AV comble de tes vœux, ſeur de ton mariage,
N'es-tu point ſatisfait ? Que veux-tu davantage ?
ROS. L'apprendre de vous, Sire, & pour remercimens
Nous offrir l'un & l'autre à vos commandemens.
ALC. Si mon commandement peut ſur toy quelque choſe,
Et ſi ma volonté de la tienne diſpoſe,
Embraſſe un Cavalier indigne des liens
Où l'a mis aujourd'huy la trahiſon des ſiens.
Le Prince heureuſement l'a ſauvé du ſupplice,
Et ces deux que ton bras deſrobe à ma juſtice
Corrompus par Pymante avoient juré ta mort :
Le ſuborneur depuis n'a pas eu meilleur ſort,
Et ce traiſtre à preſent tombé ſous ma puiſſance,
Clitandre fait trop voir quelle eſt ſon innocence.
ROS. Sire, vous le ſçavez, le cœur me l'avoit dit,
Et ſi peu que j'avois envers vous de credit,
Ie l'employay deſlors contre voſtre colere.
[a] En moy doreſnavant faites état d'un frere.
CLI.[b] En moy d'un ſerviteur dont l'amour éperdu
Ne vous conteſte plus un prix qui vous eſt dû.

Tome I.   O

[a] *A Clitandre.*
[b] *A Roſidor.*

DOR.[a] Si le pardon du Roy me peut donner le voſtre,

a *A Caliste.* Si mon crime... *CA.* Ah ma ſœur, tu me prens pour une autre,

Si tu crois que je puiſſe encor m'en ſouvenir.

ALC. Tu ne veux plus ſonger qu'à ce jour à venir

Où Roſidor guery termine un Hymenée.

Clitandre en attendant cette heureuſe journée

Taſchera d'allumer en ſon ame des feux,

Pour celle que mon fils deſire, & que je veux,

A qui pour réparer ſa faute criminelle

Ie défens deſormais de ſe montrer cruelle,

Et nous verrons alors cueillir en meſme jour

A deux couples d'amans les fruits de leur amour.

F I N.

LA VEFVE,

COMEDIE.

ACTEVRS.

PHILISTE, amant de Clarice.

ALCIDON, amy de Philiste, & amant de Doris.

CELIDAN, amy d'Alcidon, & amoureux de Doris.

CLARICE, Vefue d'Alcandre, & Maîtreſſe de Philiste.

CHRYSANTE, mere de Doris.

DORIS, ſœur de Philiste.

LA NOVRRICE de Clarice.

GERON, Agent de Florange, amoureux de Doris, qui ne paroit point.

LYCAS, Domestique de Philiste.

POLYMAS,
DORASTE, } Domestiques de Clarice.
LISTOR,

La Scene eſt à Paris.

LA VEFVE,

COMEDIE.

ACTE I.

SCENE PREMIERE.

PHILISTE, ALCIDON.

ALC. **J**'EN demeure d'accord, chacun a sa me-
thode,
Mais la tienne pour moy seroit fort in-
commode,
Mon cœur ne pourroit pas conserver
tant de feu
S'il falloit que ma bouche en témoignast
si peu.
Depuis près de deux ans tu brusles pour Clarice,
Et plus ton amour croist, moins elle en a d'indice,
Il semble qu'à languir tes desirs sont contens,
Et que tu n'as pour but que de perdre ton temps.
Quel fruit esperes-tu de ta perseverance
A la traiter toûjours avec indifference?
Auprés d'elle assidu sans luy parler d'amour,
Veux-tu qu'elle commence à te faire la cour?
PHI. Non, mais à dire vray, je veux qu'elle devine.
ALC. Ton espoir qui te flate en vain se l'imagine,

O iij

Clarice avec raison prend pour stupidité
Ce ridicule effet de ta timidité.
PHI. Peut-estre , mais enfin , vois-tu qu'elle me fuye,
Qu'indifferent qu'il est mon entretien l'ennuye,
Que je luy fois à charge , & lors que je la voy
Qu'elle use d'artifice à s'échaper de moy ?
Sans te mettre en soucy quelle en sera la suite,
Apprens comme l'amour doit regler sa conduite.
    Aussi-tost qu'une Dame a charmé nos esprits,
Offrir nostre service au hazard d'un mépris,
Et nous abandonnant à nos brusques saillies,
Au lieu de nostre ardeur luy montrer nos folies,
Nous attirer sur l'heure un dédain éclatant,
Il n'est si mal-adroit qui n'en fist bien autant.
Il faut s'en faire aimer avant qu'on se declare,
Nostre submission à l'orgueil la prépare,
Luy dire incontinent son pouvoir souverain,
C'est mettre à sa rigueur les armes à la main.
Vsons pour estre aimez d'un meilleur artifice,
Et sans luy rien offrir rendons-luy du service,
Reglons sur son humeur toutes nos actions,
Reglons tous nos desseins sur ses intentions,
Tant que par la douceur d'une longue hantise
Comme insensiblement elle se trouve prise.
C'est par là que l'on seme aux Dames des appas,
Qu'elles n'évitent point , ne les prévoyant pas;
Leur haine envers l'Amour pourroit estre un prodige,
Que le seul nom les choque , & l'effet les oblige.
ALC. Suive , qui le voudra , ce procedé nouveau,
Mon feu me déplairoit caché sous ce rideau.
Ne parler point d'amour ! pour moy je me défie
Des fantasques raisons de ta Philosophie.
Ce n'est pas là mon jeu. Le joly passe-temps,
D'estre auprès d'une Dame, & causer du beautemps,
Luy jurer que Paris est toûjours plein de fange,
Qu'un certain parfumeur vend de fort bonne eau d'Ange,
Qu'un Cavalier regarde un autre de travers,
Que dans la Comedie on dit d'assez bons Vers,
Qu'Aglante avec Philis dans un mois se marie !
Change , pauvre abusé , change de batterie,
Conte ce qui te méne , & ne t'amuse pas
A perdre innocemment tes discours , & tes pas.

PHI. Ie les aurois perdus auprès de ma Maîtreſſe,
   Si ie n'euſſe employé que la commune adreſſe,
   Puisqu'inégal de biens & de condition
   Ie ne pouvois pretendre à ſon affection.
ALC. Mais ſi tu ne les perds, je le tiens à miracle,
   Puisqu'ainſi ton amour rencontre un double obstacle,
   Et que ton froid ſilence & l'inégalité
   S'oppoſent tout enſemble à ta temerité.
PHI. Croy que de la façon dont j'ay ſçeu me conduire
   Mon ſilence n'eſt pas en état de me nuire:
   Mille petits devoirs ont tant parlé pour moy,
   Qu'il ne m'eſt plus permis de douter de ſa foy.
   Mes ſoûpirs & les ſiens font un ſecret langage
   Par où ſon cœur au mien à tous momens s'engage;
   Des coups d'œil languiſſans, des ſoûris ajustez,
   Des panchemens de teſte à demy concertez,
   Et mille autres douceurs aux ſeuls amants connuës
   Nous font voir chaque jour nos ames toutes nuës,
   Nous font de bons garands d'un feu qui chaque jour...
ALC. Tout cela cependant ſans luy parler d'amour?
PHI. Sans luy parler d'amour. *ALC.* I'eſtime ta ſcience,
   Mais j'aurois à l'épreuve un peu d'impatience.
PHI. Le Ciel qui nous choiſit luy meſme des partis,
   A tes feux & les miens prudemment aſſortis,
   Et comme à ces longueurs t'ayant fait indocile
   Il te donne en ma ſœur un naturel facile,
   Ainſi pour cette Veſue il a ſçeu m'enflamer
   Après m'avoir donné par où m'en faire aimer.
ALC. Mais il luy faut enfin découvrir ton courage.
PHI. C'eſt ce qu'en ma faveur ſa Nourrice ménage,
   Cette Vieille ſubtile a mille inventions
   Pour m'avancer au but de mes intentions,
   Elle m'avertira du temps que je dois prendre,
   Le reſte une autrefois ſe pourra mieux apprendre,
   Adieu. *ALC.* La confidence avec un bon amy,
   Iamais ſans l'offenſer ne s'exerce à demy.
PHI. Vn intereſt d'amour me preſcrit ces limites,
   Ma Maîtreſſe m'attend pour faire des viſites
   Où je luy promis hier de luy preter la main.
ALC. Adieu donc, cher Philiſte. *PHI.* Adieu juſqu'à demain.

SCENE II.

ALCIDON, LA NOVRRICE.

Il est seul. **ALC.** Vit-on jamais amant de pareille imprudence
Faire avec son rival entiere confidence?
Simple, apprens que ta sœur n'aura jamais dequoy
Asservir sous ses loix des gens faits comme moy,
Qu'Alcidon feint pour elle, & brusle pour Clarice.
Ton Agente est à moy. N'est-il pas vray, Nourrice?
NOV. Tu le peux bien jurer. **ALC.** Et nostre amy rival?
NOV. Si jamais on m'en croit, son affaire ira mal.
ALC. Tu luy promets pourtant. **NOV.** C'est par où je l'amuse,
Tant que tes bons succés luy découvrent ma ruse.
ALC. Ie viens de le quitter. **NOV.** Et bien, que t'a-t'il dit?
ALC. Que tu veux employer pour luy tout ton credit,
Et que rendant toûjours quelque petit service
Il s'est fait une entrée en l'ame de Clarice.
NOV. Moindre qu'il ne presume, & toy? **ALC.** Ie l'ay poussé
A s'enhardir un peu plus que par le passé,
Et découvrir son mal à celle qui le cause.
NOV. Pourquoy? **ALC.** Pour deux raisons : l'une qu'il me propose
Ce qu'il a dans le cœur beaucoup plus librement :
L'autre, que ta maîtresse aprés ce compliment
Le chassera peut-estre ainsi qu'un temeraire.
NOV. Ne l'enhardy pas tant, j'aurois peur au contraire
Que malgré tes raisons quelque mal ne t'en prît;
Car enfin ce rival est bien dans son esprit,
Mais non pas tellement, qu'avant que le mois passe,
Nostre adresse sous-main ne le mette en disgrace.
ALC. Et lors? **NOV.** Ie te répons de ce que tu cheris,
Cependant continuë à caresser Doris
Qui son frere ébloüy par cette accorte feinte
De nos prétensions n'ait ny soupçon, ny crainte.
ALC. A m'en oüyr conter, l'amour de Celadon
N'eut jamais rien d'égal à celuy d'Alcidon,
Tu rirois trop de voir comme je la cajole.
NOV. Et la dupe qu'elle est croit tout sur ta parole?
ALC. Cette jeune étourdie est si folle de moy,
Qu'elle prend chaque mot pour article de foy,

Et son

Et ſon frere pipé du fard de mon langage,
Qui croit que je ſoûpire après ſon mariage,
Penſant bien m'obliger m'en parle tous les jours :
Mais quand il en vient là, je ſçay bien mes détours.
Tantoſt, veu l'amitié qui tous deux nous aſſemble,
J'attendray ſon Hymen pour eſtre heureux enſemble,
Tantoſt il faut du temps pour le conſentement
D'un oncle dont j'eſpere un haut avancement,
Tantoſt je ſçay trouver quelqu'autre bagatelle.
NOV. Separons-nous, de peur qu'il entraſt en cervelle
S'il avoit découvert un ſi long entretien ;
Ioüe auſſi bien ton jeu, que je joûray le mien.
ALC. Nourrice, ce n'eſt pas ainſi qu'on ſe ſepare.
NOV. Monſieur, vous me jugez d'un naturel avare.
ALC. Tu veilleras pour moy d'un ſoin plus diligent.
NOV. Ce ſera donc pour vous, plus que pour voſtre argent.

SCENE III.

CHRYSANTE, DORIS.

CHR. C'Eſt trop deſavoüer une ſi belle flame
Qui n'a rien de honteux, rien de ſujet au blaſme,
Confeſſe-le, ma fille, Alcidon a ton cœur,
Ses rares qualitez l'en ont rendu vainqueur,
Ne vous entr'appeller que *mon ame & ma vie*,
C'eſt montrer que tous deux vous n'avez qu'une envie,
Et que d'un meſme trait vos eſprits ſont bleſſez.
DOR. Madame, il n'en va pas ainſi que vous penſez.
Mon frere aime Alcidon, & ſa priere expreſſe
M'oblige à luy répondre en termes de Maîtreſſe,
Ie me fais comme luy ſouvent toute de feux,
Mais mon cœur ſe conſerve au point où je le veux,
Toûjours libre, & qui garde une amitié ſincere
A celuy que voudra me preſcrire une mere.
CHR. Ouy, pourveu qu'Alcidon te ſoit ainſi preſcrit.
DOR. Madame, pûſſiez-vous lire dans mon eſprit,
Vous verriez juſqu'où va ma pure obeïſſance.
CHR. Ne crains pas que je veüille uſer de ma puiſſance,
Ie croirois en produire un trop cruel effet,
Si je te ſeparois d'un amant ſi parfait.

Tome I. P

DOR. Vous le connoiſſez mal , ſon ame a deux viſages,
    Et ce diſſimulé n'eſt qu'un conteur à gages,
    Il a beau m'accabler de proteſtations,
    Ie demeſle aiſément toutes ſes fictions,
    Il ne me préte rien que je ne luy renvoye,
    Nous nous entrepayons d'une meſme monnoye,
    Et malgré nos diſcours mon vertueux deſir
    Attend toûjours celuy que vous voudrez choiſir,
    Voſtre vouloir du mien abſolument dispoſe.
CHR. L'épreuve en fera foy , mais parlons d'autre choſe.
    Nous viſmes hier au bal entre autres nouveautez
    Tout plein d'honneſtes gens careſſer les beautez.
DOR. Ouy, Madame, Alindor en vouloit à Celie,
    Lyſandre à Celidée , Oronte à Roſélie.
CHR. Et nommant celles-cy tu caches finement
    Qu'un certain t'entretint aſſez paiſiblement.
DOR. Ce viſage inconnu qu'on appelloit Florange?
CHR. Luy meſme. *DOR.* Ah Dieu ! que c'eſt vn cajoleur étrange!
    Ce fut paiſiblement de vray qu'il m'entretint,
    Soit que quelque raiſon en ſecret le retint,
    Soit que ſon bel esprit me jugeaſt incapable
    De luy pouvoir fournir un entretien ſortable,
    Il m'épargna ſi bien, que ſes plus longs propos
    A peine en plus d'une heure étoient de quatre mots.
    Il me mena dancer deux fois ſans me rien dire.
CHR. Mais en ſuite? *DOR.* Le reſte eſt digne qu'on l'admire.
    Mon baladin muet ſe retranche en un coin,
    Pour faire mieux joüer la prunelle de loin :
    Aprés m'avoir de là long-temps conſiderée,
    Aprés m'avoir des yeux mille fois meſurée,
    Il m'aborde en tremblant avec ce compliment,
    Vous m'attirez à vous ainſi que fait l'Aimant.
    (Il penſoit m'avoir dit le meilleur mot du monde)
    Entendant ce haut ſtyle auſſi-toſt je ſeconde,
    Et répons brusquement ſans beaucoup m'émouvoir,
    Vous étes donc de fer, à ce que je puis voir.
    Ce grand mot étouffa tout ce qu'il vouloit dire,
    Et pour toute replique il ſe mit à ſoûrire.
    Depuis il s'aviſa de me ſerrer les doigts,
    Et retrouvant un peu l'uſage de la voix,
    Il prit un de mes gands. *La mode en eſt nouvelle,*
    (Me dit-il) *& jamais je n'en vis de ſi belle,*

Vous portez sur la gorge un mouchoir fort carré,
Voftre éventail me plaift d'eftre ainfi bigarré,
L'amour, je vous affeure, eft une belle chofe,
Vraiment vous aimez fort cette couleur de rofe,
La ville eft en hyver toute autre que les champs,
Les Charges à prefent n'ont que trop de marchands,
On n'en peut approcher. CHR. Mais enfin que t'en femble?
DOR. Ie n'ay jamais connu d'homme qui luy reffemble,
Ny qui mefle en difcours tant de diverfitez.
CHR. Il eft nouveau venu des Vniverfitez,
Mais après tout fort riche, & que la mort d'un pere,
Sans deux fucceffions que de plus il efpere,
Comble de tant de biens, qu'il n'eft fille aujourd'huy
Qui ne luy rie au nez, & n'ait deffein fur luy.
DOR. Auffi me contez-vous de beaux traits de vifage.
CHR. Et bien, avec ces traits eft-il à ton ufage?
DOR. Ie douterois plûtoft fi je ferois au fien.
CHR. Ie fçay qu'affeurément il te veut force bien,
Mais il te le faudroit en fille plus accorte
Recevoir deformais un peu d'une autre forte.
DOR. Commandez feulement, Madame, & mon devoir
Ne negligera rien qui foit en mon pouvoir.
CHR. Ma fille, te voilà telle que je fouhaite.
Pour ne te rien celer, c'eft chofe qui vaut faite,
Geron, qui depuis peu fait icy tant de tours,
Au defceu d'un chacun a traité ces amours,
Et puifqu'à mes defirs je te voy refoluë,
Ie veux qu'avant deux jours l'affaire foit concluë.
Au regard d'Alcidon tu dois continüer,
Et de ton beau femblant ne rien diminüer,
Il faut joüer au fin contre un efprit fi double.
DOR. Mon frere en fa faveur vous donnera du trouble.
CHR. Il n'eft pas fi mauvais que l'on n'en vienne à bout.
DOR. Madame, avifez-y, je vous remets le tout.
CHR. Rentre, voicy Geron de qui la conference
Doit rompre, ou nous donner une entiere affeurance.

SCENE IV.

CHRYSANTE, GERON.

CHR. Ils se sont veus enfin, *GER.* Ie l'avois déja sçeu,
  Madame, & les effets ne m'en ont point deceu,
Du moins quant à Florange. *CH.* Et bien, mais, qu'est-ce encore?
Que dit-il de ma fille? *GER.* Ah. Madame, il l'adore!
Il n'a point encor veu de miracles pareils,
Ses yeux à son avis sont autant de Soleils,
L'enflûre de son sein un double petit monde,
C'est le seul ornement de la machine ronde,
L'Amour à ses regards allume son flambeau,
Et souvent pour la voir il oste son bandeau,
Diane n'eut jamais une si belle taille,
Auprès d'elle Venus ne seroit rien qui vaille,
Ce ne sont rien que Lys & Roses que son teint,
Enfin de ses beautez il est si fort atteint...
CHR. Atteint! ah mon amy, tant de badinerie
  Ne témoigne que trop qu'il en fait raillerie.
GER. Madame, je vous jure, il peche innocemment,
  Et s'il sçavoit mieux dire, il diroit autrement,
C'est un homme tout neuf, que voulez-vous qu'il fasse?
Il dit ce qu'il a lû. Daignez juger, de grace,
Plus favorablement de son intention,
Et pour mieux vous montrer où va sa passion,
Vous sçavez les deux points (mais aussi, je vous prie,
Vous ne luy direz pas cette supercherie.)
CHR. Non, non. *GER.* Vous sçavez donc les deux difficultez
  Qui jusqu'à maintenant vous tiennent arrétez?
CHR. Il veut son avantage, & nous cherchons le nostre.
GER. Va Geron (ma-t'il dit) & pour l'une, & pour l'autre,
  Si par dexterité tu n'en peux rien tirer,
Accorde tout plûtost que de plus differer,
Doris est à mes yeux de tant d'attraits pourveuë,
Qu'il faut bien qu'il m'en coûte un peu pour l'avoir veuë.
Mais qu'en dit vostre fille? *CHR.* Ainsi que je voulois
Elle se montre preste à recevoir mes loix,
Non qu'elle en fasse état plus que de bonne sorte,
Il suffit qu'elle voit ce que le bien apporte,

Et qu'elle s'accommode aux solides raisons
Qui forment à present les meilleures maisons.
GER. A ce conte c'est fait, quand vous plaist-il qu'il vienne
Dégager ma parole, & vous donner la sienne?
CHR. Deux jours me suffiront ménagez dextrement
Pour disposer mon fils à son contentement.
Durant ce peu de temps, si son ardeur le presse,
Il peut hors du logis rencontrer sa Maîtresse,
Assez d'occasions s'offrent aux amoureux.
GER. Madame, que d'un mot je vay le rendre heureux!

SCENE V.

PHILISTE, CLARICE.

PHI. LE bonheur aujourd'huy conduisoit vos visites,
Et sembloit rendre hommage à vos rares merites,
Vous auez rencontré tout ce que vous cherchiez.
CLA. Ouy, mais n'estimez pas qu'ainsi vous m'empeschiez
De vous dire, à present que nous faisons retraite,
Combien de chez Daphnis je sors mal satisfaite.
PHI. Madame, toutefois elle a fait son pouvoir,
Du moins en apparence, à vous bien recevoir.
CLA. Ne pensez pas aussi que je me plaigne d'elle.
PHI. Sa compagnie étoit, ce me semble, assez belle.
CLA. Que trop belle à mon goust, & que je pense, au tien.
Deux filles possedoient seules ton entretien,
Et leur orgueil enflé par cette préference
De ce qu'elles valoient tiroit pleine asseurance.
PHI. Ce reproche obligeant me laisse tout surpris,
Avec tant de beautez, & tant de bons esprits,
Ie ne valus jamais qu'on me trouvast à dire.
CLA. Avec ces bons esprits je n'étois qu'en martyre,
Leur discours m'assassine, & n'a qu'un certain jeu,
Qui m'étourdit beaucoup, & qui me plaist fort peu.
PHI. Celuy que nous tenions me plaisoit à merveilles.
CLA. Tes yeux s'y plaisoient bien autant que tes oreilles?
PHI. Ie ne le puis nier, puisqu'en parlant de vous
Sur les vostres mes yeux se portoient à tous coups,
Et s'en alloient chercher sur un si beau visage
Mille & mille raisons d'un éternel hommage.

CLA. O la subtile ruse ! ô l'excellent détour !
    Sans doute une des deux te donne de l'amour,
    Mais tu le veux cacher. *PHI.* Que dites-vous, Madame?
    Vn de ces deux objets captiveroit mon ame!
    Iugez-en mieux de grace, & croyez que mon cœur
    Choisiroit pour se rendre un plus puissant vainqueur.
CLA. Tu tranches du fascheux, Belinde & Crysolite
    Manquent donc à ton gré d'attraits, & de merite,
    Elles dont les beautez captivent mille amans?
PHI. Tout autre trouveroit leurs visages charmans,
    Et j'en ferois état, si le Ciel m'eust fait naistre
    D'un malheur assez grand pour ne vous pas connoistre.
    Mais l'honneur de vous voir que vous me permettez
    Fait que je n'y remarque aucunes raretez,
    Et plein de vostre idée il ne m'est pas possible,
    Ny d'admirer ailleurs, ny d'estre ailleurs sensible.
CLA. On ne m'ébloüit pas à force de flater,
    Revenons au propos que tu veux éviter,
    Ie veux sçavoir des deux laquelle est ta Maîtresse.
    Ne dissimule plus, Philiste, & me confesse...
PHI. Que Chrysolite & l'autre, égales toutes deux,
    N'ont rien d'assez puissant pour attirer mes vœux.
    Si blessé des regards de quelque beau visage
    Mon cœur de sa franchise avoit perdu l'usage...
CLA. Tu serois assez fin pour bien cacher ton jeu.
PHI. C'est ce qui ne se peut. L'Amour est tout de feu,
    Il éclaire en bruslant, & se trahit soy-mesme.
    Vn esprit amoureux absent de ce qu'il aime
    Par sa mauvaise humeur fait trop voir ce qu'il est:
    Toûjours morne, resveur, triste, tout luy déplaist.
    A tout autre propos qu'à celuy de sa flame,
    Le silence à la bouche, & le chagrin en l'ame,
    Son œil semble à regret nous donner ses regards,
    Et les jette à la fois souvent de toutes parts,
    Qu'ainsi sa fonction confuse, ou mal guidée,
    Se raméne en soy-mesme, & ne voit qu'une idée.
    Mais auprés de l'objet qui possede son cœur,
    Ses esprits ranimez reprennent leur vigueur,
    Gay, complaisant, actif... *CLA.* Enfin que veux-tu dire?
PHI. Que par ces actions que je viens de décrire
    Vous de qui j'ay l'honneur chaque jour d'approcher,
    Iugiez pour quel objet l'Amour m'a sçeu toucher.

CLA. Pour faire un jugement d'une telle importance
 Il faudroit plus de temps.   Adieu, la nuit s'avance,
 Te verra-t'on demain ? *PHI.* Madame, en doutez-vous ?
 Iamais commandemens ne me furent fi doux.
 Eloigné de vos yeux je n'ay rien qui me plaife,
 Tout me devient fafcheux, tout s'oppofe à mon aife,
 Vn chagrin invincible accable tous mes fens.
CLA. Si, comme tu le dis, dans le cœur des abfens
 C'eft l'amour qui fait naiftre une telle tristeffe,
 Ce compliment n'eft bon qu'auprès d'une Maîtreffe.
PHI. Souffrez-le d'un respect, qui produit chaque jour
 Pour un fujet fi haut les effets de l'amour.

SCENE VI.

CLARICE.

Las ! il m'en dit affez, fi je l'ofois entendre,
 Et fes defirs aux miens fe font affez comprendre,
Mais pour nous declarer une fi belle ardeur,
L'un eft muet de crainte, & l'autre de pudeur.
Que mon rang me déplaift ! que mon trop de fortune,
Au lieu de m'obliger, me choque & m'importune !
Egale à mon Philiste, il m'offriroit fes vœux,
Ie m'entendrois nommer le fujet de fes feux,
Et fes discours pourroient forcer ma modestie
A l'affeurer bien-toft de noftre fympathie ;
Mais le peu de rapport de nos conditions
Ofte le nom d'amour à fes fubmiffions,
Et fous l'injuste loy de cette retenuë
Le remede me manque, & mon mal continuë :
Il me fert en esclave, & non pas en amant,
Tant mon grade s'oppofe à mon contentement.
Ah, que ne devient-il un peu plus temeraire !
Que ne s'expofe-t'il au hazard de me plaire !
Amour, gagne à la fin ce respect ennuyeux,
Et rends-le moins timide, où l'ofte de mes yeux.

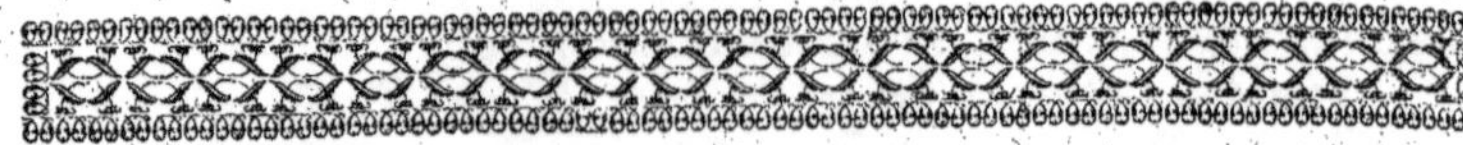

ACTE II.

SCENE PREMIERE.

PHILISTE.

ECRETS Tyrans de ma penſée,
Respect, amour, de qui les loix
D'un juste & faſcheux contrepoids
La tiennent toûjours balancée;
Que vos mouvemens oppoſez,
Vos traits l'un par l'autre briſez,
Sont puiſſans à s'entre-détruire!
Que l'un m'offre d'espoir! que l'autre a de rigueur!
Et tandis que tous deux taſchent à me ſeduire,
Que leur combat eſt rude au milieu de mon cœur!

Moy-meſme je fais mon ſupplice
A force de leur obeïr;
Mais le moyen de les haïr?
Ils viennent tous deux de Clarice.
Ils m'en entretiennent tous deux,
Et forment ma crainte & mes vœux
Pour ce bel œil qui les fait naiſtre,
Et de deux flots diuers mon esprit agité,
Plein de glace, & d'un feu qui n'oſeroit paroiſtre,
Blaſme ſa retenuë, & ſa temerité.

Mon ame dans cét esclavage
Fait des vœux qu'elle n'oſe offrir,
I'aime ſeulement pour ſouffrir,
I'ay trop, & trop peu de courage:
Ie voy bien que je ſuis aimé,
Et que l'objet qui m'a charmé
Vit en de pareilles contraintes,

Mon

Mon filence à fes feux fait tant de trahifon,
Qu'impertinent captif de mes frivoles craintes,
Pour accroiftre fon mal, je fuy ma guerifon.

Elle brufle, & par quelque figne
Que fon cœur s'explique avec moy,
Ie doute de ce que je voy,
Parce que je m'en trouve indigne.
Espoir, Adieu, c'eft trop flaté,
Ne croy pas que cette beauté
Avoüaft de fi baffes flames,
Et dans le jufte foin qu'elle a de les cacher,
Voy que fi mefme ardeur embrafe nos deux ames,
Sa bouche à fon esprit n'ofe le reprocher.

Pauvre amant, voy par fon filence
Qu'elle t'en commande un égal,
Et que le recit de ton mal
Te convaincroit d'une infolence.
Quel fantasque raifonnement,
Et qu'au milieu de mon tourment
Ie deviens fubtil à ma peine!
Pourquoy m'imaginer qu'un discours amoureux
Par un contraire effet change l'amour en haine,
Et malgré mon bon-heur me rendre malheureux?

Mais j'aperçoy Clarice. O Dieux, fi cette belle
Parloit autant de moy que je m'entretiens d'elle!
Du moins fi fa Nourrice a foin de nos amours,
C'eft de moy qu'à prefent doit eftre leur discours.
Ie ne fçay quelle humeur curieufe m'emporte
A me couler fans bruit derriere cette porte,
Pour écouter de là, fans en eftre aperçeu,
En quoy mon fol espoir me peut avoir deçeu,
Allons, fouvent l'Amour ne veut qu'une bonne heure,
Iamais l'occafion ne s'offrira meilleure,
Et peut-eftre qu'enfin nous en pourrons tirer
Celle que nous cherchons pour nous mieux déclarer.

SCENE II.

CLARICE, LA NOVRRICE.

CLA. Tv me veux détourner d'une seconde flame,
  Dont je ne pense pas qu'autre que toy me blasme.
  Estre vefve à mon âge, & toûjours déplorer
  La perte d'un mary que je puis reparer!
  Refuser d'un Amant ce doux nom de Maîtresse!
  N'avoir que des mépris pour les vœux qu'il m'adresse!
  Le voir toûjours languir dessous ma dure loy!
  Cette vertu, Nourrice, est trop haute pour moy.
NOV. Madame, mon avis au vostre ne resiste
  Qu'alors que vostre ardeur se porte vers Philiste.
  Aimez, aimez quelqu'un, mais comme à l'autre fois,
  Qu'un lieu digne de vous arreste vostre choix.
CLA. Brise-là ce discours dont mon amour s'irrite,
  Philiste n'en voit point qui le passe en merite.
NOV. Ie ne remarque en luy rien que de fort commun,
  Sinon que plus qu'un autre il se rend importun.
CLA. Que ton aveuglement en ce point est extresme,
  Et que tu connois mal, & Philiste, & moy-mesme,
  Si tu crois que l'excez de sa civilité
  Passe jamais chez moy pour importunité!
NOV. Ce cajoleur rusé, qui toûjours vous assiége,
  A tant fait qu'à la fin vous tombez dans son piége.
CLA. Ce Cavalier parfait, de qui je tiens le cœur,
  A tant fait que du mien il s'est rendu vainqueur.
NOV. Il aime vostre bien, & non vostre personne.
CLA. Son vertueux amour l'un & l'autre luy donne.
  Ce m'est trop d'heur encor, dans le peu que je vaux,
  Qu'un peu de bien que j'ay supplée à mes defauts.
NOV. La memoire d'Alcandre & le rang qu'il vous laisse
  Voudroient un successeur de plus haute noblesse.
CLA. S'il preceda Philiste en vaines dignitez,
  Philiste le devance en rares qualitez.
  Il est né Gentilhomme, & sa vertu répare
  Tout ce dont la Fortune envers luy fut avare,
  Nous avons, elle & moy, trop dequoy l'agrandir.
NOV. Si vous pouviez, Madame, un peu vous refroidir,

Pour le confiderer avec indifference,
Sans prendre pour merite une fauffe apparence,
La raifon feroit voir à vos yeux infenfez
Que Philifte n'eft pas tout ce que vous penfez.
Croyez-m'en plus que vous, j'ay vieilly dans le Monde,
I'ay de l'experience, & c'eft où je me fonde.
Eloignez quelque temps ce dangereux charmeur,
Faites en fon abfence effay d'une autre humeur,
Pratiquez-en quelqu'autre, & defintereffée
Comparez-luy l'objet dont vous êtes bleffée,
Comparez-en l'esprit, la façon, l'entretien,
Et lors vous trouverez qu'un autre le vaut bien.
CLA. Exercer contre moy de fi noirs artifices !
Donner à mon amour de fi cruels fupplices !
Trahir tous mes defirs ! éteindre un feu fi beau !
Qu'on m'enferme plûtoft toute vive au tombeau.
Va querir mon amant, deuffay-je la premiere
Luy faire de mon cœur une ouverture entiere,
Ie ne permettray point qu'il forte d'avec moy
Sans avoir l'un à l'autre engagé noftre foy.
NOV. Ne précipitez point ce que le temps ménage,
Vous pourrez à loifir éprouver fon courage.
CLA. Ne m'importune plus de tes confeils maudits,
Et fans me repliquer fay ce que je te dis.

SCENE III.

PHILISTE, LA NOVRRICE.

PHI. IE te feray cracher cette langue traîtreffe.
Eft-ce ainfi qu'on me fert auprès de ma Maîtreffe,
Detestable forciere ? *NOV.* Et bien, quoy ? qu'ay-je fait ?
PHI. Et tu doutes encor fi j'ay veu ton forfait ?
NOV. Quel forfait ? *PHI.* Peut-on voir lafcheté plus hardie ?
Ioindre encor l'impudence à tant de perfidie !
NOV. Tenir ce qu'on promet eft-ce une trahifon ?
PHI. Eft-ce ainfi qu'on le tient ? *NOV.* Parlons avec raifon,
Que t'avois-je promis ? *PHI.* Que de tout ton poffible
Tu rendrois ta maîtreffe à mes defirs fenfible,
Et la difpoferois à recevoir mes vœux.
NOV. Et ne la vois-tu pas au point où tu la veux ?

PHI. Malgré toy mon bonheur à ce point l'a reduite.
NOV. Mais tu dois ce bonheur à ma sage conduite,
    Ieune & simple Novice en matiere d'amour,
    Qui ne sçaurois comprendre encor un si bon tour.
     Flater de nos discours les passions des Dames,
    C'est aider laschement à leurs naissantes flames,
    C'est traiter lourdement un delicat effet,
    C'est n'y sçavoir enfin que ce que chacun sçait.
    Moy qui de ce métier ay la haute science,
    Et qui pour te servir brusle d'impatience,
    Par un chemin plus court qu'un propos complaisant
    I'ay sçeu croistre sa flame en la contredisant,
    I'ay sçeu faire éclater, mais avec violence,
    Vn amour étouffé sous un honteux silence,
    Et n'ay pas tant choqué que piqué ses desirs,
    Dont la soif irritée avance tes plaisirs.
PHI. A croire ton babil, la ruse est merveilleuse,
    Mais l'épreuve à mon goust en est fort perilleuse.
NOV. Iamais il ne s'est veu de tours plus assurez.
    La Raison & l'Amour sont ennemis jurez,
    Et lors que ce dernier dans un esprit commande
    Il ne peut endurer que l'autre le gourmande :
    Plus la Raison l'attaque, & plus il se roidit,
    Plus elle l'intimide, & plus il s'enhardit.
    Ie le dis sans besoin, vos yeux & vos oreilles
    Sont de trop bons témoins de toutes ces merveilles,
    Vous mesme avez tout veu, que voulez-vous de plus?
    Entrez, on vous attend, ces discours superflus
    Reculent vostre bien & font languir Clarice.
    Allez, allez cueillir les fruits de mon service,
    Vsez bien de vostre heur, & de l'occasion.
PHI. Soit une verité, soit une illusion,
    Que ton esprit adroit employe à ta défense,
    Le mien de tes discours plus outre ne s'offense,
    Et j'en estimeray mon bonheur plus parfait,
    Si d'un mauvais dessein je tire un bon effet.
NOV. Que de propos perdus ! voyez l'impatiente
    Qui ne peut plus souffrir une si longue attente.

SCENE IV.

CLARICE, PHILISTE, LA NOVRRICE.

CLA. PAreſſeux, qui tardez ſi long-temps à venir,
    Devinez la façon dont je veux vous punir.
PHI. M'interdiriez-vous bien l'honneur de voſtre veuë?
CLA. Vraiment vous me jugez de ſens fort dépourveuë;
    Vous bannir de mes yeux! une ſi dure loy
    Feroit trop retomber le châtiment ſur moy,
    Et je n'ay pas failly pour me punir moy-meſme.
PHI. L'abſence ne fait mal que de ceux que l'on aime.
CLA. Auſſi que ſçavez-vous ſi vos perfections
    Ne vous ont rien acquis ſur mes affections?
PHI. Madame, excuſez-moy, je ſçay mieux reconnoiſtre
    Mes defauts, & le peu que le Ciel m'a fait naiſtre.
CLA. N'oublîrez-vous jamais ces termes ravalez,
    Pour vous priſer de bouche autant que vous valez?
    Seriez-vous bien content qu'on crûſt ce que vous dites?
    Demeurez avec moy d'accord de vos merites,
    Laiſſez-moy me flater de cette vanité
    Que j'ay quelque pouvoir ſur voſtre liberté,
    Et qu'une humeur ſi froide, à toute autre invincible,
    Ne perd qu'auprès de moy le tiltre d'inſenſible.
    Vne ſi douce erreur taſche à s'autoriſer,
    Quel plaiſir prenez-vous à m'en deſabuſer?
PHI. Ce n'eſt point une erreur, pardonnez-moy, Madame,
    Ce ſont les mouuemens les plus ſains de mon ame.
    Il eſt vray, je vous aime, & mes feux indiscrets
    Se donnent leur ſupplice en demeurant ſecrets,
    Ie reçoy ſans contrainte une ardeur temeraire,
    Mais ſi j'oſe bruſler, je ſçais auſſi me taire,
    Et près de voſtre objet, mon unique vainqueur,
    Ie puis tout ſur ma langue, & rien deſſus mon cœur.
    En vain j'avois appris que la ſeule esperance
    Entretenoit l'amour dans la perſeverance,
    I'aime ſans esperer, & mon cœur enflamé
    A pour but de vous plaire, & non pas d'eſtre aimé.
    L'amour devient ſervile alors qu'il ſe dispenſe
    A n'allumer ſes feux que pour la recompenſe,

Q iij

Ma flame est toute pure, & sans rien présumer,
Ie ne cherche en aimant que le seul bien d'aimer.
CLA. Et celuy d'estre aimé sans que tu le pretendes
Préviendra tes desirs, & tes justes demandes.
Ne déguisons plus rien, cher Philiste, il est temps
Qu'un aveu mutuel rende nos vœux contens.
Donnons-leur, je te prie, une entiere asseurance,
Vangeons-nous à loisir de nostre indifference,
Vangeons-nous à loisir de toutes ces langueurs,
Où sa fausse couleur avoit reduit nos cœurs.
PHI. Vous me joüez, Madame, & cette accorte feinte
Ne donne à mes amours qu'une railleuse atteinte.
CLA. Quelle façon étrange! en me voyant brusler
Tu t'obstines encor à le dissimuler,
Tu veux qu'encore un coup je me donne la honte
De te dire à quel point l'Amour pour toy me dompte.
Tu le vois cependant avec pleine clarté,
Et veux douter encor de cette verité?
PHI. Ouy, j'en doute, & l'excez du bon-heur qui m'accable
Me surprend, me confond, me paroit incroyable.
Madame, est-il possible, & me puis-je asseurer
D'un bien à quoy mes vœux n'oseroient aspirer?
CLA. Cesse de me tuër par cette défiance.
Qui pourroit des Mortels troubler nostre alliance?
Quelqu'un a-t'il à voir dessus mes actions,
Dont j'aye à prendre l'ordre en mes affections?
Vefve, & qui ne dois plus de respect à personne,
Ne puis-je disposer de ce que je te donne?
PHI. N'ayant jamais été digne d'un tel honneur,
I'ay de la peine encor à croire mon bon-heur.
CLA. Pour t'obliger enfin à changer de langage,
Si ma foy ne suffit que je te donne en gage,
Vn bracelet exprés tissu de mes cheveux
T'attend pour enchaisner, & ton bras, & tes vœux.
Vien le querir, & prendre avec moy la journée
Que termine bien-tost nostre heureux Hymenée.
PHI. C'est dont vos seuls avis se doivent consulter,
Trop heureux, quant à moy, de les executer.
^a *Elle est* *NOV.* ^a Vous contez sans vostre hoste, & vous pourrez apprendre
seule.　　Que ce n'est pas sans moy que ce jour se doit prendre,
De vos pretentions Alcidon averty
Vous fera, s'il m'en croit, un dangereux party.

Ie luy vay bien donner de plus feures adreſſes
Que d'amuſer Doris par de fauſſes careſſes;
Auſſi bien (m'a-t'on dit) à beau jeu , beau retour,
Au lieu de la duper avec ce feint amour,
Elle-meſme le dupe , & luy rendant ſon change,
Luy promet un amour qu'elle garde à Florange:
Ainſi de tous coſtez primé par un rival,
Ses affaires ſans moy ſe porteroient fort mal.

S C E N E   V.

ALCIDON, DORIS.

ALC. A Dieu, mon cher ſoucy, ſois ſeure que mon ame
Iusqu'au dernier ſoûpir conſervera ſa flame.
DOR. Alcidon, cet Adieu me prend au dépourveu,
Tu ne fais que d'entrer , à peine t'ay-je veu,
C'eſt m'envier trop toſt le bien de ta preſence;
De grace, oblige-moy d'un peu de complaiſance,
Et puiſque ie te tiens , ſouffre qu'avec loiſir
Ie puiſſe m'en donner un peu plus de plaiſir.
ALC. Ie t'explique ſi mal le feu qui me conſume,
Qu'il me force à rougir d'autant plus qu'il s'allume,
Mon diſcours s'en confond , j'en demeure interdit,
Ce que je ne puis dire eſt plus que je n'ay dit:
I'en hay les vains efforts de ma langue groſſiere,
Qui manquent de juſteſſe en ſi belle matiere,
Et ne répondant point aux mouvemens du cœur,
Te découvrent ſi peu le fond de ma langueur.
Doris, ſi tu pouvois lire dans ma penſée,
Et voir jusqu'au milieu de mon ame bleſſée,
Tu verrois un braſier bien autre , & bien plus grand,
Qu'en ces foibles devoirs que ma bouche te rend.
DOR. Si tu pouvois auſſi penettrer mon courage,
Et voir jusqu'à quel point ma paſſion m'engage,
Ce que dans mes diſcours tu prens pour des ardeurs
Ne te ſembleroit plus que de triſtes froideurs.
Ton amour & le mien ont faute de paroles,
Par un malheur égal ainſi tu me conſoles,
Et de mille defauts me ſentant accabler
Ce m'eſt trop d'heur qu'un d'eux me fait te reſſembler.

ALC. Mais quelque reſſemblance entre nous qui ſurvienne,
    Ta paſſion n'a rien qui reſſemble à la mienne,
    Et tu ne m'aimes pas de la meſme façon.
  DOR. Si tu m'aimes encor , quitte un ſi faux ſoupçon,
    Tu douterois à tort d'une choſe trop claire,
    L'épreuve fera foy comme j'aime à te plaire.
    Ie meurs d'impatience attendant l'heureux jour
    Qui te montre quel eſt envers toy mon amour,
    Ma mere en ma faveur bruſle de meſme envie.
ALC. Helas ! ma volonté ſous un autre aſſervie,
    Dont je ne puis encor à mon gré diſpoſer,
    Fait que d'un tel bon-heur je ne ſçaurois uſer.
    Ie dépens d'un vieil oncle , & s'il ne m'autoriſe,
    Ie ne te fais qu'en vain le don de ma franchiſe:
    Tu ſçais que tout ſon bien ne regarde que moy,
    Et qu'attendant ſa mort je vis deſſous ſa loy.
    Mais nous le gagnerons, & mon humeur accorte
    Sçait comme il faut avoir les hommes de ſa ſorte,
    Vn peu de temps fait tout. *DOR.* Ne précipite rien,
    Ie connoy ce qu'au Monde aujourd'huy vaut le bien,
    Conſerve ce vieillard, pourquoy te mettre en peine
    A force de m'aimer de t'acquerir ſa haine?
    Ce qui te plaiſt m'agrée, & ce retardement,
    Parce qu'il vient de toy, m'oblige infiniment.
ALC. De moy ! c'eſt offenſer une pure innocence,
    Si l'effet de mes vœux n'eſt pas en ma puiſſance.
    Leur obstacle me geſne autant ou plus que toy.
DOR. C'eſt prendre mal mon ſens, je ſçay quelle eſt ta foy.
ALC. En veux-tu par écrit une entiere aſſeurance?
DOR. Elle m'aſſeure aſſez de ta perſeverance,
    Et je luy ferois tort d'en recevoir d'ailleurs
    Vne preuve plus ample, ou des garands meilleurs.
ALC. Ie l'apporte demain pour mieux faire connoiſtre...
DOR. I'en croy ſi fortement ce que j'en voy paroiſtre,
    Que c'eſt perdre du temps que de plus en parler.
    Adieu, va deſormais où tu voulois aller,
    Si pour te retenir j'ay trop peu de merite,
    Souvien toy pour le moins que c'eſt moy qui te quitte.
ALC. Ce brusque Adieu m'étonne, & je n'entens pas bien...

S C E N E

SCENE VI.

LA NOVRRICE, ALCIDON.

NOV. IE te prens au sortir d'un plaisant entretien.
    ALC. Plaisant de verité, veu que mon artifice
Luy raconte les vœux que j'envoye à Clarice,
Et de tous mes soûpirs qui se portent plus loin,
Elle se croit l'objet, & n'en est que témoin.
NOV. Ainsi ton feu se jouë? *ALC.* Ainsi quand je soûpire,
Ie la prens pour une autre, & luy dis mon martyre,
Et sa réponse au point que je puis souhaiter
Dans cette illusion a droit de me flater.
NOV. Elle t'aime? *ALC.* Et de plus, un discours équivoque
Luy fait aisément croire un amour reciproque.
Elle se pense belle, & cette vanité
L'asseure imprudemment de ma captivité,
Et comme si j'étois des amans ordinaires,
Elle prend sur mon cœur des droits imaginaires,
Cependant que le sien sent tout ce que je feins,
Et vit dans les langueurs dont à faux je me plains.
NOV. Ie te répons que non; si tu n'y mets remede,
Avant qu'il soit trois jours Florange la possede.
ALC. Et qui t'en a tant dit? *NOV.* Geron m'a tout conté,
C'est luy qui sourdement a conduit ce Traité.
ALC. C'est ce qu'en mots obscurs son Adieu vouloit dire.
Elle a crû me braver, mais je n'en fais que rire,
Et comme j'étois las de me contraindre tant,
La coquette qu'elle est m'oblige en me quittant.
Ne m'apprendras-tu point ce que fait ta maîtresse?
NOV. Elle met ton Agente au bout de sa finesse,
Philiste asseurément tient son esprit charmé,
Ie n'aurois jamais crû qu'elle l'eust tant aimé.
ALC. C'est à faire à du temps. *NOV.* Quitte cette esperance,
Ils ont pris l'un de l'autre une entiere asseurance,
Iusqu'à s'entredonner la parole & la foy.
ALC. Que tu demeures froide en te moquant de moy!
NOV. Il n'est rien de si vray, ce n'est point raillerie.
ALC. C'est donc fait d'Alcidon, Nourrice, je te prie...

NOV. Rien ne sert de prier, mon esprit épuisé
    Pour divertir ce coup n'est point assez rusé.
    Ie n'en sçay qu'un moyen, mais je ne l'ose dire.
ALC. Dépesche, ta longueur m'est un second martire.
NOV. Clarice tous les soirs resvant à ses amours
    Seule dans son jardin fait trois ou quatre tours.
ALC. Et qu'a cela de propre à reculer ma perte?
NOV. Ie te puis en tenir la fausse porte ouverte,
    Aurois-tu du courage assez pour l'enlever?
ALC. Ouy, mais il faut retraite après où me sauver,
    Et je n'ay point d'amy si peu jaloux de gloire,
    Que d'estre partisan d'une action si noire.
    Si j'avois un pretexte, alors je ne dis pas
    Que quelqu'un abusé n'accompagnast mes pas.
NOV. On te vole Doris; & ta feinte colere
    Manqueroit de pretexte à quereller son frere!
    Fais-en sonner par tout un faux ressentiment,
    Tu verras trop d'amis s'offrir aveuglément,
    Se prendre à ces dehors, & sans voir dans ton ame.
    Vouloir vanger l'affront qu'aura receu ta flame.
    Sers-toy de leur erreur, & dupe-les si bien...
ALC. Ce pretexte est si beau que je ne crains plus rien.
NOV. Pour oster tout soupçon de nostre intelligence
    Ne faisons plus ensemble aucune conference,
    Et vien quand tu pourras, je t'attens dès demain.
ALC. Adieu, je tiens le coup, autant vaut, dans ma main.

ACTE III.

SCENE PREMIERE.

CELIDAN, ALCIDON.

CEL. 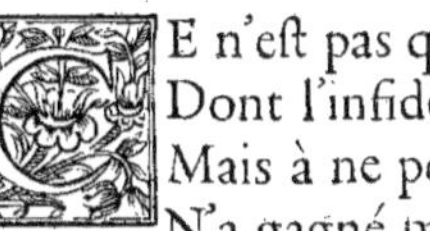E n'eſt pas que j'excuſe, ou la ſœur, ou le frere,
Dont l'infidelité fait naiſtre ta colere;
Mais à ne point mentir, ton deſſein à l'abord
N'a gagné mon esprit qu'avec un peu d'effort.
Lors que tu m'as parlé d'enlever ſa Maitreſſe,
L'honneur a quelque temps combatu ma promeſſe,
Ce mot d'enlevement me faiſoit de l'horreur,
Mes ſens embarraſſez dans cette vaine erreur
N'avoient plus la raiſon de leur intelligence,
En plaignant ton malheur je blaſmois ta vangeance,
Et l'ombre d'un forfait amuſant ma pitié
Retardoit les effets deus à noſtre amitié.
Pardonne un vain ſcrupule à mon ame inquiete,
Pren mon bras pour ſecond, mon Chaſteau pour retraite,
Le déloyal Philiste, en te volant ton bien,
N'a que trop merité qu'on le prive du ſien,
Après ſon action la tienne eſt legitime,
Et l'on vange ſans honte un crime par un crime.
ALC. Tu vois comme il me trompe, & me promet ſa ſœur
Pour en faire ſous-main Florange poſſeſſeur,
Ah Ciel ! fut-il jamais un ſi noir artifice ?
Il luy fait recevoir mes offres de ſervice,
Cette belle m'accepte, & fier de ſon aveu
Ie me vante par tout du bonheur de mon feu :
Cependant il me l'oſte, & par cette pratique,
Plus mon amour eſt ſçeu, plus ma honte eſt publique.
CEL. Après ſa trahiſon voy ma fidelité.
Il t'enleve un objet que je t'avois quitté,
Ta Doris fut toûjours la Reine de mon ame,
I'ay toûjours eu pour elle une ſecrette flame,

R ij

Sans jamais témoigner que j'en étois épris,
Tant que tes feux ont pû te promettre ce prix.
Mais je te l'ay quittée , & non pas à Florange,
Quand je t'auray vangé, contre luy je me vange,
Et je luy fais fçavoir que jufqu'à mon trépas
Tout autre qu'Alcidon ne l'emportera pas.

ALC. Pour moy donc à ce point ta contrainte eft venuë!
    Que je te veux de mal de cette retenuë!
    Eft-ce ainfi qu'entre amis on vit à cœur ouvert?

CEL. Mon feu qui t'offenfoit eft demeuré couvert,
    Et fi cette beauté malgré moy l'a fait naiftre,
    I'ay fçeu pour ton respect l'empefcher de paroiftre.

ALC. Helas! tu m'as perdu me voulant obliger,
    Noftre vieille amitié m'en euft fait dégager;
    Ie fouffre maintenant la honte de fa perte,
    Et j'aurois eu l'honneur de te l'avoir offerte,
    De te l'avoir cedée , & reduit mes defirs
    Au glorieux deffein d'avancer tes plaifirs.
    Faites , Dieux tous-puiffants , que Philifte fe change,
    Et l'infpirant bien-toft de rompre avec Florange,
    Donnez-moy le moyen de montrer qu'à mon tour
    Ie fçay pour un amy contraindre mon amour.

CEL. Tes fouhaits arrivez, nous t'en verrions dédire,
    Doris fur ton esprit reprendroit fon empire,
    Nous donnons aifément ce qui n'eft plus à nous.

ALC. Si j'y manquois, grands Dieux, je vous conjure tous
    D'armer contre Alcidon vos dextres vangereffes.

CEL. Vn amy tel que toy m'eft plus que cent Maîtreffes,
    Il n'y va pas de tant , refolvons feulement
    Du jour & des moyens de cét enlevement.

ALC. Mon fecret n'a befoin que de ton affiftance.
    Ie n'ay point lieu de craindre aucune refiftance,
    La beauté dont mon traiftre adore les attraits
    Chaque foir au jardin va prendre un peu de frais,
    I'en ay fçeu de luy-mefme ouvrir la fauffe porte,
    Etant feule , & de nuit , le moindre effort l'emporte.
    Allons-y dés ce foir, le plûtoft vaut le mieux,
    Et fur tout déguifez defrobons à fes yeux,
    Et de nous , & du coup l'entiere connoiffance.

CEL. Si Clarice une fois eft en noftre puiffance,
    Croy que c'eft un bon gage à moyenner l'accord,
    Et rendre en le faifant ton party le plus fort.

Mais pour la feureté d'une telle entreprife,
Auffi-toft que chez moy nous pourrons l'avoir mife,
Retournons fur nos pas, & foudain effaçons
Ce que pourroit l'abfence engendrer de foupçons.
ALC. Ton falutaire avis eft la mefme prudence,
Et déja je prépare une froide impudence
A m'informer demain avec étonnement
De l'heure & de l'autheur de cét enlevement.
CEL. Adieu, j'y vay mettre ordre. *ALC.* Estime qu'en revanche
Ie n'ay goutte de fang que pour toy je n'épanche.

SCENE II.

ALCIDON.

BOns Dieux ! que d'innocence & de fimplicité!
Ou pour la mieux nommer, que de ftupidité,
Dont le manque de fens fe cache & fe déguife
Sous le front fpecieux d'une fotte franchife!
Que Celidan eft bon ! que j'aime fa candeur!
Et que fon peu d'adreffe oblige mon ardeur!
O qu'il n'eft pas de ceux dont l'esprit à la mode
A l'humeur d'un amy jamais ne s'accommode,
Et qui nous font fouvent cent protestations,
Et contre les effets ont mille inventions!
Luy, quand il a promis, il meurt qu'il n'effectuë,
Et l'attente déja de me fervir le tuë.
I'admire cependant par quel fecret reffort
Sa fortune & la mienne ont cela de rapport,
Que celle qu'un amy nomme, ou tient fa Maîtreffe,
Eft l'objet qui tous deux au fond du cœur nous bleffe,
Et qu'ayant comme moy caché fa paffion,
Nous n'avons differé que de l'intention,
Puisqu'il met pour autruy fon bon-heur en arriere,
Et pour moy....

SCENE III.

PHILISTE, ALCIDON.

PHI.   IE t'y prens, refveur. *ALC.* Ouy, par derriere,
C'eft d'ordinaire ainfi que les traiftres en font.
PHI. Ie te vois accablé d'un chagrin fi profond,
Que j'excufe aifément ta réponfe un peu cruë.
Mais que fais-tu fi triste au milieu d'une ruë?
Quelque penfer fafcheux te fervoit d'entretien?
ALC. Ie refvois que le monde en l'ame ne vaut rien,
Du moins pour la pluspart, que le fiecle où nous fommes
A bien diffimuler met la vertu des hommes,
Qu'à peine quatre mots fe peuvent échaper
Sans quelque double fens afin de nous tromper,
Et que fouvent de bouche un deffein fe propofe,
Cependant que l'esprit fonge à toute autre chofe.
PHI. Et cela t'affligeoit? laiffons courir le temps,
Et malgré fes abus vivons toûjours contents.
Le Monde eft un Chaos, & fon defordre excede
Tout ce qu'on y voudroit apporter de remede.
N'ayons l'œil, cher amy, que fur nos actions,
Auffi-bien s'offenfer de fes corruptions
A des gens comme nous ce n'eft qu'une folie.
Mais pour te retirer de la melancolie,
Ie te veux faire part de mes contentemens.
Si l'on peut en amour s'affeurer aux fermens,
Dans trois jours au plus tard par un bon-heur étrange
Clarice eft à Philiste. *ALC.* Et Doris à Florange.
PHI. Quelque foupçon frivole en ce point te deçoit,
I'auray perdu la vie avant que cela foit.
ALC. Voila faire le fin de fort mauvaife grace,
Philiste, vois-tu bien, je fçay ce qui fe paffe.
PHI. Ma mere en a receu de vray quelque propos,
Et voulut hier au foir m'en toucher quelques mots,
Les femmes de fon âge ont ce mal ordinaire
De regler fur les biens une pareille affaire,
Vn fi honteux motif leur fait tout decider,
Et l'or qui les aveugle a droit de les guider.
Mais comme fon éclat n'éblouït point mon ame,
Que je voy d'un autre œil ton merite, & ta flame,

Ie luy fis bien sçavoir que mon consentement
Ne dépendroit jamais de son aveuglement,
Et que jusqu'au tombeau , quant à cet Hymenée,
Ie maintiendrois la foy que je t'avois donnée.
Ma sœur accortement feignoit de l'écouter,
Non-pas que son amour n'osast luy resister,
Mais elle vouloit bien qu'un peu de jalousie
Sur quelque bruit leger piquast ta fantaisie;
Ce petit aiguillon quelquefois en passant
Réveille puissamment un amour languissant.

ALC. Fais à qui tu voudras ce conte ridicule,
Soit que ta sœur l'accepte, ou qu'elle dissimule,
Le peu que j'y perdray ne vaut pas m'en fascher.
Rien de mes sentimens ne sçauroit approcher,
Comme alors qu'au Theatre on nous fait voir Melite
Le discours de Cloris quand Philandre la quitte:
Ce qu'elle dit de luy , je le dis de ta sœur,
Et je la veux traiter avec mesme douceur.
Pourquoy m'aigrir contre elle ? en cét indigne change
Le beau choix qu'elle fait la punit , & me vange,
Et ce sexe imparfait de soy-mesme ennemy
Ne posseda jamais la raison qu'à demy.
I'aurois tort de vouloir qu'elle en eust davantage;
Sa foiblesse la force à devenir volage,
Ie n'ay que pitié d'elle en ce manque de foy,
Et mon couroux entier se reserve pour toy.
Toy , qui trahis ma flame aprés l'avoir fait naistre,
Toy , qui ne m'es amy qu'afin d'estre plus traistre,
Et que tes laschetez tirent de leur excés
Par ce damnable appas un facile succés.
Déloyal , ainsi donc de ta vaine promesse
Ie reçoy mille affronts au lieu d'une Maîtresse,
Et ton perfide cœur masqué jusqu'à ce jour
Pour assouvir ta haine alluma mon amour !

PHI. Ces soupçons dissipez par des effets contraires,
Nous renoûrons bien tost une amitié de freres.
Puisse dessus ma teste éclater à tes yeux
Ce qu'a de plus mortel la colere des Cieux,
Si jamais ton rival a ma sœur sans ma vie;
A cause de son bien ma mere en meurt d'envie,
Mais malgré.... *ALC.* Laisse-là ces propos superflus,
Ces protestations ne m'éblouïssent plus,

Et ma simplicité lasse d'estre dupée
N'admet plus de raisons qu'au bout de mon épée.
PHI. Etrange impression d'une jalouse erreur
Dont ton esprit atteint ne suit que sa fureur !
Et bien, tu veux ma vie, & je te l'abandonne;
Ce couroux insensé qui dans ton cœur boüillonne,
Contente-le par là, pousse, mais n'attens pas
Que par le tien je veüille éviter mon trépas.
Trop heureux que mon sang puisse te satisfaire
Ie le veux tout donner au seul bien de te plaire.
Toûjours à ces deffis j'ay couru sans effroy,
Mais je n'ay point d'épée à tirer contre toy.
ALC. Voilà bien déguiser un manque de courage.
PHI. C'est presser un peu trop, qu'aller jusqu'à l'outrage:
On n'a point encor veu que ce manque de cœur
M'ait rendu le dernier où vont les gens d'honneur.
Ie te veux bien oster tout sujet de colere,
Et quoy que de ma sœur ait resolu ma mere,
Deust mon peu de respect irriter tous les Dieux,
I'affronteray Geron & Florange à ses yeux.
Mais après les efforts de cette déference
Si tu gardes encor la mesme violence,
Peut-estre sçaurons-nous appaiser autrement
Les obstinations de ton emportement.
^a*Il est seul.* *ALC.*^a Ie crains son amitié plus que cette menace,
Sans doute il va chasser Florange de ma place,
Mon pretexte est perdu s'il ne quitte ces soins,
Dieux ! qu'il m'obligeroit de m'aimer un peu moins !

SCENE IV.

CHRYSANTE, DORIS.

CHR. Ie meure, mon enfant, si tu n'es admirable,
Et ta dexterité me semble incomparable,
Tu merites de vivre après un si bon tour.
DOR. Croyez-moy qu'Alcidon n'en sçait guere en amour,
Vous n'eussiez pû m'entendre & vous garder de rire.
Ie me tüois moy-mesme à tous coups de luy dire,
Que mon ame pour luy n'a que de la froideur,
Et que je luy ressemble en ce que nostre ardeur

Ne s'explique

Ne s'explique à tous deux point du tout par la bouche,
Enfin que je le quitte. *CHR.* Il est donc une souche,
S'il ne peut rien comprendre en ces naïfvetez.
Peut-estre y meslois-tu quelques obscuritez?
DOR. Pas-une, en mots exprès je luy rendois son change,
Et n'ay couvert mon jeu qu'au regard de Florange.
CHR. De Florange! & comment en osois-tu parler?
DOR. Ie ne me trouvois pas d'humeur à rien celer,
Mais nous nous sçeusmes lors jetter sur l'équivoque.
CHR. Tu vaux trop, c'est ainsi qu'il faut quand on se moque
Que le moqué toûjours sorte fort satisfait,
Ce n'est plus autrement qu'un plaisir imparfait,
Qui souuent malgré nous se termine en querelle.
DOR. Ie luy prépare encor une ruse nouvelle
Pour la premiere fois qu'il m'en viendra conter.
CHR. Mais pour en dire trop tu pourras tout gaster.
DOR. N'en ayez pas de peur. *CHR.* Quoy que l'on se propose,
Assez souvent l'issuë... *DOR.* On vous veut quelque chose,
Madame, je vous laisse. *CHR.* Ouy, va t'en, il vaut mieux
Que l'on ne traite point cette affaire à tes yeux.

SCENE V.

CHRYSANTE, GERON.

CHR. IE devine à peu près le sujet qui t'améne,
Mais sans mentir mon fils me donne un peu de peine,
Et s'emporte si fort en faveur d'un amy
Que je n'ay sçeu gagner son esprit qu'à demy.
Encor une remise, & que tandis Florange
Ne craigne aucunement qu'on luy donne le change,
Moy-mesme j'ay tant fait, que ma fille aujourd'huy
(Le croirois-tu, Geron?) a de l'amour pour luy.
GER. Florange impatient de n'avoir pas encore
L'entier & libre accés vers l'objet qu'il adore,
Ne pourra consentir à ce retardement.
CHR. Le tout en ira mieux pour son contentement.
Quel plaisir aura-t'il auprès de sa Maîtresse,
Si mon fils ne l'y voit que d'un œil de rudesse,
Si sa mauvaise humeur ne daigne luy parler,
Ou ne luy parle enfin que pour le quereller.

Tome I. S

GER. Madame, il ne faut point tant de discours frivoles,
   Ie ne fus jamais homme à porter des paroles,
   Depuis que j'ay connu qu'on ne les peut tenir;
   Si Monfieur voftre fils... *CHR.* Ie l'aperçoy venir.
GER. Tant mieux, nous allons voir s'il dédira fa mere.
CHR. Sauve-toy, fes regards ne font que de colere.

SCENE VI.

CHRYSANTE, PHILISTE, GERON, LYCAS.

PHI. TE voilà dont icy, peste du bien public,
       Qui reduis les amours en un fale trafic,
   Va pratiquer ailleurs tes commerces infames,
   Ce n'eft pas où je fuis que l'on furprend des femmes.
GER. Vous me prenez à tort pour quelque fuborneur,
   Ie ne fortis jamais des termes de l'honneur,
   Et Madame elle-mefme a choifi cette voye.
*PHI.*ª Tien, porte ce revers à celuy qui t'envoye,
   Ceux-cy feront pour toy...

ª *Il luy donne des coups de plat d'épée.*

SCENE VII.

CHRYSANTE, PHILISTE, LYCAS.

CHR. MOn fils, qu'avez-vous fait?
PHI. I'ay mis, graces aux Dieux, ma promeffe en effet.
CHR. Ainfi vous m'empefchez d'executer la mienne.
PHI. Ie ne puis empefcher que la voftre ne tienne,
   Mais fi jamais je trouve icy ce courratier,
   Ie luy fçauray, Madame, apprendre fon métier.
GER. Il vient fous mon aveu. *PHI.* Voftre aveu ne m'importe,
   C'eft un fou s'il me voit fans regagner la porte,
   Autrement, il fçaura ce que pefent mes coups.
GER. Eft-ce là le refpect que j'attendois de vous?
PHI. Commandez que le cœur à vos yeux je m'arrache,
   Pourveu que mon honneur ne fouffre aucune tache,
   Ie fuis preft d'expier avec mille tourmens
   Ce que je mets d'obstacle à vos contentemens.

CHR. Souffrez que la raifon regle voftre courage,
    Confiderez, mon fils, quel heur, quel avantage
    L'affaire qui fe traite apporte à voftre fœur.
    Le bien eft en ce fiecle une grande douceur,
    Etant riche on eft tout, ajoûtez qu'elle mefme
    N'aime point Alcidon, & ne croit pas qu'il l'aime.
    Quoy, voulez-vous forcer fon inclination?
PHI. Vous la forcez vous-mefme à cette élection,
    Ie fuis de fes amours le témoin oculaire.
CHR. Elle fe contraignoit feulement pour vous plaire.
PHI. Elle doit donc encor fe contraindre pour moy.
CHR. Et pourquoy luy prescrire une fi dure loy?
PHI. Puis qu'elle m'a trompé, qu'elle en porte la peine.
CHR. Voulez-vous l'attacher à l'objet de fa haine?
PHI. Ie veux tenir parole à mes meilleurs amis,
    Et qu'elle tienne auffi ce qu'elle m'a promis.
CHR. Mais elle ne vous doit aucune obeïffance.
PHI. Sa promeffe me donne une entiere puiffance.
CHR. Sa promeffe fans moy ne la peut obliger.
PHI. Que deviendra ma foy qu'elle a fait engager?
CHR. Il la faut revoquer, comme elle fa promeffe.
PHI. Il faudroit donc comme elle auoir l'ame traîtreffe.
    Lycas, cours chez Florange, & dy-luy de ma part...
CHR. Quel violent esprit! *PHI.* Que s'il ne fe depart
    D'une place chez nous par furprife occupée,
    Ie ne le trouve point fans une bonne épée.
CHR. Attens un peu. Mon fils... *PH.* Marche, mais promptement.
CHR.[a] Dieux! que cét emporté me donne de tourment!
    Que je te plains, ma fille! helas! pour ta mifere
    Les Destins ennemis t'ont fait naiftre ce frere;
    Déplorable, le Ciel te veut favorifer
    D'une bonne fortune, & tu n'en peux ufer.
    Rejoignons toutes deux ce naturel fauvage,
    Et tafchons par nos pleurs d'amollir fon courage.

[a] *Elle eft feule.*

SCENE VIII.

CLARICE.[a]

CHers confidens de mes desirs,
Beaux lieux, secrets témoins de mon inquietude,
　Ce n'est plus avec des soûpirs
Que je viens abuser de vostre solitude:
　　Mes tourmens sont passez,
　　Mes vœux sont exaucez,
　　L'aise à mes maux succede,
Mon sort en ma faveur change sa dure loy,
Et pour dire en un mot le bien que je possede,
　　Mon Philiste est à moy.

　　En vain nos inégalitez
M'avoient avantagée à mon desavantage,
　L'Amour confond nos qualitez,
Et nous reduit tous deux sous un mesme esclavage:
　　L'Aveugle outrecuidé
　　Se croiroit mal guidé
　　Par l'aveugle Fortune,
Et son aveuglement par miracle fait voir
Que quand il nous saisit l'autre nous importune,
　　Et n'a plus de pouvoir.

　　Cher Philiste, à present tes yeux
Que j'entendois si bien sans les vouloir entendre,
　Et tes propos mysterieux
Par leurs rusez détours n'ont plus rien à m'apprendre:
　　Nostre libre entretien
　　Ne dissimule rien,
　　Et ces respects farouches
N'exerçant plus sur nous de secrettes rigueurs,
L'Amour est maintenant le maistre de nos bouches,
　　Ainsi que de nos cœurs.

　　Qu'il fait bon avoir enduré!
Que le plaisir se gouste au sortir des supplices!

Et qu'après avoir tant duré,
La peine qui n'est plus augmente nos delices !
 Qu'un si doux souvenir
 M'appreste à l'avenir
 D'amoureuses tendresses !
Que mes malheurs finis auront de volupté !
Et que j'estimeray cherement ces caresses
 Qui m'auront tant coûté !

 Mon heur me semble sans pareil
Depuis qu'en liberté nostre amour m'en asseure,
 Ie ne croy pas que le Soleil….

SCENE IX.

CELIDAN, ALCIDON, CLARICE, LA NOVRRICE.

CEL.[a] COcher, attends nous-là. CL. D'où provient ce murmure?
ALC. Il est temps d'avancer, baissons le tappabort,
Moins nous ferons de bruit, moins il faudra d'effort.
CLA. Aux voleurs, au secours. NOV. Quoy? des voleurs, Madame?
CLA. Ouy, des voleurs, Nourrice. NOV.[b] Ah, de frayeur je pasme.
CLA. Laisse-moy, miserable. CEL. Allons, il faut marcher,
Madame, vous viendrez. CL.[c] Aux vo…. CE.[d] Touche, Cocher.

SCENE X.

LA NOVRRICE, DORASTE, POLYMAS, LISTOR.

NOV.[e] SOrtons de pasmoison, reprenons la parole,
 Il nous faut à grands cris joüer un autre rôle,
Ou je n'y connois rien, ou j'ay bien pris mon temps,
Ils n'en seront pas tous également contens,
Et Philiste demain, cette Nouvelle sçeuë,
Sera de belle humeur, ou je suis fort deçeuë.
Mais par où vont nos gens? voyons, qu'en seureté
Ie fasse aller après par un autre costé.

A prefent il eft temps que ma voix s'évertuë.

Aux armes, aux voleurs, on m'égorge, on me tuë,
On enleve Madame, amis, fecourez-nous,
A la force, aux brigands, au meurtre, accourez tous,
Doraste, Polymas, Listor. *POL.* Qu'as-tu, Nourrice?
NOV. Des voleurs.... *POL.* Qu'ont-ils fait? *NOV.* Ils ont Clarice.
POL. Comment? ravy Clarice? *NOV.* Ouy, fuivez promptement.

Bons Dieux! que j'ay receu de coups en un moment!
DOR. Suivons-les, mais dy-nous la route qu'ils ont prife.
NOV. Ils vont tout droit par là. Le Ciel vous favorife.

ᵃO qu'ils en vont abatre! ils font morts, c'en eft fait,
Et leur fang, autant vaut, a lavé leur forfait.
Pourveu que le bon-heur à leurs fouhaits réponde,
Ils les rencontreront s'ils font le tour du Monde.
Quant à nous, cependant fubornons quelques pleurs
Qui fervent de témoins à nos fauffes douleurs.

ᵃ Elle eft feule.

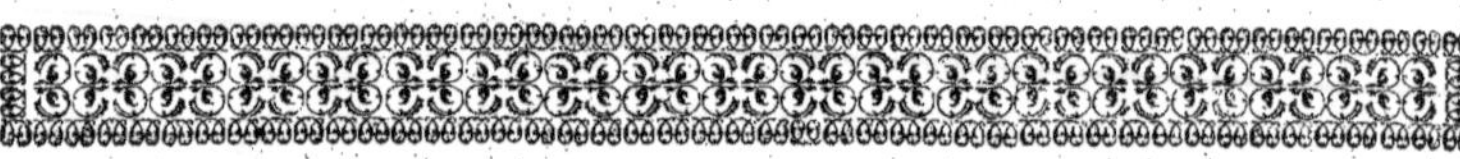

ACTE IV.

SCENE PREMIERE.

PHILISTE, LYCAS.

PHI. Es voleurs cette nuit ont enlevé Clarice!
Quelle preuve en as-tu? quel témoin? quel indice?
Ton rapport n'eft fondé que fur quelque faux bruit.
LY. Ie n'en fuis par les yeux (helas!) que trop inftruit,
Les cris de fa Nourrice en fa maifon deferte
M'ont trop fuffifamment affeuré de fa perte.
Seule en ce grand logis elle court haut & bas,
Elle renverfe tout ce qui s'offre à fes pas,
Et fur ceux qu'elle voit frape fans reconnoiftre.
A peine devant elle oferoit-on paroiftre;
De furie elle écume, & fait fans ceffe un bruit
Que le defefpoir forme, & que la rage fuit,
Et parmy fes transports fon hurlement farouche
Ne laiffe diftinguer que Clarice en fa bouche.

PHI. Ne t'a-t'elle rien dit ? *LYC.* Soudain qu'elle m'a veu,
  Ces mots ont éclaté d'un tranfport impréveu,
  Va luy dire qu'il perd fa Maîtreffe & la noftre,
  Et puis incontinent me prenant pour un autre,
  Elle m'alloit traiter en autheur du forfait,
  Mais ma fuite a rendu fa fureur fans effet.
PHI. Elle nomme du moins celuy qu'elle en foupçonne?
LYC. Ses confufes clameurs n'en accufent perfonne,
  Et mefme les voifins n'en fçavent que juger.
PHI. Tu m'apprens feulement ce qui peut m'affliger,
  Traiftre, fans que je fçache où pour mon allegeance
  Adreffer ma pourfuite & porter ma vangeance.
  Tu fais bien d'échaper, deffus-toy ma douleur
  Faute d'un autre objet euft vangé ce malheur.
  Malheur d'autant plus grand, que fa fource ignorée
  Ne laiffe aucun espoir à mon ame éplorée,
  Ne laiffe à ma douleur qui va finir mes jours
  Qu'une plainte inutile au lieu d'un prompt fecours.
  Foible foulagement en un coup fi funeste,
  Mais il s'en faut fervir, puisque feul il nous reste.
  Plains Philiste, plains-toy, mais avec des accens
  Plus remplis de fureur qu'ils ne font impuiffans,
  Fay qu'à force de cris pouffez jusqu'en la nuë
  Ton mal foit plus connu que fa caufe inconnuë,
  Fay que chacun le fçache, & que par tes clameurs
  Clarice, où qu'elle foit, apprenne que tu meurs.
    Clarice, unique objet qui me tiens en fervage,
  Reçoy de mon ardeur ce dernier témoignage,
  Voy comme en te perdant je vay perdre le jour,
  Et par mon defespoir juge de mon amour.
  Helas! pour en juger peut-eftre eft-ce ta feinte
  Qui me porte à deffein cette cruelle atteinte,
  Et ton amour qui doute encor de mes fermens
  Cherche à s'en affeurer par mes reffentiments.
  Soupçonneufe beauté, contente ton envie,
  Et prens cette affeurance aux dépens de ma vie,
  Si ton feu dure encor, par mes derniers foûpirs
  Reçois enfemble & perds l'effet de tes defirs.
  Alors ta flame en vain pour Philiste allumée,
  Tu luy voudras du mal de t'avoir trop aimée,
  Et feure d'une foy que tu crains d'accepter,
  Tu pleureras en vain le bon-heur d'en douter.

Que ce penser flateur me desrobe à moy-mesme!
Quel charme à mon trépas de penser qu'elle m'aime!
Et dans mon desespoir qu'il m'est doux d'esperer
Que ma mort à son tour la fera soûpirer.

Simple, qu'esperes-tu ? sa perte volontaire
Ne veut que te punir d'un amour temeraire,
Ton déplaisir luy plaist, & tous autres tourmens
Luy sembleroient pour toy de legers chatimens.
Elle en rit maintenant, cette belle inhumaine,
Elle se pasme d'aise au recit de ta peine,
Et choisit pour objet de son affection
Vn amant plus sortable à sa condition.

Pauvre desesperé, que ta raison s'égare!
Et que tu traites mal une amitié si rare!
Aprés tant de sermens de n'aimer rien que toy,
Tu la veux faire heureuse aux dépens de sa foy,
Tu veux seul avoir part à la douleur commune,
Tu veux seul te charger de toute l'infortune,
Comme si tu pouvois, en croissant tes malheurs,
Diminüer les siens, & l'oster aux voleurs.
N'en doute plus, Philiste, un ravisseur infame
A mis en son pouvoir la Reine de ton ame,
Et peut-estre déja ce Corsaire effronté
Triomphe insolemment de sa fidelité.
Qu'à ce triste penser ma vigueur diminuë!

SCENE II.

PHILISTE, DORASTE, POLYMAS, LISTOR.

PHI. **M**Ais voicy de ses gens. Qu'est-elle devenuë?
Amis, le sçavez-vous ? n'avez-vous rien trouvé
Qui nous puisse éclaircir du malheur arriué?
DOR. Nous avons fait, Monsieur, une vaine poursuite.
PHI. Du moins, vous avez veu des marques de leur fuite.
DOR. Si nous avions pû voir les traces de leurs pas,
Des brigands, ou de nous vous sçauriez le trépas,
Mais helas, quelque soin, & quelque diligence...
PHI. Ce sont là des effets de vostre intelligence,

Traistres,

Traiftres, ces feints helas ne fçauroient m'abufer.

POL. Vous n'avez point, Monfieur, dequoy nous accufer.

PHI. Perfides, vous prétez épaule à leur retraite,
  Et c'eft ce qui vous fait me la tenir fecrette,
  Mais voicy.... Vous fuyez! vous avez beau courir,
  Il faut me ramener ma Maîtreffe, ou mourir.

DOR.ᵃ Cedons à fa fureur, évitons-en l'orage.

POL. Ne nous prefentons plus aux transports de fa rage,
  Mais plûtoft derechef allons fi bien chercher,
  Qu'il n'ait plus au retour fujet de fe fafcher.

LIS.ᵇ Le voilà. PHI.ᶜ Qui les ofte à ma jufte colere?
  Venez de vos forfaits recevoir le falaire,
  Infames fcelerats, venez, qu'efperez-vous?
  Voftre fuite ne peut vous fauver de mes coups.

SCENE III.

A L C I D O N, C E L I D A N, P H I L I S T E.

ALC.ᵈ **P**Hilifte, à la bonne heure, un miracle vifible
  T'a rendu maintenant à l'honneur plus fenfible,
Puifqu'ainfi tu m'attens les armes à la main.
I'admire avec plaifir ce changement foudain,
Et vay... CEL. Ne penfe pas ainfi... ALC. Laiffe-nous faire,
  C'eft en homme de cœur qu'il me va fatisfaire,
  Crains-tu d'eftre témoin d'une bonne action?

PHI. Dieux! ce comble manquoit à mon affliction.
  Que j'éprouve en mon fort une rigueur cruelle!
  Ma Maîtreffe perduë, un amy me querelle.

ALC. Ta Maîtreffe perduë! PHI. Helas! hier des voleurs....

ALC. Ie n'en veux rien fçavoir, va le conter ailleurs,
  Ie ne prens point de part aux interefts d'un traiftre,
  Et puifqu'il eft ainfi, le Ciel fait bien connoiftre
  Que fon jufte couroux a foin de me vanger.

PHI. Quel plaifir, Alcidon, prens-tu de m'outrager?
  Mon amitié fe laffe, & ma fureur m'emporte,
  Mon ame pour fortir ne cherche qu'une porte,
  Ne me preffe donc plus dans un tel defefpoir:
  I'ay déja fait pour toy par-delà mon devoir,
  Te peux-tu plaindre encor de ta place ufurpée?
  I'ay renvoyé Geron à coups de plat d'épée,

Tome I.   T

I'ay menacé Florange, & rompu les accords
Qui t'avoient sçeu causer ces violens transports.
ALC. Entre des Cavaliers une offense reçeuë
Ne se contente point d'une si lasche issuë,
Va m'attendre.... *CEL.* Arrétez, je ne permettray pas
Qu'un si funeste mot termine vos debats.
PHI. Faire icy du fendant tandis qu'on nous separe,
C'est montrer un esprit lasche autant que barbare.
  Adieu, mauvais, Adieu, nous-nous pourrons trouver,
Et si le cœur t'en dit, au lieu de tant braver,
I'apprendray seul à seul dans peu de tes Nouvelles.
Mon honneur souffriroit des taches éternelles
A craindre encor de perdre une telle amitié.

SCENE IV.

CELIDAN, ALCIDON.

CEL. MOn cœur à ses douleurs s'attendrit de pitié,
Il montre une franchise icy trop naturelle
Pour ne te pas oster tout sujet de querelle,
L'affaire se traitoit sans doute à son deçeu,
Et quelque faux soupçon en ce point t'a deçeu:
Va retrouver Doris, & rendons-luy Clarice.
ALC. Tu te laisses donc prendre à ce lourd artifice?
A ce piége qu'il dresse afin de me duper?
CEL. Romproit-il ces accords à dessein de tromper?
Que vois-tu la qui sente une supercherie?
ALC. Ie n'y voy qu'un effet de sa poltronnerie,
Qu'un lasche desaveu de cette trahison
De peur d'estre obligé de m'en faire raison.
Ie l'en pressay dès hier, mais son peu de courage
Aima mieux pratiquer ce rusé témoignage,
Par où m'éblouïssant il pûst un de ces jours
Renoüer sourdement ces muettes amours.
Il en donne en secret des avis à Florange,
Tu ne le connois pas, c'est un esprit étrange.
CEL. Quelque étrange qu'il soit, si tu prens bien ton temps,
Malgré luy tes desirs se trouveront contens.
Ses offres acceptez, que rien ne se diffère,
Après un prompt Hymen tu le mets à pis faire.

ALC. Cét ordre eſt infaillible à procurer mon bien,
  Mais ton contentement m'eſt plus cher que le mien.
  Long-temps à mon ſujet tes paſſions contraintes
  Ont ſouffert & caché leurs plus vives atteintes,
  Il me faut à mon tour en faire autant pour toy :
  Hier devant tout les Dieux je t'en donnay ma foy,
  Et pour la maintenir tout me ſera poſſible.
CEL. Ta perte en mon bonheur me ſeroit trop ſenſible,
  Et je m'en haïrois, ſi j'avois conſenty
  Que mon Hymen laiſſaſt Alcidon ſans party.
ALC. Et bien, pour t'arracher ce ſcrupule de l'ame,
  (Quoy que je n'eus jamais pour elle aucune flame)
  l'épouſeray Clarice. Ainſi puisque mon ſort
  Veut qu'à mes amitiez je faſſe un tel effort,
  Que d'un de mes amis j'épouſe la Maîtreſſe,
  C'eſt là que par devoir il faut que je m'adreſſe.
  Philiſte m'eſt parjure, & moy ton obligé,
  Il m'a fait un affront, & tu m'en as vangé.
  Balancer un tel choix avec inquietude,
  Ce ſeroit me noircir de trop d'ingratitude.
CEL. Mais te priver pour moy de ce que tu cheris !
ALC. C'eſt faire mon devoir te quittant ma Doris,
  Et me vanger d'un traiſtre épouſant ſa Clarice.
  Mes diſcours, ny mon cœur n'ont aucun artifice,
  Ie vay pour confirmer tout ce que je t'ay dit
  Employer vers Doris mon reſte de credit,
  Si je la puis gagner, je te réponds du frere,
  Trop heureux à ce prix d'appaiſer ma colere.
CEL. C'eſt ainſi que tu veux m'obliger doublement,
  Voy ce que je pourray pour ton contentement.
ALC. L'affaire à mon avis deviendroit plus aiſée,
  Si Clarice apprenoit une mort ſuppoſée...
CEL. De qui ? de ſon amant ? va, tien pour aſſeuré
  Qu'elle croira dans peu ce perfide expiré.
ALC. Quand elle en aura ſçeu la Nouvelle funeste,
  Nous aurons moins de peine à la reſoudre au reſte.
  On a beau nous aimer, des pleurs ſont toſt ſechez,
  Et les morts ſoudain mis au rang des vieux pechez.

SCENE V.

CELIDAN.

IL me cede à mon gré Doris de bon courage,
Et ce nouveau deſſein d'un autre mariage,
Pour eſtre fait ſur l'heure & tout nonchalamment,
Eſt conduit, ce me ſemble, aſſez accortement.
Qu'il en ſçait de moyens! qu'il a ſes raiſons preſtes!
Et qu'il trouve à l'inſtant de pretextes honneſtes
Pour ne point r'approcher de ſon premier amour!
Plus j'y porte la veuë, & moins j'y voy de jour.
M'auroit-il bien caché le fond de ſa penſée?
Ouy, ſans doute Clarice a ſon ame bleſſée,
Il ſe vange en parole, & s'oblige en effet.
On ne le voit que trop, rien ne le ſatisfait,
Quand on luy rend Doris, il s'aigrit davantage.
Ie joürois à ce conte un joly perſonnage!
Il s'en faut éclaircir. Alcidon ruſe en vain,
Tandis que le ſuccés eſt encor en ma main,
Si mon ſoupçon eſt vray, je luy feray connoiſtre
Que je ne ſuis pas homme à ſeconder un traiſtre;
Ce n'eſt point avec moy qu'il faut faire le fin,
Et qui me veut duper en doit craindre la fin.
Il ne vouloit que moy pour luy ſervir d'eſcorte,
Et ſi je ne me trompe, il n'ouvrit point la porte,
Nous étions attendus, on ſecondoit nos coups:
La Nourrice parut en meſme temps que nous,
Et ſe paſma ſoudain avec tant de juſteſſe
Que cette paſmoiſon nous livra ſa maîtreſſe.
Qui luy pourroit un peu tirer les vers du nez,
Que nous verrions demain des gens bien étonnez!

SCENE VI.

CELIDAN, LA NOVRRICE.

NO. **A**H! *C.* I'entens des soûpirs. *N.* Destins. *C.* C'est la Nourrice.
 Qu'elle vient à propos! *NOV.* Ou rendez-moy Clarice.
CEL. Il la faut aborder. *NOV.* Ou me donnez la mort.
CEL. Qu'est-ce? qu'as-tu, Nourrice, à t'affliger si fort?
 Quel funeste accident? quelle perte arrivée?
NOV. Perfide, c'est donc toy qui me l'as enlevée?
 En quel lieu la tiens-tu? dy moy, qu'en as-tu fait?
CEL. Ta douleur sans raison m'impute ce forfait,
 Car enfin je t'entends, tu cherches ta maîtresse?
NOV. Ouy, je te la demande, ame double & traîtresse.
CEL. Ie n'ay point eu de part en cét enlevement,
 Mais je t'en diray bien l'heureux évenement.
 Il ne faut plus auoir un visage si triste,
 Elle est en bonne main. *NOV.* De qui? *CEL.* De son Philiste.
NOV. Le cœur me le disoit que ce rusé flateur
 Devoit estre du coup le veritable autheur.
CEL. Ie ne dis pas cela, Nourrice, du contraire,
 Sa rencontre à Clarice étoit fort necessaire.
NO. Quoy? l'a-t'il delivrée? *CE.* Ouy. *N.* Bons Dieux! *CE.* Sa valeur
 Oste ensemble la vie, & Clarice au voleur.
NOV. Vous ne parlez que d'un. *CEL.* L'autre ayant pris la fuite,
 Philiste a négligé d'en faire la poursuite.
NOV. Leur carrosse roulant comme est-il avenu...
CEL. Tu m'en veux informer en vain par le menu,
 Peut-estre un mauvais pas, une branche, une pierre
 Fit verser leur carrosse & les jetta par terre,
 Et Philiste eut tant d'heur que de les rencontrer
 Comme eux & ta maîtresse étoient prests d'y rentrer.
NOV. Cette heureuse Nouvelle a mon ame ravie.
 Mais le nom de celuy qu'il a privé de vie?
CEL. C'est, je l'aurois nommé mille fois en un jour,
 Que ma memoire icy me fait un mauvais tour!
 C'est un des bons amis que Philiste eust au Monde,
 Resve un peu comme moy, Nourrice, & me seconde.
NOV. Donnez-m'en quelque adresse. *CEL.* Il se termine en don.
 C'est, j'y suis peu s'en faut, attens, c'est... *NOV.* Alcidon?

CEL. T'y voila justement. *NOV.* Est-ce luy ? quel dommage,
Qu'un brave Gentilhomme en la fleur de son âge...
Toutefois il n'a rien qu'il n'ait bien merité,
Et graces aux bons Dieux son dessein avorté....
Mais du moins en mourant il nomma son complice?
CE. C'est-là le pis pour toy. *NO.* Pour moy! *CE.* Pour toy, Nourrice.
NOV. Ah, le traistre ! *CEL.* Sans doute il te vouloit du mal.
NOV. Et m'en pourroit-il faire? *CEL.* Ouy, son rapport fatal...
NOV. Ne peut rien contenir que je ne le dénie.
CEL. En effet ce rapport n'est qu'une calomnie;
Ecoute cependant.   Il a dit qu'à ton sçeu
Ce malheureux dessein avoit esté conçeu,
Et que pour empescher la fuite de Clarice
Ta feinte pasmoison luy fit un bon office,
Qu'il trouva le jardin par ton moyen ouvert.
NOV. De quels damnables tours cet imposteur se sert!
Non, Monsieur, à present il faut que je le die,
Le Ciel ne vit jamais de telle perfidie.
Ce traistre aimoit Clarice, & bruslant de ce feu,
Il n'amusoit Doris que pour couvrir son jeu;
Depuis près de six mois il a tasché sans cesse
D'acheter ma faveur auprès de ma maîtresse,
Il n'a rien épargné qui fust en son pouvoir,
Mais me voyant toûjours ferme dans le devoir,
Et que pour moy ses dons n'avoient aucune amorce,
Enfin il a voulu recourir à la force.
Vous sçavez le surplus, vous voyez son effort
A se vanger de moy pour le moins en sa mort,
Piqué de mes refus il me fait criminelle,
Et mon crime ne vient que d'estre trop fidelle.
Mais, Monsieur, le croit-on ? *CEL.* N'en doute aucunement,
Le bruit est qu'on t'appreste un rude châtiment.
NOV. Las ! que me dites-vous? *CEL.* Ta maîtresse en colere
Iure que tes forfaits recevront leur salaire,
Sur tout elle s'aigrit contre ta pasmoison.
Si tu veux éviter une infame prison,
N'attens pas son retour. *NOV.* Où me voy-je reduite!
Si mon salut dépend d'une soudaine fuite,
Et mon esprit confus ne sçait où l'adresser!
CEL. I'ay pitié des malheurs qui te viennent presser.
Nourrice, fay chez moy, si tu veux, ta retraite,
Autant qu'en lieu du Monde elle y sera secrette.

NOV. Oſerois-je eſperer que la compaſſion...
CEL. Ie prens ton innocence en ma protection,
    Va, ne pers point de temps, eſtre icy davantage
    Ne pourroit à la fin tourner qu'à ton dommage.
    Ie te ſuivray de l'œil, & ne dis encor rien
    Comme aprés je ſçauray m'employer pour ton bien,
    Durant l'éloignement ta paix ſe pourra faire.
NOV. Vous me ſerez, Monſieur, comme un Dieu tutelaire.
CEL. Trefve pour le preſent de ces remercimens,
    Va, tu n'as pas loiſir de tant de complimens.

SCENE VII.

CELIDAN.

VOila mon homme pris, & ma vieille attrapée.
    Vraiment un mauvais conte aiſément l'a dupée,
Ie la croyois plus fine, & n'euſſe pas penſé
Qu'un discours ſur le champ par hazard commencé,
Dont la ſuite non-plus n'alloit qu'à l'avanture,
Pûſt donner à ſon ame une telle torture,
La jetter en deſordre, & broüiller ſes reſſorts.
Mais la raiſon le veut, c'eſt l'effet des remords,
Le cuiſant ſouvenir d'une action méchante
Soudain au moindre mot nous donne l'épouvante.
Mettons-la cependant en lieu de ſeureté,
D'où nous ne craignions rien de ſa ſubtilité;
Aprés, nous ferons voir qu'il me faut d'une affaire,
Ou du tout ne rien dire, ou du tout ne rien taire,
Et que depuis qu'on joüe à ſurprendre un amy,
Vn trompeur en moy trouve un trompeur & demy.

SCENE VIII·

ALCIDON, DORIS.

DOR. C'Eſt donc pour un amy que tu veux que mon ame
Allume à ta priere une nouvelle flame?
ALC. Ouy, de tout mon pouvoir je t'en viens conjurer.
DOR. A ce coup, Alcidon, voila te declarer,
Ce compliment fort beau pour des ames glacées
M'eſt un aveu bien clair de tes feintes paſſées.
ALC. Ne parle point de feinte, il n'appartient qu'à toy
D'eſtre diſſimulée & de manquer de foy.
L'effet l'a trop montré. *DOR.* L'effet a dû t'apprendre,
Quand on feint avec moy, que je ſçay bien le rendre.
Mais je reviens à toy. Tu fais donc tant de bruit,
Afin qu'après un autre en recueille le fruit,
Et c'eſt à ce deſſein que ta fauſſe colere
Abuſe inſolemment de l'esprit de mon frere?
ALC. Ce qu'il a pris de part en mes reſſentimens
Apporte ſeul du trouble à tes contentemens,
Et pour moy qui voy trop ta haine par ce change
Qui t'a fait ſans raiſon me préferer Florange,
Ie n'oſe-plus t'offrir un ſervice odieux.
DOR. Tu ne fais pas tant mal, mais pour faire encor mieux,
Puisque tu reconnois ma veritable haine,
De moy, ny de mon choix ne te mets point en peine.
C'eſt trop manquer de ſens, je te prie, eſt-ce à toy,
A l'objet de ma haine à diſpoſer de moy?
ALC. Non, mais puisque je vois à mon peu de merite
De ta poſſeſſion l'esperance interdite,
Ie ſentirois mon mal puiſſamment ſoulagé,
Si du moins un amy m'en étoit obligé.
Ce Cavalier au reste a tous les avantages
Que l'on peut remarquer aux plus braves courages,
Beau de corps & d'esprit, riche, adroit, valeureux,
Et ſur tout de Doris à l'extreſme amoureux.
DOR. Toutes ces qualitez n'ont rien qui me déplaiſe,
Mais il en a de plus une autre fort mauvaiſe,
C'eſt qu'il eſt ton amy, cette ſeule raiſon
Me le feroit haïr, ſi j'en ſçavois le nom.

ALC.

ALC. Donc pour le bien fervir il faut icy le taire?
DOR. Et de plus luy donner cét avis falutaire,
   Que s'il eft vray qu'il m'aime, & qu'il vueille eftre aimé,
   Quand il m'entretiendra, tu ne fois point nommé;
   Qu'il n'espere autrement de réponfe que triste.
   I'ay dépit que le fang me lie avec Philiste,
   Et qu'ainfi malgré-moy j'aime un de tes amis.
ALC. Tu feras quelque jour d'un esprit plus remis,
   Adieu, quoy qu'il en foit, fouvien-toy, dédaigneufe,
   Que tu hais Alcidon qui te veut rendre heureufe.
DOR. Va, je ne veux point d'heur qui parte de ta main.

SCENE IX.

DORIS.

QV'aux filles comme moy le Sort eft inhumain!
   Que leur condition fe trouve déplorable!
Vne mere aveuglée, un frere inexorable,
Chacun de fon cofté, prennent fur mon devoir
Et fur mes volontez un abfolu pouvoir.
Chacun me veut forcer à fuivre fon caprice,
L'un a fes amitiez, l'autre a fon avarice,
Ma mere veut Florange, & mon frere Alcidon:
Dans leurs divifions mon cœur à l'abandon
N'attend que leur accord pour fouffrir, & pour feindre,
Ie n'ofe qu'esperer, & je ne fçay que craindre,
Ou plûtoft je crains tout, & je n'espere rien,
Ie n'ofe fuïr mon mal, ny rechercher mon bien.
Dure fujetion! étrange tyrannie!
Toute liberté donc à mon choix fe dénie!
On ne laiffe à mes yeux rien à dire à mon cœur,
Et par force un amant n'a de moy que rigueur.
Cependant il y va du reste de ma vie,
Et je n'ofe écouter tant foit peu mon envie,
Il faut que mes defirs toûjours indifferens
Aillent fans refistance au gré de mes parens,
Qui m'appreftent peut-eftre un brutal, un fauvage,
Et puis cela s'appelle une fille bien fage.
   Ciel, qui vois ma mifere, & qui fais les heureux,
Prens pitié d'un devoir qui m'eft fi rigoureux.

Tome I.   V

ACTE V.

SCENE PREMIERE.

CELIDAN, CLARICE.

CEL. 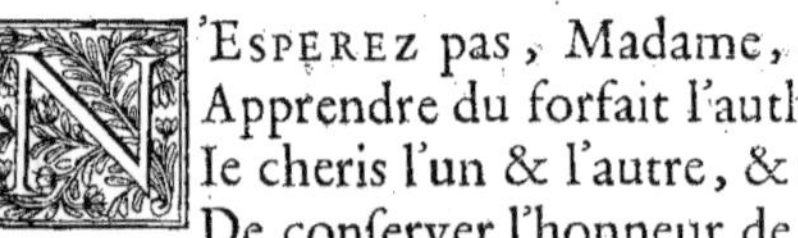'ESPEREZ pas , Madame , avec cét artifice
      Apprendre du forfait l'autheur , ny le complice,
      Ie cheris l'un & l'autre , & croy qu'il m'eſt permis
      De conſerver l'honneur de mes plus chers amis.
    L'un aveuglé d'amour ne jugea point de blaſme
    A ravir la beauté qui luy raviſſoit l'ame,
    Et l'autre l'aſſista par importunité:
    C'eſt ce que vous ſçaurez de leur temerité.
CLA. Puisque vous le voulez , Monſieur , je ſuis contente
    De voir qu'un bon ſuccés a trompé leur attente,
    Et me reſolvant meſme à perdre à l'avenir
    De toute ma douleur le triste ſouvenir,
    I'estime que la perte en ſera plus aiſée,
    Si j'ignore les noms de ceux qui l'ont cauſée.
    C'eſt aſſez que je ſçay qu'à voſtre heureux ſecours
    Ie dois tout le bonheur du reste de mes jours:
    Philiste autant que moy vous en eſt redevable,
    S'il a ſçeu mon malheur il eſt inconſolable,
    Et dans ſon deſespoir ſans doute qu'aujourd'huy
    Vous luy rendez la vie en me rendant à luy.
    Diſpoſez du pouvoir & de l'un & de l'autre,
    Ce que vous y verrez , tenez-le comme au voſtre,
    Et ſouffrez cependant qu'on le puiſſe avertir
    Que nos maux en plaiſirs ſe doivent convertir.
    La douleur trop long-temps regne ſur ſon courage.
CEL. C'eſt à moy qu'appartient l'honneur de ce meſſage,
    Mon ſecours ſans cela comme de nul effet
    Ne vous auroit rendu qu'un ſervice imparfait.
CLA. Aprés avoir rompu les fers d'une captive,
    C'eſt tout de nouveau prendre une peine exceſſive,

Et l'obligation que j'en vay vous avoir
Met la revanche hors de mon peu de pouvoir :
Ainfi dorefnavant, quelque espoir qui me flate,
Il faudra malgré moy que j'en demeure ingrate.
CEL. En quoy que mon fervice oblige voftre amour,
Vos feuls remercîmens me mettent à retour.

SCENE II.

CELIDAN.

QV'Alcidon maintenant foit de feu pour Clarice,
Qu'il ait de fon party fa traîtreffe Nourrice,
Que d'un amy trop fimple il faffe un raviffeur,
Qu'il querelle Philiste, & neglige fa fœur,
Enfin qu'il aime, dupe, enleve, feigne, abufe,
Ie trouve mieux que luy mon conte dans fa rufe,
Son artifice m'aide, & fuccede fi bien
Qu'il me donne Doris & ne luy laiffe rien.
Il femble n'enlever qu'à deffein que je rende,
Et que Philiste après une faveur fi grande
N'ofe me refufer celle dont fes transports
Et fes faux mouvemens font rompre les accords.
    Ne m'offre plus Doris, elle m'eft toute aquife,
Ie ne la veux devoir, traiftre, qu'à ma franchife,
Il fuffit que ta rufe ait dégagé fa foy,
Ceffe tes complimens, je l'auray bien fans toy.
Mais pour voir ces effets allons trouver le frere,
Noftre heur s'accorde mal avecque fa mifere,
Et ne peut s'avancer qu'en luy difant le fien.

SCENE III.

ALCIDON, CELIDAN.

CEL. AH, je cherchois une heure avec toy d'entretien,
    Ta rencontre jamais ne fut plus opportune.
ALC. En quel point as-tu mis l'état de ma fortune ?
CEL. Tout va le mieux du monde, il ne fe pouvoit pas
    Avec plus de fuccès fuppofer un trépas,

Clarice au defespoir croit Philiste fans vie.
ALC. Et l'autheur de ce coup? *CEL.* Celuy qui l'a ravie,
   Vn amant inconnu dont je luy fais parler.
ALC. Elle a donc bien jetté des injures en l'air?
CEL. Cela s'en va fans dire. *ALC.* Ainfi rien ne l'appaife?
CEL. Si je te difois tout, tu mourrois de trop d'aife.
ALC. Ie n'en veux point qui porte une fi dure loy.
CEL. Dans ce grand defespoir elle parle de toy.
ALC. Elle parle de moy! *CEL. I'ay perdu ce que j'aime,*
   (Dit-elle) mais du moins fi cet autre luy-mefme,
   Son fidelle Alcidon m'en confoloit icy!
ALC. Tout de bon? *CEL.* Son esprit en paroit adoucy.
ALC. Ie ne me penfois pas fi fort dans fa memoire.
   Mais non, cela n'eft point, tu m'en donnes à croire.
CEL. Tu peux dans ce jour mefme en voir la verité.
ALC. I'accepte le party par curiofité,
   Defrobons-nous ce foir pour luy rendre vifite.
CEL. Tu verras à quel point elle met ton merite.
ALC. Si l'occafion s'offre on peut la difpofer,
   Mais comme fans deffein... *CEL.* I'entens, à t'époufer.
ALC. Nous pourrons feindre alors que par ma diligence
   Le Concierge rendu de mon intelligence
   Me donne un accès libre aux lieux de fa prifon,
   Que déja quelque argent m'en a fait la raifon,
   Et que s'il en faut croire une jufte esperance,
   Les piftoles dans peu feront fa delivrance,
   Pourveu qu'un prompt Hymen fuccede à mes defirs.
CEL. Que cette invention t'affeure de plaifirs!
   Vne fubtilité fi dextrement tiffuë
   Ne peut jamais avoir qu'une admirable iffuë.
ALC. Mais l'execution ne s'en doit pas furfeoir.
CEL. Ne differe donc point, je t'attens vers le foir,
   N'y manque pas. Adieu, j'ay quelque affaire en ville.
ᵃ*Il eft feul.* *ALC.*ᵃ O l'excellent amy! qu'il a l'esprit docile!
   Pouvois-je faire un choix plus commode pour moy?
   Ie trompe tout le monde avec fa bonne foy:
   Et quant à fa Doris, fi fa pourfuite eft vaine,
   C'eft dequoy maintenant je ne fuis guere en peine,
   Puifque j'auray mon conte, il m'importe fort peu
   Si la coquette agrée, ou neglige fon feu.
   Mais je ne fonge pas que ma joye imprudente
   Laiffe en perplexité ma chere confidente,

Avant que de partir, il faudra fur le tard
De nos heureux fuccés luy faire quelque part.

SCENE IV.

CHRYSANTE, PHILISTE, DORIS.

CHR. IE ne le puis celer, bien que j'y compatiffe,
Ie trouve en ton malheur quelque peu de juftice,
Le Ciel vange ta fœur : ton fol emportement
A rompu fa fortune & chaffé fon amant,
Et tu vois auffi-toft la tienne renverfée,
Ta Maitreffe par force en d'autres mains paffée,
Cependant Alcidon que tu crois r'appeller,
Toûjours de plus en plus s'obftine à quereller.
PHI. Madame, c'eft à vous que nous devons nous prendre
De tous les déplaifirs qu'il nous en faut attendre;
D'un fi honteux affront le cuifant fouvenir
Eteint toute autre ardeur que celle de punir.
Ainfi mon mauvais fort m'a bien ofté Clarice,
Mais du refte accufez voftre feule avarice,
Madame, nous perdons par voftre aveuglement,
Voftre fils un amy, voftre fille un amant.
DOR. Oftez ce nom d'amant, le fard de fon langage
Ne m'empefcha jamais de voir dans fon courage,
Et nous étions tous deux femblables en ce point
Que nous feignions d'aimer ce que nous n'aimions point.
PHI. Ce que vous n'aimiez point ! jeune diffimulée,
Falloit-il donc fouffrir d'en eftre cajolée?
DOR. Il le falloit fouffrir, ou vous defobliger.
PHI. Dites qu'il vous falloit un esprit moins leger.
CHR. Celidan vient d'entrer, fais un peu de filence,
Et du moins à fes yeux cache ta violence.

SCENE V.

PHILISTE, CHRYSANTE,
CELIDAN, DORIS.

PHI. ET bien, que dit, que fait noftre amant irrité?
    Perfiste-t'il encor dans fa brutalité?
CEL. Quitte pour aujourd'huy le foin de tes querelles,
    I'ay bien à te conter de meilleures Nouvelles,
    Les ravifleurs n'ont plus Clarice en leur pouvoir.
PHI. Amy, que me dis-tu? *CEL.* Ce que je viens de voir.
PHI. Et de grace, où voit-on le fujet que j'adore?
    Dy-moy le lieu. *CEL.* Le lieu ne fe dit pas encore.
    Celuy qui te la rend te veut faire une loy...
PHI. Aprés cette faveur, qu'il difpofe de moy,
    Mon poffible eft à luy. *CEL.* Donc fous cette promeffe
    Tu peux dans fon logis aller voir ta Maitreffe,
    Ambaffadeur exprés...

SCENE VI.

CHRYSANTE, CELIDAN, DORIS.

CHR. SOn feu précipité
    Luy fait faire envers vous une incivilité:
    Vous la pardonnerez à cette ardeur trop forte,
    Qui fans vous dire Adieu vers fon objet l'emporte.
CEL. C'eft comme doit agir un veritable amour,
    Vn feu moindre euft fouffert quelque plus long fejour,
    Et nous voyons affez par cette experience
    Que le fien eft égal à fon impatience.
    Mais puifqu'ainfi le Ciel rejoint ces deux amans,
    Et que tout fe difpofe à vos contentemens,
    Pour m'avancer aux miens, oferois-je, Madame,
    Offrir à tant d'appas un cœur qui n'eft que flame,
    Vn cœur fur qui fes yeux de tout temps abfolus
    Ont imprimé des traits qui ne s'effacent plus?

I'ay crû par le paſſé qu'une ardeur mutuelle
Vniſſoit les esprits, & d'Alcidon, & d'elle,
Et qu'en ce Cavalier ſon deſir arrété
Prendroit tous autres vœux pour importunité:
Cette ſeule raiſon m'obligeant à me taire,
Ie trahiſſois mon feu de peur de luy déplaire.
Mais aujourd'huy qu'un autre en ſa place receu
Me fait voir clairement combien j'étois deceu,
Ie ne condamne plus mon amour au ſilence,
I'en viens faire éclater toute la violence.
Souffrez que mes deſirs ſi long-temps retenus
Rendent à ſa beauté des vœux qui luy ſont dûs;
Et du moins par pitié d'un ſi cruel martire
Permettez quelque espoir à ce cœur qui ſoûpire.
CHR. Voſtre amour pour Doris eſt un ſi grand bonheur,
Que je voudrois ſur l'heure en accepter l'honneur;
Mais vous voyez le point où me reduit Philiste,
Et comme ſon caprice à mes ſouhaits reſiste.
Trop chaud amy qu'il eſt, il s'emporte à tous coups
Pour un fourbe inſolent qui ſe moque de nous.
Honteuſe qu'il me force à manquer de promeſſe,
Ie n'oſe vous donner une réponſe expreſſe,
Tant je crains de ſa part un deſordre nouveau.
CEL. Vous me tuez, Madame, & cachez le coûteau,
Sous ce détour discret un refus ſe colore.
CHR. Non, Monſieur, croyez-moy, voſtre offre nous honore.
Auſſi dans le refus j'aurois peu de raiſon,
Ie connoy voſtre bien, je ſçay voſtre maiſon;
Voſtre pere jadis (helas, que cette histoire
Encor ſur mes vieux ans m'eſt douce en la memoire!
Voſtre feu pere, dis-je, eut de l'amour pour moy,
I'étois ſon cher objet, & maintenant je voy
Que comme par un droit ſucceſſif de famille,
L'amour qu'il eut pour moy, vous l'avez pour ma fille.
S'il m'aimoit, je l'aimois, & les ſeules rigueurs
De ſes cruels parens diviſerent nos cœurs.
On l'éloigna de moy par ce maudit uſage
Qui n'a d'égard qu'aux biens pour faire un mariage,
Et ſon pere jamais ne ſouffrit ſon retour
Que ma foy n'euſt ailleurs engagé mon amour.
En vain à cét Hymen j'oppoſay ma constance,
La volonté des miens vainquit ma reſistance.

Mais je reviens à vous, en qui je voy portraits
De ſes perfections les plus aimables traits :
Afin de vous oſter deſormais toute crainte
Que deſſous mes discours ſe cache aucune feinte,
Allons trouver Philiste , & vous verrez alors
Comme en voſtre faveur je feray mes efforts.
CEL. Si de ce cher objet j'avois meſme aſſeurance,
Rien ne pourroit jamais troubler mon esperance.
DOR. Ie ne ſçay qu'obeïr, & n'ay point de vouloir.
CEL. Employer contre vous un abſolu pouvoir !
Ma flame d'y penſer ſe tiendroit criminelle.
CHR. Ie connoy bien ma fille, & je vous réponds d'elle,
Dépeſchons ſeulement d'aller vers ces amans.
CEL. Allons , mon heur dépend de vos commandemens.

SCENE III.

PHILISTE, CLARICE.

PHI. **M**A douleur qui s'obstine à combatre ma joye
Pouſſe encor des ſoûpirs bien que je vous **revoye,**
Et l'excès des plaiſirs qui me viennent charmer
Meſle dans ces douceurs je ne ſçay quoy d'amer.
Mon ame en eſt enſemble & ravie, & confuſe :
D'un peu de laſcheté voſtre retour m'accuſe,
Et voſtre liberté me reproche aujourd'huy
Que mon amour la doit à la pitié d'autruy.
Elle me comble d'aiſe, & m'accable de honte,
Celuy qui vous la rend en m'obligeant m'affronte,
Vn coup ſi glorieux n'appartenoit qu'à moy.
CLA. Vois-tu dans mon esprit des doutes de ta foy ?
Y vois-tu des ſoupçons qui bleſſent ton courage,
Et dispenſent ta bouche à ce faſcheux langage ?
Ton amour & tes ſoins trompez par mon malheur,
Ma priſon inconnuë a bravé ta valeur,
Que t'importe à preſent qu'un autre m'en delivre,
Puisque c'eſt pour toy ſeul que Clarice veut vivre,
Et que d'un tel orage en bonace reduit
Celidan a la peine, & Philiste le fruit ?
PHI. Mais vous ne dites pas que le point qui m'afflige
C'eſt la reconnoiſſance où l'honneur vous oblige ;

Il vous

Il vous faut eftre ingrate, ou bien à l'avenir
Luy garder en voftre ame un peu de fouvenir.
La mienne en eft jaloufe, & trouve ce partage,
Quelque inégal qu'il foit, à fon defavantage,
Ie ne puis le fouffrir, nos penfers à tous deux
Ne devroient à mon gré parler que de nos feux,
Tout autre objet que moy dans voftre esprit me pique.
CLA. Ton humeur à ce conte eft un peu tyrannique,
  Penfes-tu que je veüille un amant fi jaloux?
PHI. Ie tafche d'imiter ce que je vois en vous,
  Mon esprit amoureux qui vous tient pour fa Reine
  Fait de vos actions fa régle fouveraine.
CLA. Ie ne puis endurer ces propos outrageux,
  Où me vois-tu jaloufe afin d'eftre ombrageux?
PHI. Quoy! ne l'étiez vous point l'autre jour qu'en vifite
  J'entretins quelque temps Belinde & Cryfolite?
CLA. Ne me reproche point l'excès de mon amour.
PHI. Mais permettez-moy donc cét excès à mon tour,
  Eft-il rien de plus jufte, ou de plus équitable?
CLA. Encor pour un jaloux tu feras fort traitable,
  Et n'es pas maladroit en ces doux entretiens
  D'accufer mes defauts pour excufer les tiens.
  Par cette liberté tu me fais bien paroiftre
  Que tu crois que l'Hymen t'ait déja rendu maiftre,
  Puisque laiffant les vœux & les fubmiffions
  Tu me dis feulement mes imperfections.
  Philifte, c'eft douter trop peu de ta puiffance,
  Et prendre avant le temps un peu trop de licence;
  Nous avions noftre Hymen à demain arrété,
  Mais pour te bien punir de cette liberté,
  De plus de quatre jours ne croy pas qu'il s'acheve.
PHI. Mais fi durant ce temps quelqu'autre vous enleve,
  Avez-vous feureté que pour voftre fecours
  Le mefme Celidan fe rencontre toûjours?
CLA. Il faut fçavoir de luy s'il prendroit cette peine.
  Voy ta mere, & ta fœur que vers nous il améne,
  Sa réponfe rendra nos debats terminez.
PHI. Ah! mere, fœur, amy, que vous m'importunez!

SCENE VIII.

CHRYSANTE, DORIS, CELIDAN,
CLARICE, PHILISTE.

[a] *A Clarice.* CHR.[a] IE viens après mon fils vous rendre une asseurance
De la part que je prens en vostre delivrance,
Et mon cœur tout à vous ne sçauroit endurer
Que mes humbles devoirs osent se differer.

[b] *A Chrysante.* CLA.[b] N'usez point de ce mot vers celle dont l'envie
Est de vous obeïr le reste de sa vie,
Que son retour rend moins à soy mesme qu'à vous :
Ce brave Cavalier accepté pour époux,
C'est à moy desormais, entrant dans sa famille,
A vous rendre un devoir de servante, & de fille ;
Heureuse mille fois, si le peu que je vaux
Ne vous empesche point d'excuser mes defauts.
Et si vostre bonté d'un tel choix se contente.

[c] *A Clarice.* CHR.[c] Dans ce bien excessif qui passe mon attente
Ie soupçonne mes sens d'une infidelité,
Tant ma raison s'oppose à ma credulité.
Surprise que je suis d'une telle merveille,
Mon esprit tout confus doute encor si je veille,
Mon ame en est ravie, & ces ravissemens
M'ostent la liberté de tous remercîmens.

[d] *A Clarice.* DOR.[d] Souffrez qu'en ce bonheur mon aise m'enhardisse
A vous offrir, Madame, un fidelle service.

[e] *A Doris.* CLA.[e] Et moy sans compliment qui vous farde mon cœur
Ie vous offre & demande une amitié de sœur.

[f] *A Celidan.* PHI.[f] Toy, sans qui mon malheur étoit inconsolable,
Ma douleur sans espoir, ma perte irreparable,
Qui m'as seul obligé plus que tous mes amis,
Puisque je te dois tout, que je t'ay tout promis,
Cesse de me tenir dedans l'incertitude,
Dy moy par où je puis sortir d'ingratitude,
Donne-moy le moyen après un tel bien-fait
De reduire pour toy ma parole en effet.

[g] *A Philiste.* CEL.[g] S'il est vray que ta flame & celle de Clarice
Doivent leur bonne issuë à mon peu de service,

Qu'un bon fuccés par moy réponde à tous vos vœux,
I'ofe t'en demander un pareil à mes feux,
I'ofe te demander fous l'aveu de Madame
Ce digne & feul objet de ma fecrette flame,
Cette fœur que j'adore, & qui pour faire un choix
Attend de ton vouloir les favorables loix.
PHI.[a] Ta demande m'étonne enfemble & m'embarraffe,
Sur ton meilleur amy tu brigues cette place,
Et tu fçais que ma foy la referve pour luy.
CHR.[b] Si tu n'as entrepris de m'accabler d'ennuy,
Ne te fay point ingrat pour une ame fi double.
PHI.[c] Mon efprit divifé de plus en plus fe trouble;
Difpenfe-moy, de grace, & fonge qu'avant toy
Ce bizarre Alcidon tient en gage ma foy.
Si ton amour eft grand, l'excufe t'eft fenfible,
Mais je ne t'ay promis que ce qui m'eft poffible.
Et cette foy donnée ofte de mon pouvoir
Ce qu'à noftre amitié je me fçay trop devoir.
CHR.[d] Ne te reffouvien plus d'une vieille promeffe,
Et juge en regardant cette belle Maîtreffe,
Si celuy qui pour toy l'ofte à fon raviffeur
N'a pas bien merité l'échange de ta fœur.
CLA.[e] Ie ne fçaurois fouffrir qu'en ma prefence on die
Qu'il doive m'aquerir par une perfidie,
Et pour un tel amy luy voir fi peu de foy,
Me feroit redouter qu'il en euft moins pour moy.
Mais Alcidon furvient, nous l'allons voir luy-mefme
Contre un rival & vous difputer ce qu'il aime.

[a] *A Celidan.*

[b] *A Philifte.*

[c] *A Celidan.*

[d] *A Philifte.*

[e] *A Chryfante.*

SCENE IX.

CLARICE, ALCIDON, PHILISTE, CHRYSANTE, CELIDAN, DORIS.

[a] *A Alci-*
don.   **CLA.**[a] MOn abord t'a furpris, tu changes de couleur,
Tu me croyois fans doute encor dans le mal-heur,
Voicy qui m'en delivre , & n'étoit que Philiste
A fes nouveaux deffeins en ta faveur refiste,
Cét amy fi parfait qu'entre tous tu cheris
T'auroit pour recompenfe enlevé ta Doris.
ALC. Le defordre éclatant qu'on voit fur mon vifage
N'eft que l'effet trop prompt d'une foudaine rage :
Ie forcéne de voir que fur voftre retour
Ce traiftre affeure ainfi ma perte, & fon amour.
Perfide, à mes dépens tu veux donc des Maîtreffes,
Et mon honneur perdu te gagne leurs careffes?

[b] *A Alci-*
don.   **CEL.**[b] Quoy, j'ay fçeu jufqu'icy cacher tes lafchetez,
Et tu m'ofes couvrir de ces indignitez !
Ceffe de m'outrager , ou le refpect des Dames
N'eft plus pour contenir celuy que tu diffames.

[c] *A Alci-*
don.   **PHI.**[c] Cher amy, ne crains rien , & demeure affeuré
Que je fçay maintenir ce que je t'ay juré,
Pour t'enlever ma foeur il faut m'arracher l'ame.

[d] *A Phi-*
liste.   **ALC.**[d] Non non, il n'eft plus temps de déguifer ma flame,
Il te faut malgré moy faire un honteux aveu
Que fi mon coeur brufloit, c'étoit d'un autre feu.
Amy , ne cherche plus qui t'a ravy Clarice,
Voicy l'autheur du coup , & voila le complice.
Adieu, ce mot lafché je te fuis en horreur.

SCENE X.

CHRYSANTE, CLARICE, PHILISTE, CELIDAN, DORIS.

CHR.[a] ET bien, rebelle, enfin sortiras-tu d'erreur?
CEL.[b] Puisque son desespoir vous découvre un mistere
    Que ma discretion vous avoit voulu taire,
    C'est à moy de montrer quel étoit mon dessein.
    Il est vray qu'en ce coup je luy prétay la main,
    La peur que j'eus alors qu'aprés ma resistance
    Il ne trouvast ailleurs trop fidelle assistance...
PHI.[c] Quittons-là ce discours, puisqu'en cette action
    La fin m'éclaircit trop de ton intention,
    Et ta sincerité se fait assez connoistre.
    Ie m'obstinois tantost dans le party d'un traistre,
    Mais au lieu d'affoiblir vers toy mon amitié,
    Vn tel aveuglement te doit faire pitié.
    Plains-moy, plains mon malheur, plains mon trop de franchise
    Qu'un amy déloyal a tellement surprise,
    Voy par là comme j'aime, & ne te souvien plus
    Que j'ay voulu te faire un injuste refus.
    Fay malgré mon erreur que ton feu persevere,
    Ne puny point la sœur de la faute du frere,
    Et reçoy de ma main celle que ton desir
    Avant mon imprudence avoit daigné choisir.
CLA.[d] Vne pareille erreur me rend toute confuse,
    Mais icy mon amour me servira d'excuse,
    Il serre nos esprits d'un trop étroit lien
    Pour permettre à mon sens de s'éloigner du sien.
CEL. Si vous croyez encor que cette erreur me touche,
    Vn mot me satisfait de cette belle bouche:
    Mais helas, quel espoir ose rien présumer
    Quand on n'a pû servir, & qu'on n'a fait qu'aimer?
DOR. Reünir les esprits d'une mere & d'un frere,
    Du choix qu'ils m'avoient fait avoir sçeu me défaire,
    M'arracher à Florange, & m'oster Alcidon,
    Et d'un cœur genereux me faire l'heureux don,
    C'est avoir sçeu me rendre un assez grand service
    Pour esperer beaucoup avec quelque justice,

[a] *A Philiste.*
[b] *A Philiste.*
[c] *A Celidan.*
[d] *A Celidan.*

Et puisque on me l'ordonne, on peut vous asseurer
Qu'alors que j'obeis c'est sans en murmurer.
CEL. A ces mots enchanteurs tout mon cœur se déploye,
Et s'ouvre tout entier à l'excés de ma joye.
CHR. Que la mienne est extresme, & que sur mes vieux ans
Le favorable Ciel me fait de doux presens!
Qu'il conduit mon bonheur par un ressort étrange!
Qu'à propos sa faveur m'a fait perdre Florange!
Puisse-t'elle pour comble accorder à mes vœux
Qu'une éternelle paix suive de si beaux nœuds,
Et rendre par les fruits de ce double Hymenée
Ma derniere vieillesse à jamais fortunée.
[a] *A Chrysante.* *CLA.*[a] Cependant pour ce soir ne me refusez pas
L'heur de vous voir icy prendre un mauvais repas,
Afin qu'à ce qui reste ensemble on se prépare,
Tant qu'vn mistere saint deux à deux nous separe.
[b] *A Clarice.* *CHR.*[b] Nous éloigner de vous avant ce doux moment,
Ce seroit me priver de tout contentement.

F I N.

LA GALERIE

DV PALAIS,

COMEDIE

ACTEVRS.

PLEIRANTE, *Pere de Celidée.*

LYSANDRE, *Amant de Celidée.*

DORIMANT, *Amoureux d'Hyppolite.*

CHRYSANTE, *Mere d'Hyppolite.*

CELIDEE, *Fille de Pleirante.*

HYPPOLITE, *Fille de Chryſante.*

ARONTE, *Eſcuyer de Lyſandre.*

CLEANTE, *Eſcuyer de Dorimant.*

FLORICE, *Suivante d'Hyppolite.*

LE LIBRAIRE du Palais.

LE MERCIER du Palais.

LA LINGERE du Palais.

La Scene eſt à Paris.

LA GALERIE

LA GALERIE
DV PALAIS,
COMEDIE.

ACTE I.

SCENE PREMIERE.

ARONTE, FLORICE.

ARO. ENFIN je ne le puis, que veux-tu que
   j'y fasse?
 Pour tout autre sujet mon maistre n'est
   que glace,
 Elle est trop dans son cœur, on ne l'en
   peut chasser,
 Et c'est folie à nous que de plus y
   penser.
I'ay beau devant les yeux luy remettre Hyppolite,
Parler de ses attraits, élever son merite,
Sa grace, son esprit, sa naissance, son bien,
Ie n'avance non plus, qu'à ne luy dire rien :
L'amour dont malgré-moy son ame est possedée
Fait qu'il en voit autant ou plus en Celidée.
FLO. Ne quittons pas pourtant, à la longue on fait tout,
 La gloire suit la peine, esperons jusqu'au bout.
 Ie veux que Celidée ait charmé son courage,
 L'amour le plus parfait n'est pas un mariage,

 Tome I.   Y

Fort souvent moins que rien cause un grand changement,
Et les occasions naissent en un moment.
ARO. Ie les prendray toûjours quand je les verray naistre.
FLO. Hyppolite en ce cas sçaura le reconnoistre.
ARO. Tout ce que j'en prétens, n'est qu'un entier secret.
Adieu, je vay trouver Celidée à regret.
FLO. De la part de ton maistre? *AR.* Ouy. *FL.* Si j'ay bonne veuë,
La voilà que son pere améne vers la ruë.
Tirons-nous à quartier, nous joürons mieux nos jeux,
S'ils n'aperçoivent point que nous parlions nous deux.

SCENE II.

PLEIRANTE, CELIDEE.

PL. NE pense plus, ma fille, à me cacher ta flame,
N'en conçoy point de honte, & n'en crains point de blâme,
Le sujet qui l'allume a des perfections
Dignes de posseder tes inclinations,
Et pour mieux te montrer le fond de mon courage,
I'aime autant son esprit, que tu fais son visage.
Confesse donc, ma fille, & croy qu'un si beau feu
Veut estre mieux traité que par un desaveu.
CEL. Monsieur, il est tout vray, son ardeur legitime
A tant gagné sur moy, que j'en fais de l'estime,
I'honore son merite, & n'ay pû m'empescher
De prendre du plaisir à m'en voir rechercher,
I'aime son entretien, je cheris sa presence;
Mais cela n'est enfin qu'un peu de complaisance,
Qu'un mouvement leger qui passe en moins d'un jour:
Vos seuls commandemens produiront mon amour,
Et vostre volonté de la mienne suivie…
PLE. Favorisant ses vœux seconde ton envie.
Aime, aime ton Lysandre, & puisque je consens
Et que je t'autorise à ces feux innocens,
Donne-luy hardiment une entiere asseurance
Qu'un mariage heureux suivra son esperance,
Engage-luy ta foy. Mais j'aperçoy venir
Quelqu'un qui de sa part te vient entretenir.
Ma fille, Adieu, les yeux d'un homme de mon âge
Peut-estre empescheroient la moitié du message.

CEL. Il ne vient rien de luy qu'il faille vous celer.
PLE. Mais tu feras fans moy plus libre à luy parler,
Et ta civilité fans doute un peu forcée
Me fait un compliment qui trahit ta penfée.

SCENE III.

CELIDEE, ARONTE.

CE. Qve fait ton maiftre, Aronte? *AR.* Il m'enuoye aujourd'huy
Voir ce que fa Maîtreffe a refolu de luy,
Et comment vous voulez qu'il paffe la journée.
CEL. Ie feray chez Daphnis toute l'aprefdifnée,
Et s'il m'aime, je croy que nous l'y pourrons voir,
Autrement... *ARO.* Ne penfez qu'à l'y bien recevoir.
CEL. S'il y manque, il verra fa pareffe punie.
Nous y devons difner fort bonne compagnie,
I'y méne du quartier Hyppolite, & Cloris.
ARO. Après elles & vous il n'eft rien dans Paris,
Et je n'en fçache point, pour belles qu'on les nomme,
Qui puiffent attirer les yeux d'un honnefte homme.
CEL. Ie ne fuis pas d'humeur bien propre à t'écouter,
Et ne prens pas plaifir à m'entendre flater,
Sans que ton bel esprit tafche plus d'y paroiftre,
Mefle-toy de porter ma réponfe à ton maiftre.
*ARO.*ª Quelle fuperbe humeur ! quel arrogant maintien!
Si mon maiftre me croit, vous ne tenez plus rien,
Il changera d'objet, ou j'y perdray ma peine,
Auffi-bien fon amour ne vous rend que trop vaine.

ª *Il eft feul.*

SCENE IV.

LA LINGERE, LE LIBRAIRE.

*LIN.*ᵇ Vous avez fort la preffe à ce Livre nouveau,
C'eft pour vous faire riche. *LIB.* On le trouve fi beau,
Que c'eft pour mon profit le meilleur qui fe voye.
Mais vous, que vous vendez de ces toiles de foye!
LIN. De vray, bien que d'abord on en vendift fort peu,
A prefent Dieu nous aime, on y court comme au feu,

ᵇ *On tire un rideau & l'on voit le Libraire, la Lingere & le Mercier chacun dans leur boutique.*

Ie n'en fçaurois fournir autant qu'on m'en demande:
Elle fied mieux auffi que celle de Hollande,
Découvre moins le fard dont un vifage eft peint,
Et donne, ce me femble, un plus grand lustre au teint.
Ie perds bien à gagner de ce que ma boutique
Pour eftre trop étroite empefche ma pratique,
A peine y puis-je avoir deux chalans à la fois,
Ie veux changer de place avant qu'il foit un mois,
I'aime mieux en payer le double, & davantage,
Et voir ma marchandife en plus bel étalage.
LIB. Vous avez bien raifon, mais à ce que j'entens...
Monfieur, vous plaift-il voir quelques livres du temps?

SCENE V.

DORIMANT, CLEANTE,
LE LIBRAIRE.

DO. **M**Ontrez-m'en quelques-uns. *LI.*Voicy ceux de la mode.
    DOR. Oftez-moy cét Autheur, fon nom feul m'in-
        commode,
    C'eft un impertinent, ou je n'y connois rien.
LIB. Ses œuvres toutefois fe vendent affez bien.
DOR. Quantité d'ignorans ne fongent qu'à la rime.
CLE. Monfieur, en voicy deux dont on fait grande estime.
    Confiderez ce trait, on le trouve divin.
DOR. Il n'eft que mal traduit du Cavalier Marin,
    Sa veine au demeurant me femble affez hardie.
LIB. Ce fut fon coup d'effay que cette Comedie.
DOR. Cela n'eft pas tant mal pour un commencement,
    La pluspart de fes vers coulent fort doucement,
    Qu'il a de mignardife à décrire un vifage!

SCENE VI.

*HYPOLITE, FLORICE, DORIMANT,
CLEANTE, LE LIBRAIRE,
LA LINGERE.*

HYP. **M**Adame, montrez-nous quelques collets d'ouvrage.
LIN. Ie vous en vay montrer de toutes les façons.
*DOR.*ᵃ Ce visage vaut mieux que toutes vos chansons.
*LIN.*ᵇ Voila du point d'esprit, de Genes, & d'Espagne.
HYP. Cecy n'est gueres bon qu'à des gens de campagne.
LIN. Voyez bien, s'il en est deux pareils dans Paris,...
HYP. Ne les vantez point tant, & dites nous le prix,
LIN. Quand vous aurez choisi. *HYP.* Que t'en semble, Florice?
FLO. Ceux-là sont assez beaux, mais de mauvais service,
    En moins de trois savons on ne les connoit plus.
HYP. Celuy-là qu'en dis-tu? *FLO.* L'ouvrage en est confus,
    Bien que l'invention de près soit assez belle,
    Voicy bien vostre fait, n'étoit que la dentelle
    Est fort mal assortie avec le passement;
    Cét autre n'a de beau que le couronnement.
LIN. Si vous pouviez avoir deux jours de patience,
    Il m'en vient, mais qui sont dans la mesme excellence.
FLO. Il vaudroit mieux attendre. *HYP.* Et bien nous attendrons,
    Dites-nous au plus tard quel jour nous reviendrons.
FLO. Mercredy j'en attens de certaines Nouvelles,
    Cependant vous faut-il quelques autres dentelles?
HYP. I'en ay ce qu'il m'en faut pour ma provision.
*LIB.*ᶜ I'en vay subtilement prendre l'occasion.
    La connois-tu, voisine? *LIN.* Ouy, quelque peu de veuë,
    Quant au reste elle m'est tout à fait inconnuë.
    ᵈCe Cavalier sans doute y trouve plus d'appas
    Que dans tous vos Autheurs. *CLE.* Ie n'y manqueray pas.
DOR. Si tu ne me vois-là, je seray dans la Salle.
    ᵉ Ie connois celuy-cy, sa veine est fort égale,
    Il ne fait point de vers qu'on ne trouve charmans.
    Mais on ne parle plus qu'on fasse de Romans,
    I'ay veu que nostre peuple en étoit idolatre.
LIB. La mode est à present des pieces de Theatre.

Y iij

ᵃ *Au Libraire.*
ᵇ *A Hypolite.*

Dorimant parle au Libraire à l'oreille.

ᶜ *A Dorimant.*
ᵈ *Dorimāt tire Cleante au milieu du Theatre, & luy parle à l'oreille.*
ᵉ *Il prend un livre sur la boutique du Libraire.*

DOR. De vray chacun s'en pique, & tel y met la main
Qui n'eut jamais l'esprit d'ajuster un quatrain.

SCENE VII·

LYSANDRE, DORIMANT,
LE LIBRAIRE, LE MERCIER.

LYS. IE te prens sur le livre *DOR.* Et bien, qu'en veux-tu dire?
Tant d'excellens esprits qui se meslent d'écrire
Valent bien qu'on leur donne une heure de loisir.
LYS. Y trouves-tu toûjours une heure de plaisir?
Beaucoup font bien des vers, mais peu la Comedie.
DOR. Ton goust, je m'en asseure, est pour la Normandie?
LYS. Sans rien specifier, peu meritent le voir.
Souvent leur entreprise excede leur pouvoir,
Et tel parle d'amour sans aucune pratique.
DOR. On n'y sçait guere alors que la vieille Rubrique,
Faute de le connoistre on l'habille en fureur,
Et loin d'en faire envie, on nous en fait horreur.
Luy seul de ses effets a droit de nous instruire,
Nostre plume à luy seul doit se laisser conduire,
Pour en bien discourir, il faut l'avoir bien fait,
Vn bon Poëte ne vient que d'un amant parfait.
LYS. Il n'en faut point douter, l'Amour a des tendresses
Que nous n'apprenons point qu'auprès de nos Maitresses.
Tant de sorte d'appas, de doux saisissemens,
D'agreables langueurs, & de ravissemens,
Iusques où d'un bel œil peut s'étendre l'empire,
Et mille autres secrets que l'on ne sçauroit dire,
(Quoy que tous nos Rimeurs en mettent par écrit)
Ne se sçeurent jamais par un effort d'esprit;
Et je n'ay jamais veu de cervelles bien faites
Qui traitassent l'amour à la façon des Poëtes;
C'est tout un autre jeu. Le stile d'un Sonnet
Est fort extravagant dedans un cabinet.
Il y faut bien loüer la beauté qu'on adore,
Sans mépriser Venus, sans médire de Flore,
Sans que l'éclat des lis, des roses, d'un beau jour
Ait rien à démesler avecque nostre amour.

O pauvre Comedie, objet de tant de veines,
Si tu n'és qu'un portrait des actions humaines,
On te tire souvent sur un original,
A qui, pour dire vray, tu ressembles fort mal.
DOR. Laissons la Muse en paix, de grace, à la pareille,
Chacun fait ce qu'il peut, & ce n'est pas merveille,
Si comme avec bon droit on perd bien un procés,
Souvent un bon ouvrage a de foibles succés.
Le jugement de l'homme, ou plûtost son caprice,
Pour quantité d'esprits n'a que de l'injustice,
I'en admire beaucoup dont on fait peu d'état,
Leurs fautes, tout au pis, ne sont pas coups d'Etat,
La plus grande est toûjours de peu de consequence.
LIB. Vous plairoit-il de voir des pieces d'Eloquence.
LYS.[a] I'en leus hier la moitié, mais son vol est si haut
Que presque à tous momens je me trouve en defaut.
DOR. Voicy quelques Autheurs dont j'aime l'industrie,
Mettez ces trois à part, mon Maistre, je vous prie,
Tantost un de mes gens vous les viendra payer.
LYS.[b] Le reste du matin où veux-tu l'employer?
MER. Voyez deça, Messieurs, vous plaist-il rien du nostre?
Voyez, je vous feray meilleur marché qu'un autre,
Des gands, des baudriers, des rubans, des Castors.

SCENE VIII.

DORIMANT, LYSANDRE.

DOR. IE ne sçaurois encor te suivre si tu sors,
Faisons un tour de Sallé attendant mon Cleante.
LYS. Qui te retient icy? *DOR.* L'histoire en est plaisante.
Tantost comme j'étois sur le livre occupé,
Tout proche on est venu choisir du point-coupé.
LYS. Qui? *DOR.* C'est la question, mais s'il faut s'en remettre
A ce qu'à mes regards sa coiffe a pû permettre,
Ie n'ay rien veu d'égal, mon Cleante la suit,
Et ne reviendra point qu'il n'en soit bien instruit,
Qu'il n'en sçache le nom, le rang, & la demeure.
LYS. Amy, le cœur t'en dit. *DOR.* Nullement, ou je meure,
Voyant je ne sçay quoy de rare en sa beauté,
I'ay voulu contenter ma curiosité,

LYS. Ta curiosité deviendra bien-toft flame,
    C'eft par là que l'Amour fe gliffe dans une ame.
      A la premiere veuë un objet qui nous plaift
    Ne forme qu'un defir de fçavoir quel il eft,
    On en veut auffi-toft apprendre davantage,
    Voir fi fon entretien répond à fon vifage,
    S'il eft civil ou rude , importun ou charmeur,
    Eprouver fon efprit , connoiftre fon humeur :
    De là cét examen fe tourne en complaifance,
    On cherche fi fouvent le bien de fa prefence
    Qu'on en fait habitude , & qu'au point d'en fortir,
    Quelque regret commence à fe faire fentir :
    On revient tout refveur , & noftre ame bleffée
    Sans prendre garde à rien cajole fa penfée.
    Ayant refvé le jour , là nuit à tous propos
    On fent je ne fçay quoy qui trouble le repos.
    Vn fommeil inquiet fur de confus nuages
    Eléve inceffamment de flateufes images,
    Et fur leur vain rapport fait naiftre des fouhaits
    Que le réveil admire & ne dédit jamais,
    Tout le cœur court en hafte aprés de fi doux guides,
    Et le moindre larcin que font fes vœux timides
    Arrefte le larron & le met dans les fers.
DOR. Ainfi tu fus épris de celle que tu fers?
LYS. C'eft un autre difcours , à prefent je ne touche
    Qu'aux rufes de l'Amour contre un efprit farouche,
    Qu'il faut apprivoifer presque infenfiblement,
    Et contre fes froideurs combatre finement :
    Des naturels plus doux....

SCENE IX.

DORIMANT, LYSANDRE, CLEANTE.

DOR.   Et bien , elle s'appelle?
CLE. Ne m'informez de rien qui touche cette belle.
    Trois filoux rencontrez vers le milieu du Pont,
    Chacun l'épée au poin , m'ont voulu faire affront,
    Et fans quelques amis qui m'ont tiré de peine
    Contr'eux ma refiftance euft peut-eftre été vaine,

Ils ont

Ils ont tourné le dos me voyant secouru,
Mais ce que je suivois tandis est disparu.
DOR. Les traistres! trois contre un! t'attaquer! te surprendre!
Quels insolens vers moy s'osent ainsi méprendre?
CLE. Ie ne connois qu'un d'eux, & c'est là le retour
De quelques tours de main qu'il receut l'autre jour,
Lors que m'ayant tenu quelques propos d'yvrongne
Nous eusmes prise ensemble à l'Hostel de Bourgogne.
DOR. Qu'on le trouve où qu'il soit, qu'une gresle de bois
Assemble sur luy seul le châtiment des trois,
Et que sous l'étriviere il puisse tost connoistre,
Quand on se prend aux miens, qu'on s'attaque à leur maistre.
LYS. I'aime à te voir ainsi décharger ton couroux;
Mais voudrois-tu parler franchement entre nous?
DOR. Quoy! tu doutes encor de ma juste colere?
LYS. En ce qui le regarde elle n'est que legere.
En vain pour son sujet tu fais l'interessé,
Il a paré des coups dont ton cœur est blessé,
Cét accident fascheux te vole une Maîtresse:
Confesse ingenûment, c'est là ce qui te presse.
DOR. Pourquoy te confesser ce que tu vois assez?
Au point de se former mes desseins renversez,
Et mon desir trompé, poussent dans ces contraintes
Sous de faux mouvemens de veritables plaintes.
LYS. Ce desir, à vray dire, est un amour naissant
Qui ne sçait où se prendre & demeure impuissant.
Il s'égare & se perd dans cette incertitude,
Et renaissant toûjours de ton inquietude
Il te montre un objet d'autant plus souhaité,
Que plus sa connoissance a de difficulté.
C'est par là que ton feu davantage s'allume,
Moins on l'a pû connoistre, & plus on en présume,
Nostre ardeur curieuse en augmente le prix.
DOR. Que tu sçais, cher amy, lire dans les esprits!
Et que pour bien juger d'une secrette flame
Tu penetres avant dans les ressorts d'une ame!
LYS. Ce n'est pas encor tout, je veux te secourir.
DOR. O! que je ne suis pas en état de guerir!
L'Amour use sur moy de trop de tyrannie.
LYS. Souffre que je te méne en une compagnie
Où l'objet de mes vœux m'a donné rendez-vous;
Les divertissemens t'y sembleront si doux,

Tome I.   Z

Ton ame en un moment en fera fi charmée,
Que tous fes déplaifirs diffipez en fumée,
On gagnera fur toy fort aifément ce point
D'oublier un objet que tu ne connois point.
Mais garde-toy fur tout d'une jeune voifine
Que ma Maitreffe y méne, elle eft & belle & fine,
Et fçait fi dextrement ménager fes attraits,
Qu'il n'eft pas bien aifé d'en éviter les traits.
DOR. Au hazard, fay de moy tout ce que bon te femble.
LYS. Donc en attendant l'heure allons difner enfemble.

SCENE X.

HYPPOLITE, FLORICE.

HYP. TV me railles toûjours. *FLO.* S'il ne vous veut du bien,
Dites affeurément que je n'y connoy rien.
Ie le confiderois tantoft chez ce Libraire,
Ses regards de fur vous ne pouvoient fe distraire,
Et fon maintien étoit dans une émotion
Qui m'instruifoit affez de fon affection.
Il vouloit vous parler, & n'ofoit l'entreprendre.
HYP. Toy, ne me parle point, ou parle de Lyfandre,
C'eft le feul dont la veuë excita mon ardeur.
FLO. Et le feul qui pour vous n'a que de la froideur.
Celidée eft fon ame, & tout autre vifage
N'a point d'affez beaux traits pour toucher fon courage,
Son brafier eft trop grand, rien ne peut l'amortir:
En vain fon Ecuyer tafche à l'en divertir,
En vain jufques aux Cieux portant voftre loüange
Il cherche à luy jetter quelque amorce du change,
Et luy dit jufques-là que dans voftre entretien
Vous témoignez fouvent de luy vouloir du bien,
Tout cela n'eft qu'autant de paroles perduës.
HYP. Faute d'eftre fans doute affez bien entenduës!
FLO. Ne le préfumez pas, il faut avoir recours
A de plus hauts fecrets qu'à ces foibles difcours.
Ie fus fine autrefois, & depuis mon vefvage
Ma rufe chaque jour s'eft accruë avec l'âge:
Ie me connois en monde, & fçay mille refforts
Pour débaucher une ame, & broüiller des accords.

HYP. Dy promptement, de grace. *FLO.* A present l'heure presse,
Et je ne vous sçaurois donner qu'un mot d'adresse.
Cette voisine & vous... Mais déja la voicy.

SCENE XI.

CELIDEE, HYPPOLITE,
FLORICE.

CEL. A Force de tarder tu m'as mise en soucy,
Il est temps, & Daphnis par un Page me mande
Que pour faire servir on n'attend que ma bande,
Le carrosse est tout prest, allons, veux-tu venir?
HYP. Lysandre aprés disner t'y vient entretenir?
CEL. S'il osoit y manquer, je te donne promesse
Qu'il pourroit bien ailleurs chercher une Maîtresse.

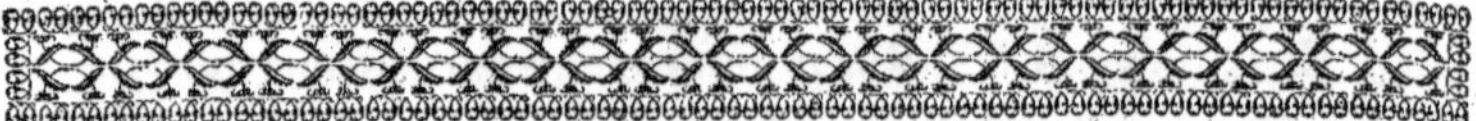

ACTE II.

SCENE PREMIERE.

HYPPOLITE, DORIMANT.

HYP. NE me contez point tant que mon visage est beau,
Ces discours n'ōt pour moy riē du tout de nouueau,
Ie le sçay bien sans vous, & j'ay cét avantage,
Quelques perfections qui soient sur mon visage,
Que je suis la premiere à m'en apercevoir.
Pour me les bien apprendre il ne faut qu'un miroir,
I'y vois en un moment tout ce que vous me dites.
DOR. Mais vous n'y voyez pas tous vos rares merites.
Cét esprit tout divin & ce doux entretien
Ont des charmes puissans dont il ne montre rien.
HYP. Vous les montrez assez par cette apresdinée
Qu'à causer avec moy vous vous étes donnée,
Si mon discours n'avoit quelque charme caché
Il ne vous tiendroit pas si long-temps attaché,
Ie vous juge plus sage, & plus aimer vostre aise,
Que d'y tarder ainsi sans que rien vous y plaise:
Et si je présumois qu'il vous pleust sans raison,
Ie me ferois moy-mesme un peu de trahison,
Et par ce trait badin qui sentiroit l'enfance
Vostre beau jugement recevroit trop d'offense.
Ie suis un peu timide, & deust-on me joüer,
Ie n'ose démentir ceux qui m'osent loüer.
DOR. Aussi vous n'avez pas le moindre lieu de craindre
Qu'on puisse en vous loüant, ny vous flater, ny feindre:
On voit un tel éclat en vos brillans appas
Qu'on ne peut l'exprimer, ny ne l'adorer pas.
HYP. Ny ne l'adorer pas ! par là vous voulez dire?
DOR. Que mon cœur desormais vit dessous vostre empire,

Et que tous mes desseins de vivre en liberté
N'ont rien eu d'assez fort contre vostre beauté.
HYP. Quoy ? mes perfections vous donnent dans la veuë ?
DOR. Les rares qualitez dont vous étes pourveuë
Vous oftent tout sujet de vous en étonner.
HYP. Cessez aussi, Monsieur, de vous l'imaginer,
Si vous bruslez pour moy, ce ne font pas merveilles,
I'ay de pareils discours chaque jour aux oreilles,
Et tous les gens d'esprit en font autant que vous.
DOR. En amour toutefois je les surpasse tous.
Ie n'ay point confulté pour vous donner mon ame,
Voftre premier aspect fçeut allumer ma flame,
Et je fentis mon cœur par un fecret pouvoir
Aussi prompt à brusler que mes yeux à vous voir.
HYP. Avoir connu d'abord combien je fuis aimable,
Encor qu'à voftre avis il foit inexprimable !
Ce grand & prompt effet m'asseure puissamment
De la vivacité de voftre jugement.
Pour moy, que la Nature a faite un peu grossiere,
Mon esprit qui n'a pas cette vive lumiere
Conduit trop pefamment toutes fes fonctions
Pour m'avertir fi-toft de vos perfections ;
Ie voy bien que vos feux meritent recompenfe,
Mais de les feconder ce defaut me dispenfe.
DOR. Railleufe. *HYP.* Excufez-moy, je parle tout de bon.
DOR. Le temps de cét orgueil me fera la raifon,
Et nous verrons un jour à force de fervices
Adoucir vos rigueurs & finir mes fupplices.

SCENE II.

DORIMANT, LYSANDRE, HYPPOLITE, FLORICE.

Lysandre sort de chez Celidée, & passe sans s'arrêter, leur donnant seulement un coup de chapeau.

HYP. PEut-estre l'avenir... Tout-beau, coureur, tout-beau,
On n'est pas quitte ainsi pour un coup de chapeau :
Vous aimez l'entretien de vostre fantaisie,
Mais pour un Cavalier c'est peu de courtoisie,
Et cela messied fort à des hommes de Cour,
De n'accompagner pas leur salut d'un Bon-jour.
LYS. Puis qu'auprès d'un sujet capable de nous plaire
La presence d'un tiers n'est jamais necessaire,
De peur qu'il en receust quelque importunité,
I'ay mieux aimé manquer à la civilité.
HYP. Voila parer mon coup d'un galand artifice,
Comme si je pouvois... Que me veux-tu, Florice?

ª Florice sort & parle à Hyppolite à l'oreille.

ª Dy-luy que je m'en vay. Messieurs, pardonnez-moy,
On me vient d'apporter une fascheuse loy,
Incivile à mon tour il faut que je vous quitte,
Vne mere m'appelle. DOR. Adieu, belle Hyppolite,
Adieu, souvenez-vous... HYP. Mais vous n'y songez plus.

SCENE III.

LYSANDRE, DORIMANT.

LYS. QVoy, Dorimant, ce mot t'a rendu tout confus!
DOR. Ce mot à mes desirs laisse peu d'esperance.
LYS. Tu ne la vois encor qu'avec indifference?
DOR. Comme toy Celidée. LYS. Elle eut donc chez Daphnis
Hier dans son entretien des charmes infinis.
Ie te l'avois bien dit que ton ame à sa veuë
Demeureroit éprise, ou puissámment émeuë.
Mais tu n'as pas si-tost oublié la beauté
Qui fit naistre au Palais ta curiosité?
Du moins ces deux objets balancent ton courage?
DOR. Sçais-tu bien que c'est là justement mon visage,

Celuy que j'avois veu le matin au Palais?
LYS. A ce conte... *DOR.* I'en tiens, ou l'on n'en tint jamais.
LYS. C'eſt conſentir bien-toſt à perdre ta franchiſe.
DO. C'eſt rendre un prompt hommage aux yeux qui me l'ont priſe.
LYS. Puiſque tu les connois, je ne plains plus ton mal.
DOR. Leur coup, pour les connoiſtre, en eſt-il moins fatal?
LYS. Non, mais du moins ton cœur n'eſt plus à la torture
   De voir tes vœux forcez d'aller à l'avanture,
   Et cette belle humeur de l'objet qui t'a pris..
DOR. Sous un accueil riant cache un ſubtil mépris.
   Ah! que tu ne ſçais pas de quel air on me traite!
LYS. Ie t'en avois jugé l'ame fort ſatisfaite,
   Et cette gaye humeur qui brilloit dans ſes yeux
   M'en promettoit pour toy quelque choſe de mieux.
DOR. Cette belle de vray, quoy que toute de glace,
   Meſle dans ſes froideurs je ne ſçay quelle grace,
   Par où tout de nouveau je me laiſſe gagner,
   Et conſens, peu s'en faut, à m'en voir dédaigner.
   Loin de s'en affoiblir mon amour s'en augmente,
   Ie demeure charmé de ce qui me tourmente;
   Ie pourrois de toute autre eſtre le poſſeſſeur,
   Que ſa poſſeſſion auroit moins de douceur.
   Ie ne ſuis plus à moy quand je vois Hyppolite
   Rejetter ma loüange, & vanter ſon merite,
   Negliger mon amour enſemble, & l'approuver,
   Me remplir tout d'un temps d'espoir, & m'en priver,
   Me refuſer ſon cœur en acceptant mon ame,
   Faire état de mon chois en mépriſant ma flame:
   Helas! en voila trop, le moindre de ces traits
   A pour me retenir de trop puiſſans attraits,
   Trop heureux d'avoir veu ſa froideur enjoüée
   Ne ſe point offenſer d'une ardeur avoüée.
LYS. Son Adieu toutefois te défend d'y ſonger,
   Et ce commandement t'en dévroit dégager.
DOR. Qu'un plus capricieux d'un tel Adieu s'offenſe,
   Il me donne un conſeil plûtoſt qu'une défenſe,
   Et par ce mot d'avis ſon cœur ſans amitié
   Du temps que j'y perdray montre quelque pitié.
LYS. Soit défenſe ou conſeil, de rien ne deſespere;
   Ie te répons déja de l'esprit de ſa mere.
   Pleirante ſon voiſin luy parlera pour toy,
   Il peut beaucoup ſur elle, & fera tout pour moy,

Tu sçais qu'il m'a donné sa fille pour Maîtresse.
Tasche à vaincre Hyppolite avec un peu d'adresse,
Et n'apprehende pas qu'il en faille beaucoup,
Tu verras sa froideur se perdre tout d'un coup.
Elle ne se contraint à cette indifference,
Que pour rendre une entiere & pleine déference,
Et cherche en déguisant son propre sentiment
La gloire de n'aimer que par commandement.
DOR. Tu me flates, amy, d'une attente frivole.
LYS. L'effet suivra de prés. *DOR.* Mon cœur sur ta parole
Ne se résout qu'à peine à vivre plus content.
LYS. Il se peut asseurer du bonheur qu'il prétend,
I'y donneray bon ordre. Adieu, le temps me presse,
Et je viens de sortir d'auprès de ma Maîtresse,
Quelques commissions dont elle m'a chargé
M'obligent maintenant à prendre ce congé.

SCENE IV.

DORIMANT, FLORICE.

ᵃIl est seul. *DOR.*ᵃ **D**Ieux, qu'il est mal-aisé qu'une ame bien atteinte
Conçoive de l'espoir qu'avec un peu de crainte!
Ie dois toute croyance à la foy d'un amy,
Et n'ose cependant m'y fier qu'à demy.
Hyppolite d'un mot chasseroit ce caprice.
Est-elle encor en haut? *FLO.* Encor. *DOR.* Adieu Florice,
Nous la verrons demain.

SCENE

SCENE V.

HYPPOLITE, FLORICE.

FLO. **I**L vient de s'en aller,
Sortez. *HYP.* Mais falloit-il ainſi me rappeller,
Me ſuppoſer ainſi des ordres d'une mere?
Sans mentir contre toy j'en ſuis toute en colere,
A peine ay-je attiré Lyſandre en nos discours,
Que tu viens par plaiſir en arréter le cours.
FLO. Et bien, prenez-vous-en à mon impatience
De vous communiquer un trait de ma ſcience.
Cét avis important tombé dans mon esprit
Meritoit qu'auſſi-toſt Hyppolite l'apprit,
Ie vay ſans perdre temps y diſpoſer Aronte.
HYP. I'ay la mine après tout d'y trouver mal mon conte.
FLO. Ie ſçay ce que je fais, & ne perds point mes pas:
Mais de voſtre coſté ne vous épargnez pas,
Mettez tout voſtre esprit à bien mener la ruſe.
HYP. Il ne faut point par là te préparer d'excuſe,
Va, ſuivant le ſuccés je veux à l'avenir
Du mal que tu m'as fait perdre le ſouvenir.

SCENE VI.

HYPPOLITE, CELIDEE.

HYP.[a] **C**Elidée, ès-tu là? *CEL.* Que me veut Hyppolite?
HYP. Délaſſer mon esprit une heure en ta viſite.
Que j'ay depuis un jour un importun amant!
Et que pour mon malheur je plais à Dorimant!
CEL. Ma ſœur, que me dis-tu? Dorimant t'importune!
Quoy! j'enviois déja ton heureuſe fortune,
Et déja dans l'esprit je ſentois quelque ennuy
D'avoir connu Lyſandre auparavant que luy.
HYP. Ah! ne me raille point, Lyſandre qui t'engage
Eſt le plus accomply des hommes de ſon âge.
CEL. Ie te jure, à mes yeux l'autre l'eſt bien autant,
Mon cœur a de la peine à demeurer constant,

[a] *Elle frape à la porte de Celidée.*

Et pour te découvrir jusqu'au fond de mon ame,
Ce n'eft plus que ma foy qui conferve ma flame,
Lyfandre me déplaift de me vouloir du bien:
Plûft aux Dieux que fon change autorifaft le mien,
Ou qu'il ufaft vers moy de tant de negligence,
Que ma legereté fe pûft nommer vangeance.
Si j'avois un pretexte à me mécontenter,
Tu me verrois bien-toft refoudre à le quitter.
HYP. Simple, préfumes-tu qu'il devienne volage,
Tant qu'il verra l'Amour regner fur ton vifage?
Ta flame trop vifible entretient fes ferveurs,
Et fes feux dureront autant que tes faveurs.
CEL. Il femble à t'écouter que rien ne le retienne
Que parce que fa flame a l'aveu de la mienne.
HYP. Que fçay-je? il n'a jamais éprouvé tes rigueurs,
L'Amour en mefme temps fçeut embrafer vos cœurs,
Et mefme j'ofe dire, après beaucoup de monde,
Que fa flame vers toy ne fut que la feconde.
Il fe vit accepter avant que de s'offrir,
Il ne vit rien à craindre, & n'eut rien à fouffrir,
Il vit fa récompenfe acquife avant la peine,
Et devant le combat fa victoire certaine.
Vn homme eft bien cruel quand il ne donne pas
Vn cœur qu'on luy demande avecque tant d'appas.
Qu'à ce prix la constance eft une chofe aifée,
Et qu'autrefois par là je me vis abufée!
Alcidor que mes yeux avoient fi fort épris
Courut au changement dès le premier mépris,
La force de l'Amour paroit dans la fouffrance,
Ie le tiens fort douteux s'il a tant d'affeurance,
Qu'on en voit s'affoiblir pour un peu de longueur!
Et qu'on en voit ceder à la moindre rigueur!
CEL. Ie connoy mon Lyfandre, & fa flame eft trop forte
Pour tomber en foupçon qu'il m'aime de la forte:
Toutefois un dédain éprouvera fes feux,
Ainfi, quoy qu'il en foit, j'auray ce que je veux,
Il me rendra constante, ou me fera volage;
S'il m'aime, il me retient ; s'il change, il me dégage;
Suivant ce qu'il aura d'amour, ou de froideur,
Ie fuivray ma nouvelle, ou ma premiere ardeur.
HYP. En vain tu t'y réfous, ton ame un peu contrainte
Au travers de tes yeux luy trahira ta feinte,

L'un d'eux dédira l'autre, & toûjours un soûris
Luy fera voir assez combien tu le cheris.
CEL. Ce n'est qu'un faux soupçon qui te le persuade,
 I'armeray de rigueurs jusqu'à la moindre œillade,
 Et regleray si bien toutes mes actions
 Qu'il ne pourra juger de mes intentions.
HYP. Pour le moins aussi-tost que par cette conduite
 Tu seras de son cœur suffisamment instruite,
 S'il demeure constant, l'amour & la pitié
 Avant que dire Adieu renoûront l'amitié?
CEL. Il va bien-tost venir, va-t'en, & sois certaine
 De ne voir d'aujourd'huy Lysandre hors de peine.
HYP. Et demain? *CEL.* Ie t'iray conter ses mouvemens,
 Et touchant l'avenir prendre tes sentimens.
 O Dieux! si je pouvois changer sans infamie!
HYP. Adieu, n'épargne en rien ta plus fidelle amie.

SCENE VII.

CELIDEE.

QVel étrange combat! je meurs de le quitter,
Et mon reste d'amour ne le peut maltraiter,
Mon ame veut & n'ose, & bien que refroidie
N'aura trait de mépris si je ne l'étudie,
Tout ce que mon Lysandre a de perfections
Se vient offrir en foule à mes affections,
Ie voy mieux ce qu'il vaut lors que je l'abandonne,
Et déja la grandeur de ma perte m'étonne.
Pour regler sur ce point mon esprit balancé,
I'attens ses mouvemens sur mon dédain forcé,
Ma feinte éprouvera si son amour est vraye.
Helas! ses yeux me font une nouvelle playe,
Prépare-toy mon cœur, & laisse à mes discours
Assez de liberté pour trahir mes amours.

SCENE VIII.

LYSANDRE, CELIDEE.

CEL. **Q**Voy? j'auray donc de vous encor une visite!
Vraiment pour aujourd'huy je m'en estimois quitte.
LYS. Vne par jour suffit, si tu veux endurer
Qu'autant comme le jour je la fasse durer.
CEL. Pour douce que nous soit l'ardeur qui nous consume,
Tant d'importunité n'est point sans amertume.
LYS. Au lieu de me donner ces apprehensions
Apprens ce que j'ay fait sur tes commissions.
CEL. Ie ne vous en chargeay qu'afin de me défaire
D'un entretien chargeant, & qui m'alloit déplaire.
LYS. Depuis quand donnez-vous ces qualitez aux miens?
CEL. Depuis que mon esprit n'est plus dans vos liens.
LYS. Est-ce donc par gageure, ou par galanterie?
CEL. Ne vous flatez point tant, que ce soit raillerie,
Ce que j'ay dans l'esprit, je ne le puis celer,
Et ne suis pas d'humeur à rien dissimuler.
LYS. Quoy? que vous ay-je fait? d'où provient ma disgrace?
Quel sujet avez-vous d'estre pour moy de glace?
Ay-je manqué de soins? ay-je manqué de feux?
Vous ay-je desrobé le moindre de mes vœux?
Ay-je trop peu cherché l'heur de vostre presence?
Ay-je eu pour d'autres yeux la moindre complaisance?
CEL. Tout cela n'est qu'autant de propos superflus,
Ie voulus vous aimer, & je ne le veux plus;
Mon feu fut sans raison, ma glace l'est de mesme,
Si l'un eut quelque excès, je rendray l'autre extresme.
LYS. Par cette extrémité vous avancez ma mort.
CEL. Il m'importe fort peu quel sera vostre sort.
LYS. Quelle nouvelle amour, ou plûtost quel caprice
Vous porte à me traiter avec cette injustice?
Vous, de qui le serment m'a reçeu pour époux?
CEL. I'en perds le souvenir aussi-bien que de vous.
LYS. Evitez-en la honte, & fuyez-en le blâme.
CEL. Ie les veux accepter pour peines de ma flame.
LYS. Vn reproche éternel suit ce tour inconstant.
CEL. Si vous me voulez plaire, il en faut faire autant.

LYS. Eſt-ce-là donc le prix de vous avoir ſervie?
   Ah, ceſſez vos mépris, ou me privez de vie.
CEL. Et bien, ſoit, un Adieu les va faire ceſſer,
   Auſſi-bien ce discours ne fait que me laſſer.
LYS. Ah, redouble plûtoſt ce dédain qui me tuë,
   Et laiſſe-moy le bien d'expirer à ta veuë,
   Que j'adore tes yeux, tous cruels qu'ils me ſont,
   Qu'ils reçoivent mes vœux pour le mal qu'ils me font,
   Invente à me geſner quelque rigueur nouvelle,
   Traite, ſi tu le veux, mon ame en criminelle,
   Dy que je ſuis ingrat, appelle-moy leger,
   Impute à mes amours la honte de changer,
   Dedans mon deſespoir fais éclater ta joye,
   Et tout me ſera doux, pourveu que je te voye.
   Tu verras tes mépris n'ébranler point ma foy,
   Et mes derniers ſoûpirs ne voler qu'après toy:
   Ne crains point de ma part de reproche, ou d'injure,
   Ie ne t'appelleray ny laſche, ny parjure,
   Mon feu ſupprimera ces titres odieux,
   Mes douleurs cederont au pouvoir de tes yeux,
   Et mon fidelle amour malgré leur vive atteinte
   Pour t'adorer encor étouffera ma plainte.
CEL. Adieu, quelques encens que tu vueilles m'offrir,
   Ie ne me ſçaurois plus réſoudre à les ſouffrir.

SCENE IX.

LYSANDRE.

CElidée, ah tu fuis ! tu fuis donc, & tu n'oſes
  Faire tes yeux témoins d'un trépas que tu cauſes,
Ton esprit inſenſible à mes feux innocens
Craint de ne l'eſtre pas aux douleurs que je ſens,
Tu crains que la pitié qui ſe gliſſe en ton ame
N'y rejette un rayon de ta premiere flame,
Et qu'elle ne t'arrache un ſoudain repentir
Malgré tout cét orgueil qui n'y peut conſentir.
Tu vois qu'un deſespoir deſſus mon front exprime
En mille traits de feu mon ardeur & ton crime,
Mon viſage t'accuſe, & tu vois dans mes yeux
Vn portrait que mon cœur conſerve beaucoup mieux.

A a iij

Tous mes foins, tu le fçais, furent pour Celidée,
La nuit ne m'a jamais retracé d'autre idée,
Et tout ce que Paris a d'objets raviffans
N'a jamais ébranlé le moindre de mes fens.
Ton exemple à changer en vain me follicite,
Dans ta volage humeur j'adore ton merite,
Et mon amour plus fort que mes reffentimens
Conferve fa vigueur au milieu des tourmens.
Revien, mon cher foucy, puisqu'aprés tes défenfes
Mes plus vives ardeurs font pour toy des offenfes,
Voy comme je perfiste à te defobeïr,
Et par là, fi tu peux, prens droit de me haïr.
Fol, je préfume ainfi r'appeller l'inhumaine,
Qui ne veut pas avoir de raifons à fa haine?
Puisqu'elle a fur mon cœur un pouvoir abfolu,
Il luy fuffit de dire, *ainfi je l'ay voulu.*
Cruelle, tu le veux ! c'eft donc ainfi qu'on traite
Les finceres ardeurs d'une amour fi parfaite !
Tu me veux donc trahir, tu le veux, & ta foy
N'eft qu'un gage frivole à qui vit fous ta loy !
Mais je veux l'endurer, fans bruit, fans refistance,
Tu verras ma langueur, & non mon inconstance,
Et de peur de t'ofter un captif par ma mort,
J'attendray ce bonheur de mon funeste fort.
Iusques-là mes douleurs publiant ta victoire
Sur mon front paffiffant éleveront ta gloire,
Et fçauront en tous lieux hautement témoigner
Que fans me refroidir tu m'as pû dédaigner.

ACTE III.

SCENE PREMIERE.

LYSANDRE, ARONTE.

LYS. V me donnes, Aronte, un étrange remede!
ARO. Souverain toutefois au mal qui vous poſſede:
 Croyez-moy, j'en ay veu des ſuccés merveilleux
 A remettre au devoir ces esprits orgueilleux.
Quand on leur ſçait donner un peu de jalouſie,
Ils ont bien-toſt quitté ces traits de fantaiſie;
Car enfin tout l'éclat de ces emportemens
Ne peut avoir pour but de perdre leurs amans.
LYS. Que voudroit donc par là mon ingrate Maîtreſſe?
ARO. Elle vous jouë un tour de la plus haute adreſſe.
 Avez-vous bien pris garde au temps de ſes mépris?
 Tant qu'elle vous a crû legerement épris,
 Que voſtre chaiſne encor n'étoit pas aſſez forte,
 Vous a-t'elle jamais gouverné de la ſorte?
 Vous ignoriez alors l'uſage des ſoûpirs,
 Ce n'étoient que douceurs, ce n'étoient que plaiſirs:
 Son esprit aviſé vouloit par cette ruſe
 Etablir un pouvoir dont maintenant elle uſe.
 Remarquez-en l'adreſſe, elle fait vanité
 De voir dans ſes dédains voſtre fidelité,
 Voſtre humeur endurante à ces rigueurs l'invite,
 On voit par là vos feux, par vos feux ſon merite,
 Et cette fermeté de vos affections
 Montre un effet puiſſant de ſes perfections.
 Oſez-vous esperer qu'elle ſoit plus humaine,
 Puisque ſa gloire augmente augmentant voſtre peine?
 Rabatez cét orgueil, faites-luy ſoupçonner
 Que vous vous en piquez jusqu'à l'abandonner:

La crainte d'en voir naiftre une fi jufte fuite
A vivre comme il faut l'aura bien-toft reduite,
Elle en fuira la honte, & ne fouffrira pas
Que ce change s'impute à fon manque d'appas.
Il eft de fon honneur d'empefcher qu'on préfume
Qu'on éteigne aifément les flames qu'elle allume;
Feignez d'aimer quelqu'autre, & vous verrez alors
Combien à vous reprendre elle fera d'efforts.
LYS. Pourrois-tu me juger capable d'une feinte?
ARO. Pourriez-vous trouver rude un moment de contrainte?
LYS. Ie trouue fes mépris plus doux à fupporter.
ARO. Pour les faire finir, il faut les imiter.
LYS. Faut-il eftre inconstant pour la rendre fidelle?
ARO. Il faut fouffrir toûjours, ou déguifer comme elle.
LYS. Que de raifons, Aronte, à combatre mon cœur,
Qui ne peut adorer que fon premier vainqueur!
Du moins auparavant que l'effet en éclate,
Fais un effort pour moy, va trouver mon ingrate,
Mets-luy devant les yeux mes fervices paffez,
Mes feux fi bien receus, fi mal recompenfez,
L'excès de mes tourmens, & de fes injustices,
Employe à la gagner tes meilleurs artifices;
Que n'obtiendras-tu point par ta dexterité,
Puisque tu viens à bout de ma fidelité?
ARO. Mais mon poffible fait, fi cela ne fuccede?
LYS. Ie feindray dès demain qu'Aminte me poffede.
ARO. Aminte! Ah, commencez la feinte dès demain,
Mais n'allez point courir au fauxbourg Saint Germain;
Et quand penferiez-vous que cette ame cruelle
Dans le fond du Marais en receuft la Nouvelle?
Vous feriez tout un fiecle à luy vouloir du bien,
Sans que voftre arrogante en appriff jamais rien.
Puisque vous voulez feindre, il faut feindre à fa veuë,
Qu'auffi-toft voftre feinte en puiffe eftre aperceuë,
Qu'elle bleffe les yeux de fon esprit jaloux,
Et porte jusqu'au cœur d'inévitables coups.
Ce fera faire au voftre un peu de violence,
Mais tout le fruit confiste à feindre en fa prefence.
LYS. Hyppolite en ce cas feroit fort à propos,
Mais je crains qu'un amy n'en perdift le repos;
Dorimant dont fes yeux ont charmé le courage
Autant que Celidée en auroit de l'ombrage.

ARO. Vous

ARO. Vous verrez fi foudain rallumer fon amour,
Que la feinte n'eft pas pour durer plus d'un jour,
Et vous aurez après un fujet de rifée
Des foupçons mal fondez de fon ame abufée.
LYS. Va trouver Celidée, & puis nous refoudrons
En ces extrémitez quel avis nous prendrons.

SCENE II.

ARONTE, FLORICE.

ARO.[a] **S**Ans que pour l'appaifer je me rompe la tefte,   [a] *Il eft feul.*
   Mon meffage eft tout fait, & fa réponfe prefte.
Bien loin que mon discours pûft la perfuader,
Elle n'aura jamais voulu me regarder,
Vne prompte retraite au feul nom de Lyfandre,
C'eft par où fes dédains fe feront fait entendre.
Mes amours du paffé ne m'ont que trop appris
Avec quelles couleurs il faut peindre un mépris,
A peine faifoit-on femblant de me connoiftre,
De forte... *FLO.* Aronte, & bien, qu'as-tu fait vers ton maiftre?
Le verrons nous bien-toft? *ARO.* N'en fois plus en foucy,
Dans une heure au plus tard je te le rends icy.
FLO. Preft à luy témoigner... *ARO.* Tout preft. Adieu, je tremble
Que de chez Celidée on ne nous voye enfemble.

SCENE III.

HYPPOLITE, FLORICE.

HYP. **D**'Où vient que mon abord l'oblige à te quitter?
   FL. Tant s'en faut qu'il vous fuye, il vient de me côter...
Toutefois, je ne fçay fi je vous le dois dire.
HYP. Que tu te plais, Florice, à me mettre en martyre!
FLO. Il faut vous préparer à des raviffemens....
HYP. Ta longueur m'y prépare avec bien des tourmens,
   Dépefche, ces discours font mourir Hyppolite.
FLO. Mourez donc promptement, que je vous reffufcite.
HYP. L'infupportable femme! enfin diras-tu rien?
FLO. L'impatiente fille! enfin tout ira bien.

Tome I.   B b

HYP. Enfin tout ira bien, ne sçauray-je autre chose?
FLO. Il faut que vostre esprit là-dessus se repose,
  Vous ne pouviez tantost souffrir de longs propos,
  Et pour vous obliger j'ay tout dit en trois mots,
  Mais ce que maintenant vous n'en pouvez apprendre,
  Vous l'apprendrez bien-tost plus au long de Lysandre.
HYP. Tu ne flates mon cœur que d'un espoir confus.
FLO. Parlez à vostre amie, & ne vous faschez plus.

SCENE IV.

CELIDEE, HYPPOLITE, FLORICE.

CEL. MOn abord importun rompt vostre conference,
  Tu m'en voudras du mal. *HYP*.Du mal?& l'apparence?
Ie ne sçay pas aimer de si mauvaise foy,
Et tout à l'heure encor je luy parlois de toy.
CEL. Ie me retire donc afin que sans contrainte...
HYP. Quitte cette grimace, & mets à part la feinte,
  Tu fais la reservée en ces occasions,
  Mais tu meurs de sçavoir ce que nous en disions.
CEL. Tu meurs de le conter plus que moy de l'apprendre,
  Et tu prendrois pour crime un refus de l'entendre.
  Puis donc que tu le veux, ma curiosité...
HYP. Vraiment tu me confons de ta civilité.
CEL. Voilà de tes détours, & comme tu differes
  A me dire en quel point vous teniez mes affaires.
HYP. Nous parlions du dessein d'éprouver ton amant,
  Tu l'as veu reüssir à ton contentement?
CEL. Ie viens te voir exprés pour t'en dire l'issuë.
  Que je m'en suis trouvée heureusement deceuë!
  Ie présumois beaucoup de ses affections,
  Mais je n'attendois pas tant de submissions.
  Iamais le desespoir qui saisit son courage
  N'en pût tirer un mot à mon desavantage,
  Il tenoit mes dédains encor trop précieux,
  Et ses reproches mesmes étoient officieux.
  Aussi ce grand amour a rallumé ma flame,
  Le change n'a plus rien qui chatoüille mon ame,
  Il n'a plus de douceurs pour mon esprit flotant,
  Aussi ferme à present qn'il le croit inconstant.

FLO. Quoy que vous ayez veu de fa perfeverance,
  N'en prenez pas encore une entiere affeurance.
  L'espoir de vous fléchir a pû le premier jour
  Ietter fur fon dépit ces beaux dehors d'amour;
  Mais vous verrez bien-toft que pour qui le méprife
  Toute legereté luy femblera permife.
  I'ay veu des amoureux de toutes les façons.
HYP. Cette bizarre humeur n'eft jamais fans foupçons,
  L'avantage qu'elle a d'un peu d'experience
  Tient éternellement fon ame en défiance;
  Mais ce qu'elle te dit ne vaut pas l'écouter.
CEL. Et je ne fuis pas fille à m'en épouvanter.
  Ie veux que ma rigueur à tes yeux continuë,
  Et lors fa fermeté te fera mieux connuë;
  Tu ne verras des traits que d'un amour fi fort,
  Que Florice elle-mefme avoûra qu'elle a tort.
HYP. Ce fera trop long-temps luy paroiftre cruelle.
CEL. Tu connoiftras par là combien il m'eft fidelle,
  Le Ciel à ce deffein nous l'envoye à propos.
HYP. Et quand te refous-tu de le mettre en repos?
CEL. Trouve bon, je te prie, après un peu de feinte
  Que mes feux violens s'expliquent fans contrainte,
  Et pour le rappeller des portes du trépas,
  Si j'en dis un peu trop, ne t'en offenfe pas.

SCENE V.

LYSANDRE, CELIDEE, HYPPOLITE, FLORICE.

LYS. **M**Erveille des beautez, feul objet qui m'engage....
  CEL. Noublirez-vous jamais cét importun langage?
  Vous obstiner encor à me perfecuter
  C'eft prendre du plaifir à vous voir maltraiter.
  Perdez mon fouvenir avec voftre esperance,
  Et ne m'accablez plus de voftre impertinence,
  Il faut pour m'arréter des entretiens meilleurs.
LYS. Quoy? vous prenez pour vous ce que j'adreffe ailleurs?
  Adore qui voudra voftre rare merite,
  Vn change heureux me donne à la belle Hyppolite.

Mon fort en cela feul a voulu me trahir,
Qu'en ce change mon cœur femble vous obeïr,
Et que mon feu paffé vous va rendre fi vaine
Que vous imputerez ma flame à voftre haine,
A voftre orgueil nouveau mes nouveaux fentimens,
L'effet de ma raifon à vos commandemens.

CEL. Tant s'en faut que je prenne une fi trifte gloire,
Ie chaffe mes dédains mefme de ma memoire,
Et dans leur fouvenir rien ne me femble doux,
Parce qu'en le gardant je penferois à vous.

^a *A Hyp-*
polite.

LYS.^a Beauté de qui les yeux nouveaux Rois de mon ame
Me font eftre leger fans en craindre le blafme....

HYP. Ne vous emportez point à ces propos perdus,
Et ceffez de m'offrir des vœux qui luy font dûs,
Ie penfe mieux valoir que le refus d'une autre;
Si vous voulez vanger fon mépris par le voftre,
Ne venez point du moins m'enrichir de fon bien,
Elle vous traite mal, mais elle n'aime rien,
Vous, faites-en autant, fans chercher de retraite
Aux importunitez dont elle s'eft défaite.

LYS. Que fon exemple encor réglaft mes actions!
Cela fut bon du temps de mes affections.
A prefent que mon cœur adore une autre Reine,
A prefent qu'Hyppolite en eft la fouveraine...

HYP. C'eft elle feulement que vous voulez flater.

LYS. C'eft elle feulement que je dois imiter.

HYP. Sçavez-vous donc à quoy la raifon vous oblige?
C'eft à me negliger comme je vous neglige.

LYS. Ie ne puis imiter ce mépris de mes feux,
A moins qu'à voftre tour vous m'offriez des vœux,
Donnez-m'en les moyens, vous en verrez l'iffuë.

HYP. I'apprehenderois fort d'eftre trop bien receuë,
Et qu'au lieu du plaifir de me voir imiter,
Ie n'euffe que l'honneur de me faire écouter,
Pour n'avoir que la honte après de me dédire.

LYS. Souffrez donc que mon cœur fans exemple foûpire,
Qu'il aime fans exemple, & que mes paffions
S'égalent feulement à vos perfections.
Ie vaincray vos rigueurs par mon humble fervice,
Et ma fidelité... CEL. Viens avec moy, Florice,
I'ay des nippes en haut que je veux te montrer.

SCENE VI.

HYPPOLITE, LYSANDRE.

HYP. Q Voy, fans la retenir vous la laiffez rentrer!
Allez, Lyfandre, allez, c'eft affez de contraintes,
I'ay pitié du tourment que vous donnent ces feintes,
Suivez ce bel objet dont les charmes puiffans
Sont, & feront toûjours abfolus fur vos fens.
Quoy qu'après fes dédains un peu d'orgueil publie,
Son merite eft trop grand pour fouffrir qu'on l'oublie,
Elle a des qualitez, & de corps, & d'efprit,
Dont pas un cœur donné jamais ne fe reprit.
LYS. Mon change fera voir l'avantage des voftres,
Qu'en la comparaifon des unes & des autres
Les fiennes deformais n'ont qu'un éclat terny,
Que fon merite eft grand, & le voftre infiny.
HYP. Que j'emporte fur elle aucune préference!
Vous tenez des discours qui font hors d'apparence,
Elle me paffe en tout, & dans ce changement
Chacun vous blafmeroit de peu de jugement.
LYS. M'en blafmer en ce cas c'eft en manquer foy-mefme,
Et choquer la raifon qui veut que je vous aime.
Nous fommes hors du temps de cette vieille erreur
Qui faifoit de l'amour une aveugle fureur,
Et l'ayant aveuglé, luy donnoit pour conduite
Le mouvement d'une ame, & furprife, & feduite.
Ceux qui l'ont peint fans yeux ne le connoiffoient pas,
C'eft par les yeux qu'il entre, & nous dit vos appas:
Lors noftre efprit en juge, & fuivant le merite
Il fait croiftre une ardeur que cette veuë excite.
Si la mienne pour vous fe relafche un moment,
C'eft lors que je croiray manquer de jugement,
Et la mefme raifon qui vous rend admirable
Doit rendre comme vous ma flame incomparable.
HYP. Epargnez avec moy ces propos affetez,
Encor hier Celidée avoit ces qualitez,
Encor hier en merite elle étoit fans pareille;
Si je fuis aujourd'huy cette unique merveille,

B b iij

Demain quelqu'autre objet dont vous fuivrez la loy
Gagnera voftre cœur, & ce titre fur moy.
Vn esprit inconstant a toûjours cette adreffe...

SCENE VII.

CHRYSANTE, PLEIRANTE,
HYPPOLITE, LYSANDRE.

CHR. **M**Onfieur, j'aime ma fille avec trop de tendreffe
    Pour la vouloir contraindre en fes affections.
PLE. Madame, vous fçaurez fes inclinations,
    Elle voudra vous plaire, & je l'en voy foûrire.
    Allons, mon Cavalier, j'ay deux mots à vous dire.
CHR. Vous en aurez réponfe avant qu'il foit trois jours.

SCENE VIII.

CHRYSANTE, HYPPOLITE.

CHR. **D**Evinerois-tu bien quels étoient nos discours?
    HY. Il vous parloit d'amour, peut-eftre? *C.* Ouy, que t'en
HYP. D'âge presque pareils vous feriez bien enfemble.   (femble?
CHR. Tu me donnes vraiment un gracieux détour,
    C'étoit pour ton fujet qu'il me parloit d'amour.
HYP. Pour moy? ces jours paffez un Poëte qui m'adore
    (Du moins à ce qu'il dit) m'égaloit à l'Aurore,
    Ie me raillois alors de fa comparaifon:
    Mais fi cela fe fait, il avoit bien raifon.
CHR. Avec tout ce babil tu n'ès qu'une étourdie,
    Le bon-homme eft bien loin de cette maladie,
    Il veut te marier, mais c'eft à Dorimant;
    Voy fi tu te refous d'accepter cét amant.
HYP. Deffus tous mes defirs vous étes abfoluë,
    Et fi vous le voulez m'y voila refoluë,
    Dorimant vaut beaucoup, je vous le dis fans fard;
    Mais remarquez un peu le trait de ce vieillard.
    Lyfandre fi long-temps a bruflé pour fa fille,
    Qu'il en faifoit déja l'appuy de fa famille;

A prefent que fes feux ne font plus que pour moy,
Il voudroit bien qu'un autre euft engagé ma foy,
Afin que fans espoir dans cette amour nouvelle
Vn nouveau changement le ramenaft vers elle.
N'avez-vous point pris garde, en vous difant Adieu,
Qu'il a presque arraché Lyfandre de ce lieu?
CHR. Simple, ce qu'il en fait ce n'eft qu'à fa priere,
Et Lyfandre tient mefme à faveur finguliere...
HYP. Ie fçay que Dorimant eft un de fes amis,
Mais vous voyez d'ailleurs que le Ciel a permis
Que pour mieux vous montrer que tout n'eft qu'artifice
Lyfandre me faifoit fes offres de fervice.
CHR. Aucun des deux n'eft homme à fe joüer de nous,
Quelque fecret mystere eft caché là deffous.
Allons, pour en tirer la verité plus claire,
Seules dedans ma chambre examiner l'affaire,
Icy quelque importun pourroit nous aborder.

S C E N E IX.

H Y P P O L I T E , F L O R I C E.

HYP. I'Auray bien de la peine à la perfuader.
   Ah, Florice, en quel point laiffes-tu Celidée?
FLO. De honte & de dépit tout-à-fait poffedée.
HYP. Que t'a-t'elle montré? *FLO.* Cent chofes à la fois,
Selon que le hazard les mettoit fous fes doigts.
Ce n'étoit qu'un pretexte à faire fa retraite.
HYP. Elle t'a témoigné d'eftre fort fatisfaite?
FLO. Sans que je vous amufe en discours fuperflus
Son vifage fuffit pour juger du furplus.
*HYP.*ᵃ Ses pleurs ne fe fçauroient empefcher de descendre,
Et j'en aurois pitié fi je n'aimois Lyfandre.

SCENE X.

CELIDEE.

Nfidelles témoins d'un feu mal allumé,
Soyez-les de ma honte, & vous fondant en larmes,
Puniffez-vous, mes yeux, d'avoir trop préfumé
    Du pouvoir de vos charmes.

Dequoy vous a fervy d'avoir fçeu me flater,
D'avoir pris le party d'un ingrat qui me trompe,
S'il ne fit le conftant qu'afin de me quitter
    Avecque plus de pompe?

Quand je m'en veux deffaire, il eft parfait amant,
Quand je veux le garder, il n'en fait plus de conte,
Et n'ayant pû le perdre avec contentement,
    Ie le perds avec honte.

Ce que j'eus lors de joye augmente mon regret,
Par là mon defespoir davantage fe pique,
Quand je le crûs conftant mon plaifir fut fecret,
    Et ma honte eft publique.

Le traiftre avoit fenty qu'alors me negliger
C'étoit à Dorimant livrer toute mon ame,
Et la conftance plût à cét efprit leger,
    Pour amortir ma flame.

Autant que j'eus de peine à l'éteindre en naiffant,
Autant m'en faudra-t'il à la faire renaiftre;
De peur qu'à cét amour d'eftre encor impuiffant,
    Il n'ofe plus paroiftre.

Outre que de mon cœur pleinement exilé,
Et n'y confervant plus aucune intelligence,
Il eft trop glorieux pour n'eftre rappelé
    Qu'à fervir ma vangeance.

Mais j'aperçoy celuy qui le porte en fes yeux.

Courage

Courage donc, mon cœur, esperons un peu mieux,
Ie fens bien que déja devers luy tu t'envoles,
Mais pour t'accompagner je n'ay point de paroles,
Ma honte & ma douleur furmontant mes defirs
N'en laiffent le paffage ouvert qu'à mes foûpirs.

SCENE XI.

DORIMANT, CELIDEE, CLEANTE.

DOR. DAns ce profond penfer, pafle, trifte, abatuë,
        Ou quelque grand malheur de Lyfandre vous tuë,
   Ou bien-toft vos douleurs l'accableront d'ennuis.
CEL. Il eft caufe en effet de l'état où je fuis,
   Non pas en la façon qu'un amy s'imagine,
   Mais... *DOR.* Vous n'achevez point, faut-il que je devine?
CEL. Permettez que je cede à la confufion
   Qui m'étouffe la voix en cette occafion,
   I'ay d'incroyables traits de Lyfandre à vous dire,
   Mais ce refte du jour fouffrez que je refpire,
   Et m'obligez demain que je vous puiffe voir.
DOR. De forte qu'à prefent on n'en peut rien fçavoir?
   Dieux ! elle fe defrobe, & me laiffe en un doute...
   Pourfuivons toutefois noftre premiere route,
   Peut-eftre ces beaux yeux dont l'éclat me furprit
   De ce fafcheux foupçon purgeront mon efprit.
   Frape.

SCENE XII.

DORIMANT, FLORICE, CLEANTE.

FLO.   QVe vous plaift-il? *DOR.* Peut-on voir Hyppolite?
FLO. Elle vient de fortir pour faire une vifite.
DOR. Ainfi tout aujourd'huy mes pas ont efté vains.
   Florice, à ce defaut fay-luy mes baife-mains.
FLO.[a] Ce font des complimens qu'il fait mauvais luy faire,   [a] *Elle eft*
   Depuis que ce Lyfandre a tafché de luy plaire,   *feule.*
   Elle ne veut plus eftre au logis que pour luy,
   Et tous autres devoirs luy donnent de l'ennuy.
   Tome I.   C c

ACTE IV.

SCENE PREMIERE.

HYPPOLITE, ARONTE.

HYP. Cet excés d'amour qu'il me faifoit paroiftre,
Ie me croyois déja Maîtreffe de ton maiftre,
Tu m'as fait grand dépit de me defabufer.
Qu'il a l'esprit adroit quand il veut déguifer,
Et que pour mettre en jour ces complimens frivoles,
Il fçait bien ajuster fes yeux à fes paroles!
Mais je me promets tant de ta dexterité,
Qu'il tournera bien-toft la feinte en verité.
ARO. Ie n'ofe l'esperer, fa paffion trop forte
Déja vers fon objet malgré moy le remporte,
Et comme s'il avoit reconnu fon erreur,
Vos yeux luy font à charge, & fa feinte en horreur.
Mefme il m'a commandé d'aller vers fa cruelle,
Luy jurer que fon cœur n'a bruflé que pour elle,
Attaquer fon orgueil par des fubmiffions....
HYP. I'entens affez le but de tes commiffions,
Tu vas tafcher pour luy d'amollir fon courage.
ARO. I'employe auprès de vous le temps de ce meffage,
Et la feray parler tantoft à mon retour
D'une façon mal propre à donner de l'amour:
Mais après mon rapport, fi fon ardeur extrefme
Le réfout à porter fon meffage luy-mefme,
Ie ne répons de rien, l'amour qu'ils ont tous deux
Vaincra noftre artifice, & parlera pour eux.
HYP. Sa Maîtreffe ébloüye ignore encor ma flame,
Et laiffe à mes confeils tout pouvoir fur fon ame:
Ainfi tout eft à nous, s'il ne faut qu'empefcher
Qu'un fi fidelle amant n'en puiffe rapprocher.
ARO. Qui pourroit toutefois en détourner Lyfandre,
Ce feroit le plus feur. *HYP.* N'ofes-tu l'entreprendre?

ARO. Donnez-moy les moyens de le rendre jaloux,
  Et vous verrez après fraper d'étranges coups.
HYP. L'autre jour Dorimant toucha fort ma rivale,
  Iusques-là qu'entre eux deux son ame étoit égale,
  Mais Lysandre depuis endurant sa rigueur
  Luy montra tant d'amour qu'il regagna son cœur.
ARO. Donc à voir Celidée & Dorimant ensemble,
  Quelque Dieu qui vous aime aujourd'huy les assemble.
HYP. Fay-les voir à ton maistre, & ne perds point ce temps,
  Puisque de là dépend le bonheur que j'attens.

SCENE II.

DORIMANT, CELIDEE, ARONTE.

DOR. Aronte, un mot, tu fuis, crains-tu que je te voye?
  AR. Non, mais pressé d'aller où mon maistre m'envoye,
  I'avois doublé le pas sans vous apercevoir.
DOR. D'où viens-tu? *ARO.* D'un logis vers la Croix du Tiroir.
DOR. C'est donc en ce Marais que finit ton voyage?
ARO. Non, je cours au Palais faire encor un message.
DOR. Et c'en est le chemin de passer par icy?
ARO. Souffrez que j'aille oster mon maistre de soucy,
  Il meurt d'impatience à force de m'attendre.
DOR. Et touchant mes amours ne peux-tu rien m'apprendre?
  As-tu veu depuis peu l'objet que je cheris?
ARO. Ouy, tantost en passant j'ay rencontré Cloris.
DOR. Tu cherches des détours, je parle d'Hyppolite.
CEL. Et c'est là seulement le discours qu'il évite.
  Tu t'enferres, Aronte, & pris au dépourveu,
  En vain tu veux cacher ce que nous avons veu.
  Va, ne sois point honteux des crimes de ton maistre,
  Pourquoy desavoüer ce qu'il fait trop paroistre?
  Il la sert à mes yeux, cét infidelle amant,   *Aronte*
  Et te vient d'envoyer luy faire un compliment.   *rentre.*

SCENE III.

DORIMANT, CELIDEE.

CEL. A Près cette retraite & ce morne silence
    Pouvez-vous bien encor demeurer en balance?
DOR. Ie n'en ay que trop veu, mes yeux m'en ont trop dit,
    Aronte en me parlant étoit tout interdit,
    Et sa confusion portoit sur son visage
    Assez & trop de jour pour lire son message.
    Traistre, traistre Lysandre, est-ce là donc le fruit
    Qu'en faveur de mes feux ton amitié produit?
CEL. Connoissez tout à fait l'humeur de l'infidelle,
    Vostre amour seulement la luy fait trouver belle,
    Son objet, tout aimable & tout parfait qu'il est,
    N'a des charmes pour luy que depuis qu'il vous plaist,
    Et vostre affection de la sienne suivie
    Montre que c'est par là qu'il en a pris envie,
    Qu'il veut moins l'acquerir que vous la desrober.
DOR. Voicy dans ce larcin qui le fait succomber.
    En ce dessein commun de servir Hyppolite,
    Il faut voir seul à seul qui des deux la merite,
    Son sang me répondra de son manque de foy,
    Et me fera raison, & pour vous, & pour moy.
    Nostre vieille union ne fait qu'aigrir mon ame,
    Et mon amitié meurt voyant naistre sa flame.
CEL. Vouloir quelque mesure entre un perfide & vous
    Est-ce faire justice à ce juste couroux?
    Pouvez-vous présumer après sa tromperie
    Qu'il ait dans les combats moins de supercherie?
    Certes pour le punir c'est trop vous negliger,
    Et chercher à vous perdre au lieu de vous vanger.
DOR. Pourriez-vous approuver que je prisse avantage
    Pour immoler ce traistre à mon peu de courage?
    I'acheterois trop cher la mort du suborneur,
    Si pour avoir sa vie il m'en coûtoit l'honneur,
    Et montrerois une ame, & trop basse, & trop noire,
    De ménager mon sang aux dépens de ma gloire.
CEL. Sans les voir l'un ny l'autre en peril exposez,
    Il est pour vous vanger des moyens plus aisez.

Pour peu que vous fuffiez de mon intelligence,
Vous auriez bien-toft pris une digne vangeance,
Et vous pourriez fans bruit ofter à l'inconstant...
DOR. Quoy? ce qu'il m'a volé? *CEL.* Non, mais du moins autant.
DOR. La foibleffe du fexe en ce point vous confeille,
Il fe croit trop vangé quand il rend la pareille,
Mais fuivre le chemin que vous voulez tenir,
C'eft imiter fon crime au lieu de le punir,
Au lieu de luy ravir une belle Maîtreffe,
C'eft prendre à fon refus une beauté qu'il laiffe,
ᵃC'eft luy faire plaifir, au lieu de l'affliger,
C'eft fouffrir un affront, & non pas fe vanger.
I'en perds icy le temps, Adieu, je me retire,
Mais avant qu'il foit peu, fi vous entendez dire
Qu'un coup fatal & juste ait puny l'imposteur,
Vous pourrez aifément en deviner l'autheur.
CEL. De grace encor un mot.   Helas! il m'abandonne
Aux cuifans déplaifirs que ma douleur me donne;
Rentre, pauvre abufée, & dedans tes malheurs,
Si tu ne les retiens, cache du moins tes pleurs.

ᵃ Lyfandre vient avec Aronte qui luy fait voir Dorimant avec Celidée.

S C E N E   I V.

L Y S A N D R E , A R O N T E.

ARO. ET bien, qu'en dites-vous, & que vous femble d'elle?
LYS. Helas! pour mon malheur tu n'és que trop fidelle,
N'exerce plus tes foins à me faire endurer,
Ma plus douce fortune eft de tout ignorer,
Ie ferois trop heureux fans le rapport d'Aronte.
ARO. Encor pour Dorimant, il en a quelque honte,
Vous voyant il a fuy. *LYS.* Mais mon ingrate alors
Pour empefcher fa fuite a fait tous fes efforts.
Aronte, & tu prenois fes dédains pour des feintes!
Tu croyois que fon cœur n'euft point d'autres atteintes,
Que fon esprit entier fe confervoit à moy,
Et parmy fes rigueurs n'oublioit point fa foy!
ARO. A vous dire le vray, j'en fuis trompé moy-mefme:
Aprés deux ans paffez dans un amour extrefme,
Que fans occafion elle vinft à changer!
Ie me fuffe tenu coupable d'y fonger.

C c iij

Mais puisque sans raison la volage vous change,
Faites qu'avec raison un changement vous vange:
Pour punir comme il faut son infidelité,
Vous n'avez qu'à tourner la feinte en verité.
LYS. Miserable, est-ce ainsi qu'il faut qu'on me soulage?
Ay-je trop peu souffert sous cette humeur volage,
Et veux-tu desormais que par un second choix
Ie m'engage à souffrir encor une autre fois?
Qui t'a dit qu'Hyppolite à cette amour nouvelle
Se rendroit plus sensible, ou seroit plus fidelle?
ARO. Vous en devez, Monsieur, présumer beaucoup mieux.
LYS. Conseiller importun, oste-toy de mes yeux.
ARO. Son ame... *LYS.* Oste-toy, dis-je, & desrobe ta teste
Aux violents effets que ma colere appreste,
Ma boüillante fureur ne cherche qu'un objet,
Va, tu l'attirerois sur un sang trop abjet.

SCENE V.

LYSANDRE.

IL faut à mon couroux de plus nobles victimes,
Il faut qu'un mesme coup me vange de deux crimes,
Qu'après les trahisons de ce couple indiscret
L'un meure de ma main, & l'autre de regret.
Ouy, la mort de l'amant punira la Maîtresse,
Et mes plaisirs alors naistront de sa tristesse;
Mon cœur à qui mes yeux apprendront ses tourmens
Permettra le retour à mes contentemens;
Ce visage si beau, si bien pourveu de charmes,
N'en aura plus pour moy s'il n'est couvert de larmes,
Ses douleurs seulement ont droit de me guerir,
Pour me resoudre à vivre, il faut la voir mourir.
Frenetiques transports, avec quelle insolence
Portez-vous mon esprit à tant de violence?
Allez, vous avez pris trop d'empire sur moy,
Dois-je estre sans raison parce qu'ils sont sans foy?
Dorimant, Celidée, amy, chere Maîtresse,
Suivrois-je contre vous la fureur qui me presse?
Quoy? vous ayant aimez, pourrois-je vous hair?
Mais vous pourrois-je aimer, quand vous m'osez trahir?

Qu'un rigoureux combat déchire mon courage !
Ma jalousie augmente , & redouble ma rage,
Mais quelques fiers projets qu'elle jette en mon cœur,
L'amour, ah ! ce mot seul me range à la douceur.
Celle que nous aimons jamais ne nous offense,
Vn mouvement secret prend toûjours sa deffense,
L'amant souffre tout d'elle, & dans son changement,
Quelque irrité qu'il soit, il est toûjours amant.
Toutefois si l'amour contre elle m'intimide,
Revenez, mes fureurs , pour punir le perfide,
Arrachez-luy mon bien, une telle beauté
N'est pas le juste prix d'une déloyauté.
Souffrirois-je à mes yeux que par ses artifices
Il recueillist les fruits dûs à mes longs services?
S'il vous faut épargner le sujet de mes feux,
Que ce traistre du moins réponde pour tous deux,
Vous me devez son sang pour expier son crime,
Contre sa lascheté tout vous est legitime,
Et quelques châtimens.... Mais, Dieux ! que voy-je icy ?

SCENE VI.

HYPPOLITE, LYSANDRE.

HYP. VOus avez dans l'esprit quelque pesant soucy,
Ce visage enflamé , ces yeux pleins de colere
En font voir au dehors une marque trop claire.
Ie prens assez de part en tous vos interests,
Pour vouloir en aveugle y mesler mes regrets,
Mais si vous me disiez ce qui cause vos peines...
LYS. Ah, ne m'imposez point de si cruelles gesnes,
C'est irriter mes maux que de me secourir,
La mort, la seule mort a droit de me guerir.
HYP. Si vous vous obstinez à m'en taire la cause,
Tout mon pouvoir sur vous n'est que fort peu de chose.
LYS. Vous l'avez souverain, horsmis en ce seul point.
HYP. Laissez le moy par tout , ou ne m'en laissez point,
C'est n'aimer qu'à demy qu'aimer avec reserve,
Et ce n'est pas ainsi que je veux qu'on me serve.
Il faut m'apprendre tout, & lors que je vous voy,
Estre de belle humeur , ou n'estre plus à moy.

LYS. Ne perdez point d'efforts à vaincre mon silence,
Vous useriez sur moy de trop de violence,
Adieu, je vous ennuye, & les grands déplaisirs
Veulent en liberté s'exhaler en soûpirs.

SCENE VII.

HYPPOLITE.

C'Est donc là tout l'état que tu fais d'Hyppolite?
Après des vœux offerts, c'est ainsi qu'on me quitte?
Qu'Aronte jugeoit bien que ses feintes amours
Avant qu'il fust long-temps interromproient leur cours!
Dans ce peu de succès des ruses de Florice
I'ay manqué de bonheur, mais non pas de malice,
Et si j'en puis jamais trouver l'occasion,
I'y mettray bien encor de la division.
Si nostre pauvre amant est plein de jalousie,
Ma rivale qui sort n'en est pas moins saisie.

SCENE VIII.

HYPPOLITE, CELIDEE.

CEL. N'Ay-je pas tantost veu mon perfide avec vous?
Il a bien-tost quitté des entretiens si doux.
HYP. Qu'y feroit-il, ma sœur? ta fidelle Hyppolite
Traite cet inconstant ainsi qu'il le merite;
Il a beau m'en conter de toutes les façons,
Ie le renvoye ailleurs pratiquer ses leçons.
CEL. Le parjure à present est fort sur ta loüange?
HYP. Il ne tient pas à luy que je ne sois un Ange,
Et quand il vient en suite à parler de ses feux,
Aucune passion jamais n'approcha d'eux.
Par tous ces vains discours il croit fort qu'il m'oblige,
Mais non la moitié tant qu'alors qu'il te neglige,
C'est par là qu'il me pense acquerir puissamment;
Et moy, qui t'ay toûjours cherie uniquement,
Ie te laisse à juger alors si je l'endure.
CEL. C'est trop prendre, ma sœur, de part en mon injure,

Laisse-le

Laiſſe-le mépriſer celle dont les mépris
Sont cauſe maintenant que d'autres yeux l'ont pris,
Si Lyſandre te plaiſt, poſſede le volage;
Mais ne me traite point avec deſavantage,
Et ſi tu te reſous d'accepter mon amant,
Relaſche-moy du moins le cœur de Dorimant.
HYP. Pourveu que leur vouloir ſe range ſous le noſtre,
Ie te donne le choix, & de l'un, & de l'autre;
Ou ſi l'un ne ſuffit à ton jeune deſir,
Défay-moy de tous deux, tu me feras plaiſir.
I'eſtimay fort Lyſandre avant que le connoiſtre,
Mais depuis cet amour que mes yeux ont fait naiſtre,
Ie te repute heureuſe aprés l'avoir perdu.
Que ſon humeur eſt vaine, & qu'il fait l'entendu!
Que ſon discours eſt fade avec ſes flateries!
Qu'on eſt importuné de ſes affeteries!
Vraiment ſi tout le monde étoit fait comme luy,
Ie croy qu'avant deux jours je ſecherois d'ennuy.
CEL. Qu'en cela du Deſtin l'ordonnance fatale
A pris pour nos malheurs une route inégale!
L'un & l'autre me fuit, & je bruſle pour eux,
L'un & l'autre t'adore, & tu les fuis tous deux.
HYP. Si nous changions de ſort, que nous ſerions contentes!
CEL. Outre (helas) que le Ciel s'oppoſe à nos attentes,
Lyſandre n'a plus rien à rengager ma foy.
HYP. Mais l'autre tu voudrois....

SCENE IX.

PLEIRANTE, HYPPOLITE,
CELIDEE.

PLE. Ne rompez pas pour moy,
Craignez-vous qu'un amy ſçache de vos Nouvelles?
HYP. Nous cauſions de mouchoirs, de rabats, de dentelles,
De ménages de fille. *PLE.* Et parmy ces discours
Vous conferiez enſemble un peu de vos amours?
Et bien, ce ſerviteur, l'aura-t'on agreable?
HYP. Vous m'attaquez toûjours par quelque trait ſemblable,
Des hommes comme vous ne ſont que des conteurs,
Vraiment c'eſt bien à moy d'avoir des ſerviteurs?

Tome I. Dd

PLE. Parlons, parlons François. Enfin pour cette affaire
    Nous en remettrons-nous à l'avis d'une mere?
HYP. I'obeïray toûjours à son commandement,
    Mais de grace, Monsieur, parlez plus clairement,
    Ie ne puis deviner ce que vous voulez dire.
PLE. Vn certain Cavalier pour vos beaux yeux soûpire...
HYP. Vous en voulez par là. *PLE.* Ce n'est point fiction
    Que ce que je vous dis de son affection;
    Vostre mere sçeut hier à quel point il vous aime,
    Et veut que ce soit vous qui vous donniez vous mesme.
HYP. Et c'est ce que ma mere, afin de m'expliquer,
    Ne m'a point fait l'honneur de me communiquer:
    Mais pour l'amour de vous je vay le sçavoir d'elle.

SCENE X.

PLEIRANTE, CELIDEE.

PLE. **T**A compagne est du moins aussi fine que belle.
    CEL. Elle a bien sçeu de vray se défaire de vous.
PLE. Et fort habilement se parer de mes coups.
CEL. Peut-estre innocemment, faute d'y rien comprendre.
PLE. Mais faute, bien plûtost, d'y vouloir rien entendre.
    Ie suis des plus trompez si Dorimant luy plaist.
CEL. Y prenez-vous, Monsieur, pour luy quelque interest?
PLE. Lysandre m'a prié d'en porter la parole.
CE. Lysandre! *PL.* Ouy, ton Lysandre. *CE.* Et luy-mesme cajole...
PLE. Quoy? que cajole-t'il? *CEL.* Hyppolite à mes yeux.
PLE. Folle, il n'aima jamais que toy dessous les Cieux,
    Et nous sommes tous prests de choisir la journée
    Qui bien-tost de vous deux termine l'Hymenée.
    Il se plaint toutefois un peu de ta froideur,
    Mais pour l'amour de moy montre-luy plus d'ardeur,
    Parle, ma volonté sera-t'elle obeïe?
CEL. Helas, qu'on vous abuse après m'avoir trahie!
    Il vous fait, cét ingrat, parler pour Dorimant,
    Tandis qu'au mesme objet il s'offre pour amant,
    Et traverse par là tout ce qu'à sa priere
    Vostre vaine entremise avance vers la mere.
    Cela, qu'est-ce, Monsieur, que se joüer de vous?
PLE. Qu'il est peu de raison dans ces esprits jaloux!

Et quoy? pour un amy s'il rend une visite,
Faut-il s'imaginer qu'il cajole Hyppolite?
CEL. Ie sçay ce que j'ay veu. *PLE.* Ie sçay ce qu'il m'a dit,
Et ne veux plus du tout souffrir de contredit,
Mon choix de vostre Hymen en sa faveur dispose.
CEL. Commandez-moy plutost, Monsieur, toute autre chose.
PLE. Quelle bizarre humeur! quelle inégalité,
De rejetter un bien qu'on a tant souhaité!
La belle, voyez-vous, qu'on perde ces caprices,
Il faut pour m'éblouïr de meilleurs artifices.
Quelque nouveau venu vous donne dans les yeux,
Quelque jeune étourdy qui vous flate un peu mieux,
Et parce qu'il vous fait quelque feinte caresse,
Il faut que nous manquions vous & moy de promesse?
Quittez pour vostre bien ces fantasques refus.
CEL. Monsieur. *PLE.* Quittez-les, dis-je, & ne contestez plus.

SCENE XI.

CELIDEE.

FAscheux commandement d'un incredule pere,
Qu'il me fut doux jadis, & qu'il me desespere!
I'avois auparavant qu'on m'eust manqué de foy
Le devoir & l'amour tout d'un party chez moy,
Et ma flame d'accord avecque sa puissance
Vnissoit mes desirs à mon obeissance:
Mais, helas! que depuis cette infidelité
Ie trouve d'injustice en son authorité!
Mon esprit s'en revolte, & ma flame bannie
Fait qu'un pouvoir si saint m'est une tyrannie.
Dures extrémitez où mon sort est reduit!
On donne mes faveurs à celuy qui les fuit,
Nous avons l'un pour l'autre une pareille haine,
Et l'on m'attache à luy d'une éternelle chaisne.
Mais s'il ne m'aimoit plus, parleroit-il d'amour
A celuy dont je tiens la lumiere du jour?
Mais s'il m'aimoit encor, verroit-il Hyppolite?
Mon cœur en mesme temps se retient, & s'excite,
Ie ne sçay quoy me flate, & je sens déja bien
Que mon feu ne dépend que de croire le sien.

Tout-beau, ma paſſion, c'eſt déja trop paroiſtre,
Attens, attens du moins la ſienne pour renaiſtre.
A quelle folle erreur me laiſſay-je emporter?
Il fait tout à deſſein de me perſecuter,
L'ingrat cherche ma peine, & veut par ſa malice
Que l'ordre qu'on me donne augmente mon ſupplice.
Rentrons, que ſon objet preſenté par hazard
De mon cœur ébranlé ne reprenne une part,
C'eſt bien aſſez qu'un pere à ſouffrir me destine,
Sans que mes yeux encor aident à ma ruïne.

SCENE XII.

LA LINGERE, LE MERCIER.

^a *Ils s'en-*
trepouſſent
une boëte
qui eſt en-
tre leurs
boutiques.

LIN.^a I'Envoiray tout à bas, puis après on verra.
  Ardez, vraiment c'eſt-mon, on vous l'endurera,
 Vous étes un bel homme, & je dois fort vous craindre!
MER. Tout eſt ſur mon tapis, qu'avez-vous à vous plaindre?
LIN. Auſſi voſtre tapis eſt tout ſur mon batant :
 Ie ne m'étonne plus dequoy je gagne tant.
MER. Là là, criez bien haut, faites bien l'étourdie,
 Et puis on vous joûra dedans le Comedie.
LIN. Ie voudrois l'avoir veu, que quelqu'un s'y fuſt mis,
 Pour en avoir raiſon nous manquerions d'amis,
 On joüe ainſi le monde. *MER.* Après tout ce langage
 Ne me repouſſez pas mes boëtes davantage.
 Voſtre caquet m'enleve à tous coups mes chalands,
 Vous vendez dix rabats contre moy deux galands,
 Pour conſerver la paix depuis ſix mois j'endure,
 Sans vous en dire mot, ſans le moindre murmure,
 Et vous me harcelez, & ſans cauſe, & ſans fin.
 Qu'une femme hargneuſe eſt un mauvais voiſin!
 Nous n'appaiſerons point cette humeur qui vous pique
 Que par un entredeux mis à voſtre boutique,
 Alors, n'ayant plus rien enſemble à demeſler,
 Vous n'aurez plus auſſi ſur quoy me quereller.
LIN. Iustement.

SCENE XIII.

LA LINGERE, FLORICE, LE MERCIER, LE LIBRAIRE, CLEANTE.

LIN. **D**E tout loin je vous ay reconnuë.
FLO. Vous vous doutez donc bien pourquoy je suis venuë?
    Les avez-vous receus ces point-coupez nouveaux?
LIN. Ils viennent d'arriver. FLO. Voyons donc les plus beaux.
MER.[a] Ne vous vendray-je rien, Monsieur, des bas de soye,
    Des gands en broderie, ou quelque petite-oye?
CLE.[b] Ces livres que mon maistre avoit fait mettre à part,
    Les avez-vous encor? LIB.[c] Ah, que vous venez tard!
    Encore un peu, ma foy, je m'en allois les vendre:
    Trois jours sans revenir ! je m'ennuyois d'attendre.
CLE. Ie l'avois oublié. Le prix? LIB. Chacun le sçait,
    Autant de quarts-d'écus, c'est un marché tout fait.
LIN.[d] Et bien qu'en dites-vous? FLO. I'en suis toute ravie,
    Et n'ay rien encor veu de pareil en ma vie,
    Vous aurez nostre argent si l'on croit mon rapport.
    Que celuy-cy me semble & delicat & fort,
    Que cét autre me plaist ! que j'en aime l'ouvrage!
    Montrez-m'en cependant quelqu'un à mon usage.
LIN. Voicy dequoy vous faire un assez beau collet.
FLO. Ie pense en verité qu'il ne seroit pas laid,
    Que me coûtera-t'il? LIN. Allez, faites-moy vendre,
    Et pour l'amour de vous je n'en voudray rien prendre.
    Mais avisez alors à me recompenser.
FLO. L'offre n'est pas mauvaise, & vaut bien y penser,
    Vous me verrez demain avecque ma maîtresse.

[a] *A Cleante qui passe.*
[b] *Au Libraire.*
[c] *Il fait un paquet de ses livres.*
[d] *A Florice.*

SCENE XIV.

FLORICE, ARONTE, LE MERCIER, LA LINGERE.

FLO. A Ronte, & bien, quels fruits produira noſtre adreſſe?
    A. De fort mauvais pour moy, mon maiſtre au deſespoir
Fuit les yeux d'Hyppolite, & ne veut plus me voir.
FLO. Nous ſommes donc ainſi bien loin de noſtre conte?
ARO. Ouy, mais tout le malheur en tombe ſur Aronte.
FLO. Ne te débauche point, je veux faire ta paix.
ARO. Son couroux eſt trop grand pour s'appaiſer jamais.
FLO. S'il vient encor chez nous, ou chez ſa Celidée,
    Ie te rends auſſi-toſt l'affaire accommodée.
ARO. Si tu fais ce coup là, que ton pouvoir eſt grand!
    Vien, je te veux donner tout à l'heure un galand.
MER. Voyez, Monſieur, j'en ay des plus beaux de la Terre,
    En voila de Paris, d'Avignon, d'Angleterre.
^a *Il regar-* *ARO.*^a Tous vos rubans n'ont point d'aſſez vives couleurs.
dé une   Allons, Florice, allons, il en faut voir ailleurs.
boëte de *LIN.* Ainſi faute d'avoir de belle marchandiſe,
rubans.   Des hommes comme vous perdent leur chalandiſe.
MER. Vous ne la perdez pas, vous, mais Dieu ſçait comment;
    Du moins ſi je vends peu, je vends loyalement,
    Et je n'attire point avec une promeſſe
    De Suivante qui m'aide à tromper ſa maîtreſſe.
LIN. Quand il faut dire tout, on s'entre-connoit bien,
    Chacun ſçait ſon métier, &... Mais je ne dis rien.
MER. Vous ferez un grand coup, ſi vous pouvez vous taire.
LIN. Ie ne replique point à des gens en colere.

ACTE V.

SCENE PREMIERE.

LYSANDRE.

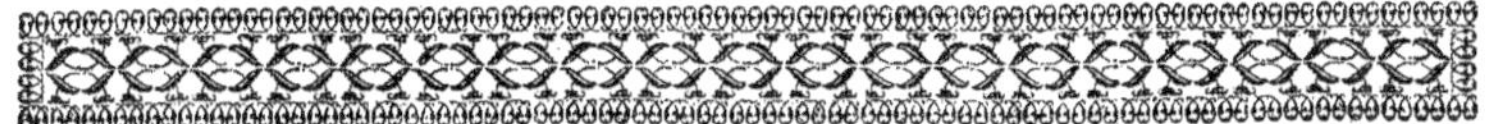

INDISCRETTE vangeance, imprudentes chaleurs,
Dont l'impuiſſance ajoûte un comble à mes malheurs,
Ne me conſeillez plus la mort de ce fauſſaire;
I'aime encor Celidée, & n'oſe luy déplaire,
Priver de la clarté ce qu'elle aime le mieux
Ce n'eſt pas le moyen d'agréer à ſes yeux.
L'Amour en la perdant me retient en balance,
Il produit ma fureur, & rompt ſa violence,
Et me laiſſant trahy, confus, & mépriſé,
Ne veut que triompher de mon cœur diviſé.
  Amour, cruel autheur de ma longue miſere,
Ou permets à la fin d'agir à ma colere,
Ou ſans m'embarraſſer d'inutiles transports,
Auprès de ce bel œil fay tes derniers efforts.
Viens, accompagne-moy chez ma belle inhumaine,
Et comme de mon cœur triomphe de ſa haine.
Contre toy ma vangeance a mis les armes bas,
Contre ſes cruautez rends les meſmes combats,
Exerce ta puiſſance à fléchir la farouche,
Montre-toy dans mes yeux, & parle par ma bouche;
Si tu te ſens trop foible, appelle à ton ſecours
Le ſouvenir de mille & de mille heureux jours,
Où ſes deſirs d'accord avec mon esperance
Ne laiſſoient à nos vœux aucune difference.
Ie penſe avoir encor ce qui la ſçeut charmer,
Les meſmes qualitez qu'elle voulut aimer,
Peut-eſtre mes douleurs ont changé mon viſage,
Mais en revanche auſſi je l'aime davantage,
Mon reſpect s'eſt accrû pour un objet ſi cher,
Ie ne me vange point de peur de la faſcher;

Vn infidelle amy tient son ame captive,
Ie le sçay, je le vois, & je souffre qu'il vive.
  Ie tarde trop, allons, ou vaincre ses refus,
Ou me vanger sur moy de ne luy plaire plus,
Et tirons de son cœur, malgré sa flame éteinte,
La pitié par ma mort, ou l'amour par ma plainte,
Ses rigueurs par ce fer me perceront le sein.

SCENE II·

DORIMANT, LYSANDRE.

DOR. ET quoy? pour m'avoir veu vous changez de dessein!
  Ne craignez point pour moy d'entrer chez Hyppolite,
Vous ne m'apprendrez rien en luy faisant visite,
Mes yeux, mes propres yeux n'ont que trop découvert
Comme un amy si rare auprès d'elle me sert.
LYS. Parlez plus franchement, ma rencontre importune
Auprès d'un autre objet trouble vostre fortune,
Et vous montrez assez par ces foibles détours
Qu'un témoin comme moy déplaist à vos amours,
Vous voulez seul à seul cajoler Celidée:
Nous en aurons bien-tost la querelle vuidée,
Ma mort vous donnera chez elle un libre accès,
Ou ma juste vangeance un funeste succès.
DOR. Qu'est-ce-cy, déloyal? quelle fourbe est la vostre?
Vous m'en disputez une afin d'acquerir l'autre!
Aprés ce que chacun a veu de vostre feu,
C'est une lascheté d'en faire un desaveu.
LYS. Ie ne me connoy point à combatre d'injures.
DOR. Aussi veux-je punir autrement tes parjures,
Le Ciel, le juste Ciel ennemy des ingrats,
Qui pour ton châtiment a destiné mon bras,
T'apprendra qu'à moy seul Hyppolite est gardée.
LYS. Garde ton Hyppolite. *DOR.* Et toy ta Celidée.
LYS. Voila faire le fin de crainte d'un combat.
DOR. Tu m'imputes la crainte, & ton cœur s'en abat!
LYS. Laissons à part les noms, disputons la Maîtresse,
Et pour qui que ce soit montre icy ton adresse.
DOR. C'est comme je l'entens.

SCENE

SCENE III.

CELIDEE, LYSANDRE, DORIMANT.

CEL.   ODieux! ils font aux coups,
   Ah perfide! fur moy détourne ton couroux,
   La mort de Dorimant me feroit trop funeste.
DOR. Lyfandre, une autre fois nous vuiderons le reste.
*CEL.*ª Arrefte, cher ingrat. *LYS.* Tu recules, voleur.
DOR. Ie fuis cette importune, & non pas ta valeur.

ª *A Dori-*
mant.

SCENE IV.

LYSANDRE, CELIDEE.

LYS.   NE fuivez pas du moins ce perfide à ma veuë,
   Avez-vous refolu que fa fuite me tuë,
   Et qu'ayant fceu braver fon plus vaillant effort,
   Par fa retraite infame il me donne la mort?
   Pour en fraper le coup vous n'avez qu'à le fuivre.
CEL. Ie tiens des gens fans foy fi peu dignes de vivre,
   Qu'on ne verra jamais que je recule un pas
   De crainte de caufer un fi jufte trépas.
LYS. Et bien, voyez-le donc, ma lame toute prefte
   N'attendoit que vos yeux pour immoler ma tefte.
   Vous lirez dans mon fang à vos pieds répandu
   Ce que valoit l'amant que vous aurez perdu,
   Et fans vous reprocher un fi cruel outrage,
   Ma main de vos rigueurs achevera l'ouvrage.
   Trop heureux mille fois, fi je plais en mourant
   A celle à qui j'ay pù déplaire en l'adorant,
   Et fi ma prompte mort fecondant fon envie
   L'affeure du pouvoir qu'elle avoit fur ma vie.
CEL. Moy, du pouvoir fur vous! vos yeux fe font mépris,
   Et quelque illufion qui trouble vos efprits
   Vous fait imaginer d'eftre auprès d'Hyppolite.
   Allez, volage, allez où l'amour vous invite,
   Dans fes doux entretiens recherchez vos plaifirs,
   Et ne m'empefchez plus de fuivre mes defirs.

Tome I.   E e

LYS. Ce n'eſt pas ſans raiſon que ma feinte paſſée,
  A jetté cette erreur dedans voſtre penſée.
  Il eſt vray, devant vous forçant mes ſentimens,
  I'ay preſenté des vœux, j'ay fait des complimens;
  Mais c'étoient complimens qui partoient d'une ſouche,
  Mon cœur que vous teniez deſavoüoit ma bouche.
  Pleirante qui rompit ces ennuyeux discours
  Sçait bien que mon amour n'en changea point de cours,
  Contre voſtre froideur une modeste plainte
  Fut tout noſtre entretien au ſortir de la feinte,
  Et je le priay lors.... *CEL.* D'uſer de ſon pouvoir?
  Ce n'étoit pas par là qu'il me falloit avoir,
  Les mauvais traitemens ne font qu'aigrir les ames.
LYS. Confus, deſeſperé du mépris de mes flames,
  Sans conſeil, ſans raiſon, pareil aux matelots
  Qu'un naufrage abandonne à la mercy des flots,
  Ie me ſuis pris à tout ne ſçachant où me prendre.
  Ma douleur par mes cris d'abord s'eſt fait entendre,
  I'ay creu que vous ſeriez d'un naturel plus doux
  Pourveu que voſtre eſprit devinſt un peu jaloux,
  I'ay fait agir pour moy l'autorité d'un pere,
  I'ay fait venir aux mains celuy qu'on me préfere,
  Et puisque ces efforts n'ont reüſſi qu'en vain,
  I'auray de vous ma grace, ou la mort de ma main.
  Choiſiſſez, l'une ou l'autre achevera mes peines,
  Mon ſang bruſle déja de ſortir de mes veines,
  Il faut pour l'arréter me rendre voſtre amour,
  Ie n'ay plus rien ſans luy qui me retienne au jour.
CEL. Volage, falloit-il pour un peu de rudeſſe
  Vous porter ſi ſoudain à changer de Maîtreſſe?
  Que je vous croyois bien d'un jugement plus meur!
  Ne pouviez-vous ſouffrir de ma mauvaiſe humeur?
  Ne pouviez-vous juger que c'étoit une feinte
  A deſſein d'éprouver quelle étoit voſtre atteinte?
  Les Dieux m'en ſoient témoins, & ce nouveau ſujet
  Que vos feux inconstans ont choiſi pour objet,
  Si jamais j'eus pour vous de dédain veritable
  Avant que voſtre amour paruſt ſi peu durable.
  Qu'Hyppolite vous die avec quels ſentimens
  Ie luy fus raconter vos premiers mouvemens,
  Avec quelles douceurs je m'étois préparée
  A redonner la joye à voſtre ame éplorée.

Dieux ! que je fus furprife & mes fens éperdus
Quand je vis vos devoirs à fa beauté rendus !
Voftre legereté fut foudain imitée,
Non-pas que Dorimant m'en euft follicitée,
Au contraire, il me fuit, & l'ingrat ne veut pas
Que fa franchife cede au peu que j'ay d'appas.
Mais helas ! plus il fuit, plus fon portrait s'efface,
Ie vous fens malgré moy reprendre voftre place,
L'aveu de voftre erreur defarme mon couroux,
Ne redoutez plus rien, l'amour combat pour vous.
Si nous avons failly de feindre l'un & l'autre.
Pardonnez à ma feinte, & j'oubliray la voftre.
Moy-mefme je l'avoüe à ma confufion,
Mon imprudence a fait noftre divifion,
Tu ne meritois pas de fi rudes alarmes ;
Accepte un repentir accompagné de larmes,
Et fouffre que le tien nous faffe tour à tour
Par ce petit divorce augmenter noftre amour.
LYS. Que vous me furprenez ! ô Ciel ! eft-il poffible
Que je vous trouve encor à mes defirs fenfible ?
Que j'aime ces dédains qui finiffent ainfi !
CEL. Et pour l'amour de toy que je les aime auffi !
LYS. Que ce foit toutefois fans qu'il vous prenne envie
De les plus effayer au peril de ma vie.
CEL. I'aime trop deformais ton repos & le mien,
Tous mes foins n'iront plus qu'à noftre commun bien.
Voudrois-je aprés ma faute une plus douce amende,
Que l'effet d'un Hymen qu'un pere me commande ?
Ie t'accufois en vain d'une infidelité,
Il agiffoit pour toy de pleine authorité,
Me traitoit de parjure, & de fille rebelle ;
Mais allons luy porter cette heureufe Nouvelle,
Ce que pour mes froideurs il témoigne d'horreur
Merite bien qu'en hafte on le tire d'erreur.
LYS. Vous craignez qu'à vos yeux cette belle Hyppolite
N'ait encor de ma bouche un hommage hypocrite.
CEL. Non, je fuy Dorimant qu'enfemble j'aperçoy,
Ie ne veux plus le voir puisque je fuis à toy.

SCENE V.

DORIMANT, HYPPOLITE.

DOR. AVtant que mon esprit adore vos merites,
Autant veux-je de mal à vos longues visites.
HYP. Que vous ont-elles fait, pour vous mettre en couroux?
DOR. Elles m'ostent le bien de vous trouver chez vous.
I'y fais à tous momens une course inutile,
I'apprens cent fois le jour que vous étes en ville,
En voicy presque trois que je n'ay pû vous voir
Pour rendre à vos beautez ce que je sçay devoir,
Et n'étoit qu'aujourd'huy cette heureuse rencontre
Sur le point de rentrer par hazard me les montre,
Ie croy que ce jour mesme auroit encor passé
Sans moyen de m'en plaindre aux yeux qui m'ont blessé.
HYP. Ma libre & gaye humeur hait le ton de la plainte,
Ie n'en puis écouter qu'avec de la contrainte,
Si vous prenez plaisir dedans mon entretien,
Pour le faire durer, ne vous plaignez de rien.
DOR. Vous me pouvez oster tout sujet de me plaindre.
HYP. Et vous pouvez aussi vous empescher d'en feindre.
DOR. Est-ce en feindre un sujet qu'accuser vos rigueurs?
HYP. Pour vous en plaindre à faux, vous feignez des langueurs.
DOR. Verrois-je sans languir ma flame qu'on neglige?
HYP. Eteignez cette flame où rien ne vous oblige.
DOR. Vos charmes trop puissans me forcent à ces feux.
HYP. Ouy, mais rien ne vous force à vous approcher d'eux.
DOR. Ma presence vous fasche, & vous est odieuse.
HYP. Non, mais tout ce discours la peut rendre ennuyeuse.
DOR. Ie voy bien ce que c'est, je lis dans vostre cœur,
Il a receu les traits d'un plus heureux vainqueur,
Vn autre regardé d'un œil plus favorable
A mes submissions vous fait inexorable,
C'est pour luy seulement que vous voulez brusler.
HYP. Il est vray, je ne puis vous le dissimuler,
Il faut que je vous traite avec toute franchise.
Alors que je vous pris, un autre m'avoit prise,
Vn autre captivoit mes inclinations.
Vous devez presumer de vos perfections,

Que fi vous attaquiez un cœur qui fuſt à prendre,
Il ſeroit mal-aiſé qu'il s'en pûſt bien défendre.
Vous auriez eu le mien, s'il n'euſt eſté donné;
Mais puiſque les Deſtins ainſi l'ont ordonné,
Tant que ma paſſion aura quelque eſperance,
N'attendez rien de moy que de l'indifference.
DOR. Vous ne m'apprenez point le nom de cet amant.
Sans doute que Lyſandre eſt cet objet charmant
Dont les diſcours flateurs vous ont préoccupée.
HYP. Cela ne ſe dit point à des hommes d'épée.
Vous expoſer aux coups d'un duel hazardeux,
Ce ſeroit le moyen de vous perdre tous deux.
Ie vous veux, ſi je puis, conſerver l'un & l'autre,
Ie cheris ſa perſonne, & hay ſi peu la voſtre,
Qu'ayant perdu l'eſpoir de le voir mon époux,
Si ma mere y conſent, Hyppolite eſt à vous:
Mais auſſi juſque là plaignez voſtre infortune.
DOR. Permettez pour ce nom que je vous importune,
Ne me refuſez plus de me le declarer,
Que je ſçache en quel temps j'auray droit d'eſperer,
Vn mot me ſuffira pour me tirer de peine,
Et lors j'étoufferay ſi bien toute ma haine,
Que vous me trouverez vous-meſme trop remis.

SCENE VI.

PLEIRANTE, LYSANDRE, CELIDEE, DORIMANT, HYPPOLITE.

PLE. S'Ouffrez, mon Cavalier, que je vous faſſe amis,
Vous ne luy voulez pas quereller Celidée?
DOR. L'affaire à cela près peut eſtre decidée,
Voicy le ſeul objet de nos affections,
Et l'unique motif de nos diſſentions.
LYS. Diſſipe, cher amy, cette jalouſe atteinte,
C'eſt l'objet de tes feux, & celuy de ma feinte,
Mon cœur fut toûjours ferme, & moy je me dédis
Des vœux que de ma bouche elle reçeut jadis.
Piqué d'un faux dédain j'avois pris fantaiſie
De mettre Celidée en quelque jalouſie,

Mais au lieu d'un esprit j'en ay fait deux jaloux.
PLE. Vous pouvez deformais achever entre vous,
Ie vay dans ce logis dire un mot à Madame.

SCENE VII.

DORIMANT, LYSANDRE, CELIDEE, HYPPOLITE.

DOR. AInſi, loin de m'aider, tu traverſois ma flame!
LYS. Les efforts que Pleirante à ma priere a faits
T'auroient acquis déja le but de tes ſouhaits,
Mais tu dois accuſer les glaces d'Hyppolite,
Si ton bonheur n'eſt pas égal à ton merite.
HYP. Qu'auray-je cependant pour ſatisfaction
D'avoir ſervy d'objet à voſtre fiction?
Dans voſtre different je ſuis la plus bleſſée,
Et me trouve à l'accord entierement laiſſée.
CEL. N'y ſonge plus, de grace, & pour l'amour de moy
Trouve bon qu'il ait feint de vivre ſous ta loy.
Veux-tu le quereller lors que je luy pardonne?
Le droit de l'amitié tout autrement ordonne:
Tous preſts d'eſtre aſſemblez d'un lien conjugal,
Tu ne le peux hair ſans me vouloir du mal.
I'ay feint par ton conſeil, luy par celuy d'un autre,
Et bien qu'amour jamais ne fut égal au noſtre,
Ie m'étonne comment cette confuſion
Laiſſe finir ſi-toſt noſtre diviſion.
HYP. De ſorte qu'à preſent le Ciel y remedie?
CEL. Tu vois, mais après tout, s'il faut que je le die,
Ton conſeil eſt fort bon, mais un peu dangereux.
HYP. Excuſe, chere amie, un esprit amoureux;
Lyſandre me plaiſoit, & tout mon artifice
N'alloit qu'à détourner ſon cœur de ton ſervice.
I'ay fait ce que j'ay pû pour broüiller vos esprits,
I'ay, pour me l'attirer, pratiqué tes mépris,
Mais puisqu'ainſi le Ciel rejoint voſtre Hymenée...
DOR. Voſtre rigueur vers moy doit eſtre terminée.
Sans chercher de raiſons pour vous perſuader,
Voſtre amour hors d'espoir fait qu'il me faut ceder,

Vous fçavez trop à quoy la parole vous lie.
HYP. A vous dire le vray, j'ay fait une folie,
  Ie les croyois encor loin de fe reünir,
  Et moy par confequent loin de vous la tenir.
DOR. Auriez-vous pour la rompre une ame affez legere?
HYP. Puifque je l'ay promis, vous pouvez voir ma mere.
LYS. Si tu juges Pleirante à cela fuffifant,
  Ie croy qu'eux deux enfemble en parlent à prefent.
DOR. Aprés cette faveur qu'on me vient de promettre,
  Ie croy que mes devoirs ne fe peuvent remettre ;
  I'espere tout de luy, mais pour un bien fi doux
  Ie ne fçaurois.... *LYS.* Arrefte, ils s'avancent vers nous.

S C E N E   V I I I·

P L E I R A N T E ,   C H R Y S A N T E,
L Y S A N D R E ,   D O R I M A N T,
C E L I D E E ,   H Y P P O L I T E,
F L O R I C E.

DOR.[a] **M**Adame, un pauvre amant captif de cette belle   [a] *A Chryfante.*
  Implore le pouvoir que vous avez fur elle,
  Tenant fes volontez vous gouvernez mon fort,
  I'attens de voftre bouche, ou la vie, ou la mort.
CHR.[b] Vn homme tel que vous, & de voftre naiffance,   [b] *A Dorimant.*
  Ne peut avoir befoin d'implorer ma puiffance ;
  Si vous avez gagné fes inclinations,
  Soyez feur du fuccés de vos affections.
  Mais je ne fuis pas femme à forcer fon courage,
  Ie fçay ce que la force eft en un mariage ;
  Il me fouvient encor de tous mes déplaifirs,
  Lors qu'un premier Hymen contraignit mes defirs,
  Et fage à mes dépens, je veux bien qu'Hyppolite
  Prenne ou laiffe, à fon choix, un homme de merite.
  Ainfi préfumez tout de mon confentement,
  Mais ne prétendez rien de mon commandement.
DOR.[c] Aprés un tel aveu ferez-vous inhumaine?   [c] *A Hyppolite.*
HYP.[d] Madame, un mot de vous me mettroit hors de peine,   [d] *A Chryfante.*
  Ce que vous remettez à mon choix d'accorder,
  Vous feriez beaucoup mieux de me le commander,

a A Chry-
fante.

PLE.[a] Elle vous montre affez où fon defir fe porte.

CHR. Puisqu'elle s'y réfout, le reste ne m'importe.

DOR. Ce favorable mot me rend le plus heureux

De tout ce que jamais on a veu d'amoureux.

LYS. I'en fens croiftre ma joye, & mon cœur qui fe pafme

Croit qu'encore une fois on accepte fa flame.

b A Lyfan-
dre.

HYP.[b] Ferez-vous donc enfin quelque chofe pour moy?

LYS. Tout, horfmis ce feul point, de luy manquer de foy.

HYP. Pardonnez donc à ceux qui gagnez par Florice

Lors que je vous aimois m'ont fait quelque fervice.

LYS. Ie vous entens affez, foit, Aronte impuny

Pour fes mauvais confeils ne fera point banny.

Tu le fouffriras bien, puisqu'elle m'en fupplie.

CEL. Il n'eft rien que pour elle & pour toy je n'oublie.

PLE. Attendant que demain ces deux couples d'amans

Soient mis au plus haut point de leurs contentemens,

Allons chez moy, Madame, achever la journée.

CHR. Mon cœur eft tout ravy de ce double Hymenée.

FLO. Mais afin que la joye en foit égale à tous,

Faites encor celuy de Monfieur & de vous.

CHR. Outre l'âge en tous deux un peu trop refroidie,

Cela fentiroit trop fa fin de Comedie.

F I N.

LA SVIVANTE,

L A
SVIVANTE,
COMEDIE.

ACTEVRS.

GERASTE, *Pere de Daphnis.*

POLEMON, *Oncle de Clarimond.*

CLARIMOND, *Amoureux de Daphnis.*

FLORAME, *Amant de Daphnis.*

THEANTE, *Aussi Amoureux de Daphnis.*

DAMON, *Amy de Florame & de Theante.*

DAPHNIS, *Maitresse de Florame, & aimée de Clarimond & de Theante.*

AMARANTE, *Suivante de Daphnis.*

CELIE, *Voisine de Geraste & sa confidente.*

CLEON, *Domestique de Damon.*

La Scene est à Paris.

LA
SVIVANTE,
COMEDIE.

ACTE I.

SCENE PREMIERE.

DAMON, THEANTE.

DAM. MY, j'ay beau resver, toute ma res-
    verie
Ne me fait rien comprendre en ta
    galanterie.
Auprès de ta Maîtresse engager un
    amy
C'est à mon jugement ne l'aimer
    qu'à demy,
Ton humeur qui s'en lasse au changement l'invite,
Et n'osant la quitter, tu veux qu'elle te quitte.
THE. Amy, n'y resve plus, c'est en juger trop bien
  Pour t'oser plaindre encor de n'y comprendre rien.
  Quelques puissans appas que possede Amarante,
  Ie trouve qu'après tout ce n'est qu'une Suivante,
  Et je ne puis songer à sa condition,
  Que mon amour ne cede à mon ambition.
  Ainsi malgré l'ardeur qui pour elle me presse,
  A la fin j'ay levé les yeux sur sa maîtresse,

F f ij

Où mon deffein plus haut & plus laborieux
Se promet des fuccès beaucoup plus glorieux.
Mais lors, foit qu'Amarante euft pour moy quelque flame,
Soit qu'elle penetraft jufqu'au fond de mon ame,
Et que malicieufe elle prift du plaifir
A rompre les effets de mon nouveau defir,
Elle fçavoit toûjours m'arréter auprès d'elle
A tenir des propos d'une fuite éternelle.
L'ardeur qui me brufloit de parler à Daphnis
Me fourniffoit en vain des détours infinis,
Elle ufoit de fes droits, & toute imperieufe,
D'une voix demy-gaye & demy-ferieufe,
Quand j'ay des Serviteurs, c'eft pour m'entretenir,
Difoit-elle, *autrement je les fçay bien punir,*
Leurs devoirs près de moy n'ont rien qui les excufe.
DAM. Maintenant je devine à peu près une rufe
Que tout autre en ta place à peine entreprendroit.
THE. Ecoute, & tu verras fi je fuis maladroit.
Tu fçais comme Florame à tous les beaux vifages
Fait par civilité toûjours de feints hommages,
Et fans avoir d'amour offrant par tout des vœux,
Traite de peu d'efprit les veritables feux.
Vn jour qu'il fe vantoit de cette humeur étrange,
A qui chaque objet plaift, & que pas un ne range,
Et reprochoit à tous que leur peu de beauté
Luy laiffoit fi long-temps garder fa liberté;
Florame, dis-je alors, *ton ame indifférente*
Ne tiendroit que fort peu contre mon Amarante;
Theante, me dit-il, *il faudroit l'éprouver,*
Mais l'éprouvant peut-eftre on te feroit refver,
Mon feu qui ne feroit que pure courtoifie
La rempliroit d'amour & toy de jaloufie.
Ie replique, il repart, & nous tombons d'accord
Qu'au hazard du fuccès il y feroit effort.
Ainfi je l'introduis, & par ce tour d'adreffe
Qui me fait pour un temps luy ceder ma Maîtreffe,
Engageant Amarante & Florame au difcours,
I'entretiens à loifir mes nouvelles amours.
DAM. Fut-elle fur ce point, ou fafcheufe, ou facile?
THE. Plus que je n'efperois je l'y trouvay docile;
Soit que je luy donnaffe une fort douce loy,
Et qu'il fuft à fes yeux plus aimable que moy;

Soit qu'elle fift deſſein ſur ce fameux rebelle,
 Qui par ſimple gageure oſoit ſe joüer d'elle;
Elle perdit pour moy ſon importunité,
Et n'en demanda plus tant d'aſſiduité.
L'aiſe de ſe voir ſeule à gouverner Florame
Ne ſouffrit plus chez elle aucun ſoin de ma flame,
Et ce qu'elle gouſtoit avec luy de plaiſirs
Luy fit abandonner mon ame à mes deſirs.
DAM. On t'abuſe, Theante, il faut que je te die
 Que Florame eſt atteint de meſme maladie,
 Qu'il roule en ſon eſprit meſmes deſſeins que toy,
Et que c'eſt à Daphnis qu'il veut donner ſa foy.
A ſervir Amarante il met beaucoup d'étude,
Mais ce n'eſt qu'un pretexte à faire une habitude:
Il accoûtume ainſi ta Daphnis à le voir,
Et ménage un accès qu'il ne pouvoit avoir.
Sa richeſſe l'attire, & ſa beauté le bleſſe,
Elle le paſſe en biens, il l'égale en nobleſſe,
Et cherche ambitieux par ſa poſſeſſion
A relever l'éclat de ſon extraction;
Il a peu de fortune, & beaucoup de courage,
Et hors cette eſperance il hait le mariage.
C'eſt ce que l'autre jour en ſecret il m'apprit,
 Tu peux ſur cet avis lire dans ſon eſprit.
THE. Parmy ſes hauts projets il manque de prudence,
 Puiſqu'il traite avec toy de telle confidence.
DAM. Croy qu'il m'éprouvera fidelle au dernier point
 Lors que ton intereſt ne s'y meſlera point.
THE. Ie dois l'attendre icy, quitte-moy, je te prie,
 De peur qu'il n'ait ſoupçon de ta ſupercherie.
DAM. Adieu, je ſuis à toy.

SCENE II.

THEANTE.

Par quel malheur fatal
Ay-je donné moy-mesme entrée à mon rival?
De quelque trait rusé que mon esprit se vante,
Ie me trompe moy-mesme en trompant Amarante,
Et choisis un amy qui ne veut que m'oster
Ce que par luy je tasche à me faciliter.
Qu'importe toutesfois qu'il brusle, & qu'il soûpire?
Ie sçay trop comme il faut l'empescher d'en rien dire.
Amarante l'arreste, & j'arreste Daphnis,
Ainsi tous entretiens d'entr'eux deux sont bannis,
Et tant d'heur se rencontre en ma sage conduite,
Qu'au langage des yeux son amour est reduite.
Mais n'est-ce pas assez pour se communiquer?
Que faut-il aux amants de plus pour s'expliquer?
Mesme ceux de Daphnis à tous coups luy répondent,
L'un dans l'autre à tous coups leurs regards se confondent,
Et d'un commun aveu ces muets truchemens
Ne se disent que trop leurs amoureux tourmens.
   Quelles vaines frayeurs troublent ma fantaisie?
Que l'amour aisément panche à la jalousie!
Qu'on croit tost ce qu'on craint en ces perplexitez,
Où les moindres soupçons passent pour veritez!
Daphnis est toute aimable, & si Florame l'aime,
Dois-je m'imaginer qu'il soit aimé de mesme?
Florame avec raison adore tant d'appas,
Et Daphnis sans raison s'abaisseroit trop bas,
Ce feu si juste en l'un, en l'autre inexcusable,
Rendroit l'un glorieux, & l'autre méprisable.
   Simple, l'amour peut-il écouter la raison?
Et mesme ces raisons sont-elles de saison?
Si Daphnis doit rougir en bruslant pour Florame,
Qui l'en affranchiroit en secondant ma flame?
Etant tous deux égaux, il faut bien que nos feux
Luy fassent mesme honte, ou mesme honneur tous deux:
Ou tous deux nous formons un dessein temeraire,
Ou nous avons tous deux mesme droit de luy plaire:

Si l'espoir m'eſt permis , il y peut aspirer,
Et s'il pretend trop haut , je dois deſesperer.
Mais le voicy venir.

SCENE III.

THEANTE, FLORAME.

THE. TV me fais bien attendre.
FLO. Encor eſt-ce à regret qu'icy je viens me rendre,
 Et comme un criminel qu'on traiſne à ſa priſon.
THE. Tu ne fais qu'en raillant cette comparaiſon.
FLO. Elle n'eſt que trop vraye. *THE.* Et ton indifference?
FLO. La conſerver encor ! le moyen ! l'apparence!
 Ie m'étois plû toûjours d'aimer en mille lieux,
 Voyant une beauté mon cœur ſuivoit mes yeux;
 Mais de quelques attraits que le Ciel l'euſt pourveuë,
 I'en perdois la memoire auſſi-toſt que la veuë,
 Et bien que mes discours luy donnaſſent ma foy,
 De retour au logis je me trouvois à moy.
 Cette façon d'aimer me ſembloit fort commode,
 Et maintenant encor je vivrois à ma mode :
 Mais l'objet d'Amarante eſt trop embaraſſant,
 Ce n'eſt point un viſage à ne voir qu'en paſſant,
 Vn je ne ſçay quel charme auprès d'elle m'attache,
 Ie ne la puis quitter que le jour ne ſe cache,
 Meſme alors malgré moy ſon image me ſuit,
 Et me vient au lieu d'elle entretenir la nuit.
 Le ſommeil n'oſeroit me peindre une autre idée,
 I'en ay l'esprit remply , j'en ay l'ame obſedée;
 Theante , ou permets-moy de n'en plus approcher,
 Ou ſonge que mon cœur n'eſt pas fait d'un rocher,
 Tant de charmes enfin me rendroient infidelle.
THE. Devien-le , ſi tu veux , je ſuis aſſeuré d'elle,
 Et quand il te faudra tout de bon l'adorer
 Ie prendray du plaiſir à te voir ſoûpirer,
 Tandis que pour tout fruit tu porteras la peine
 D'avoir tant perſisté dans une humeur ſi vaine.
 Quand tu ne pourras plus te priver de la voir,
 C'eſt alors que je veux t'en oſter le pouvoir,

Et j'attens de pied ferme à reprendre ma place
Qu'il ne soit plus en toy de retrouver ta glace.
Tu te défens encor, & n'en tiens qu'à demy.
FLO. Cruel, est-ce là donc me traiter en amy?
Garde pour châtiment de cet injuste outrage
Qu'Amarante pour toy ne change de courage,
Et se rendant sensible à l'ardeur de mes vœux...
THE. A cela près poursuy, gagne-la, si tu peux;
Ie ne m'en prendray lors qu'à ma seule imprudence,
Et demeurant ensemble en bonne intelligence,
En dépit du malheur que j'auray merité,
I'aimeray le rival qui m'aura supplanté.
FLO. Amy, qu'il vaut bien mieux ne tomber point en peine
De faire à tes dépens cette épreuve incertaine!
Ie me confesse pris, je quitte, j'ay perdu,
Que veux-tu plus de moy, repren ce qui t'est dû.
Separer plus long-temps une amour si parfaite!
Continüer encor la faute que j'ay faite!
Elle n'est que trop grande, & pour la reparer
I'empescheray Daphnis de vous plus separer:
Pour peu qu'à mes discours je la trouve accessible,
Vous joüirez vous deux d'un entretien paisible,
Ie sçauray l'amuser, & vos feux redoublez
Par son fascheux abord ne seront plus troublez.
THE. Ce seroit prendre un soin qui n'est pas necessaire,
Daphnis sçait d'elle-mesme assez bien se distraire,
Et jamais son abord ne trouble nos plaisirs,
Tant elle est complaisante à nos chastes desirs.

SCENE IV.

FLORAME, THEANTE,
AMARANTE.

THE. **D**Eploye, il en est temps, tes meilleurs artifices,
(Sans mettre toutefois en oubly mes services)
Ie t'améne un captif qui te veut échaper.
AMA. I'en ay veu d'échapez que j'ay sçeu r'atraper.
THE. Voy qu'en sa liberté ta gloire se hazarde.
AMA. Allez, laissez-le-moy, j'en feray bonne garde,

Daphnis

Daphnis eſt au jardin. *FLO.* Sans plus vous deſunir,
Souffre qu'au lieu de toy je l'aille entretenir.

SCENE V.

AMARANTE, FLORAME.

AMA. LAiſſez, mon Cavalier, laiſſez aller Theante,
Il porte aſſez au cœur le portrait d'Amarante,
Ie n'apprehende point qu'on l'en puiſſe effacer,
C'eſt au voſtre à preſent que je le veux tracer,
Et la difficulté d'une telle victoire
M'en augmente l'ardeur, comme elle en croiſt la gloire.
FLO. Aurez-vous quelque gloire à me faire ſouffrir?
AMA. Plus que de tous les vœux qu'on me pourroit offrir.
FLO. Vous plaiſez-vous à ceux d'une ame ſi contrainte,
Qu'une vieille amitié retient toûjours en crainte?
AMA. Vous n'étes pas encore au point où je vous veux,
Et toute amitié meurt où naiſſent de vrais feux.
FLO. De vray contre ſes droits mon esprit ſe rebelle;
Mais feriez-vous état d'un amant infidelle?
AMA. Ie ne prendray jamais pour un manque de foy
D'oublier un amy pour ſe donner à moy.
FLO. Encor ſi je pouvois former quelque esperance
De vous voir favorable à ma perſeverance,
Que vous pûſſiez m'aimer après tant de tourment,
Et d'un mauvais amy faire un heureux amant!
Mais, helas! je vous ſers, je vis ſous voſtre empire,
Et je ne puis pretendre où mon deſir aspire:
Theante (ah, nom fatal pour me combler d'ennuy!)
Vous demandez mon cœur, & le voſtre eſt à luy!
Souffrez qu'en autre lieu j'adreſſe mes ſervices,
Que du manque d'espoir j'évite les ſupplices.
Qui ne peut rien pretendre a droit d'abandonner.
AMA. S'il ne tient qu'à l'espoir, je vous en veux donner.
Apprenez que chez moy c'eſt un foible avantage
De m'avoir de ſes vœux le premier fait hommage,
Le merite y fait tout, & tel plaiſt à mes yeux,
Que je negligerois près de qui vaudroit mieux.
Luy ſeul de mes amants regle la difference,
Sans que le temps leur donne aucune préference.

Tome I. G g

FLO. Vous ne flatez mes sens que pour m'embaraſſer.
AMA. Peut-eſtre , mais enfin il faut le confeſſer,
　Vous vous trouveriez mieux auprès de ma maîtreſſe.
FLO. Ne penſez pas.... *AMA.* Non, non, c'eſt là ce qui vous preſſe,
　Allons dans le jardin enſemble la chercher.
　Que j'ay ſçeu dextrement à ſes yeux la cacher!

SCENE VI.

DAPHNIS, THEANTE.

DAP. Voyez comme tous deux ont fuy noſtre rencontre.
　Ie vous l'ay déja dit, & l'effet vous le montre,
　Vous perdez Amarante , & cet amy fardé
　Se ſaiſit finement d'un bien ſi mal gardé :
　Vous devez vous laſſer de tant de patience,
　Et voſtre ſeureté n'eſt qu'en la défiance.
THE. Ie connois Amarante , & ma facilité
　Etablit mon repos ſur ſa fidelité,
　Elle rit de Florame , & de ſes flateries,
　Qui ne ſont après tout que des galanteries.
DAP. Amarante de vray n'aime pas à changer,
　Mais voſtre peu de ſoin l'y pourroit engager ;
　On neglige aiſément un homme qui neglige,
　Son naturel eſt vain , & qui la ſert l'oblige.
　D'ailleurs les nouveautez ont de puiſſans appas,
　Theante , croyez-moy , ne vous y fiez pas.
　I'ay ſçeu me faire jour jusqu'au fond de ſon ame,
　Où j'ay peu remarqué de ſa premiere flame,
　Et s'il tournoit la feinte en veritable amour,
　Elle ſeroit bien fille à vous joüer d'un tour.
　Mais afin que l'iſſuë en ſoit pour vous meilleure,
　Laiſſez-moy ce cauſeur à gouverner une heure ;
　I'ay tant de paſſion pour tous vos intereſts,
　Que j'en ſçauray bien-toſt penetrer les ſecrets.
THE. C'eſt un trop bas employ pour de ſi hauts merites ;
　Et quand elle aimeroit à ſouffrir ſes viſites,
　Quand elle auroit pour luy quelque inclination,
　Vous m'en verriez toûjours ſans apprehenſion.
　Qu'il ſe mette à loiſir s'il peut dans ſon courage,
　Vn moment de ma veuë en efface l'image,

Nous nous reſſemblons mal , & pour ce changement
Elle a de trop bons yeux , & trop de jugement.
DAP. Vous le mépriſez trop , je trouve en luy des charmes,
Qui vous devroient du moins donner quelques alarmes :
Clarimond n'a de moy que haine , & que rigueur,
Mais s'il luy reſſembloit , il gagneroit mon cœur.
THE. Vous en parlez ainſi faute de le connoiſtre.
DAP. Mais j'en juge ſuivant ce que j'en voy paroiſtre.
THE. Quoy qu'il en ſoit , l'honneur de vous entretenir…
DAP. Briſons-là ce discours , je l'aperçoy venir.
Amarante , ce ſemble , en eſt fort ſatisfaite.

SCENE VII.

DAPHNIS, FLORAME, THEANTE, AMARANTE.

THE. IE t'attendois , amy , pour faire la retraite,
L'heure du diſner preſſe , & nous incommodons
Celles qu'en nos discours icy nous retardons.
DAP. Il n'eſt pas encor tard. *THE.* Nous ferions conſcience
D'abuſer plus long-temps de voſtre patience.
FLO. Madame , excuſez donc cette incivilité
Dont l'heure nous impoſe une neceſſité.
DAP. Sa force vous excuſe , & je lis dans voſtre ame
Qu'à regret vous quittez l'objet de voſtre flame.

SCENE VIII.

DAPHNIS, AMARANTE.

DAP. CEtte aſſiduité de Florame avec vous
A la fin a rendu Theante un peu jaloux.
Auſſi de vous y voir tous les jours attachée,
Quelle puiſſante amour n'en ſeroit point touchée ?
Ie viens d'examiner ſon esprit en paſſant,
Mais vous ne croiriez pas l'ennuy qu'il en reſſent.
Vous y devez pourvoir , & ſi vous étes ſage
Il faut à cet amy faire mauvais viſage.

    Luy fauffer compagnie, éviter fes difcours,
    Ce font pour l'appaifer les chemins les plus cours :
    Sinon, faites état qu'il va courir au change.
AMA. Il feroit en ce cas d'une humeur bien étrange.
    A fa priere feule, & pour le contenter
    l'écoute cet amy quand il m'en vient conter;
    Et pour vous dire tout, cet amant infidelle
    Ne m'aime pas affez pour en eftre en cervelle,
    Il forme des deffeins beaucoup plus relevez,
    Et de plus beaux portraits en fon cœur font gravez.
    Mes yeux pour l'afservir ont de trop foibles armes,
    Il voudroit pour m'aimer que j'euffe d'autres charmes,
    Que l'éclat de mon fang mieux foûtenu de biens
    Ne fuft point ravalé par le rang que je tiens;
    Enfin (que ferviroit auffi-bien de le taire?)
    Sa vanité le porte au foucy de vous plaire.
DAP. En ce cas il verra que je fçay comme il faut
    Punir des infolens qui pretendent trop haut.
AMA. Ie luy veux quelque bien, puifque changeant de flame
    Vous voyez par pitié qu'il me laiffe Florame,
    Qui n'étant pas fi vain a plus de fermeté.
DAP. Amarante, après tout, difons la verité,
    Theante n'eft fi vain qu'en voftre fantaifie,
    Et fa froideur pour vous naift de fa jaloufie.
    Mais foit qu'il change ou non, il ne m'importe en rien,
    Et ce que je vous dis n'eft que pour voftre bien.

SCENE IX.

AMARANTE.

POur peu fçavant qu'on foit aux mouvemens de l'ame,
    On devine aifément qu'elle en veut à Florame.
Sa fermeté pour moy que je vantois à faux
Luy portoit dans l'esprit de terribles affauts.
Sa furprife à ce mot a paru manifeste,
Son teint en a changé, fa parole, fon geste:
L'entretien que j'en ay luy fembleroit bien doux,
Et je croy que Theante en eft le moins jaloux.
Ce n'eft pas d'aujourd'huy que je m'en fuis doutée :
Eftre toûjours des yeux fur un homme arrétée,

Dans son manque de biens déplorer son malheur,
Iuger à sa façon qu'il a de la valeur,
Demander si l'esprit en répond à la mine,
Tout cela de ses feux eust instruit la moins fine.
Florame en est de mesme, il meurt de luy parler,
Et s'il peut d'avec moy jamais se demesler,
C'en est fait, je le perds. L'impertinente crainte!
Que m'importe de perdre une amitié si feinte?
Et que me peut servir un ridicule feu,
Où jamais de son cœur sa bouche n'a l'aveu?
Ie m'en veux mal en vain, l'Amour a tant de force,
Qu'il attache mes sens à cette fausse amorce,
Et fera son possible à toûjours conserver
Ce doux exterieur dont on me veut priver.

ACTE II.

SCENE PREMIERE.

GERASTE, CELIE.

CEL. Et bien j'en parleray, mais songez qu'à voſtre âge
    Mille accidens faſcheux ſuivent le mariage,
    On aime rarement de ſi ſages époux,
    Et leur moindre malheur c'eſt d'eſtre un peu jaloux.
  Convaincus au dedans de leur propre foibleſſe,
  Vne ombre leur fait peur, une mouche les bleſſe,
  Et cet heureux Hymen qui les charmoit ſi fort
  Devient ſouvent pour eux un fourrier de la mort.
GER. Excuſe, ou pour le moins pardonne à ma folie,
  Le ſort en eſt jetté, va, ma chere Celie,
  Va trouver la beauté qui me tient ſous ſa loy,
  Flate-la de ma part, promets-luy tout de moy:
  Dy-luy que ſi l'amour d'un vieillard l'importune,
  Elle fait une planche à ſa bonne fortune,
  Que l'excès de mes biens à force de preſens
  Repare la vigueur qui manque à mes vieux ans,
  Qu'il ne luy peut échoir de meilleure avanture.
CEL. Ne m'importunez point de voſtre tablature,
  Sans vos inſtructions je ſçay bien mon métier,
  Et je n'en laiſſeray pas-un trait à quartier.
GER. Ie ne ſuis point ingrat quand on me rend office,
  Peins-luy bien mon amour, offre bien mon ſervice,
  Dy bien que mes beaux jours ne ſont pas ſi paſſez,
  Qu'il ne me reſte encor... CEL. Que vous m'étourdiſſez!
  N'eſt-ce point aſſez dit que voſtre ame eſt épriſe?
  Que vous allez mourir ſi vous n'avez Floriſe?
  Repoſez-vous ſur moy. GER. Que voilà froidement
  Me promettre ton aide à finir mon tourment!
CEL. S'il faut aller plus viſte, allons, je voy ſon frere,
  Et vay tout devant vous luy propoſer l'affaire.

GER. Ce feroit tout gafter, arrefte, & par douceur
Effaye auparavant d'y refoudre la fœur.

SCENE II.

FLORAME.

Iamais ne verray-je finie
Cette incommode affection
Dont l'impitoyable manie
Tyrannife ma paffion?
Ie feins, & je fais naiftre un feu fi veritable,
Qu'à force d'eftre aimé je deviens miferable.

Toy, qui m'affieges tout le jour,
Fafcheufe caufe de ma peine,
Amarante, de qui l'amour
Commence à meriter ma haine,
Ceffe de te donner tant de foins fuperflus,
Ie te voudray du bien de ne m'en vouloir plus.

Dans une ardeur fi violente,
Près de l'objet de mes defirs,
Penfes-tu que je me contente
D'un regard, & de deux foûpirs,
Et que je fouffre encor cet injuste partage,
Où tu tiens mes discours, & Daphnis mon courage?

Si j'ay feint pour toy quelques feux,
C'eft à quoy plus rien ne m'oblige:
Quand on a l'effet de fes vœux
Ce qu'on adoroit fe neglige,
Ie ne voulois de toy qu'un accès chez Daphnis,
Amarante, je l'ay, mes amours font finis.

Theante, repren ta Maîtreffe,
N'ofte plus à mes entretiens
L'unique fujet qui me bleffe,
Et qui peut-eftre eft las des tiens:
Et toy, puiffant Amour, fais enfin que j'obtienne
Vn peu de liberté pour luy donner la mienne.

SCENE III.

AMARANTE, FLORAME.

AMA. Qve vous voilà foudain de retour en ces lieux!
FLO. Vous jugerez par là du pouvoir de vos yeux.
AMA. Autre objet que mes yeux devers nous vous attire.
FLO. Autre objet que vos yeux ne caufe mon martyre.
AMA. Voftre martyre donc eft de perdre avec moy
Vn temps dont vous voulez faire un meilleur employ.

SCENE IV.

DAPHNIS, AMARANTE, FLORAME.

DAP. AMarante, allez voir fi dans la galerie
Ils ont bien-toft tendu cette tapifferie,
Ces gens-là ne font rien fi l'on n'a l'œil fur eux.
[a] Ie romps pour quelque temps le discours de vos feux.
FLO. N'appellez point des feux un peu de complaifance,
Que détruit voftre abord, qu'éteint voftre prefence.
DAP. Voftre amour eft trop forte, & vos cœurs trop unis,
Pour l'oublier foudáin à l'abord de Daphnis,
Et vos civilitez étant dans l'impoffible
Vous rendent bien flateur, mais non pas infenfible.
FLO. Quoy que vous eftimiez de ma civilité,
Ie ne me pique point d'infenfibilité;
I'aime, il n'eft que trop vray, je brufle, je foûpire,
Mais un plus haut fujet me tient fous fon empire.
DAP. Le nom ne s'en dit point? *FLO.* Ie ry de ces amants
Dont le trop de refpect redouble les tourmens,
Et qui pour les cacher fe faifant violence
Se promettent beaucoup d'un timide filence.
Pour moy, j'ay toûjours creu qu'un amour vertueux
N'avoit point à rougir d'eftre préfomptueux,
Ie veux bien vous nommer le bel œil qui me dompte,
Et ma temerité ne me fait point de honte.
Ce rare & haut fujet.... *AMA.*[b] Tout eft presque tendu.
DAP. Vous n'avez auprès d'eux gueres de temps perdu.

AMA. I'ay

[a] *Amarante rentre & Daphnis continuë.*

[b] *Elle revient brufquement.*

AMA. I'ay veu qu'ils l'employoient, & je fuis revenuë.

DAP. I'ay peur de m'enrheumer au froid qui continuë,
    Allez au cabinet me querir un mouchoir,
    I'en ay laiffé les clefs autour de mon miroir,
    Vous les trouverez là.[a] I'ay crû que cette belle
    Ne pouvoit à propos fe nommer devant elle,
    Qui recevant par là quelque espece d'affront
    En auroit eu foudain la rougeur fur le front.

FLO. Sans affront je la quitte, & luy préfere une autre
    Dont le merite égal, le rang pareil au voftre,
    L'esprit & les attraits également puiffans
    Ne dévroient de ma part avoir que de l'encens :
    Ouy, fa perfection comme la voftre extrefme
    N'a que vous de pareille, en un mot, c'eft.... *DA.* Moy-mefme,
    Ie voy bien que c'eft là que vous voulez venir,
    Non tant pour m'obliger, comme pour me punir :
    Ma curiofité devenuë indiscrette
    A voulu trop fçavoir d'une flame fecrette,
    Mais bien qu'elle en reçoive un juste châtiment
    Vous pouviez me traiter un peu plus doucement :
    Sans me faire rougir il vous devoit fuffire
    De me taire l'objet dont vous aimez l'empire.
    Mettre en fa place un nom qui ne vous touche pas,
    C'eft un cruel reproche au peu que j'ay d'appas.

FLO. Veu le peu que je fuis, vous dédaignez de croire
    Vne fi malheureufe & fi baffe victoire,
    Mon cœur eft un captif fi peu digne de vous,
    Que vos yeux en voudroient defavoüer leurs coups;
    Ou peut-eftre mon fort me rend fi mefprifable,
    Que ma temerité vous devient incroyable.
    Mais quoy que deformais il m'en puiffe arriver,
    Ie fais ferment.... *AMA.* Vos clefs ne fçauroient fe trouver.

DAP. Faute d'un plus exquis, & comme par bravade,
    Cecy fervira donc de mouchoir de parade.
      Enfin ce Cavalier que nous vifmes au bal,
    Vous trouvez comme moy qu'il ne danfe pas mal?

FLO. Ie ne le vis jamais mieux fur fa bonne mine.

DAP. Il s'étoit fi bien mis pour l'amour de Clarine.
    [b] A propos de Clarine, il m'étoit échapé
    Qu'elle en a deux à moy d'un nouveau point coupé;
    Allez, & dites-luy qu'elle me les renvoye.

AMA. Il eft hors d'apparence aujourd'huy qu'on la voye,

Tome I.   H h

Dès une heure au plus tard elle devoit fortir.
DAP. Son Cocher n'eft jamais fi-toft preft à partir,
Et d'ailleurs fon logis n'eft pas au bout du Monde,
Vous perdrez peu de pas. Quoy qu'elle vous réponde,
Dites-luy nettement que je les veux avoir.
AMA. A vous les rapporter je feray mon pouvoir.

SCENE V.

FLORAME, DAPHNIS.

FLO. C'Eft à vous maintenant d'ordonner mon fupplice,
Seure que fa rigueur n'aura point d'injustice.
DAP. Vous voyez qu'Amarante a pour vous de l'amour,
Et ne manquera pas d'eftre toft de retour.
Bien que je pûffe encor ufer de ma puiffance,
Il vaut mieux ménager le temps de fon abfence.
Donc pour n'en perdre point en discours fuperflus,
Ie croy que vous m'aimez, n'attendez rien de plus,
Florame, je fuis fille, & je dépens d'un pere.
FLO. Mais de voftre cofté que faut-il que j'espere?
DAP. Si ma jaloufe encor vous rencontroit icy,
Ce qu'elle a de foupçons feroit trop éclaircy:
Laiffez-moy feule, allez. *FLO.* Se peut-il que Florame
Souffre d'eftre fi-toft feparé de fon ame?
Ouy, l'honneur d'obeïr à vos commandemens
Luy doit eftre plus cher que fes contentemens.

SCENE VI.

DAPHNIS.

MOn amour par fes yeux plus forte devenuë
L'euft bien-toft emporté deffus ma retenuë,
Et je fentois mes feux tellement s'augmenter
Qu'il n'étoit plus en moy de les pouvoir dompter.
I'avois peur d'en trop dire, & cruelle à moy-mefme,
Parce que j'aime trop, j'ay banny ce que j'aime.
Ie me trouve captive en de fi beaux liens,
Que je meurs qu'il le fçache, & j'en fuy les moyens.

Quelle importune loy que cette modestie,
Par qui noftre apparence en glace convertie
Etouffe dans la bouche, & nourrit dans le cœur
Vn feu dont la contrainte augmente la vigueur!
Que ce penfer m'eft doux! que je t'aime, Florame,
Et que je fonge peu dans l'excés de ma flame
A ce qu'en nos deftins contre nous irritez
Le merite & les biens font d'inégalitez!
Auffi par celle-là de bien loin tu me paffes,
Et l'autre feulement eft pour les ames baffes,
Et ce penfer flateur me fait croire aifément
Que mon pere fera de mefme fentiment.
Helas! c'eft en effet bien flater mon courage
D'accommoder fon fens aux defirs de mon âge,
Il voit par d'autres yeux, & veut d'autres appas.

SCENE VII.

DAPHNIS, AMARANTE.

AMA. IE vous avois bien dit qu'elle n'y feroit pas.
    DAP. Que vous avez tardé pour ne trouver perfonne!
AMA. Ce reproche vraiment ne peut qu'il ne m'étonne,
    Pour revenir plus vifte il euft fallu voler.
DAP. Florame cependant qui vient de s'en aller
    A la fin malgré moy s'eft ennuyé d'attendre.
AMA. C'eft chofe toutefois que je ne puis comprendre.
    Des hommes de merite & d'efprit comme luy
    N'ont jamais avec vous aucun fujet d'ennuy,
    Voftre ame genereufe a trop de courtoifie.
DAP. Et la voftre amoureufe un peu de jaloufie.
AMA. De vray, je gouftois mal de faire tant de tours,
    Et perdois à regret ma part de fes difcours.
DAP. Auffi je me trouvois fi promptement fervie
    Que je me doutois bien qu'on me portoit envie.
    Et un mot, l'aimez-vous? *AMA.* Ie l'aime aucunement,
    Non-pas jufqu'à troubler voftre contentement;
    Mais fi fon entretien n'a point dequoy vous plaire,
    Vous m'obligerez fort de ne m'en plus diftraire.
DAP. Mais au cas qu'il me plûft? *AMA.* Il faudroit vous ceder.
    C'eft ainfi qu'avec vous je ne puis rien garder,

Au moindre feu pour moy qu'un amant fait paroiftre
Par curiofité vous le voulez connoiftre,
Et quand il a goufté d'un fi doux entretien,
Ie puis dire dès lors que je ne tiens plus rien.
C'eft ainfi que Theante a negligé ma flame,
Encor tout de nouveau vous m'enlevez Florame :
Si vous continüez à rompre ainfi mes coups,
Ie ne fçay rantoft plus comment vivre avec vous.
DAP. Sans colere, Amarante, il femble à vous entendre
Qu'en mefme lieu que vous je vouluffe pretendre?
Allez, affeurez-vous que mes contentemens
Ne vous defroberont aucun de vos amans,
Et pour vous en donner la preuve plus expreffe,
Voilà voftre Theante avec qui je vous laiffe.

SCENE VIII·

THEANTE, AMARANTE.

THE. TV me vois fans Florame, un amoureux ennuy
　　Affez adroitement m'a defrobé de luy.
Las de ceder ma place à fon difcours frivole,
Et n'ofant toutefois luy manquer de parole,
Ie pratique un quart-d'heure à mes affections.
AMA. Ma maîtreffe lifoit dans tes intentions,
Tu vois à ton abord comme elle a fait retraite,
De peur d'incommoder une amour fi parfaite.
THE. Ie ne la fçaurois croire obligeante à ce point.
Ce qui la fait partir ne fe dira-t'il point?
AMA. Veux-tu que je t'en parle auec toute franchife?
C'eft la mauvaife humeur où Florame l'a mife.
THE. Florame! *AMA.* Ouy, ce caufeur vouloit l'entretenir,
Mais il aura perdu le gouft d'y revenir :
Elle n'a que fort peu fouffert fa compagnie,
Et l'en a chaffé presque avec ignominie.
De dépit cependant fes mouvemens aigris
Ne veulent aujourd'huy traiter que de mépris,
Et l'unique raifon qui fait qu'elle me quitte,
C'eft l'eftime où te met près d'elle ton merite :
Elle ne voudroit pas te voir mal fatisfait,
Ny rompre fur le champ le deffein qu'elle a fait.

THE. I'ay regret que Florame ait receu cette honte,
    Mais enfin auprés d'elle il trouve mal son conte?
AMA. Aussi c'est un discours ennuyeux que le sien,
    Il parle incessamment sans dire jamais rien,
    Et n'étoit que pour toy je me fais ces contraintes,
    Ie l'envoirois bien-tost porter ailleurs ses feintes.
THE. Et je m'asseure aussi tellement en ta foy,
    Que bien que tout le jour il cajole avec toy,
    Mon esprit te conserve une amitié si pure,
    Que sans estre jaloux je le vois & l'endure.
AMA. Comment le serois-tu pour un si triste objet?
    Ses imperfections t'en ostent tout sujet.
    C'est à toy d'admirer qu'encor qu'un beau visage
    Dedans ses entretiens à toute heure t'engage,
    I'ay pour toy tant d'amour & si peu de soupçon,
    Que je n'en suis jalouse en aucune façon.
    C'est aimer puissamment que d'aimer de la sorte,
    Mais mon affection est bien encor plus forte.
      Tu sçais (& je le dis sans te mesestimer)
    Que quand nostre Daphnis auroit sçeu te charmer,
    Ce qu'elle est plus que toy mettroit hors d'esperance
    Les fruits qui seroient dûs à ta perseverance.
    Plûst à Dieu que le Ciel te donnast assez d'heur
    Pour faire naistre en elle autant que j'ay d'ardeur,
    L'aise de voir la porte à ta fortune ouverte
    Me feroit librement consentir à ma perte.
THE. Ie te souhaite un change autant avantageux.
    Plûst à Dieu que le Sort te fust moins outrageux,
    Ou que jusqu'à ce point il t'eust favorisée,
    Que Florame fust Prince, & qu'il t'eust épousée.
    Ie prise auprés des tiens si peu mes interests,
    Que bien que j'en sentisse au cœur mille regrets,
    Et que de déplaisir il m'en coûtast la vie,
    Ie me la tiendrois lors heureusement ravie.
AMA. Ie ne voudrois point d'heur qui vinst avec ta mort,
    Et Damon que voilà n'en seroit pas d'accord.
THE. Il a mine d'avoir quelque chose à me dire.
AMA. Ma presence y nuiroit, Adieu, je me retire.
THE. Arreste, nous pourrons nous voir tout à loisir,
    Rien ne le presse.

SCENE IX.

THEANTE, DAMON.

THE. A My, que tu m'as fait plaisir!
   I'étois fort à la gesne avec cette Suivante.
DAM. Celle qui te charmoit te devient bien pesante.
THE. Ie l'aime encor pourtant, mais mon ambition
   Ne laisse point agir mon inclination,
   Et bien que sur mon cœur elle soit la plus forte,
   Tous mes desirs ne vont qu'où mon dessein les porte.
   Au reste j'ay sondé l'esprit de mon rival.
DAM. Et connu? *THE.* Qu'il n'est pas pour me faire grand mal.
   Amarante m'en vient d'apprendre une Nouvelle
   Qui ne me permet plus que j'en sois en cervelle.
   Il a veu... *DAM.* Qui? *THE.* Daphnis, & n'en a remporté
   Que ce qu'elle devoit à sa temerité.
DA. Comme quoy? *TH.* Des mépris, des rigueurs sans pareilles.
DAM. As-tu beaucoup de foy pour de telles merveilles?
THE. Celle dont je les tiens en parle asseurément.
DAM. Pour un homme si fin on te dupe aisément.
   Amarante elle-mesme en est mal satisfaite,
   Et ne t'a rien conté que ce qu'elle souhaite;
   Pour seconder Florame en ses intentions
   On l'avoit écartée à des commissions.
   Ie viens de le trouver, tout ravy dans son ame
   D'avoir eu les moyens de faire voir sa flame,
   Et qui présume tant de ses prosperitez;
   Qu'il croit ses vœux receus puisqu'ils sont écoutez.
   Et certes son espoir n'est pas hors d'apparence,
   Après ce bon accueil & cette conference
   Dont Daphnis elle-mesme a fait l'occasion,
   I'en crains fort un succès à ta confusion.
   Taschons d'y donner ordre, & sans plus de langage
   Avise en quoy tu veux employer mon courage.
THE. Luy disputer un bien où j'ay si peu de part,
   Ce seroit m'exposer pour quelqu'autre au hazard.
   Le duel est fascheux, & quoy qu'il en arrive
   De sa possession l'un & l'autre il nous prive,

Puisque de deux rivaux l'un mort, l'autre s'enfuit,
Tandis que de sa peine un troisiéme a le fruit.
A croire son courage en amour on s'abuse,
La valeur d'ordinaire y sert moins que la ruse.
DAM. Avant que passer outre, un peu d'attention.
THE. Te viens-tu d'aviser de quelque invention?
DAM. Ouy, ta seule maxime en fonde l'entreprise.
Clarimond voit Daphnis, il l'aime, il la courtise,
Et quoy qu'il n'en reçoive encor que des mépris,
Vn moment de bon-heur luy peut gagner ce prix.
THE. Ce rival est bien moins à redouter qu'à plaindre.
DAM. Ie veux que de sa part tu ne doives rien craindre,
N'est-ce pas le plus seur qu'un duel hazardeux
Entre Florame & luy les en prive tous deux?
THE. Crois-tu qu'avec Florame aisément on l'engage?
DAM. Ie l'y resoudray trop avec un peu d'ombrage.
Vn amant dédaigné ne voit pas de bon œil
Ceux qui du mesme objet ont un plus doux accueil,
Des faveurs qu'on leur fait il forme ses offenses,
Et pour peu qu'on le pousse, il court aux violences.
Nous les verrions par là l'un & l'autre écartez
Laisser la place libre à tes felicitez.
THE. Ouy, mais s'il t'obligeoit d'en porter la parole?
DAM. Tu te mets en l'esprit une crainte frivole,
Mon peril de ces lieux ne te bannira pas,
Et moy pour te servir je courrois au trépas.
THE. En mesme occasion dispose de ma vie,
Et sois seur que pour toy j'auray la mesme envie.
DAM. Allons, ces complimens en retardent l'effet.
THE. Le Ciel ne vit jamais un amy si parfait.

ACTE III.

SCENE PREMIERE.

FLORAME, CELIE.

FLO. ENFIN quelque froideur qui paroiſſe en Floriſe,
　Aux volontez d'un frere elle s'en eſt remiſe.
CE. Quoy qu'elle s'en rapporte à vous entierement,
　Vous luy feriez plaiſir d'en uſer autrement.
　Les amours d'un vieillard ſont d'une foible amorce.
FLO. Que veux-tu ? ſon esprit ſe fait un peu de force,
　Elle ſe ſacrifie à mes contentemens,
　Et pour mes intereſts contraint ſes ſentimens.
　Aſſeure donc Geraste, en me donnant ſa fille,
　Qu'il gagne en un moment toute noſtre famille,
　Et que tout vieil qu'il eſt, cette condition
　Ne laiſſe aucun obstacle à ſon affection.
　Mais auſſi de Floriſe il ne doit rien pretendre,
　A moins que ſe reſoudre à m'accepter pour gendre.
CEL. Plaiſez-vous à Daphnis ? c'eſt là le principal.
FLO. Elle a trop de bonté pour me vouloir du mal :
　D'ailleurs ſa reſistance obscurciroit ſa gloire,
　Ie la meriterois ſi je la pouvois croire.
　La voilà qu'un rival m'empeſche d'aborder :
　Le rang qu'il tient ſur moy m'oblige à luy ceder,
　Et la pitié que j'ay d'un amant ſi fidelle
　Luy veut donner loiſir d'eſtre dédaigné d'elle.

SCENE II.

CLARIMOND, DAPHNIS.

CLA. CEs dédains rigoureux dureront-ils toûjours?
DAP. Non, ils ne dureront qu'autant que vos amours.
　　　　　　　　　　　　　　　　　　　CLA. C'eſt

CLA. C'eſt preſcrire à mes feux des loix bien inhumaines!
DAP. Faites finir vos feux, je finiray leurs peines.
CLA. Le moyen de forcer mon inclination ?
DAP. Le moyen de ſouffrir voſtre obſtination ?
CLA. Qui ne s'obſtineroit en vous voyant ſi belle ?
DAP. Qui vous pourroit aimer vous voyant ſi rebelle ?
CLA. Eſt-ce rebellion que d'avoir trop de feu ?
DAP. C'eſt avoir trop d'amour, & m'obeir trop peu.
CLA. La puiſſance ſur moy que je vous ay donnée...
DAP. D'aucune exception ne doit eſtre bornée.
CLA. Eſſayez autrement ce pouvoir ſouverain.
DAP. Cet eſſay me fait voir que je commande en vain.
CLA. C'eſt un injuſte eſſay qui feroit ma ruïne.
DAP. Ce n'eſt plus obeir depuis qu'on examine.
CLA. Mais l'Amour vous défend un tel commandement.
DAP. Et moy je me défens un plus doux traitement.
CLA. Avec ce beau viſage avoir le cœur de roche !
DAP. Si le mien s'endurcit, ce n'eſt qu'à voſtre approche.
CLA. Que je ſçache du moins d'où naiſſent vos froideurs.
DAP. Peut-eſtre du ſujet qui produit vos ardeurs.
CLA. Si je bruſle, Daphnis, c'eſt de nous voir enſemble.
DAP. Et c'eſt de nous y voir, Clarimond, que je tremble.
CLA. Voſtre contentement n'eſt qu'à me maltraiter.
DAP. Comme le voſtre n'eſt qu'à me perſecuter.
CLA. Quoy ! l'on vous perſecute à force de ſervices ?
DAP. Non, mais de voſtre part ce me ſont des ſupplices.
CLA. Helas ! & quand pourra venir ma gueriſon ?
DAP. Lors que le temps chez vous remettra la raiſon.
CLA. Ce n'eſt pas ſans raiſon que mon ame eſt épriſe.
DAP. Ce n'eſt pas ſans raiſon auſſi qu'on vous mépriſe.
CLA. Iuſte Ciel ! & que doy-je eſperer deſormais ?
DAP. Que je ne ſuis pas fille à vous aimer jamais.
CLA. C'eſt donc perdre mon temps que de plus y pretendre ?
DAP. Comme je perds icy le mien à vous entendre.
CLA. Me quittez-vous ſi-toſt ſans me vouloir guerir ?
DAP. Clarimond ſans Daphnis peut & vivre & mourir.
CLA. Ie mourray toutesfois ſi je ne vous poſſede.
DAP. Tenez-vous donc pour mort, s'il vous faut ce remede.

SCENE III.

CLARIMOND.

TOut dédaigné je l'aime, & malgré sa rigueur
Ses charmes plus puissans luy conservent mon cœur;
Par un contraire effet dont mes maux s'entretiennent
Sa bouche le refuse, & ses yeux le retiennent,
Ie ne puis, tant elle a de mépris & d'appas,
Ny le faire accepter, ny ne le donner pas;
Et comme si l'amour faisoit naistre sa haine,
Ou qu'elle mesurast ses plaisirs à ma peine,
On voit paroistre ensemble, & croistre également,
Ma flame & ses froideurs, sa joye & mon tourment.
Ie tasche à m'affranchir de ce malheur extresme,
Et je ne sçaurois plus disposer de moy-mesme,
Mon desespoir trop lasche obeit à mon sort,
Et mes ressentimens n'ont qu'un debile effort.
Mais pour foibles qu'ils soient, aidons leur impuissance,
Donnons-leur le secours d'une éternelle absence.
Adieu, cruelle ingrate, Adieu, je fuy ces lieux
Pour desrober mon ame au pouvoir de tes yeux.

SCENE IV.

CLARIMOND, AMARANTE.

AMA. MOnsieur, Monsieur, un mot. L'air de vostre visage
Témoigne un déplaisir caché dans le courage,
Vous quittez ma maîtresse un peu mal satisfait.
CLA. Ce que voit Amarante en est le moindre effet.
Ie porte, malheureux, après de tels outrages,
Des douleurs sur le front, & dans le cœur des rages.
AMA. Pour un peu de froideur c'est trop desesperer.
CLA. Que ne dis-tu plûtost que c'est trop endurer?
Ie devrois estre las d'un si cruel martyre,
Briser les fers honteux où me tient son empire,
Sans irriter mes maux avec un vain regret.
AMA. Si je vous croyois homme à garder un secret,

Vous pourriez fur ce point apprendre quelque chofe,
Que je meurs de vous dire, & toutefois je n'ofe.
L'erreur où je vous voy me fait compaffion,
Mais pourriez-vous avoir de la discretion?
CLA. Prens-en ma foy de gage avec.... Laiffe-moy faire.
ª *AMA.* Vous voulez juftement m'obliger à me taire.
Aux filles de ma forte il fuffit de la foy,
Refervez vos prefens pour quelqu'autre que moy.
CLA. Souffre.... *AMA.* Gardez-les, dis-je, ou je vous abandonne.
Daphnis a des rigueurs dont l'excès vous étonne,
Mais vous aurez bien plus dequoy vous étonner,
Quand vous fçaurez comment il faut la gouverner.
A force de douceurs vous la rendez cruelle,
Et vos fubmiffions vous perdent auprès d'elle:
Epargnez deformais tous ces pas fuperflus,
Parlez-en au bon-homme, & ne la voyez plus.
Toutes fes cruautez ne font qu'en apparence,
Du cofté du vieillard tournez voftre esperance;
Quand il aura pour elle accepté quelque amant,
Vn prompt amour naiftra de fon commandement.
Elle vous fait tandis cette galanterie
Pour s'acquerir le bruit de fille bien nourrie,
Et gagner d'autant plus de reputation
Qu'on la croira forcer fon inclination.
Nommez cette maxime, ou prudence, ou fottife,
C'eft la feule raifon qui fait qu'on vous méprife.
CLA. Helas! & le moyen de croire tes discours?
AMA. De grace, n'ufez point fi mal de mon fecours,
Croyez les bons avis d'une bouche fidelle,
Et fongeant feulement que je viens d'avec elle,
Derechef épargnez tous ces pas fuperflus,
Parlez-en au bon-homme, & ne la voyez plus.
CLA. Tu ne flates mon cœur que d'un espoir frivole.
AMA. Hazardez feulement deux mots fur ma parole,
Et n'apprehendez point la honte d'un refus.
CLA. Mais fi j'en recevois, je ferois bien confus,
Vn oncle pourra mieux concerter cette affaire.
AMA. Ou par vous, ou par luy ménagez bien le pere.

SCENE V.

AMARANTE.

QV'aisément un esprit qui se laisse flater
S'imagine un bon-heur qu'il pense meriter!
Clarimond est bien vain ensemble & bien credule,
De se persuader que Daphnis dissimule,
Et que ce grand dédain déguise un grand amour
Que le seul choix d'un pere a droit de mettre au jour.
Il s'en pasme de joye, & dessus ma parole
De tant d'affronts receus son ame se console:
Il les cherit peut-estre & les tient à faveurs,
Tant ce trompeur espoir redouble ses ferveurs.
S'il rencontroit le pere, & que mon entreprise….

SCENE VI.

GERASTE, AMARANTE.

GER. A Marante. *AM.* Monsieur. *GE.* Vous faites la surprise,
Encor que de si loin vous m'ayez veu venir,
Que Clarimond n'est plus à vous entretenir!
Ie donne ainsi la chasse à ceux qui vous en content!
AMA. A moy ? mes vanitez jusque là ne se montent.
GER. Il sembloit toutefois parler d'affection.
AMA. Ouy, mais qu'estimez-vous de son intention?
GER. Ie croy que ses desseins tendent au mariage.
AMA. Il est vray. *GER.* Quelque foy qu'il vous donne pour gage,
Il cherche à vous surprendre, & sous ce faux appas
Il cache des projets que vous n'entendez pas.
AMA. Vostre âge soupçonneux a toûjours des chimeres
Qui le font mal juger des cœurs les plus sinceres.
GER. Où les conditions n'ont point d'égalité,
L'amour ne se fait guere avec sincerité.
AMA. Posé que cela soit : Clarimond me caresse;
Mais si je vous disois que c'est pour ma maitresse,
Et que le seul besoin qu'il a de mon secours
Sortant d'avec Daphnis l'arreste en mes discours?

GER. S'il a befoin de toy pour avoir bonne iffuë,
C'eft figne que fa flame eft affez mal receuë.
AMA. Pas tant qu'elle paroit, & que vous préfumez.
D'un mutuel amour leurs cœurs font enflamez,
Mais Daphnis fe contraint de peur de vous déplaire,
Et fa bouche eft toûjours à fes defirs contraire,
Horfmis lors qu'avec moy s'ouvrant confidemment
Elle trouve à fes maux quelque foulagement.
Clarimond cependant, pour fondre tant de glaces,
Tafche par tous moyens d'avoir mes bonnes graces,
Et moy, je l'entretiens toûjours d'un peu d'espoir.
GER. A ce conte Daphnis eft fort dans le devoir,
Ie n'en puis fouhaiter un meilleur témoignage,
Et ce respect m'oblige à l'aimer davantage.
Ie luy feray bon pere, & puisque ce party
A fa condition fe rencontre afforty,
Bien qu'elle pûft encor un peu plus haut atteindre,
Ie la veux enhardir à ne fe plus contraindre.
AMA. Vous n'en pourrez jamais tirer la verité.
Honteufe de l'aimer fans voftre autorité,
Elle s'en défendra de toute fa puiffance.
N'en cherchez point d'aveu que dans l'obeïffance;
Quand vous aurez fait choix de cet heureux amant
Vos ordres produiront un prompt confentement.
Mais on ouvre la porte, helas! je fuis perduë,
Si j'ay tant de malheur qu'elle m'ait entenduë.
[a] *GER.* Luy procurant du bien elle croit la fafcher,
Et cette vaine peur la fait ainfi cacher.
Que ces jeunes cerveaux ont de traits de folie!
Mais il faut aller voir ce qu'aura fait Celie.
Toutefois difons-luy quelque mot en paffant
Qui la puiffe guerir du mal qu'elle reffent.

SCENE VII.

GERASTE, DAPHNIS.

GER. **M**A fille, c'eft en vain que tu fais la discrette,
I'ay découvert enfin ta paffion fecrette,
Ie ne t'en parle point fur des avis douteux.
N'en rougy point, Daphnis, ton choix n'eft pas honteux,

Moy-mefme je l'agrée, & veux bien que ton ame
A cet amant fi cher ne cache plus fa flame.
Tu pouvois en effet pretendre un peu plus haut,
Mais on ne peut affez estimer ce qu'il vaut;
Ses belles qualitez, fon credit, & fa race
Auprès des gens d'honneur font trop dignes de grace.
Adieu, fi tu le vois, tu peux luy témoigner
Que fans beaucoup de peine on me pourra gagner.

SCENE VIII.

DAPHNIS.

D'Aife & d'étonnement je demeure immobile
D'où luy vient cette humeur de m'eftre fi facile?
D'où me vient ce bon-heur où je n'ofois penfer?
Florame, il m'eft permis de te recompenfer,
Et fans plus déguifer ce qu'un pere authorife,
Ie puis me revancher du don de ta franchife:
Ton merite le rend, malgré ton peu de biens,
Indulgent à mes feux, & favorable aux tiens,
Il trouve en tes vertus des richeffes plus belles.
Mais eft-il vray, mes fens? m'étes-vous bien fidelles?
Mon heur me rend confufe, & ma confufion
Me fait tout foupçonner de quelque illufion.
Ie ne me trompe point, ton merite & ta race
Auprès des gens d'honneur font trop dignes de grace,
Florame, il eft tout vray, deflors que je te vis
Vn batement de cœur me fit de cet avis,
Et mon pere aujourd'huy fouffre que dans fon ame
Les mefmes fentimens..

SCENE IX.

FLORAME, DAPHNIS.

DAP. Qvoy, vous voila, Florame!
Ie vous avois prié tantoft de me quitter.
FLO. Et je vous ay quittée auffi fans contester.
DAP. Mais revenir fi-toft c'eft me faire une offenfe.
FLO. Quand j'aurois fur ce point receu quelque défenfe,

Si vous sçaviez quels feux ont pressé mon retour,
Vous en pardonneriez le crime à mon amour.
DAP. Ne vous préparez point à dire des merveilles,
Pour me persuader des flames sans pareilles:
Ie croy que vous m'aimez, & c'est en croire plus,
Que n'en exprimeroient vos discours superflus.
FLO. Mes feux, qu'ont redoublé ces propos adorables,
A force d'estre crûs deviennent incroyables,
Et vous n'en croyez rien qui ne soit au dessous.
Que ne m'est-il permis d'en croire autant de vous?
DAP. Vostre croyance est libre. *FLO.* Il me la faudroit vraye.
DAP. Mon cœur par mes regards vous fait trop voir sa playe,
Vn homme si sçavant au langage des yeux
Ne doit pas demander que je m'explique mieux.
Mais puisqu'il vous en faut un aveu de ma bouche,
Allez, asseurez-vous que vostre amour me touche.
Depuis tantost je parle un peu plus librement,
Ou si vous le voulez, un peu plus hardiment,
Aussi j'ay veu mon pere, & s'il vous faut tout dire,
Avec tous nos desirs sa volonté conspire.
FLO. Surpris, ravy, confus, je n'ay que repartir.
Estre aimé de Daphnis! un pere y consentir!
Dans mon affection ne trouver plus d'obstacles!
Mon espoir n'eust osé concevoir ces miracles.
DAP. Miracles toutesfois qu'Amarante a produits,
De sa jalouse humeur nous tirons ces doux fruits.
Au recit de nos feux, malgré son artifice,
La bonté de mon pere a trompé sa malice,
Du moins je le présume, & ne puis soupçonner
Que mon pere sans elle ait pû rien deviner.
FLO. Les avis d'Amarante en trahissant ma flame
N'ont point gagné Geraste en faveur de Florame,
Les ressorts d'un miracle ont un plus haut moteur,
Et tout autre qu'un Dieu n'en peut estre l'autheur.
DAP. C'en est un que l'Amour. *FLO.* Et vous verrez peut-estre
Que son pouvoir divin se fait icy paroistre,
Dont quelques grands effets avant qu'il soit long-temps
Vous rendront étonnée, & nos desirs contens.
DAP. Florame, après vos feux & l'aveu de mon pere,
L'amour n'a point d'effets capables de me plaire.
FLO. Aimez-en le premier, & recevez la foy
D'un bien-heureux amant qu'il met sous vostre loy.

DAP. Vous, prifez le dernier qui vous donne la mienne.
FLO. Quoy que dorefnavant Amarante furvienne,
    Ie croy que nos discours iront d'un pas égal,
    Sans donner fur le rheume, ou gauchir fur le bal?
DAP. Si je puis tant foit peu diffimuler ma joye,
    Et que deffus mon front fon excès ne fe voye,
    Ie me joûray bien d'elle, & des empefchemens
    Que fon adreffe apporte à nos contentemens.
FLO. I'en apprendray de vous l'agreable Nouvelle.
    Vn ordre neceffaire au logis me rappelle,
    Et doit fort avancer le fuccès de nos vœux.
DAP. Nous n'avons plus qu'une ame & qu'vn vouloir nous deux:
    Bien que vous éloigner ce me foit un martyre,
    Puisque vous le voulez, je n'y puis contredire.
    Mais quand doy-je esperer de vous revoir icy?
FLO. Dans une heure au plus tard. *DAP*. Allez donc, la voicy.

SCENE X.

DAPHNIS, AMARANTE.

DAP. **A**Marante, vraiment vous étes fort jolie,
    Vous n'égayez pas mal voftre melancolie,
    Voftre jaloux chagrin a de beaux agrémens,
    Et choifit affez bien fes divertiffemens.
    Voftre esprit pour vous mefme a force complaifance,
    De me faire l'objet de voftre médifance;
    Et pour donner couleur à vos détractions,
    Vous lifez fort avant dans mes intentions.
AMA. Moy! que de vous j'ofaffe aucunement médire!
DAP. Voyez-vous, Amarante, il n'eft plus temps de rire,
    Vous avez veu mon pere, avec qui vos discours
    M'ont fait à voftre gré de frivoles amours.
    Quoy! fouffrir un moment l'entretien de Florame,
    Vous le nommez bien-toft une fecrette flame?
    Cette jaloufe humeur dont vous fuivez la loy
    Vous fait en mes secrets plus fçavante que moy.
    Mais paffe pour le croire, il falloit que mon pere
    De voftre confidence apprift cette chimere?
AMA. S'il croit que vous l'aimez, c'eft fur quelque foupçon
    Où je ne contribuë en aucune façon.

Ie fçay

Ie ſçay trop que le Ciel avec de telles graces
Vous donne trop de cœur pour des flames ſi baſſes,
Et quand je vous croirois dans cet indigne choix,
Ie ſçay ce que je ſuis, & ce que je vous dois.
DAP. Ne tranchez point ainſi de la respectueuſe:
Voſtre peine aprés tout vous eſt bien fructueuſe,
Vous la devez cherir, & ſon heureux ſuccés
Qui chez nous à Florame interdit tout accés.
Mon pere le bannit, & de l'une, & de l'autre,
Penſant nuire à mon feu, vous ruïnez le voſtre;
Ie luy viens de parler, mais c'étoit ſeulement
Pour luy dire l'Arreſt de ſon banniſſement.
Vous devez cependant eſtre fort ſatisfaite,
Qu'à voſtre occaſion un pere me maltraite.
Pour fruit de vos labeurs ſi cela vous ſuffit,
C'eſt acquerir ma haine avec peu de profit.
AMA. Si touchant vos amours on ſçait rien de ma bouche,
Que je puiſſe à vos yeux devenir une ſouche,
Que le Ciel... *DAP.* Finiſſez vos imprécations,
I'aime voſtre malice, & vos delations.
    Ma mignonne, apprenez que vous étes deceuë:
C'eſt par voſtre rapport que mon ardeur eſt ſceuë,
Mais mon pere y conſent, & vos avis jaloux
N'ont fait que me donner Florame pour époux.

SCENE XI.

AMARANTE.

A Y-je bien entendu? ſa belle humeur ſe joüe,
Et par plaiſir ſoy-meſme elle ſe deſavoüe.
Son pere la mal-traite, & conſent à ſes vœux!
Ay-je nommé Florame en parlant de ſes feux?
Florame, Clarimond; ces deux noms, ce me ſemble,
Pour eſtre confondus n'ont rien qui ſe reſſemble.
Le moyen que jamais on entendiſt ſi mal,
Que l'un de ces amans fuſt pris pour ſon rival?
Ie ne ſçais où j'en ſuis, & toutefois j'eſpere,
Sous ces obſcuritez je ſoupçonne un miſtere,
Et mon eſprit confus à force de douter,
Bien qu'il n'oſe rien croire, oſe encor ſe flater.

ACTE IV.

SCENE PREMIERE.

DAPHNIS.

V'EN l'attente de ce qu'on aime
Vne heure est fascheuse à passer !
Qu'elle ennuye un amour extresme
Dont la joye est reduite aux douceurs d'y penser.

Le mien qui fuit la défiance
La trouve trop longue à venir,
Et s'accuse d'impatience
Plûtost que mon amant de peu de souvenir.

Ainsi moy-mesme je m'abuse
De crainte d'un plus grand ennuy,
Et je ne cherche plus de ruse
Qu'à m'oster tout sujet de me plaindre de luy.

Aussi-bien malgré ma colere
Ie bruslerois de m'appaiser,
Et sa peine la plus severe
Ne seroit, tout au plus, qu'un mot pour l'excuser.

Ie doy rougir de ma foiblesse,
C'est estre trop bonne en effet ;
Daphnis, fais un peu la Maîtresse,
Et souuien-toy du moins...

SCENE II.

GERASTE, CELIE, DAPHNIS.

GER.[a]   ADieu, cela vaut fait,
Tu l'en peux affeurer. [b] Ma fille, je préfume,
Quelques feux dans ton cœur que ton amant allume,
Que tu ne voudrois pas fortir de ton devoir.
DAP. C'eft ce que le paffé vous a pû faire voir.
GER. Mais fi pour en tirer une preuve plus claire,
Ie difois qu'il faut prendre un fentiment contraire,
Qu'une autre occafion te donne un autre amant?
DAP. Il feroit un peu tard pour un tel changement.
Sous voftre authorité j'ay dévoilé mon ame,
I'ay découvert mon cœur à l'objet de ma flame,
Et c'eft fous voftre aveu qu'il a receu ma foy.
GER. Ouy, mais je viens de faire un autre choix pour toy.
DAP. Ma foy ne permet plus une telle inconstance.
GER. Et moy je ne fçaurois fouffrir de refistance,
Si ce gage eft donné par mon confentement,
Il faut le retirer par mon commandement.
Vous foûpirez en vain, vos foûpirs & vos larmes
Contre ma volonté font d'impuiffantes armes.
Rentrez, je ne puis voir qu'avec mille douleurs
Voftre rebellion s'exprimer par vos pleurs.
[c]   La pitié me gagnoit, il m'étoit impoffible
De voir encor fes pleurs & n'eftre pas fenfible,
Mon injuste rigueur ne pouvoit plus tenir,
Et de peur de me rendre il la falloit bannir.
N'importe toutefois, la parole me lie,
Et mon amour ainfi l'a promis à Celie,
Florife ne fe peut acquerir qu'à ce prix,
Si Florame...

[a] *A Celie.*
[b] *Celie rentre, & Geraste continuë à parler à Daphnis.*

[c] *Daphnis rentre, & Geraste continuë.*

SCENE III.

GERASTE, AMARANTE.

AMA. **M**Onsieur, vous vous étes mépris,
C'est Clarimond qu'elle aime. *GER.* Et ma plus grande peine
N'est que d'en avoir eu la preuve trop certaine.
Dans sa rebellion à mon authorité
L'amour qu'elle a pour luy n'a que trop éclaté:
Si pour ce Cavalier elle avoit moins de flame,
Elle agrêroit le choix que je fais de Florame,
Et prenant desormais un mouvement plus sain,
Ne s'obstineroit pas à rompre mon dessein.
AMA. C'est ce choix inégal qui vous la fait rebelle,
Mais pour tout autre amant n'apprehendez rien d'elle.
GER. Florame a peu de bien, mais pour quelque raison
C'est luy seul dont je fais l'appuy de ma maison,
Examiner mon choix c'est un trait d'imprudence.
Toy qu'à present Daphnis traite de confidence,
Et dont le seul avis gouverne ses secrets,
Ie te prie, Amarante, adoucy ses regrets,
Resous-la, si tu peux, à contenter un pere,
Fay qu'elle aime Florame, ou craigne ma colere.
AMA. Puisque vous le voulez, j'y feray mon pouvoir:
C'est chose toutefois dont j'ay si peu d'espoir,
Que je craindrois plûtost de l'aigrir davantage.
GER. Il est tant de moyens de fléchir un courage,
Trouve pour la gagner quelque subtil appas,
La recompense aprés ne te manquera pas.

SCENE IV.

AMARANTE.

ACcorde qui pourra le pere avec la fille,
L'égarement d'esprit regne sur la famille.
Daphnis aime Florame, & son pere y consent,
D'elle-mesme j'ay sçeu l'aise qu'elle en ressent,
Et si j'en croy ce pere, elle ne porte en l'ame
Que revolte, qu'orgueil, que mépris pour Florame.
Peut-elle s'opposer à ses propres desirs,
Démentir tout son cœur, détruire ses plaisirs?
S'ils sont sages tous deux, il faut que je sois folle:
Leur méconte pourtant, quel qu'il soit, me console,
Et bien qu'il me réduise au bout de mon Latin,
Vn peu plus en repos j'en attendray la fin.

SCENE V.

FLORAME, DAMON.

FLO. SAns me voir elle rentre, & quelque bon Genie
Me sauve de ses yeux & de sa tyrannie;
Ie ne me croyois pas quitte de ses discours,
A moins que sa maitresse en vinst rompre le cours.
DAM. Ie voudrois t'avoir veu dedans cette contrainte.
FLO. Peut-estre voudrois-tu qu'elle empeschast ma plainte?
DAM. Si Theante sçait tout, sans raison tu t'en plains,
Ie t'ay dit ses secrets, comme à luy tes desseins,
Il voit dedans ton cœur, tu lis dans son courage,
Et je vous fais combatre ainsi sans avantage.
FLO. Toutefois au combat tu n'as pû l'engager?
DAM. Sa generosité n'en craint pas le danger,
Mais cela choque un peu sa prudence amoureuse,
Veu que la fuite en est la fin la plus heureuse,
Et qu'il faut que l'un mort l'autre tire païs.
FLO. Malgré le déplaisir de mes secrets trahis,
Ie ne puis, cher amy, qu'avec toy je ne rie
Des subtiles raisons de sa poltronnerie.

Nous faire ce duël fans s'expofer aux coups,
C'eft veritablement en fçavoir plus que nous,
Et te mettre en fa place avec affez d'adreffe.
DAM. Qu'importe à quels perils il gagne une Maîtreffe?
Que fes rivaux entr'eux faffent mille combats,
Que j'en porte parole, ou ne la porte pas,
Tout luy femblera bon, pourveu que fans en eftre
Il puiffe de ces lieux les faire disparoiftre.
FLO. Mais ton fervice offert hazardoit bien ta foy,
Et s'il euft eu du cœur, t'engageoit contre moy.
DAM. Ie fçavois trop que l'offre en feroit rejettée,
Depuis plus de dix ans je connoy fa portée,
Il ne devient mutin que fort malaifément,
Et préfere la rufe à l'éclairciffement.
FLO. Les maximes qu'il tient pour conferver fa vie
T'ont donné des plaifirs où je te porte envie.
DAM. Tu peux incontinent les goufter fi tu veux,
Luy qui doute fort peu du fuccès de fes vœux,
Et qui croit que déja Clarimond & Florame
Difputent loin d'icy le fujet de leur flame,
Seroit-il homme à perdre un temps fi précieux
Sans aller chez Daphnis faire le gracieux,
Et feul à la faveur de quelque mot pour rire
Prendre l'occafion de conter fon martire?
FLO. Mais s'il nous trouve enfemble, il pourra foupçonner
Que nous prenons plaifir tous deux à le berner.
DAM. De peur que nous voyant il conceuft quelque ombrage,
I'avois mis tout exprès Cléon fur le paffage.
Theante approche-t'il? *CLE.* Il eft en ce carfour.
DAM. Adieu donc, nous pourrons le joüer tour à tour.
ᵃ*Il eft feul.* *FLO.*ᵃ Ie m'étonne comment tant de belles parties
En ce pauvre amoureux font fi mal afforties,
Qu'il a fi mauvais cœur avec de fi bons yeux,
Et fait un fi beau choix fans le defendre mieux.
Pour tant d'ambition c'eft bien peu de courage.

SCENE VI.

FLORAME, THEANTE.

FLO. QVelle surprise, amy, paroit sur ton visage?
THE. T'ayant cherché long-temps, je demeure confus
De t'avoir rencontré quand je n'y pensois plus.
FLO. Parle plus franchement, fasché de ta promesse
Tu veux & n'oserois reprendre ta Maîtresse,
Ta passion qui souffre une trop dure loy
Pour la gouverner seul te desroboit de moy?
THE. De peur que ton esprit formast cette croyance
De l'aborder sans toy je faisois conscience.
FLO. C'est ce qui t'obligeoit sans doute à me chercher?
Mais ne te prive plus d'un entretien si cher.
Ie te cede Amarante, & te rends ta parole.
I'aime ailleurs, & lassé d'un compliment frivole,
Et de feindre une ardeur qui blesse mes amis,
Ma flame est veritable, & son effet permis,
I'adore une beauté qui peut disposer d'elle,
Et seconder mes feux sans se rendre infidelle.
THE. Tu veux dire Daphnis? *FLO.* Ie ne puis te celer
Qu'elle est l'unique objet pour qui je veux brusler.
THE. Le bruit vole déja qu'elle est pour toy sans glace,
Et déja d'un cartel Clarimond te menace.
FLO. Qu'il vienne ce rival apprendre à son malheur
Que s'il me passe en biens, il me cede en valeur,
Que sa vaine arrogance en ce duël trompée
Me fasse meriter Daphnis à coups d'épée:
Par là je gagne tout, ma generosité
Supplêra ce qui fait nostre inégalité,
Et son pere amoureux du bruit de ma vaillance
La fera sur ses biens emporter la balance.
THE. Tu n'en peux esperer un moindre évenement.
L'heur suit dans les duëls le plus heureux amant,
Le glorieux succés d'une action si belle,
Ton sang mis au hazard, ou répandu pour elle,
Ne peut laisser au pere aucun lieu de refus:
Tien ta Maîtresse acquise, & ton rival confus,

Et fans t'épouvanter d'une vaine fortune
Qu'il foûtient lafchement d'une valeur commune,
Ne fay de fon orgueil qu'un fujet de mépris,
Et penfe que Daphnis ne s'acquiert qu'à ce prix.
Adieu, puiffe le Ciel à ton amour parfaite
Accorder un fuccès tel que je le fouhaite.
FLO. Ce cartel, ce me femble, eft trop long à venir,
Mon courage boüillant ne fe peut contenir,
Enflé par tes difcours il ne fçauroit attendre
Qu'un infolent deffy l'oblige à fe deffendre.
   Va donc, & de ma part appelle Clarimond,
Dy-luy que pour demain il choififfe un fecond,
Et que nous l'attendrons au Chafteau de Biffeftre.
THE. I'adore ce grand cœur qu'icy tu fais paroiftre,
Et demeure ravy du trop d'affection
Que tu m'as temoigné par cette élection.
Prens-y garde pourtant, penfe à quoy tu t'engages.
Si Clarimond laffé de fouffrir tant d'outrages
Eteignant fon amour te cedoit ce bonheur,
Quel befoin feroit-il de le piquer d'honneur?
Peut-eftre qu'un faux bruit nous apprend fa menace,
C'eft à toy feulement de deffendre ta place;
Ces coups du defespoir des amans méprifez
N'ont rien d'avantageux pour les favorifez.
Qu'il recoure, s'il veut, à ces fafcheux remedes,
Ne luy querelle point un bien que tu poffedes:
Ton amour que Daphnis ne fçauroit dédaigner
Court rifque d'y tout perdre, & n'y peut rien gagner.
Avife encor un coup, ta valeur inquiete
En d'extrefmes perils un peu trop toft te jette.
FLO. Quels perils? l'heur y fuit le plus heureux amant.
THE. Quelquefois le hazard en difpofe autrement.
FLO. Clarimond n'eut jamais qu'une valeur commune.
THE. La valeur aux duëls fait moins que la fortune.
FLO. C'eft par là feulement qu'on merite Daphnis.
THE. Mais plûtoft de fes yeux par là tu te bannis.
FLO. Cette belle action pourra gagner fon pere.
THE. Ie le fouhaite ainfi plus que je ne l'espere.
FLO. Acceptant un cartel, fuis-je plus affeuré?
THE. Où l'honneur fouffriroit, rien n'eft confideré.
FLO. Ie ne puis refister à des raifons fi fortes,
   Sur ma boüillante ardeur malgré moy tu l'emportes.
I'attendray

l'attendray qu'on m'attaque.*THE.*Adieu donc.*FLO.*En ce cas,
Souvien-t'en, cher amy, tu me promets ton bras?
THE. Dispose de ma vie. *FLO.*ᵃ Elle est fort asseurée
Si rien que ce duel n'empesche sa durée.
Il en parle des mieux, c'est un jeu qui luy plaist,
Mais il devient fort sage aussi-tost qu'il en est,
Et montre cependant des graces peu vulgaires
A batre ses raisons par des raisons contraires.

ᵃ*Il est seul.*

SCENE VII.

DAPHNIS, FLORAME.

DAP. IE n'osois t'aborder les yeux baignez de pleurs,
Et devant ce rival t'apprendre nos malheurs.
FLO. Vous me jettez, Madame, en d'étranges alarmes,
Dieux! & d'où peut venir ce deluge de larmes?
Le bon-homme est-il mort? *DAP.* Non, mais il se dédit,
Tout amour desormais pour toy m'est interdit:
Si-bien qu'il me faut estre, ou rebelle, ou parjure,
Forcer les droits d'Amour, ou ceux de la Nature,
Mettre un autre en ta place, ou luy desobeïr,
L'irriter, ou moy-mesme avec toy me trahir.
A moins que de changer, sa haine inévitable
Me rend de tous costez ma perte indubitable,
Ie ne puis conserver mon devoir, & ma foy,
Ny sans crime brusler pour d'autres, n'y pour toy.
FLO. Le nom de cet amant dont l'indiscrette envie
A mes ressentimens vient apporter sa vie?
Le nom de cet amant qui par sa prompte mort
Doit au lieu du vieillard me reparer ce tort,
Et qui, sur quelque orgueil que son amour se fonde,
N'a que jusqu'à ma veuë à demeurer au Monde?
DAP. Ie n'aime pas si mal que de m'en informer,
Ie t'aurois fait trop voir que j'eusse pû l'aimer,
Si j'en sçavois le nom, ta juste défiance
Pourroit à ses defauts imputer ma constance,
A son peu de merite attacher mon dédain,
Et croire qu'un plus digne auroit receu ma main.
    I'atteste icy le bras qui lance le tonnerre,
Que tout ce que le Ciel a fait paroistre en Terre

De merites, de biens, de grandeurs, & d'appas,
En mefme objet uny ne m'ébranleroit pas.
Florame a droit luy feul de captiver mon ame,
Florame vaut luy feul à ma pudique flame
Tout ce que peut le Monde offrir à mes ardeurs
De merites, d'appas, de biens, & de grandeurs..
FLO. Qu'avec des mots fi doux vous m'étes inhumaine!
Vous me comblez de joye, & redoublez ma peine.
L'effet d'un tel amour hors de voftre pouvoir
Irrite d'autant plus mon fanglant defespoir,
L'excès de voftre ardeur ne fert qu'à mon fupplice;
Devenez-moy cruelle, afin que je gueriffe.
Guerir! ah, qu'ay-je dit? ce mot me fait horreur.
Pardonnez aux transports d'une aveugle fureur,
Aimez toûjours Florame, & quoy qu'il ait pû dire,
Croiffez de jour en jour vos feux & fon martyre.
Peut-il rendre fa vie à de plus heureux coups
Ou mourir plus content, que pour vous, & par vous?
DAP. Puisque de nos destins la rigueur trop fevere
Oppofe à nos defirs l'authorité d'un pere,
Que veux-tu que je faffe? en l'état où je fuis,
Eftre à toy malgré luy, c'eft ce que je ne puis;
Mais je puis empefcher qu'un autre me poffede,
Et qu'un indigne amant à Florame fuccede.
Le cœur me manque, Adieu, je fens faillir ma voix.
　　Florame, fouvien-toy de ce que tu me dois,
Si nos feux font égaux, mon exemple t'ordonne,
Ou d'eftre à ta Daphnis, ou de n'eftre à perfonne.

SCENE VIII.

FLORAME.

DEpourveu de confeil comme de fentiment,
L'excès de ma douleur m'ofte le jugement.
De tant de biens promis je n'ay plus que fa veuë,
Et mes bras impuiffans ne l'ont pas retenuë,
Et mefme je luy laiffe abandonner ce lieu,
Sans trouver de parole à luy dire un Adieu!
Ma fureur pour Daphnis a de la complaifance,
Mon defespoir n'ofoit agir en fa prefence,

De peur que mon tourment aigrift fes déplaifirs,
Vne pitié fecrette étouffoit mes foûpirs,
Sa douleur par respect faifoit taire la mienne;
Mais ma rage à prefent n'a rien qui la retienne.
   Sors, infame vieillard, dont le confentement
Nous a vendu fi cher le bonheur d'un moment,
Sors, que tu fois puny de cette humeur brutale
Qui rend ta volonté pour nos feux inégale.
A nos chastes amours qui t'a fait confentir,
Barbare? mais plûtoft qui t'en fait repentir?
Crois-tu qu'aimant Daphnis, le tiltre de fon pere
Debilite ma force, ou rompe ma colere?
Vn nom fi glorieux, lafche, ne t'eft plus dû,
En luy manquant de foy ton crime l'a perdu,
Plus j'ay d'amour pour ellé, & plus pour toy de haine
Enhardit ma vangeance, & redouble ta peine;
Tu mourras, & je veux, pour finir mes ennuis,
Meriter par ta mort celle où tu me reduis.
   Daphnis, à ma fureur ma bouche abandonnée
Parle d'ofter la vie à qui te l'a donnée!
Ie t'aime, & je t'oblige à m'avoir en horreur,
Et ne connois encor qu'à peine mon erreur!
Si je fuis fans respect pour ce que tu respectes,
Que mes affections ne t'en foient pas fuspectes;
De plus reglez transports me feroient trahifon,
Si j'avois moins d'amour, j'aurois de la raifon,
C'eft peu que de la perdre après t'avoir perduë:
Rien ne fert plus de guide à mon ame éperduë,
Ie condamne à l'inftant ce que j'ay réfolu,
Ie veux, & ne veux plus fi-toft que j'ay voulu,
Ie menace Gerafte, & pardonne à ton pere;
Ainfi rien ne me vange, & tout me defespere.

SCENE IX.

FLORAME, CELIE.

^a Il luy dit *FLO.*^a CElie.... *CEL.* Et bien, Celie ? enfin elle a tant fait
ce mot en   Qu'à vos defirs Geraste accorde leur effet.
foûpirant.   Quel vifage avez-vous ? voftre aife vous transporte.
      FLO. C'efſe d'aigrir ma flame en raillant de la forte,
        Organe d'un vieillard, qui croit faire un bon tour
        De fe joüer de moy par une feinte amour.
        Si tu te veux du bien, fay-luy tenir promeſſe,
        Vous me rendrez tous deux la vie, ou ma Maîtreſſe,
        Et ce jour expiré, je vous feray fentir
        Que rien de ma fureur ne vous peut garantir.
      CEL. Florame. *FLO.* Ie ne puis parler à des perfides.
^b Elle eft *CEL.*^b Il veut donner l'alarme à mes esprits timides,
feule.   Et prend plaifir luy-mefme à fe joüer de moy.
        Geraste a trop d'amour pour n'avoir point de foy,
        Et s'il pouvoit donner trois Daphnis pour Florife,
        Il la tiendroit encor heureufement acquife.
        D'ailleurs ce grand couroux pourroit-il eftre feint ?
        Auroit-il pû fi-toft falfifier fon teint,
        Et fi bien ajuster fes yeux & fon langage
        A ce que fa fureur marquoit fur fon vifage ?
        Quelqu'un des deux me joüe, épions tous les deux,
        Et nous éclairciſſons fur un point fi douteux.

ACTE V.

SCENE PREMIERE.

THEANTE, DAMON.

THE. ROIROIS-TV qu'un momēt m'ait pû chãger de sorte
Que je paſſe à regret pardevant cette porte?
D. Que ton humeur n'a-t'elle un peu plûtoſt chãgé?
Nous aurions veu l'effet où tu m'as engagé.
Tantoſt quelque Démon ennemy de ta flame
Te faiſoit en ces lieux accompagner Florame,
Sans la crainte qu'alors il te priſt pour ſecond,
Ie l'allois appeller au nom de Clarimond,
Et comme ſi depuis il étoit inviſible,
Sa rencontre pour moy s'eſt renduë impoſſible.
THE. Ne le cherche donc plus : à bien conſiderer,
Qu'ils ſe batent, ou non, je n'en puis qu'eſperer.
Daphnis, que ſon adreſſe a malgré moy ſeduite,
Ne pourroit l'oublier, quand il ſeroit en fuite,
Leur amour eſt trop forte, & d'ailleurs ſon trépas
Le privant d'un tel heur ne me le donne pas.
Inégal en fortune aux biens de cette belle,
Et déja par malheur aſſez mal voulu d'elle,
Que pourrois-je après tout prétendre de ſes pleurs?
Et quel espoir pour moy naiſtroit de ſes douleurs?
Deviendrois-je par là plus riche, ou plus aimable?
Que ſi de l'obtenir je me trouve incapable,
Mon amitié pour luy qui ne peut expirer
A tout autre qu'à moy me le fait préferer,
Et j'aurois peine à voir un troiſiéme en ſa place.
DAM. Tu t'aviſes trop tard, que veux-tu que je faſſe?
I'ay pouſſé Clarimond à luy faire un appel,
I'ay charge de ſa part de luy rendre un cartel,
Le puis-je ſupprimer? *THE.* Non, mais tu pourrois faire....
DAM. Quoy? *THE.* Que Clarimond priſt un ſentiment contraire.

DAM. Le détourner d'un coup où seul je l'ay porté!
Mon courage est mal propre à cette lascheté.
THE. A de telles raisons je n'ay de repartie,
Sinon que c'est à moy de rompre la partie.
I'en vay semer le bruit. *DAM.* Et sur ce bruit tu veux?
THE. Qu'on leur donne dans peu des Gardes à tous deux,
Et qu'une main puissante arreste leur querelle.
Qu'en dis-tu, cher amy? *DAM.* L'invention est belle,
Et le chemin bien court à les mettre d'accord,
Mais souffre auparavant que j'y fasse un effort.
Peut-estre mon esprit trouvera quelque ruse
Par où, sans en rougir, du cartel je m'excuse.
Ne donnons point sujet de tant parler de nous,
Et sçachons seulement à quoy tu te résous.
THE. A les laisser en paix, & courir l'Italie,
Pour divertir le cours de ma melancolie,
Et ne voir point Florame emporter à mes yeux
Le prix où pretendoit mon cœur ambitieux.
DAM. Amarante à ce conte est hors de ta pensée?
THE. Son image du tout n'en est pas effacée,
Mais.... *DAM.* Tu crains que pour elle on te fasse un duël.
THE. Railler un malheureux, c'est estre trop cruël.
Bien que ses yeux encor regnent sur mon courage,
Le bonheur de Florame à la quitter m'engage.
Le Ciel ne nous fit point, & pareils, & rivaux,
Pour avoir des succés tellement inégaux :
C'est me perdre d'honneur, & par cette poursuite,
D'égal que je luy suis, me ranger à sa suite.
Ie donne desormais des regles à mes feux,
De moindres que Daphnis sont incapables d'eux,
Et rien doresnavant n'asservira mon ame,
Qui ne me puisse mettre au dessus de Florame.
Allons, je ne puis voir sans mille déplaisirs
Ce possesseur du bien où tendoient mes desirs.
DAM. Arreste, cette fuite est hors de bienseance,
Theante le retire du Theatre comme par force. Et je n'ay point d'appel à faire en ta presence.

SCENE II.

FLORAME.

IEtteray-je toûjours des menaces en l'air
Sans que je sçache enfin à qui je doy parler?
Auroit-on jamais crû qu'elle me fuft ravie,
Et qu'on me pûft ofter Daphnis avant la vie?
Le poffeffeur du prix de ma fidelité,
Bien que je fois vivant, demeure en feureté;
Tout inconnu qu'il m'eft, il produit ma mifere,
Tout mon rival qu'il eft, il rit de ma colere.
Rival! ah, quel malheur, j'en ay pour me bannir,
Et ceffe d'en avoir quand je le veux punir.
  Grands Dieux, qui m'enviez cette jufte allegeance
Qu'un amant fupplanté tire de la vangeance,
Et me cachez le bras dont je reçoy les coups,
Eft-ce voftre deffein que je m'en prenne à vous?
Eft-ce voftre deffein d'attirer mes blafphefmes,
Et qu'ainfi que mes maux, mes crimes foient extrefmes,
Qu'à mille impietez ofant me difpenfer
A voftre foudre oifif je donne où fe lancer?
Ah! fouffrez qu'en l'état de mon fort déplorable,
Ie demeure innocent encor que miferable,
Deftinez à vos feux d'autres objets que moy,
Vous n'en fçauriez manquer quand on manque de foy,
Employez le tonnerre à punir les parjures,
Et prenez intereft vous mefme à mes injures.
Montrez en me vangeant que vous êtes des Dieux,
Ou conduifez mon bras puifque je n'ay point d'yeux,
Et qu'on fçait defrober d'un rival qui me tuë
Le nom à mon oreille & l'objet à ma veuë.
Rival, qui que tu fois, dont l'infolent amour
Idolatre un Soleil & n'ofe voir le jour,
N'oppofe plus ta crainte à l'ardeur qui te preffe,
Fay toy, fay toy connoiftre allant voir ta Maîtreffe.

SCENE III.

FLORAME, AMARANTE.

FLO. A Marante (aussi bien te faut-il confesser
Que la seule Daphnis avoit sceu me blesser)
Dy-moy qui me l'enleve, appren-moy quel mystere
Me cache le rival qui possede son pere,
A quel heureux amant Geraste a destiné
Ce beau prix que l'Amour m'avoit si bien donné.
AMA. Ce dûst vous estre assez de m'avoir abusée,
Sans faire encor de moy vos sujets de risée :
Ie sçay que le vieillard favorise vos feux,
Et que rien que Daphnis n'est contraire à vos vœux.
FLO. Que me dis-tu ? luy seul, & sa rigueur nouvelle
Empeschent les effets d'une ardeur mutuelle.
AMA. Pensez-vous me duper avec ce feint couroux ?
Luy-mesme il m'a prié de luy parler pour vous.
FLO. Vois-tu, ne t'en ry plus ; ta seule jalousie
A mis à ce vieillard ce change en fantaisie,
Ce n'est pas avec moy que tu te dois joüer,
Et ton crime redouble à le desavoüer :
Mais sçache qu'aujourd'huy , si tu ne fais en sorte
Que mon fidelle amour sur ce rival l'emporte,
I'auray trop de moyens à te faire sentir
Qu'on ne m'offense point sans un prompt repentir.

SCENE IV.

AMARANTE.

V Oilà dequoy tomber en un nouveau Dedale,
O Ciel ! qui vit jamais confusion égale !
Si j'écoute Daphnis, j'apprens qu'un feu puissant
La brusle pour Florame & qu'un pere y consent :
Si j'écoute Geraste, il luy donne Florame,
Et se plaint que Daphnis en rejette la flame :
Et si Florame est crû, ce vieillard aujourd'huy
Dispose de Daphnis pour un autre que luy.

Sous

Sous un tel embarras je me trouve accablée,
Eux, ou moy, nous avons la cervelle troublée;
Si ce n'eſt qu'à deſſein il veüillent tout meſler,
Et ſoient d'intelligence à me faire affoler.
Mon foible esprit s'y perd, & n'y peut rien comprendre,
Pour en venir à bout il me les faut ſurprendre,
Et quand ils ſe verront, écouter leurs diſcours,
Pour apprendre par là le fond de ces détours.
    Voicy mon vieux reſveur, fuyons de ſa preſence,
Qu'il ne m'embroüille encor de quelque confidence:
De crainte que j'en ay d'icy je me bannis,
Tant qu'avec luy je voye, ou Florame, ou Daphnis.

SCENE V.

GERASTE, POLEMON.

POL. J'Ay grand regret, Monſieur, que la foy qui vous lie
Empeſche que chez vous mon neveu ne s'allie,
Et que ſon feu m'employe aux offres qu'il vous fait
Lors qu'il n'eſt plus en vous d'en accepter l'effet.
GER. C'eſt un rare treſor que mon malheur me vole;
Et ſi l'honneur ſouffroit un manque de parole,
L'avantageux party que vous me preſentez
Me verroit auſſi-toſt preſt à ſes volontez.
POL. Mais ſi quelque hazard rompoit cette alliance?
GER. N'ayez lors, je vous prie, aucune défiance,
Ie m'en tiendrois heureux, & ma foy vous répond
Que Daphnis ſans tarder épouſe Clarimond.
POL. Adieu, faites état de mon humble ſervice.
GER. Et vous pareillement d'un cœur ſans artifice.

SCENE VI.

CELIE, GERASTE.

CEL. DE ſorte qu'à mes yeux voſtre foy luy répond
Que Daphnis ſans tarder épouſe Clarimond?
GER. Cette vaine promeſſe en un cas impoſſible
Adoucit un refus & le rend moins ſenſible,

Tome I.   M m

C'eſt ainſi qu'on oblige un homme à peu de frais.
CEL. Ajouſter l'impudence à vos perfides traits!
　Il vous faudroit du charme au lieu de cette ruſe,
　Pour me perſuader que qui promet refuſe.
GER. I'ay promis, & tiendrois ce que j'ay proteſté,
　Si Florame rompoit le concert arrété.
　Pour Daphnis, c'eſt en vain qu'elle fait la rebelle,
　I'en viendray trop à bout. *CEL.* Impudence nouvelle!
　Florame que Daphnis fait maiſtre de ſon cœur
　De voſtre ſeul caprice accuſe la rigueur,
　Et je ſçay que ſans vous leur mutuelle flame
　Vniroit deux amants qui n'ont déja qu'une ame;
　Vous m'oſez cependant effrontément conter
　Que Daphnis ſur ce point aime à vous reſiſter!
　Vous m'en aviez promis une toute autre iſſuë,
　I'en ay porté parole après l'avoir reçeuë:
　Qu'avois-je contre vous ou fait, ou projetté,
　Pour me faire tremper en voſtre laſcheté?
　Ne pouviez-vous trahir que par mon entremiſe?
　Aviſez, il y va de plus que de Floriſe,
　Ne vous eſtimez pas quitte pour la quitter,
　Ny que de cette ſorte on ſe laiſſe affronter.
GER. Me prends-tu donc pour homme à manquer de parole,
　En faveur d'un caprice où s'obſtine une folle?
　Va, fay venir Florame, à ſes yeux tu verras
　Que pour luy mon pouvoir ne s'épargnera pas,
　Que je maltraiteray Daphnis en ſa preſence
　D'avoir pour ſon amour ſi peu de complaiſance.
　Qu'il vienne ſeulement voir un pere irrité,
　Et joindre ſa priere à mon authorité,
　Et lors, ſoit que Daphnis y reſiſte, ou conſente,
　Enfin ma volonté ſera la plus puiſſante.
CEL. Croyez que nous tromper ce n'eſt pas voſtre mieux.
GER. Me foudroye en ce cas la colere des Cieux.

SCENE VII.

GERASTE, DAPHNIS.

ᵃ*Il eſt ſeul.* *GER.*ᵃ Geraste, ſur le champ il te falloit contraindre
Celle que ta pitié ne pouvoit oüir plaindre,

Tu n'as pû refuſer du temps à ſes douleurs,
Ton cœur s'attendriſſoit de voir couler ſes pleurs,
Et pour avoir uſé trop peu de ta puiſſance,
On t'impute à forfait ſa deſobeïſſance.
ᵃ Vn traitement trop doux te fait croire ſans foy.
    Faudra-t'il que de vous je reçoive la loy,
Et que l'aveuglement d'une amour obſtinée
Contre ma volonté regle voſtre Hymenée?
Mon extreſme indulgence a donné par malheur
A vos rebellions quelque foible couleur,
Et pour quelque moment que vos feux m'ont ſçeu plaire
Vous penſez avoir droit de braver ma colere:
Mais ſçachez qu'il falloit, ingrate, en vos amours
Ou ne m'obeïr point, ou m'obeïr toûjours.

DAP. Si dans mes premiers feux je vous ſemble obſtinée,
C'eſt l'effet de ma foy ſous voſtre aveu donnée:
Quoy que mette en avant voſtre injuſte couroux
Ie ne veux oppoſer à vous-meſme que vous.
Voſtre permiſſion doit eſtre irrevocable,
Devenez ſeulement à vous-meſme ſemblable,
Il vous falloit, Monſieur, vous-meſme à mes amours
Ou ne conſentir point, ou conſentir toûjours.
Ie choiſiray la mort plûtoſt que le parjure,
M'y voulant obliger vous vous faites injure;
Ne veüillez point combatre ainſi hors de ſaiſon
Voſtre vouloir, ma foy, mes pleurs, & la raiſon.
Que vous a fait Daphnis? que vous a fait Florame,
Que pour luy vous vouliez que j'éteigne ma flame?

GER. Mais que vous a-t'il fait, que pour luy ſeulement
Vous vous rendiez rebelle à mon commandement?
Ma foy n'eſt-elle rien au deſſus de la voſtre?
Vous vous donnez à l'un, ma foy vous donne à l'autre,
Qui le doit emporter ou de vous, ou de moy,
Et qui doit de nous deux plûtoſt manquer de foy?
Quand vous en manquerez mon vouloir vous excuſe.
Mais à trop raiſonner moy-meſme je m'abuſe,
Il n'eſt point de raiſon valable entre nous deux,
Et pour toute raiſon il ſuffit que je veux.

DAP. Vn parjure jamais ne devient legitime,
Vne excuſe ne peut juſtifier un crime,
Malgré vos changemens mon eſprit reſolu
Croit ſuffire à mes feux que vous ayez voulu.

Mm ij

SCENE VIII.

GERASTE, DAPHNIS, FLORAME,
CELIE, AMARANTE.

DAP. Voicy ce cher amant qui me tient engagée,
A qui fous voftre aveu ma foy s'eft obligée,
Changez de volonté pour un objet nouveau,
Daphnis époufera Florame, ou le tombeau.
GE. Que voy-je icy, bons Dieux ? *DA.* Mon amour, ma conftance.
GER. Et furquoy donc fonder ta defobeïffance ?
Quel envieux Démon, & quel charme affez fort
Faifoit entrechoquer deux volontez d'accord ?
C'eft luy que tu cheris, & que je te destine,
Et ta rebellion dans un refus s'obstine !
FLO. Appellez-vous refus de me donner fa foy
Quand voftre volonté fe declara pour moy ?
Et cette volonté pour un autre tournée,
Vous peut-elle obeïr après la foy donnée ?
GER. C'eft pour vous que je change, & pour vous feulement
Ie veux qu'elle renonce à fon premier amant :
Lors que je confentis à fa fecrette flame
C'étoit pour Clarimond qui poffedoit fon ame ;
Amarante du moins me l'avoit dit ainfi.
DAP. Amarante, approchez que tout foit éclaircy.
Vne telle impofture eft-elle pardonnable ?
AMA. Mon amour pour Florame en eft le feul coupable,
Mon esprit l'adoroit, & vous étonnez-vous
S'il devint inventif puisqu'il étoit jaloux ?
GER. Et par là tu voulois.... *AMA.* Que voftre ame deceuë
Donnaft à Clarimond une fi bonne iffuë,
Que Florame fruftré de l'objet de fes vœux
Fuft reduit deformais à feconder mes feux.
FLO. Pardonnez-luy, Monfieur, & vous, ma chere vie,
Voyez que voftre exemple au pardon vous convie :
Si vous m'aimez encor, vous devez eftimer
Qu'on ne peut faire un crime à force de m'aimer.
DAP. Si je t'aime, Florame ? ah ! ce doute m'offenfe.
D'Amarante avec toy je prendray la défenfe.

GER. Et moy, dans ce pardon je vous veux prévenir.

    Voftre Hymen auffi-bien fçaura trop la punir.

DAP. Qu'un nom teu par hazard nous a donné de peine!

CEL. Mais que fceu maintenant il rend fa rufe vaine,

    Et donne un prompt fuccès à vos contentemens!

*FLO.*ᵃ Vous de qui je les tiens... *GER.* Tréve de complimens,   ᵃ *à Geraste.*

    Ils nous empefcheroient de parler de Florife.

FLO. Il n'en faut point parler, elle vous eft acquife.

GER. Allons donc la trouver, que cet échange heureux

    Comble d'aife à fon tour un vieillard amoureux.

DAP. Quoy! je ne fçavois rien d'une telle partie!

FLO. Ie penfe toutefois vous avoir avertie

    Qu'un grand effet d'amour avant qu'il fuft long-temps

    Vous rendroit étonnée & nos defirs contens.

      Mais differez, Monfieur, une telle vifite,

    Mon feu ne fouffre point que fi-toft je la quitte,

    Et d'ailleurs je fçay trop que la loy du devoir

    Veut que je fois chez nous pour vous y recevoir.

*GER.*ᵇ Va donc luy témoigner le defir qui me preffe.   ᵇ *A Celie.*

FLO. Plûtoft fay-la venir falüer ma Maîtreffe,

    Ainfi tout à la fois nous verrons fatisfaits

    Vos feux & mon devoir, ma flame & vos fouhaits.

GER. Ie dois eftre honteux d'attendre qu'elle vienne.

CEL. Attendez-la, Monfieur, & qu'à cela ne tienne,

    Ie cours executer cette commiffion.

GER. Le temps en fera long à mon affection.

FLO. Toûjours l'impatience à l'amour eft meflée.

GER. Allons dans le jardin faire deux tours d'allée,

    Afin que cet ennuy que j'en pourray fentir

    Parmy voftre entretien trouve à fe divertir.

S C E N E   IX.

A M A R A N T E.

IE le perds donc, l'ingrat, fans que mon artifice

    Ait tiré de fes maux aucun foulagement;

Sans que pas un effet ait fuivy ma malice,

Ou ma confufion n'égalaft fon tourment.

    Pour agréer ailleurs il tafchoit à me plaire,

Vn amour dans la bouche, un autre dans le fein:

M m iij

I'ay fervy de pretexte à fon feu temeraire,
Et je n'ay pû fervir d'obstacle à fon deffein.

Daphnis me le ravit, non par fon beau vifage,
Non par fon bel esprit, ou fes doux entretiens,
Non que fur moy fa race ait aucun avantage,
Mais par le feul éclat qui fort d'un peu de biens.

Filles, que la Nature a fi bien partagées,
Vous devez préfumer fort peu de vos attraits,
Quelques charmans qu'ils foient, vous étes negligées
A moins que la Fortune en rehauffe les traits.

Mais encor que Daphnis euft captivé Florame,
Le moyen qu'inégal il en fuft poffeffeur?
Destins, pour rendre aifé le fuccès de fa flame,
Falloit-il qu'un vieux foû fuft épris de fa fœur?

Pour tromper mon attente & me faire un fupplice,
Deux fois l'ordre commun fe renverfe en un jour;
Vn jeune amant s'attache aux loix de l'avarice,
Et ce vieillard pour luy fuit celles de l'amour.

Vn difcours amoureux n'eft qu'une fauffe amorce,
Et Theante & Florame ont feint pour moy des feux,
L'un m'échape de gré, comme l'autre de force,
I'ay quitté l'un pour l'autre, & je les perds tous deux.

Mon cœur n'a point d'espoir dont je ne fois feduite,
Si je prens quelque peine, une autre en a les fruits,
Et dans le triste état où le Ciel m'a reduite
Ie ne fens que douleurs, & ne prévoy qu'ennuis.

Vieillard, qui de ta fille achétes une femme
Dont peut-eftre auffi-toft tu feras mécontent,
Puiffe le Ciel aux foins qui te vont ronger l'ame
Dénier le repos du tombeau qui t'attend!

Puiffe le noir chagrin de ton humeur jaloufe
Me contraindre moy-mefme à déplorer ton fort,
Te faire un long trépas, & cette jeune époufe
Vfer toute fa vie à fouhaiter ta mort.

F I N.

LA PLACE
ROYALLE,
COMEDIE.

ACTEVRS.

ALIDOR, Amant d'Angelique.

CLEANDRE, Amy d'Alidor.

DORASTE, Amoureux d'Angelique.

LYSIS, Amoureux de Philis.

ANGELIQVE, Maîtresse d'Alidor & de Doraste.

PHYLIS, Sœur de Doraste.

POLYMAS, Domestique d'Alidor.

LYCANTE, Domestique de Doraste.

La Scene est à Paris dans la Place Royalle.

LA PLACE

LA PLACE
ROYALLE,
COMEDIE.

ACTE I.

SCENE PREMIERE.

ANGELIQVE, PHYLIS.

ANG. TON frere, je l'avoüé, a beaucoup de merite,
Mais souffre qu'envers luy cet Eloge m'acquite,
Et ne m'entretien plus des feux qu'il a pour moy.
PHY. C'est me vouloir prescrire une trop dure loy.
Puis-je, sans étouffer la voix de la Nature,
Dénier mon secours aux tourmens qu'il endure?
Quoy, tu m'aimes, il meurt, & tu peux le guerir,
Et sans t'importuner je le verrois perir!
Ne me diras-tu point que j'ay tort de le plaindre?
ANG. C'est un mal bien leger qu'un feu qu'on peut éteindre.
PHY. Ie sçay qu'il le devroit, mais avec tant d'appas
Le moyen qu'il te voye & ne t'adore pas?
Ses yeux ne souffrent point que son cœur soit de glace:
On ne pourroit aussi m'y resoudre en sa place,

Tome I.   Nn

Et tes regards fur moy plus forts que tes mépris
Te fçauroient conferver ce que tu m'aurois pris.
ANG. S'il veut garder encor cette humeur obstinée,
Ie puis bien m'empefcher d'en eftre importunée.
Feindre un peu de migraine, ou me faire celer,
C'eft un moyen bien court de ne luy plus parler :
Mais ce qui m'en déplaift & qui me defespere,
C'eft de perdre la fœur pour éviter le frere,
Et me violenter à fuïr ton entretien,
Puisque te voir encor c'eft m'expofer au fien.
Du moins, s'il faut quitter cette douce pratique,
Ne mets point en oubly l'amitié d'Angelique,
Et croy que fes effets auront leur premier cours,
Auffi-toft que ton frere aura d'autres amours.
PHY. Tu vis d'un air étrange, & presque infupportable.
ANG. Que toy-mefme pourtant dois trouver équitable,
Mais la raifon fur toy ne fçauroit l'emporter,
Dans l'intereft d'un frere on ne peut l'écouter.
PHY. Et par quelle raifon negliger fon martyre ?
ANG. Vois-tu, j'aime Alidor, & c'eft affez te dire ;
Le reste des Mortels pourroit m'offrir des vœux,
Ie fuis aveugle, fourde, infenfible pour eux.
La pitié de leurs maux ne peut toucher mon ame
Que par des fentimens defrobez à ma flame.
On ne doit point avoir des amans par quartier,
Alidor à mon cœur & l'aura tout entier,
En aimer deux, c'eft eftre à tous deux infidelle.
PHY. Qu'Alidor feul te rende à tout autre cruelle !
C'eft avoir pour le reste un cœur trop endurcy.
ANG. Pour aimer comme il faut, il faut aimer ainfi.
PHY. Dans l'obstination où je te voy reduite
I'admire ton amour & ris de ta conduite.
Faffe état qui voudra de ta fidelité,
Ie ne me pique point de cette vanité,
Et l'exemple d'autruy m'a trop fait reconnoiftre
Qu'au lieu d'un ferviteur c'eft accepter un maiftre.
Quand on n'en fouffre qu'un, qu'on ne penfe qu'à luy,
Tous autres entretiens nous donnent de l'ennuy,
Il nous faut de tout point vivre à fa fantaifie,
Souffrir de fon humeur, craindre fa jaloufie,
Et de peur que le temps n'emporte fes ferveurs,
Le combler chaque jour de nouvelles faveurs.

Noftre ame , s'il s'éloigne, eft chagrine, abatuë,
Sa mort nous defespere, & fon change nous tuë,
Et de quelque douceur que nos feux foient fuivis,
On dispofe de nous fans prendre noftre avis,
C'eft rarement qu'un pere à nos goufts s'accommode,
Et lors, juge quels fruits on a de ta methode.
  Pour moy, j'aime un chacun, & fans rien negliger
Le premier qui m'en conte a dequoy m'engager.
Ainfi tout contribuë à ma bonne fortune,
Tout le monde me plaift, & rien ne m'importune,
De mille que je rends l'un de l'autre jaloux,
Mon cœur n'eft à pas un, & fe promet à tous :
Ainfi tous à l'envy s'efforcent à me plaire,
Tous vivent d'esperance, & briguent leur falaire ;
L'éloignement d'aucun ne fçauroit m'affliger,
Mille encore prefens m'empefchent d'y fonger ;
Ie n'en crains point la mort , je n'en crains point le change,
Vn monde m'en confolé auffi-toft, ou m'en vange.
Le moyen que de tant, & de fi differents,
Quelqu'un n'ait affez d'heur pour plaire à mes parents?
Et fi quelque inconnu m'obtient d'eux pour Maîtreffe,
Ne croy pas que j'en tombe en profonde tristeffe,
Il aura quelques traits de tant que je cheris,
Et je puis avec joye accepter tous maris.
ANG. Voila fort plaifamment tailler cette matiere,
Et donner à ta langue une libre carriere.
Ce grand flux de raifons dont tu viens m'attaquer
Eft bon à faire rire & non à pratiquer.
Simple, tu ne fçais pas ce que c'eft que tu blâmes,
Et ce qu'a de douceurs l'union de deux ames,
Tu n'éprouvas jamais de quels contentemens
Se nourriffent les feux des fidelles amans.
Qui peut en avoir mille, en eft plus estimée,
Mais qui les aime tous, de pas-un n'eft aimée,
Elle voit leur amour foudain fe diffiper :
Qui veut tout retenir , laiffe tout échaper.
PHY. Défay-toy, défay-toy de tes fauffes maximes,
Ou fi ces vieux abus te femblent legitimes,
Si le feul Alidor te plaift deffous les Cieux,
Conferve-luy ton cœur, mais partage tes yeux.
De mon frere par là foulage un peu les playes,
Accorde un faux remede à des douleurs fi vrayes,

Nn ij

Feins, déguife avec luy, trompe-le par pitié,
Ou du moins par vangeance, & par inimitié.
ANG. Le beau prix qu'il auroit de m'avoir tant cherie,
Si je ne le payois que d'une tromperie!
Pour falaire des maux qu'il endure en m'aimant,
Il aura qu'avec luy je vivray franchement.
PHY. Franchement, c'eft à dire avec mille rudeffes,
Le méprifer, le fuir, & par quelques adreffes
Qu'il tafche d'adoucir.... Quoy, me quitter ainfi!
Et fans me dire Adieu! le fujet?

SCENE II.

DORASTE, PHYLIS.

DOR.   Le voicy,
Ma fœur, ne cherche plus une chofe trouvée.
Sa fuite n'eft l'effet que de mon arrivée,
Ma prefence la chaffe, & fon muët depart
A presque devancé fon dédaigneux regard.
PHY. Iuge par là quels fruits produit mon entremife.
Ie m'acquitte des mieux de la charge commife,
Ie te fais plus parfait mille fois que tu n'es,
Ton feu ne peut aller au point où je les mets,
I'invente des raifons à combatre fa haine,
Ie blafme, flate, prie, & pers toùjours ma peine,
En grand peril d'y perdre encor fon amitié,
Et d'eftre en tes malheurs avec toy de moitié.
DOR. Ah! tu ris de mes maux. *PHY.* Que veux-tu que je faffe?
Ry des miens, fi jamais tu me vois en ta place.
Que ferviroient mes pleurs? veux-tu qu'à tes tourmens
I'ajoufte la pitié de mes reffentimens?
Après mille mépris qu'a receus ta folie,
Tu n'es que trop chargé de ta melancolie,
Si j'y joignois la mienne, elle t'accableroit,
Et de mon déplaifir le tien redoubleroit.
Contraindre mon humeur me feroit un fupplice
Qui me rendroit moins propre à te faire fervice.
Vois-tu, par tous moyens je te veux foulager,
Mais j'ay bien plus d'efprit que de m'en affliger.

Il n'eſt point de douleur ſi forte en un courage
Qui ne perde ſa force auprés de mon viſage,
C'eſt toûjours de tes maux autant de rabatu;
Confeſſe, ont-ils encor le pouvoir qu'ils ont eu?
Ne ſens-tu point déja ton ame un peu plus gaye?
DOR. Tu me forces à rire en dépit que j'en aye,
Ie ſouffre tout de toy, mais à condition
D'employer tous tes ſoins à mon affection,
Dy-moy par quelle ruſe il faut... *PHY.* Rentrons, mon frere,
Vn de mes amans vient qui pourroit nous diſtraire.

S C E N E III.

C L E A N D R E.

Qve je doy bien faire pitié,
De ſouffrir les rigueurs d'un ſort ſi tyrannique!
   I'aime Alidor, j'aime Angelique,
   Mais l'amour cede à l'amitié,
Et jamais on n'a veu ſous les loix d'une belle
D'amant ſi malheureux, ny d'amy ſi fidelle.

   Ma bouche ignore mes deſirs,
Et de peur de ſe voir trahy par imprudence
   Mon cœur n'a point de confidence
   Avec mes yeux, ny mes ſoûpirs,
Tous mes vœux ſont muets, & l'ardeur de ma flame
S'enferme toute entiere au dedans de mon ame.

   Ie feins d'aimer en d'autres lieux,
Et pour en quelque ſorte alleger mon ſupplice,
   Ie porte du moins mon ſervice
   A celle qu'elle aime le mieux;
Phylis à qui j'en conte a beau faire la fine,
Son plus charmant appas c'eſt d'eſtre ſa voiſine.

   Esclave d'un œil ſi puiſſant
Iusque-là ſeulement me laiſſe aller ma chaiſne,
   Trop recompenſé dans ma peine
   D'un de ſes regards en paſſant:

Ie n'en veux à Phylis que pour voir Angelique,
Et mon feu qui vient d'elle auprès d'elle s'explique.

Amy mieux aimé mille fois,
Faut-il pour m'accabler de douleurs infinies
Que nos volontez soient unies
Iusqu'à faire le mesme choix?
Vien quereller mon cœur d'avoir tant de foiblesse,
Que de se laisser prendre au mesme œil qui te blesse.

Mais plûtost voy te préferer
A celle que le tien préfere à tout le Monde,
Et ton amitié sans seconde
N'aura plus dequoy murmurer:
Ainsi je veux punir ma flame déloyale,
Ainsi...

SCENE IV.

ALIDOR, CLEANDRE.

ALI. TE rencontrer dans la place Royale,
Solitaire, & si près de ta douce prison,
Montre bien que Phylis n'est pas à la maison.
CLE. Mais voir de ce costé ta démarche avancée
Montre bien qu'Angelique est fort dans ta pensée.
ALI. Helas ! c'est mon malheur, son objet trop charmant,
Quoy que je puisse faire, y regne absolument.
CLE. De ce pouvoir peut-estre elle use en inhumaine?
ALI. Rien moins, & c'est par là que redouble ma peine,
Ce n'est qu'en m'aimant trop qu'elle me fait mourir:
Vn moment de froideur, & je pourrois guerir,
Vne mauvaise œillade, un peu de jalousie,
Et j'en aurois soudain passé ma fantaisie.
Mais las ! elle est parfaite, & sa perfection
N'approche point encor de son affection,
Point de refus pour moy, point d'heures inégales,
Accablé de faveurs à mon repos fatales,
Si-tost qu'elle voit jour à d'innocens plaisirs,
Ie voy qu'elle devine, & prévient mes desirs,

Et fi j'ay des rivaux , fa dédaigneufe veuë
Les defespere autant que fon ardeur me tuë.
CLE. Vit-on jamais amant de la forte enflamé,
Qui fe tinft malheureux pour eftre trop aimé?
ALI. Contes-tu mon esprit entre les ordinaires?
Penfes-tu qu'il s'arrefte aux fentimens vulgaires?
Les regles que je fuis ont un air tout divers,
Ie veux la liberté dans le milieu des fers.
Il ne faut point fervir d'objet qui nous poffede,
Il ne faut point nourrir d'amour qui ne nous cede,
Ie le hay s'il me force, & quand j'aime, je veux
Que de ma volonté dépendent tous mes vœux,
Que mon feu m'obeiffe au lieu de me contraindre,
Que je puiffe à mon gré l'enflamer, & l'éteindre,
Et toûjours en état de difpofer de moy,
Donner quand il me plaift, & retirer ma foy.
Pour vivre de la forte Angelique eft trop belle,
Mes penfers ne fçauroient m'entretenir que d'elle,
Ie fens de fes regards mes plaifirs fe borner,
Mes pas d'autre cofté n'oferoient fe tourner,
Et de tous mes foucis la liberté bannie
Me foûmet en esclave à trop de tyrannie.
I'ay honte de fouffrir les maux dont je me plains,
Et d'éprouver fes yeux plus forts que mes deffeins,
Ie n'ay que trop languy fous de fi rudes gefnes,
A tel prix que ce foit il faut rompre mes chaifnes,
De crainte qu'un Hymen m'en oftant le pouvoir
Fift d'un amour par force un amour par devoir.
CLE. Crains-tu de poffeder un objet qui te charme?
ALI. Ne parle point d'un nœud dont le feul nom m'alarme.
I'idolatre Angelique, elle eft belle aujourd'huy,
Mais fa beauté peut-elle autant durer que luy,
Et pour peu qu'elle dure , aucun me peut-il dire
Si je pourray l'aimer jufqu'à ce qu'elle expire?
Du temps qui change tout les revolutions
Ne changent-elles pas nos refolutions?
Eft-ce une humeur égale & ferme que la noftre?
N'a-t'on point d'autres goufts en un âge qu'en l'autre?
Iuge alors le tourment que c'eft d'eftre attaché,
Et de ne pouvoir rompre un fi fafcheux marché.
Cependant Angelique à force de me plaire
Me flate doucement de l'espoir du contraire,

Et fi d'autre façon je ne me fçay garder,
Ie fens que fes attraits m'en vont perfuader.
Mais puisque fon amour me donne tant de peine,
Ie la veux offenfer pour acquerir fa haine,
Et meriter enfin un doux commandement
Qui prononce l'Arreft de mon banniffement.
Ce remede eft cruel, mais pourtant neceffaire,
Puifqu'elle me plaift trop, il me faut luy déplaire,
Tant que j'auray chez elle encor le moindre accès,
Mes deffeins de guerir n'auront point de fuccès.
CLE. Etrange humeur d'amant! *ALI.* Etrange, mais utile,
Ie me procure un mal pour en éviter mille.
CLE. Tu ne prévois donc pas ce qui t'attend de maux,
Quand un rival aura le fruit de tes travaux,
Pour fe vanger de toy, cette belle offenfée
Sous les loix d'un mary fera bien-toft paffée,
Et lors, que de foûpirs & de pleurs répandus
Ne te rendront aucun de tant de biens perdus!
ALI. Dy mieux, que pour rentrer dans mon indifference
Ie perdray mon amour avec mon esperance,
Et qu'y trouvant alors fujet d'averfion,
Ma liberté naiftra de ma punition.
CLE. Après cette affeurance, amy, je me declare.
Amoureux dès long-temps d'une beauté fi rare,
Toy feul de la fervir me pouvois empefcher,
Et je n'aimois Phylis que pour m'en approcher.
Souffre donc maintenant que pour mon allegeance
Ie prenne, fi je puis, le temps de fa vangeance,
Que des reffentimens qu'elle aura contre toy
Ie tire un avantage en luy portant ma foy,
Et que cette colere en fon ame conceuë
Puiffe de mes defirs faciliter l'iffuë.
ALI. Si ce joug inhumain, ce paffage trompeur,
Ce fupplice éternel ne te fait point de peur,
A moy ne tiendra pas que la beauté que j'aime
Ne me quitte bien-toft pour un autre moy-mefme.
Tu portes en bon lieu tes defirs amoureux,
Mais fonge que l'Hymen fait bien des malheureux.
CLE. I'en veux bien faire effay, mais d'ailleurs, quand j'y penfe,
Peut-eftre feulement le nom d'époux t'offenfe,
Et tu voudrois qu'un autre.... *ALI.* Amy, que me dis-tu?
Connoy mieux Angelique, & fa haute vertu,

Et fçache

Et sçache qu'une fille a beau toucher mon ame,
Ie ne la connoy plus dés l'heure qu'elle est femme.
   De mille qu'autrefois tu m'as veu caresser,
En pas-une un mary pouvoit-il s'offenser?
I'évite l'apparence autant comme le crime,
Ie fuis un compliment qui semble illegitime,
Et le jeu m'en déplaist, quand on fait à tous coups
Causer un médisant, & resver un jaloux.
Encor que dans mon feu mon cœur ne s'interesse,
Ie veux pouvoir pretendre où ma bouche l'adresse,
Et garder, si je puis, parmy ces fictions
Vn renom aussi pur que mes intentions.
Amy, soupçon à part, & sans plus de replique,
Si tu veux en ma place estre aimé d'Angelique,
Allons tout de ce pas ensemble imaginer
Les moyens de la perdre & de te la donner,
Et quelle invention sera la plus aisée.
CLE. Allons, ce que j'ay dit n'étoit que par risée.

ACTE II.

SCENE PREMIERE.

ANGELIQVE, POLYMAS.

a Elle tient une lettre ouverte.

ANG.[a] DE cette trahison ton maistre est donc l'autheur?
PO. Assez imprudemment il m'en fait le porteur.
Comme il se rend par là digne qu'on le prévienne,
Ie veux bien en faire une en haine de la sienne,
Et mon devoir mal propre à de si lasches coups
Manque aussi-tost vers luy, que son amour vers vous.
ANG. Contre ce que je voy le mien encor s'obstine.
Qu'Alidor ait écrit cette lettre à Clarine!
Et qu'ainsi d'Angelique il se voulust joüer!
POL. Il n'aura pas le front de le desavoüer,
Opposez-luy ses traits, batez-le de ses armes,
Pour s'en pouvoir défendre il luy faudroit des charmes.
Mais sur tout cachez-luy ce que je fais pour vous,
Et ne m'exposez point aux traits de son couroux,
Que je vous puisse encor trahir son artifice,
Et pour mieux vous servir, rester à son service.
ANG. Rien ne m'échapera qui te puisse toucher,
Ie sçay ce qu'il faut dire, & ce qu'il faut cacher.
POL. Feignez d'avoir receu ce billet de Clarine,
Et que.... ANG. Ne m'instruy point, & va qu'il ne devine.
POL. Mais... ANG. Ne replique plus, & va-t'en. POL. I'obeïs.

b Elle est seule.

ANG.[b] Mes feux, il est donc vray que l'on vous a trahis,
Et ceux dont Alidor montroit son ame atteinte
Ne sont plus que fumée, ou n'étoient qu'une feinte!
Que la foy des amans est un gage pipeur!
Que leurs sermens sont vains, & nostre espoir trompeur!
Qu'on est peu dans leur cœur, pour estre dans leur bouche,
Et que malaisément on sçait ce qui les touche!
Mais voicy l'infidelle, ah, qu'il se contraint bien!

SCENE II.

ALIDOR, ANGELIQVE.

ALI. PVis-je avoir un moment de ton cher entretien,
  Mais j'appelle un moment, de mesme qu'une année
Passe entre deux amans pour moins qu'une journée?
ANG. Avec de tels discours oses-tu m'aborder,
  Perfide, & sans rougir peux-tu me regarder?
  As-tu crû que le Ciel consentist à ma perte,
  Iusqu'à souffrir encor ta lascheté couverte?
  Appren, perfide, appren que je suis hors d'erreur,
  Tes yeux ne me sont plus que des objets d'horreur,
  Ie ne suis plus charmée, & mon ame plus saine
  N'eut jamais tant d'amour, qu'elle a pour toy de haine.
ALI. Voilà me recevoir avec des complimens
  Qui seroient pour tout autre un peu moins que charmans.
  Quel en est le sujet? *ANG.* Le sujet! ly, parjure,
  Et puis accuse-moy de te faire une injure.

LETTRE SVPPOSEE D'ALIDOR
à Clarine.

Alidor lit la lettre entre les mains d'Angelique.

CLarine, je suis tout à vous,
  Ma liberté vous rend les armes,
Angelique n'a point de charmes
Pour me défendre de vos coups :
  Ce n'est qu'une idole mouvante,
Ses yeux sont sans vigueur, sa bouche sans appas,
Alors que je l'aimay je ne la connus pas,
Et de quelques attraits que le Monde vous vante,
  Vous devez mes affections,
  Autant à ses defauts, qu'à vos perfections.

ANG. Et bien, ta perfidie est-elle en évidence?
ALI. Est-ce-là tant dequoy? *ANG.* Tant dequoy! l'impudence!
  Après mille sermens il me manque de foy,
  Et me demande encor si c'est-là tant dequoy!
  Change, si tu le veux, je n'y perds qu'un volage,
  Mais en m'abandonnant laisse en paix mon visage,

Oublie avec ta foy ce que j'ay de defauts,
N'étably point tes feux fur le peu que je vaux,
Fay que fans m'y mefler ton compliment s'explique,
Et ne le groffy point du mépris d'Angelique.
ALI. Deux mots de verité vous mettent bien aux champs.
ANG. Ciel, tu ne punis point des hommes fi méchans!
Ce traiftre vit encor, il me voit, il respire,
Il m'affronte, il l'avoüe, il rit quand je foûpire.
ALI. Vraiment le Ciel a tort, de ne vous pas donner,
Lors que vous tempeftez, fon foudre à gouverner,
Il devroit avec vous eftre d'intelligence.

[a] Le digne & grand objet d'une haute vangeance!
Vous traitez du papier avec trop de rigueur.
ANG. Que n'en puis-je autant faire à ton perfide cœur.
ALI. Qui ne vous flate point puiffamment vous irrite.
Pour dire franchement voftre peu de merite,
Commet-on des forfaits fi grands, & fi nouveaux,
Qu'on doive tout à l'heure eftre mis en morceaux?
Si ce crime autrement ne fçauroit fe remettre,
[b] Caffez, cecy vous dit encor pis que ma lettre.
ANG. S'il me dit mes defauts autant, ou plus que toy,
Déloyal, pour le moins il n'en dit rien qu'à moy,
C'eft dedans fon cristal que je les étudie,
Mais après il s'en taift, & moy j'y remedie,
Il m'en donne un avis fans me les reprocher,
Et me les découvrant, il m'aide à les cacher.
ALI. Vous étes en colere, & vous dites des pointes!
Ne préfumiez-vous point que j'irois à mains jointes,
Les yeux enflez de pleurs, & le cœur de foûpirs,
Vous faire offre à genoux de mille repentirs?
Que vous étes à plaindre étant fi fort deçeuë!
ANG. Infolent, ofte-toy pour jamais de ma veuë.
ALI. Me deffendre vos yeux après mon changement,
Appellez-vous cela du nom de châtiment?
Ce n'eft que me bannir du lieu de mon fupplice,
Et ce commandement eft fi plein de justice,
Que bien que je renonce à vivre fous vos loix,
Ie vay vous obeïr pour la derniere fois.

SCENE III.

ANGELIQVE.

COmmandement honteux, où ton obeïſſance
N'eſt qu'un ſigne trop clair de mon peu de puiſſance,
Où ton banniſſement a pour toy des appas,
Et me devient cruel de ne te l'eſtre pas.
A quoy ſe reſoudra deſormais ma colere,
Si ta punition te tient lieu de ſalaire?
Que mon pouvoir me nuit ! & qu'il m'eſt cher vendu!
Voilà ce que me vaut d'avoir trop attendu.
Ie devois prévenir ton outrageux caprice,
Mon bonheur dépendoit de te faire injuſtice,
Ie chaſſe un fugitif avec trop de raiſon,
Et luy donne les champs quand il rompt ſa priſon.
    Ah, que n'ay-je eu des bras à ſuivre mon courage!
Qu'il m'euſt bien autrement reparé cet outrage!
Que j'euſſe retranché de ſes propos railleurs!
Le traiſtre n'euſt jamais porté ſon cœur ailleurs,
Puiſqu'il m'étoit donné, je m'en fuſſe ſaiſie,
Et ſans prendre conſeil que de ma jalouſie,
Puiſqu'un autre portrait en efface le mien,
Cent coups auroient chaſſé ce voleur de mon bien.
Vains projets, vains diſcours, vaine & fauſſe allegeance,
Et mes bras & ſon cœur manquent à ma vangeance.
    Ciel, qui m'en vois donner de ſi juſtes ſujets,
Donne-m'en des moyens, donne-m'en des objets,
Où me doy-je adreſſer? qui doit porter ſa peine?
Qui doit à ſon defaut m'éprouver inhumaine?
De mille deſeſpoirs mon cœur eſt aſſailly,
Ie ſuis ſeule punie, & je n'ay point failly.
Mais j'oſe faire au Ciel une injuſte querelle,
Ie n'ay que trop failly d'aimer un infidelle,
De recevoir un traiſtre, un ingrat ſous ma loy,
Et trouver du merite en qui manquoit de foy.
Ciel, encor une fois écoute mon envie,
Oſte-m'en la memoire, ou le prive de vie,
Fay que de mon eſprit je puiſſe le bannir,
Ou ne l'avoir que mort dedans mon ſouvenir.

O o iij

Que je m'anime en vain contre un objet aimable!
Tout criminel qu'il eſt, il me ſemble adorable,
Et mes ſouhaits qu'étouffe un ſoudain repentir
En demandant ſa mort n'y ſçauroient conſentir.
Restes impertinens d'une flame inſenſée,
Ennemis de mon heur, ſortez de ma penſée,
Ou ſi vous m'en peignez encore quelques traits,
Laiſſez-là ſes vertus, peignez-moy ſes forfaits.

SCENE IV.

ANGELIQVE, PHYLIS.

AN. LE croirois-tu, Phylis? Alidor m'abandonne.
　　PH. Pourquoy non? je n'y voy rien du tout qui m'étonne,
Rien qui ne ſoit poſſible, & de plus fort commun.
La constance eſt un bien qu'on ne voit en pas-un,
Tout change ſous les Cieux, mais par tout bon remede.
ANG. Le Ciel n'en a point fait au mal qui me poſſede.
PHY. Choiſy de mes amants, ſans t'affliger ſi fort;
Et n'apprehende pas de me faire grand tort,
I'en pourrois au beſoin fournir toute la Ville,
Qu'il m'en demeureroit encor plus de deux mille.
ANG. Tu me ferois mourir avec de tels propos,
Ah! laiſſe-moy plûtoſt ſoûpirer en repos,
Ma ſœur. *PHY.* Pleuſt au bon Dieu que tu vouluſſes l'eſtre!
ANG. Et quoy, tu ris encor! c'eſt bien faire paroiſtre....
PHY. Que je ne ſçaurois voir d'un viſage affligé
Ta cruauté punie, & mon frere vangé.
Après tout je connoy quelle eſt ta maladie,
Tu vois comme Alidor eſt plein de perfidie,
Mais je mets dans deux jours ma teſte à l'abandon,
Au cas qu'un repentir n'obtienne ſon pardon.
ANG. Après que cet ingrat me quitte pour Clarine?
PHY. De le garder long-temps elle n'a pas la mine,
Et j'estime ſi peu ces nouvelles amours,
Que je te plége encor ſon retour dans deux jours:
Et lors ne penſe pas, quoy que tu te propoſes,
Que de tes volontez devant luy tu diſpoſes.
Prépare tes dédains, arme-toy de rigueur,
Vne larme, un ſoûpir te percera le cœur;

Et je feray ravie alors de voir vos flames
Brufler mieux que devant, & rejoindre vos ames :
Mais j'en crains un fuccès à ta confufion,
Qui change une fois, change à toute occafion,
Et nous verrons toûjours, fi Dieu le laiffe vivre,
Vn change, un repentir, un pardon s'entrefuivre.
Ce dernier eft fouvent l'amorce d'un forfait,
Et l'on ceffe de craindre un couroux fans effet.
ANG. Sa faute a trop d'excès pour eftre remiffible,
Ma fœur, je ne fuis pas de la forte infenfible,
Et fi je préfumois que mon trop de bonté
Pûft jamais fe refoudre à cette lafcheté,
Qu'un fi honteux pardon pûft fuivre cette offenfe,
I'en préviendrois le coup, m'en oftant la puiffance.
Adieu, dans la colere où je fuis aujourd'huy,
I'accepterois plûtoft un Barbare que luy.

SCENE V.

PHYLIS, DORASTE.

PHY. IL faut donc fe hafter, qu'elle ne refoidiffe.
    [a] Frere, quelque inconnu t'a fait un bon office,
Il ne tiendra qu'à toy d'eftre un fecond Medor,
On a fait qu'Angelique... *DOR.* Et bien ? *PHY.* Hait Alidor.
DOR. Elle hait Alidor ! Angelique ! *PHY.* Angelique.
DOR. D'où luy vient cette humeur ? qui les a mis en pique ?
PHY. Si tu prens bien ton temps, il y fait bon pour toy ?
    Va, ne t'amufe point à fçavoir le pourquoy,
Parle au pere d'abord, tu fçais qu'il te fouhaite,
Et s'il ne s'en dédit, tien l'affaire pour faite.
DOR. Bien qu'un fi bon avis ne foit à méprifer,
    Ie crains.... *PHY.* Lyfis m'aborde, & tu me veux caufer ?
Entre chez Angelique, & pouffe ta fortune.
Quand je vois un amant, un frere m'importune.

[a] *Elle frape du pied à la porte de fon logis & fait fortir fon frere.*

SCENE VI.

LYSIS, PHYLIS.

LYS. COmme vous le chaſſez! *PHY.* Qu'euſt-il fait avec nous!
Mon entretien ſans luy te ſemblera plus doux,
Tu pourras t'expliquer avec moins de contrainte,
Me conter de quels feux tu te ſens l'ame atteinte,
Et ce que tu croiras propre à te ſoulager.
Regarde maintenant ſi je ſçay t'obliger.
LYS. Cette obligation ſeroit bien plus extreſme
Si vous vouliez traiter tous mes rivaux de meſme,
Et vous feriez bien plus pour mon contentement,
De ſouffrir avec vous vint freres qu'un amant.
PHY. Nous ſommes donc, Lyſis, d'une humeur bien contraire,
I'y ſouffrirois plûtoſt cinquante amans qu'un frere,
Et puisque nos esprits ont ſi peu de rapport,
Ie m'étonne comment nous nous aimons ſi fort.
LYS. Vous étes ma Maîtreſſe, & mes flames discrettes
Doivent un tel respect aux loix que vous me faites,
Que pour leur obeïr mes ſentimens domptez
N'oſent plus ſe regler que ſur vos volontez.
PHY. I'aime des Serviteurs qui pour une Maîtreſſe
Souffrent ce qui leur nuit, aiment ce qui les bleſſe.
Si tu vois quelque jour tes feux recompenſez,
Souvien-toy.... Qu'eſt-ce-cy, Cleandre, vous paſſez?

*Cleandre
va pour
entrer
chez An-
gelique,&
Phylis l'ar-
reſte.*

SCENE VII.

CLEANDRE, PHYLIS, LYSIS.

CLE. IL me faut bien paſſer, puisque la place eſt priſe.
PHY. Venez, cette raiſon eſt de mauvaiſe miſe,
D'un million d'amans je puis flater les vœux,
Et n'aurois pas l'esprit d'en entretenir deux?
Sortez de cette erreur, & ſouffrant ce partage,
Ne faites pas icy l'entendu davantage.
CLE. Le moyen que je ſois inſenſible à ce point?
PHY. Quoy? pour l'entretenir ne vous aimay-je point?
CLE. Encor

CLE. Encor que voftre ardeur à la mienne réponde,
   Ie ne veux plus d'un bien commun à tout le Monde.
PHY. Si vous nommez ma flame un bien commun à tous,
   Ie n'aime pour le moins perfonne plus que vous,
   Cela vous doit fuffire. *CLE.* Ouy bien à des volages
   Qui peuvent en un jour adorer cent vifages,
   Mais ceux dont un objet poffede tous les foins,
   Se donnant tous entiers, n'en meritent pas moins.
PHY. De vray, fi vous valiez beaucoup plus que les autres,
   Ie dévrois dédaigner leurs vœux auprès des voftres;
   Mais mille auffi bien faits ne font pas mieux traitez,
   Et ne murmurent point contre mes volontez.
   Eft-ce à moy, s'il vous plaift, de vivre à voftre mode!
   Voftre amour en ce cas feroit fort incommode,
   Loin de la recevoir, vous me feriez la loy:
   Qui m'aime de la forte, il s'aime, & non pas moy.
LYS.[a] Perfiste en ton humeur, je te prie, & confeille
   A tous nos concurrens d'en prendre une pareille.
CLE. Tu feras bien-toft feul, s'ils veulent m'imiter.
PHY. Quoy donc, c'eft tout de bon que tu me veux quitter?
   Tu ne dis mot, refveur, & pour toute replique
   Tu tournes tes regards du cofté d'Angelique.
   Eft-elle donc l'objet de tes legeretez?
   Veux-tu faire d'un coup deux infidelitez,
   Et que dans mon offenfe Alidor s'intereffe?
   Cleandre, c'eft affez de trahir ta Maîtreffe,
   Dans ta nouvelle flame épargne tes amis,
   Et ne l'adreffe point en lieu qui foit promis.
CLE. De la part d'Alidor je vay voir cette belle,
   Laiffe-m'en avec luy démefler la querelle,
   Et ne t'informe point de mes intentions.
PHY. Puisqu'il me faut refoudre en mes afflictions,
   Et que pour te garder j'ay trop peu de merite,
   Du moins avant l'Adieu demeurons quitte à quitte,
   Que ce que j'ay du tien je te le rende icy,
   Tu m'as offert des vœux, que je t'en offre auffi,
   Et faifons entre nous toutes chofes égales.
LYS. Et moy durant ce temps je garderay les balles?
PHY. Ie te donne congé d'une heure, fi tu veux.
LYS. Ie l'accepte, au hazard de le prendre pour deux.
PHY. Pour deux, pour quatre, foit, ne crains pas qu'il m'ennuye.

[a] *A Cleandre.*

SCENE VIII.

CLEANDRE, PHYLIS.

a Elle arreſte Cleãdre qui taſche de s'échaper, pour entrer chez Angelique.

PHY.^a MAis je ne conſens pas cependant qu'on me fuye,
Tu perds temps d'y taſcher, ſi tu n'as mon congé.
Inhumain, eſt-ce ainſi que je t'ay negligé?
Quand tu m'offrois des vœux prenois-je ainſi la fuite,
Et rends-tu la pareille à ma juſte pourſuite?
Avec tant de douceur tu te vis écouter,
Et tu tournes le dos quand je t'en veux conter.
CLE. Va te joüer d'un autre avec tes railleries,
I'ay l'oreille mal faite à ces galanteries:
Ou ceſſe de m'aimer, ou n'aime plus que moy.
PHY. Ie ne t'impoſe pas une ſi dure loy,
Avec moy, ſi tu veux, aime toute la Terre,
Sans craindre que jamais je t'en faſſe la guerre.
Ie reconnois aſſez mes imperfections,
Et quelque part que j'aye en tes affections,
C'eſt encor trop pour moy, ſeulement ne rejette
La parfaite amitié d'une fille imparfaite.
CLE. Qui te rend obstinée à me perſecuter?
PHY. Qui te rend ſi cruel que de me rebuter?
CLE. Il faut que de tes mains un Adieu me delivre.
PHY. Si tu ſçais t'en aller, je ſçauray bien te ſuivre,
Et quelque occaſion qui t'amene en ces lieux,
Tu ne luy diras pas grand ſecret à mes yeux.
Ie ſuis plus incommode encor qu'il ne te ſemble,
Parlons plûtoſt d'accord, & compoſons enſemble.
Hier un peintre excellent m'apporta mon portrait:
Tandis qu'il t'en demeure encore quelque trait,
Qu'encor tu me connois, & que de ta penſée
Mon image n'eſt pas tout-à-fait effacée,
Ne m'en refuſe point ton petit jugement.
CLE. Ie le tiens pour bien fait. PHY. Plains-tu tant un moment?
Et m'attachant à toy, ſi je te deſespere,
A ce prix trouves-tu ta liberté trop chere?
CLE. Allons, puis qu'autrement je ne te puis quitter,
A tel prix que ce ſoit, il me faut racheter.

ACTE III.

SCENE PREMIERE.

PHYLIS, CLEANDRE.

CLE. EN ce point il reſſemble à ton humeur volage
Qu'il reçoit tout le monde avec meſme viſage;
Mais d'ailleurs ce portrait ne te reſſemble pas,
En ce qu'il ne dit mot, & ne ſuit point mes pas.
PHY. En quoy que deſormais ma preſence te nuiſe,
La civilité veut que je te reconduiſe.
CLE. Mets enfin quelque borne à ta civilité,
Et ſuivant noſtre accord me laiſſe en liberté.

SCENE II.

DORASTE, PHYLIS, CLEANDRE.

DOR.[a] TOut eſt gagné, ma ſœur, la belle m'eſt acquiſe,   [a] *Il ſort de*
Iamais occaſion ne ſe trouva mieux priſe,   *chez An-*
Ie poſſede Angelique. *CLE.* Angelique! *DOR.* Ouy, tu peux   *gelique.*
Avertir Alidor du ſuccès de mes vœux,
Et qu'au ſortir du bal que je donne chez elle
Demain un ſacré nœud m'unit à cette belle.
Dy-luy qu'il s'en conſole. Adieu, je vay pourvoir
A tout ce qu'il me faut préparer pour ce ſoir.
PHY. Ce ſoir j'ay bien la mine, en dépit de ta glace,
D'en trouver là cinquante à qui donner ta place.
Va-t'en, ſi bon te ſemble, ou demeure en ces lieux;
Ie ne t'arrétois pas icy pour tes beaux yeux,
Mais juſqu'à maintenant j'ay voulu te diſtraire,
De peur que ton abord interrompiſt mon frere.
Quelque fin que tu ſois, tien-toy pour affiné.

SCENE III.

CLEANDRE.

Ciel, à tant de malheurs m'aviez-vous destiné?
Faut-il que d'un dessein si juste que le nostre
La peine soit pour nous, & les fruits pour un autre,
Et que nostre artifice ait si mal succedé
Qu'il me désrobe un bien qu'Alidor m'a cedé?
Officieux amy d'un amant déplorable,
Que tu m'offres en vain cet objet adorable!
Qu'en vain de m'en saisir ton adresse entreprend!
Ce que tu m'as donné, Doraste le surprend;
Tandis qu'il me supplante, une sœur me cajole,
Elle me tient les mains cependant qu'il me vole,
On me jouë, on me brave, on me tuë, on s'en rit,
L'un me vante son heur, l'autre son trait d'esprit,
L'un & l'autre à la fois me perd, me desespere:
Et je puis épargner, ou la sœur, ou le frere,
Estre sans Angelique, & sans ressentiment,
Avec si peu de cœur aimer si puissamment!
Cleandre, est-ce un forfait que l'ardeur qui te presse?
Craignois-tu d'avoüer une telle Maîtresse?
Et cachois-tu l'excès de ton affection,
Par honte, par dépit, ou par discretion?
Pouvois-tu desirer occasion plus belle
Que le nom d'Alidor à vanger ta querelle?
Si pour tes feux cachez tu n'oses t'émouvoir,
Laisse leurs interests, suy ceux de ton devoir.
On supplante Alidor, du moins en apparence,
Et sans ressentiment tu souffres cette offense,
Ton courage est muet, & ton bras endormy,
Pour estre amant discret tu parois lasche amy!
C'est trop abandonner ta renommée au blasme.
Il faut sauver d'un coup ton honneur, & ta flame,
Et l'un & l'autre icy marchent d'un pas égal,
Soûtenant un amy tu t'ostes un rival.
Ne differe donc plus ce que l'honneur commande:
Et luy gagne Angelique afin qu'il te la rende,
Il faut....

SCENE IV.

ALIDOR, CLEANDRE.

ALI. Et bien, Cleandre, ay-je fçeu t'obliger?
CLE. Pour m'avoir obligé, que je vay t'affliger!
Doraste a pris le temps des dépits d'Angelique.
ALI. Après? *CLE.* Après cela tu veux que je m'explique!
ALI. Qu'en a-t'il obtenu? *CLE.* Pardela fon espoir.
Il l'époufe demain, luy donne bal ce foir;
Iuge, juge par là fi mon mal eft extrefme.
ALI. En es-tu bien certain? *CLE.* I'ay tout fçeu de luy-mefme.
ALI. Que je ferois heureux, fi je ne t'aimois point!
Ton malheur auroit mis mon bonheur à fon point,
La prifon d'Angelique auroit rompu la mienne:
Quelque empire fur moy que fon vifage obtienne,
Ma paffion fuft morte avec fa liberté,
Et trop vain pour fouffrir qu'en fa captivité
Les restes d'un rival m'euffent enchaifné l'ame,
Les feux de fon Hymen auroient éteint ma flame.
    Pour forcer fa colere à de fi doux effets
Quels efforts, cher amy, ne me fuis-je point faits?
Malgré tout mon amour prendre un orgueil farouche,
L'adorer dans le cœur, & l'outrager de bouche,
I'ay fouffert ce fupplice, & me fuis feint leger,
De honte & de dépit de ne pouvoir changer?
Et je voy près du but où je voulois pretendre
Les fruits de mon travail n'eftre pas pour Cleandre!
A ces conditions mon bonheur me déplaift,
Ie ne puis eftre heureux, fi Cleandre ne l'eft,
Ce que je t'ay promis ne peut eftre à perfonne,
Il faut que je periffe, ou que je te le donne,
I'auray trop de moyens de te garder ma foy,
Et malgré les Deftins Angelique eft à toy.
CLE. Ne trouble point pour moy le repos de ton ame,
Il t'en coûteroit trop pour avancer ma flame;
Sans que ton amitié faffe un fecond effort,
Voicy de qui j'auray ma Maîtreffe, ou la mort.
Si Doraste a du cœur, il faut qu'il la défende,
Et que l'épée au poin il la gagne, ou la rende.

Pp iij

ALI. Simple, par le chemin que tu penſes tenir,
 Tu la luy peux oſter, mais non pas l'obtenir.
 La ſuite des duels ne fut jamais plaiſante,
 C'étoit ces jours paſſez ce que diſoit Theante :
 Ie veux prendre un moyen, & plus court, & plus ſeur,
 Et ſans aucun peril t'en rendre poſſeſſeur.
 Va-t'en donc, & me laiſſe auprès de ta Maîtreſſe
 De mon reste d'amour faire joüer l'adreſſe.
CLE. Cher amy.... *ALI.* Va-t'en, dis-je, & par tes complimens
 Ceſſe de t'oppoſer à tes contentemens,
 Deſormais en ces lieux tu ne fais que me nuire.
CLE. Ie vay donc te laiſſer ma fortune à conduire.
 Adieu, puiſſay-je avoir les moyens à mon tour
 De faire autant pour toy, que toy pour mon amour.
^a*Il eſt ſeul. ALI.*^a Que pour ton amitié je vay ſouffrir de peine !
 Déja presque échapé je rentre dans ma chaiſne,
 Il faut encore un coup, m'expoſant à ſes yeux,
 Reprendre de l'amour afin d'en donner mieux.
 Mais reprendre un amour dont je veux me défaire,
 Qu'eſt-ce qu'à mes deſſeins un chemin tout contraire ?
 Allons-y toutesfois, puisque je l'ay promis,
 Et que la peine eſt douce à qui ſert ſes amis.

SCENE V.

ANGELIQUE.^b

^b *Elle eſt dans ſon cabinet.*

Q͟Vel malheur par tout m'accompagne !
 Qu'un indiscret Hymen me vange à mes dépens !
  Que de pleurs en vain je répans,
Moins pour ce que je perds, que pour ce que je gagne !
L'un m'eſt plus doux que l'autre, & j'ay moins de tourment
Du crime d'Alidor, que de ſon châtiment.

 Ce traiſtre alluma donc ma flame !
Ie puis donc conſentir à ces tristes accords !
  Helas, par quelques pleins efforts
Que je me faſſe jour jusqu'au fond de mon ame,
I'y trouve ſeulement, afin de me punir,
Le dépit du paſſé, l'horreur de l'avenir.

SCENE VI.

ANGELIQVE, ALIDOR.

ANG. OV viens-tu, déloyal? avec quelle impudence
Oſes-tu redoubler mes maux par ta preſence?
Qui te donne le front de ſurprendre mes pleurs?
Cherches-tu de la joye à meſme mes douleurs,
Et peux-tu conſerver une ame aſſez hardie,
Pour voir ce qu'à mon cœur coûte ta perfidie?
Aprés que tu m'as fait un inſolent aveu
De n'avoir plus pour moy ny de foy, ny de feu,
Tu te mets à genoux, & tu veux miſerable,
Que ton feint repentir m'en donne un veritable!
Va , va, n'eſpere rien de tes ſubmiſſions,
Porte-les à l'objet de tes affections,
Ne me preſente plus les traits qui m'ont deceuë,
N'attaque point mon cœur en me bleſſant la veuë:
Penſes-tu que je ſois , aprés ton changement,
Ou ſans reſſouvenir , ou ſans reſſentiment?
S'il te ſouvient encor de ton brutal caprice,
Dy-moy, que viens-tu faire au lieu de ton ſupplice?
Garde un exil ſi cher à tes legeretez,
Ie ne veux plus ſçavoir de toy mes veritez.

    Quoy? tu ne me dis mot! crois-tu que ton ſilence
Puiſſe de tes diſcours reparer l'inſolence?
Des pleurs effacent-ils un mépris ſi cuiſant,
Et ne t'en dédis-tu, traiſtre, qu'en te taiſant?
Pour triompher de moy, veux-tu pour toutes armes
Employer des ſoûpirs , & de muettes larmes?
Sur noſtre amour paſſé c'eſt trop te confier,
Du moins dy quelque choſe à te juſtifier,
Demande le pardon que tes regards m'arrachent,
Explique leurs diſcours, dy-moy ce qu'ils me cachent.
Que mon couroux eſt foible , & que leurs traits puiſſans
Rendent des criminels aiſément innocens!
Ie n'y puis reſiſter, quelque effort que je faſſe,
Et de peur de me rendre il faut quitter la place.
ALI.[a] Quoy! voſtre amour renaiſt, & vous m'abandonnez!
    C'eſt bien là me punir quand vous me pardonnez.

[a] *Il la retient comme elle veut s'en aller.*

Ie sçay ce que j'ay fait , & qu'après tant d'audace
Ie ne merite pas de joüir de ma grace :
Mais demeurez du moins , tant que vous ayez sçeu
Que par un feint mépris vostre amour fut deceu,
Que je vous fus fidelle en dépit de ma lettre,
Qu'en vos mains seulement on la devoit remettre,
Que mon dessein n'alloit qu'à voir vos mouvemens,
Et juger de vos feux par vos ressentimens.
Dites, quand je la vis entre vos mains remise,
Changeay-je de couleur ? eus-je quelque surprise ?
Ma parole plus ferme , & mon port asseuré
Ne vous montroient-ils pas un esprit préparé ?
Que Clarine vous die à la premiere veuë
Si jamais de mon change elle s'est aperçeuë ;
Ce mauuais compliment flatoit mal ses appas,
Il vous faisoit outrage , & ne l'obligeoit pas,
Et ses termes piquans mal conceus pour luy plaire
Au lieu de son amour cherchoient vostre colere.
ANG. Cesse de m'éclaircir sur ce triste secret,
En te montrant fidelle il accroist mon regret,
Ie perds moins , si je croy ne perdre qu'un volage,
Et je ne puis sortir d'erreur qu'à mon dommage.
Que me sert de sçavoir que tes vœux sont constans,
Que te sert d'estre aimé quand il n'en est plus temps ?
ALI. Aussi je ne viens pas pour regagner vostre ame,
Preferez-moy Doraste , & devenez sa femme,
Ie vous viens par ma mort en donner le pouvoir.
Moy vivant , vostre foy ne le peut recevoir,
Elle m'est engagée , & quoy que l'on vous die,
Sans crime elle ne peut durer moins que ma vie ;
Mais voicy qui vous rend l'une & l'autre à la fois.
ANG. Ah ! ce cruel discours me reduit aux abois,
Ma colere a rendu ma perte inevitable,
Et je deteste en vain ma faute irreparable.
ALI. Si vous avez du cœur, on la peut reparer.
ANG. On nous doit dès demain pour jamais separer,
Que puis-je à de tels maux appliquer pour remede ?
ALI. Ce qu'ordonne l'amour aux ames qu'il possede.
Si vous m'aimez encor , vous sçaurez dès ce soir
Rompre les noirs effets d'un juste desespoir.
Quittez avec le bal vos malheurs pour me suivre,
Ou soudain à vos yeux je vay cesser de vivre.

Mettrez-

Mettrez-vous en ma mort voftre contentement?
ANG. Non, mais que dira-t'on d'un tel emportement?
ALI. Eft-ce-là donc le prix de vous avoir fervie?
   Il y va de voftre heur, il y va de ma vie,
   Et vous vous arrétez à ce qu'on en dira!
   Mais faites deformais tout ce qu'il vous plaira,
   Puisque vous confentez plûtoft à vos fupplices
   Qu'à l'unique moyen de payer mes fervices,
   Ma mort va me vanger de voftre peu d'amour:
   Si vous n'étes à moy, je ne veux plus du jour.
ANG. Retien ce coup fatal, me voila refoluë,
   Vfe fur tout mon cœur de puiffance abfoluë,
   Puisqu'il eft tout à toy, tu peux tout commander,
   Et contre nos malheurs j'ofe tout hazarder.
   Cet éclat du dehors n'a rien qui m'embaraffe:
   Mon honneur feulement te demande une grace.
   Accorde à ma pudeur que deux mots de ta main
   Puiffent juftifier ma fuite, & ton deffein,
   Que mes parens furpris trouvent icy ce gage
   Qui les rende affeurez d'un heureux mariage,
   Et que je fauve ainfi ma reputation
   Par la fincerité de ton intention.
   Ma faute en fera moindre, & mon trop de conftance
   Paroiftra feulement fuir une violence.
ALI. Enfin par ce deffein vous me reffuscitez,
   Agiffez pleinement deffus mes volontez:
   I'avois pour voftre honneur la mefme inquietude,
   Et ne pourrois d'ailleurs, qu'avec ingratitude,
   Voyant ce que pour moy voftre flame refout,
   Dénier quelque chofe à qui m'accorde tout.
   Donnez-moy, fur le champ je vous veux fatisfaire.
ANG. Il vaut mieux que l'effet à tantoft fe differe,
   Ie manque icy de tout, & j'ay le cœur tranfi
   De crainte que quelqu'un ne te découvre icy.
   Mon deffein genereux fait naiftre cette crainte,
   Depuis qu'il eft formé j'en ay fenty l'atteinte;
   Quitte moy, je te prie, & coule toy fans bruit.
ALI. Puisque vous le voulez, Adieu jufqu'à minuit.
      [a] Que promets-tu, pauvre aveuglée?
   A quoy t'engage icy ta folle paffion?
      Et de quelle indifcretion
   Ne s'accompagne point ton ardeur déreglée?

Tome I.   Qq

[a] *Alidor s'en va & Angelique continuë.*

Tu cours à ta ruïne, & vas tout hazarder
Sur la foy d'un amant qui n'en sçauroit garder.
      Ie me trompe, il n'est point volage,
I'ay veu sa fermeté, j'en ay crû ses soûpirs,
      Et si je flate mes desirs
Vne si douce erreur n'est qu'à mon avantage :
Me manquast-il de foy, je la luy dois garder,
Et pour perdre Doraste il faut tout hazarder.

ALI. Cleandre, elle est à toy, j'ay fléchy son courage.
Que ne peut l'artifice, & le fard du langage?
Et si pour un amy ces effets je produis,
Lors que j'agis pour moy, qu'est-ce que je ne puis?

^a Il sort de la porte d'Angelique & repasse sur le Theatre.

SCENE VII·

P H Y L I S.

A Lidor à mes yeux sort de chez Angelique,
Comme s'il y gardoit encor quelque pratique,
Et mesme à son visage il semble assez content.
Auroit-il regagné cet esprit inconstant?
O qu'il feroit bon voir que cette humeur volage
Deux fois en moins d'une heure eust changé de courage!
Que mon frere en tiendroit, s'il s'étoient mis d'accord!
Il faut qu'à le sçavoir je fasse mon effort.
Ce soir je sonderay les secrets de son ame,
Et si son entretien ne me trahit sa flame,
I'auray l'œil de si près dessus ses actions,
Que je m'éclairciray de ses intentions.

SCENE VIII·

P H Y L I S, L Y S I S.

PHY. QVoy, Lysis? ta retraite est de peu de durée?
LYS. L'heure de mon congé n'est qu'à peine expirée.
Mais vous voyant icy sans frere & sans amant...
PHY. N'en présume pas mieux pour ton contentement.
LYS. Et d'où vient à Phylis une humeur si nouvelle?
PHY. Vois-tu, je ne sçay quoy me broüille la cervelle,

Va, ne me conte rien de ton affection,
Elle en auroit fort peu de satisfaction.
LYS. Cependant sans parler il faut que je soûpire?
PHY. Reserve pour le bal ce que tu me veux dire.
LYS. Le bal ! où le tient-on? *PHY.* Là dedans. *LYS.* Il suffit,
De vostre bon avis je feray mon profit.

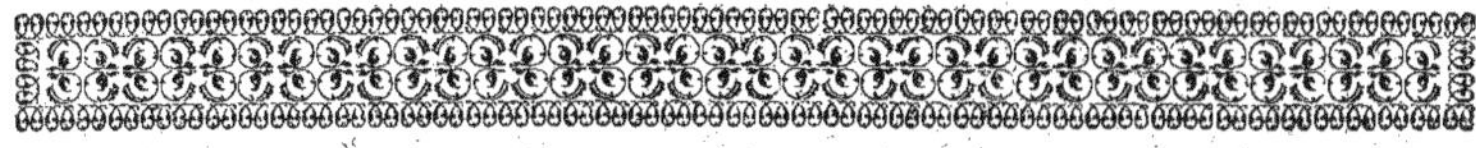

ACTE IV.

SCENE PREMIERE.

ALIDOR, CLEANDRE,
Troupe d'armez.

ALI.[a] TTEN sans faire bruit que je t'en avertisse.
Enfin la nuit s'avance, & son voile propice
Me va faciliter le succès que j'attens,
Pour rédre heureux Cleandre, & mes desirs côtens.
Mon cœur las de porter un joug si tyrannique
Ne sera plus qu'une heure esclave d'Angelique,
Ie vay faire un amy possesseur de mon bien :
Aussi dans son bonheur je rencontre le mien,
C'est moins pour l'obliger, que pour me satisfaire,
Moins pour le luy donner, qu'afin de m'en défaire.
Ce trait paroistra lasche, & plein de trahison,
Mais cette lascheté m'ouvrira ma prison,
Ie veux bien à ce prix avoir l'ame traîtresse,
Et que ma liberté me coûte une Maîtresse.
Que luy fais-je après tout qu'elle n'ait merité
Pour avoir malgré moy fait ma captivité?
Qu'on ne m'accuse point d'aucune ingratitude,
Ce n'est que me vanger d'un an de servitude,
Que rompre son dessein, comme elle a fait le mien,
Qu'user de mon pouvoir, comme elle a fait du sien,
Et ne luy pas laisser un si grand avantage,
De suivre son humeur, & forcer mon courage.

Qq ij

[a] *L'Acte est dans la nuit, & Alidor dit ce premier vers à Cleandre, & l'ayant fait retirer avec sa troupe, il continuë seul.*

Le forcer ! mais helas ! que mon confentement
Par un fi doux effort fut furpris aifément !
Quel excès de plaifirs goufta mon imprudence
Avant que refléchir fur cette violence !
Examinant mon feu qu'eft-ce que je ne pers !
Et qu'il m'eft cher vendu de connoiftre mes fers !
Ie foupçonne déja mon deffein d'injustice,
Et je doute s'il eft, ou raifon, ou caprice,
Ie crains un pire mal après ma guerifon,
Et d'aller au fupplice en rompant ma prifon.
Alidor, tu confens qu'un autre la poffede !
Tu t'expofes fans crainte à des maux fans remede !
Ne romps point les effets de fon intention,
Et laiffe un libre cours à ton affection,
Fay ce beau coup pour toy, fuy l'ardeur qui te preffe.
Mais trahir ton amy ! mais trahir ta Maîtreffe !
Ie n'en veux obliger pas-vn à me haïr,
Et ne fçay qui des deux ou fervir, ou trahir.

      Quoy, je balance encor, je m'arrefte, je doute !
Mes refolutions, qui vous met en déroute ?
Revenez, mes deffeins, & ne permettez pas
Qu'on triomphe de vous avec un peu d'appas.
En vain pour Angelique ils prennent la querelle,
Cleandre, elle eft à toy, nous fommes deux contre elle,
Ma liberté conspire avecque tes ardeurs,
Les miennes deformais vont tourner en froideurs,
Et laffé de fouffrir un fi rude fervage
I'ay l'esprit affez fort pour combatre un vifage.
Ce coup n'eft qu'un effet de generofité,
Et je ne fuis honteux que d'en avoir douté.

      Amour, que ton pouvoir tafche en vain de paroiftre :
Fuy, petit infolent, je veux eftre le maiftre,
Il ne fera pas dit qu'un homme tel que moy
En dépit qu'il en ait obeiffe à ta loy ?
Ie ne me refoudray jamais à l'Hymenée
Que d'une volonté franche & determinée,
Et celle à qui fes nœuds m'uniront pour jamais
M'en fera redevable, & non à fes attraits,
Et ma flame...

SCENE II.

ALIDOR, CLEANDRE.

CLE. ALidor. *ALI.* Qui m'appelle? *CLE.* Cleandre.
ALI. Tu t'avances trop toſt. *CLE.* Ie me laſſe d'attendre.
ALI. Laiſſe-moy, cher amy, le ſoin de t'avertir
   En quel temps de ce coin il te faudra ſortir.
CLE. My-nuit vient de ſonner, & par experience
   Tu ſçais comme l'amour eſt plein d'impatience.
ALI. Va donc tenir tout preſt à faire un ſi beau coup,
   Ce que nous attendons ne peut tarder beaucoup,
   Ie livre entre tes mains cette belle Maîtreſſe,
   Si-toſt que j'auray pû luy rendre ta promeſſe:
   Sans lumiere, & d'ailleurs s'aſſeurant en ma foy,
   Rien ne l'empeſchera de la croire de moy.
   Aprés, acheve ſeul, je ne puis ſans ſupplice
   Forcer icy mes bras à te faire ſervice,
   Et mon reſte d'amour en cet enlevement
   Ne peut contribuer que mon conſentement.
CLE. Amy, ce m'eſt aſſez. *ALI.* Va donc là bas attendre
   Que je te donne avis du temps qu'il faudra prendre.
     Cleandre, encor un mot. Pour de pareils exploits
   Nous nous reſſemblons mal, & de taille, & de voix,
   Angelique ſoudain pourra te reconnoiſtre,
   Regarde aprés ſes cris ſi tu ferois le maiſtre.
CLE. Ma main deſſus ſa bouche y ſçaura trop pourvoir.
ALI. Amy, ſeparons-nous, je penſe l'entrevoir.
CLE. Adieu, fay promptement.

SCENE III.

ALIDOR, ANGELIQVE.

ANG. QVe la nuit eſt obſcure!
   Alidor n'eſt pas loin, j'entens quelque murmure.
ALI. De peur d'eſtre connu, je défens à mes gens
   De paroiſtre en ces lieux avant qu'il en ſoit temps.
   Tenez.[a] *ANG.* Ie prens ſans lire, & ta foy m'eſt ſi claire,
   Que je la prens bien moins pour moy, que pour mon pere.

a Il luy donne la promeſſe de Cleandre.

Qq iij

Ie la porte à ma chambre, épargnons les discours,
Fais avancer tes gens, & dépefche. *ALI.* I'y cours.

　　Lors que de fon honneur je luy rens l'affeurance
C'eft quand je trompe mieux fa credule esperance,
Mais puifqu'au lieu de moy je luy donne un amy,
A tout prendre, ce n'eft la tromper qu'à demy.

SCENE IV.

PHYLIS.

A Ngelique. C'eft fait, mon frere en a dans l'aifle;
　La voyant échaper je courois après elle,
Mais un maudit galand m'eft venu brusquement
Servir à la traverfe un mauvais compliment,
Et par fes vains discours m'embarraffer de forte
Qu'Angelique à fon aife a fçeu gagner la porte.
Sa perte eft affeurée, & le traiftre Alidor
La poffeda jadis, & la poffede encor.
Mais jusques à ce point feroit-elle imprudente?
Il n'en faut point douter, fa perte eft évidente,
Le cœur me le difoit le voyant en fortir,
Et mon frere dès lors fe devoit avertir.
Ie te trahis, mon frere, & par ma negligence
Etant fans y penfer de leur intelligence....

SCENE V

ALIDOR.

*Alidor pa-
roit avec
Cleandre
accompa-
gné d'vne
troupe, &
après luy
avoir
montré
Phylis
qu'il croit
eftre An-
gelique, il
fe retire en
un coin du
Theatre,
& Clean-
dre enleve
Phylis, &
luy met
d'abord la
main fur
la bouche.*

O N l'enleve, & mon cœur furpris d'un vain regret
　Fait à ma perfidie un reproche fecret,
Il tient pour Angelique, il la fuit, le rebelle,
Parmy mes trahifons il veut eftre fidelle,
Ie le fens malgré moy de nouveaux feux épris
Refufer de ma main fa franchife à ce prix,
Defavoüer mon crime, & pour mieux s'en défendre,
Me demander fon bien que je cede à Cleandre.
Helas! qui me prescrit cette brutale loy
De payer tant d'amour avec fi peu de foy?

Qu'envers cette beauté ma flame eſt inhumaine!
Si mon feu la trahit, que luy feroit ma haine?
Iuge, juge, Alidor, en quelle extrémité
La va précipiter ton infidelité,
Ecoute ſes ſoûpirs, conſidere ſes larmes,
Laiſſe-toy vaincre enfin à de ſi fortes armes,
Et va voir ſi Cleandre à qui tu ſers d'appuy
Pourra faire pour toy ce que tu fais pour luy.
Mais mon esprit s'égare, & quoy qu'il ſe figure,
Faut-il que je me rende à des pleurs en peinture,
Et qu'Alidor de nuit plus foible que de jour
Redonne à la pitié ce qu'il oſte à l'amour?
Ainſi donc mes deſſeins ſe tournent en fumée!
I'ay d'autres repentirs que de l'avoir aimée!
Suis-je encor Alidor après ces ſentimens,
Et ne pourray-je enfin regler mes mouvemens?
     Vaine compaſſion des douleurs d'Angelique,
Qui penſes triompher d'un cœur melancolique,
Temeraire avorton d'un impuiſſant remords,
Va, va porter ailleurs tes debiles efforts:
Après de tels appas qui ne m'ont pû ſeduire,
Qui te fait esperer ce qu'ils n'ont ſçeu produire?
Pour un méchant ſoûpir que tu m'as defrobé
Ne me préſume pas tout-à-fait ſuccombé,
Ie ſçay trop maintenir ce que je me propoſe,
Et ſouverain ſur moy, rien que moy n'en dispoſe.
En vain un peu d'amour me déguiſe en forfait
Du bien que je me veux le genereux effet,
De nouveau j'y conſens, & preſt à l'entreprendre...

SCENE VI.

ANGELIQVE, ALIDOR.

ANG. IE demande pardon de t'avoir fait attendre;
     D'autant qu'en l'escalier on faiſoit quelque bruit,
Et qu'un peu de lumiere en effaçoit la nuit,
Ie n'oſois avancer de peur d'eſtre aperceuë.
Allons, tout eſt-il preſt, perſonne ne m'a veuë:
De grace dépeſchons, c'eſt trop perdre de temps,
Et les momens icy nous ſont trop importans,

Fuyons viſte, & craignons les yeux d'un Domestique.
Quoy, tu ne répons point à la voix d'Angelique?
ALI. Angelique! mes gens vous viennent d'enlever,
Qui vous a fait ſi-toſt de leurs mains vous ſauver?
Quel ſoudain repentir, quelle crainte de blaſme,
Et quelle ruſe enfin vous deſrobe à ma flame?
Ne vous ſuffit-il point de me manquer de foy,
Sans prendre encor plaiſir à vous joüer de moy?
ANG. Que tes gens cette nuit m'ayent veuë, ou ſaiſie!
N'ouvre point ton esprit à cette fantaiſie.
ALI. Autant que l'ont permis les ombres de la nuit,
Ie l'ay veu de mes yeux. *ANG.* Tes yeux t'ont donc ſeduit,
Et quelqu'autre ſans doute après moy descenduë
Se trouve entre les mains dont j'étois attenduë.
Mais, ingrat, pour toy ſeul j'abandonne ces lieux,
Et tu n'accompagnois ma fuite que des yeux!
Pour marque d'un amour que je croyois extreſme,
Tu remets ma conduite à d'autres qu'à toy-meſme,
Et je ſuis un larcin indigne de tes mains!
ALI. Quand vous aurez appris le fond de mes deſſeins,
Vous n'attribûrez plus, voyant mon innocence,
A peu d'affection l'effet de ma prudence.
ANG. Pour oſter tout ſoupçon, & tromper ton rival,
Tu diras qu'il falloit te montrer dans le bal.
Foible ruſe! *ALI.* Ajoûtez, & vaine, & ſans adreſſe,
Puisque je ne pouvois démentir ma promeſſe.
ANG. Quel étoit donc ton but? *ALI.* D'attendre icy le bruit
Que les premiers ſoupçons auront bien-toſt produit,
Et d'un autre coſté me jettant à la fuite
Divertir de vos pas leur plus chaude pourſuite.
ANG. Mais enfin, Alidor, tes gens ſe ſont mépris?
ALI. Dans ce coup de malheur & confus & ſurpris,
Ie voy tous mes deſſeins ſucceder à ma honte:
Mais il me faut donner quelque ordre à ce méconte,
Permettez... *ANG.* Cependant, à qui me laiſſes-tu?
Tu frustres donc mes vœux de l'espoir qu'ils ont eu,
Et ton manque d'amour de mes malheurs complice,
M'abandonnant icy, me livre à mon ſupplice!
L'Hymen, (ah ce mot ſeul me reduit aux abois)
D'un amant odieux me va ſoûmettre aux loix,
Et tu peux m'expoſer à cette tyrannie!
De l'erreur de tes gens je me verray punie!

ALI. Nous

ALI. Nous preferve le Ciel d'un pareil defespoir,
   Mais voftre éloignement n'eft plus en mon pouvoir.
   I'en ay manqué le coup, & ce que je regrette,
   Mon carroffe eft party, mes gens ont fait retraite,
   A Paris, & de nuit, une telle beauté
   Suivant un homme feul eft mal en feureté :
   Doraste, ou par malheur quelque rencontre pire
   Me pourroit arracher le trefor où j'aspire.
   Evitons ces perils en differant d'un jour.
ANG. Tu manques de courage auffi-bien que d'amour,
   Et tu me fais trop voir par ta bizarrerie,
   Le chimerique effet de ta poltronnerie.
   Alidor (quel amant !) n'ofe me poffeder.
ALI. Vn bien fi précieux fe doit-il hazarder?
   Et ne pouvez-vous point d'une feule journée
   Retarder le malheur de ce triste Hymenée?
   Peut-eftre le defordre & la confufion
   Qui naiftront dans le bal de cette occafion
   Le remettront pour vous, & l'autre nuit je jure...
ANG. Que tu feras encor ou timide, ou parjure?
   Quand tu m'as refoluë à tes intentions,
   Lafche, t'ay-je oppofé tant de précautions?
   Tu m'adores, dis-tu, tu le fais bien paroiftre
   Rejettant mon bonheur ainfi fur un peut-eftre.
ALI. Quoy qu'ofe mon amour apprehender pour vous,
   Puisque vous le voulez, fuyons, je m'y refous,
   Et malgré ces perils... Mais on ouvre la porte,
   C'eft Doraste qui fort, & nous fuit à main forte.

Alidor s'é-
chape, &
Angelique
le veut
fuivre,
mais Do-
raste l'ar-
refte.

SCENE VII.

ANGELIQVE, DORASTE, LYCANTE,
Troupe d'Amis.

DOR. **Q**Voy, ne m'attendre pas ! c'eft trop me dédaigner,
   Ie ne viens qu'à deffein de vous acompagner;
   Car vous n'entreprenez fi matin ce voyage
   Que pour vous préparer à noftre mariage.
   Encor que vous partiez beaucoup devant le jour,
   Vous ne ferez jamais affez toft de retour,

Vous vous éloignez trop, veu que l'heure nous presse.
Infidelle, est-ce-là me tenir ta promesse?
ANG. Et bien, c'est te trahir, penses-tu que mon feu
D'un genereux dessein te fasse un desaveu?
Ie t'acquis par dépit, & perdrois avec joye,
Mon desespoir à tous m'abandonnoit en proye,
Et lors que d'Alidor je me vis outrager,
Ie fis armes de tout afin de me vanger.
Tu t'offris par hazard, je t'acceptay de rage,
Ie te donnay son bien, & non pas mon courage.
Ce change à mon couroux jettoit un faux appas,
Ie le nommois sa peine, & c'étoit mon trépas,
Ie prenois pour vangeance une telle injustice,
Et dessous ses couleurs j'adorois mon supplice.
Aveugle que j'étois ! mon peu de jugement
Ne se laissoit guider qu'à mon ressentiment:
Mais depuis, Alidor m'a fait voir que son ame
En feignant un mépris n'avoit pas moins de flame,
Il a repris mon cœur en me rendant les yeux,
Et soudain mon amour m'a fait haïr ces lieux.
DOR. Tu suivois Alidor! *ANG.* Ta funeste arrivée
En arrétant mes pas de ce bien m'a privée,
Mais si... *DOR.* Tu le suivois! *ANG.* Ouy, fais tous tes efforts,
Luy seul aura mon cœur, tu n'auras que le corps.
DOR. Impudente, effrontée autant comme traîtresse,
De ce cher Alidor tiens-tu cette promesse?
Est-elle de sa main, parjure? de bon cœur
I'aurois cedé ma place à ce premier vainqueur.
Mais suivre un inconnu ! me quitter pour Cleandre!
ANG. Pour Cleandre! *DOR.* I'ay tort, je tasche à te surprendre.
Voy ce qu'en te cherchant m'a donné le hazard,
C'est ce que dans ta chambre a laissé ton depart,
C'est là qu'au lieu de toy j'ay trouvé sur ta table
De ta fidelité la preuve indubitable.
Ly, mais ne rougy point, & me soûtiens encor
Que tu ne fuis ces lieux que pour suivre Alidor.

BILLET DE CLEANDRE
à Angelique.

ANgelique, *reçoy ce gage*
De la foy que je te promets
Qu'un prompt & sacré mariage
Vnira nos jours desormais:
Quittons ces lieux, chere Maîtresse,
Rien ne peut que ta fuite asseurer mon bonheur,
Mais laisse aux tiens cette promesse
Pour seureté de ton honneur,
Afin qu'ils en puissent apprendre,
Que tu suis ton mary, lors que tu suis Cleandre.

CLEANDRE.

ANG. Que je fuy mon mary, lors que je fuy Cleandre!
  Alidor est perfide, ou Doraste imposteur,
  Ie voy la trahison, & doute de l'autheur.
  Mais pour m'en éclaircir ce billet doit suffire,
  Ie le pris d'Alidor, & le pris sans le lire,
  Et puisqu'à m'enlever son bras se refusoit,
  Il ne pretendoit rien au larcin qu'il faisoit.
  Le traistre ! j'étois donc destinée à Cleandre!
  Helas ! mais qu'à propos le Ciel l'a fait méprendre,
  Et ne consentant point à ses lasches desseins
  Met au lieu d'Angelique une autre entre ses mains!
DOR. Que parles-tu d'une autre en ta place ravie?
ANG. I'en ignore le nom, mais elle m'a suivie,
  Et ceux qui m'attendoient dans l'ombre de la nuit...
DOR. C'en est assez, mes yeux du reste m'ont instruit.
  Autre n'est que Phylis entre leurs mains tombée,
  Après toy de la Salle elle s'est desrobée,
  I'arreste une Maîtresse, & je perds une sœur;
  Mais allons promptement après le ravisseur.

SCENE VIII.

ANGELIQVE.

DVre condition de mon malheur extrefme!
Si j'aime on me trahit, je trahis fi l'on m'aime.
Qu'accuferay-je icy d'Alidor, ou de moy?
Nous manquons l'un & l'autre également de foy;
Si j'ofe l'appeller lafche, traiftre, parjure,
Ma rougeur auffi-toft prendra part à l'injure,
Et les mefmes couleurs qui peindront fes forfaits,
Des miens en mefme temps exprimeront les traits.
Mais quel aveuglement nos deux crimes égale,
Puisque c'eft pour luy feul que je fuis déloyale?
L'amour m'a fait trahir (qui n'en trahiroit pas?)
Et la trahifon feule a pour luy des appas,
Son crime eft fans excufe, & le mien pardonnable,
Il eft deux fois, (que dis-je?) il eft le feul coupable,
Il m'a prescrit la loy, je n'ay fait qu'obeïr,
Il me trahit luy-mefme, & me force à trahir.

Déplorable Angelique, en malheurs fans feconde,
Que veux-tu deformais, que peux-tu faire au Monde,
Si ton ardeur fincere, & ton peu de beauté
N'ont pû te garantir d'une déloyauté?
Doraste tient ta foy, mais fi ta perfidie
A jusque à te quitter fon ame refroidie,
Suy, fuy dorefnavant de plus faines raifons,
Et fans plus t'expofer à tant de trahifons,
Puisque de ton amour on fait fi peu de conte,
Va cacher dans un Cloiftre & tes pleurs & ta honte.

ACTE V.

SCENE PREMIERE.

CLEANDRE, PHYLIS.

CLE. Ccordez-moy ma grace avāt qu'entrer chez vous.
P. Vous voulez donc enfin d'un bien cōmun à tous!
Craignez-vous qu'à vos feux ma flame ne réponde?
Et puis-je vous haïr, si j'aime tout le Monde?
CLE. Voſtre bel esprit raille, & pour moy ſeul crüel
Du rang de vos amans ſepare un criminel :
Toutefois mon amour n'eſt pas moins legitime,
Et mon erreur du moins me rend vers vous ſans crime.
Soyez, quoy qu'il en ſoit, d'un naturel plus doux,
L'Amour a pris le ſoin de me punir pour vous,
Les traits que cette nuit il trempoit dans vos larmes
Ont triomphé d'un cœur invincible à vos charmes.
PHY. Puisque vous ne m'aimez que par punition,
Vous m'obligez fort peu de cette affection.
CLE. Aprés voſtre beauté ſans raiſon negligée,
Il me punit bien moins qu'il ne vous a vangée.
Avez-vous jamais veu deſſein plus renverſé?
Quand j'ay la force en main, je me trouve forcé,
Ie croy prendre une fille, & ſuis pris par une autre,
I'ay tout pouvoir ſur vous, & me remets au voſtre,
Angelique me perd quand je croy l'acquerir.
Ie gagne un nouveau mal quand je penſe guerir,
Dans un enlevement je hay la violence,
Ie ſuis respectueux aprés cette inſolence,
Ie commets un forfait, & n'en ſçaurois uſer,
Ie ne ſuis criminel que pour m'en accuſer,
Ie m'expoſe à ma peine, & negligeant ma fuite
Aux voſtres offenſez j'épargne la pourſuite,
Ce que j'ay pû ravir, je viens le demander,
Et pour vous devoir tout je veux tout hazarder.

R r iij

PHY. Vous ne me devrez rien, du moins si j'en suis creuë,
     Et si mes propres yeux vous donnent dans la veuë,
     Si vostre propre cœur soûpire après ma main,
     Vous courez grand hazard de soûpirer en vain.
       Toutefois après tout, mon humeur est si bonne,
     Que je ne puis jamais desesperer personne.
     Sçachez que mes desirs toûjours indifferens
     Iront sans resistance au gré de mes parens,
     Leur choix sera le mien, c'est vous parler sans feinte.
CLE. Ie voy de leur costé mesmes sujets de crainte,
     Si vous me refusez, m'écouteroit-il mieux?
PHY. Le Monde vous croit riche, & mes parens sont vieux.
CLE. Puis-je sur cet espoir.... *PHY.* C'est assez vous en dire.

SCENE II.

ALIDOR, CLEANDRE, PHYLIS.

ALI. **C**Leandre a-il enfin ce que son cœur desire,
     Et ses amours changez par un heureux hazard
     De celuy de Phylis ont-ils pris quelque part?
CLE. Cette nuit tu l'as veuë en un mépris extresme,
     Et maintenant, amy, c'est encor elle-mesme:
     Son orgueil se redouble étant en liberté,
     Et devient plus hardy d'agir en seureté.
     I'espere toutefois, à quelque point qu'il monte,
     Qu'à la fin.... *PHY.* Cependant que vous luy rendrez conte,
     Ie vay voir mes parens, que ce coup de malheur
     A mon occasion accable de douleur;
     Ie n'ay tardé que trop à les tirer de peine.

^a *Il retient*   *ALI.*^a Est-ce donc tout de bon qu'elle t'est inhumaine?
Cleandre
qui la   *CLE.* Il la faut suivre, Adieu, je te puis asseurer
veut sui-   Que je n'ay pas sujet de me desesperer.
vre.   Va voir ton Angelique, & la conte pour tienne,
     Si tu la vois d'humeur qui ressemble à la sienne.
     ALI. Tu me la rens enfin? *CLE.* Doraste tient sa foy,
     Tu possedes son cœur, qu'auroit-elle pour moy?
     Quelques charmans appas qui soient sur son visage
     Ie n'y sçaurois avoir qu'un fort mauvais partage,
     Peut-estre elle croiroit qu'il luy seroit permis
     De ne me rien garder ne m'ayant rien promis,

Il vaut mieux que ma flame à son tour te la cede.
Mais derechef, Adieu.

SCENE III.

ALIDOR.

Ainsi tout me succede,
Ses plus ardents desirs se réglent sur mes vœux,
Il accepte Angelique, & la rend quand je veux,
Quand je tasche à la perdre, il meurt de m'en défaire,
Quand je l'aime, elle cesse aussi-tost de luy plaire,
Mon cœur prest à guerir, le sien se trouve atteint,
Et mon feu rallumé, le sien se trouve éteint,
Il aime quand je quitte, il quitte alors que j'aime,
Et sans estre rivaux nous aimons en lieu mesme.
C'en est fait, Angelique, & je ne sçaurois plus
Rendre contre tes yeux des combats superflus,
De ton affection cette preuve derniere
Reprend sur tous mes sens une puissance entiere,
Les ombres de la nuit m'ont redonné le jour.
Que j'eus de perfidie, & que je vis d'amour!
Quand je sceus que Cleandre avoit manqué sa proye,
Que j'en eus de regret, & que jen ay de joye!
Plus je t'étois ingrat, plus tu me cherissois,
Et ton ardeur croissoit plus je te trahissois.
Aussi j'en fus honteux, & confus dans mon ame,
La honte & le remords rallumerent ma flame.
Que l'Amour pour nous vaincre a de chemins divers,
Et que malaisément on rompt de si beaux fers!
C'est en vain qu'on resiste aux traits d'un beau visage,
En vain à son pouvoir refusant son courage,
On veut éteindre un feu par ses yeux allumé,
Et ne le point aimer quand on s'en voit aimé:
Sous ce dernier appas l'Amour a trop de force,
Il jette dans nos cœurs une trop douce amorce,
Et ce tyran secret de nos affections
Saisit trop puissamment nos inclinations.
Aussi ma liberté n'a plus rien qui me flate,
Le grand soin que j'en eus partoit d'une ame ingrate,

Et mes deſſeins d'accord avecque mes deſirs
A ſervir Angelique ont mis tous mes plaiſirs.
Mais helas ! ma raiſon eſt-elle aſſez hardie,
Pour croire qu'on me ſouffre après ma perfidie ?
Quelque ſecret inſtinct à mon bonheur fatal
Ne la porte-t'il point à me vouloir du mal ?
Que de mes trahiſons elle ſeroit vangée,
Si comme mon humeur la ſienne étoit changée !
Mais qui la changeroit, puiſqu'elle ignore encor
Tous les laſches complots du rebelle Alidor ?
Que dis-je, malheureux ? ah ! c'eſt trop me méprendre,
Elle en a trop appris du billet de Cleandre,
Son nom au lieu du mien en ce papier ſouſcrit
Ne luy montre que trop le fond de mon eſprit.
Sur ma foy toutefois elle le prit ſans lire,
Et ſi le Ciel vangeur contre moy ne conſpire,
Elle s'y fie aſſez pour n'en avoir rien leu.
Entrons, quoy qu'il en ſoit, d'un eſprit reſolu,
Deſrobons à ſes yeux le témoin de mon crime,
Et ſi pour l'avoir leu ſa colere s'anime,
Et qu'elle vueille uſer d'une juste rigueur,
Cherchons quelques moyens de regagner ſon cœur.

SCENE IV.

DORASTE, LYCANTE.

DOR. NE ſollicite plus mon ame refroidie,
Ie mépriſe Angelique après ſa perfidie,
Mon cœur s'eſt revolté contre ſes laſches traits,
Et qui n'a point de foy, n'a point pour moy d'attraits.
Veux-tu qu'on me trahiſſe, & que mon amour dure ?
I'ay ſouffert ſa rigueur, mais je hay ſon parjure,
Et tiens ſa trahiſon indigne à l'avenir
D'occuper aucun lieu dedans mon ſouvenir.
Qu'Alidor la poſſede, il eſt traiſtre comme elle,
Iamais pour ce ſujet nous n'aurons de querelle ;
Pourrois-je avec raiſon luy vouloir quelque mal
De m'avoir delivré d'un eſprit déloyal ?
Ma colere l'épargne, & n'en veut qu'à Cleandre,
Il verra que ſon pire étoit de ſe méprendre,

Et ſi je

Et fi je puis jamais trouver ce raviffeur,
Il me rendra foudain, & la vie, & ma fœur.
LYC. Faites mieux, puisque à peine elle pourroit pretendre
Vne fortune égale à celle de Cleandre,
En faveur de fes biens calmez voftre couroux,
Et de fon raviffeur faites-en fon époux.
Bien qu'il euft fait deffein fur une autre perfonne,
Faites-luy retenir ce qu'un hazard luy donne;
Ie croy que cet Hymen pour fatisfaction
Plaira mieux à Phylis que fa punition.
DOR. Nous confultons en vain, ma pourfuite étant vaine.
LYC. Nous le rencontrerons, n'en foyez point en peine,
Où que foit fa retraite, il n'eft pas toûjours nuit,
Et ce qu'un jour nous cache, un autre le produit.
Mais Dieux ! voilà Phylis qu'il a déja renduë.

SCENE V.

DORASTE, PHYLIS, LYCANTE.

DOR. **M**A fœur, je te retrouve aprés t'avoir perduë?
Et de grace, quel lieu me cache le voleur
Qui pour s'eftre mépris a caufé ton malheur?
Que fon trépas.... *PHY.* Tout beau, peut-eftre ta colere
Au lieu de ton rival en veut à ton beau-frere.
En un mot, tu fçauras qu'en cet enlevement
Mes larmes m'ont acquis Cleandre pour amant,
Son cœur m'eft demeuré pour peine de fon crime,
Et veut changer un rapt en amour legitime.
Il fait tous fes efforts pour gagner mes parens,
Et s'il les peut fléchir, quant à moy, je me rens.
Non, à dire le vray, que fon objet me tente,
Mais mon pere content, je dois eftre contente.
Tandis, par la feneftre ayant veu ton retour,
Ie t'ay voulu fur l'heure apprendre cet amour,
Pour te tirer de peine, & rompre ta colere.
DOR. Crois-tu que cet Hymen puiffe me fatisfaire?
PHY. Si tu n'es ennemy de mes contentemens,
Ne pren mes interefts que dans mes fentimens,
Ne fay point le mauvais fi je ne fuis mauvaife,
Et ne condamne rien à moins qu'il me déplaife.

En cette occasion, si tu me veux du bien,
C'est à toy de regler ton esprit sur le mien.
Ie respecte mon pere, & le tiens assez sage
Pour ne resoudre rien à mon desavantage.
Si Cleandre le gagne, & m'en peut obtenir,
Ie croy de mon devoir.... *LYC.* Ie l'aperçoy venir.
Resolvez-vous, Monsieur, à ce qu'elle desire.

SCENE VI.

DORASTE, CLEANDRE,
PHYLIS, LYCANTE.

CLE. SI vous n'étes d'humeur, Madame, à vous dédire,
 Tout me rit desormais, j'ay leur consentement.
Mais excusez, Monsieur, le transport d'un amant,
Et souffrez qu'un rival confus de son offense
Pour en perdre le nom entre en vostre alliance.
Ne me refusez point un oubly du passé,
Et son ressouvenir à jamais effacé,
Bannissant toute aigreur, recevez un beau-frere
Que vostre sœur accepte aprés l'aveu d'un pere.
DOR. Quand j'aurois sur ce point des avis differens,
Ie ne puis contredire au choix de mes parens;
Mais outre leur pouvoir, vostre ame genereuse,
Et ce franc procedé qui rend ma sœur heureuse,
Vous acquierent les biens qu'ils vous ont accordez,
Et me font souhaiter ce que vous demandez.
Vous m'avez obligé de m'oster Angelique,
Rien de ce qui la touche à present ne me pique,
Ie n'y prens plus de part aprés sa trahison,
Ie l'aimay par malheur, & la hay par raison.
Mais la voicy qui vient de son amant suivie.

SCENE VII.

ALIDOR, ANGELIQVE, DORASTE,
CLEANDRE, PHYLIS, LYCANTE.

ALI. Finissez vos mépris, ou m'arrachez la vie.
ANG. Ne m'importune plus, infidelle. Ah ! ma sœur,
Comme as-tu pû si-tost tromper ton ravisseur ?
PHY.[a] Il n'en a plus le nom, & son feu legitime
   Authorisé des miens en efface le crime,
   Le hazard me le donne, & changeant ses desseins
   Il m'a mise en son cœur aussi bien qu'en ses mains;
   Son erreur fut soudain de son amour suivie,
   Et je ne l'ay ravy qu'après qu'il m'a ravie.
   Iusque-là tes beautez ont possedé ses vœux,
   Mais l'Amour d'Alidor faisoit taire ses feux,
   De peur de l'offenser te cachant son martire
   Il me venoit conter ce qu'il ne t'osoit dire;
   Mais nous changeons de sort par cet enlevement,
   Tu perds un serviteur, & j'y gagne un amant.
DOR.[b] Dy-luy qu'elle en perd deux, mais qu'elle s'en console,
   Puisqu'avec Alidor je luy rends sa parole.
    [c] Satisfaites sans crainte à vos intentions,
   Ie ne mets plus d'obstacle à vos affections.
   Si vous faussez déja la parole donnée,
   Que ne feriez-vous point après nostre Hymenée ?
   Pour moy, malaisément on me trompe deux fois,
   Vous l'aimez, j'y consens, & luy cede mes droits.
ALI. Puisque vous me pouvez accepter sans parjure,
   Pouvez-vous consentir que vostre rigueur dure ?
   Vos yeux sont-ils changez ? vos feux sont-ils éteints ?
   Et quand mon amour croist, produit-il vos dédains ?
   Voulez-vous.... *ANG.* Déloyal, cesse de me poursuivre,
   Si je t'aime jamais, je veux cesser de vivre.
   Quel espoir mal conçeu te rapproche de moy ?
   Aurois-je de l'amour pour qui n'a point de foy ?
DOR. Quoy, le banniss   mble ?
   Cette union
   Pour ce ma
   Il ne l'a pr

[a] *A Ange-*
lique.

[b] *A Phylis.*

[c] *A Ange-*
lique.

ANG. Cessez de réprocher à mon ame troublée
La faute où la porta son ardeur aveuglée.
Vous seul avez ma foy, vous seul à l'avenir
Pouvez à vostre gré me la faire tenir :
Si toutefois après ce que j'ay pû commettre
Vous me pouvez haïr jusqu'à me la remettre,
Vn Cloistre desormais bornera mes desseins :
C'est là que je prendray des mouvemens plus sains,
C'est là que loin du Monde, & de sa vaine pompe,
Ie n'auray qui tromper, non-plus que qui me trompe.

ALI. Mon soucy. *ANG.* Tes soucis doivent tourner ailleurs.

ᵃ A Ange-
lique.
ᵇ A Phylis.
*PHY.*ᵃ De grace pren pour luy des sentimens meilleurs.
*DOR.*ᵇ Nous leur nuisons, ma sœur, hors de nostre presence
Elle se porteroit à plus de complaisance,
L'Amour seul assez fort pour la persuader
Ne veut point d'autre tiers à les r'accommoder.

ᶜ A Do-
raste.
*CLE.*ᶜ Mon amour ennuyé des yeux de tant de monde
Adore la raison où vostre avis se fonde.
Adieu, belle Angelique, Adieu, c'est justement
Que vostre ravisseur vous cede à vostre amant.

ᵈ A Ange-
lique.
*DOR.*ᵈ Ie vous eus par dépit, luy seul il vous merite,
Ne luy refusez point ma part que je luy quitte.

PHY. Si tu t'aimes, ma sœur, fais-en autant que moy,
Et laisse à tes parens à disposer de toy.
Ce sont des jugemens imparfaits que les nostres.
Le Cloistre a ses douceurs, mais le Monde en a d'autres,
Qui pour avoir un peu moins de solidité
N'accommodent que mieux nostre instabilité.
Ie croy qu'un bon dessein dans le Cloistre te porte,
Mais un dépit d'amour n'en est pas bien la porte,
Et l'on court grand hazard d'un cuïsant repentir
De se voir en prison sans espoir d'en sortir.

ᵉ A Phylis. *CLE.*ᵉ N'acheverez-vous point ? *PHY.* I'ay fait, & vous vay suivre.
Adieu, par mon exemple appren comme il faut vivre,
Et pren pour Alidor un naturel plus doux.

ᶠ Cleandre, ᶠ
Doraste,
Phylis, &
Lycante
rentrent.
ANG. Rien ne rompra le coup à quoy je me resous.
Ie me veux exempter de ce honteux commerce
Où la déloyauté si pleinement s'exerce :
Vn Cl...   ...mes desirs.
                                   ...sirs.
                              ...uise,

Qui me retienne au Monde, ou m'arreste en ce lieu.
Cherche une autre à trahir, & pour jamais, Adieu.

SCENE VIII.

ALIDOR.

QVe par cette retraite elle me favorise!
Alors que mes desseins cedent à mes amours,
Et qu'ils ne sçauroient plus défendre ma franchise,
Sa haine & ses refus viennent à leur secours.

I'avois beau la trahir, une secrette amorce
Rallumoit dans mon cœur l'amour par la pitié,
Mes feux en recevoient une nouvelle force,
Et toûjours leur ardeur en croissoit de moitié.

Ce que cherchoit par là mon ame peu rusée,
De contraires moyens me l'ont fait obtenir:
Ie suis libre à present qu'elle est desabusée,
Et je ne l'abusois que pour le devenir.

Impuissant ennemy de mon indifference,
Ie brave, vain Amour, ton debile pouvoir,
Ta force ne venoit que de mon esperance,
Et c'est ce qu'aujourd'huy m'oste son desespoir.

Ie cesse d'esperer, & commence de vivre,
Ie vis doresnavant puisque je vis à moy,
Et quelques doux assauts qu'un autre objet me livre,
C'est de moy seulement que je prendray la loy.

Beautez, ne pensez point à rallumer ma flame,
Vos regards ne sçauroient asservir ma raison,
Et ce sera beaucoup emporté sur mon ame,
S'ils me font curieux d'apprendre vostre nom.

Nous feindrons toutefois pour nous donner carriere,
Et pour mieux déguiser nous en prendrons un peu,
Mais nous sçaurons toûjours rebrousser en arriere,
Et quand il nous plaira nous retirer du jeu.

Cependant Angelique enfermant dans un Cloiſtre
Ses yeux dont nous craignions la fatale clarté,
Les murs qui garderont ces tyrans de paroiſtre
Serviront de ramparts à noſtre liberté.

Ie ſuis hors de peril qu'aprés ſon mariage
Le bonheur d'un jaloux augmente mon ennuy,
Et ne ſeray jamais ſujet à cette rage
Qui naiſt de voir ſon bien entre les mains d'autruy.

Ravy qu'aucun n'en ait ce que j'ay pû pretendre,
Puisqu'elle dit au Monde un éternel Adieu,
Comme je la donnois ſans regret à Cleandre,
Ie verray ſans regret qu'elle ſe donne à Dieu.

F I N.

MÉDÉE,

TRAGEDIE.

ACTEVRS.

CREON, Roy de Corinthe.

ÆGEE, Roy d'Athenes.

IASON, Mary de Medée.

POLLVX, Argonaute, amy de Iason.

CREVSE, Fille de Creon.

MEDEE, Femme de Iason.

CLEONE, Gouvernante de Creüse.

NERINE, Suivante de Medée.

THEVDAS, Domestique de Creon.

TROVPE des Gardes de Creon.

La Scene est à Corinthe.

MEDEE,

MEDÉE,
TRAGEDIE.

ACTE I.

SCENE PREMIERE.

POLLVX, IASON.

POL. VE je sens à la fois de surprise, & de
   joye!
 Se peut-il qu'en ces lieux enfin je vous
   revoye,
 Que Pollux dans Corinthe ait rencontré
   Iason?
 JAS. Vous n'y pouviez venir en meil-
   leure saison,
Et pour vous rendre encor l'ame plus étonnée,
Préparez-vous à voir mon second Hymenée.
POL. Quoy! Medée est donc morte, amy? *JAS.* Non, elle vit,
 Mais un objet plus beau la chasse de mon lit.
POL. Dieux ! & que fera-t'elle ? *JAS.* Et que fit Hypsipile,
 Que pousser les éclats d'un couroux inutile ?
 Elle jetta des cris, elle versa des pleurs,
 Elle me souhaita mille & mille malheurs,
 Dit que j'étois sans foy, sans cœur, sans conscience,
 Et lasse de le dire, elle prit patience.

Tome I.   Tt

Medée en son malheur en pourra faire autant:
Qu'elle soûpire, pleure, & me nomme inconstant,
Ie la quitte à regret, mais je n'ay point d'excuse
Contre un pouvoir plus fort qui me donne à Creüse.
POL. Creüse est donc l'objet qui vous vient d'enflamer?
Ie l'avois deviné, sans l'entendre nommer.
Iason ne fit jamais de communes Maîtresses,
Il est né seulement pour charmer les Princesses,
Et haïroit l'Amour, s'il avoit sous sa loy
Rangé de moindres cœurs que des filles de Roy.
Hypsipile à Lemnos, sur le Phase Medée,
Et Creüse à Corinthe, autant vaut, possedée,
Font bien voir qu'en tous lieux sans le secours de Mars
Les Sceptres sont acquis à ses moindres regards.
IAS. Aussi je ne suis pas de ces amans vulgaires,
I'accommode ma flame au bien de mes affaires,
Et sous quelque climat que me jette le Sort,
Par maxime d'Estat je me fais cet effort.
    Nous voulant à Lemnos rafraischir dans la ville,
Qu'eussions-nous fait, Pollux, sans l'amour d'Hypsipile?
Et depuis, à Colchos que fit vostre Iason,
Que cajoler Medée, & gagner la Toison?
Alors sans mon amour qu'eust fait vostre vaillance?
Eust-elle du Dragon trompé la vigilance?
Ce peuple que la Terre enfantoit tout armé,
Qui de vous l'eust deffait, si Iason n'eust aimé?
Maintenant qu'un exil m'interdit ma Patrie,
Creüse est le sujet de mon idolatrie;
Et j'ay trouvé l'adresse, en luy faisant la Cour,
De relever mon sort sur les aisles d'Amour.
POL. Que parlez-vous d'exil ? la haine de Pelie....
IAS. Me fait, tout mort qu'il est, fuir de sa Thessalie.
POL. Il est mort! *IAS.* Ecoutez, & vous sçaurez comment
Son trépas seul m'oblige à cet éloignement.
    Après six ans passez depuis nostre voyage
Dans les plus grands plaisirs qu'on gouste au mariage,
Mon pere tout caduc émouvant ma pitié,
Ie conjuray Medée au nom de l'amitié...
POL. I'ay sceu comme son Art forçant les Destinées
Luy rendit la vigueur de ses jeunes années;
Ce fut, s'il m'en souvient, icy que je l'appris,
D'où soudain un voyage en Asie entrepris

Fait que nos deux ſejours diviſez par Neptune,
Ie n'ay point ſçeu depuis quelle eſt voſtre fortune.
Ie n'en fais qu'arriver. *IAS.* Apprenez donc de moy
Le ſujet qui m'oblige à luy manquer de foy.

Malgré l'averſion d'entre nos deux familles
De mon tyran Pelie elle gagne les filles,
Et leur feint de ma part tant d'outrages receus,
Que ces foibles eſprits ſont aiſément deceus.
Elle fait amitié, leur promet des merveilles,
Du pouvoir de ſon Art leur remplit les oreilles,
Et pour mieux leur montrer comme il eſt infiny,
Leur étale ſur tout mon pere rajeuny.
Pour épreuve, elle égorge un Belier à leurs veuës,
Le plonge en un bain d'eaux, & d'herbes inconnuës,
Luy forme un nouveau ſang avec cette liqueur,
Et luy rend d'un Agneau la taille & la vigueur.
Les ſœurs crient miracle, & chacune ravie
Conçoit pour ſon vieux pere une pareille envie,
Veut un effet pareil, le demande, & l'obtient;
Mais chacune a ſon but. Cependant la nuit vient,
Medée après le coup d'une ſi belle amorce
Prépare de l'eau pure, & des herbes ſans force,
Redouble le ſommeil des Gardes, & du Roy;
La ſuite au ſeul recit me fait trembler d'effroy.
A force de pitié ces filles inhumaines
De leur pere endormy vont épuiſer les veines;
Leur tendreſſe credule à grands coups de couteau
Prodigue ce vieux ſang, & fait place au nouveau;
Le coup le plus mortel s'impute à grand ſervice,
On nomme pieté ce cruël ſacrifice,
Et l'amour paternel qui fait agir leurs bras
Croiroit commettre un crime à n'en commettre pas.
Médée eſt éloquente à leur donner courage,
Chacune toutefois tourne ailleurs ſon viſage,
Vne ſecrette horreur condamne leur deſſein,
Et refuſe leurs yeux à conduire leur main.
POL. A me repreſenter ce tragique ſpectacle,
Qui fait un parricide, & promet un miracle,
I'ay de l'horreur moy-meſme, & ne puis concevoir
Qu'un eſprit juſque là ſe laiſſe decevoir.
JAS. Ainſi mon pere Æſon recouvra ſa jeuneſſe,
Mais oyez le ſurplus. Ce grand courage ceſſe,

Tt ij

L'épouvante les prend , Medée en raille, & fuit.
Le jour découvre à tous les crimes de la nuit,
Et pour vous épargner un discours inutile,
Acaste nouveau Roy fait mutiner la ville,
Nomme Iaſon l'autheur de cette trahiſon,
Et pour vanger ſon pere aſſiege ma maiſon.
Mais j'étois déja loin auſſi-bien que Medée,
Et ma famille enfin à Corinthe abordée,
Nous falüons Creon, dont la benignité
Nous promet contre Acaste un lieu de feureté.
Que vous diray-je plus ? mon bon-heur ordinaire
M'acquiert les volontez de la fille, & du pere,
Si bien que de tous deux également chery,
L'un me veut pour ſon gendre, & l'autre pour mary,
D'un rival couronné les grandeurs ſouveraines,
La Majesté d'Ægée , & le Sceptre d'Athénes,
N'ont rien à leur avis de comparable à moy,
Et banny que je ſuis , je leur ſuis plus qu'un Roy.
Ie voy trop ce bonheur, mais je le diſſimule,
Et bien que pour Creüſe un pareil feu me brûle,
Du devoir conjugal je combats mon amour,
Et je ne l'entretiens que pour faire ma Cour.

    Acaste cependant menace d'une guerre
Qui doit perdre Creon, & dépeupler ſa terre ;
Puis changeant tout à coup ſes reſolutions,
Il propoſe la paix ſous des conditions.
Il demande d'abord, & Iaſon, & Medée,
On luy refuſe l'un, & l'autre eſt accordée,
Ie l'empeſche, on debat, & je fais tellement
Qu'enfin il ſe reduit à ſon banniſſement.
De nouveau je l'empeſche, & Creon me refuſe,
Et pour m'en conſoler il m'offre ſa Creüſe.
Qu'euſſay-je fait , Pollux, en cette extremité
Qui commettoit ma vie avec ma loyauté ?
Car ſans doute , à quitter l'utile pour l'honneſte,
La paix alloit ſe faire aux dépens de ma teſte,
Ce mépris inſolent des offres d'un grand Roy
Aux mains d'un ennemy livroit Medée & moy.
Ie l'euſſe fait pourtant ſi je n'euſſe eſté pere,
L'amour de mes enfans m'a fait l'ame legere,
Ma perte étoit la leur, & cet Hymen nouveau
Avec Medée & moy les tire du tombeau,

Eux feuls m'ont fait refoudre, & la paix s'eft concluë.
POL. Bien que de tous coftez l'affaire refoluë
Ne laiffe aucune place aux confeils d'un amy,
Ie ne puis toutesfois l'approuver qu'à demy.
Sur quoy que vous fondiez un traitement fi rude,
C'eft montrer pour Medée un peu d'ingratitude,
Ce qu'elle a fait pour vous eft mal recompenfé.
Il faut craindre après tout fon courage offenfé,
Vous fçavez mieux que moy ce que peuvent fes charmes.
JAS. Ce font à fa fureur d'épouvantables armes,
Mais fon banniffement nous en va garantir.
POL. Gardez d'avoir fujet de vous en repentir.
JAS. Quoy qu'il puiffe arriver, amy, c'eft chofe faite.
POL. La termine le Ciel comme je le fouhaite,
Permettez cependant qu'afin de m'acquiter
I'aille trouver le Roy pour l'en feliciter.
JAS. Ie vous y conduirois, mais j'attens ma Princeffe,
Qui va fortir du Temple. *POL.* Adieu, l'amour vous preffe,
Et je ferois marry qu'un foin officieux
Vous fift perdre pour moy des temps fi précieux.

SCENE II.

IASON.

DEpuis que mon esprit eft capable de flame,
Iamais un trouble égal n'a confondu mon ame.
Mon cœur qui fe partage en deux affections
Se laiffe déchirer à mille paffions.
Ie doy tout à Medée, & je ne puis fans honte
Et d'elle & de ma foy tenir fi peu de conte :
Ie doy tout à Creon, & d'un fi puiffant Roy
Ie fais un ennemy fi je garde ma foy :
Ie regrette Medée, & j'adore Creüfe,
Ie voy mon crime en l'une, en l'autre mon excufe,
Et deffus mon regret mes defirs triomphans
Ont encor le fecours du foin de mes enfans.
    Mais la Princeffe vient, l'éclat d'un tel vifage
Du plus constant du Monde attireroit l'hommage,
Et femble reprocher à ma fidelité,
D'avoir ofé tenir contre tant de beauté.

SCENE III.

IASON, CREVSE, CLEONE.

JAS. QVe voſtre zéle eſt long, & que d'impatience
Il donne à voſtre amant qui meurt en voſtre abſence!
CRE. A nos Dieux toutefois je n'ay rien demandé,
En me donnant Iaſon ils m'ont tout accordé.
JAS. Et moy, puis-je esperer l'effet d'une priere,
Que ma flame tiendroit à faveur ſinguliere?
Au nom de noſtre amour, ſauvez deux jeunes fruits,
Que d'un premier Hymen la couche m'a produits,
Employez-vous pour eux, faites auprès d'un pere
Qu'ils ne ſoient point compris en l'exil de leur mere;
C'eſt luy ſeul qui bannit ces petits malheureux,
Puisque dans les Traitez il n'eſt point parlé d'eux.
CRE. I'avois déja pitié de leur tendre innocence,
Et vous y ſerviray de toute ma puiſſance,
Pourveu qu'à voſtre tour vous m'accordiez un point
Que jusques à tantôſt je ne vous diray point.
JAS. Dites, & quel qu'il ſoit, que ma Reine en dispoſe.
CRE. Si je puis ſur mon pere obtenir quelque choſe,
Vous le ſçaurez après, je ne veux rien pour rien.
CLE. Vous pourrez au Palais ſuivre cet entretien,
On ouvre chez Medée, oſtez-vous de ſa veuë,
Vos preſences rendroient ſa douleur plus émeuë,
Et vous ſeriez marris que cet esprit jaloux
Meſlaſt ſon amertume à des plaiſirs ſi doux.

SCENE IV.

MEDEE.

SOuverains protecteurs des loix de l'Hymenée,
Dieux garands de la foy que Iaſon m'a donnée,
Vous qu'il prit à témoins d'une immortelle ardeur,
Quand par un faux ſerment il vainquit ma pudeur;
Voyez de quel mépris vous traite ſon parjure,
Et m'aidez à vanger cette commune injure;

S'il me peut aujourd'huy chaſſer impunément
Vous étes ſans pouvoir, ou ſans reſſentiment.
  Et vous, troupe ſçavante en noires barbaries,
Filles de l'Acheron, Peſtes, Larves, Furies,
Fieres ſœurs, ſi jamais noſtre commerce étroit
Sur vous & vos ſerpens me donna quelque droit,
Sortez de vos cachots avec les meſmes flames,
Et les meſmes tourmens dont vous geſnez les ames:
Laiſſez-les quelque temps repoſer dans leurs fers,
Pour mieux agir pour moy faites trefve aux Enfers,
Apportez-moy du fond des antres de Megere
La mort de ma rivale, & celle de ſon pere,
Et ſi vous ne voulez mal ſervir mon couroux,
Quelque choſe de pis pour mon perfide époux.
Qu'il coure vagabond de Province en Province,
Qu'il faſſe laſchement la Cour à chaque Prince,
Banny de tous coſtez, ſans bien, & ſans appuy,
Accablé de frayeur, de miſere, d'ennuy,
Qu'à ſes plus grands malheurs aucun ne compatiſſe,
Qu'il ait regret à moy pour ſon dernier ſupplice,
Et que mon ſouvenir jusque dans le tombeau
Attache à ſon eſprit un éternel bourreau.
Iaſon me repudie! & qui l'auroit pû croire?
S'il a manque d'amour, manque-t'il de memoire?
Me peut-il bien quitter après tant de bienfaits?
M'oſe-t'il bien quitter après tant de forfaits?
Sçachant ce que je puis, ayant veu ce que j'oſe,
Croit-il que m'offenſer ce ſoit ſi peu de choſe?
Quoy? mon pere trahy, les Elemens forcez,
D'un frere dans la Mer les membres disperſez,
Luy font-il préſumer mon audace épuiſée?
Luy font-il préſumer qu'à mon tour mépriſée,
Ma rage contre luy n'ait par où s'aſſouvir,
Et que tout mon pouvoir ſe borne à le ſervir?
  Tu t'abuſes, Iaſon, je ſuis encor moy-meſme,
Tout ce qu'en ta faveur fit mon amour extreſme,
Ie le feray par haine, & je veux pour le moins,
Qu'un forfait nous ſepare ainſi qu'il nous a joints,
Que mon ſanglant divorce en meurtres, en carnage,
S'égale aux premiers jours de noſtre mariage,
Et que noſtre union que rompt ton changement
Trouve une fin pareille à ſon commencement.

Déchirer par morceaux l'enfant aux yeux du pere,
N'est que le moindre effet qui suivra ma colere;
Des crimes si legers furent mes coups d'essay,
Il faut bien autrement montrer ce que je sçay,
Il faut faire un chef-d'œuvre, & qu'un dernier ouvrage
Surpasse de bien loin ce foible apprentissage.

  Mais pour executer tout ce que j'entreprens
Quels Dieux me fourniront des secours assez grands?
Ce n'est plus vous, Enfers, qu'icy je sollicite,
Vos feux sont impuissans pour ce que je medite.
Autheur de ma naissance, aussi bien que du jour
Qu'à regret tu depars à ce fatal sejour,
Soleil, qui vois l'affront qu'on va faire à ta race,
Donne-moy tes chevaux à conduire en ta place,
Accorde cette grace à mon desir boüillant,
Ie veux choir sur Corinthe avec ton char bruslant.
Mais ne crains pas de cheute à l'Vnivers funeste,
Corinthe consumé garantira le reste,
De mon juste couroux les implacables vœux
Dans ses odieux murs arréteront tes feux,
Creon en est le Prince, & prend Iason pour gendre:
C'est assez meriter d'estre reduit en cendre,
D'y voir reduit tout l'Isthme afin de l'en punir,
Et qu'il n'empesche plus les deux Mers de s'unir.

SCENE V.

MEDEE, NERINE.

MED. ET bien, Nerine, à quand, à quand cet Hymenée?
      En ont-ils choisi l'heure? en sçais-tu la journée?
N'en as-tu rien appris? n'as-tu point veu Iason?
N'apprehende-t'il rien après sa trahison?
Croit-il qu'en cet affront je m'amuse à me plaindre?
S'il cesse de m'aimer, qu'il commence à me craindre,
Il verra, le perfide, à quel comble d'horreur
De mes ressentimens peut monter la fureur.
NER. Moderez les boüillons de cette violence,
Et laissez déguiser vos douleurs au silence.
Quoy, Madame! est-ce ainsi qu'il faut dissimuler,
Et faut-il perdre ainsi des menaces en l'air?

Les plus

Les plus ardents transports d'une haine connuë
Ne font qu'autant d'éclairs avortez dans la nuë,
Qu'autant d'avis à ceux que vous voulez punir
Pour repouffer vos coups, ou pour les prévenir.
Qui peut fans s'émouvoir fupporter une offenfe,
Pour mieux prendre à fon point le temps de fa vangeance,
Et fa feinte douceur fous un appas mortel,
Méne infenfiblement fa victime à l'autel.
MED. Tu veux que je me taife, & que je diffimule!
Nerine, porte ailleurs ce confeil ridicule,
L'ame en eft incapable en de moindres malheurs,
Et n'a point où cacher de fi grandes douleurs.
Iafon m'a fait trahir mon païs & mon pere,
Et me laiffe au milieu d'une terre étrangere,
Sans fupport, fans amis, fans retraite, fans bien,
La fable de fon peuple, & la haine du mien;
Nerine, après cela, tu veux que je me taife!
Ne doy-je point encor en témoigner de l'aife,
De ce Royal Hymen fouhaiter l'heureux jour,
Et forcer tous mes foins à fervir fon amour?
NER. Madame, penfez mieux à l'éclat que vous faites,
Quelque jufte qu'il foit, regardez où vous étes,
Confiderez qu'à peine un efprit plus remis
Vous tient en feureté parmy vos ennemis.
MED. L'ame doit fe roidir plus elle eft menacée,
Et contre la Fortune aller tefte baiffée,
La choquer hardiment, & fans craindre la mort
Se prefenter de front à fon plus rude effort.
Cette lafche ennemie a peur des grands courages,
Et fur ceux qu'elle abat redouble fes outrages.
NER. Que fert ce grand courage où l'on eft fans pouvoir?
MED. Il trouve toûjours lieu de fe faire valoir.
NER. Forcez l'aveuglement dont vous étes feduite,
Pour voir en quel état le Sort vous a reduite.
Voftre païs vous hait, voftre époux eft fans foy,
Dans un fi grand revers que vous reste-t'il? *MED.* Moy,
Moy, dis-je, & c'eft affez. *NER.* Quoy? vous feule, Madame!
MED. Ouy, tu vois en moy feule, & le fer, & la flame,
Et la Terre, & la Mer, & l'Enfer, & les Cieux,
Et le Sceptre des Rois, & le foudre des Dieux.
NER. L'impetueufe ardeur d'un courage fenfible
A vos reffentimens figure tout poffible,

Mais il faut craindre un Roy fort de tant de Sujets.

MED. Mon pere qui l'étoit rompit-il mes projets?

NER. Non, mais il fut surpris, & Creon se défie.

Fuyez, qu'à ses soupçons il ne vous sacrifie.

MED. Las ! je n'ay que trop fuy, cette infidelité

D'un juste châtiment punit ma lascheté.

Si je n'eusse point fuy pour la mort de Pelie,

Si j'eusse tenu bon dedans la Thessalie,

Il n'eust point veu Creüse, & cet objet nouveau

N'eust point de nostre Hymen étouffé le flambeau.

NER. Fuyez encor, de grace. *MED.* Ouy, je fuiray, Nerine,

Mais avant de Creon on verra la ruïne.

Ie brave la Fortune, & toute sa rigueur

En m'ostant un mary ne m'oste pas le cœur.

Sois seulement fidelle, & sans te mettre en peine,

Laisse agir pleinement mon sçavoir, & ma haine.

[a] *Elle est*   *NER.*[a] Madame. Elle me quitte au lieu de m'écouter,
seule.

Ces violens transports la vont précipiter,

D'une trop juste ardeur l'inexorable envie

Luy fait abandonner le soucy de sa vie.

Taschons encor un coup d'en divertir le cours,

Appaiser sa fureur c'est conserver ses jours.

ACTE II.

SCENE PREMIERE.

MEDEE, NERINE.

NER. BIEN qu'un peril certain suive voftre entreprife,
Affeurez-vous fur moy, je vous fuis toute acquife,
Employez mon fervice aux flames, au poifon,
Ie ne refufe rien, mais épargnez Iafon.
Voftre aveugle vangeance une fois affouvie,
Le regret de fa mort vous coûteroit la vie,
Et les coups violens d'un rigoureux ennuy...
MED. Ceffe de m'en parler, & ne crains rien pour luy,
Ma fureur jusque-là n'oferoit me feduire,
Iafon m'a trop coûté pour le vouloir détruire,
Mon couroux luy fait grace, & ma premiere ardeur
Soûtient fon intereft au milieu de mon cœur.
Ie croy qu'il m'aime encore, & qu'il nourrit en l'ame
Quelques restes fecrets d'une fi belle flame,
Il ne fait qu'obeïr aux volontez d'un Roy,
Qui l'arrache à Medée en dépit de fa foy.
Qu'il vive, & s'il fe peut, que l'ingrat me demeure,
Sinon, ce m'eft affez que fa Creüfe meure,
Qu'il vive cependant, & joüiffe du jour
Que luy conferve encor mon immuable amour.
Creon feul & fa fille ont fait la perfidie,
Eux feuls termineront toute la Tragedie,
Leur perte achevera cette fatale paix.
NER. Contenez-vous, Madame, il fort de fon Palais.

SCENE II.

C R E O N, M E D E E, N E R I N E,
Soldats.

CRE. **Q**Voy ! je te vois encor ! avec quelle impudence
Peux-tu sans t'effrayer soûtenir ma presence ?
Ignores-tu l'Arrest de ton bannissement ?
Fais-tu si peu de cas de mon commandement ?
Voyez comme elle s'enfle, & d'orgueil, & d'audace,
Ses yeux ne font que feu, ses regards que menace.
Gardes, empeschez-la de s'approcher de moy.
   Va, purge mes Etats d'un tel monstre que toy,
Delivre mes Sujets & moy-mesme de crainte.
MED. Dequoy m'accuse-t'on ? quel crime, quelle plainte
Pour mon bannissement vous donne tant d'ardeur ?
CRE. Ah, l'innocence mesme, & la mesme candeur !
Medée est un miroir de vertu signalée,
Quelle inhumanité de l'avoir exilée !
Barbare, as-tu si-tost oublié tant d'horreurs ?
Repasse tes forfaits, repasse tes erreurs,
Et de tant de païs nomme quelque contrée
Dont tes méchancetez te permettent l'entrée.
Toute la Thessalie en armes te poursuit,
Ton pere te deteste, & l'Univers te fuit :
Me doy-je en ta faveur charger de tant de haines,
Et sur mon peuple & moy faire tomber tes peines ?
Va pratiquer ailleurs tes noires actions,
I'ay racheté la paix à ces conditions.
MED. Lasche paix, qu'entre vous sans m'avoir écoutée
Pour m'arracher mon bien vous avez complotée,
Paix, dont le deshonneur vous demeure éternel.
Quiconque sans l'oüir condamne un criminel,
Son crime eust-il cent fois merité le supplice,
D'un juste chàtiment il fait une injustice.
CRE. Au regard de Pelie, il fut bien mieux traité,
Avant que l'égorger tu l'avois écouté ?
MED. Ecouta-t'il Iason quand sa haine couverte
L'envoya sur nos bords se livrer à sa perte ;

Car comment voulez-vous que je nomme un deſſein
Au deſſus de ſa force , & du pouvoir humain?
Apprenez quelle étoit cette illuſtre conqueſte,
Et de combien de morts j'ay garanty ſa teſte.
  Il falloit mettre au joug deux Taureaux furieux,
Des tourbillons de feu s'élançoient de leurs yeux,
Et leur maiſtre Vulcain pouſſoit par leur haleine
Vn long embraſement deſſus toute la Plaine :
Eux domptez, on entroit en de nouveaux hazards,
Il falloit labourer les triſtes champs de Mars,
Et des dents d'un Serpent enſemencer leur terre,
Dont la ſterilité fertile pour la guerre
Produiſoit à l'inſtant des eſcadrons armez
Contre la meſme main qui les avoit ſemez.
Mais quoy qu'euſt fait contre eux une valeur parfaite,
La Toiſon n'étoit pas au bout de leur défaite :
Vn Dragon enyvré des plus mortels poiſons
Qu'enfantent les pechez de toutes les ſaiſons,
Vomiſſant mille traits de ſa gorge enflammée,
La gardoit beaucoup mieux que toute cette Armée.
Iamais Eſtoile , Lune, Aurore, ny Soleil
Ne virent abaiſſer ſa paupiere au ſommeil.
Ie l'ay ſeule aſſoupy , ſeule j'ay par mes charmes
Mis au joug les Taureaux , & défait les Genſdarmes.
Si lors à mon devoir mon deſir limité
Euſt conſervé ma gloire , & ma fidelité,
Si j'euſſe eu de l'horreur de tant d'énormes fautes,
Que devenoit Iaſon , & tous vos Argonautes?
Sans moy ce vaillant Chef que vous m'avez ravy
Fuſt pery le premier , & tous l'auroient ſuivy.
Ie ne me repens point d'avoir par mon adreſſe
Sauvé le ſang des Dieux , & la fleur de la Grece,
Zethez , & Calaïs , & Pollux , & Caſtor,
Et le charmant Orphée , & le ſage Neſtor,
Tous vos Heros enfin tiennent de moy la vie :
Ie vous les verray tous poſſeder ſans envie,
Ie vous les ay ſauvez, je vous les cede tous ;
Ie n'en veux qu'un pour moy , n'en ſoyez point jaloux,
Pour de ſi bons effets laiſſez-moy l'infidelle,
Il eſt mon crime ſeul, ſi je ſuis criminelle,
Aimer cet inconſtant c'eſt tout ce que j'ay fait :
Si vous me puniſſez , rendez-moy mon forfait.

V u iij

Eft-ce ufer comme il faut d'un pouvoir legitime,
Que me faire coupable , & joüir de mon crime?
CRE. Va te plaindre à Colchos. *MED.* Le retour m'y plaira,
Que Iafon m'y remette ainfi qu'il m'en tira,
Ie fuis prefte à partir fous la mefme conduite
Qui de ces lieux aimez précipita ma fuite.
O d'un injuste affront les coups les plus cruels!
Vous faites difference entre deux criminels!
Vous voulez qu'on l'honore, & que de deux complices
L'un ait voftre couronne, & l'autre des fupplices.
CRE. Ceffe de plus mefler ton intereft au fien,
Ton Iafon pris à part eft trop homme de bien,
Le feparant de toy fa défenfe eft facile.
Iamais il n'a trahy fon pere, ny fa ville,
Iamais fang innocent n'a fait rougir fes mains,
Iamais il n'a prété fon bras à tes deffeins,
Son crime, s'il en a, c'eft de t'avoir pour femme;
Laiffe-le s'affranchir d'une honteufe flame,
Rens-luy fon innocence en t'éloignant de nous,
Porte en d'autres climats ton infolent couroux,
Tes herbes, tes poifons, ton cœur impitoyable,
Et tout ce qui jamais a fait Iafon coupable.
MED. Peignez mes actions plus noires que la nuit,
Ie n'en ay que la honte, il en a tout le fruit.
Ce fut en fa faveur que ma fçavante audace
Immola fon Tyran par les mains de fa race,
Ioignez-y mon païs, & mon frere, il fuffit
Qu'aucun de tant de maux ne va qu'à fon profit.
Mais vous les fçaviez tous quand vous m'avez reçeuë,
Voftre fimplicité n'a point été deceuë;
En ignoriez-vous un, quand vous m'avez promis
Vn rempart affeuré contre mes ennemis?
Ma main feignante encor du meurtre de Pelie
Soûlevoit contre moy toute la Theffalie,
Quand voftre cœur fenfible à la compaffion
Malgré tous mes forfaits prit ma protection.
Si l'on me peut depuis imputer quelque crime,
C'eft trop peu que l'exil, ma mort eft legitime:
Sinon, à quel propos me traitez-vous ainfi?
Ie fuis coupable ailleurs, mais innocente icy.
CRE. Ie ne veux plus icy d'une telle innocence,
Ny fouffrir en ma Cour ta fatale prefence.

Va... *ME*.Dieux justes vangeurs! *CR*.Va,dis-je,en d'autres lieux
Par tes cris importuns folliciter les Dieux.
    Laiſſe-nous tes enfans , je ſerois trop ſevere
Si je les puniſſois des crimes de leur mere,
Et bien que je le pûſſe avec juste raiſon,
Ma fille les demande en faveur de Iaſon.
MED. Barbare humanité qui m'arrache à moy-meſme,
Et feint de la douceur pour m'oſter ce que j'aime!
Si Iaſon & Creüſe ainſi l'ont ordonné,
Qu'ils me rendent le ſang que je leur ay donné.
CRE. Ne me replique plus , ſuy la loy qui t'eſt faite,
Prépare ton depart, & penſe à ta retraite.
Pour en deliberer, & choiſir le quartier,
De grace ma bonté te donne un jour entier.
MED. Quelle grace! *CRE.* Soldats, remettez-la chez elle,
Sa contestation deviendroit eternelle.
[a]Quel indomptable esprit! quel arrogant maintien
Accompagnoit l'orgueil d'un ſi long entretien!
A-t'elle rien fléchy de ſon humeur altiere?
A-t'elle pû descendre à la moindre priere?
Et le ſacré respect de ma condition
En a-t'il arraché quelque ſoûmiſſion?

*a Medée
ventre , &
Creon con-
tinuë.*

S C E N E   III.

C R E O N , I A S O N , C R E V S E,
C L E O N E , Soldats.

CREO. TE voila ſans rivale, & mon païs ſans guerres,
      Ma fille, c'eſt demain qu'elle ſort de nos terres,
Nous n'avons deſormais que craindre de ſa part;
Acaste eſt ſatisfait d'un ſi proche depart,
Et ſi tu peux calmer le courage d'Ægée
Qui voit par noſtre choix ſon ardeur negligée,
Fais état que demain nous aſſeure à jamais,
Et dedans , & dehors , une profonde paix.
CREV. Ie ne croy pas, Seigneur , que ce vieux Roy d'Athenes
Voyant aux mains d'autruy le fruit de tant de peines,
Meſle tant de foibleſſe à ſon reſſentiment,
Que ſon premier couroux ſe diſſipe aiſément.

l'espere toutefois qu'avec un peu d'adresse
Ie pourray le resoudre à perdre une Maîtresse,
Dont l'âge peu sortable & l'inclination
Répondoient assez mal à son affection.
JAS. Il doit vous témoigner par son obeïssance
Combien sur son esprit vous avez de puissance,
Et s'il s'obstine à suivre un injuste couroux,
Nous sçaurons, ma Princesse, en rabatre les coups,
Et nos préparatifs contre la Thessalie
Ont trop dequoy punir sa flame, & sa folie.
CREON. Nous n'en viendrons pas là, regarde seulement
A le payer d'estime & de remerciment.
Ie voudrois pour tout autre un peu de raillerie,
Vn vieillard amoureux merite qu'on en rie:
Mais le trosne soûtient la Majesté des Rois
Au dessus du mépris, comme au dessus des loix.
On doit toûjours respect au Sceptre, à la Couronne;
Remets tout, si tu veux, aux ordres que je donne,
Ie sçauray l'appaiser avec facilité,
Si tu ne te défens qu'avec civilité.

SCENE IV.

IASON, CREVSE, CLEONE.

JAS. QVe ne vous doy-je point pour cette préference
Où mes desirs n'osoient porter mon esperance?
C'est bien me témoigner un amour infiny
De mépriser un Roy pour un pauvre banny.
A toutes ses grandeurs préferer ma misere!
Tourner en ma faveur les volontez d'un pere!
Garantir mes enfans d'un exil rigoureux!
CRE. Qu'a pû faire de moindre un courage amoureux?
La Fortune a montré dedans vostre naissance
Vn trait de son envie, ou de son impuissance,
Elle devoit un Sceptre au sang dont vous naissez,
Et sans luy vos vertus le meritoient assez.
L'Amour qui n'a pû voir une telle injustice
Supplée à son defaut, ou punit sa malice,
Et vous donne au plus fort de vos adversitez
Le Sceptre que j'attens, & que vous meritez.

La gloire

La gloire m'en demeure, & les races futures
Contant noſtre Hymenée entre vos avantures,
Vanteront à jamais mon amour genereux
Qui d'un ſi grand Heros rompt le ſort malheureux.
  Après tout cependant, riez de ma foibleſſe.
Preſte de poſſeder le Phenix de la Grece,
La fleur de nos guerriers, le ſang de tant de Dieux,
La robe de Medée a donné dans mes yeux;
Mon caprice à ſon lustre attachant mon envie,
Sans elle trouve à dire au bonheur de ma vie,
C'eſt ce qu'ont pretendu mes deſſeins relevez
Pour le prix des enfans que je vous ay ſauvez.
JAS. Que ce prix eſt leger pour un ſi bon office!
Il y faut toutefois employer l'artifice,
Ma jalouſe en fureur n'eſt pas femme à ſouffrir
Que ma main l'en dépoüille afin de vous l'offrir;
Des treſors dont ſon pere épuiſe la Scythie
C'eſt tout ce qu'elle a pris quand elle en eſt ſortie.
CRE. Qu'elle a fait un beau choix! jamais éclat pareil
Ne ſema dans la nuit les clartez du Soleil.
Les perles avec l'or confuſément meſlées,
Mille pierres de prix ſur ſes bords étalées,
D'un mélange divin éboüiſſent les yeux;
Iamais rien d'approchant ne ſe fit en ces lieux.
Pour moy, tout auſſi-toſt que je l'en vis parée,
Ie ne fis plus d'état de la Toiſon dorée,
Et dûſſiez-vous vous-meſme en eſtre un peu jaloux,
I'en eus presques envie auſſi-toſt que de vous.
Pour appaiſer Medée & reparer ſa perte,
L'Epargne de mon pere entierement ouverte
Luy met à l'abandon tous les treſors du Roy,
Pourveu que cette robe & Iaſon ſoient à moy
JAS. N'en doutez point, ma Reine, elle vous eſt acquiſe,
Ie vay chercher Nerine, & par ſon entremiſe
Obtenir de Medée avec dexterité
Ce que refuſeroit ſon courage irrité.
Pour elle, vous ſçavez que j'en fuy les approches,
I'aurois peine à ſouffrir l'orgueil de ſes reproches,
Et je me connoy mal, ou dans noſtre entretien
Son couroux s'allumant allumeroit le mien.
Ie n'ay point un esprit complaiſant à ſa rage
Iusques à ſupporter ſans replique un outrage,

Et ce feroient pour moy d'éternels déplaifirs
De reculer par là l'effet de vos defirs.
　　Mais fans plus de discours, d'une maifon voifine
Ie vay prendre le temps que fortira Nerine;
Souffrez, pour avancer voftre contentement,
Que malgré mon amour je vous quitte un moment.
CLE. Madame, j'aperçoy venir le Roy d'Athenes.
CRE. Allez donc, voftre veuë augmenteroit fes peines.
CLE. Souvenez-vous de l'air dont il le faut traiter.
CRE. Ma bouche accortement fçaura s'en acquiter.

S C E N E   V.

Æ G E E ,   C R E V S E ,   C L E O N E.

ÆGE. SVr un bruit qui m'étonne & que je ne puis croire,
　　Madame, mon amour jaloux de voftre gloire
Vient fçavoir s'il eft vray que vous foyez d'accord
Par un honteux Hymen de l'Arreft de ma mort.
Voftre peuple en fremit, voftre Cour en murmure,
Et tout Corinthe enfin s'impute à grande injure,
Qu'un fugitif, un traiftre, un meurtrier de Rois
Luy donne à l'avenir des Princes & des loix.
Il ne peut endurer que l'horreur de la Grece
Pour prix de fes forfaits époufe fa Princeffe,
Et qu'il faille ajoufter à vos titres d'honneur,
Femme d'un affaffin, & d'un empoifonneur.
CRE. Laiffez agir, grand Roy, la raifon fur voftre ame,
Et ne le chargez point des crimes de fa femme.
I'époufe un malheureux, & mon pere y confent,
Mais Prince, mais vaillant, & fur tout, innocent.
Non-pas que je ne faille en cette préference;
De voftre rang au fien je fçay la difference:
Mais fi vous connoiffez l'amour, & fes ardeurs,
Iamais pour fon objet il ne prend les grandeurs;
Avoüez que fon feu n'en veut qu'à la perfonne,
Et qu'en moy vous n'aimiez rien moins que ma couronne.
　　Souvent je ne fçay quoy qu'on ne peut exprimer
Nous furprend, nous emporte, & nous force d'aimer,
Et fouvent fans raifon les objets de nos flames
Frapent nos yeux enfemble, & faififfent nos ames.

Ainſi nous avons veu le ſouverain des Dieux
Au mépris de Iunon aimer en ces bas lieux,
Venus quitter ſon Mars, & negliger ſa priſe,
Tantoſt pour Adonis, & tantoſt pour Anchiſe,
Et c'eſt peut-eſtre encore avec moins de raiſon
Que, bien que vous m'aimez, je me donne à Iaſon.
D'abord dans mon esprit vous euſtes ce partage,
Ie vous estimay plus, & l'aimay davantage.
ÆGE. Gardez ces complimens pour de moins enflamez,
Et ne m'estimez point qu'autant que vous m'aimez.
Que me ſert cet aveu d'une erreur volontaire?
Si vous croyez faillir, qui vous force à le faire?
N'accuſez point l'amour, ny ſon aveuglement,
Quand on connoit ſa faute, on manque doublement.
CREV. Puis donc que vous trouvez la mienne inexcuſable,
Ie ne veux plus, Seigneur, me confeſſer coupable.
L'amour de mon païs & le bien de l'Etat
Me défendoient l'Hymen d'un ſi grand Potentat.
Il m'euſt fallu ſoudain vous ſuivre en vos Provinces,
Et priver mes Sujets de l'aspect de leurs Princes;
Voſtre Sceptre pour moy n'eſt qu'un pompeux exil.
Que me ſert ſon éclat, & que me donne-t'il?
M'éleve-t'il d'un rang plus haut que Souveraine,
Et ſans le poſſeder ne me voy-je pas Reine?
Graces aux Immortels, dans ma condition
I'ay dequoy m'aſſouvir de cette ambition,
Ie ne veux point changer mon Sceptre contre un autre,
Ie perdrois ma Couronne en acceptant la voſtre,
Corinthe eſt bon Sujet, mais il veut voir ſon Roy,
Et d'un Prince éloigné rejetteroit la loy.
Ioignez à ces raiſons qu'un pere un peu ſur l'âge,
Dont ma ſeule preſence adoucit le veufvage,
Ne ſçauroit ſe reſoudre à ſeparer de luy
De ſes debiles ans l'esperance & l'appuy,
Et vous reconnoiſtrez que je ne vous préfere
Que le bien de l'Eſtat, mon païs, & mon pere.
Voilà ce qui m'oblige au choix d'un autre époux:
Mais comme ces raiſons font peu d'effet ſur vous,
Afin de redonner le repos à voſtre ame,
Souffrez que je vous quitte. *ÆGE.*[a] Allez, allez, Madame, [a] *Il eſt ſeul.*
Etaler vos appas, & vanter vos mépris
A l'infame ſorcier qui charme vos esprits.

X x ij

De cette indignité faites un mauvais conte,
Riez de mon ardeur, riez de voftre honte,
Favorifez celuy de tous vos Courtifans
Qui raillera le mieux le declin de mes ans.
Vous joüirez fort peu d'une telle infolence;
Mon amour outragé court à la violence,
Mes vaiffeaux à la rade affez proches du port
N'ont que trop de foldats à faire un coup d'effort.
La jeuneffe me manque, & non pas le courage:
Les Rois ne perdent point les forces avec l'âge,
Et l'on verra peut-eftre avant ce jour finy
Ma paffion vangée, & voftre orgueil puny.

ACTE III.

SCENE PREMIERE.

NERINE.

MALHEVREVX instrument du malheur qui nous preffe,
Que j'ay pitié de toy, déplorable Princeffe!
Avant que le Soleil ait fait encore un tour,
Ta perte inévitable acheve ton amour.
Ton destin te trahit, & ta beauté fatale
Sous l'appas d'un Hymen t'expofe à ta rivale,
Ton Sceptre eft impuiffant à vaincre fon effort,
Et le jour de fa fuite eft celuy de ta mort.
Sa vangeance à la main elle n'a qu'à refoudre,
Vn mot du haut des Cieux fait descendre le foudre,
Les Mers pour noyer tout n'attendent que fa loy,
La Terre offre à s'ouvrir fous le Palais du Roy,
L'Air tient les Vents tous prefts à fuivre fa colere,
Tant la Nature esclave a peur de luy déplaire,
Et fi ce n'eft affez de tous les Elemens,
Les Enfers vont fortir à fes commandemens.
   Moy, bien que mon devoir m'attache à fon fervice,
Ie luy préte à regret un filence complice,

D'un loüable defir mon cœur follicité
Luy feroit avec joye une infidelité :
Mais loin de s'arréter , fa rage découverte
A celle de Creüfe ajoufteroit ma perte,
Et mon funefte avis ne ferviroit de rien
Qu'à confondre mon fang dans les boüillons du fien.
D'un mouvement contraire à celuy de mon ame
La crainte de la mort m'ofte celle du blâme,
Et ma timidité s'efforce d'avancer
Ce que hors du peril je voudrois traverfer.

SCENE II.

IASON, NERINE.

JAS. NErine , & bien , que dit , que fait noftre exilée ?
Dans ton cher entretien s'eft-elle confolée ?
Veut-elle bien ceder à la neceffité ?
NER. Ie trouve en fon chagrin moins d'animofité.
De moment en moment fon ame plus humaine
Abaiffe fa colere , & rabat de fa haine,
Déja fon déplaifir ne nous veut plus de mal.
JAS. Fay-luy prendre pour tous un fentiment égal.
Toy qui de mon amour connoiffois la tendreffe,
Tu peux connoiftre auffi quelle douleur me preffe ;
Ie me fens déchirer le cœur à fon depart,
Creüfe en fes malheurs prend mefme quelque part,
Ses pleurs en ont coulé , Creon mefme en foûpire,
Luy préfere à regret le bien de fon Empire :
Et fi dans fon Adieu fon cœur moins irrité
Pouvoit laiffer agir fa liberalité,
Si jufque-là Medée appaifoit fes menaces,
Qu'elle vouluft partir avec fes bonnes graces ;
Ie fçay (comme il eft bon) que fes trefors ouverts
Luy feroient fans referve entierement offerts,
Et malgré les malheurs où le Sort l'a reduite,
Soulageroient fa peine , & foûtiendroient fa fuite.
NER. Puisqu'il faut fe refoudre à ce banniffement,
Il faut en adoucir le mécontentement,
Cet offre y peut fervir , & par elle j'efpere
Avec un peu d'adreffe appaifer fa colere.

X x iij

Mais d'ailleurs toutefois, n'attendez rien de moy,
S'il faut prendre congé de Creüse, & du Roy:
L'objet de voſtre amour, & de ſa jalouſie
De toutes ſes fureùrs l'auroit toſt reſſaiſie.
JAS. Pour montrer ſans les voir ſon courage appaiſé,
Ie te diray, Nerine, un moyen fort aiſé,
Et de ſi longue main je connoy ta prudence,
Que je t'en fais ſans peine entiere confidence.
    Creon bannit Medée, & ſes ordres précis
Dans ſon banniſſement envelopoient ſes fils;
La pitié de Creüſe a tant fait vers ſon pere,
Qu'ils n'auront point de part au malheur de leur mere.
Elle luy doit par eux quelque remerciment;
Qu'un preſent de ſa part ſuive leur compliment:
Sa robe dont l'éclat ſied mal à ſa fortune,
Et n'eſt à ſon exil qu'une charge importune,
Luy gagneroit le cœur d'un Prince liberal,
Et de tous ſes treſors l'abandon general.
D'une vaine parûre inutile à ſa peine
Elle peut acquerir dequoy faire la Reine:
Creüſe, où je me trompe, en a quelque deſir,
Et je ne penſe pas qu'elle pûſt mieux choiſir.
Mais la voicy qui ſort, ſouffre que je l'évite,
Ma rencontre la trouble, & mon aspect l'irrite.

SCENE III.

MEDEE, IASON, NERINE.

MED. **N**E fuyez pas, Iaſon, de ces funestes lieux,
    C'eſt à moy d'en partir, recevez mes Adieux.
Accoutûmée à fuir, l'exil m'eſt peu de choſe,
Sa rigueur n'a pour moy de nouveau que ſa cauſe,
C'eſt pour vous que j'ay fuy, c'eſt vous qui me chaſſez.
    Où me renvoyez-vous, ſi vous me banniſſez?
Iray-je ſur le Phaſe, où j'ay trahy mon pere,
Appaiſer de mon ſang les Manes de mon frere?
Iray-je en Theſſalie, où le meurtre d'un Roy
Pour victime aujourd'huy ne demande que moy?
Il n'eſt point de climat, dont mon amour fatale
N'ait acquis à mon nom la haine generale,

Et ce qu'ont fait pour vous mon ſçavoir & ma main
M'a fait un ennemy de tout le genre humain.
Reſſouvien-t'en, ingrat, remets-toy dans la Plaine
Que ces Taureaux affreux bruſloient de leur halaine,
Revoy ce champ guerrier dont les ſacrez ſillons
Elevoient contre toy de ſoudains bataillons,
Ce Dragon qui jamais n'eut les paupieres cloſes;
Et lors préfere-moy Creüſe, ſi tu l'oſes.
Qu'ay-je épargné depuis qui fuſt en mon pouvoir?
Ay-je auprés de l'amour écouté mon devoir?
Pour jetter un obstacle à l'ardente pourſuite
Dont mon pere en fureur touchoit déja ta fuite,
Semay-je avec regret mon frere par morceaux?
A ce funeste objet épandu ſur les eaux,
Mon pere trop ſenſible aux droits de la Nature
Quitta tous autres ſoins que de ſa ſepulture,
Ei par ce nouveau crime émouvant ſa pitié
I'arrétay les effets de ſon inimitié.
Prodigue de mon ſang, honte de ma famille,
Auſſi cruelle ſœur que déloyale fille:
Ces titres glorieux plaiſoient à mes amours,
Ie les pris ſans horreur pour conſerver tes jours.
Alors certes, alors mon merite étoit rare,
Tu n'étois point honteux d'une femme Barbare:
Quand à ton pere uſé je rendis la vigueur,
I'avois encor tes vœux, j'étois encor ton cœur:
Mais cette affection mourant avec Pelie
Dans le meſme tombeau ſe vit enſevelie;
L'ingratitude en l'ame, & l'impudence au front,
Vne Scythe en ton lit te fut lors un affront;
Et moy, que tes deſirs avoient tant ſouhaitée,
Le Dragon aſſoupy, la Toiſon emportée,
Ton tyran maſſacré, ton pere rajeuny,
Ie devins un objet digne d'eſtre banny.
Tes deſſeins achevez j'ay merité ta haine,
Il t'a fallu ſortir d'une honteuſe chaiſne,
Et prendre une moitié qui n'a rien plus que moy
Que le bandeau Royal que j'ay quitté pour toy.
IAS. Ah! que n'as-tu des yeux à lire dans mon ame,
Et voir les purs motifs de ma nouvelle flame?
Les tendres ſentimens d'un amour paternel
Pour ſauver mes enfans me rendent criminel,

Si l'on peut nommer crime un malheureux divorce,
Où le soin que j'ay d'eux me reduit, & me force.
Toy-mesme, furieuse, ay-je peu fait pour toy,
D'arracher ton trépas aux vangeances d'un Roy?
Sans moy ton insolence alloit estre punie,
A ma seule priere on ne t'a que bannie:
C'est rendre la pareille à tes grands coups d'effort,
Tu m'as sauvé la vie, & j'empesche ta mort.
MED. On ne m'a que bannie! ô bonté souveraine!
C'est donc une faveur & non pas une peine!
Ie reçois une grace au lieu d'un chàtiment!
Et mon exil encor doit un remerciment!
Ainsi l'avare soif du brigand assouvie,
Il s'impute à pitié de nous laisser la vie,
Quand il n'égorge point il croit nous pardonner,
Et ce qu'il n'oste pas il pense le donner.
JAS. Tes discours dont Creon de plus en plus s'offense,
Le forceroient enfin à quelque violence,
Eloigne-toy d'icy tandis qu'il t'est permis,
Les Rois ne sont jamais de foibles ennemis.
MED. A travers tes conseils je vois assez ta ruse,
Ce n'est là m'en donner qu'en faveur de Creüse,
Ton amour déguisé d'un soin officieux
D'un objet importun veut delivrer ses yeux.
JAS. N'appelle point amour un change inévitable,
Où Creüse fait moins que le Sort qui m'accable.
MED. Peux-tu bien sans rougir desavoüer tes feux?
JAS. Et bien, soit, ses attraits captivent tous mes vœux,
Toy, qu'un amour furtif soüilla de tant de crimes,
M'oses-tu reprocher des ardeurs legitimes?
MED. Ouy, je te les reproche, & de plus.... *JAS.* Quels forfaits?
MED. La trahison, le meurtre, & tous ceux que j'ay faits.
JAS. Il manque encor ce point à mon sort déplorable
Que de tes cruautez on me fasse coupable.
MED. Tu présumes en vain de t'en mettre à couvert,
Celuy-là fait le crime à qui le crime sert.
Que chacun indigné contre ceux de ta femme
La traite en ses discours de méchante, & d'infame;
Toy seul, dont ses forfaits ont fait tout le bonheur,
Tien-la pour innocente, & défends son honneur.
IAS. I'ay honte de ma vie, & je hay son usage,
Depuis que je la dois aux effets de ta rage.

MED. La

MED. La honte genereuſe, & la haute vertu!
  Puiſque tu la hais tant, pourquoy la gardes-tu?
JAS. Au bien de nos enfans, dont l'âge foible & tendre
  Contre tant de malheurs ne ſçauroit ſe défendre.
  Deviens en leur faveur d'un naturel plus doux.
MED. Mon ame à leur ſujet redouble ſon couroux.
  Faut-il ce deshonneur pour comble à mes miſeres,
  Qu'à mes enfans Creüſe enfin donne des freres?
  Tu vas meſler, impie, & mettre en rang pareil
  Des neveux de Syſiphe avec ceux du Soleil!
JAS. Leur grandeur ſoûtiendra la fortune des autres,
  Creüſe & ſes enfans conſerveront les noſtres.
MED. Ie l'empeſcheray bien, ce mélange odieux,
  Qui deshonore enſemble, & ma race, & les Dieux.
JAS. Laſſez de tant de maux cedons à la Fortune.
MED. Ce corps n'enferme pas une ame ſi commune,
  Ie n'ay jamais ſouffert qu'elle me fiſt la loy,
  Et toûjours ma fortune a dépendu de moy.
JA. La peur que j'ay d'un Sceptre... *ME.* Ah cœur remply de feinte!
  Tu masques tes deſirs d'un faux tître de crainte,
  Vn Sceptre eſt l'objet ſeul qui fait ton nouveau choix.
JAS. Veux-tu que je m'expoſe aux haines de deux Rois,
  Et que mon imprudence attire ſur nos teſtes
  D'un & d'autre coſté de nouvelles tempeſtes?
MED. Fuy-les, fuy-les tous deux, ſuy Medée à ton tour,
  Et garde au moins ta foy, ſi tu n'as plus d'amour.
JAS. Il eſt aiſé de fuir, mais il n'eſt pas facile
  Contre deux Rois aigris de trouver un azile.
  Qui leur reſiſtera, s'ils viennent à s'unir?
MED. Qui me reſiſtera ſi je te veux punir?
  Déloyal, auprès d'eux crains-tu ſi peu Medée?
  Que toute leur puiſſance en armes débordée
  Diſpute contre moy ton cœur qu'ils m'ont ſurpris,
  Et ne ſois du combat que le juge, & le prix:
  Ioins-leur, ſi tu le veux, mon pere, & la Scythie,
  En moy ſeule ils n'auront que trop forte Partie.
  Bornes-tu mon pouvoir à celuy des Humains?
  Contre-eux, quand il me plaiſt, j'arme leurs propres mains,
  Tu le ſçais, tu l'as veu, quand ces fils de la Terre
  Par leurs coups mutuels terminerent leur guerre.
    Miſerable! je puis adoucir des Taureaux,
  La flame m'obeït, & je commande aux eaux,

Tome I.   Y y

L'Enfer tremble, & les Cieux, si-tost que je les nomme,
Et je ne puis toucher les volontez d'un homme.
Ie t'aime encor, Iason, malgré ta lascheté,
Ie ne m'offense plus de ta legereté,
Ie sens à tes regards décroistre ma colere,
De moment en moment ma fureur se modere,
Et je cours sans regret à mon bannissement
Puisque j'en voy sortir ton établissement.
Ie n'ay plus qu'une grace à demander en suite.
Souffre que mes enfans accompagnent ma fuite,
Que je t'admire encor en chacun de leurs traits,
Que je t'aime, & te baise en ces petits portraits,
Et que leur cher objet entretenant ma flame
Te presente à mes yeux aussi-bien qu'à mon ame.
JAS. Ah ! repren ta colere, elle a moins de rigueur.
M'enlever mes enfans c'est m'arracher le cœur,
Et Iuppiter tout prest à m'écraser du foudre
Mon trépas à la main ne pourroit m'y resoudre.
C'est pour eux que je change, & la Parque sans eux
Seule de nostre Hymen pourroit rompre les nœuds.
MED. Cet amour paternel qui te fournit d'excuses
Me fait souffrir aussi que tu me les refuses,
Ie ne t'en presse plus, & preste à me bannir
Ie ne veux plus de toy qu'un leger souvenir.
JAS. Ton amour vertueux fait ma plus grande gloire,
Ce seroit me trahir qu'en perdre la memoire,
Et le mien envers toy qui demeure eternel,
T'en laisse en cet Adieu le serment solemnel.
　　Puissent briser mon chef les traits les plus severes
Que lancent des grands Dieux les plus aspres coleres,
Qu'ils s'unissent ensemble afin de me punir,
Si je ne perds la vie avant ton souvenir.

SCENE IV.

MEDEE, NERINE.

MED. **I**'Y donneray bon ordre, il eſt en ta puiſſance
D'oublier mon amour, mais non pas ma vangeance:
Ie la ſçauray graver en tes esprits glacez
Par des coups trop profonds pour en eſtre effacez.
Il aime ſes enfans, ce courage inflexible,
Son foible eſt découvert, par eux il eſt ſenſible,
Par eux mon bras armé d'une juste rigueur
Va trouver des chemins à luy percer le cœur.
NER. Madame, épargnez-les, épargnez vos entrailles,
N'avancez point par là vos propres funerailles;
Contre un ſang innocent pourquoy vous irriter,
Si Creüſe en vos laqs ſe vient précipiter?
Elle-meſme s'y jette, & Iaſon vous la livre.
MED. Tu flates mes deſirs. *NER.* Que je ceſſe de vivre
Si ce que je vous dis n'eſt pure verité.
MED. Ah! ne me tien donc plus l'ame en perplexité.
NER. Madame, il faut garder que quelqu'un ne nous voye,
Et du Palais du Roy découvre noſtre joye,
Vn deſſein éventé ſuccede rarement.
MED. Rentrons donc, & mettons nos ſecrets ſeurement.

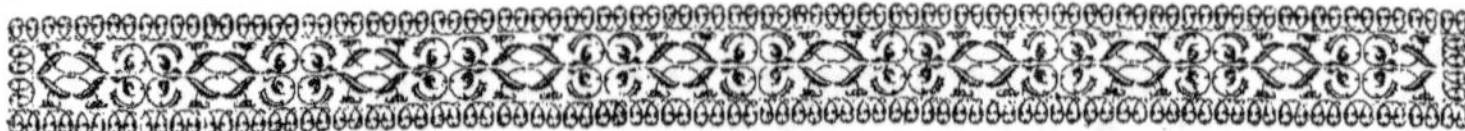

ACTE IV.

SCENE PREMIERE.

MEDEE, NERINE.

^a *Elle eſt seule dans ſa grotte Magique.*

MED^a. 'Est trop peu de Iaſon que ton œil me desrobe,
C'eſt trop peu de mon lit, tu veux encor ma robe,
Rivale inſatiable, & c'eſt encor trop peu
Si la force à la main tu l'as ſans mon aveu;
Il faut que par moy-meſme elle te ſoit offerte,
Que perdant mes enfans j'achete encor leur perte;
Il en faut un hommage à tes divins attraits,
Et des remercimens au vol que tu me fais.
Tu l'auras, mon refus ſeroit un nouveau crime,
Mais je t'en veux parer pour eſtre ma victime,
Et ſous un faux ſemblant de liberalité
Saouler, & ma vangeance, & ton avidité.
 Le charme eſt achevé, tu peux entrer, Nerine.

^b *Nerine ſort, & Medée continuë.*

^b Mes maux dans ces poiſons trouvent leur Medecine.
Voy combien de Serpens à mon commandement
D'Afrique jusqu'icy n'ont tardé qu'un moment,
Et contraints d'obeïr à mes clameurs funeſtes,
Ont ſur ce don fatal vomy toutes leurs peſtes.
L'amour à tous mes ſens ne fut jamais ſi doux,
Que ce triſte appareil à mon esprit jaloux.
Ces herbes ne ſont pas d'une vertu commune,
Moy-meſme en les cueillant je fis paſlir la Lune,
Quand les cheveux flottans, le bras & le pied nu,
I'en dépoüillay jadis un climat inconnu.
Voy mille autre venins; cette liqueur épaiſſe
Meſle du ſang de l'Hydre avec celuy de Neſſe,
Python eut cette langue, & ce plumage noir
Eſt celuy qu'une Harpye en fuyant laiſſa choir.
Par ce tiſon Althée aſſouvit ſa colere,
Trop pitoyable ſœur, & trop cruelle mere.

Ce feu tomba du Ciel avecque Phaëton,
Cet autre vient des flots du pierreux Phlegeton,
Et celuy-cy jadis remplit en nos contrées
Des Taureaux de Vulcain les gorges enfoufrées.
Enfin tu ne vois là , poudres , racines , eaux,
Dont le pouvoir mortel n'ouvrift mille tombeaux,
Ce prefent deceptif a beu toute leur force,
Et bien mieux que mon bras vangera mon divorce,
Mes tyrans par leur perte apprendront que jamais...
Mais d'où vient ce grand bruit que j'entens au Palais?
NER. Du bonheur de Iafon , & du malheur d'Ægée,
Madame, peu s'en faut qu'il ne vous ait vangée.
    Ce genereux vieillard ne pouvant fupporter
Qu'on luy vole à fes yeux ce qu'il croit meriter,
Et que fur fa couronne & fa perfeverance
L'exil de voftre époux ait eu la préference,
A tafché par la force à repouffer l'affront
Que ce nouvel Hymen luy porte fur le front.
Comme cette beauté pour luy toute de glace
Sur les bords de la Mer contemploit la bonace,
Il la voit mal fuivie, & prend un fi beau temps
A rendre fes defirs & les voftres contens.
De fes meilleurs foldats une troupe choifie
Enferme la Princeffe, & fert fa jaloufie;
L'effroy qui la furprend la jette en pafmoifon,
Et tout ce qu'elle peut, c'eft de nommer Iafon.
Ses Gardes à l'abord font quelque refiftance,
Et le peuple leur préte une foible affiftance;
Mais l'obstacle leger de ces debiles cœurs
Laiffoit honteufement Creüfe à leurs vainqueurs,
Déja presque en leur bord elle étoit enlevée....
MED. Ie devine la fin, mon traiftre l'a fauvée.
NER. Ouy, Madame, & de plus Ægée eft prifonnier,
Voftre époux à fon myrthe ajoufte ce laurier,
Mais apprenez comment. *MED.* N'en dy pas davantage,
Ie ne veux point fçavoir ce qu'a fait fon courage,
Il fuffit que fon bras a travaillé pour nous,
Et rend une victime à mon juste couroux.
Nerine, mes douleurs auroient peu d'allegeance
Si cet enlevement l'oftoit à ma vangeance:
Pour quitter fon païs en eft-on malheureux?
Ce n'eft pas fon exil, c'eft fa mort que je veux,

Y y iij

Elle auroit trop d'honneur de n'avoir que ma peine,
Et de verser des pleurs pour estre deux fois Reine.
Tant d'invisibles feux enfermez dans ce don,
Que d'un titre plus vray j'appelle ma rançon,
Produiront des effets bien plus doux à ma haine.
NER. Par là vous vous vangez, & sa perte est certaine,
Mais contre la fureur de son pere irrité
Où pensez-vous trouver un lieu de seureté?
MED. Si la prison d'Ægée a suivy sa défaite,
Tu peux voir qu'en l'ouvrant je m'ouvre une retraite,
Et que ses fers brisez malgré leurs attentats
A ma protection engagent ses Etats.
Dépesche seulement, & cours vers ma rivale
Luy porter de ma part cette robe fatale.
Méne-luy mes enfans, & fay-les, si tu peux,
Presenter par leur pere à l'objet de ses vœux.
NER. Mais, Madame, porter cette robe empestée
Que de tant de poisons vous avez infectée,
C'est pour vostre Nerine un trop funeste employ,
Avant que sur Creüse ils agiroient sur moy.
MED. Ne crains pas leur vertu, mon charme la modere,
Et luy deffend d'agir que sur elle, & son pere.
Pour un si grand effet prens un cœur plus hardy,
Et sans me repliquer fay ce que je te dy.

SCENE II.

CREON, POLLVX, Soldats.

CRE. **N**Ous devons bien cherir cette valeur parfaite
Qui de nos ravisseurs nous donne la défaite.
Invincible Heros, c'est à vostre secours
Que je doy desormais le bonheur de mes jours,
C'est vous seul aujourd'huy dont la main vangeresse
Rend à Creon sa fille, à Iason sa Maîtresse,
Met Ægée en prison, & son orgueil à bas,
Et fait mordre la Terre à ses meilleurs soldats.
POL. Grand Roy, l'heureux succès de cette delivrance
Vous est beaucoup mieux dû qu'à mon peu de vaillance.
C'est vous seul & Iason dont les bras indomptez
Portoient avec effroy la mort de tous costez,

Pareils à deux Lyons, dont l'ardente furie
Dépeuple en un moment toute une bergerie.
L'exemple glorieux de vos faits plus qu'humains
Echauffoit mon courage, & conduifoit mes mains:
I'ay fuivy, mais de loin , des actions fi belles
Qui laiffoient à mon bras tant d'illustres modelles.
Pourroit-on reculer en combatant fous vous,
Et n'avoir point de cœur à feconder vos coups?
CRE. Voftre valeur qui fouffre en cette repartie
Ofte toute croyance à voftre modestie.
Mais puisque le refus d'un honneur merité
N'eft pas un petit trait de generofité,
Ie vous laiffe en joüir. Autheur de la victoire,
Ainfi qu'il vous plaira départez-en la gloire,
Comme elle eft voftre bien , vous pouvez la donner.
Que prudemment les Dieux fçavent tout ordonner!
Voyez , brave guerrier , comme voftre arrivée
Au jour de nos malheurs fe trouve refervée,
Et qu'au point que le Sort ofoit nous menacer,
Ils nous ont envoyé dequoy le terraffer.
     Digne fang de leur Roy , Demy-dieu magnanime,
Dont la vertu ne peut recevoir trop d'estime,
Qu'avons-nous plus à craindre , & quel destin jaloux,
Tant que nous vous aurons, s'ofera prendre à nous?
PO. Apprehendez pourtant, grand Prince. *CR.* Et quoy? *PO.* Medée,
Qui par vous de fon lit fe voit dépoffedée.
Ie crains qu'il ne vous foit malaifé d'empefcher
Qu'un gendre valeureux ne vous coûte bien cher.
Après l'affaffinat d'un Monarque, & d'un frere,
Peut-il eftre de fang qu'elle épargne, ou revere?
Accoûtumée au meurtre, & fçavante en poifon,
Voyez ce qu'elle a fait pour acquerir Iafon,
Et ne préfumez pas, quoy que Iafon vous die,
Que pour le conferver elle foit moins hardie.
CRE. C'eft dequoy mon esprit n'eft plus inquieté,
Par fon banniffement j'ay fait ma feureté,
Elle n'a que fureur & que vangeance en l'ame,
Mais en fi peu de temps que peut faire une femme?
Ie n'ay prescrit qu'un jour de terme à fon depart.
POL. C'eft peu pour une femme, & beaucoup pour fon Art.
Sur le pouvoir humain ne reglez pas les charmes.
CRE. Quelques puiffans qu'ils foient , je n'en ay point d'alarmes,

Et quand bien ce delay devroit tout hazarder,
Ma parole est donnée, & je la veux garder.

SCENE III.

CREON, POLLVX, CLEONE.

CRE. QVe font nos deux amans, Cleone? *CLE.* La Princesse,
    Seigneur, près de Iason reprend son allegresse;
Et ce qui sert beaucoup à son contentement,
C'est de voir que Medée est sans ressentiment.
CRE. Et quel Dieu si propice a calmé son courage?
CLE. Iason, & ses enfans qu'elle vous laisse en gage.
    La grace que pour eux Madame obtient de vous
    A calmé les transports de son esprit jaloux.
    Le plus riche present qui fust en sa puissance
    A ses remercîmens joint sa reconnoissance.
    Sa robe sans pareille, & sur qui nous voyons
    Du Soleil son ayeul briller mille rayons,
    Que la Princesse mesme avoit tant souhaitée,
    Par ces petits Heros luy vient d'estre apportée,
    Et fait voir clairement les merveilleux effets
    Qu'en un cœur irrité produisent les bien-faits.
CRE. Et bien, qu'en dites-vous? qu'avons-nous plus à craindre?
POL. Si vous ne craignez rien, que je vous trouve à plaindre?
CRE. Vn si rare present montre un esprit remis.
POL. I'eus toûjours pour suspects les dons des ennemis,
    Il font assez souvent ce que n'ont pû leurs armes:
    Ie connoy de Medée, & l'esprit, & les charmes,
    Et veux bien m'exposer aux plus cruels trépas,
    Si ce rare present n'est un mortel appas.
CRE. Ses enfans si cheris qui nous servent d'ostages
    Nous peuvent-ils laisser quelque sorte d'ombrages?
POL. Peut-estre que contre eux s'étend sa trahison,
    Qu'elle ne les prend plus que pour ceux de Iason,
    Et qu'elle s'imagine, en haine de leur pere,
    Que n'étant plus sa femmme, elle n'est plus leur mere.
    Renvoyez-luy, Seigneur, ce don pernicieux,
    Et ne vous chargez point d'un poison precieux.
CLE. Madame cependant en est toute ravie,
    Et de s'en voir parée elle brusle d'envie.

                    POL. Où le

POL. Où le peril égale, & paſſe le plaiſir,
    Il faut ſe faire force, & vaincre ſon deſir,
    Iaſon dans ſon amour a trop de complaiſance
    De ſouffrir qu'un tel don s'accepte en ſa preſence.
CRE. Sans rien mettre au hazard, je ſçauray dextrement
    Accorder vos ſoupçons & ſon contentement.
    Nous verrons dés ce ſoir ſur une criminelle
    Si ce preſent nous cache une embuſche mortelle.
    Niſe pour ſes forfaits destinée à mourir
    Ne peut par cette épreuve injustement perir;
    Heureuſe, ſi ſa mort nous rendoit ce ſervice,
    De nous en découvrir le funeste artifice.
    Allons-y de ce pas, & ne conſumons plus
    De temps ny de discours en debats ſuperflus.

SCENE IV.

ÆGEE.[a]

[a] *Il eſt en
priſon.*

DEmeure affreuſe des coupables,
    Lieux maudits, funeste ſejour,
    Dont jamais avant mon amour
    Les Sceptres n'ont été capables,
Redoublez puiſſamment voſtre mortel effroy,
Et joignez à mes maux une ſi vive atteinte,
Que mon ame chaſſée, ou s'enfuyant de crainte,
Deſrobe à mes vainqueurs le ſupplice d'un Roy.

    Le triste bonheur où j'aspire!
    Ie ne veux que haſter ma mort,
    Et n'accuſe mon mauvais ſort
    Que de ſouffrir que je respire.
Puisqu'il me faut mourir, que je meure à mon choix,
Le coup m'en ſera doux, s'il eſt ſans infamie;
Prendre l'ordre à mourir d'une main ennemie,
C'eſt mourir, pour un Roy, beaucoup plus d'une fois.

    Malheureux Prince, on te mépriſe
    Quand tu t'arreſtes à ſervir,
    Si tu t'efforces de ravir,
    Ta priſon ſuit ton entrepriſe.

Ton amour qu'on dédaigne, & ton vain attentat,
D'un éternel affront vont foüiller ta memoire;
L'un t'a déja coûté ton repos, & ta gloire,
L'autre te va coûter ta vie, & ton Etat.

    Destin, qui punis mon audace,
    Tu n'as que de justes rigueurs,
    Et s'il eſt d'aſſez tendres cœurs
    Pour compatir à ma disgrace,
Mon feu de leur tendreſſe étouffe la moitié,
Puisqu'à bien comparer mes fers avec ma flame,
Vn vieillard amoureux merite plus de blâme,
Qu'un Monarque en priſon n'eſt digne de pitié.

    Cruel autheur de ma miſere,
    Peste des cœurs, tyran des Rois,
    Dont les imperieuſes loix
    N'épargnent pas meſme ta mere,
Amour, contre Iaſon tourne ton trait fatal,
Au pouvoir de tes dards je remets ma vangeance,
Atterre ſon orgueil, & montre ta puiſſance
A perdre également l'un & l'autre rival.

    Qu'une implacable jalouſie
    Suive ſon nuptial flambeau,
    Que ſans çeſſe un objet nouveau
    S'empare de ſa fantaiſie,
Que Corinthe à ſa veuë accepte un autre Roy,
Qu'il puiſſe voir ſa race à ſes yeux égorgée,
Et pour dernier malheur, qu'il ait le ſort d'Ægée,
Et devienne à mon âge amoureux comme moy.

SCENE V.

ÆGEE, MEDEE.

ÆGE. **M**Ais d'où vient ce bruit ſourd ? quelle paſle lumiere
    Diſſipe ces horreurs, & frape ma paupiere?
Mortel, qui que tu ſois, détourne icy tes pas,
Et de grace m'appren l'Arreſt de mon trépas,
L'heure, le lieu, le genre, & ſi ton cœur ſenſible
A la compaſſion peut ſe rendre acceſſible,

Donne-moy les moyens d'un genereux effort,
Qui des mains des bourreaux affranchiſſe ma mort.
MED. Ie viens l'en affranchir. Ne craignez plus, grand Prince,
Ne penſez qu'à revoir voſtre chere Province,
ᵃNy grilles, ny verroux ne tiennent contre moy.
　　Ceſſez, indignes fers , de captiver un Roy,
Eſt-ce à vous à preſſer les bras d'un tel Monarque?
Et vous, reconnoiſſez Medée à cette marque,
Et fuyez un tyran, dont le forcenement
Ioindroit voſtre ſupplice à mon banniſſement,
Avec la liberté reprenez le courage.
ÆGE. Ie les reprens tous deux pour vous en faire hommage,
Princeſſe, de qui l'Art propice aux malheureux
Oppoſe un tel miracle à mon ſort rigoureux.
Diſpoſez de ma vie , & du Sceptre d'Athenes,
Ie dois & l'une & l'autre à qui briſe mes chaiſnes:
Si voſtre heureux ſecours me tire de danger,
Ie ne veux en ſortir qu'afin de vous vanger,
Et ſi je puis jamais avec voſtre aſſistance
Arriver jusqu'aux lieux de mon obeïſſance,
Vous me verrez ſuivy de mille bataillons
Sur ces murs renverſez planter mes pavillons,
Punir leur traiſtre Roy de vous avoir bannie,
Dedans le ſang des ſiens noyer ſa tyrannie,
Et remettre en vos mains , & Creüſe, & Iaſon,
Pour vanger voſtre exil plûtoſt que ma priſon.
MED. Ie veux une vangeance, & plus haute, & plus prompte,
Ne l'entreprenez pas, voſtre offre me fait honte :
Emprunter le ſecours d'aucun pouvoir humain
D'un reproche éternel diffameroit ma main.
En eſt-il après tout aucun qui ne me cede?
Qui force la Nature a-t'il beſoin qu'on l'aide?
Laiſſez-moy le ſoucy de vanger mes ennuis,
Et par ce que j'ay fait jugez ce que je puis.
L'ordre en eſt tout donné , n'en ſoyez point en peine,
C'eſt demain que mon Art fait triompher ma haine,
Demain je ſuis Medée , & je tire raiſon
De mon banniſſement & de voſtre priſon.
ÆGE. Quoy, Madame, faut-il que mon peu de puiſſance
Empeſche les devoirs de ma reconnoiſſance?
Mon Sceptre ne peut-il eſtre employé pour vous,
Et vous feray-je ingrat autant que voſtre époux?

Zz ij

MED. Si je vous ay fervy, tout ce que j'en fouhaite,
　C'eſt de trouver chez vous une feure retraite,
　Où de mes ennemis menaces, ny prefens,
　Ne puiſſent plus troubler le repos de mes ans.
　Non-pas que je les craigne, eux & toute la Terre
　A leur confufion me livreroient la guerre;
　Mais je hay ce defordre, & n'aime pas à voir
　Qu'il me faille pour vivre ufer de mon fçavoir.
ÆGE. L'honneur de recevoir une fi grande hoſteſſe
　De mes malheurs paſſez efface la triſteſſe.
　Difpofez d'un païs qui vivra fous vos loix,
　Si vous l'aimez aſſez pour luy donner des Rois,
　Si mes ans ne vous font méprifer ma perfonne,
　Vous y partagerez mon lit, & ma Couronne:
　Sinon, fur mes Sujets faites état d'avoir,
　Ainfi que fur moy-mefme, un abfolu pouvoir.
　Allons, Madame, allons, & par voſtre conduite
　Faites la feureté que demande ma fuite.
MED. Ma vangeance n'auroit qu'un fuccès imparfait,
　Ie ne me vange pas, fi je n'en voy l'effet,
　Ie dois à mon couroux l'heur d'un fi doux fpectacle.
　Allez, Prince, & fans moy ne craignez point d'obstacle,
　Ie vous fuivray demain par un chemin nouveau.
　Pour voſtre feureté confervez cet anneau,
　Sa fecrette vertu qui vous fait invifible
　Rendra voſtre depart de tous coſtez paifible.
　　Icy, pour empefcher l'alarme que le bruit
　De voſtre delivrance auroit bien-toſt produit,
　Vn fantofme pareil, & de taille, & de face,
　Tandis que vous fuirez, remplira voſtre place.
　Partez fans plus tarder, Prince chery des Dieux,
　Et quittez pour jamais ces detestables lieux.
ÆGE. I'obeïs fans replique, & je parts fans remife.
　Puiſſe d'un prompt fuccès voſtre grande entreprife
　Combler nos ennemis d'un mortel defefpoir,
　Et me donner bien-toſt l'honneur de vous revoir.

ACTE V.

SCENE PREMIERE.

MEDEE, THEVDAS.

THE. AH, déplorable Prince ! ah, fortune cruelle !
Que je porte à Iaſon une triſte Nouvelle !
ME.[a] Arreſte, miſerable, & m'appren quel effet
A produit chez le Roy le preſent que j'ay fait.
THE. Dieux ! je ſuis dans les fers d'une inviſible chaiſne !
MED. Depeſche, ou ces longueurs attireront ma haine.
THE. Apprenez donc l'effet le plus prodigieux
  Que jamais la vangeance ait offert à nos yeux.
    Voſtre robe a fait peur, & ſur Niſe éprouvée
  En dépit des ſoupçons ſans peril s'eſt trouvée,
  Et cette épreuve a ſçeu ſi bien les aſſeurer,
  Qu'incontinent Creüſe a voulu s'en parer.
  Mais cette infortunée à peine l'a vétuë,
  Qu'elle ſent auſſi-toſt une ardeur qui la tuë,
  Vn feu ſubtil s'allume, & ſes brandons épars
  Sur voſtre don fatal courent de toutes parts.
  Et Cleone, & le Roy s'y jettent pour l'éteindre,
  Mais (ô nouveau ſujet de pleurer, & de plaindre !)
  Ce feu ſaiſit le Roy, ce Prince en un moment
  Se trouve envelopé du meſme embraſement.
MED. Courage, enfin il faut que l'un & l'autre meure.
THE. La flame diſparoit, mais l'ardeur leur demeure,
  Et leurs habits charmez, malgré nos vains efforts,
  Sont des braſiers ſecrets attachez à leurs corps.
  Qui veut les dépoüiller luy-meſme les déchire,
  Et ce nouveau ſecours eſt un nouveau martire.
MED. Que dit mon déloyal ? que fait-il là dedans ?
THE. Iaſon, ſans rien ſçavoir de tous ces accidens,
  S'acquitte des devoirs d'une amitié civile,
  A conduire Pollux hors des murs de la ville,

Zz iij

a Elle luy
donne un
coup de ba-
guette qui
le fait de-
meurer
immobile.

Qui va se rendre en haste aux nopces de sa sœur
Dont bien-tost Menelas doit estre possesseur,
Et j'allois luy porter ce funeste message.

MED.ᵇ Va, tu peux maintenant achever ton voyage.

SCENE II.

MEDEE.

ESt-ce assez, ma vangeance, est-ce assez de deux morts?
Consulte avec loisir tes plus ardens transports.
Des bras de mon perfide arracher une femme
Est-ce pour assouvir les fureurs de mon ame?
Que n'a-t'elle déja des enfans de Iason
Sur qui plus pleinement vanger sa trahison?
Suppléons-y des miens, immolons avec joye
Ceux qu'à me dire Adieu Creüse me renvoye,
Nature, je le puis sans violer ta loy,
Ils viennent de sa part & ne sont plus à moy.
Mais ils sont innocens : aussi l'étoit mon frere,
Ils sont trop criminels d'avoir Iason pour pere,
Il faut que leur trépas redouble son tourment,
Il faut qu'il souffre en pere, aussi-bien qu'en amant.
Mais quoy ! j'ay beau contre eux animer mon audace,
La pitié la combat, & se met en sa place,
Puis cedant tout à coup la place à ma fureur,
J'adore les projets qui me faisoient horreur:
De l'amour aussi-tost je passe à la colere,
Des sentimens de femme, aux tendresses de mere.
  Cessez doresnavant, pensers irresolus,
D'épargner des enfans que je ne verray plus.
Chers fruits de mon amour, si je vous ay fait naistre,
Ce n'est pas seulement pour caresser un traistre,
Il me prive de vous, & je l'en vay priver.
Mais ma pitié renaist, & revient me braver,
Ie n'execute rien, & mon ame éperduë
Entre deux passions demeure suspenduë.
N'en deliberons plus, mon bras en resoudra,
Ie vous perds, mes enfans, mais Iason vous perdra,
Il ne vous verra plus. Creon sort tout en rage,
Allons à son trépas joindre ce triste ouvrage.

SCENE III.

CREON, Domestiques.

CRE. **L**Oin de me foulager, vous croiffez mes tourmens,
Le poifon à mon corps unit mes vétemens,
Et ma peau qu'avec eux voftre fecours m'arrache
Poux fuivre voftre main de mes os fe détache.
Voyez comme mon fang en coule à gros ruiffeaux,
Ne me déchirez plus, officieux bourreaux,
Voftre pitié pour moy s'eft affez hazardée,
Fuyez, ou ma fureur vous prendra pour Medée;
C'eft avancer ma mort que de me fecourir,
Ie ne veux que moy-mefme à m'aider à mourir.
Quoy, vous continuez, canailles infidelles!
Plus je vous le défens, plus vous m'étes rebelles!
Traiftres, vous fentirez encor ce que je puis,
Ie feray voftre Roy tout mourant que je fuis;
Si mes commandemens ont trop peu d'efficace,
Ma rage pour le moins me fera faire place,
Il faut ainfi payer voftre cruel fecours.

Il fe défait d'eux & les chaffe à coups d'épée.

SCENE IV.

CREON, CREVSE, CLEONE.

CREV. **O**V fuyez-vous de moy, cher autheur de mes jours?
Fuyez vous l'innocente, & malheureufe fource
D'où prennent tant de maux leur effroyable courfe?
Ce feu qui me confume, & dehors, & dedans,
Vous vange-t'il trop peu de més vœux imprudens?
Ie ne puis excufer mon indiscrette envie
Qui donne le trépas à qui je doy la vie,
Mais foyez fatisfait des rigueurs de mon fort,
Et ceffez d'ajoufter voftre haine à ma mort.
L'ardeur qui me devore & que j'ay meritée,
Surpaffe en cruauté l'Aigle de Promethée,
Et je croy qu'Ixion au choix des châtimens
Préfereroit fa rouë à mes embrafemens.

CREO. Si ton jeune defir eut beaucoup d'imprudence,
　Ma fille, j'y devois oppofer ma défence,
　Ie n'impute qu'à moy l'excès de mes malheurs,
　Et j'ay part en ta faute ainfi qu'en tes douleurs.
　Si j'ay quelque regret, ce n'eft pas à ma vie
　Que le declin des ans m'auroit bien-toft ravie,
　La jeuneffe des tiens fi beaux, fi floriffans,
　Me porte au fond du cœur des coups bien plus preffans.
　　Ma fille, c'eft donc là ce Royal Hymenée
　Dont nous penfions toucher la pompeufe journée!
　La Parque impitoyable en éteint le flambeau,
　Et pour lit nuptial il te faut un tombeau!
　Ah rage, defespoir, Destins, feux, poifons, charmes,
　Tournez tous contre moy vos plus cruelles armes;
　S'il faut vous affouvir par la mort de deux Rois
　Faites en ma faveur que je meure deux fois,
　Pourveu que mes deux morts emportent cette grace
　De laiffer ma Couronne à mon unique race,
　Et cet espoir fi doux qui m'a toûjours flaté
　De revivre à jamais en fa posterité.
CREV. Cleone, foûtenez, je chancelle, je tombe,
　Mon reste de vigueur fous mes douleurs fuccombe,
　Ie fens que je n'ay plus à fouffrir qu'un moment.
　Ne me refufez pas ce triste allegement,
　Seigneur, & fi pour moy quelque amour vous demeure,
　Entre vos bras mourans permettez que je meure.
　Mes pleurs arroferont vos mortels déplaifirs,
　Ie mefleray leurs eaux à vos bruflans foûpirs.
　　Ah je brufle, je meurs, je ne fuis plus que flame,
　De grace haftez-vous de recevoir mon ame.
　Quoy, vous vous éloignez! *CREO.* Ouy, je ne verray pas
　Comme un lafche témoin ton indigne trépas,
　Il faut, ma fille, il faut que ma main me delivre
　De l'infame regret de t'avoir pû furvivre.
　Invifible ennemy, fors avecque mon fang.

^a *Il fe tuë d'un poignard.* ^a *CREV.* Courez à luy, Cleone, il fe perce le flanc.
CREO. Retourne, c'en eft fait. Ma fille, Adieu, j'expire,
　Et ce dernier foûpir met fin à mon martyre,
　Ie laiffe à ton Iafon le foin de nous vanger.
CREV. Vain & triste confort, foulagement leger.
　Mon pere.... *CLE.* Il ne vit plus, fa grande ame eft partie.
CREV. Donnez donc à la mienne une mefme fortie,

Apportez-

Apportez-moy ce fer qui de ses maux vainqueur
Est déja si sçavant à traverser le cœur.
  Ah ! je sens fers, & feux, & poison tout ensemble,
Ce que souffroit mon pere à mes peines s'assemble.
Helas, que de douceur auroit un prompt trépas !
Dépeschez-vous, Cleone, aidez mon foible bras.
CLE. Ne desesperez point, les Dieux plus pitoyables
 A nos justes clameurs se rendront exorables,
  Et vous conserveront, en dépit du poison,
  Et pour Reine à Corinthe, & pour femme à Iason.
  Il arrive, & surpris il change de visage,
  Ie lis dans sa pasleur une secrette rage,
  Et son étonnement va passer en fureur.

SCENE V.

IASON, CREVSE, CLEONE, THEVDAS.

JAS. QVe voy-je icy, grands Dieux ! quel spectacle d'horreur !
Où que puissent mes yeux porter ma veuë errante,
Ie vois, ou Creon mort, ou Creüse mourante.
Ne t'en va pas, belle ame, attens encor un peu,
Et le sang de Medée éteindra tout ce feu,
Pren le triste plaisir de voir punir son crime,
De te voir immoler cette infame victime,
Et que ce scorpion sur la playe écrasé
Fournisse le remede au mal qu'il a causé.
CREV. Il n'en faut point chercher au poison qui me tuë,
Laisse-moy le bonheur d'expirer à ta veuë,
Souffre que j'en joüisse en ce dernier moment ;
Mon trépas fera place à ton ressentiment,
Le mien cede à l'ardeur dont je suis possedée,
I'aime mieux voir Iason, que la mort de Medée.
Approche, cher amant, & retien ces transports,
Mais garde de toucher ce miserable corps :
Ce brasier que le charme, ou répand, ou modere,
A negligé Cleone, & devoré mon pere,
Au gré de ma rivale il est contagieux,
Iason, ce m'est assez de mourir à tes yeux,

Tome I.   A a a

Empefche les plaifirs qu'elle attend de ta peine,
N'attire point ces feux esclaves de fa haine,
     Ah, quel afpre tourment ! quels douloureux abois !
Et que je fens de morts fans mourir une fois !
JAS. Quoy ! vous m'estimez donc fi lafche que de vivre,
     Et de fi beaux chemins font ouverts pour vous fuivre ?
Ma Reine, fi l'Hymen n'a pû joindre nos corps,
Nous joindrons nos esprits, nous joindrons nos deux morts,
Et l'on verra Charon paffer chez Radamante
Dans une mefme barque, & l'amant, & l'amante.
Helas ! vous recevez par ce prefent charmé
Le déplorable prix de m'avoir trop aimé ;
Et puisque cette robe a caufé voftre perte,
Ie dois eftre puny de vous l'avoir offerte.
Quoy ! ce poifon m'épargne, & ces feux impuiffans
Refufent de finir les douleurs que je fens !
Il faut donc que je vive, & vous m'étes ravie !
Iustes Dieux, quel forfait me condamne à la vie ?
Eft-il quelque tourment plus grand pour mon amour
Que de la voir mourir, & de fouffrir le jour ?
Non non, fi par ces feux mon attente eft trompée,
I'ay dequoy m'affranchir au bout de mon épée,
Et l'exemple du Roy de fa main transpercé,
Qui nage dans les flots du fang qu'il a verfé,
Instruit fuffifamment un genereux courage
Des moyens de braver le Destin qui l'outrage.
CREV. Si Creüfe eut jamais fur toy quelque pouvoir,
     Ne t'abandonne point aux coups du defespoir.
Vy pour fauver ton nom de cette ignominie,
Que Creüfe foit morte, & Medée impunie :
Vy pour garder le mien en ton cœur affligé,
Et du moins ne meurs point que tu ne fois vangé.
     Adieu, donne la main, que malgré ta jaloufe
I'emporte chez Pluton le nom de ton époufe.
Ah douleurs ! c'en eft fait, je meurs à cette fois,
Et perds en ce moment la vie avec la voix,
Si tu m'aimes.... *JAS.* Ce mot luy coupe la parole,
Et je ne fuivray pas fon ame qui s'envole !
Mon esprit retenu par fes commandemens
Referve encor ma vie à de pires tourmens !
Pardonne, chere époufe, à mon obeiffance,
Mon déplaifir mortel défere à ta puiffance,

Et de mes jours maudits tout prest de triompher,
De peur de te déplaire, il n'ose m'étouffer.
Ne perdons point de temps, courons chez la sorciere
Delivrer par sa mort mon ame prisonniere.
Vous autres cependant enlevez ces deux corps,
Contre tous ses Démons mes bras sont assez forts,
Et la part que vostre aide auroit en ma vangeance
Ne m'en permettroit pas une entiere allegeance.
Préparez seulement des gesnes, des bourreaux,
Devenez inventifs en supplices nouveaux,
Qui la fassent mourir tant de fois sur leur tombe,
Que son coupable sang leur vaille une Hecatombe :
Et si cette victime en mourant mille fois
N'appaise point encor les Manes de deux Rois,
Ie seray la seconde, & mon esprit fidelle
Ira gesner là bas son ame criminelle,
Ira faire assembler pour sa punition
Les peines de Titye à celles d'Ixion.
   [a] Mais leur puis-je imputer ma mort en sacrifice ?
Elle m'est un plaisir, & non-pas un supplice,
Mourir, c'est seulement auprés d'eux me ranger,
C'est rejoindre Creüse, & non-pas la vanger.
Instrumens des fureurs d'une mere insensée,
Indignes rejettons de mon amour passée,
Quel malheureux destin vous avoit reservez
A porter le trépas à qui vous a sauvez ?
C'est vous, petits ingrats, que malgré la Nature
Il me faut immoler dessus leur sepulture ;
Que la sorciere en vous commence de souffrir,
Que son premier tourment soit de vous voir mourir.
Toutefois, qu'ont-ils fait, qu'obeir à leur mere ?

[a] *Cleone & le reste emportent les corps de Creon & de Creüse, & Iason continuë seul.*

SCENE VI.

MEDEE, IASON.

*ᵃ Elle est
en haut
sur vn
balcon.*

MED.ᵃ LAsche, ton desespoir encor en delibere?
 Leve les yeux, perfide, & reconnoy ce bras
Qui t'a déja vangé de ces petits ingrats,
Ce poignard que tu vois vient de chasser leurs ames,
Et noyer dans leur sang les restes de nos flames.
 Heureux pere, & mary; ma fuite & leur tombeau
Laissent la place vuide à ton Hymen nouveau.
Réjoüy-t'en, Iason, va posseder Creüse,
Tu n'auras plus icy personne qui t'accuse,
Ces gages de nos feux ne feront plus pour moy
De reproches secrets à ton manque de foy.
JAS. Horreur de la Nature, execrable Tygresse.
MED. Va, bien-heureux amant, cajoler ta Maîtresse,
 A cet objet si cher tu dois tous tes discours,
Parler encor à moy c'est trahir tes amours.
Va luy, va luy conter tes rares avantures,
Et contre mes effets ne combats point d'injures.
IAS. Quoy? tu m'oses braver, & ta brutalité
 Pense encor échaper à mon bras irrité?
Tu redoubles ta peine avec cette insolence.
MED. Et que peut contre moy ta debile vaillance?
 Mon Art faisoit ta force, & tes exploits guerriers
Tiennent de mon secours ce qu'ils ont de lauriers.
JAS. Ah, c'est trop en souffrir, il faut qu'un prompt supplice
 De tant de cruautez à la fin te punisse.
Sus, sus, brisons la porte, enfonçons la maison,
Que des bourreaux soudain m'en fassent la raison,
Ta teste répondra de tant de barbaries.

*ᵇ Elle est
en l'air
dans un
Char tiré
par deux
Dragons.*

MED.ᵇ Que sert de t'emporter à ces vaines furies?
 Epargne, cher époux, des efforts que tu perds,
Voy les chemins de l'Air qui me sont tous ouverts,
C'est par là que je fuis, & que je t'abandonne
Pour courir à l'exil que ton change m'ordonne.
Suy-moy, Iason, & trouve en ces lieux desolez
Des postillons pareils à mes Dragons aislez.
 Enfin je n'ay pas mal employé la journée
Que la bonté du Roy de grace m'a donnée.

Mes defirs font contens. Mon pere, & mon païs,
Ie ne me repens plus de vous avoir trahis,
Avec cette douceur j'en accepte le blâme.
Adieu, parjure, apprens à connoiftre ta femme,
Souvien-toy de fa fuite, & fonge une autre fois
Lequel eft plus à craindre, ou d'elle, ou de deux Rois.

SCENE VII.

IASON.

ODieux! ce char volant disparu dans la nuë
La defrobe à fa peine auffi-bien qu'à ma veuë,
Et fon impunité triomphe arrogamment
Des projets avortez de mon reffentiment.
Creüfe, enfans, Medée, Amour, haine, vangeance,
Où doy-je deformais chercher quelque allegeance,
Où fuivre l'inhumaine, & deffous quels climats
Porter les châtimens de tant d'affaffinats?
Va, furie execrable, en quelque coin de terre
Que t'emporte ton char, j'y porteray la guerre,
l'apprendray ton fejour de tes fanglans effets,
Et te fuivray par tout au bruit de tes forfaits.
Mais que me fervira cette vaine pourfuite,
Si l'Air eft un chemin toûjours libre à ta fuite,
Si toûjours tes Dragons font prefts à t'enlever,
Si toûjours tes forfaits ont dequoy me braver?
Malheureux, ne perds point contre une telle audace
De ta jufte fureur l'impuiffante menace,
Ne cours point à ta honte, & fuy l'occafion
D'accroiftre fa victoire & ta confufion.
Miferable, perfide, ainfi donc ta foibleffe
Epargne la forciere, & trahit ta Princeffe!
Eft-ce-là le pouvoir qu'ont fur toy fes defirs,
Et ton obeiffance à fes derniers foûpirs?
Vange-toy, pauvre amant, Creüfe le commande,
Ne luy refufe point un fang qu'elle demande,
Ecoute les accens de fa mourante voix,
Et vole fans rien craindre à ce que tu luy dois.
A qui fçait bien aimer, il n'eft rien d'impoffible,
Euffes-tu pour retraite un roc inacceffible,

Tygreſſe, tu mourras, & malgré ton ſçavoir
Mon amour te verra ſoûmiſe à ſon pouvoir,
Mes yeux ſe repaiſtront des horreurs de ta peine,
Ainſi le veut Creüſe, ainſi le veut ma haine.
Mais quoy ! je vous écoute, impuiſſantes chaleurs!
Allez, n'ajouſtez plus de comble à mes malheurs,
Entreprendre une mort que le Ciel s'eſt gardée,
C'eſt préparer encor un triomphe à Medée.
Tourne avec plus d'effet ſur toy-meſme ton bras,
Et puny-toy, Iaſon, de ne la punir pas.
    Vains transports, où ſans fruit mon deſespoir s'amuſe,
Ceſſez de m'empeſcher de rejoindre Creüſe.
Ma Reine, ta belle ame en partant de ces lieux
M'a laiſſé la vangeance, & je la laiſſe aux Dieux.
Eux ſeuls, dont le pouvoir égale la justice,
Peuvent de la ſorciere achever le ſupplice,
Trouve-le bon, chere Ombre, & pardonne à mes feux

Il ſe tuë. Si je vay te revoir plûtoſt que tu ne veux.

F I N.

L'ILLVSION,

COMEDIE.

ACTEVRS.

ALCANDRE, Magicien.

PRIDAMANT, Pere de Clindor.

DORANTE, Amy de Pridamant.

MATAMORE, Capitan Gaſcon, amoureux
d'Iſabelle.

CLINDOR, Suivant du Capitan, & amant
d'Iſabelle.

ADRASTE, Gentilhomme amoureux d'Iſabelle.

GERONTE, Pere d'Iſabelle.

ISABELLE, Fille de Geronte.

LYSE, Servante d'Iſabelle.

GEOLIER de Bordeaux.

PAGE du Capitan.

CLINDOR, repreſentãt Theagene Seigneur Anglois.

ISABELLE, repreſentant Hyppolite femme de
Theagene.

LYSE, repreſentant Clarine, ſuivante d'Hyppolite.

ERASTE, Eſcuyer de Florilame.

TROVPE de Domestiques d'Adraste.

TROVPE de Domestiques de Florilame.

La Scene eſt en Touraine, en une campagne proche de la
grotte du Magicien.

L'ILLVSION,

L'ILLVSION,
COMEDIE.

ACTE I.

SCENE PREMIERE.

PRIDAMANT, DORANTE.

DOR. E Mage qui d'un mot renverſe la
    Nature
N'a choiſy pour Palais que cette grotte
    obscure.
La nuit qu'il entretient ſur cet affreux
    ſejour,
N'ouvrant ſon voile épais qu'aux rayons
    d'un faux jour,
De leur éclat douteux n'admet en ces lieux ſombres
Que ce qu'en peut ſouffrir le commerce des Ombres.
N'avancez pas, ſon Art au pied de ce rocher
A mis dequoy punir qui s'en oſe approcher,
Et cette large bouche eſt un mur inviſible,
Où l'Air en ſa faveur devient inacceſſible,
Et luy fait un rempart, dont les funestes bords
Sur un peu de pouſſiere étalent mille morts.
Ialoux de ſon repos, plus que de ſa défenſe,
Il perd qui l'importune, ainſi que qui l'offenſe;

Tome I.   Bbb

Malgré l'empreſſement d'un curieux deſir,
Il faut pour luy parler attendre ſon loiſir,
Chaque jour il ſe montre, & nous touchons à l'heure
Que pour ſe divertir il ſort de ſa demeure.
PRI. I'en attens peu de choſe, & bruſle de le voir,
I'ay de l'impatience, & je manque d'eſpoir.
Ce fils, ce cher objet de mes inquietudes,
Qu'ont éloigné de moy des traitemens trop rudes,
Et que depuis dix ans je cherche en tant de lieux,
A caché pour jamais ſa preſence à mes yeux.
    Sous ombre qu'il prenoit un peu trop de licence,
Contre ſes libertez je roidis ma puiſſance,
Ie croyois le dompter à force de punir,
Et ma ſeverité ne fit que le bannir.
Mon ame vit l'erreur dont elle étoit ſeduite,
Ie l'outrageois preſent, & je pleuray ſa fuite,
Et l'amour paternel me fit bien-toſt ſentir
D'une injuſte rigueur un juſte repentir.
Il l'a fallu chercher, j'ay veu dans mon voyage
Le Po, le Rin, la Meuſe, & la Seine, & le Tage,
Toûjours le meſme ſoin travaille mes eſprits,
Et ces longues erreurs ne m'en ont rien appris.
Enfin au deſeſpoir de perdre tant de peine,
Et n'attendant plus rien de la prudence humaine,
Pour trouver quelque borne à tant de maux ſoufferts,
I'ay déja ſur ce point conſulté les Enfers,
I'ay veu les plus fameux en la haute ſcience
Dont vous dites qu'Alcandre a tant d'experience,
On m'en faiſoit l'état que vous faites de luy,
Et pas-un d'eux n'a pû ſoulager mon ennuy.
L'Enfer devient muet quand il me faut répondre,
Ou ne me répond rien qu'afin de me confondre.
DOR. Ne traitez pas Alcandre en homme du commun,
Ce qu'il ſçait en ſon Art n'eſt connu de pas-un.
    Ie ne vous diray point qu'il commande au tonnerre,
Qu'il fait enfler les Mers, qu'il fait trembler la Terre,
Que de l'Air qu'il mutine en mille tourbillons
Contre ſes ennemis il fait des bataillons,
Que de ſes mots ſçavans les forces inconnuës
Transportent les rochers, font deſcendre les nuës,
Et briller dans la nuit l'éclat de deux Soleils;
Vous n'avez pas beſoin de miracles pareils.

Il suffira pour vous qu'il lit dans les pensées,
Qu'il connoit l'avenir, & les choses passées:
Rien n'est secret pour luy dans tout cet Vnivers,
Et pour luy nos Destins sont des livres ouverts.
Moy-mesme ainsi que vous, je ne pouvois le croire,
Mais si-tost qu'il me vit, il me dit mon histoire,
Et je fus étonné d'entendre le discours
Des traits les plus cachez de toutes mes amours.
PRI. Vous m'en dites beaucoup. *DOR.* I'en ay veu davantage.
PRI. Vous essayez en vain de me donner courage,
    Mes soins, & mes travaux verront sans aucun fruit
    Clorre mes tristes jours d'une éternelle nuit.
DOR. Depuis que j'ay quitté le sejour de Bretagne
    Pour venir faire icy le Noble de campagne,
    Et que deux ans d'amour par une heureuse fin
    M'ont acquis Sylverie & ce Chasteau voisin,
    De pas un, que je sçache, il n'a deçeu l'attente.
    Quiconque le consulte en sort l'ame contente,
    Croyez-moy, son secours n'est pas à negliger:
    D'ailleurs il est ravy quand il peut m'obliger,
    Et j'ose me vanter qu'un peu de mes prieres
    Vous obtiendra de luy des faveurs singulieres.
PRI. Le Sort m'est trop cruel pour devenir si doux.
DOR. Esperez mieux, il sort, & s'avance vers nous.
    Regardez-le marcher. Ce visage si grave
    Dont le rare sçavoir tient la Nature esclave,
    N'a sauvé toutefois des ravages du temps
    Qu'un peu d'os & de nerfs qu'ont décharné cent ans.
    Son corps malgré son âge a les forces robustes,
    Le mouvement facile, & les démarches justes,
    Des ressorts inconnus agitent le vieillard,
    Et font de tous ses pas des miracles de l'Art.

SCENE II.

ALCANDRE, PRIDAMANT, DORANTE.

DOR. **G**Rand Démon du sçavoir, de qui les doctes veilles
Produisent chaque jour de nouvelles merveilles,
A qui rien n'est secret dans nos intentions,
Et qui vois, sans nous voir, toutes nos actions;
Si de ton Art divin le pouvoir admirable
Iamais en ma faveur se rendit secourable,
De ce pere affligé soulage les douleurs:
Vne vieille amitié prend part en ses malheurs,
Rennes, ainsi qu'à moy, luy donna la naissance,
Et presque entre ses bras j'ay passé mon enfance:
Là son fils pareil d'âge & de condition
S'unissant avec moy d'étroite affection...
ALC. Dorante, c'est assez, je sçay ce qui l'améne,
Ce fils est aujourd'huy le sujet de sa peine.
  Vieillard, n'est-il pas vray que son éloignement
Par un juste remords te gesne incessamment?
Qu'une obstination à te montrer severe
L'a banny de ta veuë, & cause ta misere?
Qu'en vain au repentir de ta severité
Tu cherches en tous lieux ce fils si maltraité?
PRI. Oracle de nos jours, qui connois toutes choses,
En vain de ma douleur je cacherois les causes,
Tu sçais trop quelle fut mon injuste rigueur,
Et vois trop clairement les secrets de mon cœur.
Il est vray, j'ay failly, mais pour mes injustices
Tant de travaux en vain sont d'assez grands supplices,
Donne enfin quelque borne à mes regrets cuisans,
Rens-moy l'unique appuy de mes debiles ans;
Ie le tiendray rendu si j'en sçay des nouvelles,
L'amour pour le trouver me fournira des aisles,
Où fait-il sa retraite? en quels lieux doy-je aller?
Fust-il au bout du Monde, on m'y verra voler.
ALC. Commencez d'esperer, vous sçaurez par mes charmes
Ce que le Ciel vangeur refusoit à vos larmes,

Vous reverrez ce fils plein de vie & d'honneur,
De son banniſſement il tire ſon bonheur.
C'eſt peu de vous le dire, en faveur de Dorante
Ie veux vous faire voir ſa fortune éclatante.
Les Novices de l'Art avec tous leurs encens,
Et leurs mots inconnus qu'ils feignent tous-puiſſans,
Leurs herbes, leurs parfums, & leurs ceremonies,
Apportent au métier des longueurs infinies,
Qui ne ſont, après tout, qu'un myſtere pipeur
Pour ſe faire valoir & pour vous faire peur.
Ma baguette à la main j'en feray davantage,
ª Iugez de voſtre fils par un tel équipage.

  Et bien? celuy d'un Prince a-t'il plus de ſplendeur?
Et pouvez-vous encor douter de ſa grandeur?
PRI. D'un amour paternel vous flatez les tendreſſes,
 Mon fils n'eſt point de rang à porter ces richeſſes,
 Et ſa condition ne ſçauroit conſentir
 Que d'une telle pompe il s'oſe revétir.
ALC. Sous un meilleur deſtin ſa fortune rangée,
 Et ſa condition avec le temps changée,
 Perſonne maintenant n'a dequoy murmurer
 Qu'en public de la ſorte il aime à ſe parer.
PRI. A cet eſpoir ſi doux j'abandonne mon ame.
 Mais parmy ſes habits je voy ceux d'une femme,
 Seroit-il marié? *ALC.* Ie vay de ſes amours
 Et de tous ſes hazards vous faire le diſcours.
  Toutefois ſi voſtre ame étoit aſſez hardie,
 Sous une illuſion vous pourriez voir ſa vie,
 Et tous ſes accidens devant vous exprimez
 Par des ſpectres pareils à des corps animez;
 Il ne leur manquera ny geſte, ny parole.
PRI. Ne me ſoupçonnez point d'une crainte frivole,
 Le portrait de celuy que je cherche en tous lieux
 Pourroit-il par ſa veuë épouvanter mes yeux?
ALC. Mon Cavalier, de grace il faut faire retraite,
 Et ſouffrir qu'entre nous l'hiſtoire en ſoit ſecrette.
PRI. Pour un ſi bon amy je n'ay point de ſecrets.
DOR. Il nous faut ſans replique accepter ſes Arreſts,
 Ie vous attens chez moy. *ALC.* Ce ſoir, ſi bon luy ſemble,
 Il vous apprendra tout quand vous ſerez enſemble.

ª Il donne un coup de baguet-te, & on tire un rideau der-riere le-quel ſont en parade les plus beaux ha-bits des Comediës.

B b b   iij

SCENE III.

ALCANDRE, PRIDAMANT.

ALC. VOstre fils tout d'un coup ne fut pas grand Seigneur,
Toutes ses actions ne vous font pas honneur,
Et je serois marry d'exposer sa misere
En spectacle à des yeux autres que ceux d'un pere.
　Il vous prit quelque argent, mais ce petit butin
A peine luy dura du soir jusqu'au matin,
Et pour gagner Paris, il vendit par la Plaine
Des brevets à chasser la fiévre & la migraine,
Dit la bonne-avanture, & s'y rendit ainsi.
Là, comme on vit d'esprit, il en vécut aussi.
Dedans saint Innocent il se fit Secretaire,
Après montant d'état, il fut Clerc d'un Notaire:
Ennuyé de la plume, il le quitta soudain,
Et fit danser un Singe au faux bourg saint Germain:
Il se mit sur la rime, & l'essay de sa veine
Enrichit les chanteurs de la Samaritaine:
Son stile prit après de plus beaux ornemens,
Il se hazarda mesme à faire des Romans,
Des chansons pour Gautier, des pointes pour Guillaume;
Depuis il trafiqua de chapelets de baume,
Vendit du Mithridate en maistre Operateur,
Revint dans le Palais, & fut Solliciteur:
Enfin jamais Buscon, Lazarille de Tormes,
Sayauédre & Gusman ne prirent tant de formes.
C'étoit là pour Dorante un honneste entretien!
PRI. Que je vous suis tenu, de ce qu'il n'en sçait rien!
ALC. Sans vous faire rien voir, je vous en fais un conte
Dont le peu de longueur épargne vostre honte.
　Las de tant de métiers sans honneur, & sans fruit,
Quelque meilleur destin à Bordeaux l'a conduit,
Et là, comme il pensoit au choix d'un exercice,
Vn brave du païs l'a pris à son service.
Ce guerrier amoureux en a fait son Agent,
Cette commission l'a remeublé d'argent;
Il sçait avec adresse en portant les paroles
De la vaillante dupe attraper les pistoles,

Mesme de son Agent il s'est fait son rival,
Et la beauté qu'il sert ne luy veut point de mal.
Lors que de ses amours vous aurez veu l'histoire,
Ie vous le veux montrer plein d'éclat & de gloire,
Et la mesme action qu'il pratique aujourd'huy.
PRI. Que déja cet espoir soulage mon ennuy!
ALC. Il a caché son nom en batant la campagne,
Et s'est fait de Clindor le sieur de la Montagne,
C'est ainsi que tantost vous l'entendrez nommer:
Voyez tout sans rien dire, & sans vous alarmer.
Ie tarde un peu beaucoup pour vostre impatience,
N'en concevez pourtant aucune défiance;
C'est qu'un charme ordinaire a trop peu de pouvoir
Sur les spectres parlans qu'il faut vous faire voir.
Entrons dedans ma grotte, afin que j'y prépare,
Quelque charmes nouveaux pour un effet si rare.

ACTE II.

SCENE PREMIERE.

ALCANDRE, PRIDAMANT.

ALC. QVoy qui s'offre à vos yeux, n'en ayez point d'effroy,
De ma grotte sur tout ne sortez qu'après moy,
Sinon, vous étes mort. Voyez déja paroistre
Sous deux fantômes vains vostre fils, & son maistre.
PRI. O Dieux ! je sens mon ame après luy s'envoler.
ALC. Faites-luy du silence, & l'écoutez parler.

SCENE II.

MATAMORE, CLINDOR.

CLI. QVoy, Monsieur, vous resvez ! & cette ame hautaine,
Après tant de beaux faits semble estre encor en peine !
N'étes-vous point lassé d'abatre des guerriers ?
Et vous faut-il encor quelques nouveaux lauriers ?
MAT. Il est vray que je resve, & ne sçaurois resoudre
Lequel je doy des deux le premier mettre en poudre,
Du grand Sophy de Perse, ou bien du grand Mogor.
CLI. Et de grace, Monsieur, laissez-les vivre encor.
Qu'ajousteroit leur perte à vostre Renommée ?
Dailleurs, quand auriez-vous rassemblé vostre Armée ?
MAT. Mon Armée ! ah poltron ! ah traistre ! pour leur mort
Tu crois donc que ce bras ne soit pas assez fort ?
Le seul bruit de mon nom renverse les murailles,
Défait les escadrons, & gagne les batailles ;
Mon courage invaincu contre les Empereurs
N'arme que la moitié de ses moindres fureurs ;
D'un seul commandement que je fais aux trois Parques
Ie dépeuple l'Etat des plus heureux Monarques ;

Le foudre

Le foudre est mon canon, les Destins mes soldats;
Ie couche d'un revers mille ennemis à bas,
D'un soufle je reduis leurs projets en fumée,
Et tu m'oses parler cependant d'une Armée:
Tu n'auras plus l'honneur de voir un second Mars,
Ie vay t'assassiner d'un seul de mes regards,
Veillaque. Toutefois, je songe à ma Maîtresse,
Ce penser madoucit. Va, ma colere cesse,
Et ce petit Archer qui dompte tous les Dieux
Vient de chasser la Mort qui logeoit dans mes yeux.
Regarde, j'ay quitté cette effroyable mine,
Qui massacre, détruit, brise, brusle, extermine,
Et pensant au bel œil qui tient ma liberté,
Ie ne suis plus qu'amour, que grace, que beauté.
CLI. O Dieux! en un moment que tout vous est possible!
Ie vous vois aussi beau que vous étiez terrible,
Et ne croy point d'objet si ferme en sa rigueur,
Qu'il puisse constamment vous refuser son cœur.
MAT. Ie te le dis encor, ne sois plus en alarme,
Quand je veux, j'épouvante, & quand je veux, je charme,
Et selon qu'il me plaist, je remplis tour à tour
Les hommes de terreur, & les femmes d'amour.
Du temps que ma beauté m'étoit inseparable,
Leurs persecutions me rendoient miserable,
Ie ne pouvois sortir sans les faire pasmer,
Mille mouroient par jour à force de m'aimer,
I'avois des rendez-vous de toutes les Princesses,
Les Reines à l'envy mandioient mes caresses,
Celle d'Ethoipie, & celle du Iapon
Dans leurs soûpirs d'amour ne mesloient que mon nom,
De passion pour moy deux Sultanes troublerent,
Deux autres pour me voir du Serrail s'échaperent,
I'en fus mal quelque temps avec le grand Seigneur.
CLI. Son mécontentement n'alloit qu'à vostre honneur.
MAT. Ces pratiques nuisoient à mes desseins de guerre,
Et pouvoient m'empescher de conquerir la Terre.
D'ailleurs j'en devins las, & pour les arréter,
I'envoyay le Destin dire à son Iupiter,
Qu'il trouvast un moyen, qui fist cesser les flames,
Et l'importunité dont m'accabloient les Dames,
Qu'autrement, ma colere iroit dedans les Cieux
Le degrader soudain de l'Empire des Dieux,

Tome I. Ccc

Et donneroit à Mars à gouverner son foudre :
La frayeur qu'il en eut le fit bien-tost resoudre,
Ce que je demandois fut prest en un moment,
Et depuis, je suis beau quand je veux seulement.
CLI. Que j'aurois sans cela de poulets à vous rendre !
MAT. De quelle que ce soit garde-toy bien d'en prendre,
   Sinon de.… Tu m'entens, que dit-elle de moy ?
CLI. Que vous étes des cœurs & le charme, & l'effroy,
   Et que si quelque effet peut suivre vos promesses,
   Son sort est plus heureux que celuy des Déesses.
MAT. Ecoute, en ce temps-là dont tantost je parlois,
   Les Déesses aussi se rangeoient sous mes loix,
   Et je te veux conter une étrange avanture
   Qui jetta du desordre en toute la Nature,
   Mais desordre aussi grand qu'on en voye arriver.
     Le Soleil fut un jour sans se pouvoir lever,
   Et ce visible Dieu que tant de monde adore,
   Pour marcher devant luy ne trouvoit point d'Aurore.
   On la cherchoit par tout, au lit du vieux Thiton,
   Dans les bois de Cephale, au Palais de Memnon,
   Et faute de trouver cette belle fourriere,
   Le jour jusqu'à midy se passa sans lumiere.
CLI. Où pouvoit estre alors la Reine des clartez ?
MAT. Au milieu de ma chambre à m'offrir ses beautez,
   Elle y perdit son temps, elle y perdit ses larmes,
   Mon cœur fut insensible à ses plus puissans charmes,
   Et tout ce qu'elle obtint par son frivole amour
   Fut un ordre précis d'aller rendre le jour.
CLI. Cet étrange accident me revient en memoire,
   J'étois lors en Mexique, où j'en appris l'histoire,
   Et j'entendis conter que la Perse en couroux
   De l'affront de son Dieu murmuroit contre vous.
MAT. J'en ouïs quelque chose, & je l'eusse punie,
   Mais j'étois engagé dans la Transsilvanie,
   Où ses Ambassadeurs qui vindrent l'excuser
   A force de presens me sçeurent appaiser.
CLI. Que la clemence est belle en un si grand courage !
MAT. Contemple, mon amy, contemple ce visage ;
   Tu vois un abregé de toutes les vertus.
   D'un monde d'ennemis sous mes pieds abatus,
   Dont la race est perie, & la terre deserte,
   Pas-un qu'à son orgueil n'a jamais deu sa perte ;

Tous ceux qui font hommage à mes perfections
Conservent leurs Etats par leurs submissions.
   En Europe, où les Rois sont d'une humeur civile,
Ie ne leur raze point de chasteau, ny de ville,
Ie les souffre regner : mais chez les Africains,
Par tout où j'ay trouvé des Rois un peu trop vains,
I'ay détruit les païs pour punir leurs Monarques;
Et leurs vastes Deserts en sont de bonnes marques,
Ces grands sables, qu'à peine on passe sans horreur,
Sont d'assez beaux effets de ma juste fureur.
CLI. Revenons à l'amour, voicy vostre Maîtresse.
MAT. Ce diable de rival l'accompagne sans cesse.
CLI. Où vous retirez-vous? *MAT.* Ce fat n'est pas vaillant,
   Mais il a quelque humeur qui le rend insolent.
   Peut-estre qu'orgueilleux d'estre avec cette belle
   Il seroit assez vain pour me faire querelle.
CLI. Ce seroit bien courir luy-mesme à son malheur.
MAT. Lors que j'ay ma beauté, je n'ay point ma valeur.
CLI. Cessez d'estre charmant, & faites-vous terrible.
MAT. Mais tu n'en prévois pas l'accident infaillible.
   Ie ne sçaurois me faire effroyable à demy,
   Ie tûrois ma Maîtresse avec mon ennemy.
   Attendons en ce coin l'heure qui les separe.
CLI. Comme vostre valeur vostre prudence est rare.

SCENE III.

ADRASTE, ISABELLE.

ADR. HElas! s'il est ainsi, quel malheur est le mien!
   Ie soûpire, j'endure, & je n'avance rien,
   Et malgré les transports de mon amour extresme,
   Vous ne voulez pas croire encor que je vous aime.
ISA. Ie ne sçay pas, Monsieur, dequoy vous me blasmez,
   Ie me connois aimable & croy que vous m'aimez,
   Dans vos soûpirs ardens j'en voy trop d'apparence,
   Et quand bien de leur part j'aurois moins d'asseurance,
   Pour peu qu'un honneste homme ait vers moy de credit,
   Ie luy fais la faveur de croire ce qu'il dit.
   Rendez-moy la pareille, & puisqu'à vostre flame
   Ie ne déguise rien de ce que j'ay dans l'ame,

C c c ij

Faites-moy la faveur de croire sur ce point,
Que bien que vous m'aimiez, je ne vous aime point.
ADR. Cruelle, est-ce-là donc ce que vos injustices
Ont reservé de prix à de si longs services?
Et mon fidelle amour est-il si criminel,
Qu'il doive estre puny d'un mépris éternel?
ISA. Nous donnons bien souvent de divers noms aux choses,
Des épines pour moy, vous les nommez des roses,
Ce que vous appellez service, affection,
Ie l'appelle supplice, & persecution.
Chacun dans sa croyance également s'obstine,
Vous pensez m'obliger d'un feu qui m'assassine,
Et ce que vous jugez digne du plus haut prix
Ne merite à mon gré que haine, & que mépris.
ADR. N'avoir que du mépris pour des flames si saintes,
Dont j'ay receu du Ciel les premieres atteintes!
Ouy, le Ciel au moment qu'il me fit respirer
Ne me donna de cœur que pour vous adorer,
Mon ame vint au jour pleine de vostre idée,
Avant que de vous voir vous l'avez possedée,
Et quand je me rendis à des regards si doux,
Ie ne vous donnay rien qui ne fust tout à vous.
Rien que l'ordre du Ciel n'eust déja fait tout vostre.
ISA. Le Ciel m'eust fait plaisir d'en enrichir une autre.
Il vous fit pour m'aimer, & moy pour vous haïr,
Gardons-nous bien tous deux de luy desobeïr,
Vous avez après tout bonne part à sa haine,
Ou d'un crime secret il vous livre à la peine,
Car je ne pense pas qu'il soit tourment égal
Au supplice d'aimer qui vous traite si mal.
ADR. La grandeur de mes maux vous étant si connuë,
Me refuserez-vous la pitié qui m'est deuë?
ISA. Certes j'en ay beaucoup, & vous plains d'autant plus,
Que je voy ces tourmens tout-à-fait superflus,
Et n'avoir pour tout fruit d'une longue souffrance,
Que l'incommode honneur d'une triste constance.
ADR. Vn pere l'authorise, & mon feu maltraité
Enfin aura recours à son authorité.
ISA. Ce n'est pas le moyen de trouver vostre conte,
Et d'un si beau dessein vous n'aurez que la honte.
ADR. I'espere voir pourtant avant la fin du jour
Ce que peut son vouloir au defaut de l'amour.

ISA. Et moy j'espere voir avant que le jour paſſe
   Vn amant accablé de nouvelle disgrace.
ADR. Et quoy ! cette rigueur ne ceſſera jamais?
ISA. Allez trouver mon pere, & me laiſſez en paix.
ADR. Voſtre ame au repentir de ſa froideur paſſée
   Ne la veut point quitter ſans eſtre un peu forcée,
   I'y vay tout de ce pas, mais avec des ſermens
   Que c'eſt pour obeïr à vos commandemens.
ISA. Allez continuer une vaine pourſuite.

SCENE IV.

MATAMORE, ISABELLE, CLINDOR.

MAT. **E**T bien? dés qu'il m'a veu, comme a-t'il pris la fuite?
   M'a-t'il bien ſçeu quitter la place au meſme inſtant?
ISA. Ce n'eſt pas honte à luy, les Rois en font autant;
   Du moins ſi ce grand bruit qui court de vos merveilles
   N'a trompé mon eſprit en frapant mes oreilles.
MAT. Vous le pouvez bien croire, & pour le témoigner,
   Choiſiſſez en quels lieux il vous plaiſt de regner,
   Ce bras tout auſſi-toſt vous conqueſte un Empire,
   I'en jure par luy-meſme, & cela, c'eſt tout dire.
ISA. Ne prodiguez pas tant ce bras toûjours vainqueur,
   Ie ne veux point regner que deſſus voſtre cœur;
   Toute l'ambition que me donne ma flame.
   C'eſt d'avoir pour Sujets les deſirs de voſtre ame.
MAT. Ils vous ſont tous acquis, & pour vous faire voir
   Que vous avez ſur eux un abſolu pouvoir,
   Ie n'écouteray plus cette humeur de conqueſte,
   Et laiſſant tous les Rois leurs couronnes en teſte,
   I'en prendray ſeulement deux ou trois pour valets,
   Qui viendront à genoux vous rendre mes poulets.
ISA. L'éclat de tels Suivans attireroit l'Envie
   Sur le rare bonheur où je coule ma vie;
   Le commerce diſcret de nos affections
   N'a beſoin que de luy pour ces commiſſions.
MAT. Vous avez, Dieu me ſauve, un eſprit à ma mode,
   Vous trouvez comme moy la grandeur incommode.

Les Sceptres les plus beaux n'ont rien pour moy d'exquis,
Ie les rens aussi-tost que je les ay conquis,
Et me suis veu charmer quantité de Princesses,
Sans que jamais mon cœur les voulust pour Maîtresses.
ISA. Certes en ce point seul je manque un peu de foy.
Que vous ayez quitté des Princesses pour moy!
Que vous leur refusiez un cœur dont je dispose!
MAT. Ie croy que la Montagne en sçaura quelque chose.
Viença. Lors qu'en la Chine, en ce fameux tournoy,
Ie donnay dans la veuë aux deux filles du Roy,
Que te dit-on en Cour de cette jalousie,
Dont pour moy toutes deux eurent l'ame saisie?
CLI. Par vos mépris enfin l'une & l'autre mourut,
I'étois lors en Egypte, où le bruit en courut,
Et ce fut en ce temps que la peur de vos armes
Fit nager le grand Caire en un fleuve de larmes.
Vous veniez d'assommer dix Geans en un jour,
Vous aviez desolé les païs d'alentour,
Razé quinze chasteaux, applany deux montagnes,
Fait passer par le feu villes, bourgs, & campagnes,
Et defait vers Damas cent mille combatans.
MAT. Que tu remarques bien, & les lieux, & les temps!
Ie l'avois oublié. *ISA.* Des faits si plains de gloire
Vous peuvent-ils ainsi sortir de la memoire?
MAT. Trop pleine des lauriers remportez sur les Rois,
Ie ne la charge point de ces menus exploits.

SCENE V.

MATAMORE, ISABELLE,
CLINDOR, PAGE.

PA. **M**Onsieur. *MAT.* Que veux-tu, Page? *PA.* Vn Courrier
　　　　vous demande.
MAT. D'où vient-il? *PAG.* De la part de la Reine d'Islande.
MAT. Ciel, qui sçais comme quoy j'en suis persecuté,
Vn peu plus de repos avec moins de beauté,
Fay qu'un si long mépris enfin la desabuse.
CLI. Voyez ce que pour vous ce grand guerrier refuse.
ISA. Ie n'en puis plus douter. *CLI.* Il vous le disoit bien.
MAT. Elle m'a beau prier, non, je n'en feray rien,

Et quoy qu'un fol espoir ose encor luy promettre,
Ie luy vais envoyer sa mort dans une lettre.
    Trouvez-le bon, ma Reine, & souffrez cependant
Vne heure d'entretien de ce cher confident,
Qui comme de ma vie il sçait toute l'histoire,
Vous fera voir sur qui vous avez la victoire.
ISA. Tardez encore moins, & par ce prompt retour
Ie jugeray quelle est envers moy vostre amour.

SCENE VI.

CLINDOR, ISABELLE.

CLI. IVgez plûtost par là l'humeur du personnage.
Ce Page n'est chez luy que pour ce badinage,
Et venir d'heure en heure avertir sa Grandeur,
D'un Courrier, d'un Agent, ou d'un Ambassadeur.
ISA. Ce message me plaist bien plus qu'il ne luy semble,
Il me défait d'un fou, pour nous laisser ensemble.
CLI. Ce discours favorable enhardira mes feux
A bien user d'un temps si propice à mes vœux.
ISA. Que m'allez-vous conter? *CLI.* Que j'adore Isabelle,
Que je n'ay plus de cœur, ny d'ame que pour elle;
Que ma vie... *ISA.* Epargnez ces propos superflus,
Ie les sçay, je les croy, que voulez-vous de plus?
Ie neglige à vos yeux l'offre d'un diadesme,
Ie dédaigne un rival, en un mot, je vous aime.
C'est aux commencemens des foibles passions
A s'amuser encor aux protestations,
Il suffit de nous voir au point où sont les nostres,
Vn coup d'œil vaut pour vous tout le discours des autres.
CLI. Dieux! qui l'eust jamais creu, que mon sort rigoureux
Se rendist si facile à mon cœur amoureux!
Banny de mon païs par la rigueur d'un pere,
Sans support, sans amis, accablé de misere,
Et reduit à flater le caprice arrogant
Et les vaines humeurs d'un maistre extravagant,
Ce pitoyable état de ma triste fortune
N'a rien qui vous déplaise, ou qui vous importune,
Et d'un rival puissant les biens & la grandeur
Obtiennent moins sur vous que ma sincere ardeur.

ISA. C'eſt comme il faut choiſir, un amour veritable
　　S'attache ſeulement à ce qu'il voit aimable.
　　Qui regarde les biens, ou la condition,
　　N'a qu'un amour avare, ou plein d'ambition,
　　Et ſoüille laſchement par ce meſlange infame
　　Les plus nobles deſirs qu'enfante une belle ame.
　　Ie ſçay bien que mon pere a d'autres ſentimens,
　　Et mettra de l'obstacle à nos contentemens,
　　Mais l'amour ſur mon cœur a pris trop de puiſſance
　　Pour écouter encor les loix de la naiſſance;
　　Mon pere peut beaucoup, mais bien moins que ma foy,
　　Il a choiſy pour luy, je veux choiſir pour moy.
CLI. Confus de voir donner à mon peu de merite...
ISA. Voicy mon importun, ſouffrez que je l'évite.

SCENE VII·

ADRASTE, CLINDOR.

ADR. Qve vous étes heureux, & quel malheur me ſuit!
　　Ma Maîtreſſe vous ſouffre, & l'ingrate me fuit;
　　Quelque gouſt qu'elle prenne en voſtre compagnie,
　　Si-toſt que j'ay parù, mon abord l'a bannie.
CLI. Sans avoir veu vos pas s'adreſſer en ce lieu,
　　Laſſe de mes discours elle m'a dit Adieu.
ADR. Laſſe de vos discours! voſtre humeur eſt trop bonne,
　　Et voſtre esprit trop beau pour ennuyer perſonne.
　　Mais que luy contiez-vous qui pûſt l'importuner?
CLI. Des choſes qu'aiſément vous pouvez deviner,
　　Les amours de mon maiſtre, ou plûtoſt ſes ſottiſes,
　　Ses conqueſtes en l'air, ſes hautes entrepriſes.
ADR. Voulez-vous m'obliger? voſtre maiſtre, ny vous
　　N'étes pas gens tous deux à me rendre jaloux,
　　Mais ſi vous ne pouvez arréter ſes ſaillies,
　　Divertiſſez ailleurs le cours de ſes folies.
CLI. Que craignez-vous de luy, dont tous les complimens
　　Ne parlent que de morts, & de ſaccagemens,
　　Qu'il bat, terraſſe, briſe, étrangle, bruſle, aſſomme?
ADR. Pour eſtre ſon valet je vous trouve honneſte homme;
　　Vous n'étes point de taille à ſervir ſans deſſein
　　Vn fanfaron plus fou que ſon discours n'eſt vain.

Quoy

Quoy qu'il en foit, depuis que je vous voy chez elle,
Toûjours de plus en plus je l'éprouve cruelle.
Ou vous fervez quelqu'autre, ou voftre qualité
Laiffe dans vos projets trop de temerité,
Ie vous tiens fort fuspect de quelque haute adreffe :
Que voftre maiftre enfin faffe une autre Maîtreffe,
Ou s'il ne peut quitter un entretien fi doux,
Qu'il fe ferve du moins d'un autre que de vous.
Ce n'eft pas qu'après tout les volontez d'un pere,
Qui fçait ce que je fuis, ne terminent l'affaire,
Mais purgez-moy l'esprit de ce petit foucy,
Et fi vous vous aimez, banniffez-vous d'icy,
Car fi je vous voy plus regarder cette porte,
Ie fçay comme traiter les gens de voftre forte.
CLI. Me prenez vous pour homme à nuire à voftre feu ?
ADR. Sans replique, de grace, ou nous verrons beau jeu.
   Allez, c'eft affez dit. *CLI.* Pour un leger ombrage
   C'eft trop indignement traiter un bon courage.
   Si le Ciel en naiffant ne m'a fait grand Seigneur,
   Il m'a fait le cœur ferme & fenfible à l'honneur,
   Et je pourrois bien rendre un jour ce qu'on me préte.
ADR. Quoy ! vous me menacez ! *CLI.* Non, non, je fais retraite.
   D'un fi cruël affront vous aurez peu de fruit,
   Mais ce n'eft pas icy qu'il faut faire du bruit.

S C E N E   VIII.

A D R A S T E , L Y S E.

ADR. CE belistre infolent me fait encor bravade.
   LYS. A ce conte, Monfieur, voftre esprit eft malade ?
ADR. Malade ! mon esprit ! *LYS.* Ouy, puisqu'il eft jaloux
   Du malheureux Agent de ce Prince des foux.
ADR. Ie fçay ce que je fuis & ce qu'eft Ifabelle,
   Et crains peu qu'un valet me fupplante auprès d'elle ;
   Ie ne puis toutefois fouffrir fans quelque ennuy
   Le plaifir qu'elle prend à caufer avec luy.
LYS. C'eft dénier enfemble & confeffer la debte.
ADR. Nomme, fi tu le veux, ma boutade indiscrette,
   Et trouve mes foupçons bien ou mal à propos,
   Ie l'ay chaffé d'icy pour me mettre en repos.

Tome I.   D d d

En effet, qu'en eft-il? *LYS.* Si j'ofe vous le dire,
Ce n'eft plus que pour luy qu'Ifabelle foûpire.
ADR. Lyfe, que me dis-tu? *LYS.* Qu'il poffede fon cœur,
Que jamais feux naiffans n'eurent tant de vigueur,
Qu'ils meurent l'un pour l'autre, & n'ont qu'une penfée.
ADR. Trop ingrate beauté, déloyale, infenfée,
Tu m'ofes donc ainfi préferer un maraut?
LYS. Ce rival orgueilleux le porte bien plus haut,
Et je vous en veux faire entiere confidence.
Il fe dit Gentilhomme, & riche. *ADR.* Ah! l'impudence!
LYS. D'un pere rigoureux fuyant l'authorité
Il a couru long-temps d'un & d'autre cofté,
Enfin manque d'argent peut-eftre, ou par caprice,
De noftre Fierabras il s'eft mis au fervice,
Et fous ombre d'agir pour fes folles amours,
Il a fçeu pratiquer de fi rufez détours,
Et charmer tellement cette pauvre abufée,
Que vous en avez veu voftre ardeur méprifée.
Mais parlez à fon pere, & bien-toft fon pouvoir
Remettra fon esprit aux termes du devoir.
ADR. Ie viens tout maintenant d'en tirer affeurance
De recevoir les fruits de ma perfeverance,
Et devant qu'il foit peu nous en verrons l'effet.
Mais écoute, il me faut obliger tout à fait.
LYS. Où je vous puis fervir, j'ofe tout entreprendre.
ADR. Peux-tu dans leurs amours me les faire furprendre?
LYS. Il n'eft rien plus aifé, peut-eftre dès ce foir.
ADR. Adieu donc, fouvien-toy de me les faire voir.
Cependant pren cecy feulement par avance.
LYS. Que le galand alors foit froté d'importance.
ADR. Croy-moy qu'il fe verra, pour te mieux contenter,
Chargé d'autant de bois qu'il en pourra porter.

SCENE IX.

LYSE.

L'Arrogant croit déja tenir ville gaignée,
Mais il fera puny de m'avoir dédaignée.
Parce qu'il eſt aimable, il fait le petit Dieu,
Et ne veut s'adreſſer qu'aux filles de bon lieu,
Ie ne merite pas l'honneur de ſes careſſes:
Vraiment c'eſt pour ſon nez, il luy faut des maîtreſſes,
Ie ne ſuis que ſervante, & qu'eſt-il que valet?
Si ſon viſage eſt beau, le mien n'eſt pas trop laid.
Il ſe dit riche & noble, & cela me fait rire,
Si loin de ſon païs qui n'en peut autant dire?
Qu'il le ſoit, nous verrons ce ſoir, ſi je le tiens,
Dancer ſous le cotret ſa nobleſſe & ſes biens.

SCENE X.

ALCANDRE, PRIDAMANT.

ALC. LE cœur vous bat un peu. *PRI.* Ie crains cette menace.
ALC. Lyſe aime trop Clindor pour cauſer ſa disgrace.
PRI. Elle en eſt mépriſée, & cherche à ſe vanger.
ALC. Ne craignez point, l'amour la fera bien changer.

ACTE III.

SCENE PREMIERE.

GERONTE, ISABELLE.

GER.  PPAISEZ vos soûpirs & tarissez vos larmes,
Contre ma volonté ce sont de foibles armes,
Mon cœur, quoy que sensible à toutes vos douleurs,
Ecoute la raison , & neglige vos pleurs.
Ie sçay ce qu'il vous faut beaucoup mieux que vous mesme,
Vous dédaignez Adraste à cause que je l'aime,
Et parce qu'il me plaist d'en faire vostre époux,
Vostre orgueil n'y voit rien qui soit digne de vous.
Quoy, manque-t'il de bien , de cœur, ou de noblesse?
En est-ce le visage, ou l'esprit qui vous blesse?
Il vous fait trop d'honneur. *ISA.* Ie sçay qu'il est parfait,
Et reconnoy fort mal les honneurs qu'il me fait:
Mais si vostre bonté me permet en ma cause
Pour me justifier de dire quelque chose,
Par un secret instinct que je ne puis nommer,
I'en fais beaucoup d'état, & ne le puis aimer.
Souvent je ne sçay quoy que le Ciel nous inspire
Soûleve tout le cœur contre ce qu'on desire,
Et ne nous laisse pas en état d'obeir,
Quand on choisit pour nous ce qu'il nous fait hair.
Il attache icy-bas avec des sympathies
Les ames que son ordre a là-haut assorties,
On n'en sçauroit unir sans ses avis secrets,
Et cette chaisne manque où manquent ses decrets.
Aller contre les loix de cette Providence,
C'est le prendre à Partie, & blasmer sa prudence,
L'attaquer en rebelle, & s'exposer aux coups
Des plus aspres malheurs qui suivent son couroux.
GER. Insolente, est-ce ainsi que l'on se justifie?
Quel maistre vous apprend cette Philosophie?

Vous en ſçavez beaucoup, mais tout voſtre ſçavoir
Ne m'empeſchera pas d'uſer de mon pouvoir.
Si le Ciel pour mon choix vous donne tant de haine,
Vous a-t'il miſe en feu pour ce grand Capitaine?
Ce guerrier valeureux vous tient-il dans ſes fers,
Et vous a-t'il domptée avec tout l'Vnivers?
Ce fanfaron doit-il relever ma famille?
ISA. Et de grace, Monſieur, traitez mieux voſtre fille.
GER. Quel ſujet donc vous porte à me deſobeïr?
ISA. Mon heur & mon repos que je ne puis trahir;
   Ce que vous appelez un heureux Hymenée
   N'eſt pour moy qu'un Enfer, ſi j'y ſuis condamnée.
GER. Ah, qu'il en eſt encor de mieux faites que vous,
   Qui ſe voudroient bien voir dans un Enfer ſi doux!
   Après tout, je le veux, cedez à ma puiſſance.
ISA. Faites un autre eſſay de mon obeïſſance.
GER. Ne me repliquez plus, quand j'ay dit, *je le veux,*
   Rentrez, c'eſt deſormais trop conteſté nous deux.

SCENE II.

GERONTE.

QV'à preſent la jeuneſſe a d'étranges manies,
Les regles du devoir luy ſont des tyrannies,
Et les droits les plus ſaints deviennent impuiſſans
Contre cette fierté qui l'attache à ſon ſens.
Telle eſt l'humeur du ſexe, il aime à contredire,
Rejette obstinément le joug de noſtre empire,
Ne ſuit que ſon caprice en ſes affections,
Et n'eſt jamais d'accord de nos élections.
N'eſpere pas pourtant, aveugle, & ſans cervelle,
Que ma prudence cede à ton eſprit rebelle.
Mais ce fou viendra-t'il toûjours m'embarraſſer?
Par force, ou par adreſſe il me le faut chaſſer.

SCENE III.

GERONTE, MATAMORE, CLINDOR.

ᵃ A Clin-
dor.

*MAT.*ᵃ NE doit-on pas avoir pitié de ma fortune?
Le grand Vifir encor de nouveau m'importune,
Le Tartare d'ailleurs m'appelle à fon fecours,
Narfingue & Calicut m'en preffent tous les jours;
Si je ne les refufe, il me faut mettre en quatre.
CLI. Pour moy, je fuis d'avis que vous les laiffiez batre,
Vous emploiriez trop mal vos invincibles coups,
Si pour en fervir un vous faifiez trois jaloux.
MAT. Tu dis bien, c'eft affez de telles courtoifies,
Ie ne veux qu'en Amour donner des jaloufies.
Ah, Monfieur, excufez fi faute de vous voir,
Bien que fi près de vous, je manquois au devoir.
Mais quelle émotion paroit fur ce vifage?
Où font vos ennemis, que j'en faffe carnage?
GER. Monfieur, graces aux Dieux, je n'ay point d'ennemis.
MAT. Mais graces à ce bras qui vous les a foûmis.
GER. C'eft une grace encor que j'avois ignorée.
MAT. Depuis que ma faveur pour vous s'eft declarée,
Ils font tous morts de peur, ou n'ont ofé branfler.
GER. C'eft ailleurs maintenant qu'il vous faut fignaler,
Il fait beau voir ce bras plus craint que le tonnerre
Demeurer fi paifible en un temps plein de guerre,
Et c'eft pour acquerir un nom bien relevé,
D'eftre dans une ville à batre le pavé!
Chacun croit voftre gloire à faux titre ufurpée,
Et vous ne paffez plus que pour traifneur d'épée.
MAT. Ah ventre! il eft tout vray que vous avez raifon,
Mais le moyen d'aller, fi je fuis en prifon?
Ifabelle m'arrefte, & fes yeux pleins de charmes
Ont captivé mon cœur, & fufpendu mes armes.
GER. Si rien que fon fujet ne vous tient arrété,
Faites voftre équipage en toute liberté,
Elle n'eft pas pour vous, n'en foyez point en peine.
MAT. Ventre! que dites-vous? je la veux faire Reine.
GER. Ie ne fuis pas d'humeur à rire tant de fois,
Du crotesque recit de vous rares exploits,

La fottife ne plaift qu'alors qu'elle eft nouvelle:
En un mot, faites Reine une autre qu'Ifabelle.
Si pour l'entretenir vous venez plus icy....
MAT. Il a perdu le fens de me parler ainfi.
  Pauvre homme, fçais-tu bien que mon nom effroyable
  Met le grand Turc en fuite, & fait trembler le Diable,
  Que pour t'aneantir je ne veux qu'un moment?
GER. I'ay chez moy des valets à mon commandement,
  Qui n'ayant pas l'esprit de faire des bravades
  Répondroient de la main à vos Rodomontades.
*MAT.*ᵃ Dy-luy ce que j'ay fait en mille & mille lieux.
GER. Adieu, moderez-vous, il vous en prendra mieux;
  Bien que je ne fois pas de ceux qui vous haïffent,
  I'ay le fang un peu chaud, & mes gens m'obeïffent.

ᵃ *A Clin-dor.*

S C E N E   IV.

M A T A M O R E, C L I N D O R.

MAT. **R**Efpect de ma Maîtreffe, incommode vertu,
  Tyran de ma vaillance, à quoy me reduis-tu?
  Que n'ay-je eu cent rivaux en la place d'un pere,
  Sur qui fans t'offenfer laiffer choir ma colere?
  Ah, vifible Démon, vieux fpectre décharné,
  Vray fuppoft de Satan, médaille de damné,
  Tu m'ofes donc bannir, & mefme avec menaces,
  Moy de qui tous les Rois briguent les bonnes graces!
CLI. Tandis qu'il eft dehors, allez dès aujourd'huy
  Caufer de vos amours, & vous moquer de luy.
MAT. Cadediou, fes valets feroient quelque infolence.
CLI. Ce fer a trop dequoy dompter leur violence.
MAT. Ouy, mais les feux qu'il jette en fortant de prifon
  Auroient en un moment embrafé la maifon,
  Devoré tout à l'heure ardoifes, & goutieres,
  Faiftes, lates, chévrons, montants, courbes, filieres,
  Entretoifes, fommiers, colomnes, foliveaux,
  Parnes, foles, appuis, jambages, traveteaux,
  Portes, grilles, verroux, ferrures, tuilles, pierre,
  Plomb, fer, plaftre, ciment, peintures, marbre, verre,
  Caves, puys, cours, perrons, falles, chambres, greniers,
  Offices, cabinets, terraffes, escaliers,

Iuge un peu quel defordre aux yeux de ma charmeufe.
Ces feux étouferoient fon ardeur amoureufe:
Va luy parler pour moy, toy qui n'es pas vaillant,
Tu puniras à moins un valet infolent.
CLI. C'eft m'expofer.... *MAT.* Adieu, je vois ouvrir la porte,
Et crains que fans respect cette canaille forte.

SCENE V.

CLINDOR, LYSE.

ᵃil eft feul. *CLI.*ᵃ **L**E fouverain poltron, à qui pour faire peur
　　Il ne faut qu'une feüille, une ombre, une vapeur,
Vn vieillard le maltraite, il fuit pour une fille,
Et tremble à tous momens de crainte qu'on l'étrille.
　　Lyfe, que ton abord doit eftre dangereux,
Il donne l'épouvante à ce cœur genereux,
Cet unique vaillant, la fleur des Capitaines,
Qui dompte autant de Rois, qu'il captive de Reines.
LYS. Mon vifage eft ainfi malheureux en attraits,
D'autres charment de loin, le mien fait peur de près.
CLI. S'il fait peur à des fous, il charme les plus fages,
Il n'eft pas quantité de femblables vifages.
　　Si l'on brufle pour toy, ce n'eft pas fans fujet,
Ie ne connus jamais un fi gentil objet,
　　L'efprit beau, prompt, accort, l'humeur un peu railleufe,
　　L'enbonpoint raviffant, la taille avantageufe,
Les yeux doux, le teint vif, & les traits delicats,
Qui feroit le brutal qui ne t'aimeroit pas?
LYS. De grace, & depuis quand me trouvez-vous fi belle?
Voyez bien, je fuis Lyfe, & non-pas Ifabelle.
CLI. Vous partagez vous deux mes inclinations,
　'l'adore fa fortune, & tes perfections.
LYS. Vous en embraffez trop, c'eft affez pour vous d'une,
Et mes perfections cedent à fa fortune.
CLI. Quelque effort que je faffe à luy donner ma foy,
　　Penfes-tu qu'en effet je l'aime plus que toy?
　　L'Amour & l'Hymenée ont diverfe methode,
　　L'un court au plus aimable, & l'autre au plus commode:
Ie fuis dans la mifere, & tu n'as point de bien,
Vn rien s'ajufte mal avec un autre rien,

Et malgré

Et malgré les douceurs que l'Amour y déploye,
Deux malheureux enfemble ont toûjours courte joye.
Ainfi j'aspire ailleurs pour vaincre mon malheur,
Mais je ne puis te voir fans un peu de douleur,
Sans qu'un foûpir échape à ce cœur qui murmure,
De ce qu'à fes defirs ma raifon fait d'injure.
A tes moindres coups d'œil je me laiffe charmer.
Ah, que je t'aimerois, s'il ne falloit qu'aimer,
Et que tu me plairois, s'il ne falloit que plaire!
LYS. Que vous auriez d'esprit, fi vous fçaviez vous taire,
Ou remettre du moins en quelque autre faifon
A montrer tant d'amour avec tant de raifon!
Le grand trefor pour moy qu'un amoureux fi fage,
Qui par compaffion n'ofe me rendre hommage,
Et porte fes defirs à des partis meilleurs,
De peur de m'accabler fous nos communs malheurs!
Ie n'oubliray jamais de fi rares merites,
Allez continüer cependant vos vifites.
CLI. Que j'aurois avec toy l'esprit bien plus content!
LYS. Ma maîtreffe là-haut eft feule, & vous attend.
CLI. Tu me chaffes ainfi! *LYS.* Non, mais je vous envoye
Aux lieux où vous aurez une plus longue joye.
CLI. Que mefmes tes dédains me femblent gracieux!
LYS. Ah, que vous prodiguez un temps fi precieux!
Allez. *CLI.* Souvien-toy donc que fi j'en aime une autre,…
LYS. C'eft de peur d'ajoufter ma mifere à la voftre.
Ie vous l'ay déja dit, je ne l'oubliray pas.
CLI. Adieu, ta raillerie a pour moy tant d'appas,
Que mon cœur à tes yeux de plus en plus s'engage,
Et je t'aimerois trop à tarder davantage.

S C E N E   VI.

L Y S E.

L'Ingrat, il trouve enfin mon vifage charmant,
Et pour fe divertir il contrefait l'amant!
Qui neglige mes feux m'aime par raillerie,
Me prend pour le joüet de fa galanterie,
Et par un libre aveu de me voler fa foy,
Me jure qu'il m'adore, & ne veut point de moy.

Tome I.   E e e

Aime en tous lieux, perfide, & partage ton ame,
Choify qui tu voudras pour Maîtreſſe, ou pour femme,
Donne à tes intereſts à ménager tes vœux,
Mais ne croy plus tromper aucune de nous deux.
Iſabelle vaut mieux qu'un amour Politique,
Et je vaux mieux qu'un cœur où cet amour s'applique.
I'ay raillé comme toy, mais c'étoit ſeulement
Pour ne t'avertir pas de mon reſſentiment.
Qu'euſt produit ſon éclat que de la défiance?
Qui cache ſa colere aſſeure ſa vangeance,
Et ma feinte douceur prépare beaucoup mieux
Ce piége où tu vas choir, & bien-toſt, à mes yeux.
　　　Toutefois qu'as-tu fait qui te rende coupable?
Pour chercher ſa fortune eſt-on ſi puniſſable?
Tu m'aimes, mais le bien te fait eſtre inconstant:
Au ſiecle où nous vivons qui n'en feroit autant?
Oublions des mépris où par force il s'excite,
Et laiſſons-le joüir du bonheur qu'il merite,
S'il m'aime, il ſe punit en m'oſant dédaigner,
Et ſi je l'aime encor, je le dois épargner.
Dieux, à quoy me reduit ma folle inquietude,
De vouloir faire grace à tant d'ingratitude?
Digne ſoif de vangeance, à quoy m'expoſez-vous,
De laiſſer affoiblir un ſi juste couroux?
Il m'aime, & de mes yeux je m'en voy mépriſée!
Ie l'aime, & ne luy ſers que d'objet de riſée!
Silence, amour, ſilence, il eſt temps de punir,
I'en ay donné ma foy, laiſſe-moy la tenir,
Puisque ton faux eſpoir ne fait qu'aigrir ma peine,
Fay ceder tes douceurs à celles de la haine,
Il eſt temps qu'en mon cœur elle regne à ſon tour,
Et l'amour outragé ne doit plus eſtre amour.

SCENE VII·

MATAMORE.

LEs voila, ſauvons-nous. Non, je ne voy perſonne,
Avançons hardiment. Tout le corps me friſſonne,
Ie les entens, fuyons. Le vent faiſoit ce bruit.
Marchons ſous la faveur des ombres de la nuit.

Vieux refveur, malgré toy j'attens icy ma Reine.
  Ces diables de valets me mettent bien en peine,
De deux mille ans & plus je ne tremblay fi fort.
C'eft trop me hazarder, s'ils fortent, je fuis mort,
Car j'aime mieux mourir que leur donner bataille,
Et profaner mon bras contre cette canaille.
Que le courage expofe à d'étranges dangers!
Toutefois en tout cas je fuis des plus legers,
S'il ne faut que courir, leur atttente eft dupée,
I'ay le pied pour le moins auffi bon que l'épée.
Tout de bon je les voy, c'eft fait, il faut mourir,
I'ay le corps fi glacé que je ne puis courir.
Destin, qu'à ma valeur tu te montres contraire!
C'eft ma Reine elle-mefme avec mon Secretaire,
Tout mon corps fe déglace, écoutons leurs discours,
Et voyons fon adreffe à traiter mes amours.

SCENE VIII.

CLINDOR, ISABELLE,
MATAMORE.

ISA.[a] TOut fe prépare mal du cofté de mon pere,
  Ie ne le vis jamais d'une humeur fi fevere,
Il ne fouffrira plus voftre maiftre, ny vous :
Voftre rival d'ailleurs eft devenu jaloux.
C'eft par cette raifon que je vous fais décendre,
Dedans mon cabinet ils pourroient nous furprendre,
Icy nous parlerons en plus de feureté,
Vous pourrez vous couler d'un & d'autre cofté,
Et fi quelqu'un furvient, ma retraite eft ouverte.
CLI. C'eft trop prendre de foin pour empefcher ma perte.
ISA. Ie n'en puis prendre trop pour m'affeurer un bien
Sans qui tous autres biens à mes yeux ne font rien,
Vn bien qui vaut pour moy la Terre toute entiere,
Et pour qui feul enfin j'aime à voir la lumiere.
Vn rival par mon pere attaque en vain ma foy,
Voftre amour feul a droit de triompher de moy :
Des discours de tous deux je fuis perfecutée,
Mais pour vous je me plais à me voir mal-traitée,

[a] *Matamo-*
re écoute
caché.

Et des plus grands malheurs je benirois les coups,
Si ma fidelité les enduroit pour vous.
CLI. Vous me rendez confus, & mon ame ravie
Ne vous peut en revanche offrir rien que ma vie;
Mon sang est le seul bien qui me reste en ces lieux,
Trop heureux de le perdre en servant vos beaux yeux.
Mais si mon Astre un jour changeant son influence
Me donne un accés libre aux lieux de ma naissance,
Vous verrez que ce choix n'est pas fort inégal,
Et que tout balancé je vaux bien mon rival.
Mais avec ces douceurs permettez-moy de craindre
Qu'un pere & ce rival ne veüillent vous contraindre.
ISA. N'en ayez point d'alarme, & croyez qu'en ce cas
L'un aura moins d'effet que l'autre n'a d'appas.
Ie ne vous diray point où je suis resoluë,
Il suffit que sur moy je me rens absoluë.
Ainsi tous leurs projets sont des projets en l'air,
Ainsi.... *MAT.* Ie n'en puis plus, il est temps de parler.
ISA. Dieux! on nous écoutoit. *CLI.* C'est nostre Capitaine,
Ie vay bien l'appaiser, n'en soyez pas en peine.

SCENE IX.

MATAMORE, CLINDOR.

MA. AH, traistre. *C.* Parlez bas, ces valets.... *MA.* Et bien, quoy?
Ils fondront tout à l'heure, & sur vous, & sur moy.
a Il le tire *MAT.*ᵃ Viença, tu sçais ton crime, & qu'à l'objet que j'aime,
à un coin Loin de parler pour moy, tu parlois pour toy-mesme.
du Thea-
tre. *CLI.* Ouy, pour me rendre heureux j'ay fait quelques efforts.
MAT. Ie te donne le choix de trois ou quatre morts.
Ie vay d'un coup de poin te briser comme verre,
Ou t'enfoncer tout vif au centre de la Terre,
Ou te fendre en dix parts d'un seul coup de revers,
Ou te jetter si haut au dessus des éclairs,
Que tu sois devoré des feux élementaires.
Choisy donc promptement, & pense à tes affaires.
CLI. Vous-mesme choisissez. *MAT.* Quel choix proposes-tu?
CLI. De fuir en diligence, ou d'estre bien batu.
MAT. Me menacer encor! ah ventre, quelle audace,
Au lieu d'estre à genoux, & d'implorer ma grace!

Il a donné le mot, ces valets vont fortir,
Ie m'en vay commander aux Mers de t'engloutir.
CLI. Sans vous chercher fi loin un fi grand cimetiere,
Ie vous vay de ce pas jetter dans la riviere.
MAT. Ils font d'intelligence. Ah, tefte. *CLI.* Point de bruit,
I'ay déja maffacré dix hommes cette nuit,
Et fi vous me fafchez, vous en croiftrez le nombre.
MAT. Cadediou, ce coquin a marché dans mon ombre,
Il s'eft fait tout vaillant d'avoir fuivy mes pas:
S'il avoit du respeƈt, j'en voudrois faire cas.
    Ecoute, je fuis bon, & ce feroit dommage
De priver l'Vnivers d'un homme de courage.
Demande-moy pardon, & ceffe par tes feux
De profaner l'objet digne feul de mes vœux;
Tu connois ma valeur, éprouve ma clemènce.
CLI. Plûtoft, fi voftre amour a tant de vehemence,
Faifons deux coups d'épée au nom de fa beauté.
MAT. Parbieu, tu me ravis de generofité.
    Va, pour la conquerir n'ufe plus d'artifices,
Ie te la veux donner pour prix de tes fervices,
Plains-toy dorefnavant d'avoir un maiftre ingrat.
CLI. A ce rare prefent d'aife le cœur me bat.
    Proteƈteur des grands Rois, guerrier trop magnanime,
Puiffe tout l'Vnivers bruire de voftre estime.

SCENE X.

ISABELLE, MATAMORE, CLINDOR.

ISA. IE rens graces au Ciel de ce qu'il a permis
    Qu'à la fin fans combat je vous voy bons amis.
MAT. Ne penfez plus, ma Reine, à l'honneur que ma flame
Vous devoit faire un jour de vous prendre pour femme,
Pour quelque occafion j'ay changé de deffein;
Mais je vous veux donner un homme de ma main,
Faites-en de l'état, il eft vaillant luy-mefme,
Il commandoit fous moy. *ISA.* Pour vous plaire, je l'aime.
CLI. Mais il faut du filence à noftre affeƈtion.
MAT. Ie vous promets filence, & ma proteƈtion,
    Avoüez-vous de moy par tous les coins du Monde,
    Ie fuis craint à l'egal fur la Terre & fur l'Onde.
                  E e e iij

Allez, vivez contens fous une mefme loy.
ISA. Pour vous mieux obeïr je luy donne ma foy.
CLI. Commandez que fa foy de quelque effet fuivie...

SCENE XI.

*GERONTE, ADRASTE, MATAMORE,
CLINDOR, ISABELLE, LYSE,
Troupe de Domestiques.*

ADR. CEt infolent discours te coûtera la vie,
Suborneur. *MA.* Ils ont pris mon courage en defaut.
Cette porte eft ouverte, allons gagner le haut. [a]
CLI. Traiftre, qui te fais fort d'une troupe brigande,
Ie te choifiray bien au milieu de la bande.
GER. Dieux ! Adrafte eft bleffé, courez au medecin.
Vous autres cependant arrétez l'affaffin.
CLI. Helas ! je cede au nombre. Adieu, chere Ifabelle,
Ie tombe au précipice où mon destin m'appelle.
GER. C'en eft fait, emportez ce corps à la maifon,
Et vous, conduifez toft ce traiftre à la prifon.

[a] Il entre
chez Ifa-
belle, après
qu'elle &
Lyfe y
font en-
trées.

SCENE XII.

ALCANDRE, PRIDAMANT.

PRI. HElas! mon fils eft mort. *ALC.* Que vous avez d'alarmes!
PRI. Ne luy refufez point le fecours de vos charmes.
ALC. Vn peu de patience, & fans un tel fecours,
Vous le verrez bien-toft heureux en fes amours.

ACTE IV.

SCENE PREMIERE.

ISABELLE.

ENFIN le terme approche, un jugement inique
Doit abufer demain d'un pouvoir tyrannique,
A fon propre affaffin immoler mon amant,
Et faire une vangeance au lieu d'un châtiment.
Par un decret injuste autant comme fevere,
Demain doit triompher la haine de mon pere,
La faveur du païs, la qualité du mort,
Le malheur d'Ifabelle, & la rigueur du Sort;
Helas ! que d'ennemis, & de quelle puiffance,
Contre le foible appuy que donne l'innocence,
Contre un pauvre inconnu, de qui tout le forfait
Eft de m'avoir aimée, & d'eftre trop parfait!
Ouy, Clindor, tes vertus & ton feu legitime,
T'ayant acquis mon cœur, ont fait auffi ton crime,
Mais en vain après toy l'on me laiffe le jour,
Ie veux perdre la vie en perdant mon amour,
Prononçant ton Arreft, c'eft de moy qu'on difpofe,
Ie veux fuivre ta mort puifque j'en fuis la caufe,
Et le mefme moment verra par deux trépas
Nos efprits amoureux fe rejoindre là-bas.
    Ainfi, pere inhumain, ta cruauté deçeuë,
De nos faintes ardeurs verra l'heureufe iffuë;
Et fi ma perte alors fait naiftre tes douleurs,
Auprès de mon amant je riray de tes pleurs,
Ce qu'un remors cuifant te coûtera de larmes,
D'un fi doux entretien augmentera les charmes;
Ou s'il n'a pas affez dequoy te tourmenter,
Mon Ombre chaque jour viendra t'épouvanter,
S'attacher à tes pas dans l'horreur des tenebres,
Prefenter à tes yeux mille images funebres,

Ietter dans ton esprit un éternel effroy,
Te reprocher ma mort, t'appeler après moy,
Accabler de malheurs ta languiſſante vie,
Et te reduire au point de me porter envie.
Enfin....

SCENE II.

ISABELLE, LYSE.

LYS. QVoy, chacun dort, & vous étes icy!
Ie vous jure, Monſieur en eſt en grand ſoucy.
ISA. Quand on n'a plus d'eſpoir, Lyſe, on n'a plus de crainte,
Ie trouve des douceurs à faire icy ma plainte,
Icy je vis Clindor pour la derniere fois,
Ce lieu me redit mieux les accens de ſa voix,
Et remet plus avant en mon ame éperduë
L'aimable ſouvenir d'une ſi chere veuë.
LYS. Que vous prenez de peine à groſſir vos ennuis!
ISA. Que veux-tu que je faſſe en l'état où je ſuis?
LYS. De deux amants parfaits dont vous étiez ſervie,
L'un doit mourir demain, l'autre eſt déja ſans vie;
Sans perdre plus de temps à ſoûpirer pour eux,
Il en faut trouver un qui les vaille tous deux.
ISA. De quel front oſes-tu me tenir ces paroles?
LYS. Quel fruit eſperez-vous de vos douleurs frivoles?
Penſez-vous pour pleurer, & ternir vos appas,
Rappeler voſtre amant des portes du trépas?
Songez plûtoſt à faire une illuſtre conqueſte,
Ie ſçay pour vos liens une ame toute preſte,
Vn homme incomparable. *ISA.* Oſte-toy de mes yeux.
LYS. Le meilleur jugement ne choiſiroit pas mieux.
ISA. Pour croiſtre mes douleurs faut-il que je te voye?
LYS. Et faut-il qu'à vos yeux je déguiſe ma joye?
ISA. D'où te vient cette joye ainſi hors de ſaiſon?
LYS. Quand je vous l'auray dit, jugez ſi j'ay raiſon.
ISA. Ah, ne me conte rien. *LYS.* Mais l'affaire vous touche.
ISA. Parle-moy de Clindor, ou n'ouvre point la bouche.
LYS. Ma belle humeur qui rit au milieu des malheurs
Fait plus en un moment, qu'un ſiecle de vos pleurs;

Elle a

Elle a sauvé Clindor. *ISA.* Sauvé Clindor! *LYS.* Luy-mesme.
Iugez aprés cela comme quoy je vous aime.
ISA. Et de grace, où faut-il que je l'aille trouver?
LYS. Ie n'ay que commencé, c'est à vous d'achever.
ISA. Ah, Lyse! *LYS.* Tout de bon, seriez-vous pour le suivre?
ISA. Si je suivrois celuy sans qui je ne puis vivre?
  Lyse, si ton esprit ne le tire des fers,
  Ie l'accompagneray jusque dans les Enfers,
  Va, ne demande plus si je suivrois sa fuite.
LYS. Puisqu'à ce beau dessein l'amour vous a reduite,
  Ecoutez où j'en suis, & secondez mes coups,
  Si vostre amant n'échape, il ne tiendra qu'à vous.
    La prison est fort proche... *ISA.* Et bien? *LYS.* Ce voisinage
Au frere du Concierge a fait voir mon visage,
Et comme c'est tout un que me voir & m'aimer,
Le pauvre malheureux s'en est laissé charmer.
ISA. Ie n'en avois rien sçeu! *LYS.* I'en avois tant de honte,
  Que je mourois de peur qu'on vous en fist le conte,
  Mais depuis quatre jours vostre amant arrété
  A fait que l'allant voir je l'ay mieux écouté.
  Des yeux & du discours flatant son esperance
  D'un mutuel amour j'ay formé l'apparence;
  Quand on aime une fois, & qu'on se croit aimé,
  On fait tout pour l'objet dont on est enflamé.
  Par là j'ay sur son ame asseuré mon empire,
  Et l'ay mis en état de ne m'oser dédire.
  Quand il n'a plus douté de mon affection,
  I'ay fondé mes refus sur sa condition;
  Et luy pour m'obliger juroit de s'y déplaire,
  Mais que malaisément il s'en pouvoit défaire,
  Que les clefs des prisons qu'il gardoit aujourd'huy
  Etoient le plus grand bien de son frere, & de luy.
  Moy, de dire soudain que sa bonne fortune
  Ne luy pouvoit offrir d'heure plus opportune;
  Que pour se faire riche, & pour me posseder,
  Il n'avoit seulement qu'à s'en accommoder;
  Qu'il tenoit dans les fers un Seigneur de Bretagne,
  Déguisé sous le nom du Sieur de la Montagne;
  Qu'il falloit le sauver, & le suivre chez luy,
  Qu'il nous feroit du bien, & seroit nostre appuy.
  Il demeure étonné, je le presse, il s'excuse,
  Il me parle d'amour, & moy je le refuse,

Ie le quitte en colere, il me fuit tout confus,
Me fait nouvelle excufe, & moy nouveau refus.
ISA. Mais enfin? *LYS.* I'y retourne, & le trouve fort trifte;
Ie le juge ébranlé, je l'attaque, il refifte.
Ce matin, *en un mot le peril eft preffant,*
Ay-je dit, *tu peux tout, & ton frere eft abfent.*
Mais il faut de l'argent pour un fi long voyage,
M'a-t'il dit, *il en faut pour faire l'équipage,*
Ce Cavalier en manque. *ISA.* Ah, Lyfe, tu devois
Luy faire offre auffi-toft de tout ce que j'avois,
Perles, bagues, habits. *LYS.* I'ay bien fait davantage,
I'ay dit qu'à vos beautez ce captif rend hommage,
Que vous l'aimez de mefme, & fuirez avec nous.
Ce mot me l'a rendu fi traitable, & fi doux,
Que j'ay bien reconnu qu'un peu de jaloufie
Touchant voftre Clindor broüilloit fa fantaifie,
Et que tous ces détours provenoient feulement
D'une vaine frayeur qu'il ne fuft mon amant.
Il eft party foudain après voftre amour fçeuë,
A trouvé tout aifé, m'en a promis l'iffuë;
Et vous mande par moy qu'environ à my-nuit
Vous foyez toute prefte à déloger fans bruit.
ISA. Que tu me rends heureufe! *LYS.* Ajouftez-y, de grace,
Qu'accepter un mary pour qui je fuis de glace,
C'eft me facrifier à vos contentemens.
ISA. Auffi... *LYS.* Ie ne veux point de vos remercîmens,
Allez ployer bagage, & pour groffir la fomme,
Ioignez à vos bijoux les efcus du bon homme.
Ie vous vends fes trefors, mais à fort bon marché,
I'ay defrobé fes clefs depuis qu'il eft couché,
Ie vous les livre. *ISA.* Allons-y travailler enfemble.
LYS. Paffez-vous de mon aide. *ISA.* Et quoy! le cœur te tremble?
LYS. Non, mais c'eft un fecret tout propre à l'éveiller,
Nous ne nous garderions jamais de babiller.
ISA. Folle, tu ris toûjours. *LYS.* De peur d'une furprife
Ie dois attendre icy le Chef de l'entreprife;
S'il tardoit à la ruë, il feroit reconnu,
Nous vous irons trouver dès qu'il fera venu,
C'eft là fans raillerie. *ISA.* Adieu donc, je te laiffe,
Et confens que tu fois aujourd'huy la maîtreffe.
LYS. C'eft du moins. *ISA.* Fay bon guet. *LY.* Vous, faites bon butin.

SCENE III.

LYSE.

Ainsi, Clindor, je fais moy seule ton destin,
Des fers où je t'ay mis c'est moy qui te delivre,
Et te puis à mon choix faire mourir, ou vivre.
On me vangeoit de toy pardelà mes desirs,
Ie n'avois de dessein que contre tes plaisirs;
Ton sort trop rigoureux m'a fait changer d'envie,
Ie te veux asseurer tes plaisirs, & ta vie,
Et mon amour éteint, te voyant en danger,
Renaist pour m'avertir que c'est trop me vanger.
I'espere aussi, Clindor, que pour reconnoissance
De ton ingrat amour étouffant la licence...

SCENE IV.

MATAMORE, ISABELLE, LYSE.

IS. QVoy! chez nous, & de nuit! *M.* L'autre jour... *I.* Qu'est-ce-cy,
L'autre jour ? est-il temps que je vous trouve icy?
LYS. C'est ce grand Capitaine. Où s'est-il laissé prendre?
ISA. En montant l'escalier je l'en ay veu descendre.
MAT. L'autre jour au defaut de mon affection,
I'asseuray vos appas de ma protection.
ISA. Aprés? *MAT.* On vint icy faire une broüillerie,
Vous rentrastes voyant cette forfanterie,
Et pour vous proteger je vous suivis soudain.
ISA. Vostre valeur prit lors un genereux dessein.
Depuis? *MAT.* Pour conserver une Dame si belle,
Au plus haut du logis j'ay fait la sentinelle.
ISA. Sans sortir? *MAT.* Sans sortir. *LYS.* C'est à dire en deux mots
Que la peur l'enfermoit dans la chambre aux fagots.
MAT. La peur? *LYS.* Ouy, vous tremblez, la vostre est sans égale.
MAT. Parce qu'elle a bon pas j'en fais mon Bucephale,
Lors que je la domptay je luy fis cette loy,
Et depuis, quand je marche, elle tremble sous moy.
LYS. Vostre caprice est rare à choisir des montures.
MAT. C'est pour aller plus viste aux grandes avantures.

ISA. Vous en exploitez bien ; mais changeons de discours.
Vous avez demeuré là dedans quatre jours?
MAT. Quatre jours. *ISA.* Et vécu? *MA.* De Nectar, d'Ambrosie.
LYS. Ie croy que cette viande aisément raffasie?
MAT. Aucunement. *ISA.* Enfin, vous étiez décendu...
MAT. Pour faire qu'un amant en vos bras fuit rendu,
Pour rompre fa prifon, en fracaffer les portes,
Et brifer en morceaux fes chaifnes les plus fortes.
LYS. Avoüez franchement que preffé de la faim
Vous veniez bien plûtoft faire la guerre au pain.
MAT. L'un & l'autre parbieu. Cette Ambrofie eft fade,
I'en eus au bout d'un jour l'estomach tout malade.
C'eft un mets delicat, & de peu de foûtien,
A moins que d'eftre un Dieu l'on n'en vivroit pas bien,
Il caufe mille maux, & dès l'heure qu'il entre,
Il allonge les dents, & rétreffit le ventre.
LYS. Enfin c'eft un ragouft qui ne vous plaifoit pas?
MAT. Quitte pour chaque nuit faire deux tours en bas,
Et là m'accommodant des reliefs de cuifine,
Mefler la viande humaine avecque la divine.
ISA. Vous aviez après tout deffein de nous voler.
MAT. Vous-mefmes après tout m'ofez-vous quereller ?
Si je laiffe une fois échaper ma colere....
ISA. Lyfe, fay-moy fortir les valets de mon pere.
MAT. Vn fot les attendroit.

SCENE V.

I S A B E L L E , L Y S E.

LYS. Vous ne le tenez pas.
ISA. Il nous avoit bien dit que la peur a bon pas.
LYS. Vous n'avez cependant rien fait, ou peu de chofe?
ISA. Rien du tout, que veux-tu ? fa rencontre en eft caufe.
LYS. Mais vous n'aviez alors qu'à le laiffer aller.
ISA. Mais il m'a reconnuë, & m'eft venu parler.
Moy, qui feule & de nuit craignois fon infolence,
Et beaucoup plus encor de troubler le filence,
I'ay crû, pour m'en défaire & m'ofter de foucy,
Que le meilleur étoit de l'amener icy.

Voy quand j'ay ton fecours que je me tiens vaillante,
Puisque j'ofe affronter cette humeur violente.
LYS. I'en ay ry comme vous, mais non fans murmurer,
C'eft bien du temps perdu. *ISA.* Ie vay le reparer.
LYS. Voicy le conducteur de noftre intelligence,
Sçachez auparavant toute fa diligence.

SCENE VI.

I S A B E L L E, L Y S E, L E G E O L I E R.

ISA. **E**T bien, mon grand amy, braverons-nous le Sort,
Et viens-tu m'apporter, ou la vie, ou la mort?
Ce n'eft plus qu'en toy feul que mon espoir fe fonde.
GEO. Banniffez vos frayeurs, tout va le mieux du Monde,
Il ne faut que partir, j'ay des chevaux tous prefts,
Et vous pourrez bien-toft vous moquer des Arrefts.
ISA. Ie te doy regarder comme un Dieu tutelaire,
Et ne fçay point pour toy d'affez digne falaire.
GEO. Voicy le prix unique où tout mon cœur pretend.
ISA. Lyfe, il faut te refoudre à le rendre content.
LYS. Ouy, mais tout fon appreft nous eft fort inutile,
Comment ouvrirons-nous les portes de la ville?
GEO. On nous tient des chevaux en main feure aux faux-bourgs,
Et je fçais un vieux mur qui tombe tous les jours,
Nous pourrons aifément fortir par fes ruines.
ISA. Ah! que je me trouvois fur d'étranges épines!
GEO. Mais il faut fe hafter. *ISA.* Nous partirons foudain,
Viens nous aider là haut à faire noftre main.

SCENE VII.

C L I N D O R.[a]

AImables fouvenirs de mes cheres delices,
Qu'on va bien-toft changer en d'infames fupplices,
Que malgré les horreurs de ce mortel effroy
Vos charmants entretiens ont de douceurs pour moy!
Ne m'abandonnez point, foyez-moy plus fidelles,
Que les rigueurs du Sort ne fe montrent cruelles;

Fff iij

Et lors que du trépas les plus noires couleurs
Viendront à mon esprit figurer mes malheurs,
Figurez auſſi-toſt à mon ame interdite
Combien je fus heureux pardelà mon merite.
Lors que je me plaindray de leur ſeverité,
Redites-moy l'excès de ma temerité;
Que d'un ſi haut deſſein ma fortune incapable
Rendoit ma flame injuste, & mon espoir coupable;
Que je fus criminel quand je devins amant,
Et que ma mort en eſt le juste châtiment.
  Quel bonheur m'accompagne à la fin de ma vie!
Iſabelle, je meurs pour vous avoir ſervie,
Et de quelque tranchant que je ſouffre les coups,
Ie meurs trop glorieux, puisque je meurs pour vous.
Helas! que je me flate, & que j'ay d'artifice
A me diſſimuler la honte d'un ſupplice!
En eſt-il de plus grand, que de quitter ces yeux
Dont le fatal amour me rend ſi glorieux?
L'Ombre d'un meurtrier creuſe icy ma ruine,
Il ſuccomba vivant, & mort il m'aſſaſſine,
Son nom fait contre moy ce que n'a pû ſon bras,
Mille aſſaſſins nouveaux naiſſent de ſon trépas,
Et je voy de ſon ſang fecond en perfidies
S'élever contre moy des ames plus hardies,
De qui les paſſions s'armant d'autorité
Font un meurtre public avec impunité,
Demain de mon courage on doit faire un grand crime,
Donner au déloyal ma teſte pour victime,
Et tous pour le païs prennent tant d'intereſt,
Qu'il ne m'eſt pas permis de douter de l'Arreſt.
Ainſi de tous coſtez ma perte étoit certaine,
I'ay repouſſé la mort, je la reçoy pour peine,
D'un peril évité je tombe en un nouveau,
Et des mains d'un rival en celles d'un bourreau.
Ie fremis à penſer à ma triste avanture,
Dans le ſein du repos je ſuis à la torture,
Au milieu de la nuit & du temps du ſommeil
Ie voy de mon trépas le honteux appareil,
I'en ay devant les yeux les funestes ministres,
On me lit du Senat les mandemens ſinistres,
Ie ſors les fers aux pieds, j'entens déja le bruit
De l'amas inſolent d'un peuple qui me ſuit,

Ie voy le lieu fatal où ma mort se prépare;
Là mon esprit se trouble, & ma raison s'égare,
Ie ne découvre rien qui m'ose secourir,
Et la peur de la mort me fait déja mourir.
  Isabelle, toy seule en réveillant ma flame
Dissipes ces terreurs, & rasseures mon ame,
Et si-tost que je pense à tes divins attraits,
Ie vois évanoüir ces infames portraits.
Quelques rudes assauts que le malheur me livre,
Garde mon souvenir, & je croiray revivre.
Mais d'où vient que de nuit on ouvre ma prison?
Amy, que viens-tu faire icy hors de saison?

SCENE VIII.

CLINDOR, LE GEOLIER.

GEO.[a] **L**Es Iuges assemblez pour punir vostre audace
  Meus de compassion enfin vous ont fait grace.
CL. M'ont fait grace, bons Dieux! *GE.* Ouy, vous mourrez de nuit.
CLI. De leur compassion est-ce-là tout le fruit?
GEO. Que de cette faveur vous tenez peu de conte!
  D'un supplice public c'est vous sauver la honte.
CLI. Quels encens puis-je offrir aux maistres de mon sort,
  Dont l'Arrest me fait grace, & m'envoye à la mort?
GEO. Il la faut recevoir avec meilleur visage.
CLI. Fay ton office, amy, sans causer davantage.
GEO. Vne troupe d'Archers là dehors vous attend,
  Peut-estre en les voyant serez-vous plus content.

[a] *Isabelle & Lyse paroissent à quartier.*

SCENE IX.

CLINDOR, ISABELLE, LYSE, LE GEOLIER.

ISA.[b] **L**Yse, nous l'allons voir. *LYS.* Que vous étes ravie!
  ISA. Ne le serois-je point de recevoir la vie?
Son destin & le mien prennent un mesme cours,
Et je mourrois du coup qui trancheroit ses jours.

[b] *Elle dit ces mots à Lyse, cependant que le Geolier ouvre la prison à Clindor.*

GEO. Monfieur, connoiffez-vous beaucoup d'Archers femblables?
CLI. Ah Madame, eft-ce vous ? furprifes adorables,
  Trompeur trop obligeant ! tu difois bien vraiment
  Que je mourrois de nuit, mais de contentement.
ISA. Clindor! *GEO.* Ne perdons point le temps à ces careffes,
  Nous aurons tout loifir de flater nos Maîtreffes.
CLI. Quoy, Lyfe eft donc la fienne! *ISA.* Ecoutez le discours
  De voftre liberté qu'ont produit leurs amours.
GEO. En lieu de feureté le babil eft de mife,
  Mais icy ne fongeons qu'à nous ofter de prife.
ISA. Sauvons-nous, mais avant promettez-nous tous deux
  Iusqu'au jour d'un Hymen de moderer vos feux;
  Autrement, nous rentrons. *CLI.* Que cela ne vous tienne,
  Ie vous donne ma foy. *GEO.* Lyfe, reçoy la mienne.
ISA. Sur un gage fi bon j'ofe tout hazarder.
GEO. Nous nous amufons trop, il eft temps d'évader.

SCENE X.

ALCANDRE, PRIDAMANT.

AL. NE craignez plus pour eux ny perils, ny disgraces,
  Beaucoup les pourfuivront, mais fans trouver leurs traces.
PRI. A la fin je respire. *ALC.* Après un tel bonheur
  Deux ans les ont montez en haut degré d'honneur.
  Ie ne vous diray point le cours de leurs voyages,
  S'ils ont trouvé le calme, ou vaincu les orages,
  Ny par quel Art non-plus ils fe font élevez;
  Il fuffit d'avoir veu comme ils fe font fauvez,
  Et que fans vous en faire une histoire importune,
  Ie vous les vay montrer en leur haute fortune.
    Mais puifqu'il faut paffer à des effets plus beaux,
  Rentrons pour évoquer des Fantofmes nouveaux :
  Ceux que vous avez veus reprefenter de fuite
  A vos yeux étonnez leur amour, & leur fuite,
  N'étant pas destinez aux hautes fonctions,
  N'ont point affez d'éclat pour leurs conditions.

ACTE

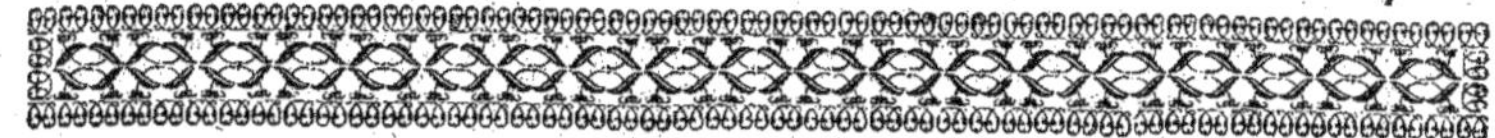

ACTE V.

SCENE PREMIERE.

ALCANDRE, PRIDAMANT.

PRI. QV'Isabelle est changée, & qu'elle est éclatante!
    AL. Lyse marche apres elle, & luy sert de Suivante.
    Mais derechef sur tout n'ayez aucun effroy,
    Et de ce lieu fatal ne sortez qu'après moy,
  Ie vous le dis encor, il y va de la vie.
PRI. Cette condition m'en oste assez l'envie.

SCENE II.

ISABELLE representant Hyppolite,
LYSE representant Clarine.

LYS. CE divertissement n'aura-t'il point de fin?
    Et voulez-vous passer la nuit dans ce jardin?
ISA. Ie ne puis plus cacher le sujet qui m'améne,
    C'est grossir mes douleurs que de taire ma peine.
    Le Prince Florilame... *LYS.* Et bien ? il est absent.
ISA. C'est la source des maux que mon ame ressent.
    Nous sommes ses voisins, & l'amour qu'il nous porte
    Dedans son grand jardin nous permet cette porte:
    La Princesse Rosine & mon perfide époux
    Durant qu'il est absent en font leur rendez-vous.
    Ie l'attens au passage, & luy feray connoistre
    Que je ne suis pas femme à rien souffrir d'un traistre.
LYS. Madame, croyez-moy, loin de le quereller,
  Vous ferez beaucoup mieux de tout dissimuler.
  Il nous vient peu de fruit de telles jalousies,
  Vn homme en court plûtost après ses fantaisies,

Tome I.   Ggg

Il est toûjours le maistre, & tout nostre discours
Par un contraire effet l'obstine en ses amours.
ISA. Ie dissimuleray son adultere flame!
　　Vne autre aura son cœur, & moy le nom de femme!
　　Sans crime d'un Hymen peut-il rompre la loy?
　　Et ne rougit-il point d'avoir si peu de foy?
LYS. Cela fut bon jadis, mais au temps où nous sommes,
　　Ny l'Hymen, ny la foy n'obligent plus les hommes.
　　Leur gloire a son brillant & ses regles à part,
　　Où la nostre se perd, la leur est sans hazard,
　　Elle croist aux dépens de nos lasches foiblesses,
　　L'honneur d'un galant homme est d'avoir des Maîtresses.
ISA. Oste-moy cet honneur & cette vanité
　　De se mettre en credit par l'infidelité.
　　Si pour haïr le change, & vivre sans amie
　　Vn homme tel que luy tombe dans l'infamie,
　　Ie le tiens glorieux d'estre infame à ce prix,
　　S'il en est méprisé, j'estime ce mépris.
　　Le blasme qu'on reçoit d'aimer trop une femme,
　　Aux maris vertueux est un illustre blasme.
LYS. Madame, il vient d'entrer, la porte a fait du bruit.
ISA. Retirons-nous qu'il passe. *LYS.* Il vous voit, & vous suit.

SCENE III.

CLINDOR representant Theagene,
ISABELLE representant Hyppolite,
LYSE representant Clarine.

CLI. Vous fuyez, ma Princesse, & cherchez des remises,
　　Sont-ce-là les douceurs que vous m'aviez promises?
　　Est-ce ainsi que l'amour ménage un entretien?
　　Ne fuyez plus, Madame, & n'apprehendez rien,
　　Florilame est absent, ma jalouse endormie.
ISA. En étes-vous bien seur? *CLI.* Ah, Fortune ennemie!
ISA. Ie veille, déloyal, ne croy plus m'aveugler.
　　Au milieu de la nuit je ne voy que trop clair,
　　Ie voy tous mes soupçons passer en certitudes,
　　Et ne puis plus douter de tes ingratitudes,
　　Toy mesme par ta bouche as trahy ton secret.
　　O l'esprit avisé pour un amant discret,

Et que c'eſt en amour une haute prudence,
D'en faire avec ſa femme entiere confidence!
Où ſont tant de ſermens de n'aimer rien que moy?
Qu'as-tu fait de ton cœur? qu'as-tu fait de ta foy?
Lors que je la receus, ingrat, qu'il te ſouvienne
De combien differoient ta fortune & la mienne.
De combien de rivaux je dédaignay les vœux,
Ce qu'un ſimple ſoldat pouvoit eſtre auprès d'eux,
Quelle tendre amitié je recevois d'un pere;
Ie le quittay pourtant pour ſuivre ta miſere,
Et je tendis les bras à mon enlevement,
Pour ſouſtraire ma main à ſon commandement.
En quelle extremité depuis ne m'ont reduite
Les hazards dont le Sort a traverſé ta fuite,
Et que n'ay-je ſouffert avant que le bon-heur
Elevaſt ta baſſeſſe à ce haut rang d'honneur?
Si pour te voir heureux ta foy s'eſt relaſchée,
Remets-moy dans le ſein dont tu m'as arrachée;
L'amour que j'ay pour toy m'a fait tout hazarder,
Non-pas pour des grandeurs, mais pour te poſſeder.
CLI. Ne me reproche plus ta fuite, ny ta flame,
Que ne fait point l'Amour quand il poſſede une ame?
Son pouvoir à ma veuë attachoit tes plaiſirs,
Et tu me ſuivois moins que tes propres deſirs.
I'étois lors peu de choſe, ouy, mais qu'il te ſouvienne
Que ta fuite égala ta fortune à la mienne,
Et que pour t'enlever c'étoit un foible appas
Que l'éclat de tes biens qui ne te ſuivoient pas.
Ie n'eus de mon coſté que l'épée en partage,
Et ta flame du tien fut mon ſeul avantage:
Celle-là m'a fait grand en ces bords étrangers,
L'autre expoſa ma teſte à cent & cent dangers.
    Regrette maintenant ton pere, & ſes richeſſes,
Faſche-toy de marcher à coſté des Princeſſes,
Retourne en ton païs chercher avec tes biens
L'honneur d'un rang pareil à celuy que tu tiens.
De quel manque après tout as-tu lieu de te plaindre?
En quelle occaſion m'as-tu veu te contraindre?
As-tu receu de moy, ny froideurs, ny mépris?
Les femmes, à vray dire, ont d'étranges eſprits;
Qu'un mary les adore, & qu'un amour extreſme
A leur bizarre humeur le ſoûmettre luy-meſme,

Qu'il les comble d'honneurs & de bons traitemens,
Qu'il ne refuse rien à leurs contentemens;
S'il fait la moindre bréche à la foy conjugale,
Il n'est point à leur gré de crime qui l'égale,
C'est vol, c'est perfidie, assassinat, poison,
C'est massacrer son pere, & brusler sa maison,
Et jadis des Titans l'effroyable supplice
Tomba sur Encelade avec moins de justice.

ISA. Ie te l'ay déja dit, que toute ta grandeur
Ne fut jamais l'objet de ma sincere ardeur,
Ie ne suivois que toy quand je quittay mon pere:
Mais puisque ces grandeurs t'ont fait l'ame legere,
Laisse mon interest, songe à qui tu les dois.
　　Florilame luy seul t'a mis où tu te vois,
A peine il te connut, qu'il te tira de peine,
De soldat vagabond il te fit Capitaine,
Et le rare bonheur qui suivit cet employ
Ioignit à ses faveurs les faveurs de son Roy.
Quelle forte amitié n'a-t'il point fait paroistre
A cultiver depuis ce qu'il avoit fait naistre?
Par ses soins redoublez n'ès-tu pas aujourd'huy
Vn peu moindre de rang, mais plus puissant que luy?
Il eust gagné par là l'esprit le plus farouche;
Et pour remerciment tu veux soüiller sa couche!
Dans ta brutalité trouve quelques raisons,
Et contre ses faveurs défens tes trahisons.
Il t'a comblé de biens, tu luy voles son ame!
Il t'a fait grand Seigneur, & tu le rens infame!
Ingrat, c'est donc ainsi que tu rens les biens-faits?
Et ta reconnoissance a produit ces effets?

CLI. Mon ame (car encor ce beau nom te demeure,
Et te demeurera jusqu'à tant que je meure)
Crois-tu qu'aucun respect, ou crainte du trépas
Puisse obtenir sur moy ce que tu n'obtiens pas?
Dy que je suis ingrat, appelle-moy parjure,
Mais à nos feux sacrez ne fay plus tant d'injure,
Ils conservent encor leur premiere vigueur,
Et si le fol amour qui m'a surpris le cœur
Avoit pû s'étouffer au point de sa naissance,
Celuy que je te porte eust eu cette puissance.
Mais en vain mon devoir tasche à luy resister,
Toy-mesme as éprouvé qu'on ne le peut dompter.

Ce Dieu qui te força d'abandonner ton pere,
Ton païs, & tes biens pour suivre ma misere,
Ce Dieu mesme aujourd'huy force tous mes desirs
A te faire un larcin de deux ou trois soûpirs.

A mon égarement souffre cette échapée,
Sans craindre que ta place en demeure usurpée.
L'Amour dont la vertu n'est point le fondement
Se détruit de soy-mesme, & passe en un moment;
Mais celuy qui nous joint est un amour solide,
Où l'honneur a son lustre, où la vertu préside,
Sa durée a toûjours quelques nouveaux appas,
Et ses fermes liens durent jusqu'au trépas.
Mon ame, derechef pardonne à la surprise
Que ce Tyran des cœurs a faite à ma franchise,
Souffre une folle ardeur qui ne vivra qu'un jour,
Et qui n'affoiblit point le conjugal amour.

ISA. Helas ! que j'aide bien à m'abuser moy-mesme !
Ie voy qu'on me trahit, & veux croire qu'on m'aime,
Ie me laisse charmer à ce discours flateur,
Et j'excuse un forfait dont j'adore l'autheur.

Pardonne, cher époux, au peu de retenuë
Où d'un premier transport la chaleur est venuë :
C'est en ces accidens manquer d'affection,
Que de les voir sans trouble, & sans émotion.
Puisque mon teint se fane, & ma beauté se passe,
Il est bien juste aussi que ton amour se lasse,
Et mesme je croiray que ce feu passager
En l'amour conjugal ne pourra rien changer.
Songe un peu toutefois à qui ce feu s'adresse,
En quel peril te jette une telle Maîtresse.

Dissimule, déguise, & fois amant discret,
Les Grands en leur amour n'ont jamais de secret.
Ce grand train qu'à leurs pas leur grandeur propre attache
N'est qu'un grand corps tout d'yeux à qui rien ne se cache,
Et dont il n'est pas-un qui ne fist son effort
A se mettre en faveur par un mauvais rapport.
Tost ou tard Florilame apprendra tes pratiques,
Ou de sa défiance, ou de ses Domestiques,
Et lors (à ce penser je frissonne d'horreur)
A quelle extremité n'ira point sa fureur ?
Puisqu'à ces passe-temps ton humeur te convie,
Cours après tes plaisirs, mais asseure ta vie,

Sans aucun fentiment je te verray changer,
Lors que tu changeras fans te mettre en danger.
CLI. Encor une fois donc tu veux que je te die
Qu'auprès de mon amour je méprife ma vie?
Mon ame eft trop atteinte, & mon cœur trop bleffé
Pour craindre les perils dont je fuis menacé,
Ma paffion m'aveugle, & pour cette conquefte
Croit hazarder trop peu de hazarder ma tefte.
C'eft un feu que le temps pourra feul moderer,
C'eft un torrent qui paffe, & ne fçauroit durer.
ISA. Et bien, cours au trépas, puisqu'il a tant de charmes,
Et neglige ta vie auffi-bien que mes larmes.
Penfes-tu que ce Prince, après un tel forfait,
Par ta punition fe tienne fatisfait?
Qui fera mon appuy lors que ta mort infame
A fa jufte vangeance expofera ta femme,
Et que fur la moitié d'un perfide étranger
Vne feconde fois il croira fe vanger?
Non, je n'attendray pas que ta perte certaine
Puiffe attirer fur moy les reftes de ta peine,
Et que de mon honneur gardé fi cherement
Il faffe un facrifice à fon reffentiment.
Ie préviendray la honte où ton malheur me livre,
Et fçauray bien mourir, fi tu ne veux pas vivre.
Ce corps dont mon amour t'a fait le poffeffeur
Ne craindra plus bien-toft l'effort d'un raviffeur;
I'ay vécu pour t'aimer, mais non pour l'infamie
De fervir au mary de ton illuftre Amie.
Adieu, je vay du moins, en mourant avant toy,
Diminuer ton crime & dégager ta foy.
CLI. Ne meurs pas, chere époufe, & dans un fecond change
Voy l'effet merveilleux où ta vertu me range.
M'aimer malgré mon crime, & vouloir par ta mort
Eviter le hazard de quelque indigne effort!
Ie ne fçay qui je dois admirer davantage,
Ou de ce grand amour, ou de ce grand courage.
Tous les deux m'ont vaincu, je reviens fous tes loix,
Et ma brutale ardeur va rendre les abois:
C'en eft fait, elle expire, & mon ame plus faine
Vient de rompre les nœuds de fa honteufe chaifne,
Mon cœur, quand il fut pris, s'étoit mal défendu,
Perds-en le fouvenir. *ISA.* Ie l'ay déja perdu.

CLI. Que les plus beaux objets qui ſoient deſſus la Terre
Conſpirent deſormais à me faire la guerre;
Ce cœur inexpugnable aux aſſauts de leurs yeux
N'aura plus que les tiens pour maiſtres, & pour Dieux.
LYS. Madame, quelqu'un vient.

SCENE IV.

*CLINDOR repreſentant Theagene, ISABELLE
repreſentant Hyppolite, LYSE repreſentant
Clarine, ERASTE, Troupe de
Domeſtiques de Florilame.*

ERA.[a]   **R**Eçoy, traiſtre, avec joye
Les faveurs que par nous ta Maîtreſſe t'envoye.
PRI.[b] On l'aſſaſſine, ô Dieux, daignez le ſecourir.
ERA. Puiſſent les ſuborneurs ainſi toûjours perir.
ISA. Qu'avez-vous fait, bourreaux? *ER.* Vn juſte & grand exemple,
Qu'il faut qu'avec effroy tout l'avenir contemple,
Pour apprendre aux ingrats aux dépens de ſon ſang
A n'attaquer jamais l'honneur d'un ſi haut rang.
Noſtre main a vangé le Prince Florilame,
La Princeſſe outragée, & vous meſme, Madame,
Immolant à tous trois un déloyal époux
Qui ne meritoit pas la gloire d'eſtre à vous.
D'un ſi laſche attentat ſouffrez le prompt ſupplice,
Et ne vous plaignez point quand on vous rend juſtice.
Adieu. *ISA.* Vous ne l'avez maſſacré qu'à demy,
Il vit encor en moy, ſaoulez ſon ennemy,
Achevez, aſſaſſins, de m'arracher la vie.
    Cher époux, en mes bras on te l'a donc ravie,
Et de mon cœur jaloux les ſecrets mouvemens
N'ont pû rompre ce coup par leurs preſſentimens!
O clarté trop fidelle, helas, & trop tardive,
Qui ne fais voir le mal, qu'au moment qu'il arrive!
Falloit-il... Mais j'étouffe, & dans un tel malheur
Mes forces & ma voix cedent à ma douleur,
Son vif excès me tuë enſemble & me conſole,
Et puiſqu'il nous rejoint... *LYS.* Elle perd la parole.
Madame. Elle ſe meurt, épargnons les discours,
Et courons au logis appeler du ſecours.[c]

[a] *Il poignarde Clindor.*
[b] *A Alcandre.*
[c] *Icy on rabaiſſe une toile qui couvre le jardin & les corps de Clindor & d'Iſabelle, & le Magicien & le pere ſortent de la grotte.*

SCENE V.

ALCANDRE, PRIDAMANT.

ALC. Ainsi de nostre espoir la Fortune se joüe,
Tout s'éleve, ou s'abaisse au bransle de sa roüe,
Et son ordre inégal qui regit l'Vnivers,
Au milieu du bonheur a ses plus grands revers.
PRI. Cette reflexion mal propre pour un pere
Consoleroit peut-estre une douleur legere:
Mais après avoir veu mon fils assassiné,
Mes plaisirs foudroyez, mon espoir ruiné,
l'aurois d'un si grand coup l'ame bien peu blessée
Si de pareils discours m'entroient dans la pensée.
Helas! dans sa misere il ne pouvoit perir,
Et son bonheur fatal luy seul l'a fait mourir.

N'attendez pas de moy des plaintes davantage,
La douleur qui se plaint cherche qu'on la soulage,
La mienne court après son déplorable sort,
Adieu, je vay mourir, puisque mon fils est mort.
ALC. D'un juste desespoir l'effort est legitime,
Et de le détourner je croirois faire un crime,
Ouy, suivez ce cher fils sans atttendre à demain:
Mais épargnez du moins ce coup à vostre main,
Laissez faire aux douleurs qui rongent vos entrailles,
Et pour les redoubler, voyez ses funerailles.ª

PRI. Que voy-je? chez les morts conte-t'on de l'argent?
ALC. Voyez si pas-un d'eux s'y montre negligent.
PRI. Ie voy Clindor, ah Dieux, quelle étrange surprise!
Ie voy ses assassins, je voy sa femme, & Lyse!
Quel charme en un moment étouffe leurs discords,
Pour assembler ainsi les vivans & les morts?
ALC. Ainsi tous les Acteurs d'une troupe Comique,
Leur Poëme recité, partagent leur pratique,
L'un tuë, & l'autre meurt, l'autre vous fait pitié,
Mais la Scene préside à leur inimitié,
Leurs Vers font leurs combats, leur mort suit leurs paroles,
Et sans prendre interest en pas-un de leurs rôles,
Le traistre & le trahy, le mort & le vivant,
Se trouvent à la fin amis comme devant.

ª Icy on re-
leve la toi-
le, & tous
les Come-
diens pa-
roissent
avec leur
Portier
qui con-
tent de
l'argent
sur une ta-
ble & en
prennent
chacun
leur part.

Voſtre

     Voſtre fils & ſon train ont bien ſçeu par leur fuite
D'un pere & d'un Prevoſt éviter la pourſuite,
Mais tombant dans les mains de la neceſſité,
Ils ont pris le Theatre en cette extremité.
PRI. Mon fils Comedien! *ACL.* D'un Art ſi difficile
Tous les quatre au beſoin ont fait un doux azile,
Et depuis ſa priſon, ce que vous avez veu,
Son adultere amour, ſon trépas impréveu,
N'eſt que la triſte fin d'une Piece Tragique
Qu'il expoſe aujourd'huy ſur la Scene publique,
Par où ſes compagnons en ce noble métier
Raviſſent à Paris un peuple tout entier.
Le gain leur en demeure, & ce grand équipage
Dont je vous ay fait voir le ſuperbe étalage,
Eſt bien à voſtre fils, mais non pour s'en parer
Qu'alors que ſur la Scene il ſe fait admirer.
PRI. I'ay pris ſa mort pour vraye, & ce n'étoit que feinte,
Mais je trouve par tout meſmes ſujets de plainte.
Eſt-ce-là cette gloire & ce haut rang d'honneur
Où le devoit monter l'excès de ſon bonheur?
ALC. Ceſſez de vous en plaindre. A preſent le Theatre
Eſt en un point ſi haut que chacun l'idolatre,
Et ce que voſtre temps voyoit avec mépris,
Eſt aujourd'huy l'amour de tous les bons esprits,
L'entretien de Paris, le ſouhait des Provinces,
Le divertiſſement le plus doux de nos Princes,
Les delices du Peuple, & le plaiſir des Grands;
Parmy leurs paſſe-temps il tient les premiers rangs,
Et ceux dont nous voyons la ſageſſe profonde
Par ſes illuſtres ſoins conſerver tout le Monde,
Trouvent dans les douceurs d'un ſpectacle ſi beau
Dequoy ſe délaſſer d'un ſi peſant fardeau.
Meſme noſtre grand Roy, ce foudre de la guerre,
Dont le nom ſe fait craindre aux deux bouts de la Terre,
Le front ceint de lauriers, daigne bien quelquefois
Préter l'œil & l'oreille au Theatre François.
C'eſt là que le Parnaſſe étale ſes merveilles,
Les plus rares Esprits luy conſacrent leurs veilles,
Et tous ceux qu'Apollon voit d'un meilleur regard
De leur doctes travaux luy donnent quelque part.
   D'ailleurs, ſi par les biens on priſe les perſonnes,
Le Theatre eſt un fief dont les rentes ſont bonnes,

Tome I.   H h h

Et voftre fils rencontre en un métier fi doux
Plus d'accommodement qu'il n'euft trouvé chez vous.
Défaites-vous enfin de cette erreur commune,
Et ne vous plaignez plus de fa bonne fortune.
PRI. Ie n'ofe plus m'en plaindre, & voy trop de combien
Le métier qu'il a pris eft meilleur que le mien.
Il eft vray que d'abord mon ame s'eft émeuë,
I'ay creu la Comedie au point où je l'ay veuë,
I'en ignorois l'éclat, l'utilité, l'appas,
Et la blafmois ainfi ne la connoiffant pas.
Mais depuis vos discours, mon cœur plein d'allegreffe
A banny cette erreur avecque fa tristeffe.
Clindor a trop bien fait. *ALC.* N'en croyez que vos yeux.
PRI. Demain pour ce fujet j'abandonne ces lieux,
Ie vole vers Paris, cependant, grand Alcandre,
Quelles graces icy ne vous doy-je point rendre?
ALC. Servir les gens d'honneur eft mon plus grand defir,
I'ay pris ma recompenfe en vous faifant plaifir.
Adieu, je fuis content puisque je vous voy l'eftre.
PRI. Vn fi rare bien-fait ne fe peut reconnoiftre,
Mais, grand Mage, du moins croyez qu'à l'avenir
Mon ame en gardera l'éternel fouvenir.

F I N.

LE CID.

TRAGEDIE.

ACTEVRS.

D. FERNAND, *Premier Roy de Castille.*

D. VRRAQVE, *Infante de Castille.*

D. DIEGVE, *Pere de D. Rodrigue.*

D. GOMES, *Comte de Gormas pere de Chimène.*

D. RODRIGVE, *Amant de Chimène.*

D. SANCHE, *Amoureux de Chimène.*

D. ARIAS,
D. ALONSE,   } *Gentils-hommes Castillans.*

CHIMENE, *Fille de D. Gomes.*

LEONOR, *Gouvernante de l'Infante.*

ELVIRE, *Gouvernante de Chimène.*

VN PAGE *de l'Infante.*

La Scene est à Seville.

LE CID,
TRAGEDIE.

ACTE I.

SCENE PREMIERE.

CHIMENE, ELVIRE.

CHI. ELVIRE, m'as-tu fait un rapport bien
    sincere?
  Ne déguises-tu rien de ce qu'a dit mon
    pere?
ELV. Tous mes sens à moy-mesme en
    sont encor charmez,
  Il estime Rodrigue autant que vous
    l'aimez,
Et si je ne m'abuse à lire dans son ame,
Il vous commandera de répondre à sa flame.
CHI. Dy-moy donc, je te prie, une seconde fois
  Ce qui te fait juger qu'il approuve mon choix,
  Appren moy de nouveau quel espoir j'en doy prendre;
  Vn si charmant discours ne se peut trop entendre,
  Tu ne peux trop promettre aux feux de nostre amour
  La douce liberté de se montrer au jour.
  Que t'a-t'il répondu sur la secrette brigue
  Que font auprès de toy Don Sanche, & Don Rodrigue?

H h h iij

N'as-tu point trop fait voir quelle inégalité
Entre ces deux amans me panche d'un costé?
ELV. Non, j'ay peint vostre cœur dans une indifference
Qui n'enfle d'aucun d'eux, ny détruit l'esperance,
Et sans les voir d'un œil trop severe, ou trop doux,
Attend l'ordre d'un pere à choisir un époux.
Ce respect l'a ravy, sa bouche & son visage
M'en ont donné sur l'heure un digne témoignage,
Et puisqu'il vous en faut encor faire un recit,
Voicy d'eux & de vous ce qu'en haste il m'a dit.
Elle est dans le devoir, tous deux sont dignes d'elle,
Tous deux formez d'un sang, noble, vaillant, fidelle,
Ieunes, mais qui font lire aisément dans leurs yeux
L'éclatante vertu de leurs braves ayeux.
Don Rodrigue sur tout n'a trait en son visage
Qui d'un homme de cœur ne soit la haute image,
Et sort d'une maison si feconde en guerriers,
Qu'ils y prennent naissance au milieu des lauriers.
Là valeur de son pere en son temps sans pareille,
Tant qu'a duré sa force, a passé pour merveille,
Ses rides sur son front ont gravé ses exploits,
Et nous disent encor ce qu'il fut autrefois.
Ie me promets du fils ce que j'ay veu du pere,
Et ma fille en un mot peut l'aimer & me plaire.
Il alloit au Conseil, dont l'heure qui pressoit
A tranché ce discours qu'à peine il commençoit,
Mais à ce peu de mots je croy que sa pensée
Entre vos deux amants n'est pas fort balancée.
Le Roy doit à son fils élire un Gouverneur,
Et c'est luy que regarde un tel degré d'honneur,
Ce choix n'est pas douteux, & sa rare vaillance
Ne peut souffrir qu'on craigne aucune concurrence.
Comme ses hauts exploits le rendent sans égal,
Dans un espoir si juste il sera sans rival:
Et puisque Don Rodrigue a resolu son pere
Au sortir du Conseil à proposer l'affaire,
Ie vous laisse à juger s'il prendra bien son temps,
Et si tous vos desirs seront bien-tost contents.
CHI. Il semble toutesfois que mon ame troublée
Refuse cette joye, & s'en trouve accablée,
Vn moment donne au Sort des visages divers,
Et dans ce grand bonheur je crains un grand revers.

ELV. Vous verrez cette crainte heureusement deçeuë.
CHI. Allons, quoy qu'il en soit, en attendre l'issuë.

SCENE II.

L'INFANTE, LEONOR, Page.

L'IN. PAge, allez avertir Chiméne de ma part
   Qu'aujourd'huy pour me voir elle attend un peu tard,
Et que mon amitié se plaint de sa paresse. [a]
LEO. Madame, chaque jour mesme desir vous presse,
   Et dans son entretien je vous voy chaque jour
   Demander en quel point se trouve son amour.
L'IN. Ce n'est pas sans sujet, je l'ay presque forcée
   A recevoir les traits dont son ame est blessée.
   Elle aime Don Rodrigue, & le tient de ma main,
   Et par moy Don Rodrigue a vaincu son dédain:
   Ainsi de ces amans ayant formé les chaisnes,
   Ie doy prendre interest à voir finir leurs peines.
LEO. Madame, toutefois parmy leurs bons succès
   Vous montrez un chagrin qui va jusqu'à l'excès.
   Cet amour, qui tous deux les comble d'allegresse,
   Fait-il de ce grand cœur la profonde tristesse,
   Et ce grand interest que vous prenez pour eux
   Vous rend-il malheureuse, alors qu'ils sont heureux?
   Mais je vay trop avant, & deviens indiscrette.
L'IN. Ma tristesse redouble à la tenir secrette.
   Ecoute, écoute enfin comme j'ay combatu,
   Ecoute quels assauts brave encor ma vertu.
     L'Amour est un tyran qui n'épargne personne;
   Ce jeune Cavalier, cet amant que je donne,
   Ie l'aime. *LE.* Vous l'aimez! *L'IN.* Mets la main sur mon cœur,
   Et voy comme il se trouble au nom de son vainqueur,
   Comme il le reconnoit. *LEO.* Pardonnez-moy, Madame,
   Si je sors du respect pour blasmer cette flame.
   Vne grande Princesse à ce point s'oublier,
   Que d'admettre en son cœur un simple Cavalier!
   Et que diroit le Roy? que diroit la Castille?
   Vous souvient-il encor de qui vous étes fille?
L'IN. Il m'en souvient si bien, que j'épandray mon sang,
   Avant que je m'abaisse à démentir mon rang.

[a] *Le Page rentre.*

Ie te répondrois bien que dans les belles ames
Le seul merite a droit de produire des flames,
Et si ma passion cherchoit à s'excuser,
Mille exemples fameux pourroient l'authoriser :
Mais je n'en veux point suivre où ma gloire s'engage,
La surprise des sens n'abat point mon courage,
Et je me dis toûjours, qu'étant fille de Roy,
Tout autre qu'un Monarque est indigne de moy.
Quand je vis que mon cœur ne se pouvoit défendre,
Moy-mesme je donnay ce que je n'osois prendre,
Ie mis au lieu de moy Chiméne en ses liens,
Et j'allumay leurs feux pour éteindre les miens.
Ne t'étonne donc plus si mon ame gesnée
Avec impatience attend leur Hymenée,
Tu vois que mon repos en dépend aujourd'huy :
Si l'amour vit d'espoir, il perit avec luy,
C'est un feu qui s'éteint faute de nourriture,
Et malgré la rigueur de ma triste avanture,
Si Chiméne a jamais Rodrigue pour mary,
Mon esperance est morte, & mon esprit guery.

    Ie souffre cependant un tourment incroyable,
Iusques à cet Hymen Rodrigue m'est aimable,
Ie travaille à le perdre, & le perds à regret,
Et de là prend son cours mon déplaisir secret.
Ie vois avec chagrin que l'amour me contraigne
A pousser des soûpirs pour ce que je dédaigne,
Ie sens en deux partis mon esprit divisé,
Si mon courage est haut, mon cœur est embrasé,
Cet Hymen m'est fatal, je le crains, & souhaite,
Ie n'ose en esperer qu'une joye imparfaite,
Ma gloire & mon amour ont pour moy tant d'appas,
Que je meurs s'il s'acheve, ou ne s'acheve pas.
LEO. Madame, après cela je n'ay rien à vous dire,
Sinon que de vos maux avec vous je soûpire :
Ie vous blasmois tantost, je vous plains à present.
Mais puisque dans un mal si doux, & si cuisant,
Vostre vertu combat, & son charme, & sa force,
En repousse l'assaut, en rejette l'amorce,
Elle rendra le calme à vos esprits flotans.
Esperez donc tout d'elle, & du secours du temps,
Esperez tout du Ciel, il a trop de justice
Pour laisser la vertu dans un si long supplice.

L'IN. Ma

L'IN. Ma plus douce esperance est de perdre l'espoir.
PAG. Par vos commandemens Chiméne vous vient voir.
L'IN.[a] Allez l'entretenir en cette Galerie.
LEO. Voulez-vous demeurer dedans la resverie?
L'IN. Non, je veux seulement malgré mon déplaisir
   Remettre mon visage un peu plus à loisir,
   Ie vous suy. Iuste Ciel, d'où j'attens mon remede,
   Mets enfin quelque borne au mal qui me possede,
   Asseure mon repos, asseure mon honneur,
   Dans le bonheur d'autruy je cherche mon bonheur,
   Cet Hymenée à trois également importe;
   Rends son effet plus prompt, ou mon ame plus forte:
   D'un lien conjugal joindre ces deux amans,
   C'est briser tous mes fers, & finir mes tourmens.
   Mais je tarde un peu trop, allons trouver Chiméne,
   Et par son entretien soulager nostre peine.

[a] A Leonor.

SCENE III.

LE COMTE, D. DIEGVE.

COM. ENfin vous l'emportez, & la faveur du Roy
   Vous éleve en un rang qui n'étoit dû qu'à moy,
   Il vous fait Gouverneur du Prince de Castille.
DIE. Cette marque d'honneur qu'il met dans ma famille
   Montre à tous qu'il est juste, & fait connoistre assez
   Qu'il sçait recompenser les services passez.
COM. Pour grands que soient les Rois, ils sont ce que nous sommes,
   Ils peuvent se tromper comme les autres hommes,
   Et ce choix sert de preuve à tous les Courtisans
   Qu'ils sçavent mal payer les services presens.
DIE. Ne parlons plus d'un choix dont vostre esprit s'irrite,
   La faveur l'a pû faire autant que le merite,
   Mais on doit ce respect au pouvoir absolu
   De n'examiner rien quand un Roy l'a voulu.
   A l'honneur qu'on m'a fait ajoustez-en un autre,
   Ioignons d'un sacré nœud ma maison à la vostre:
   Vous n'avez qu'une fille, & moy je n'ay qu'un fils,
   Leur Hymen nous peut rendre à jamais plus qu'amis,
   Faites-nous cette grace, & l'acceptez pour gendre.
COM. A des partis plus hauts ce beau fils doit pretendre,

Et le nouvel éclat de voftre Dignité
Luy doit enfler le cœur d'une autre vanité.

    Exercez-la, Monfieur, & gouvernez le Prince,
Montrez-luy comme il faut regir une Province,
Faire trembler par tout les Peuples fous fa loy,
Remplir les bons d'amour, & les méchans d'effroy.
Ioignez à ces vertus celles d'un Capitaine,
Montrez-luy comme il faut s'endurcir à la peine,
Dans le métier de Mars fe rendre fans égal,
Paffer les jours entiers & les nuits à cheval,
Repofer tout armé, forcer une muraille,
Et ne devoir qu'à foy le gain d'une bataille.
Instruifez-le d'exemple, & rendez-le parfait
Expliquant à fes yeux vos leçons par l'effet.

DIE. Pour s'instruire d'exemple, en dépit de l'Envie,
Il lira feulement l'histoire de ma vie.

    Là dans un long tiffu de belles actions
Il verra comme il faut dompter des nations,
Attaquer une Place, & ranger une Armée,
Et fur de grands exploits baftir fa Renommée.

COM. Les exemples vivans font d'un autre pouvoir,
Vn Prince dans un livre apprend mal fon devoir,
Et qu'a fait après tout ce grand nombre d'années,
Que ne puiffe égaler une de mes journées?
Si vous fuftes vaillant, je le fuis aujourd'huy,
Et ce bras du Royaume eft le plus ferme appuy.
Grenade & l'Arragon tremblent quand ce fer brille,
Mon nom fert de rempart à toute la Castille,
Sans moy vous pafferiez bien-toft fous d'autres loix,
Et vous auriez bien-toft vos ennemis pour Rois.
Chaque jour, chaque instant, pour rehauffer ma gloire,
Met lauriers fur lauriers, victoire fur victoire:
Le Prince à mes coftez feroit dans les combats
L'effay de fon courage à l'ombre de mon bras;
Il apprendroit à vaincre en me regardant faire,
Et pour répondre en hafte à fon grand caractere,
Il verroit.... *DIE.* Ie le fçay, vous fervez bien le Roy,
Ie vous ay veu combatre & commander fous moy:
Quand l'âge dans mes nerfs a fait couler fa glace,
Voftre rare valeur a bien remply ma place;
Enfin, pour épargner les discours fuperflus,
Vous étes aujourd'huy ce qu'autrefois je fus.

Vous voyez toutefois qu'en cette concurrence,
   Vn Monarque entre nous met quelque difference.
COM. Ce que je meritois vous l'avez emporté.
DIE. Qui l'a gagné fur vous l'avoit mieux merité.
COM. Qui peut mieux l'exercer en eft bien le plus digne.
DIE. En eftre refufé n'en eft pas un bon figne.
COM. Vous l'avez eu par brigue étant vieux Courtifan.
DIE. L'éclat de mes hauts faits fut mon feul partifan.
COM. Parlons-en mieux, le Roy fait honneur à voftre âge.
DIE. Le Roy, quand il en fait, le mefure au courage.
COM. Et par là cet honneur n'étoit deu qu'à mon bras.
DIE. Qui n'a pû l'obtenir ne le meritoit pas.
COM. Ne le meritoit pas ! moy ? *DI.* Vous. *COM.* Ton impudence,
   Temeraire vieillard, aura fa recompenfe. [a]
DIE.[b] Acheve, & pren ma vie après un tel affront,
   Le premier dont ma race ait veu rougir fon front.
COM. Et que penfes-tu faire avec tant de foibleffe ?
DIE. O Dieu ! ma force ufée en ce befoin me laiffe !
COM. Ton épée eft à moy, mais tu ferois trop vain,
   Si ce honteux trophée avoit chargé ma main.
     Adieu, fay lire au Prince, en dépit de l'Envie,
Pour fon inftruction l'hiftoire de ta vie,
D'un infolent difcours ce jufte châtiment
Ne luy fervira pas d'un petit ornement.

[a] *Il luy donne un fouflet.*
[b] *Il met l'épée à la main.*

SCENE IV.

D. DIEGVE.

O Rage ! ô defefpoir ! ô vieilleffe ennemie !
N'ay-je donc tant vécu que pour cette infamie ?
Et ne fuis-je blanchy dans les travaux guerriers,
Que pour voir en un jour fleftrir tant de lauriers ?
Mon bras qu'avec refpect toute l'Efpagne admire,
Mon bras qui tant de fois a fauvé cet Empire,
Tant de fois affermy le trofne de fon Roy,
Trahit donc ma querelle, & ne fait rien pour moy ?
O cruel fouvenir de ma gloire paffée !
Oeuvre de tant de jours en un jour effacée !
Nouvelle Dignité fatale à mon bonheur !
Precipice élevé d'où tombe mon honneur !

Faut-il de voſtre éclat voir triompher le Comte,
Et mourir ſans vangeance, ou vivre dans la honte?
Comte, ſois de mon Prince à preſent Gouverneur,
Ce haut rang n'admet point un homme ſans honneur,
Et ton jaloux orgueil par cet affront inſigne
Malgré le choix du Roy m'en a ſçeu rendre indigne.
Et toy, de mes exploits glorieux inſtrument,
Mais d'un corps tout de glace inutile ornement,
Fer jadis tant à craindre, & qui dans cette offenſe
M'as ſervy de parade, & non pas de défenſe;
Va, quitte deſormais le dernier des Humains,
Paſſe pour me vanger en de meilleures mains.

SCENE V.

D. DIEGVE, D. RODRIGVE.

DIE. ROdrigue, as-tu du cœur? *RO.* Tout autre que mon pere
L'éprouveroit ſur l'heure. *DIE.* Agreable colere!
Digne reſſentiment à ma douleur bien doux!
Ie reconnoy mon ſang à ce noble couroux,
Ma jeuneſſe revit en cette ardeur ſi prompte.
Vien mon fils, vien mon ſang, vien reparer ma honte,
Vien me vanger. *ROD.* Dequoy? *DIE.* D'un affront ſi cruel,
Qu'à l'honneur de tous deux il porte un coup mortel,
D'un ſouflet. L'inſolent en euſt perdu la vie,
Mais mon âge a trompé ma genereuſe envie,
Et ce fer que mon bras ne peut plus ſoûtenir,
Ie le remets au tien pour vanger & punir.
    Va contre un arrogant éprouver ton courage,
Ce n'eſt que dans le ſang qu'on lave un tel outrage,
Meurs, ou tuë. Au ſurplus, pour ne te point flater,
Ie te donne à combatre un homme à redouter,
Ie l'ay veu tout couvert de ſang & de pouſſiere
Porter par tout l'effroy dans une Armée entiere,
I'ay veu par ſa valeur cent eſcadrons rompus,
Et pour t'en dire encor quelque choſe de plus,
Plus que brave ſoldat, plus que grand Capitaine,
C'eſt.... *ROD.* De grace, achevez. *DIE.* Le pere de Chiméne.
ROD. Le.... *DIE.* Ne replique point, je connoy ton amour,
    Mais qui peut vivre infame eſt indigne du jour,

Plus l'offenſeur eſt cher, & plus grande eſt l'offenſe :
Enfin tu ſçais l'affront, & tu tiens la vangeance,
Ie ne te dis plus rien, vange-moy, vange-toy,
Montre-toy digne fils d'un pere tel que moy ;
Accablé des malheurs où le Destin me range,
Ie vay les déplorer, va, cours, vole, & nous vange.

SCENE VI.

D. RODRIGVE.

Percé jusques au fond du cœur,
D'une atteinte impréveuë auſſi-bien que mortelle,
Miſerable vangeur d'une juste querelle,
Et malheureux objet d'une injuste rigueur :
Ie demeure immobile, & mon ame abatuë
    Cede au coup qui me tuë.
   Si près de voir mon feu recompenſé,
    O Dieu ! l'étrange peine !
   En cet affront mon pere eſt l'offenſé,
   Et l'offenſeur le pere de Chiméne !

   Que je ſens de rudes combats !
Contre mon propre honneur mon amour s'intereſſe,
Il faut vanger un pere & perdre une Maîtreſſe,
L'un m'anime le cœur, l'autre retient mon bras.
Réduit au triste choix, ou de trahir ma flame,
    Ou de vivre en infame,
  Des deux coſtez mon mal eſt infiny.
    O Dieu ! l'étrange peine !
  Faut-il laiſſer un affront impuny ?
  Faut-il punir le pere de Chiméne ?

   Pere, Maîtreſſe, honneur, amour,
Noble & dure contrainte, aimable tyrannie,
Tous mes plaiſirs ſont morts, ou ma gloire ternie,
L'un me rend malheureux, l'autre indigne du jour.
Cher & cruel espoir d'une ame genereuſe,
    Mais enſemble amoureuſe,
  Digne ennemy de mon plus grand bonheur,
   Fer qui cauſes ma peine,

M'es-tu donné pour vanger mon honneur?
M'es-tu donné pour perdre ma Chiméne?

Il vaut mieux courir au trépas,
Ie dois à ma Maîtreſſe auſſi-bien qu'à mon pere,
I'attire en me vangeant ſa haine & ſa colere,
I'attire ſes mépris en ne me vangeant pas.
A mon plus doux espoir l'un me rend infidelle,
Et l'autre, indigne d'elle.
Mon mal augmente à le vouloir guerir,
Tout redouble ma peine,
Allons, mon ame, & puisqu'il faut mourir,
Mourons du moins ſans offenſer Chiméne.

Mourir ſans tirer ma raiſon!
Rechercher un trépas ſi mortel à ma gloire!
Endurer que l'Espagne impute à ma memoire
D'avoir mal ſoûtenu l'honneur de ma maiſon!
Respecter un amour dont mon ame égarée
Voit la perte aſſeurée!
N'écoutons plus ce penſer ſuborneur
Qui ne ſert qu'à ma peine,
Allons, mon bras, ſauvons du moins l'honneur,
Puisqu'après tout il faut perdre Chiméne.

Ouy, mon esprit s'étoit deçeu,
Ie doy tout à mon pere avant qu'à ma Maîtreſſe:
Que je meure au combat, ou meure de tristeſſe,
Ie rendray mon ſang pur, comme je l'ay receu.
Ie m'accuſe déja de trop de negligence,
Courons à la vangeance,
Et tout honteux d'avoir tant balancé,
Ne ſoyons plus en peine
(Puisqu'aujourd'huy mon pere eſt l'offenſé)
Si l'offenſeur eſt pere de Chiméne.

ACTE II.

SCENE PREMIERE.

D. ARIAS, LE COMTE.

COM. IE l'avoüe entre nous, mon sang un peu trop chaud
S'est trop émeu d'un mot, & l'a porté trop haut,
Mais puisque c'en est fait, le coup est sans remede.
A. Qu'aux volontez du Roy ce grãd courage cede,
Il y prend grande part, & son cœur irrité
Agira contre vous de pleine authorité.
Aussi vous n'avez point de valable défense,
Le rang de l'offensé, la grandeur de l'offense,
Demandent des devoirs, & des submissions,
Qui passent le commun des satisfactions.
COM. Le Roy peut à son gré disposer de ma vie.
ARI. De trop d'emportement vostre faute est suivie.
Le Roy vous aime encor, appaisez son couroux,
Il a dit, *je le veux*, desobeïrez-vous?
COM. Monsieur, pour conserver tout ce que j'ay d'estime,
Desobeïr un peu n'est pas un si grand crime,
Et quelque grand qu'il soit, mes services presens
Pour le faire abolir sont plus que suffisans.
ARI. Quoy qu'on fasse d'illustre & de considerable,
Iamais à son Sujet un Roy n'est redevable:
Vous vous flatez beaucoup, & vous devez sçavoir
Que qui sert bien son Roy ne fait que son devoir.
Vous vous perdrez, Monsieur, sur cette confiance.
COM. Ie ne vous en croiray qu'après l'experience.
ARI. Vous devez redouter la puissance d'un Roy.
COM. Vn jour seul ne perd pas un homme tel que moy.
Que toute sa grandeur s'arme pour mon supplice,
Tout l'Etat perira, s'il faut que je perisse.
ARI. Quoy? vous craignez si peu le pouvoir souverain....
COM. D'un sceptre qui sans moy tomberoit de sa main.

Il a trop d'interest luy-mesme en ma personne,
Et ma teste en tombant feroit choir sa couronne.
ARI. Souffrez que la raison remette vos esprits.
Prenez un bon conseil. *COM.* Le conseil en est pris.
ARI. Que luy diray-je enfin ? je luy doy rendre conte.
COM. Que je ne puis du tout consentir à ma honte.
ARI. Mais songez que les Rois veulent estre absolus.
COM. Le sort en est jetté, Monsieur, n'en parlons plus.
ARI. Adieu donc, puisqu'en vain je tasche à vous resoudre.
Avec tous vos lauriers craignez encor le foudre.
COM. Ie l'attendray sans peur. *ARI.* Mais non pas sans effet.
COM. Nous verrons donc par là Don Diegue satisfait.
[a]*Il est seul.*   [a] Qui ne craint point la mort ne craint point les menaces,
I'ay le cœur au dessus des plus fieres disgraces,
Et l'on peut me reduire à vivre sans bonheur,
Mais non pas me resoudre à vivre sans honneur.

SCENE II.

LE COMTE, D. RODRIGVE.

RO. **A** Moy, Comte, deux mots. *C.* Parle. *R.* Oste-moy d'un doute.
Cōnois-tu bien Don Diegue? *C.* Ouy. *R.* Parlōs bas, écoute.
Sçais-tu que ce vieillard fut la mesme vertu,
La vaillance & l'honneur de son temps ? le sçais-tu?
COM. Peut-estre. *ROD.* Cette ardeur que dans les yeux je porte,
Sçais-tu que c'est son sang ? le sçais-tu? *COM.* Que m'importe?
ROD. A quatre pas d'icy je te le fais sçavoir.
COM. Ieune présomptueux. *ROD.* Parle sans t'émouvoir.
Ie suis jeune, il est vray, mais aux ames bien nées
La valeur n'attend point le nombre des années.
COM. Te mesurer à moy ! qui t'a rendu si vain?
Toy, qu'on n'a jamais veu les armes à la main?
ROD. Mes pareils à deux fois ne se font point connoistre,
Et pour leurs coups d'essay veulent des coups de maistre.
COM. Sçais-tu bien qui je suis? *ROD.* Ouy, tout autre que moy
Au seul bruit de ton nom pourroit trembler d'effroy.
Les palmes dont je voy ta teste si couverte
Semblent porter écrit le destin de ma perte,
I'attaque en temeraire un bras toûjours vainqueur;
Mais j'auray trop de force ayant assez de cœur,

A qui

A qui vange ſon pere il n'eſt rien impoſſible,
Ton bras eſt invaincu, mais non pas invincible.
COM. Ce grand cœur qui paroit aux discours que tu tiens
Par tes yeux chaque jour ſe découvroit aux miens,
Et croyant voir en toy l'honneur de la Castille,
Mon ame avec plaiſir te destinoit ma fille.
Ie ſçay ta paſſion, & ſuis ravy de voir
Que tous ſes mouvemens cedent à ton devoir,
Qu'ils n'ont point affoibly cette ardeur magnanime,
Que ta haute vertu répond à mon estime,
Et que voulant pour gendre un Cavalier parfait,
Ie ne me trompois point au choix que j'avois fait.
Mais je ſens que pour toy ma pitié s'intereſſe,
I'admire ton courage, & je plains ta jeuneſſe.
Ne cherche point à faire un coup-d'eſſay fatal,
Dispenſe ma valeur d'un combat inégal,
Trop peu d'honneur pour moy ſuivroit cette victoire,
A vaincre ſans peril on triomphe ſans gloire,
On te croiroit toûjours abatu ſans effort,
Et j'aurois ſeulement le regret de ta mort.
ROD. D'une indigne pitié ton audace eſt ſuivie:
Qui m'oſe oſter l'honneur craint de m'oſter la vie!
COM. Retire-toy d'icy. *ROD.* Marchons ſans discourir.
COM. Es-tu ſi las de vivre? *ROD.* As-tu peur de mourir?
COM. Vien, tu fais ton devoir, & le fils dégenere
Qui ſurvit un moment à l'honneur de ſon pere.

SCENE III.

L'INFANTE, CHIMENE, LEONOR.

L'IN. APpaiſe, ma Chiméne, appaiſe ta douleur,
Fais agir ta constance en ce coup de malheur,
Tu reverras le calme après ce foible orage,
Ton bonheur n'eſt couvert que d'un peu de nuage,
Et tu n'as rien perdu pour le voir differer.
CHI. Mon cœur outré d'ennuis n'oſe rien esperer.
Vn orage ſi prompt qui trouble une bonace
D'un naufrage certain nous porte la menace,
Ie n'en ſçaurois douter, je peris dans le port.
I'aimois, j'étois aimée, & nos peres d'accord,

Et je vous en contois la premiere Nouvelle
Au malheureux moment que naiſſoit leur querelle,
Dont le recit fatal, ſi-toſt qu'on vous l'a fait,
D'une ſi douce attente a ruiné l'effet.
　　Maudite ambition, detestable manie,
Dont les plus genereux ſouffrent la tyrannie,
Honneur impitoyable à mes plus chers deſirs,
Que tu me vas coûter de pleurs, & de ſoûpirs!
L'IN. Tu n'as dans leur querelle aucun ſujet de craindre,
Vn moment l'a fait naiſtre, un moment va l'éteindre,
Elle a fait trop de bruit pour ne pas s'accorder,
Puisque déja le Roy les veut accommoder,
Et tu ſçais que mon ame à tes ennuis ſenſible,
Pour en tarir la ſource, y fera l'impoſſible.
CHI. Les accommodemens ne font rien en ce point,
De ſi mortels affronts né ſe reparent point.
En vain on fait agir la force, ou la prudence,
Si l'on guerit le mal, ce n'eſt qu'en apparence,
La haine que les cœurs conſervent au dedans
Nourrit des feux cachez, mais d'autant plus ardens.
L'IN. Le ſaint nœud qui joindra Don Rodigue & Chiméne
Des peres ennemis diſſipera la haine,
Et nous verrons bien-toſt voſtre amour le plus fort
Par un heureux Hymen étouffer ce discord.
CHI. Ie le ſouhaite ainſi plus que je ne l'espere,
Don Diegue eſt trop altier, & je connoy mon pere,
Ie ſens couler des pleurs que je veux retenir,
Le paſſé me tourmente, & je crains l'avenir.
L'IN. Que crains-tu? d'un vieillard l'impuiſſante foibleſſe?
CHI. Rodrigue a du courage. *L'IN.* Il a trop de jeuneſſe.
CHI. Les hommes valeureux le ſont du premier coup.
L'IN. Tu ne dois pas pourtant le redouter beaucoup,
Il eſt trop amoureux pour te vouloir déplaire,
Et deux mots de ta bouche arreſtent ſa colere.
CHI. S'il ne m'obeït point, quel comble à mon ennuy!
Et s'il peut m'obeïr, que dira-t'on de luy?
Etant né ce qu'il eſt, ſouffrir un tel outrage!
Soit qu'il cede ou reſiste au feu qui me l'engage,
Mon esprit ne peut qu'eſtre, ou honteux, ou confus,
De ſon trop de respeſt, ou d'un juste refus.
L'IN. Chiméne a l'ame haute, & quoy qu'intereſſée,
Elle ne peut ſouffrir une baſſe penſée:

Mais fi jufques au jour de l'accommodement
Ie fais mon prifonnier de ce parfait amant,
Et que j'empefche ainfi l'effet de fon courage,
Ton efprit amoureux n'aura-t'il point d'ombrage?
CHI. Ah, Madame : en ce cas je n'ay plus de foucy.

SCENE IV.

L'INFANTE, CHIMENE.
LEONOR, LE PAGE.

L'I. **P**Age, cherchez Rodrigue, & l'amenez icy.
   P. Le Comte de Gormas & luy... *C.* Bon Dieu ! je tremble.
L'IN. Parlez. *PAG.* De ce Palais ils font fortis enfemble.
CHI. Seuls? *PAG.* Seuls, & qui fembloient tout bas fe quereller.
CHI. Sans doute ils font aux mains, il n'en faut plus parler.
   Madame, pardonnez à cette promptitude.

SCENE V.

L'INFANTE, LEONOR.

L'IN. **H**Elas ! que dans l'efprit je fens d'inquietude !
   Ie pleure fes malheurs, fon amant me ravit,
Mon repos m'abandonne, & ma flame revit.
Ce qui va feparer Rodrigue de Chiméne
Fait renaiftre à la fois mon efpoir, & ma peine,
Et leur divifion que je vois à regret
Dans mon efprit charmé jette un plaifir fecret.
LEO. Cette haute vertu qui regne dans voftre ame
   Se rend-elle fi-toft à cette lafche flame?
L'IN. Ne la nomme point lafche, à prefent que chez moy
   Pompeufe & triomphante elle me fait la loy,
Porte-luy du refpect puifqu'elle m'eft fi chere;
Ma vertu la combat, mais malgré moy j'efpere,
Et d'un fi fol efpoir mon cœur mal défendu
Vole après un amant que Chiméne a perdu.
LEO. Vous laiffez choir ainfi ce glorieux courage,
   Et la raifon chez vous perd ainfi fon ufage?

L'IN. Ah ! qu'avec peu d'effet on entend la raison,
   Quand le cœur est atteint d'un si charmant poison !
   Et lors que le malade aime sa maladie,
   Qu'il a peine à souffrir que l'on y remedie !
LEO. Vostre espoir vous seduit, vostre mal vous est doux,
   Mais enfin ce Rodrigue est indigne de vous.
L'IN. Ie ne le sçay que trop, mais si ma vertu cede,
   Appren comme l'amour flate un cœur qu'il possede.
     Si Rodrigue une fois sort vainqueur du combat,
   Si dessous sa valeur ce grand guerrier s'abat,
   Ie puis en faire cas, je puis l'aimer sans honte,
   Que ne fera-t'il point s'il peut vaincre le Comte ?
   J'ose m'imaginer qu'à ses moindres exploits
   Les Royaumes entiers tomberont sous ses loix,
   Et mon amour flateur déja me persuade
   Que je le vois assis au Trosne de Grenade,
   Les Mores subjuguez trembler en l'adorant,
   L'Arragon recevoir ce nouveau conquerant,
   Le Portugal se rendre, & ses nobles journées
   Porter delà les Mers ses hautes Destinées,
   Du sang des Afriquains arroser ses lauriers,
   Enfin tout ce qu'on dit des plus fameux guerriers,
   Ie l'attens de Rodrigue après cette victoire,
   Et fais de son amour un sujet de ma gloire.
LEO. Mais, Madame, voyez où vous portez son bras
   En suite d'un combat qui peut-estre n'est pas.
L'IN. Rodrigue est offensé, le Comte a fait l'outrage,
   Ils sont sortis ensemble, en faut-il davantage ?
LEO. Et bien, ils se batront, puisque vous le voulez,
   Mais Rodrigue ira-t'il si loin que vous allez ?
L'IN. Que veux-tu ? je suis folle, & mon esprit s'égare,
   Tu vois par là quels maux cet amour me prépare.
   Vien dans mon cabinet consoler mes ennuis,
   Et ne me quitte point dans le trouble où je suis.

SCENE VI.

D. FERNAND, D. ARIAS, D. SANCHE.

FER. LE Comte est donc si vain, & si peu raisonnable!
Ose-t'il croire encor son crime pardonnable?
ARI. Ie l'ay de vostre part long-temps entretenu,
I'ay fait mon pouvoir, Sire, & n'ay rien obtenu.
FER. Iustes Cieux! Ainsi donc un Sujet temeraire
A si peu de respect & de soin de me plaire!
Il offense Don Diegue, & méprise son Roy!
Au milieu de ma Cour il me donne la loy!
Qu'il soit brave guerrier, qu'il soit grand Capitaine,
Ie sçauray bien rabatre une humeur si hautaine:
Fust-il la valeur mesme, & le Dieu des combats
Il verra ce que c'est que de n'obeïr pas.
Quoy qu'ait pû meriter une telle insolence,
Ie l'ay voulu d'abord traiter sans violence,
Mais puisqu'il en abuse, allez dés aujourd'huy,
Soit qu'il resiste, ou non, vous asseurer de luy.
SAN. Peut-estre un peu de temps le rendroit moins rebelle,
On l'a pris tout boüillant encor de sa querelle,
Sire, dans la chaleur d'un premier mouvement
Vn cœur si genereux se rend mal-aisément:
Il voit bien qu'il a tort, mais une ame si haute
N'est pas si-tost reduite à confesser sa faute.
FER. Don Sanche, taisez-vous, & soyez averty
Qu'on se rend criminel à prendre son party.
SAN. I'obeïs, & me tais, mais de grace encor, Sire,
Deux mots en sa défense. *FER.* Et que pourrez-vous dire?
SAN. Qu'une ame accoûtumée aux grandes actions
Ne se peut abaisser à des submissions.
Elle n'en conçoit point qui s'expliquent sans honte,
Et c'est à ce mot seul qu'a resisté le Comte.
Il trouve en son devoir un peu trop de rigueur,
Et vous obeïroit, s'il avoit moins de cœur.
Commandez que son bras nourry dans les alarmes
Répare cette injure à la pointe des armes,
Il satisfera, Sire, & vienne qui voudra,
Attendant qu'il l'ait sçeu voicy qui répondra.

K k k iij

FER. Vous perdez le respect, mais je pardonne à l'âge,
Et j'excuse l'ardeur en un jeune courage.
　　Vn Roy dont la prudence a de meilleurs objets
Est meilleur ménager du sang de ses Sujets;
Ie veille pour les miens, mes soucis les conservent,
Comme le chef a soin des membres qui le servent.
Ainsi vostre raison n'est pas raison pour moy,
Vous parlez en Soldat, je dois agir en Roy,
Et quoy qu'on veüille dire, & quoy qu'il ose croire,
Le Comte à m'obeïr ne peut perdre sa gloire.
D'ailleurs l'affront me touche, il a perdu d'honneur
Celuy que de mon fils j'ay fait le Gouverneur.
S'attaquer à mon choix, c'est se prendre à moy-mesme,
Et faire un attentat sur le pouvoir supresme.
N'en parlons plus. Au reste, ou a veu dix vaisseaux
De nos vieux ennemis arborer les drapeaux,
Vers la bouche du fleuve ils ont osé paroistre.
ARI. Les Mores ont appris par force à vous connoistre,
Et tant de fois vaincus ils ont perdu le cœur
De se plus hazarder contre un si grand vainqueur.
FER. Ils ne verront jamais sans quelque jalousie
Mon sceptre en dépit d'eux regir l'Andalousie,
Et ce pays si beau qu'ils ont trop possedé
Avec un œil d'envie est toûjours regardé.
C'est l'unique raison qui m'a fait dans Seville
Placer depuis dix ans le trosne de Castille,
Pour les voir de plus prés, & d'un ordre plus prompt
Renverser aussi-tost ce qu'ils entreprendront.
ARI. Ils sçavent aux dépens de leurs plus dignes testes
Combien vostre presence asseure vos conquestes,
Vous n'avez rien à craindre. *FER.* Et rien à negliger,
Le trop de confiance attire le danger,
Et vous n'ignorez pas qu'avec fort peu de peine
Vn flux de pleine mer jusqu'icy les améne.
Toutefois j'aurois tort de jetter dans les cœurs,
L'avis étant mal seur, de paniques terreurs,
L'effroy que produiroit cette alarme inutile
Dans la nuit qui survient troubleroit trop la ville.
Faites doubler la Garde aux murs, & sur le port,
C'est assez pour ce soir.

SCENE VII·

D. FERNAND, D. SANCHE, D. ALONSE.

ALO.   SIre, le Comte eſt mort,
  Don Diegue par ſon fils a vangé ſon offenſe.
FER. Dès que j'ay ſçeu l'affront, j'ay préveu la vangeance,
  Et j'ay voulu deſlors prévenir ce malheur.
ALO. Chiméne à vos genoux apporte ſa douleur,
  Elle vient toute en pleurs vous demander juſtice.
FER. Bien qu'à ſes déplaiſirs mon ame compatiſſe,
  Ce que le Comte a fait ſemble avoir merité
  Ce digne châtiment de ſa temerité.
  Quelque juſte pourtant que puiſſe eſtre ſa peine,
  Ie ne puis ſans regret perdre un tel Capitaine.
  Après un long ſervice à mon Etat rendu,
  Après ſon ſang pour moy mille fois répandu,
  A quelques ſentimens que ſon orgueil m'oblige,
  Sa perte m'affoiblit, & ſon trépas m'afflige.

SCENE VIII·

D. FERNAND, D. DIEGVE, CHIMENE,
D. SANCHE, D. ARIAS, D. ALONSE.

CHI. SIre, Sire, juſtice. DIE. Ah ! Sire, écoutez-nous.
  CHI. Ie me jette à vos pieds. DI. I'embraſſe vos genoux.
CHI. Ie demande juſtice. DIE. Entendez ma défenſe.
CHI. D'un jeune audacieux puniſſez l'inſolence,
  Il a de voſtre ſceptre abatu le ſoûtien,
  Il a tué mon pere. DIE. Il a vangé le ſien.
CHI. Au ſang de ſes Sujets un Roy doit la juſtice.
DIE. Pour la juſte vangeance il n'eſt point de ſupplice.
FER. Levez-vous l'un & l'autre, & parlez à loiſir.
  Chiméne, je prens part à voſtre déplaiſir,
  D'une égale douleur je ſens mon ame atteinte.
  Vous parlerez après, ne troublez pas ſa plainte.

CHI. Sire, mon pere eſt mort, mes yeux ont veu ſon ſang
Couler à gros boüillons de ſon genereux flanc,
Ce ſang qui tant de fois garantit vos murailles,
Ce ſang qui tant de fois vous gagna des batailles,
Ce ſang qui tout ſorty fume encor de couroux
De ſe voir répandu pour d'autres que pour vous,
Qu'au milieu des hazards n'oſoit verſer la guerre,
Rodrigue en voſtre Cour vient d'en couvrir la Terre.
I'ay couru ſur le lieu ſans force, & ſans couleur,
Ie l'ay trouvé ſans vie. Excuſez ma douleur,
Sire, la voix me manque à ce recit funeste,
Mes pleurs & mes ſoûpirs vous diront mieux le reste.
FER. Pren courage, ma fille, & ſçache qu'aujourd'huy
Ton Roy te veut ſervir de pere au lieu de luy.
CHI. Sire, de trop d'honneur ma miſere eſt ſuivie.
Ie vous l'ay deja dit, je l'ay trouvé ſans vie,
Son flanc étoit ouvert, & pour mieux m'émouvoir,
Son ſang ſur la pouſſiere écrivoit mon devoir,
Ou plûtoſt ſa valeur en cet état reduite
Me parloit par ſa playe, & haſtoit ma pourſuite,
Et pour ſe faire entendre au plus juste des Rois,
Par cette triste bouche elle empruntoit ma voix.
Sire, ne ſouffrez pas que ſous voſtre puiſſance
Regne devant vos yeux une telle licence,
Que les plus valeureux avec impunité
Soient expoſez aux coups de la temerité,
Qu'un jeune audacieux triomphe de leur gloire,
Se baigne dans leur ſang, & brave leur memoire.
Vn ſi vaillant guerrier qu'on vient de vous ravir
Eteint, s'il n'eſt vangé, l'ardeur de vous ſervir.
Enfin mon pere eſt mort, j'en demande vangeance,
Plus pour voſtre intereſt, que pour mon allegeance,
Vous perdez en la mort d'un homme de ſon rang,
Vangez-la par une autre, & le ſang par le ſang,
Immolez, non à moy, mais à voſtre Couronne,
Mais à voſtre grandeur, mais à voſtre perſonne,
Immolez dis-je, Sire, au bien de tout l'Etat
Tout ce qu'énorgueillit un ſi haut attentat.
FER. Don Diegue, répondez. *DIE.* Qu'on eſt digne d'envie
Lors qu'en perdant la force on perd auſſi la vie,
Et qu'un long âge apreſte aux hommes genereux
Au bout de leur carriere un destin malheureux!

Moy, dont

Moy, dont les longs travaux ont acquis tant de gloire,
Moy, que jadis par tout a fuivy la victoire,
Ie me vois aujourd'huy, pour avoir trop vécu,
Recevoir un affront, & demeurer vaincu.
Ce que n'a pû jamais combat, fiege, embuscade,
Ce que n'a pû jamais Arragon, ny Grenade,
Ny tous vos ennemis, ny tous mes envieux,
Le Comte en voftre Cour l'a fait presque à vos yeux,
Ialoux de voftre choix, & fier de l'avantage
Que luy donnoit fur moy l'impuiffance de l'âge.
  Sire, ainfi ces cheveux blanchis fous le harnois,
Ce fang pour vous fervir prodigué tant de fois,
Ce bras jadis l'effroy d'une Armée ennemie,
Defcendoient au tombeau tous chargez d'infamie,
Si je n'euffe produit un fils digne de moy,
Digne de fon païs, & digne de fon Roy.
Il m'a prété fa main, il a tué le Comte,
Il m'a rendu l'honneur, il a lavé ma honte.
Si montrer du courage & du reffentiment,
Si vanger un fouflet merite un châtiment,
Sur moy feul doit tomber l'éclat de la tempefte:
Quand le bras a failly l'on en punit la tefte.
Qu'on nomme crime, ou non, ce qui fait nos debats,
Sire, j'en fuis la tefte, il n'en eft que le bras;
Si Chiméne fe plaint qu'il a tué fon pere,
Il ne l'euft jamais fait, fi je l'euffe pû faire.
Immolez donc ce Chef que les ans vont ravir,
Et confervez pour vous le bras qui peut fervir,
Aux dépens de mon fang fatisfaites Chiméne,
Ie n'y refiste point, je confens à ma peine,
Et loin de murmurer d'un rigoureux decret,
Mourant fans deshonneur, je mourray fans regret.
FER. L'affaire eft d'importance, & bien confiderée
  Merite en plein Confeil d'eftre deliberée.
  Don Sanche, remettez Chiméne en fa maifon,
  Don Diegue aura ma Cour & fa foy pour prifon.
  Qu'on me cherche fon fils. Ie vous feray juftice.
CHI. Il eft jufte, grand Roy, qu'un meurtrier periffe.
FER. Pren du repos, ma fille, & calme tes douleurs.
CHI. M'ordonner du repos c'eft croiftre mes malheurs.

ACTE III.

SCENE PREMIERE.

D. RODRIGVE, ELVIRE.

ELV. Rodrigve, qu'as-tu fait ? où viens-tu, miserable?
RO. Suivre le triste cours de mon sort déplorable.
EL. Où prens-tu cette audace & ce nouvel orgueil
De paroistre en des lieux que tu remplis de deüil?
Quoy ? viens-tu jusqu'icy braver l'Ombre du Comte?
Ne l'as-tu pas tué? *ROD.* Sa vie étoit ma honte,
Mon honneur de ma main a voulu cet effort.
ELV. Mais chercher ton azile en la maison du mort!
Iamais un meurtrier en fit-il son refuge?
ROD. Et je n'y viens aussi que m'offrir à mon Iuge.
Ne me regarde plus d'un visage étonné,
Ie cherche le trépas après l'avoir donné.
Mon Iuge est mon amour, mon Iuge est ma Chiméne,
Ie merite la mort de meriter sa haine,
Et j'en viens recevoir, comme un bien souverain,
Et l'Arrest de sa bouche, & le coup de sa main.
ELV. Fuy plûtost de ses yeux, fuy de sa violence,
A ses premiers transports desrobe ta presence;
Va, ne t'expose point aux premiers mouvemens
Que poussera l'ardeur de ses ressentimens.
ROD. Non, non, ce cher objet à qui j'ay pû déplaire,
Ne peut pour mon supplice avoir trop de colere,
Et j'évite cent morts qui me vont accabler,
Si pour mourir plûtost je puis la redoubler.
ELV. Chiméne est au Palais de pleurs toute baignée,
Et n'en reviendra point que bien accompagnée.
Rodrigue, fuy de grace, oste-moy de soucy,
Que ne dira-t'on point si l'on te voit icy?
Veux-tu qu'un médisant pour comble à sa misere
L'accuse d'y souffrir l'assassin de son pere?

Elle va revenir, elle vient, je la voy;
Du moins pour son honneur, Rodrigue, cache-toy.

SCENE II.

D. SANCHE, CHIMENE, ELVIRE.

SAN. OVy, Madame, il vous faut de sanglantes victimes,
Voſtre colere eſt juste, & vos pleurs legitimes,
Et je n'entreprens pas à force de parler
Ny de vous adoucir, ny de vous consoler :
Mais ſi de vous servir je puis eſtre capable,
Employez mon épée à punir le coupable,
Employez mon amour à vanger cette mort,
Sous vos commandemens mon bras sera trop fort.
CHI. Malheureuse ! *SAN.* De grace, acceptez mon service.
CHI. I'offenserois le Roy qui m'a promis justice.
SAN. Vous ſçavez qu'elle marche avec tant de langueur,
Qu'assez souvent le crime échape à sa longueur ;
Son cours lent & douteux fait trop perdre de larmes,
Souffrez qu'un Cavalier vous vange par les armes,
La voye en eſt plus seure, & plus prompte à punir.
CHI. C'eſt le dernier remede, & s'il y faut venir,
Et que de mes malheurs cette pitié vous dure,
Vous serez libre alors de vanger mon injure.
SAN. C'eſt l'unique bonheur où mon ame pretend,
Et pouvant l'esperer je m'en vay trop content.

SCENE III.

CHIMENE, ELVIRE.

CHI. ENfin je me voy libre, & je puis sans contrainte
De mes vives douleurs te faire voir l'atteinte,
Ie puis donner passage à mes tristes soûpirs,
Ie puis t'ouvrir mon ame, & tous mes déplaisirs.
Mon pere eſt mort, Elvire, & la premiere épée
Dont s'eſt armé Rodrigue a sa trame coupée.
Pleurez, pleurez, mes yeux, & fondez-vous en eau,
La moitié de ma vie a mis l'autre au tombeau,

Et m'oblige à vanger aprés ce coup funeste
Celle que je n'ay plus fur celle qui me reste.
ELV. Repofez-vous, Madame. *CHI.* Ah ! que mal à propos
Dans un malheur fi grand tu parles de repos !
Par où fera jamais ma douleur appaifée,
Si je ne puis haïr la main qui l'a caufée?
Et que doy-je esperer qu'un tourment éternel,
Si je pourfuis un crime aimant le criminel?
ELV. Il vous prive d'un pere, & vous l'aimez encore !
CHI. C'eft peu de dire aimer, Elvire, je l'adore,
Ma paffion s'oppofe à mon reffentiment,
Dedans mon ennemy je trouve mon amant,
Et je fens qu'en dépit de toute ma colere
Rodrigue dans mon cœur combat encor mon pere.
Il l'attaque, il le preffe, il cede, il fe défend,
Tantoft fort, tantoft foible, & tantoft triomphant :
Mais en ce dur combat de colere & de flame
Il déchire mon cœur fans partager mon ame,
Et quoy que mon amour ait fur moy de pouvoir,
Ie ne confulte point pour fuivre mon devoir.
Ie cours fans balancer où mon honneur m'oblige ;
Rodrigue m'eft bien cher, fon intereft m'afflige.
Mon cœur prend fon party, mais malgré fon effort,
Ie fçay ce que je fuis, & que mon pere eft mort.
ELV. Penfez-vous le pourfuivre? *CHI.* Ah ! cruelle penfée,
Et cruelle pourfuite où je me voy forcée !
Ie demande fa tefte, & crains de l'obtenir,
Ma mort fuivra la fienne, & je le veux punir.
ELV. Quittez, quittez, Madame, un deffein fi Tragique,
Ne vous impofez point de loy fi tyrannique.
CHI. Quoy, mon pere étant mort, & presque entre mes bras,
Son fang crira vangeance, & je ne l'orray pas !
Mon cœur honteufement furpris par d'autres charmes
Croira ne luy devoir que d'impuiffantes larmes !
Et je pourray fouffrir qu'un amour fuborneur
Sous un lafche filence étouffe mon honneur !
ELV. Madame, croyez-moy, vous ferez excufable
D'avoir moins de chaleur contre un objet aimable,
Contre un amant fi cher ; vous avez affez fait,
Vous avez veu le Roy, n'en preffez point d'effet,
Ne vous obstinez point en cette humeur étrange.
CHI. Il y va de ma gloire, il faut que je me vange,

Et dequoy que nous flate un defir amoureux,
Toute excufe eft honteufe aux efprits genereux.
ELV. Mais vous aimez Rodrigue, il ne vous peut déplaire.
CHI. Ie l'avouë. *ELV.* Après tout que penfez-vous donc faire?
CHI. Pour conferver ma gloire & finir mon ennuy,
Le pourfuivre, le perdre, & mourir aprés luy.

SCENE IV.

D. RODRIGVE, CHIMENE, ELVIRE.

ROD. ET bien, fans vous donner la peine de pourfuivre,
Affeurez-vous l'honneur de m'empefcher de vivre.
CHI. Elvire, où fommes-nous? & qu'eft-ce que je voy?
Rodrigue en ma maifon! Rodrigue devant moy!
ROD. N'épargnez point mon fang, gouftez fans refiftance
La douceur de ma perte & de voftre vangeance.
CH. Helas! *RO.* Ecoute-moy. *CH.* Ie me meurs. *RO.* Vn moment.
CHI. Va, laiffe-moy mourir. *ROD.* Quatre mots feulement,
Après ne me répons qu'avecque cette épée.
CHI. Quoy! du fang de mon pere encor toute trempée!
ROD. Ma Chiméne. *CHI.* Ofte-moy cet objet odieux,
Qui reproche ton crime & ta vie à mes yeux.
ROD. Regarde-le plûtoft pour exciter ta haine,
Pour croiftre ta colere, & pour hafter ma peine.
CHI. Il eft teint de mon fang. *ROD.* Plonge-le dans le mien,
Et fay-luy perdre ainfi la teinture du tien.
CHI. Ah, quelle cruauté, qui tout en un jour tuë
Le pere par le fer, la fille par la veuë!
Ofte-moy cet objet, je ne le puis fouffrir,
Tu veux que je t'écoute, & tu me fais mourir!
ROD. Ie fais ce que tu veux, mais fans quitter l'envie
De finir par tes mains ma déplorable vie;
Car enfin n'atten pas de mon affection
Vn lafche repentir d'une bonne action.
L'irreparable effet d'une chaleur trop prompte
Deshonoroit mon pere, & me couvroit de honte,
Tu fçais comme un fouflet touche un homme de cœur;
I'avois part à l'affront, j'en ay cherché l'autheur,
Ie l'ay veu, j'ay vangé mon honneur, & mon pere,
Ie le ferois encor, fi j'avois à le faire.

Ce n'eſt pas qu'en effet contre mon pere & moy
Ma flame aſſez long-temps n'ait combatu pour toy :
Iuge de ſon pouvoir. Dans une telle offenſe
I'ay pû deliberer ſi j'en prendrois vangeance,
Reduit à te déplaire, ou ſouffrir un affront,
I'ay penſé qu'à ſon tour mon bras étoit trop prompt,
Ie me ſuis accuſé de trop de violence :
Et ta beauté ſans doute emportoit la balance,
A moins que d'oppoſer à tes plus forts appas
Qu'un homme ſans honneur ne te meritoit pas,
Que malgré cette part que j'avois en ton ame,
Qui m'aima genereux, me haïroit infame,
Qu'écouter ton amour, obeïr à ſa voix,
C'étoit m'en rendre indigne, & diffamer ton choix.
Ie te le dis encor, & quoy que j'en ſoûpire,
Iusqu'au dernier ſoûpir je veux bien le redire,
Ie t'ay fait une offenſe, & j'ay deu m'y porter,
Pour effacer ma honte, & pour te meriter.
Mais quitte envers l'honneur, & quitte envers mon pere,
C'eſt maintenant à toy que je viens ſatisfaire,
C'eſt pour t'offrir mon ſang qu'en ce lieu tu me vois,
I'ay fait ce que jay deu, je fais ce que je dois,
Ie ſçay qu'un pere mort t'arme contre mon crime,
Ie ne t'ay pas voulu deſrober ta victime :
Immole avec courage au ſang qu'il a perdu
Celuy qui met ſa gloire à l'avoir répandu.

CHI. Ah, Rodrigue ! il eſt vray, quoy que ton ennemie,
Ie ne puis te blaſmer d'avoir fuy l'infamie,
Et de quelque façon qu'éclatent mes douleurs,
Ie ne t'accuſe point, je pleure mes malheurs.
Ie ſçay ce que l'honneur aprés un tel outrage
Demandoit à l'ardeur d'un genereux courage,
Tu n'as fait le devoir que d'un homme de bien,
Mais auſſi le faiſant tu m'as appris le mien,
Ta funeste valeur m'instruit par ta victoire.
Elle a vangé ton pere, & ſoûtenu ta gloire,
Meſme ſoin me regarde, & j'ay pour m'affliger,
Ma gloire à ſoûtenir, & mon pere à vanger.
Helas ! ton intereſt icy me deſespere ;
Si quelqu'autre malheur m'avoit ravy mon pere,
Mon ame auroit trouvé dans le bien de te voir
L'unique allegement qu'elle euſt pû recevoir,

Et contre ma douleur j'aurois fenty des charmes,
Quand une main fi chere euft effuyé mes larmes.
Mais il me faut te perdre aprés l'avoir perdu,
Cet effort fur ma flame a mon honneur eft deu,
Et cet affreux devoir dont l'ordre m'affaffine
Me force à travailler moy-mefme à ta ruine.
Car enfin n'atten pas de mon affection
De lafches fentimens pour ta punition:
Dequoy qu'en ta faveur noftre amour m'entretienne,
Ma generofité doit répondre à la tienne;
Tu t'es en m'offenfant montré digne de moy,
Ie me doy par ta mort montrer digne de toy.
ROD. Ne differe donc plus ce que l'honneur t'ordonne,
Il demande ma tefte, & je te l'abandonne,
Fais-en un facrifice à ce noble intereft,
Le coup m'en fera doux auffi-bien que l'Arreft.
Attendre aprés mon crime une lente justice,
C'eft reculer ta gloire autant que mon fupplice,
Ie mourray trop heureux mourant d'un coup fi beau.
CHI. Va, je fuis ta Partie, & non pas ton bourreau.
Si tu m'offres ta tefte, eft-ce à moy de la prendre?
Ie la dois attaquer, mais tu dois la défendre,
C'eft d'un autre que toy qu'il me faut l'obtenir,
Et je doy te pourfuivre, & non pas te punir.
ROD. Dequoy qu'en ma faveur noftre amour t'entretienne,
Ta generofité doit répondre à la mienne,
Et pour vanger un pere emprunter d'autres bras,
Ma Chiméne, croy-moy, c'eft n'y répondre pas.
Ma main feule du mien a fçeu vanger l'offenfe,
Ta main feule du tien doit prendre la vangeance.
CHI. Cruel, à quel propos fur ce point t'obstiner?
Tu t'es vangé fans aide, & tu m'en veux donner!
Ie fuivray ton exemple, & j'ay trop de courage
Pour fouffrir qu'avec toy ma gloire fe partage.
Mon pere & mon honneur ne veulent rien devoir
Aux traits de ton amour, ny de ton defespoir.
ROD. Rigoureux point d'honneur! helas! quoy que je faffe,
Ne pourray-je à la fin obtenir cette grace?
Au nom d'un pere mort, ou de noftre amitié,
Puny-moy par vangeance, ou du moins par pitié;
Ton malheureux amant aura bien moins de peine
A mourir par ta main, qu'à vivre avec ta haine.

CHI. Va, je ne te hay point. *ROD.* Tu le dois. *CHI.* Ie ne puis.
.*ROD.* Crains-tu si peu le blasme, & si peu les faux bruits?
Quand on sçaura mon crime & que ta flame dure,
Que ne publiront point l'Envie & l'imposture?
Force-les au silence, & sans plus discourir,
Sauve ta Renommée en me faisant mourir.
CHI. Elle éclate bien mieux en te laissant la vie,
Et je veux que la voix de la plus noire Envie
Eleve au Ciel ma gloire, & plaigne mes ennuis,
Sçachant que je t'adore, & que je te poursuis.
Va-t'en, ne montre plus à ma douleur extresme
Ce qu'il faut que je perde encore que je l'aime,
Dans l'ombre de la nuit cache bien ton depart.
Si l'on te voit sortir, mon honneur court hazard,
La seule occasion qu'aura la médisance,
C'est de sçavoir qu'icy j'ay souffert ta presence;
Ne luy donne point lieu d'attaquer ma vertu.
ROD. Que je meure. *CHI.* Va-t'en. *ROD.* A quoy-te resous-tu?
CHI. Malgré des feux si beaux qui troublent ma colere,
Ie feray mon possible à bien vanger mon pere;
Mais malgré la rigueur d'un si cruel devoir,
Mon unique souhait est de ne rien pouvoir.
ROD. O miracle d'amour! *CHI.* O comble de miseres!
ROD. Que de maux & de pleurs nous coûteront nos peres!
CHI. Rodrigue qui l'eust creu! *ROD.* Chiméne, qui l'eust dit!
CHI. Que nostre heur fust si proche, & si-tost se perdit!
ROD. Et que si près du port, contre toute apparence,
Vn orage si prompt brisast nostre esperance!
CHI. Ah, mortelles douleurs! *ROD.* Ah, regrets superflus!
CHI. Va-t'en, encor un coup, je ne t'écoute plus.
ROD. Adieu, je vay traisner une mourante vie,
Tant que par ta poursuite elle me soit ravie.
CHI. Si j'en obtiens l'effet, je t'engage ma foy
De ne respirer pas un moment après toy.
Adieu, sors, & sur tout garde bien qu'on te voye.
ELV. Madame, quelques maux que le Ciel nous envoye...
CHI. Ne m'importune plus, laisse-moy soûpirer,
Ie cherche le silence & la nuit pour pleurer.

SCENE

SCENE V.

D. DIEGVE.

IAmais nous ne gouſtons de parfaite allegreſſe,
Nos plus heureux ſuccès ſont meſlez de tristeſſe,
Toûjours quelques ſoucis en ces évenemens
Troublent la pureté de nos contentemens.
Au milieu du bonheur mon ame en ſent l'atteinte,
Ie nage dans la joye, & je tremble de crainte,
I'ay veu mort l'ennemy qui m'avoit outragé,
Et je ne ſçaurois voir la main qui m'a vangé.
En vain je m'y travaille, & d'un ſoin inutile,
Tout caſſé que je ſuis, je cours toute la ville,
Ce peu que mes vieux ans m'ont laiſſé de vigueur
Se conſume ſans fruit à chercher ce vainqueur.
A toute heure, en tous lieux, dans une nuit ſi ſombre,
Ie penſe l'embraſſer, & n'embraſſe qu'une ombre,
Et mon amour deceu par cet objet trompeur
Se forme des ſoupçons qui redoublent ma peur.
Ie ne découvre point de marques de ſa fuite,
Ie crains du Comte mort les amis & la ſuite,
Leur nombre m'épouvante & confond ma raiſon,
Rodrigue ne vit plus, ou respire en priſon.
Iustes Cieux ! me trompay-je encore à l'apparence,
Ou ſi je vois enfin mon unique esperance ?
C'eſt luy, n'en doutons plus, mes vœux ſont exaucez,
Ma crainte eſt diſſipée, & mes ennuis ceſſez.

SCENE VI·

D. DIEGVE, D. RODRIGVE.

DIE. ROdrigue, enfin le Ciel promet que je te voye!
ROD. Helas! *DI.* Ne meſle point de ſoûpirs à ma joye,
Laiſſe-moy prendre haleine afin de te loüer.
Ma valeur n'a point lieu de te deſavoüer,
Tu l'as bien imitée, & ton illustre audace
Fait bien revivre en toy les Heros de ma race.

C'eſt d'eux que tu deſcens, c'eſt de moy que tu viens,
Ton premier coup d'épée égale tous les miens,
Et d'une belle ardeur ta jeuneſſe animée
Par cette grande épreuve atteint ma renommée.
Appuy de ma vieilleſſe, & comble de mon heur,
Touche ces cheveux blancs à qui tu rens l'honneur,
Vien baiſer cette jouë, & reconnoy la place,
Où fut empreint l'affront que ton courage efface.
ROD. L'honneur vous en eſt deu, je ne pouvois pas moins,
Etant ſorty de vous, & nourry par vos ſoins;
Ie m'en tiens trop heureux, & mon ame eſt ravie
Que mon coup-d'eſſay plaiſe à qui je doy la vie:
Mais parmy vos plaiſirs ne ſoyez point jaloux,
Si je m'oſe à mon tour ſatisfaire après vous.
Souffrez qu'en liberté mon deſeſpoir éclate,
Aſſez & trop long-temps voſtre discours le flate:
Ie ne me repens point de vous avoir ſeruy,
Mais rendez-moy le bien que ce coup m'a ravy.
Mon bras pour vous vanger armé contre ma flame
Par ce coup glorieux m'a privé de mon ame;
Ne me dites plus rien, pour vous j'ay tout perdu,
Ce que je vous devois, je vous l'ay bien rendu.
DIE. Porte, porte plus haut le fruit de ta victoire:
Ie t'ay donné la vie, & tu me rens ma gloire;
Et d'autant que l'honneur m'eſt plus cher que le jour,
D'autant plus maintenant je te doy de retour.
Mais d'un cœur magnanime éloigne ces foibleſſes,
Nous n'avons qu'un honneur, il eſt tant de Maitreſſes,
L'amour n'eſt qu'un plaiſir, l'honneur eſt un devoir.
ROD. Ah ! que me dites-vous? *DIE.* Ce que tu dois ſçavoir.
ROD. Mon honneur offenſé ſur moy-meſme ſe vange,
Et vous m'oſez pouſſer à la honte du change!
L'infamie eſt pareille, & ſuit également
Le guerrier ſans courage & le perfide amant.
A ma fidelité ne faites point d'injure,
Souffrez-moy genereux ſans me rendre parjure,
Mes liens ſont trop forts pour eſtre ainſi rompus,
Ma foy m'engage encor ſi je n'espere plus,
Et ne pouvant quitter, ny poſſeder Chiméne,
Le trépas que je cherche eſt ma plus douce peine.
DIE. Il n'eſt pas temps encor de chercher le trépas,
Ton Prince & ton païs ont beſoin de ton bras.

La Flote qu'on craignoit dans ce grand Fleuve entrée
Croit ſurprendre la ville, & piller la contrée,
Les Mores vont deſcendre, & le flux & la nuit
Dans une heure à nos murs les améne ſans bruit.
La Cour eſt en deſordre, & le Peuple en alarmes,
On n'entend que des cris, on ne voit que des larmes.
Dans ce malheur public mon bonheur a permis
Que j'ay trouvé chez moy cinq cens de mes amis,
Qui ſçachant mon affront, pouſſez d'un meſme zéle,
Se venoient tous offrir à vanger ma querelle:
Tu les a prévenus, mais leurs vaillantes mains
Se tremperont bien mieux au ſang des Africains.
   Va marcher à leur teſte où l'honneur te demande,
C'eſt toy que veut pour Chef leur genereuſe bande.
De ces vieux ennemis va ſoûtenir l'abord,
Là, ſi tu veux mourir, trouve une belle mort,
Prens-en l'occaſion puisqu'elle t'eſt offerte,
Fay devoir à ton Roy ſon ſalut à ta perte.
Mais reviens-en plûtoſt les palmes ſur le front,
Ne borne pas ta gloire à vanger un affront,
Porte-la plus avant, force par ta vaillance
Ce Monarque au pardon, & Chiméne au ſilence.
Si tu l'aimes, appren que revenir vainqueur
C'eſt l'unique moyen de regagner ſon cœur.
Mais le temps eſt trop cher pour le perdre en paroles,
Ie t'arreſte en discours, & je veux que tu voles,
Vien, ſuy moy, va combatre, & montrer à ton Roy
Que ce qu'il perd au Comte il le recouvre en toy.

ACTE IV.

SCENE PREMIERE.

CHIMENE, ELVIRE.

CHI. N'EST-CE point un faux bruit ? le sçais-tu bien, Elvire?
EL. Vous ne croiriez jamais côme chacun l'admire,
    Et porte jusqu'au Ciel d'une commune voix
    De ce jeune Heros les glorieux explois.
  Les Mores devant luy n'ont paru qu'à leur honte,
  Leur abord fut bien prompt, leur fuite encor plus prompte,
  Trois heures de combat laissent à nos guerriers
  Vne victoire entiere, & deux Rois prisonniers,
  La valeur de leur Chef ne trouvoit point d'obstacles.
CHI. Et la main de Rodrigue a fait tous ces miracles!
ELV. De ses nobles efforts ces deux Rois font le prix,
  Sa main les a vaincus, & sa main les a pris.
CHI. De qui peux-tu sçavoir ces Nouvelles étranges?
ELV. Du Peuple qui par tout fait sonner ses loüanges,
  Le nomme de sa joye, & l'objet, & l'autheur,
  Son Ange tutelaire, & son liberateur.
CHI. Et le Roy, de quel œil voit-il tant de vaillance?
ELV. Rodrigue n'ose encor paroistre en sa presence,
  Mais Don Diegue ravy luy presente enchaisnez
  Au nom de ce vainqueur ces captifs couronnez,
  Et demande pour grace à ce genereux Prince
  Qu'il daigne voir la main qui sauve la Province.
CHI. Mais n'est-il point blessé? *ELV.* Ie n'en ay rien appris.
  Vous changez de couleur ! reprenez vos esprits.
CHI. Reprenons donc aussi ma colere affoiblie,
  Pour avoir soin de luy faut-il que je m'oublie?
  On le vante, on le loüe, & mon cœur y consent!
  Mon honneur est muet, mon devoir impuissant!
  Silence, mon amour, laisse agir ma colere,
  S'il a vaincu deux Rois, il a tué mon pere,

Ces tristes vétemens où je lis mon malheur
Sont les premiers effets qu'ait produit fa valeur,
Et quoy qu'on die ailleurs d'un cœur fi magnanime,
Icy tous les objets me parlent de fon crime.
   Vous qui rendez la force à mes reffentimens,
Voile, crefpes, habits, lugubres ornemens,
Pompe, que me prescrit fa premiere victoire,
Contre ma paffion foûtenez bien ma gloire,
Et lors que mon amour prendra trop de pouvoir
Parlez à mon esprit de mon triste devoir,
Attaquez fans rien craindre une main triomphante.
ELV. Moderez ces transports, voicy venir l'Infante.

SCENE II·

L'INFANTE, CHIMENE, LEONOR, ELVIRE.

L'IN. IE ne viens pas icy confoler tes douleurs,
   Ie viens plûtoft mefler mes foûpirs à tes pleurs.
CHI. Prenez bien plûtoft part à la commune joye,
   Et gouftez le bonheur que le Ciel vous envoye,
   Madame, autre que moy n'a droit de foûpirer,
   Le peril dont Rodrigue a fçeu nous retirer,
   Et le falut public que vous rendent fes armes,
   A moy feule aujourd'huy fouffrent encor les larmes.
   Il a fauvé la ville, il a fervy fon Roy,
   Et fon bras valeureux n'eft funeste qu'à moy.
L'IN. Ma Chiméne, il eft vray qu'il a fait des merveilles.
CHI. Déja ce bruit fafcheux a frapé mes oreilles,
   Et je l'entens par tout publier hautement
   Auffi brave guerrier, que malheureux amant.
L'IN. Qu'a de fafcheux pour toy ce discours populaire?
   Ce jeune Mars qu'il loüe a fçeu jadis te plaire,
   Il poffedoit ton ame, il vivoit fous tes loix,
   Et vanter fa valeur c'eft honorer ton choix.
CHI. Chacun peut la vanter avec quelque justice,
   Mais pour moy fa loüange eft un nouveau fupplice,
   On aigrit ma douleur en l'élevant fi haut,
   Ie voy ce que je perds, quand je voy ce qu'il vaut.

Ah, cruels déplaifirs à l'esprit d'une amante!
Plus j'apprens fon merite, & plus mon feu s'augmente,
Cependant mon devoir eft toûjours le plus fort,
Et malgré mon amour va pourfuivre fa mort.
L'IN. Hier ce devoir te mit en une haute estime,
L'effort que tu te fis parut fi magnanime,
Si digne d'un grand cœur, que chacun à la Cour
Admiroit ton courage, & plaignoit ton amour.
Mais croirois-tu l'avis d'une amitié fidelle?
CHI. Ne vous obeïr pas me rendroit criminelle.
L'IN. Ce qui fut juste alors ne l'eft plus aujourd'huy.
Rodrigue maintenant eft noftre unique appuy,
L'esperance & l'amour d'un Peuple qui l'adore,
Le foûtien de Castille, & la terreur du More;
Le Roy mefme eft d'accord de cette verité
Que ton pere en luy feul fe voit reffuscité,
Et fi tu veux enfin qu'en deux mots je m'explique,
Tu pourfuis en fa mort la ruïne publique.
Quoy? pour vanger un pere eft-il jamais permis
De livrer fa Patrie aux mains des ennemis?
Contre-nous ta pourfuite eft-elle legitime,
Et pour eftre punis avons-nous part au crime?
Ce n'eft pas qu'après tout tu doives époufer
Celuy qu'un pere mort t'obligeoit d'accufer,
Ie te voudrois moy-mefme en arracher l'envie;
Ofte-luy ton amour, mais laiffe nous fa vie.
CHI. Ah, ce n'eft pas à moy d'avoir tant de bonté,
Le devoir qui m'aigrit n'a rien de limité.
Quoy que pour ce vainqueur mon amour s'intereffe,
Quoy qu'un Peuple l'adore, & qu'un Roy le careffe,
Qu'il foit environné des plus vaillans guerriers,
I'iray fous mes cyprés accabler fes lauriers.
L'IN. C'eft generofité, quand pour vanger un pere
Noftre devoir attaque une tefte fi chere:
Mais c'en eft une encor d'un plus illustre rang,
Quand on donne au Public les interefts du fang.
Non, croy-moy, c'eft affez que d'éteindre ta flame,
Il fera trop puny s'il n'eft plus dans ton ame.
Que le bien du païs t'impofe cette loy;
Auffi-bien que crois-tu que t'accorde le Roy?
CHI. Il peut me refufer, mais je ne puis me taire.
L'IN. Penfe bien, ma Chiméne, à ce que tu veux faire.

Adieu, tu pourras seule y penser à loisir.
CHI. Après mon pere mort je n'ay point à choisir.

SCENE III.

D. FERNAND, D. DIEGVE, D. ARIAS, D. RODRIGVE, D. SANCHE.

FER. GEnereux heritier d'une illustre famille,
Qui fut toûjours la gloire & l'appuy de Castille,
Race de tant d'Ayeux en valeur signalez,
Que l'essay de la tienne a si-tost égalez,
Pour te recompenser ma force est trop petite,
Et j'ay moins de pouvoir que tu n'as de merite.
Le païs delivré d'un si rude ennemy,
Mon Sceptre dans ma main par la tienne affermy,
Et les Mores défaits, avant qu'en ces alarmes
I'eusse pù donner ordre à repousser leurs armes,
Ne sont point des exploits qui laissent à ton Roy
Le moyen ny l'espoir de s'acquiter vers toy.
Mais deux Rois tes captifs feront ta recompense,
Ils t'ont nommé tous deux leur Cid en ma presence,
Puisque Cid en leur langue est autant que Seigneur,
Ie ne t'enviray pas ce beau titre d'honneur.
   Sois desormais le Cid, qu'à ce grand nom tout cede,
Qu'il comble d'épouvante, & Grenade, & Tolede,
Et qu'il marque à tous ceux qui vivent sous mes loix,
Et ce que tu me vaux, & ce que je te dois.
ROD. Que vostre Majesté, Sire, épargne ma honte,
D'un si foible service elle fait trop de conte,
Et me force à rougir devant un si grand Roy
De meriter si peu l'honneur que j'en reçoy.
Ie sçay trop que je dois au bien de vostre Empire,
Et le sang qui m'anime, & l'air que je respire,
Et quand je les perdray pour un si digne objet,
Ie feray seulement le devoir d'un Sujet.
FER. Tous ceux que ce devoir à mon service engage
Ne s'en acquitent pas avec mesme courage,
Et lors que la valeur ne va point dans l'excés,
Elle ne produit point de si rares succés.

Souffre donc qu'on te louë, & de cette victoire
Appren-moy plus au long la veritable histoire.
ROD. Sire, vous avez fçeu qu'en ce danger preſſant
Qui jetta dans la ville un effroy ſi puiſſant,
Vne troupe d'amis chez mon pere aſſemblée
Sollicita mon ame encor toute troublée....
Mais, Sire, pardonnez à ma temerité,
Si j'oſay l'employer ſans voſtre autorité;
Le peril approchoit, leur brigade étoit preſte,
Me montrant à la Cour je hazardois ma teſte,
Et s'il falloit la perdre, il m'étoit bien plus doux
De ſortir de la vie en combatant pour vous.
FER. I'excuſe ta chaleur à vanger ton offenſe,
Et l'Etat défendu me parle en ta défenſe:
Croy que doreſnavant Chiméne a beau parler,
Ie ne l'écoute plus que pour la conſoler.
Mais pourſuy. *ROD.* Sous moy donc cette troupe s'avance,
Et porte ſur le front une maſle aſſeurance.
Nous partiſmes cinq cens, mais par un prompt renfort
Nous nous viſmes trois mille en arrivant au port,
Tant à nous voir marcher avec un tel viſage
Les plus épouvantez reprenoient de courage.
I'en cache les deux tiers auſſi-toſt qu'arrivez
Dans le fond des vaiſſeaux qui lors furent trouvez,
Le reste, dont le nombre augmentoit à toute heure,
Bruſlant d'impatience autour de moy demeure,
Se couche contre terre, & ſans faire aucun bruit,
Paſſe une bonne part d'une ſi belle nuit.
Par mon commandement la Garde en fait de meſme,
Et ſe tenant cachée aide à mon ſtratageſme,
Et je feins hardiment d'avoir receu de vous
L'ordre qu'on me voit ſuivre & que je donne à tous.
   Cette obſcure clarté qui tombe des Etoiles
Enfin avec le flux nous fait voir trente voiles;
L'onde s'enfle deſſous, & d'un commun effort
Les Mores & la Mer montent jusques au Port.
On les laiſſe paſſer, tout leur paroit tranquille,
Point de ſoldats au Port, point aux murs de la ville:
Noſtre profond ſilence abuſant leurs esprits,
Ils n'oſent plus douter de nous avoir ſurpris,
Ils abordent ſans peur, ils anchrent, ils deſcendent,
Et courent ſe livrer aux mains qui les attendent.

Les noſtres

Nous nous levons alors, & tous en mefme temps
Pouffons jusques au Ciel mille cris éclatans.
Les noftres à ces cris de nos vaiffeaux répondent,
Ils paroiffent armez, les Mores fe confondent,
L'épouvante les prend à demy defcendus,
Avant que de combatre ils s'eftiment perdus.
Ils couroient au pillage, & rencontrent la guerre,
Nous les preffons fur l'eau, nous les preffons fur terre,
Et nous faifons courir des ruiffeaux de leur fang,
Avant qu'aucun refiste, ou reprenne fon rang.
Mais bien-toft malgré nous leurs Princes les rallient,
Leur courage renaift, & leurs terreurs s'oublient,
La honte de mourir fans avoir combatu
Arrefte leur defordre, & leur rend leur vertu.
Contre nous de pied ferme ils tirent les épées,
Des plus braves foldats les trames font coupées,
Et la terre, & le fleuve, & leur flotte, & le port,
Sont des champs de carnage où triomphe la mort.
   O combien d'actions, combien d'exploits celébres
Sont demeurez fans gloire au milieu des tenébres,
Où chacun feul témoin des grands coups qu'il donnoit
Ne pouvoit difcerner où le Sort inclinoit!
J'allois de tous coftez encourager les noftres,
Faire avancer les uns, & foûtenir les autres,
Ranger ceux qui venoient, les pouffer à leur tour,
Et ne l'ay pû fçavoir jusques au point du jour.
Mais enfin fa clarté montre noftre avantage,
Le More voit fa perte, & perd foudain courage,
Et voyant un renfort qui nous vient fecourir,
L'ardeur de vaincre cede à la peur de mourir.
Ils gagnent leurs vaiffeaux, ils en coupent les cables,
Pouffent jusques aux Cieux des cris épouvantables,
Font retraite en tumulte, & fans confiderer
Si leurs Rois avec eux peuvent fe retirer.
Pour fouffrir ce devoir leur frayeur eft trop forte,
Le flux les apporta, le reflux les remporte,
Cependant que leurs Rois engagez parmy nous,
Et quelque peu des leurs tous percez de nos coups,
Difputent vaillamment & vendent bien leur vie;
A fe rendre moy-mefme en vain je les convie,
Le cimeterre au poin ils ne m'écoutent pas:
Mais voyant à leurs pieds tomber tous leurs foldats,

Tome I.   N n n.

Et que feuls deformais en vain ils fe défendent,
Ils demandent le Chef, je me nomme, ils fe rendent,
Ie vous les envoyay tous deux en mefme temps,
Et le combat ceffa faute de combatans.
C'eft de cette façon que pour voftre fervice...

SCENE IV.

D. FERNAND, D. DIEGVE, D. RODRIGVE, D. ARIAS, D. ALONSE, D. SANCHE.

ALO. **S**Ire, Chiméne vient vous demander Iuftice.
    FER. La fafcheufe Nouvelle, & l'importun devoir!
Va, je ne la veux pas obliger à te voir,
Pour tous remercîmens il faut que je te chaffe,
    Mais avant que fortir, vien, que ton Roy t'embraffe. [a]
D.Rodrigue rentre. *DIE.* Chiméne le pourfuit, & voudroit le fauver.
FER. On m'a dit qu'elle l'aime, & je vay l'éprouver.
Montrez un œil plus trifte.

SCENE V.

D. FERNAND, D. DIEGVE, D. ARIAS, D. SANCHE, D. ALONSE, CHIMENE, ELVIRE.

FER.   **E**Nfin foyez contente,
Chiméne, le fuccès répond à voftre attente;
Si de nos ennemis Rodrigue a le deffus,
Il eft mort à nos yeux des coups qu'il a receus,
Rendez graces au Ciel qui vous en a vangée,
    [b] Voyez comme déja fa couleur eft changée.
[b] *A Don Diegue.* *DIE.* Mais voyez qu'elle pafme, & d'un amour parfait
Dans cette pafmoifon, Sire, admirez l'effet,
Sa douleur a trahy les fecrets de fon ame,
Et ne vous permet plus de douter de fa flame.

CHI. Quoy? Rodrigue eſt donc mort? *FER.* Non, non, il voit le jour,
    Et te conſerve encor un immuable amour,
    Calme cette douleur qui pour luy s'intereſſe.
CHI. Sire, on paſme de joye ainſi que de triſteſſe,
    Vn excès de plaiſir nous rend tous languiſſans,
    Et quand il ſurprend l'ame, il accable les ſens.
FER. Tu veux qu'en ta faveur nous croyions l'impoſſible,
    Chiméne, ta douleur a paru trop viſible.
CHI. Et bien, Sire, ajouſtez ce comble à mon malheur,
    Nommez ma paſmoiſon l'effet de ma douleur,
    Vn juſte déplaiſir à ce point m'a reduite;
    Son trépas deſroboit ſa teſte à ma pourſuite.
    S'il meurt des coups receus pour le bien du païs,
    Ma vangeance eſt perduë & mes deſſeins trahis;
    Vne ſi belle fin m'eſt trop injurieuſe,
    Ie demande ſa mort, mais non-pas glorieuſe,
    Non-pas dans un éclat qui l'éleve ſi haut,
    Non-pas au lit d'honneur, mais ſur un échaffaut.
    Qu'il meure pour mon pere, & non pour la Patrie,
    Que ſon nom ſoit taché, ſa memoire fleſtrie,
    Mourir pour le païs n'eſt pas un triſte ſort,
    C'eſt s'immortaliſer par une belle mort.
      J'aime donc ſa victoire, & je le puis ſans crime,
    Elle aſſeure l'Etat, & me rend ma victime,
    Mais noble, mais fameuſe entre tous les guerriers,
    Le chef au lieu de fleurs couronné de lauriers,
    Et pour dire en un mot ce que j'en conſidere,
    Digne d'eſtre immolée aux Manes de mon pere.
      Helas! à quel espoir me laiſſay-je emporter!
    Rodrigue de ma part n'a rien à redouter.
    Que pourroient contre luy des larmes qu'on mépriſe?
    Pour luy tout voſtre Empire eſt un lieu de franchiſe,
    Là ſous voſtre pouvoir tout luy devient permis,
    Il triomphe de moy comme des ennemis,
    Dans leur ſang répandu la justice étouffée
    Aux crimes du vainqueur ſert d'un nouveau trophée,
    Nous en croiſſons la pompe, & le mépris des loix
    Nous fait ſuivre ſon char au milieu de deux Rois.
FER. Ma fille, ces transports ont trop de violence,
    Quand on rend la justice, on met tout en balance.
    On a tué ton pere, il étoit l'aggreſſeur,
    Et la meſme équité m'ordonne la douceur.

Nnn ij

Avant que d'accufer ce que j'en fais paroiſtre,
Conſulte bien ton cœur, Rodrigue en eſt le maiſtre,
Et ta flame en ſecret rend graces à ton Roy
Dont la faveur conſerve un tel amant pour toy.
CHI. Pour moy mon ennemy! l'objet de ma colere!
L'autheur de mes malheurs! l'aſſaſſin de mon pere!
De ma juſte pourſuite on fait ſi peu de cas
Qu'on me croit obliger en ne m'écoutant pas!
Puisque vous refuſez la juſtice à mes larmes,
Sire, permettez-moy de recourir aux armes,
C'eſt par là ſeulement qu'il a ſçeu m'outrager,
Et c'eſt auſſi par-là que je me dois vanger:
A tous vos Cavaliers je demande ſa teſte,
Ouy, qu'un d'eux me l'apporte, & je ſuis ſa conqueſte,
Qu'ils le combatent, Sire, & le combat finy,
I'épouſe le vainqueur ſi Rodrigue eſt puny.
Sous voſtre authorité ſouffrez qu'on le publie.
FER. Cette vieille coûtume en ces lieux établie
Sous couleur de punir un injuſte attentat
Des meilleurs combatans affoiblit un Etat.
Souvent de cet abus le ſuccès déplorable
Opprime l'innocent & ſoûtient le coupable.
I'en dispenſe Rodrigue, il m'eſt trop précieux
Pour l'expoſer aux coups d'un ſort capricieux,
Et quoy qu'ait pû commettre un cœur ſi magnanime,
Les Mores en fuyant ont emporté ſon crime.
DIE. Quoy, Sire! pour luy ſeul vous renverſez des loix
Qu'a veu toute la Cour obſerver tant de fois!
Que croira voſtre Peuple, & que dira l'Envie
Si ſous voſtre défence il ménage ſa vie,
Et s'en fait un pretexte à ne paroiſtre pas
Où tous les gens d'honneur cherchent un beau trépas?
De pareilles faveurs terniroient trop ſa gloire,
Qu'il gouſte ſans rougir les fruits de ſa victoire;
Le Comte eut de l'audace, il l'en a ſçeu punir,
Il l'a fait en brave homme, & le doit maintenir.
FER. Puisque vous le voulez, j'accorde qu'il le faſſe,
Mais d'un guerrier vaincu mille prendroient la place,
Et le prix que Chiméne au vainqueur a promis,
De tous mes Cavaliers feroit ſes ennemis:
L'oppoſer ſeul à tous feroit trop d'injuſtice,
Il ſuffit qu'une fois il entre dans la lice.

Choify qui tu voudras, Chiméne, & choify bien,
Mais après ce combat ne demande plus rien.
DIE. N'excufez point par-là ceux que fon bras étonne,
Laiffez un champ ouvert où n'entrera perfonne.
Après ce que Rodrigue a fait voir aujourd'huy,
Quel courage affez vain s'oferoit prendre à luy?
Qui fe hazarderoit contre un tel adverfaire?
Qui feroit ce vaillant, ou bien ce temeraire?
SAN. Faites ouvrir le champ, vous voyez l'affaillant,
Ie fuis ce temeraire, ou plûtoft ce vaillant.
Accordez cette grace à l'ardeur qui me preffe,
Madame, vous fçavez quelle eft voftre promeffe.
FER. Chiméne, remets-tu ta querelle en fa main?
CHI. Sire, je l'ay promis. *FER.* Soyez preft à demain.
DIE. Non, Sire, il ne faut pas differer davantage,
On eft toûjours trop preft quand on a du courage.
FER. Sortir d'une bataille & combatre à l'inftant.
DIE. Rodrigue a pris haleine en vous la racontant.
FER. Du moins, une heure ou deux je veux qu'il fe délaffe.
Mais de peur qu'en exemple un tel combat ne paffe,
Pour témoigner à tous qu'à regret je permets
Vn fanglant procedé qui ne me plût jamais,
De moy, ny de ma Cour il n'aura la prefence.[a]
Vous feul des combatans jugerez la vaillance,
Ayez foin que tous deux faffent en gens de cœur,
Et le combat finy m'amenez le vainqueur.
Quel qu'il foit, mefme prix eft acquis à fa peine,
Ie le veux de ma main prefenter à Chiméne,
Et que pour recompenfe il reçoive fa foy.
CHI. Quoy, Sire! m'impofer une fi dure loy!
FER. Tu t'en plains, mais ton feu loin d'auoüer ta plainte,
Si Rodrigue eft vainqueur, l'accepte fans contrainte.
Ceffe de murmurer contre un Arreft fi doux,
Qui que ce foit des deux, j'en feray ton époux.

[a] *Il parle à*
D. Arias.

ACTE V.

SCENE PREMIERE.

D. RODRIGVE, CHIMENE.

C. 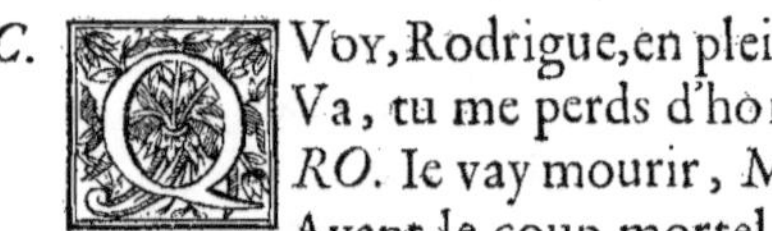 Voy, Rodrigue, en plein jour! d'où te viēt cette audace?
Va, tu me perds d'honneur, retire-toy de grace.
RO. Ie vay mourir, Madame, & vous viens en ce lieu
Avant le coup mortel dire un dernier Adieu.
Cet immuable amour qui fous vos loix m'engage
N'ofe accepter ma mort fans vous en faire hommage.
CHI. Tu vas mourir! *ROD.* Ie cours à ces heureux momens,
Qui vont livrer ma vie à vos reffentimens.
CHI. Tu vas mourir! Don Sanche eft-il fi redoutable,
Qu'il donne l'épouvante à ce cœur indomptable?
Qui t'a rendu fi foible, ou qui le rend fi fort?
Rodrigue va combatre, & fe croit déja mort!
Celuy qui n'a pas craint les Mores, ny mon pere,
Va combatre Don Sanche, & déja defespere!
Ainfi donc au befoin ton courage s'abat?
ROD. Ie cours à mon fupplice, & non pas au combat,
Et ma fidelle ardeur fçait bien m'ofter l'envie,
Quand vous cherchez ma mort, de défendre ma vie.
    I'ay toûjours mefme cœur, mais je n'ay point de bras
Quand il faut conferver ce qui ne vous plaift pas;
Et déja cette nuit m'auroit été mortelle,
Si j'euffe combatu pour ma feule querelle:
Mais défendant mon Roy, fon Peuple, & mon païs,
A me défendre mal je les aurois trahis.
Mon esprit genereux ne hait pas tant la vie
Qu'il en vüeille fortir par une perfidie.
Maintenant qu'il s'agit de mon feul intereft,
Vous demandez ma mort, j'en accepte l'Arreft;
Voftre reffentiment choifit la main d'un autre,
Ie ne meritois pas de mourir de la voftre;

On ne me verra point en repouſſer les coups;
Ie doy plus de reſpect à qui combat pour vous,
Et ravy de penſer que c'eſt de vous qu'ils viennent,
Puiſque c'eſt voſtre honneur que ſes armes ſoûtiennent;
Ie vay luy preſenter mon estomac ouvert,
Adorant en ſa main la voſtre qui me perd.

CHI. Si d'un triste devoir la juste violence,
Qui me fait malgré-moy pourſuivre ta vaillance,
Prescrit à ton amour une ſi forte loy,
Qu'il te rend ſans défenſe à qui combat pour moy;
En cet aveuglement ne perds pas la memoire,
Qu'ainſi que de ta vie, il y va de ta gloire,
Et que dans quelque éclat que Rodrigue ait vécu,
Quand on le ſçaura mort, on le croira vaincu.

Ton honneur t'eſt plus cher que je ne te ſuis chere,
Puiſqu'il trempe tes mains dans le ſang de mon pere,
Et te fait renoncer malgré ta paſſion
A l'espoir le plus doux de ma poſſeſſion:
Ie t'en voy cependant faire ſi peu de conte,
Que ſans rendre combat tu veux qu'on te ſurmonte!
Quelle inégalité ravale ta vertu?
Pourquoy ne l'as-tu plus, ou pourquoy l'avois-tu?
Quoy? n'es-tu genereux que pour me faire outrage?
S'il ne faut m'offenſer, n'as-tu point de courage,
Et traites-tu mon pere avec tant de rigueur,
Qu'après l'avoir vaincu tu ſouffres un vainqueur?
Va, ſans vouloir mourir laiſſe-moy te pourſuivre,
Et défens ton honneur, ſi tu ne veux plus vivre.

ROD. Après la mort du Comte, & les Mores défaits,
Faudroit-il à ma gloire encor d'autres effets?
Elle peut dédaigner le ſoin de me défendre,
On ſçait que mon courage oſe tout entreprendre,
Que ma valeur peut tout, & que deſſous les Cieux
Auprès de mon honneur rien ne m'eſt précieux.
Non, non, en ce combat, quoy que vous veüilliez croire,
Rodrigue peut mourir ſans hazarder ſa gloire,
Sans qu'on l'oſe accuſer d'avoir manqué de cœur,
Sans paſſer pour vaincu, ſans ſouffrir un vainqueur.
On dira ſeulement, *il adoroit Chiméne,*
Il n'a pas voulu vivre, & meriter ſa haine,
Il a cedé luy-meſme à la rigueur du Sort
Qui forçoit ſa Maîtreſſe à pourſuivre ſa mort;

Elle vouloit sa teste, & son cœur magnanime
S'il l'en eust refusée, eust pensé faire un crime.
Pour vanger son honneur il perdit son amour,
Pour vanger sa Maîtresse il a quitté le jour,
Preferant (quelque espoir qu'eust son ame asservie)
Son honneur à Chiméne, & Chiméne à sa vie.
Ainsi donc vous verrez ma mort en ce combat,
Loin d'obscurcir ma gloire, en rehausser l'éclat,
Et cet honneur suivra mon trépas volontaire,
Que tout autre que moy n'eust pû vous satisfaire.
CHI. Puisque pour t'empescher de courir au trépas
Ta vie & ton honneur sont de foibles appas,
Si jamais je t'aimay, cher Rodrigue, en revanche,
Défens-toy maintenant pour m'oster à Don Sanche;
Combats pour m'affranchir d'une condition
Qui me donne à l'objet de mon aversion.
Te diray-je encor plus ? va, songe à ta défense,
Pour forcer mon devoir, pour m'imposer silence,
Et si tu sens pour moy ton cœur encor épris,
Sors vainqueur d'un combat dont Chiméne est le prix.
Adieu, ce mot lasché me fait rougir de honte.
ROD. Est-il quelque ennemy qu'à present je ne dompte.
Paroissez Navarrois, Mores, & Castillans,
Et tout ce que l'Espagne a nourry de vaillans,
Vnissez vous ensemble, & faites une Armée
Pour combatre une main de la sorte animée,
Ioignez tous vos efforts contre un espoir si doux,
Pour en venir à bout c'est trop peu que de vous.

SCENE

SCENE II.

L'INFANTE.

T'Ecouteray-je encor, respect de ma naissance,
    Qui fais un crime des mes feux?
T'écouteray-je, Amour, dont la douce puissance
Contre ce fier tyran fait revolter mes vœux?
        Pauvre Princesse, auquel des deux
        Dois-tu préter obeissance?
Rodrigue, ta valeur te rend digne de moy,
Mais pour estre vaillant, tu n'es pas fils de Roy.

    Impitoyable Sort, dont la rigueur separe
        Ma gloire d'avec mes desirs!
Est-il dit que le choix d'une vertu si rare
Coûte à ma passion de si grands déplaisirs?
        O Cieux! à combien de soûpirs
        Faut-il que mon cœur se prépare,
Si jamais il n'obtient sur un si long tourment
Ny d'éteindre l'amour, ny d'accepter l'amant?

    Mais c'est trop de scrupule, & ma raison s'étonne
        Du mépris d'un si digne choix,
Bien qu'aux Monarques seuls ma naissance me donne,
Rodrigue, avec honneur je vivray sous tes loix;
        Après avoir vaincu deux Rois
        Pourrois-tu manquer de Couronne?
Et ce grand nom de Cid que tu viens de gagner
Ne fait-il pas trop voir sur qui tu dois regner?

    Il est digne de moy, mais il est à Chiméne,
        Le don que j'en ay fait me nuit,
Entre eux la mort d'un pere a si peu mis de haine,
Que le devoir du sang à regret le poursuit:
        Ainsi n'esperons aucun fruit
        De son crime, ny de ma peine,
Puisque pour me punir le Destin a permis
Que l'amour dure mesme entre deux ennemis.

SCENE III.

L'INFANTE, LEONOR.

L'IN. OV viens-tu, Leonor? *LEO.* Vous applaudir, Madame,
Sur le repos qu'enfin a retrouvé voſtre ame.
L'IN. D'où viendroit ce repos dans un comble d'ennuy?
LEO. Si l'amour vit d'eſpoir, & s'il meurt avec luy,
Rodrigue ne peut plus charmer voſtre courage;
Vous ſçavez le combat où Chiméne l'engage,
Puiſqu'il faut qu'il y meure, ou qu'il ſoit ſon mary,
Voſtre eſperance eſt morte, & voſtre eſprit guery.
L'IN. Ah, qu'il s'en faut encor! *LEO.* Que pouvez-vous pretendre?
L'IN. Mais plûtoſt quel eſpoir me pourrois-tu défendre?
Si Rodrigue combat ſous ces conditions,
Pour en rompre l'effet j'ay trop d'inventions,
L'Amour, ce doux autheur de mes cruels ſupplices,
Aux eſprits des amans apprend trop d'artifices.
LEO. Pourrez-vous quelque choſe aprés qu'un pere mort
N'a pû dans leurs eſprits allumer de discord?
Car Chiméne aiſément montre par ſa conduite
Que la haine aujourd'huy ne fait pas ſa pourſuite.
Elle obtient un combat, & pour ſon combatant,
C'eſt le premier offert qu'elle accepte à l'inſtant.
Elle n'a point recours à ces mains genereuſes
Que tant d'exploits fameux rendent ſi glorieuſes:
Don Sanche luy ſuffit, & merite ſon choix,
Parce qu'il va s'armer pour la premiere fois,
Elle aime en ce duël ſon peu d'experience,
Comme il eſt ſans renom, elle eſt ſans défiance,
Et ſa facilité vous doit bien faire voir
Qu'elle cherche un combat qui force ſon devoir,
Qui livre à ſon Rodrigue une victoire aiſée,
Et l'authoriſe enfin à paroiſtre appaiſée.
L'IN. Ie le remarque aſſez, & toutefois mon cœur
A l'envy de Chiméne adore ce vainqueur.
A quoy me reſoudray-je, amante infortunée?
LEO. A vous mieux ſouvenir de qui vous étes née,
Le Ciel vous doit un Roy, vous aimez un Sujet.
L'IN. Mon inclination a bien changé d'objet.

Ie n'aime plus Rodrigue, un fimple Gentilhomme,
Non, ce n'eft plus ainfi que mon amour le nomme ;
Si j'aime, c'eft l'autheur de tant de beaux exploits,
C'eft le valeureux Cid, le maiftre de deux Rois.

Ie me vaincray pourtant, non de peur d'aucun blâme,
Mais pour ne troubler pas une fi belle flame,
Et quand pour m'obliger on l'auroit couronné,
Ie ne veux point reprendre un bien que j'ay donné.
Puisque en un tel combat fa victoire eft certaine,
Allons encor un coup le donner à Chiméne ;
Et toy qui vois les traits dont mon cœur eft percé,
Vien me voir achever comme j'ay commencé.

SCENE IV.

CHIMENE, ELVIRE.

CHI. ELvire, que je fouffre, & que je fuis à plaindre !
Ie ne fçay qu'esperer, & je voy tout à craindre.
Aucun vœu ne m'échape où j'ofe confentir,
Ie ne fouhaite rien fans un prompt repentir ;
A deux rivaux pour moy je fais prendre les armes,
Le plus heureux fuccès me coûtera des larmes,
Et quoy qu'en ma faveur en ordonne le Sort,
Mon pere eft fans vangeance, ou mon amant eft mort.
ELV. D'un & d'autre cofté je vous voy foulagée,
Ou vous avez Rodrigue, ou vous étes vangée,
Et quoy que le Deftin puiffe ordonner de vous,
Il foûtient voftre gloire, & vous donne un époux.
CHI. Quoy ? l'objet de ma haine, ou bien de ma colere !
L'affaffin de Rodrigue, ou celuy de mon pere !
De tous les deux coftez on me donne un mary
Encor tout teint du fang que j'ay le plus chery.
De tous les deux coftez mon ame fe rebelle,
Ie crains plus que la mort la fin de ma querelle ;
Allez vangeance, amour, qui troublez mes esprits,
Vous n'avez point pour moy de douceurs à ce prix.
Et toy, puiffant moteur du Deftin qui m'outrage,
Termine ce combat fans aucun avantage,
Sans faire aucun des deux ny vaincu, ny vainqueur.
ELV. Ce feroit vous traiter avec trop de rigueur.

Ce combat pour voſtre ame eſt un nouveau ſupplice,
S'il vous laiſſe obligée à demander juſtice,
A témoigner toûjours ce haut reſſentiment,
Et pourſuivre toûjours la mort de voſtre amant.
Madame, il vaut bien mieux que ſa rare vaillance
Luy couronnant le front vous impoſe ſilence,
Que la loy du combat étouffe vos ſoûpirs,
Et que le Roy vous force à ſuivre vos deſirs.
CHI. Quand il ſera vainqueur, crois-tu que je me rende?
Mon devoir eſt trop fort & ma perte trop grande,
Et ce n'eſt pas aſſez pour leur faire la loy
Que celle du combat, & le vouloir du Roy.
Il peut vaincre Don Sanche avec fort peu de peine,
Mais non-pas avec luy la gloire de Chiméne,
Et quoy qu'à ſa victoire un Monarque ait promis,
Mon honneur luy fera mille autres ennemis.
ELV. Gardez, pour vous punir de cet orgueil étrange,
Que le Ciel à la fin ne ſouffre qu'on vous vange.
Quoy ! vous voulez encor refuſer le bonheur
De pouvoir maintenant vous taire avec honneur !
Que pretend ce devoir, & qu'eſt-ce qu'il eſpere?
La mort de voſtre amant vous rendra-t'elle un pere?
Eſt-ce trop peu pour vous que d'un coup de malheur?
Faut-il perte ſur perte, & douleur ſur douleur?
Allez, dans le caprice où voſtre humeur s'obſtine,
Vous ne meritez pas l'amant qu'on vous deſtine,
Et nous verrons du Ciel l'équitable couroux
Vous laiſſer par ſa mort Don Sanche pour époux.
CHI. Elvire, c'eſt aſſez des peines que j'endure,
Ne les redouble point par ce funeſte augure:
Ie veux, ſi je le puis, les éviter tous deux,
Sinon, en ce combat Rodrigue a tous mes vœux.
Non qu'une folle ardeur de ſon coſté me panche,
Mais s'il étoit vaincu, je ſerois à Don Sanche,
Cette apprehenſion fait naiſtre mon ſouhait.
Que voy-je, malheureuſe? Elvire, c'en eſt fait,

SCENE V.

D. SANCHE, CHIMENE, ELVIRE.

SAN. Obligé d'apporter à vos pieds cette épée...
CH. Quoy? du sang de Rodrigue encor toute trempée?
Perfide, oses-tu bien te montrer à mes yeux
Après m'avoir osté ce que j'aimois le mieux?
Eclate, mon amour, tu n'as plus rien à craindre,
Mon pere est satisfait, cesse de te contraindre.
Vn mesme coup a mis ma gloire en seureté,
Mon ame au desespoir, ma flame en liberté.
SAN. D'un esprit plus rassis.... *CHI.* Tu me parles encore,
Execrable assassin d'un Heros que j'adore?
Va, tu l'as pris en traistre, un guerrier si vaillant
N'eust jamais succombé sous un tel assaillant.
N'espere rien de moy, tu ne m'as point servie,
En croyant me vanger tu m'as osté la vie.
SAN. Etrange impression, qui loin de m'écouter....
CHI. Veux-tu que de sa mort je t'écoute vanter?
Que j'entende à loisir avec quelle insolence
Tu peindras son malheur, mon crime, & ta vaillance?

SCENE VI.

D. FERNAND, D. DIEGVE, D. ARIAS, D. SANCHE, D. ALONSE, CHIMENE, ELVIRE.

CHI. Sire, il n'est plus besoin de vous dissimuler
Ce que tous mes efforts ne vous ont pû celer.
I'aimois, vous l'avez sceu, mais pour vanger mon pere
I'ay bien voulu proscrire une teste si chere:
Vostre Majesté, Sire, elle-mesme a pû voir
Comme j'ay fait ceder mon amour au devoir.
Enfin Rodrigue est mort, & sa mort m'a changée
D'implacable ennemie en amante affligée;
I'ay dû cette vangeance à qui m'a mise au jour,
Et je doy maintenant ces pleurs à mon amour.

O o o iij

Don Sanche m'a perduë en prenant ma défenſe,
Et du bras qui me perd je ſuis la recompenſe!
  Sire, ſi la pitié peut émouvoir un Roy,
De grace, revoquez une ſi dure loy;
Pour prix d'une victoire où je perds ce que j'aime,
Ie luy laiſſe mon bien, qu'il me laiſſe à moy-meſme,
Qu'en un Cloiſtre ſacré je pleure inceſſamment
Iuſqu'au dernier ſoûpir mon pere & mon amant.
DIE. Enfin, elle aime, Sire, & ne croit plus un crime
  D'avoüer par ſa bouche un amour legitime.
FER. Chiméne, ſors d'erreur, ton amant n'eſt pas mort,
  Et Don Sanche vaincu t'a fait un faux rapport.
SAN. Sire, un peu trop d'ardeur malgré moy l'a deceuë.
  Ie venois du combat luy raconter l'iſſuë.
  Ce genereux guerrier dont ſon cœur eſt charmé,
  Ne crains rien (m'a-t'il dit quand il m'a deſarmé)
  Ie laiſſerois plûtoſt la victoire incertaine,
  Que de répandre un ſang haʒardé pour Chiméne :
  Mais puiſque mon devoir m'appelle auprès du Roy,
  Va de noſtre combat l'entretenir pour moy,
  De la part du vainqueur luy porter ton épée.
  Sire, j'y ſuis venu, cet objet l'a trompée,
  Elle m'a creu vainqueur me voyant de retour,
  Et ſoudain ſa colere a trahy ſon amour,
  Avec tant de transport & tant d'impatience,
  Que je n'ay pû gagner un moment d'audience.
  Pour moy, bien que vaincu, je me repute heureux,
  Et malgré l'intereſt de mon cœur amoureux,
  Perdant infiniment, j'aime encor ma défaite,
  Qui fait le beau ſuccès d'une amour ſi parfaite.
FER. Ma fille, il ne faut point rougir d'un ſi beau feu,
  Ny chercher les moyens d'en faire un deſaveu,
  Vne loüable honte en vain t'en ſollicite,
  Ta gloire eſt dégagée, & ton devoir eſt quitte,
  Ton pere eſt ſatisfait, & c'étoit le vanger
  Que mettre tant de fois ton Rodrigue en danger.
  Tu vois comme le Ciel autrement en diſpoſe,
  Ayant tant fait pour luy, fay pour toy quelque choſe,
  Et ne ſois point rebelle à mon commandement,
  Qui te donne un époux aimé ſi cherement.

SCENE VII.

D. FERNAND, D. DIEGVE, D. ARIAS, D. RODRIGVE, D. ALONSE, D. SANCHE, L'INFANTE, CHIMENE, LEONOR, ELVIRE.

LIN. SEche tes pleurs, Chiméne, & reçoy fans tristeſſe
 Ce genereux vainqueur des mains de ta Princeſſe.
ROD. Ne vous offenſez point, Sire, ſi devant vous
 Vn reſpect amoureux me jette à ſes genoux.
 Ie ne viens point icy demander ma conqueſte,
 Ie viens tout de nouveau vous apporter ma teſte,
 Madame, mon amour n'emploïra point pour moy,
 Ny la loy du combat, ny le vouloir du Roy.
 Si tout ce qui s'eſt fait eſt trop peu pour un pere,
 Dites par quels moyens il vous faut ſatisfaire.
 Faut-il combattre encor mille & mille rivaux,
 Aux deux bouts de la Terre étendre mes travaux,
 Forcer moy ſeul un camp, mettre en fuite une Armée,
 Des Heros fabuleux paſſer la renommée?
 Si mon crime par là ſe peut enfin laver,
 I'oſe tout entreprendre, & puis tout achever.
 Mais ſi ce fier honneur toûjours inexorable
 Ne ſe peut appaiſer ſans la mort du coupable,
 N'armez plus contre moy le pouvoir des Humains,
 Ma teſte eſt à vos pieds, vangez-vous par vos mains.
 Vos mains ſeules ont droit de vaincre un invincible,
 Prenez une vangeance à tout autre impoſſible :
 Mais du moins que ma mort ſuffiſe à me punir,
 Ne me banniſſez point de voſtre ſouvenir,
 Et puiſque mon trépas conſerve voſtre gloire,
 Pour vous en revancher conſervez ma memoire,
 Et dites quelquefois en déplorant mon ſort,
 S'il ne m'avoit aimée, il ne ſeroit pas mort.
CHI. Releve-toy, Rodrigue. Il faut l'avoüer, Sire,
 Ie vous en ay trop dit, pour m'en pouvoir dédire,

Rodrigue a des vertus que je ne puis haïr,
Et quand un Roy commande, on luy doit obeïr.
Mais à quoy que déja vous m'ayez condamnée,
Pourrez-vous à vos yeux fouffrir cet Hymenée?
Et quand de mon devoir vous voulez cet effort,
Toute voftre justice en eft-elle d'accord?
Si Rodrigue à l'Etat devient fi neceffaire,
De ce qu'il fait pour vous doy-je eftre le falaire,
Et me livrer moy-mefme au reproche éternel
D'avoir trempé mes mains dans le fang paternel?
FER. Le temps affez fouvent a rendu legitime
Ce qui fembloit d'abord ne fe pouvoir fans crime.
Rodrigue t'a gagnée, & tu dois eftre à luy;
Mais quoy que fa valeur t'ait conquife aujourd'huy,
Il faudroit que je fuffe ennemy de ta gloire
Pour luy donner fi toft le prix de fa victoire.
Cet Hymen differé ne rompt point une loy
Qui fans marquer de temps luy destine ta foy,
Prens un an, fi tu veux, pour effuyer tes larmes.
      Rodrigue, cependant il faut prendre les armes.
Après avoir vaincu les Mores fur nos bords,
Renverfé leurs deffeins, repouffé leurs efforts,
Va jusqu'en leur païs leur reporter la guerre,
Commander mon Armée, & ravager leur terre.
A ce nom feul de Cid ils trembleront d'effroy,
Ils t'ont nommé Seigneur, & te voudront pour Roy.
Mais parmy tes hauts faits fois-luy toûjours fidelle,
Reviens-en, s'il fe peut, encor plus digne d'elle,
Et par tes grands exploits fay-toy fi bien prifer,
Qu'il luy foit glorieux alors de t'époufer.
ROD. Pour poffeder Chiméne, & pour voftre fervice,
Que peut-on m'ordonner que mon bras n'accompliffe?
Quoy qu'abfent de fes yeux il me faille endurer,
Sire, ce m'eft trop d'heur de pouvoir esperer.
FER. Espere en ton courage, espere en ma promeffe,
Et poffedant déja le cœur de ta Maiftreffe,
Pour vaincre un point d'honneur qui combat contre toy,
Laiffe faire le temps, ta vaillance, & ton Roy.

F I N.

HORACE

HORACE,

TRAGEDIE.

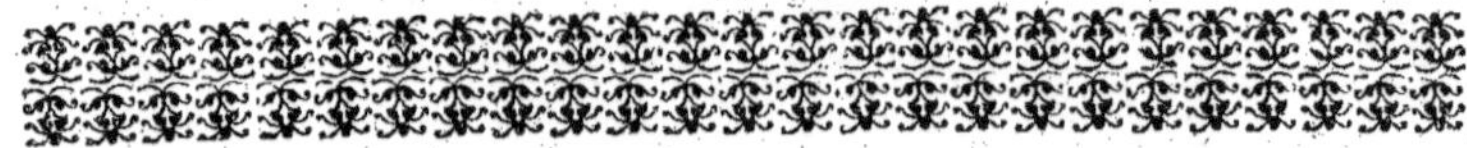

ACTEVRS.

TVLLE, Roy de Rome.

Le vieil HORACE, Chevalier Romain.

HORACE, son fils.

CVRIACE, Gentilhomme d'Albe, amant de
Camille.

VALERE, Chevalier Romain, amoureux de
Camille.

SABINE, Femme d'Horace, & sœur de Curiace.

CAMILLE, Amäte de Curiace, & sœur d'Horace.

IVLIE, Dame Romaine, Confidente de Sabine
& de Camille.

FLAVIAN, Soldat de l'Armée d'Albe.

PROCVLE, Soldat de l'Armée de Rome.

**La Scene est à Rome dans une Salle
de la maison d'Horace.**

HORACE,
TRAGEDIE.

ACTE I.

SCENE PREMIERE.

SABINE, IVLIE.

SAB. PPROVVEZ ma foibleſſe, & ſouf-
frez ma douleur,
Elle n'eſt que trop juſte en un ſi grand
malheur ;
Si près de voir ſur ſoy fondre de tels
orages,
L'ébranlement ſied bien aux plus fer-
mes courages,
Et l'eſprit le plus maſle & le moins abbatu
Ne ſçauroit ſans deſordre exercer ſa vertu.
Quoy que le mien s'étonne à ces rudes alarmes,
Le trouble de mon cœur ne peut rien ſur mes larmes,
Et parmy les ſoûpirs qu'il pouſſe vers les Cieux,
Ma conſtance du moins regne encor ſur mes yeux.
Quand on arreſte là les déplaiſirs d'une ame,
Si l'on fait moins qu'un homme, on fait plus qu'une femme :
Commander à ſes pleurs en cette extremité,
C'eſt montrer pour le ſexe aſſez de fermeté.

IVL. C'en eſt peut-eſtre aſſez pour une ame commune
　　Qui du moindre peril ſe fait une infortune ;
　　Mais de cette foibleſſe un grand cœur eſt honteux,
　　Il oſe eſperer tout dans un ſuccès douteux.
　　Les deux camps ſont rangez au pied de nos murailles,
　　Mais Rome ignore encor comme on perd des batailles ;
　　Loin de trembler pour elle , il luy faut applaudir,
　　Puiſqu'elle va combattre , elle va s'aggrandir.
　　Banniſſez, banniſſez une frayeur ſi vaine,
　　Et concevez des vœux dignes d'une Romaine.
SAB. Ie ſuis Romaine, helas ! puis qu'Horace eſt Romain,
　　I'en ay receu le titre en recevant ſa main,
　　Mais ce nœud me tiendroit en eſclaue enchaiſnée,
　　S'il m'empeſchoit de voir en quels lieux je ſuis née.
　　Albe où j'ay commencé de respirer le jour,
　　Albe mon cher païs , & mon premier amour,
　　Lors qu'entre nous & toy je voy la guerre ouverte,
　　Ie crains noſtre victoire autant que noſtre perte.
　　　Rome , ſi tu te plains que c'eſt là te trahir,
　　Fay-toy des ennemis que je puiſſe haïr.
　　Quand je voy de tes murs leur Armée & la noſtre,
　　Mes trois freres dans l'une , & mon mary dans l'autre,
　　Puis-je former des vœux , & ſans impieté
　　Importuner le Ciel pour ta felicité ?
　　Ie ſçay que ton Etat encor en ſa naiſſance
　　Ne ſçauroit ſans la guerre affermir ſa puiſſance,
　　Ie ſçay qu'il doit s'accroiſtre , & que tes grands Destins
　　Ne le borneront pas chez les peuples Latins,
　　Que les Dieux t'ont promis l'Empire de la Terre,
　　Et que tu n'en peux voir l'effet que par la guerre.
　　Bien loin de m'oppoſer à cette noble ardeur
　　Qui ſuit l'Arreſt des Dieux & court à ta grandeur,
　　Ie voudrois déja voir tes troupes couronnées
　　D'un pas victorieux franchir les Pyrenées.
　　Va jusqu'en l'Orient pouſſer tes bataillons,
　　Va ſur les bords du Rhin planter tes pavillons,
　　Fay trembler ſous tes pas les colomnes d'Hercule,
　　Mais respecte une ville à qui tu dois Romule.
　　Ingrate , ſouvien-toy que du ſang de ſes Rois
　　Tu tiens ton nom, tes murs, & tes premieres loix,
　　Albe eſt ton origine, arreſte, & conſidere
　　Que tu portes le fer dans le ſein de ta mere.

Tourne ailleurs les efforts de tes bras triomphans,
Sa joye éclatera dans l'heur de ses enfans,
Et se laissant ravir à l'amour maternelle,
Ses vœux seront pour toy, si tu n'es plus contre elle.
IVL. Ce discours me surprend, veu que depuis le temps
Qu'on a contre son peuple armé nos combatans,
Ie vous ay veu pour elle autant d'indifference
Que si d'un sang Romain vous aviez pris naissance.
I'admirois la vertu qui reduisoit en vous
Vos plus chers interests à ceux de vostre époux,
Et je vous consolois au milieu de vos plaintes,
Comme si nostre Rome eust fait toutes vos craintes.
SAB. Tant qu'on ne s'est choqué qu'en de legers combats,
Trop foibles pour jetter un des partis à bas,
Tant qu'un espoir de paix a pû flater ma peine,
Ouy, j'ay fait vanité d'estre toute Romaine.
Si j'ay veu Rome heureuse avec quelque regret,
Soudain j'ay condamné ce mouvement secret;
Et si j'ay ressenty dans ses destins contraires
Quelque maligne joye en faveur de mes freres,
Soudain pour l'étouffer rappelant ma raison,
I'ay pleuré quand la gloire entroit dans leur maison.
Mais aujourd'huy qu'il faut que l'une ou l'autre tombe,
Qu'Albe devienne esclave, ou que Rome succombe,
Et qu'après la bataille il ne demeure plus
Ny d'obstacle aux vainqueurs, ny d'espoir aux vaincus,
I'aurois pour mon païs une cruelle haine,
Si je pouvois encore estre toute Romaine,
Et si je demandois vostre triomphe aux Dieux
Au prix de tant de sang qui m'est si précieux.
Ie m'attache un peu moins aux interests d'un homme,
Ie ne suis point pour Albe, & ne suis plus pour Rome,
Ie crains pour l'une & l'autre en ce dernier effort,
Et seray du party qu'affligera le Sort.
Egale à tous les deux jusques à la victoire,
Ie prendray part aux maux sans en prendre à la gloire,
Et je garde au milieu de tant d'aspres rigueurs
Mes larmes aux vaincus, & ma haine aux vainqueurs.
IVL. Qu'on voit naistre souvent de pareilles traverses
En des esprits divers des passions diverses,
Et qu'à nos yeux Camille agit bien autrement!
Son frere est vostre époux, le vostre est son amant,

P pp iij

Mais elle voit d'un œil bien different du voftre,
Son fang dans une Armée, & fon amour dans l'autre.
   Lors que vous conferviez un esprit tout Romain,
Le fien irrefolu, le fien tout incertain,
De la moindre meflée appréhendoit l'orage,
De tous les deux partis detestoit l'avantage,
Au malheur des vaincus donnoit toûjours fes pleurs,
Et nourriffoit ainfi d'eternelles douleurs.
Mais hier quand elle fçeut qu'on avoit pris journée,
Et qu'enfin la bataille alloit eftre donnée,
Vne foudaine joye éclatant fur fon front....
SAB. Ah! que je crains, Iulie, un changement fi prompt!
Hier dans fa belle humeur elle entretint Valere,
Pour ce rival fans doute elle quitte mon frere,
Son esprit ébranlé par les objets prefens
Ne trouve point d'abfent aimable après deux ans.
Mais excufez l'ardeur d'une amour fraternelle,
Le foin que j'ay de luy me fait craindre tout d'elle,
Ie forme des foupçons d'un trop leger fujet,
Près d'un jour fi funeste on change peu d'objet,
Les ames rarement font de nouveau bleffées,
Et dans un fi grand trouble on a d'autres penfées:
Mais on n'a pas auffi de fi doux entretiens,
Ny de contentemens qui foient pareils aux fiens.
JVL. Les caufes comme à vous m'en femblent fort obscures,
Ie ne me fatisfais d'aucunes conjectures.
C'eft affez de constance en un fi grand danger
Que de le voir, l'attendre, & ne point s'affliger;
Mais certes c'en eft trop d'aller jusqu'à la joye.
SAB. Voyez qu'un bon Genie à propos nous l'envoye.
Effayez fur ce point à la faire parler,
Elle vous aime affez pour ne vous rien celer,
Ie vous laiffe. Ma fœur, entretenez Iulie,
J'ay honte de montrer tant de melancolie,
Et mon cœur accablé de mille déplaifirs,
Cherche la folitude à cacher fes foûpirs.

SCENE II·

CAMILLE, IVLIE.

CAM. QV'elle a tort de vouloir que je vous entretienne!
Croit-elle ma douleur moins vive que la sienne,
Et que plus insensible à de si grands malheurs,
A mes tristes discours je mesle moins de pleurs?
De pareilles frayeurs mon ame est alarmée,
Comme elle je perdray dans l'une & l'autre Armée.
Ie verray mon amant, mon plus unique bien,
Mourir pour son païs, ou détruire le mien,
Et cet objet d'amour devenir pour ma peine
Digne de mes soûpirs, ou digne de ma haine.
Helas! *IVL.* Elle est pourtant plus à plaindre que vous.
On peut changer d'amant, mais non changer d'époux.
Oubliez Curiace, & recevez Valere,
Vous ne tremblerez plus pour le party contraire,
Vous serez toute nostre, & vostre esprit remis
N'aura plus rien à perdre au camp des ennemis.
CAM. Donnez-moy des conseils qui soient plus légitimes,
Et plaignez mes malheurs sans m'ordonner des crimes.
Quoy qu'à peine à mes maux je puisse resister,
I'aime mieux les souffrir, que de les meriter.
IVL. Quoy? vous appellez crime un change raisonnable?
CAM. Quoy? le manque de foy vous semble pardonnable?
IVL. Envers un ennemy qui peut nous obliger?
CAM. D'un serment solemnel qui peut nous dégager?
IVL. Vous déguisez en vain une chose trop claire,
Ie vous vis encor hier entretenir Valere,
Et l'accueil gracieux qu'il recevoit de vous
Luy permet de nourrir un espoir assez doux.
CAM. Si je l'entretins hier & luy fis bon visage,
N'en imaginez rien qu'à son desavantage,
De mon contentement un autre étoit l'objet;
Mais pour sortir d'erreur sçachez-en le sujet,
Ie garde à Curiace une amitié trop pure,
Pour souffrir plus long-temps qu'on m'estime parjure.
Il vous souvient qu'à peine on voyoit de sa sœur
Par un heureux Hymen mon frere possesseur,

Quand pour comble de joye il obtint de mon pere
Que de ses chastes feux je serois le salaire.
Ce jour nous fut propice & funeste à la fois,
Vnissant nos maisons il desunit nos Rois,
Vn mesme instant conclud nostre Hymen & la guerre,
Fit naistre nostre espoir & le jetta par terre,
Nous osta tout si-tost qu'il nous eust tout promis,
Et nous faisant amants, il nous fit ennemis.
Combien nos déplaisirs parurent lors extresmes,
Combien contre le Ciel il vomit de blasphesmes,
Et combien de ruisseaux coulerent de mes yeux,
Ie ne vous le dis point, vous vistes nos Adieux.
Vous avez veu depuis les troubles de mon ame,
Vous sçavez pour la paix quels vœux a faits ma flame,
Et quels pleurs j'ay versez à chaque évenement
Tantost pour mon païs, tantost pour mon amant.
Enfin mon desespoir, parmy ces longs obstacles,
M'a fait avoir recours à la voix des Oracles;
Ecoutez si celuy qui me fut hier rendu
Eut droit de rasseurer mon esprit éperdu.
Ce Grec si renommé qui depuis tant d'années
Au pied de l'Aventin prédit nos Destinées,
Luy qu'Apollon jamais n'a fait parler à faux,
Me promit par ces Vers la fin de mes travaux.
　　Albe & Rome demain prendront une autre face,
　　Tes vœux sont exaucez, elles auront la Paix,
　　Et tu seras unie avec ton Curiace,
　　Sans qu'aucun mauvais sort t'en separe jamais.
Ie pris sur cet Oracle une entiere asseurance,
Et comme le succès passoit mon esperance,
I'abandonnay mon ame à des ravissemens
Qui passoient les transports des plus heureux amans.
Iugez de leur excès. Ie rencontray Valere,
Et contre sa coûtume il ne pût me déplaire,
Il me parla d'amour sans me donner d'ennuy,
Ie ne m'aperçeus pas que je parlois à luy,
Ie ne luy pûs montrer de mépris, ny de glace,
Tout ce que je voyois me sembloit Curiace,
Tout ce qu'on me disoit me parloit de ses feux,
Tout ce que je disois l'asseuroit de mes vœux.
Le combat general aujourd'huy se hazarde,
I'en sçeus hier la Nouvelle, & je n'y pris pas garde,

Mon

Mon esprit rejettoit ces funestes objets
Charmé des doux pensers d'Hymen & de la Paix.
La nuit a dissipé des erreurs si charmantes,
Mille songes affreux, mille images sanglantes,
Ou plûtost mille amas de carnage & d'horreur
M'ont arraché ma joye & rendu ma terreur.
I'ay veu du sang, des morts, & n'ay rien veu de suite,
Vn spectre en paroissant prenoit soudain la fuite,
Ils s'effaçoient l'un l'autre, & chaque illusion
Redoubloit mon effroy par sa confusion.
IVL. C'est en contraire sens qu'un songe s'interprete.
CAM. Ie le doy croire ainsi, puisque je le souhaite,
Mais je me trouve enfin malgré tous mes souhaits
Au jour d'une bataille, & non pas d'une paix.
IVL. Par-là finit la guerre, & la Paix luy succede.
CAM. Dure à jamais le mal s'il y faut ce remede!
Soit que Rome y succombe, ou qu'Albe ait le dessous,
Cher amant, n'atten plus d'estre un jour mon époux;
Iamais, jamais ce nom ne sera pour un homme
Qui soit ou le vainqueur, ou l'esclave de Rome.
Mais quel objet nouveau se prensente en ces lieux?
Est-ce toy, Curiace? en croiray-je mes yeux?

SCENE III.

CVRIACE, CAMILLE, IVLIE.

CVR. N'En doutez point, Camille, & revoyez un homme
Qui n'est ny le vainqueur, ny l'esclave de Rome.
Cessez d'apprehender de voir rougir mes mains
Du poids honteux des fers, ou du sang des Romains.
I'ay crû que vous aimiez assez Rome, & la gloire,
Pour mépriser ma chaisne, & haïr ma victoire,
Et comme également en cette extremité
Ie craignois la victoire, & la captivité....
CAM. Curiace, il suffit, je devine le reste,
Tu fuis une bataille à tes vœux si funeste,
Et ton cœur tout à moy, pour ne me perdre pas,
Desrobe à ton païs le secours de ton bras.
Qu'un autre considere icy ta Renommée,
Et te blasme, s'il veut, de m'avoir trop aimée;

Ce n'est point à Camille à t'en mesestimer,
Plus ton amour paroit, plus elle doit t'aimer,
Et si tu dois beaucoup aux lieux qui t'ont veu naistre,
Plus tu quittes pour moy, plus tu le fais paroistre.
Mais as-tu veu mon pere, & peut-il endurer
Qu'ainsi dans sa maison tu t'oses retirer?
Ne préfere-t'il point l'Etat à sa famille?
Ne regarde-t'il point Rome plus que sa fille?
Enfin nostre bonheur est-il bien affermy?
T'a-t'il veu comme gendre, ou bien comme ennemy?
CVR. Il m'a veu comme gendre, avec une tendresse
Qui témoignoit assez une entiere allegresse,
Mais il ne m'a point veu par une trahison
Indigne de l'honneur d'entrer dans sa maison.
Ie n'abandonne point l'interest de ma ville,
I'aime encor mon honneur en adorant Camille;
Tant qu'a duré la guerre on m'a veu constamment
Aussi bon citoyen que veritable amant,
D'Albe avec mon amour j'accordois la querelle,
Ie soûpirois pour vous en combatant pour elle;
Et s'il falloit encor que l'on en vinst aux coups,
Ie combatrois pour elle en soûpirant pour vous.
Ouy, malgré les desirs de mon ame charmée,
Si la guerre duroit, je serois dans l'Armée:
C'est la Paix qui chez vous me donne un libre accès,
La Paix à qui nos feux doivent ce beau succès.
CAM. La Paix! & le moyen de croire un tel miracle?
IVL. Camille, pour le moins croyez-en vostre Oracle,
Et sçachons pleinement par quels heureux effets
L'heure d'une bataille a produit cette paix.
CVR. L'auroit-on jamais crû! Déja les deux Armées
D'une égale chaleur au combat animées
Se menaçoient des yeux, & marchant fierement,
N'attendoient pour donner que le commandement,
Quand nostre Dictateur devant les rangs s'avance,
Demande à vostre Prince un moment de silence,
Et l'ayant obtenu, *Que faisons-nous, Romains,*
Dit-il, *& quel Démon nous fait venir aux mains?*
Souffrons que la raison éclaire enfin nos ames,
Nous sommes vos voisins, nos filles sont vos femmes,
Et l'Hymen nous a joints par tant & tant de nœuds,
Qu'il est peu de nos fils qui ne soient vos neveux.

Nous ne ſommes qu'un ſang, & qu'un Peuple en deux villes,
Pourquoy nous déchirer par des guerres civiles,
Où la mort des vaincus affoiblit les vainqueurs,
Et le plus beau triomphe eſt arroſé de pleurs?
Nos ennemis communs attendent avec joye
Qu'un des partis défait leur donne l'autre en proye,
Laſſé, demy-rompu, vainqueur, mais pour tout fruit
Dénué d'un ſecours par luy meſme détruit.
Ils ont aſſez long-temps joüy de nos divorces,
Contr'eux doreſnavant joignons toutes nos forces,
Et noyons dans l'oubly ces petits differens
Qui de ſi bons guerriers font de mauvais parens.
Que ſi l'ambition de commander aux autres
Fait marcher aujourd'huy vos troupes & les noſtres,
Pourveu qu'à moins de ſang nous voulions l'appaiſer,
Elle nous unira, loin de nous diviſer.
Nommons des combatans pour la cauſe commune,
Que chaque Peuple aux ſiens attache ſa fortune,
Et ſuivant ce que d'eux ordonnera le Sort,
Que le foible party prenne loy du plus fort.
Mais ſans indignité pour des guerriers ſi braves,
Qu'ils deviennent Sujets ſans devenir esclaves,
Sans honte, ſans tribut, & ſans autre rigueur
Que de ſuivre en tous lieux les drapeaux du vainqueur.
Ainſi nos deux Etats ne feront qu'un Empire.
A ces mots il ſe taiſt, d'aiſe chacun ſoûpire,
Chacun jettant les yeux dans un rang ennemy
Reconnoit un beau-frere, un couſin, un amy.
Ils s'étonnent comment leurs mains de ſang avides
Voloient ſans y penſer à tant de parricides,
Et font paroiſtre un front couvert tout à la fois
D'horreur pour la bataille, & d'ardeur pour ce choix.
Enfin l'offre s'accepte, & la paix deſirée
Sous ces conditions eſt auſſi-toſt jurée,
Trois combatront pour tous, mais pour les mieux choiſir
Nos Chefs ont voulu prendre un peu plus de loiſir,
Le voſtre eſt au Senat, le noſtre dans ſa Tente.
CAM. O Dieux, que ce discours rend mon ame contente!
CVR. Dans deux heures au plus par un commun accord
Le ſort de nos guerriers reglera noſtre ſort.
Cependant tout eſt libre attendant qu'on les nomme,
Rome eſt dans noſtre camp, & noſtre camp dans Rome.

Q qq ij

D'un & d'autre cofté l'accès étant permis,
Chacun va renoüer avéc fes vieux amis.
Pour moy, ma paffion m'a fait fuivre vos freres,
Et mes defirs ont eu des fuccès fi prosperes,
Que l'autheur de vos jours m'a promis à demain
Le bonheur fans pareil de vous donner la main.
Vous ne deviendrez pas rebelle à fa puiffance?
CAM. Le devoir d'une fille eft en l'obeïffance.
CVR. Venez donc recevoir ce doux commandement
Qui doit mettre le comble à mon contentement.
CAM. Ie vay fuivre vos pas, mais pour revoir mes freres,
Et fçavoir d'eux encor la fin de nos miferes.
IVL. Allez, & cependant au pied de nos Autels
I'iray rendre pour vous graces aux Immortels.

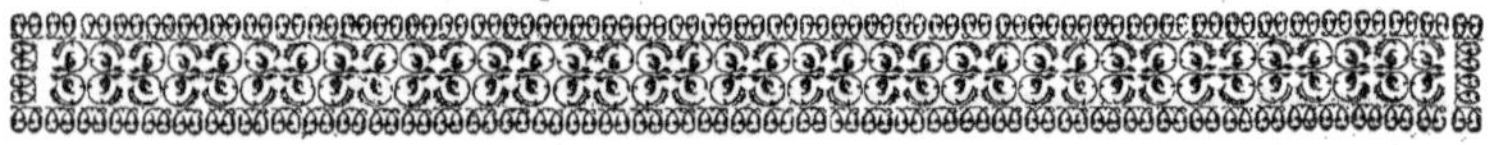

ACTE II.

SCENE PREMIERE.

HORACE, CVRIACE.

CVR. Insi Rome n'a point feparé fon estime,
Elle euft creu faire ailleurs un choix illegitime,
Cette fuperbe ville en vos freres & vous
Trouve les trois guerriers qu'elle préfere à tous,
Et fon illustre ardeur d'ofer plus que les autres,
D'une feule maifon brave toutes les noftres.
Nous croirons, à la voir toute entiere en vos mains,
Que hors les fils d'Horace il n'eft point de Romains.
Ce choix pouvoit combler trois familles de gloire,
Confacrer hautement leurs noms à la memoire;
Ouy, l'honneur que reçoit la voftre par ce choix
En pouvoit à bon titre immortalifer trois;
Et puisque c'eft chez vous que mon heur & ma flame
M'ont fait placer ma fœur, & choifir une femme,
Ce que je vay vous eftre & ce que je vous fuis
Me font y prendre part autant que je le puis:

Mais un autre intereſt tient ma joye en contrainte,
Et parmy ſes douceurs meſle beaucoup de crainte.
La guerre en tel éclat a mis voſtre valeur
Que je tremble pour Albe , & prévoy ſon malheur.
Puiſque vous combatez , ſa perte eſt aſſeurée,
En vous faiſant nommer le Deſtin l'a jurée,
Ie voy trop dans ce choix ſes funeſtes projets,
Et me conte déja pour un de vos Sujets.
HOR. Loin de trembler pour Albe , il vous faut plaindre Rome,
Voyant ceux qu'elle oublie, & les trois qu'elle nomme.
C'eſt un aveuglement pour elle bien fatal
D'avoir tant à choiſir , & de choiſir ſi mal.
Mille de ſes enfans beaucoup plus dignes d'elle
Pouvoient bien mieux que nous ſoûtenir ſa querelle;
Mais quoy que ce combat me promette un cercueil,
La gloire de ce choix m'enfle d'un juſte orgueil,
Mon eſprit en conçoit une maſle aſſeurance,
I'oſe eſperer beaucoup de mon peu de vaillance,
Et du Sort envieux quels que ſoient les projets,
Ie ne me conte point pour un de vos Sujets.
Rome a trop crû de moy , mais mon ame ravie
Remplira ſon attente , ou quittera la vie.
Qui veut mourir, ou vaincre, eſt vaincu rarement,
Ce noble deſeſpoir perit malaiſément :
Rome, quoy qu'il en ſoit, ne ſera point Sujette,
Que mes derniers ſoûpirs n'aſſeurent ma défaite.
CVR. Helas, c'eſt bien icy que je dois eſtre plaint !
Ce que veut mon païs, mon amitié le craint.
Dures extrémitez, de voir Albe aſſervie,
Ou ſa victoire au prix d'une ſi chere vie,
Et que l'unique bien où tendent ſes deſirs
S'achete ſeulement par vos derniers ſoûpirs !
Quels vœux puis-je former , & quel bonheur attendre ?
De tous les deux coſtez j'ay des pleurs à répandre,
De tous les deux coſtez mes deſirs ſont trahis.
HOR. Quoy ! vous me pleureriez mourant pour mon païs !
Pour un cœur genereux ce trépas a des charmes,
La gloire qui le ſuit ne ſouffre point de larmes,
Et je le recevrois en beniſſant mon ſort,
Si Rome & tout l'Etat perdoient moins en ma mort.
CVR. A vos amis pourtant permettez de le craindre,
Dans un ſi beau trépas ils ſont les ſeuls à plaindre,

Qqq iij

La gloire en eft pour vous, & la perte pour eux,
Il vous fait immortel, & les rend malheureux,
On perd tout quand on perd un amy fi fidelle.
Mais Flavian m'apporte icy quelque Nouvelle.

SCENE II.

HORACE, CVRIACE, FLAVIAN.

C. **A**Lbe de trois guerriers a-t'elle fait le choix?
*F.*Ie viens pour vous l'apprendre. *C.*Et bien, qui font les trois?
FL. Vos deux freres & vous. *CV.* Qui? *FL.* Vous & vos deux freres.
Mais pourquoy ce front triste, & ces regards feveres?
Ce choix vous déplaift-il? *CVR.* Non, mais il me furprend;
Ie m'estimois trop peu pour un honneur fi grand.
FLA. Diray-je au Dictateur dont l'ordre icy m'envoye
Que vous le recevez avec fi peu de joye?
Ce morne & froid accueil me furprend à mon tour.
CVR. Dy-luy que l'amitié, l'alliance, & l'amour,
Ne pourront empefcher que les trois Curiaces
Ne fervent leur païs contre les trois Horaces.
FLA. Contre eux! ah, c'eft beaucoup me dire en peu de mots.
CVR. Porte-luy ma réponfe & nous laiffe en repos.

SCENE III.

HORACE, CVRIACE.

CVR. **Q**Ve deformais le Ciel, les Enfers, & la Terre,
Vniffent leurs fureurs à nous faire la guerre,
Que les hommes, les Dieux, les Démons, & le Sort,
Préparent contre nous un general effort;
Ie mets à faire pis en l'état où nous fommes
Le Sort, & les Démons, & les Dieux, & les hommes,
Ce qu'ils ont de cruel, & d'horrible, & d'affreux,
L'eft bien moins que l'honneur qu'on nous fait à tous deux.
HOR. Le Sort qui de l'honneur nous ouvre la barriere
Offre à noftre constance une illuftre matiere.
Il épuife fa force à former un malheur
Pour mieux fe mefurer avec noftre valeur,

Et comme il voit en nous des ames peu communes,
Hors de l'ordre commun il nous fait des fortunes.
  Combattre un ennemy pour le salut de tous,
Et contre un inconnu s'expofer feul aux coups,
D'une fimple vertu c'eft l'effet ordinaire,
Mille déja l'ont fait, mille pourroient le faire.
Mourir pour le païs eft un fi digne fort
Qu'on brigueroit en foule une fi belle mort.
Mais vouloir au Public immoler ce qu'on aime,
S'attacher au combat contre un autre foy-mefme,
Attaquer un party qui prend pour défenfeur
Le frere d'une femme & l'amant d'une fœur,
Et rompant tous ces nœuds s'armer pour la Patrie
Contre un fang qu'on voudroit racheter de fa vie;
Vne telle vertu n'appartenoit qu'à nous.
L'éclat de fon grand nom luy fait peu de jaloux,
Et peu d'hommes au cœur l'ont affez imprimée,
Pour ofer aspirer à tant de Renommée.
CVR. Il eft vray que nos noms ne fçauroient plus perir,
L'occafion eft belle, il nous la faut cherir,
Nous ferons les miroirs d'une vertu bien rare:
Mais voftre fermeté tient un peu du barbare.
Peu, mefme des grands cœurs, tireroient vanité
D'aller par ce chemin à l'immortalité:
A quelque prix qu'on mette une telle fumée,
L'obfcurité vaut mieux que tant de Renommée.
  Pour moy, je l'ofe dire, & vous l'avez pû voir,
Ie n'ay point confulté pour fuivre mon devoir,
Noftre longue amitié, l'amour, ny l'alliance,
N'ont pû mettre un moment mon efprit en balance,
Et puifque par ce choix Albe montre en effet
Qu'elle m'eftime autant que Rome vous a fait,
Ie croy faire pour elle autant que vous pour Rome,
I'ay le cœur auffi bon, mais enfin je fuis homme.
Ie voy que voftre honneur demande tout mon fang,
Que tout le mien confifte à vous percer le flanc,
Preft d'époufer la fœur qu'il faut tuer le frere,
Et que pour mon païs j'ay le Sort fi contraire;
Encor qu'à mon devoir ie coure fans terreur,
Mon cœur s'en effarouche, & j'en fremis d'horreur,
I'ay pitié de moy-mefme, & jette un œil d'envie
Sur ceux dont noftre guerre a confumé la vie.

Sans souhait toutefois de pouvoir reculer,
Ce triste & fier honneur m'émeut sans m'ébranler,
J'aime ce qu'il me donne, & je plains ce qu'il m'oste;
Et si Rome demande une vertu plus haute,
Je rens graces aux Dieux de n'estre pas Romain,
Pour conserver encor quelque chose d'humain.
HOR. Si vous n'étes Romain, soyez digne de l'estre,
Et si vous m'égalez, faites-le mieux paroistre.
    La solide vertu dont je fais vanité
N'admet point de foiblesse avec sa fermeté,
Et c'est mal de l'honneur entrer dans la carriere
Que dès le premier pas regarder en arriere.
Nostre malheur est grand, il est au plus haut point,
Je l'envisage entier, mais je n'en fremis point.
Contre qui que ce soit que mon païs m'employe,
J'accepte aveuglément cette gloire avec joye.
Celle de recevoir de tels commandemens
Doit étouffer en nous tous autres sentimens;
Qui prés de le servir considere autre chose,
A faire ce qu'il doit laschement se dispose,
Ce droit saint & sacré rompt tout autre lien.
Rome a choisi mon bras, je n'examine rien,
Avec une allegresse aussi pleine & sincere
Que j'épousay la sœur, je combattray le frere,
Et pour trancher enfin ces discours surperflus,
Albe vous a nommé, je ne vous connoy plus.
CVR. Je vous connois encor, & c'est ce qui me tuë;
Mais cette aspre vertu ne m'étoit pas connuë,
Comme nostre malheur elle est au plus haut point,
Souffrez que je l'admire & ne l'imite point.
HOR. Non, non, n'embrassez pas de vertu par contrainte,
Et puisque vous trouvez plus de charme à la plainte,
En toute liberté goustez un bien si doux,
Voicy venir ma sœur pour se plaindre avec vous.
Je vay revoir la vostre, & resoudre son ame
A se bien souvenir qu'elle est toûjours ma femme,
A vous aimer encor si je meurs par vos mains,
Et prendre en son malheur des sentimens Romains.

SCENE

SCENE IV.

HORACE, CVRIACE, CAMILLE.

HOR. AVez-vous fçeu l'état qu'on fait de Curiace,
Ma fœur? *CAM.* Helas!mon fort a bien changé de face.
HOR. Armez-vous de constance, & montrez vous ma fœur,
    Et fi par mon trépas il retourne vainqueur,
    Ne le recevez point en meurtrier d'un frere,
    Mais en homme d'honneur, qui fait ce qu'il doit faire,
    Qui fert bien fon païs, & fçait montrer à tous
    Par fa haute vertu qu'il eft digne de vous.
    Comme fi je vivois, achevez l'Hymenée.
    Mais fi ce fer auffi tranche fa Destinée,
    Faites à ma victoire un pareil traitement,
    Ne me reprochez point la mort de voftre amant.
    Vos larmes vont couler, & voftre cœur fe preffe,
    Confumez avec luy toute cette foibleffe,
    Querellez Ciel & Terre, & maudiffez le Sort,
    Mais après le combat ne penfez plus au mort.
    *Ie ne vous laifferay qu'un moment avec elle,
    Puis nous irons enfemble où l'honneur nous appelle.

*b A Curia-
ce.*

SCENE V.

CVRIACE, CAMILLE.

CAM. IRas-tu, Curiace, & ce funeste honneur
Te plaift-il aux dépens de tout noftre bonheur?
CVR. Helas, je voy trop bien qu'il faut, quoy que je faffe,
    Mourir, ou de douleur, ou de la main d'Horace.
    Ie vay comme au fupplice à cet illustre employ,
    Ie maudis mille fois l'état qu'on fait de moy,
    Ie hay cette valeur qui fait qu'Albe m'estime,
    Ma flame au defespoir paffe jusques au crime,
    Elle fe prend au Ciel, & l'ofe quereller,
    Ie vous plains, je me plains; mais il y faut aller.
CAM. Non, je te connoy mieux, tu veux que je te prie,
    Et qu'ainfi mon pouvoir t'excufe à ta Patrie.

Tu n'es que trop fameux par tes autres exploits,
Albe a receu par eux tout ce que tu luy dois,
Autre n'a mieux que toy soûtenu cette guerre,
Autre de plus de morts n'a couvert nostre terre,
Ton nom ne peut plus croistre, il ne luy manque rien,
Souffre qu'un autre icy puisse ennoblir le sien.
CVR. Que je souffre à mes yeux qu'on ceigne une autre teste
    Des lauriers immortels que la gloire m'apreste,
    Ou que tout mon païs reproche à ma vertu
    Qu'il auroit triomphé si j'avois combatu,
    Et que sous mon amour ma valeur endormie
    Couronne tant d'exploits d'une telle infamie?
    Non, Albe, après l'honneur que j'ay receu de toy,
    Tu ne succomberas, ny vaincras que par moy.
    Tu m'as commis ton fort, je t'en rendray bon conte,
    Et vivray sans reproche, ou periray sans honte.
CAM. Quoy! tu ne veux pas voir qu'ainsi tu me trahis!
CVR. Avant que d'estre à vous je suis à mon païs.
CAM. Mais te priver pour luy toy-mesme d'un beau-frere,
    Ta sœur de son mary ! *CVR.* Telle est nostre misere.
    Le choix d'Albe & de Rome oste toute douceur
    Aux noms jadis si doux de beau-frere & de sœur.
CAM. Tu pourras donc, cruel, me presenter sa teste,
    Et demander ma main pour prix de ta conqueste!
CVR. Il n'y faut plus penser, en l'état où ie suis
    Vous aimer sans espoir, c'est tout ce que je puis.
    Vous en pleurez, Camille? *CAM.* Il faut bien que je pleure,
    Mon insensible amant ordonne que je meure,
    Et quand l'Hymen pour nous allume son flambeau
    Il l'éteint de sa main pour m'ouvrir le tombeau.
    Ce cœur impitoyable à ma perte s'obstine,
    Et dit qu'il m'aime encor alors qu'il m'assassine.
CVR. Que les pleurs d'une amante ont de puissans discours,
    Et qu'un bel œil est fort avec un tel secours!
    Que mon cœur s'attendrit à cette triste veuë!
    Ma constance contre elle à regret s'évertuë.
        N'attaquez plus ma gloire avec tant de douleurs,
    Et laissez-moy sauver ma vertu de vos pleurs.
    Ie sens qu'elle chancelle, & défend mal la place,
    Plus je suis vostre amant, moins je suis Curiace:
    Foible d'avoir déja combattu l'amitié
    Vaincroit-elle à la fois l'amour & la pitié?

Allez, ne m'aimez plus, ne verfez plus de larmes,
Ou j'oppofe l'offenfe à de fi fortes armes,
Ie me défendray mieux contre voftré couroux,
Et pour le meriter, je n'ay plus d'yeux pour vous.
Vangez-vous d'un ingrat, puniffez un volage.
Vous ne vous montrez point fenfible à cet outrage!
Ie n'ay plus d'yeux pour vous, vous en avez pour moy!
En faut-il plus encor? je renonce à ma foy.
    Rigoureufe vertu dont je fuis la victime,
Ne peux-tu refister fans le fecours d'un crime?
CAM. Ne fay point d'autre crime, & j'attefte les Dieux
    Qu'au lieu de t'en haïr je t'en aimeray mieux;
Ouy, je te cheriray tout ingrat & perfide,
Et ceffe d'aspirer au nom de fratricide.
Pourquoy fuis-je Romaine, ou que n'es-tu Romain?
Ie te preparerois des lauriers de ma main,
Ie t'encouragerois au lieu de te distraire,
Et je te traiterois comme j'ay fait mon frere.
Helas! j'étois aveugle en mes vœux aujourd'huy,
I'en ay fait contre toy quand j'en ay fait pour luy.
    Il revient, quel malheur, fi l'amour de fa femme
Ne peut non plus fur luy que le mien fur ton ame!

S C E N E   VI.

HORACE, CVRIACE, SABINE,
CAMILLE.

CVR. **D**ieux! Sabine le fuit! Pour ébranler mon cœur
    Eft-ce peu de Camille, y joignez-vous ma fœur?
Et laiffant à fes pleurs vaincre ce grand courage,
L'amenez-vous icy chercher mefme avantage?
SAB. Non non, mon frere, non, je ne viens en ce lieu
    Que pour vous embraffer, & pour vous dire adieu.
Voftre fang eft trop bon, n'en craignez rien de lafche,
Rien dont la fermeté de ces grands cœurs fe fafche;
Si ce malheur illuftre ébranloit l'un de vous,
Ie le defavoûrois pour frere, ou pour époux.
Pourray-je toutefois vous faire une priere
Digne d'un tel époux & digne d'un tel frere?

Ie veux d'un coup fi noble ofter l'impieté,
A l'honneur qui l'attend rendre fa pureté,
La mettre en fon éclat fans meflange de crimes,
Enfin je vous veux faire ennemis legitimes.
    Du faint nœud qui vous joint je fuis le feul lien,
Quand je ne feray plus, vous ne vous ferez rien;
Brifez voftre alliance, & rompez-en la chaifne,
Et puisque voftre honneur veut des effets de haine,
Achetez par ma mort le droit de vous haïr.
Albe le veut & Rome, il faut leur obeïr,
Qu'un de vous deux me tuë & que l'autre me vange;
Alors voftre combat n'aura plus rien d'étrange,
Et du moins l'un des deux fera juste aggreffeur,
Ou pour vanger fa femme, ou pour vanger fa fœur.
Mais quoy? vous foüilleriez une gloire fi belle,
Si vous vous animiez par quelque autre querelle,
Le zele du païs vous défend de tels foins,
Vous feriez peu pour luy, fi vous vous étiez moins,
Il luy faut, & fans haine, immoler un beau-frere.
Ne differez donc plus ce que vous devez faire,
Commencez par fa fœur à répandre fon fang,
Commencez par fa femme à luy percer le flanc,
Commencez par Sabine à faire de vos vies
Vn digne facrifice à vos cheres Patries;
Vous étes ennemis en ce combat fameux,
Vous d'Albe, vous de Rome, & moy de toutes deux.
Quoy? me refervez-vous à voir une victoire,
Où pour haut appareil d'une pompeufe gloire,
Ie verray les lauriers d'un frere ou d'un mary
Fumer encor d'un fang que j'auray tant chery?
Pourray-je entre vous deux regler alors mon ame?
Satisfaire aux devoirs, & de fœur, & de femme?
Embraffer le vainqueur en pleurant le vaincu?
Non non, avant ce coup Sabine aura vécu,
Ma mort le préviendra, de qui que je l'obtienne,
Le refus de vos mains y condamne la mienne.
Sus donc, qui vous retient? Allez, cœurs inhumains,
I'auray trop de moyens pour y forcer vos mains,
Vous ne les aurez point au combat occupées,
Que ce corps au milieu n'arrefte vos épées,
Et malgré vos refus, il faudra que leurs coups
Se faffent jour icy pour aller jufqu'à vous.

HOR. O ma femme! *CV.* O ma sœur! *CA.* Courage, ils s'amolliffent.
SAB. Vos pouffez des foûpirs, vos vifages paffliffent!
    Quelle peur vous faifit! font-ce-là ces grands cœurs,
    Ces Heros qu'Albe & Rome ont pris pour défenfeurs?
HOR. Que t'ay-je fait, Sabine, & quelle eft mon offenfe
    Qui t'oblige à chercher une telle vangeance?
    Que t'a fait mon honneur, & par quel droit viens-tu
    Avec toute ta force attaquer ma vertu?
    Du moins contente-toy de l'avoir étonnée,
    Et me laiffe achever cette grande journée.
    Tu me viens de reduire en un étrange point,
    Aime affez ton mary pour n'en triompher point;
    Va-t'en, & ne rends plus la victoire douteufe,
    La dispute déja m'en eft affez honteufe,
    Souffre qu'avec honneur je termine mes jours.
SAB. Va, ceffe de me craindre, on vient à ton fecours.

SCENE VII.

Le vieil HORACE, HORACE, CVRIACE,
SABINE, CAMILLE.

V.HO. **Q**V'eft-ce-cy, mes enfans? écoutez-vous vos flames,
    Et perdez-vous encor le temps avec des femmes?
    Prefts à verfer du fang, regardez-vous des pleurs?
    Fuyez, & laiffez-les déplorer leurs malheurs.
    Leurs plaintes ont pour vous trop d'art, & de tendreffe,
    Elles vous feroient part enfin de leur foibleffe,
    Et ce n'eft qu'en fuyant qu'on pare de tels coups.
SAB. N'apprehendez rien d'eux, ils font dignes de vous.
    Malgré tous nos efforts voûs en devez attendre
    Ce que vous fouhaitez, & d'un fils, & d'un gendre,
    Et fi noftre foibleffe avoit pû les changer,
    Nous vous laiffons icy pour les encourager.
      Allons, ma sœur, allons, ne perdons plus de larmes,
    Contre tant de vertus ce font de foibles armes,
    Ce n'eft qu'au defespoir qu'il nous faut recourir.
    Tigres, allez combattre, & nous allons mourir.

SCENE VIII.

Le vieil HORACE, HORACE, CVRIACE.

HOR. MOn pere, retenez des femmes qui s'emportent,
Et de grace empeſchez ſur tout qu'elles ne ſortent,
Leur amour importun viendroit avec éclat
Par des cris & des pleurs troubler noſtre combat,
Et ce qu'elles nous font feroit qu'avec juſtice
On nous imputeroit ce mauvais artifice.
L'honneur d'un ſi beau choix feroit trop acheté
Si l'on nous ſoupçonnoit de quelque laſcheté.
V.HO. I'en auray ſoin, allez, vos freres vous attendent,
Ne penſez qu'aux devoirs que vos païs demandent.
CVR. Quel Adieu vous diray-je, & par quels complimens…
V.HO. Ah! n'attendriſſez point icy mes ſentimens,
Pour vous encourager ma voix manque de termes,
Mon cœur ne forme point de penſers aſſez fermes,
Moy-meſme en cet Adieu j'ay les larmes aux yeux.
Faites voſtre devoir, & laiſſez faire aux Dieux.

ACTE III.

SCENE PREMIERE.

SABINE.

PRENONS party, mon ame, en de telles disgraces,
Soyons femme d'Horace, ou sœur des Curiaces,
Cessons de partager nos inutiles soins,
Souhaitons quelque chose, & craignõs un peu moins.
Mais las ! quel party prendre en un sort si contraire !
Quel ennemy choisir d'un époux, ou d'un frere !
La Nature, ou l'Amour parle pour chacun d'eux,
Et la loy du devoir m'attache à tous les deux.
Sur leurs hauts sentimens reglons plûtost les nostres,
Soyons femme de l'un ensemble, & sœur des autres,
Regardons leur honneur comme un souverain bien,
Imitons leur constance, & ne craignons plus rien.
La mort qui les menace est une mort si belle,
Qu'il en faut sans frayeur attendre la Nouvelle.
N'appellons point alors les Destins inhumains,
Songeons pour quelle cause, & non par quelles mains,
Revoyons les vainqueurs sans penser qu'à la gloire
Que toute leur maison reçoit de leur victoire,
Et sans considerer aux dépens de quel sang
Leur vertu les éleve en cet illustre rang,
Faisons nos interests de ceux de leur famille:
En l'une je suis femme, en l'autre je suis fille,
Et tiens à toutes deux par de si forts liens,
Qu'on ne peut triompher que par les bras des miens.
Fortune, quelques maux que ta rigueur menvoye,
I'ay trouvé les moyens d'en tirer de la joye,
Et puis voir aujourd'huy le combat sans terreur,
Les morts sans desespoir, les vainqueurs sans horreur.

　　Flateuse illusion, erreur douce & grossiere,
Vain effort de mon ame, impuissante lumiere,

De qui le faux brillant prend droit de m'ébloüir,
Que tu sçais peu durer, & tost t'évanoüir!
Pareille à ces éclairs qui dans le fort des ombres
Pouffent un jour qui fuit & rend les nuits plus fombres,
Tu n'as frapé mes yeux d'un moment de clarté
Que pour les abyfmer dans plus d'obscurité.
Tu charmois trop ma peine, & le Ciel qui s'en fafche
Me vend déja bien cher ce moment de relafche.
Ie fens mon triste cœur percé de tous les coups
Qui m'oftent maintenant un frere, ou mon époux:
Quand je fonge à leur mort, quoy que je me propofe,
Ie fonge par quels bras, & non pour quelle caufe,
Et ne voy les vainqueurs en leur illustre rang,
Que pour confiderer aux dépens de quel fang.
La maifon des vaincus touche feule mon ame,
En l'une je fuis fille, en l'autre je fuis femme,
Et tiens à toutes deux par de fi forts liens,
Qu'on ne peut triompher que par la mort de miens.
C'eft là donc cette paix que j'ay tant fouhaitée!
Trop favorables Dieux, vous m'avez écoutée!
Quels foudres lancez-vous quand vous vous irritez,
Si mefme vos faveurs ont tant de cruautez,
Et de quelle façon puniffez-vous l'offenfe
Si vous traitez ainfi les vœux de l'innocence?

SCENE II.

SABINE, IVLIE.

SAB. **E**N eft-ce fait, Iulie, & que m'apportez-vous?
　　Eft-ce la mort d'un frere, ou celle d'un époux?
Le funeste fuccès de leurs armes impies
De tous les combatans fait-il autant d'hosties,
Et m'enviant l'horreur que j'aurois des vainqueurs,
Pour tous tant qu'ils étoient demande-t'il mes pleurs?
IVL. Quoy, ce qui s'eft paffé, vous l'ignorez encore?
SAB. Vous faut-il étonner de ce que je l'ignore,
Et ne fçavez-vous point que de cette maifon
Pour Camille & pour moy l'on fait une prifon?
Iulie, on nous renferme, on a peur de nos larmes,
Sans cela nous ferions au milieu de leurs armes,

Et par

Et par les defespoirs d'une chaste amitié
Nous aurions des deux camps tiré quelque pitié.
IVL. Il n'étoit pas befoin d'un fi tendre fpectacle,
Leur veuë à leur combat apporte affez d'obstacle.
   Si-toft qu'ils ont paru prefts à fe mefurer,
On a dans les deux camps entendu murmurer ;
A voir de tels amis, des perfonnes fi proches,
Venir pour leur Patrie aux mortelles approches,
L'un s'émeut de pitié, l'autre eft faifi d'horreur,
L'autre d'un fi grand zéle admire la fureur,
Tel porte jufqu'aux Cieux leur vertu fans égale,
Et tel l'ofe nommer facrilége & brutale.
Ces divers fentimens n'ont pourtant qu'une voix,
Tous accufent leurs Chefs, tous detestent leur choix,
Et ne pouvant fouffrir un combat fi barbare,
On s'écrie, on s'avance, enfin on les fepare.
SAB. Que je vous doy d'encens, grands Dieux, qui m'exaucez!
IVL. Vous n'étes pas, Sabine, encore où vous penfez,
Vous pouvez esperer, vous avez moins à craindre,
Mais il vous reste encor affez dequoy vous plaindre.
   En vain d'un fort fi triste on les veut garantir,
Ces cruels genereux n'y peuvent confentir.
La gloire de ce choix leur eft fi precieufe,
Et charme tellement leur ame ambitieufe,
Qu'alors qu'on les déplore ils s'estiment heureux,
Et prennent pour affront la pitié qu'on a d'eux.
Le trouble des deux camps foüille leur Renommée,
Ils combatront plûtoft & l'une & l'autre Armée,
Et mourront par les mains qui leur font d'autres loix,
Que pas un d'eux renonce aux honneurs d'un tel choix.
SAB. Quoy? dans leur dureté ces cœurs d'acier s'obstinent!
IVL. Ils le font, mais d'ailleurs les deux camps fe mutinent,
Et leurs cris des deux parts pouffez en mefme temps
Demandent la bataille, ou d'autres combatans.
La prefence des Chefs à peine eft respectée,
Leur pouvoir eft douteux, leur voix mal écoutée,
Le Roy mefme s'étonne, & pour dernier effort,
Puisque chacun, dit-il, *s'échauffe en ce discord,*
Confultons des grands Dieux la Majesté facrée,
Et voyons fi ce change à leurs bontez agrée.
Quel impie ofera fe prendre à leur vouloir,
Lors qu'en un facrifice ils nous l'auront fait voir?
  Tome I.   Sff

Il se taist, & ces mots semblent estre des charmes,
Mesme aux six combatans ils arrachent les armes,
Et ce desir d'honneur qui leur ferme les yeux,
Tout aveugle qu'il est, respecte encor les Dieux.
Leur plus boüillante ardeur céde à l'avis de Tulle,
Et soit par déference, ou par un prompt scrupule,
Dans l'une & l'autre Armée on s'en fait une loy,
Comme si toutes deux le connoissoient pour Roy.
Le reste s'apprendra par la mort des victimes.
SAB. Les Dieux n'avoûront point un combat plein de crimes,
I'en espere beaucoup puisqu'il est differé,
Et je commence à voir ce que j'ay desiré.

SCENE III.

SABINE, CAMILLE, IVLIE.

SAB. MA sœur, que je vous die une bonne Nouvelle.
CAM. Ie pense la sçavoir, s'il faut la nommer telle,
On l'a dite à mon pere, & j'étois avec luy;
Mais je n'en conçoy rien qui flate mon ennuy.
Ce delay de nos maux rendra leurs coups plus rudes,
Ce n'est qu'un plus long terme à nos inquietudes,
Et tout l'allegement qu'il en faut esperer,
C'est de pleurer plus tard ceux qu'il faudra pleurer.
SAB. Les Dieux n'ont pas en vain inspiré ce tumulte.
CAM. Disons plûtost, ma sœur, qu'en vain on les consulte,
Ces mesmes Dieux à Tulle ont inspiré ce choix,
Et la voix du Public n'est pas toûjours leur voix.
Ils descendent bien moins dans de si bas étages,
Que dans l'ame des Rois, leurs vivantes images,
De qui l'independante & sainte autorité
Est un rayon secret de leur divinité.
JVL. C'est vouloir sans raison vous former des obstacles,
Que de chercher leur voix ailleurs qu'en leurs Oracles,
Et vous ne vous pouvez figurer tout perdu,
Sans démentir celuy qui vous fut hier rendu.
CAM. Vn Oracle jamais ne se laisse comprendre,
On l'entend d'autant moins que plus on croit l'entendre,
Et loin de s'asseurer sur un pareil Arrest,
Qui n'y voit rien d'obscur, doit croire que tout l'est.

SAB. Sur ce qui fait pour nous prenons plus d'affeurance,
    Et fouffrons les douceurs d'une juste esperance.
    Quand la faveur du Ciel ouvre à demy fes bras,
    Qui ne s'en promet rien ne la merite pas,
    Il empefche fouvent qu'elle ne fe déploye,
    Et lors qu'elle defcend fon refus la renvoye.
CAM. Le Ciel agit fans nous en ces evenemens,
    Et ne les regle point deffus nos fentimens.
JVL. Il ne vous a fait peur que pour vous faire grace,
    Adieu, je vay fçavoir comme enfin tout fe paffe.
    Moderez vos frayeurs, j'espere à mon retour
    Ne vous entretenir que de propos d'amour,
    Et que nous n'emploirons la fin de la journée
    Qu'aux doux préparatifs d'un heureux Hymenée.
SAB. I'ofe encor l'esperer. *CAM*. Moy, je n'espere rien.
IVL. L'effet vous fera voir que nous en jugeons bien.

SCENE IV.

SABINE, CAMILLE.

SAB. **P**Army nos déplaifirs fouffrez que je vous blafme,
    Ie ne puis approuver tant de trouble en voftre ame,
    Que feriez-vous, ma fœur, au point où je me voy,
    Si vous aviez à craindre autant que je le doy,
    Et fi vous attendiez de leurs armes fatales
    Des maux pareils aux miens, & des pertes égales?
CAM. Parlez plus fainement de vos maux & des miens.
    Chacun voit ceux d'autruy d'un autre œil que les fiens,
    Mais à bien regarder ceux où le Ciel me plonge,
    Les voftres auprès d'eux vous fembleront un fonge.
    La feule mort d'Horace eft à craindre pour vous,
    Des freres ne font rien à l'égal d'un époux,
    L'Hymen qui nous attache en une autre famille
    Nous détache de celle où l'on a vécu fille,
    On voit d'un œil divers des nœuds fi differens,
    Et pour fuivre un mary l'on quitte fes parens.
    Mais fi près d'un Hymen l'amant que donne un pere
    Nous eft moins qu'un époux, & non-pas moins qu'un frere,
    Nos fentimens entr'eux demeurent fufpendus,
    Noftre choix impoffible, & nos vœux confondus.

Ainſi, ma ſœur, du moins vous avez dans vos plaintes,
Où porter vos ſouhaits, & terminer vos craintes,
Mais ſi le Ciel s'obſtine à nous perſecuter,
Pour moy, j'ay tout à craindre, & rien à ſouhaiter.
SAB. Quand il faut que l'un meure, & par les mains de l'autre,
C'eſt un raiſonnement bien mauvais que le voſtre.
Quoy que ce ſoient, ma ſœur, des nœuds bien differens,
C'eſt ſans les oublier qu'on quitte ſes parens,
L'Hymen n'efface point ces profonds caracteres,
Pour aimer un mary l'on ne hait pas ſes freres,
La Nature en tout temps garde ſes premiers droits,
Aux dépens de leur vie on ne fait point de choix,
Auſſi-bien qu'un époux ils ſont d'autres nous-meſmes,
Et tous maux ſont pareils alors qu'ils ſont extreſmes.
Mais l'amant qui vous charme, & pour qui vous bruſlez,
Ne vous eſt après tout que ce que vous voulez;
Vne mauvaiſe humeur, un peu de jalouſie,
En fait aſſez ſouvent paſſer la fantaiſie.
Ce que peut le caprice, oſez-le par raiſon,
Et laiſſez voſtre ſang hors de comparaiſon.
C'eſt crime qu'oppoſer des liens volontaires
A ceux que la naiſſance a rendus neceſſaires.
Si donc le Ciel s'obſtine à nous perſecuter,
Seule j'ay tout à craindre, & rien à ſouhaiter,
Mais pour vous, le devoir vous donne dans vos plaintes
Où porter vos ſouhaits, & terminer vos craintes.
CAM. Ie le voy bien, ma ſœur, vous n'aimaſtes jamais,
Vous ne connoiſſez point, ny l'Amour, ny ſes traits.
On peut luy reſister quand il commence à naiſtre,
Mais non pas le bannir quand il s'eſt rendu maiſtre,
Et que l'aveu d'un pere engageant noſtre foy,
A fait de ce Tyran un legitime Roy.
Il entre avec douceur, mais il regne par force,
Et quand l'ame une fois a gouſté ſon amorce,
Vouloir ne plus aimer c'eſt ce qu'elle ne peut,
Puiſqu'elle ne peut plus vouloir que ce qu'il veut,
Ses chaiſnes ſont pour nous auſſi fortes que belles.

SCENE V.

Le vieil HORACE, SABINE, CAMILLE.

V.HO. IE viens vous apporter de fascheuses Nouvelles,
Mes filles, mais en vain je voudrois vous celer
Ce qu'on ne vous sçauroit long-temps dissimuler,
Vos freres sont aux mains, les Dieux ainsi l'ordonnent.
SAB. Ie veux bien l'avoüer, ces Nouvelles m'étonnent,
Et je m'imaginois dans la Divinité
Beaucoup moins d'injustice, & bien plus de bonté.
Ne nous consolez point, contre tant d'infortune
La pitié parle en vain, la raison importune,
Nous avons en nos mains la fin de nos douleurs,
Et qui veut bien mourir peut braver les malheurs.
Nous pourrions aisément faire en vostre presence
De nostre desespoir une fausse constance,
Mais quand on peut sans honte estre sans fermeté,
L'affecter au dehors, c'est une lascheté :
L'usage d'un tel art, nous le laissons aux hommes,
Et ne voulons passer que pour ce que nous sommes.
    Nous ne demandons point qu'un courage si fort
S'abaisse à nostre exemple à se plaindre du Sort;
Recevez sans fremir ces mortelles alarmes,
Voyez couler nos pleurs sans y mesler vos larmes,
Enfin pour toute grace en de tels déplaisirs,
Gardez vostre constance, & souffrez nos soûpirs.
V.HO. Loin de blasmer les pleurs que je vous voy répandre,
Ie croy faire beaucoup de m'en pouvoir défendre,
Et cederois peut-estre à de si rudes coups,
Si je prenois icy mesme interest que vous.
Non qu'Albe par son choix m'ait fait haïr vos freres,
Tous trois me sont encor des personnes bien cheres,
Mais enfin l'amitié n'est pas du mesme rang,
Et n'a point les effets de l'amour, ny du sang.
Ie ne sens point pour eux la douleur qui tourmente
Sabine comme sœur, Camille comme amante,
Ie puis les regarder comme nos ennemis,
Et donne sans regret mes souhaits à mes fils.

S ſſ iij

Ils font, graces aux Dieux, dignes de leur Patrie,
Aucun étonnement n'a leur gloire fleftrie,
Et j'ay veu leur honneur croiftre de la moitié,
Quand ils ont des deux camps refufé la pitié.
Si par quelque foibleffe ils l'avoient mandiée,
Si leur haute vertu ne l'euft repudiée,
Ma main bien-toft fur eux m'euft vangé hautement
De l'affront que m'euft fait ce mol confentement.
Mais lors qu'en dépit d'eux on en a voulu d'autres,
Ie ne le cele point, j'ay joint mes vœux aux voftres,
Si le Ciel pitoyable euft écouté ma voix,
Albe feroit reduite à faire un autre choix;
Nous pourrions voir tantoft triompher les Horaces,
Sans voir leurs bras foüillez du fang des Curiaces,
Et de l'evenement d'un combat plus humain
Dépendroit maintenant l'honneur du nom Romain.
La prudence des Dieux autrement en dispofe,
Sur leur ordre eternel mon esprit fe repofe,
Il s'arme en ce befoin de generofité,
Et du bonheur public fait fa felicité.
Tafchez d'en faire autant pour foulager vos peines,
Et fongez toutes deux que vous étes Romaines,
Vous l'étes deuenuë, & vous l'étes encor.
Vn fi glorieux titre eft un digne trefor.
Vn jour, un jour viendra que par toute la terre
Rome fe fera craindre à l'égal du Tonnerre,
Et que tout l'Vnivers tremblant deffous fes loix,
Ce grand nom deviendra l'ambition des Rois.
Les Dieux à noftre Ænée ont promis cette gloire.

SCENE VI.

Le vieil HORACE, SABINE,
CAMILLE, IVLIE.

V.HO. NOus venez-vous, Iulie, apprendre la victoire?
 IVL. Mais plûtoſt du combat les funeſtes effets,
 Rome eſt Sujette d'Albe, & vos fils ſont défaits,
 Des trois les deux ſont morts, ſon époux ſeul vous reſte.
V.HO. O d'un triſte combat effet vraiment funeſte!
 Rome eſt Sujette d'Albe, & pour l'en garantir
 Il n'a pas employé juſqu'au dernier ſoûpir:
 Non non, cela n'eſt point, on vous trompe, Iulie,
 Rome n'eſt point Sujette, ou mon fils eſt ſans vie,
 Ie connoy mieux mon ſang, il ſçait mieux ſon devoir.
IVL. Mille de nos remparts comme moy l'ont pû voir.
 Il s'eſt fait admirer tant qu'ont duré ſes freres,
 Mais comme il s'eſt veu ſeul contre trois adverſaires,
 Prés d'eſtre enfermé d'eux, ſa fuite l'a ſauvé.
V.HO. Et nos ſoldats trahis ne l'ont point achevé!
 Dans leurs rangs à ce laſche ils ont donné retraite.
IVL. Ie n'ay rien voulu voir aprés cette défaite.
CAM. O mes freres! *V.HO.* Tout-beau, ne les pleurez pas tous,
 Deux joüiſſent d'un ſort dont leur pere eſt jaloux.
 Que des plus nobles fleurs leur tombe ſoit couverte,
 La gloire de leur mort m'a payé de leur perte:
 Ce bonheur a ſuivy leur courage invaincu
 Qu'ils ont veu Rome libre autant qu'ils ont vécu,
 Et ne l'auront point veuë obeïr qu'à ſon Prince,
 Ny d'un Etat voiſin devenir la Province.
 Pleurez l'autre, pleurez l'irreparable affront
 Que ſa fuite honteuſe imprime à noſtre front,
 Pleurez le deshonneur de toute noſtre race,
 Et l'opprobre eternel qu'il laiſſe au nom d'Horace.
IVL. Que vouliez-vous qu'il fiſt contre trois? *V.HO.* Qu'il mouruſt,
 Ou qu'un beau deſeſpoir alors le ſecouruſt.
 N'euſt-il que d'un moment reculé ſa défaite,
 Rome euſt été du moins un peu plus tard Sujette,
 Il euſt avec honneur laiſſé mes cheveux gris,
 Et c'étoit de ſa vie un aſſez digne prix.

    Il est de tout son sang contable à sa Patrie,
Chaque goute épargnée a sa gloire flestrie,
Chaque instant de sa vie après ce lasche tour
Met d'autant plus ma honte avec la sienne au jour.
I'en rompray bien le cours, & ma juste colere,
Contre un indigne fils usant des droits d'un pere,
Sçaura bien faire voir dans sa punition
L'éclatant desaveu d'une telle action.
SAB. Ecoutez un peu moins ces ardeurs genereuses,
    Et ne nous rendez point tout-à-fait malheureuses.
V.HO. Sabine, vostre cœur se console aisément,
    Nos malheurs jusqu'icy vous touchent foiblement,
Vous n'avez point encor de part à nos miseres,
Le Ciel vous a sauvé vostre époux & vos freres,
Si nous sommes Sujets, c'est de vostre païs,
Vos freres sont vainqueurs quand nous sommes trahis,
Et voyant le haut point où leur gloire se monte,
Vous regardez fort peu ce qui nous vient de honte.
Mais vostre trop d'amour pour cet infame époux
Vous donnera bien-tost à plaindre comme à nous.
Vos pleurs en sa faveur sont de foibles défenses.
I'atteste des grands Dieux les supresmes Puissances
Qu'avant ce jour finy, ces mains, ces propres mains
Laveront dans son sang la honte de Romains.
SAB. Suivons-le promptement, la colere l'emporte.
    Dieux ! verrons-nous toûjours des malheurs de la sorte?
Nous faudra-t'il toûjours en craindre de plus grands,
Et toûjours redouter la main de nos parens?

ACTE

ACTE IV·

SCENE PREMIERE·

Le vieil HORACE, CAMILLE.

V. HO. 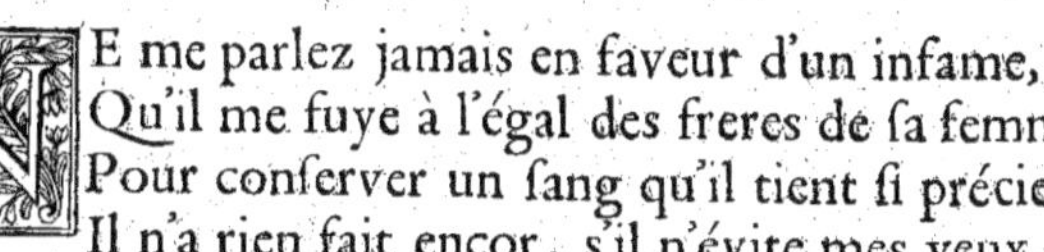E me parlez jamais en faveur d'un infame,
Qu'il me fuye à l'égal des freres de sa femme,
Pour conserver un sang qu'il tient si précieux
Il n'a rien fait encor, s'il n'évite mes yeux.
Sabine y peut mettre ordre, ou derechef j'atteste
Le souverain pouvoir de la troupe celeste....
CAM. Ah! mon pere, prenez un plus doux sentiment,
Vous verrez Rome mesme en user autrement,
Et de quelque malheur que le Ciel l'ait comblée,
Excuser la vertu sous le nombre accablée.
V. HO. Le jugement de Rome est peu pour mon regard,
Camille, je suis pere, & j'ay mes droits à part.
Ie sçay trop comme agit la vertu veritable,
C'est sans en triompher que le nombre l'accable,
Et sa masle vigueur toûjours en mesme point
Succombe sous la force & ne luy céde point.
Taisez-vous, & sçachons ce que nous veut Valere.

SCENE II

Le vieil HORACE, VALERE, CAMILLE.

VAL. ENvoyé par le Roy pour consoler un pere,
Et pour luy témoigner... *V. HO.* N'en prenez aucun soin,
C'est un soulagement dont je n'ay pas besoin,
Et j'aime mieux voir morts que couverts d'infamie
Ceux que vient de m'oster une main ennemie.
Tous deux pour leur païs sont morts en gens d'honneur,
Il me suffit. *VAL.* Mais l'autre est un rare bonheur,

De tous les trois chez vous il doit tenir la place.
V.HO. Que n'a-t'on veu perir en luy le nom d'Horace!
VAL. Seul vous le mal-traitez aprés ce qu'il a fait.
V.HO. C'eſt à moy ſeul auſſi de punir ſon forfait.
VAL. Quel forfait trouvez-vous en ſa bonne conduite?
V.HO. Quel éclat de vertu trouvez-vous en ſa fuite?
VAL. La fuite eſt glorieuſe en cette occaſion.
V.HO. Vous redoublez ma honte & ma confuſion,
    Certes l'exemple eſt rare, & digne de memoire,
    De trouver dans la fuite un chemin à la gloire.
VAL. Quelle confuſion, & quelle honte à vous
    D'avoir produit un fils qui nous conſerve tous,
    Qui fait triompher Rome, & luy gaigne un Empire?
    A quels plus grands honneurs faut-il qu'un pere aspire?
V.HO. Quels honneurs, quel triomphe, & quel Empire enfin,
    Lors qu'Albe ſous ſes loix range noſtre Deſtin?
VAL. Que parlez-vous icy d'Albe, & de ſa victoire?
    Ignorez-vous encor la moitié de l'histoire?
V.HO. Ie ſçay que par ſa fuite il a trahy l'Etat.
VAL. Ouy, s'il euſt en fuyant terminé le combat;
    Mais on a bien-toſt veu qu'il ne fuyoit qu'en homme
    Qui ſçavoit ménager l'avantage de Rome.
V.HO. Quoy, Rome donc triomphe! *VAL.* Apprenez, apprenez
    La valeur de ce fils qu'à tort vous condamnez.
      Resté ſeul contre trois, mais en cette avanture,
    Tous trois étant bleſſez, & luy ſeul ſans bleſſure,
    Trop foible pour eux tous, trop fort pour chacun d'eux,
    Il ſçait bien ſe tirer d'un pas ſi hazardeux,
    Il fuit pour mieux combatre, & cette prompte ruſe
    Diviſe adroitement trois freres qu'elle abuſe.
    Chacun le ſuit d'un pas, ou plus, ou moins preſſé,
    Selon qu'il ſe rencontre, ou plus, ou moins bleſſé;
    Leur ardeur eſt égale à pourſuivre ſa fuite,
    Mais leurs coups inégaux ſeparent leur pourſuite.
      Horace les voyant l'un de l'autre écartez,
    Se retourne, & déja les croit demy-domptez,
    Il attend le premier, & c'étoit voſtre gendre.
    L'autre tout indigné qu'il ait oſé l'attendre,
    En vain en l'attaquant fait paroiſtre un grand cœur,
    Le ſang qu'il a perdu rallentit ſa vigueur.
    Albe à ſon tour commence à craindre un ſort contraire,
    Elle crie au ſecond qu'il ſecoure ſon frere,

Il se haste & s'épuise en efforts superflus,
Il trouve en les joignant que son frere n'est plus.
CAM.Helas! VAL. Tout hors d'haleine il prend pourtant sa place,
Et redouble bien-tost la victoire d'Horace,
Son courage sans force est un debile appuy,
Voulant vanger son frere il tombe auprès de luy.
L'air resonne des cris qu'au Ciel chacun envoye,
Albe en jette d'angoisse, & les Romains de joye.
 Comme nostre Heros se voit près d'achever,
C'est peu pour luy de vaincre, il veut encor braver.
J'en viens d'immoler deux aux Manes de mes freres,
Rome aura le dernier de mes trois adversaires,
C'est à ses interests que je vay l'immoler,
Dit-il, & tout d'un temps on le voit y voler.
La victoire entr'eux-deux n'étoit pas incertaine,
L'Albain percé de coups ne se traisnoit qu'à peine,
Et comme une victime aux marches de l'Autel,
Il sembloit presenter sa gorge au coup mortel.
Aussi le reçoit-il, peu s'en faut, sans défense,
Et son trépas de Rome établit la puissance.
V.HO. O mon fils, ô ma joye, ô l'honneur de nos jours!
O d'un Etat panchant l'inesperé secours!
Vertu digne de Rome, & sang digne d'Horace,
Appuy de ton païs, & gloire de ta race!
Quand pourray-je étouffer dans tes embrassemens
L'erreur dont j'ay formé de si faux sentimens?
Quand pourra mon amour baigner avec tendresse
Ton front victorieux de larmes d'allegresse?
VAL. Vos caresses bien-tost pourront se déployer,
Le Roy dans un moment vous le va renvoyer,
Et remet à demain la pompe qu'il prepare
D'un sacrifice aux Dieux pour un bonheur si rare.
Aujourd'huy seulement on s'acquite vers eux
Par des chants de victoire, & par de simples vœux,
C'est où le Roy le méne, & tandis il m'envoye
Faire office vers vous de douleur & de joye.
Mais cet office encor n'est pas assez pour luy,
Il y viendra luy-mesme & peut-estre aujourd'huy;
Il croit mal reconnoistre une vertu si pure,
Si de sa propre bouche il ne vous en asseure,
S'il ne vous dit chez vous combien vous doit l'Etat.
V.HO. De tels remercîmens ont pour moy trop d'éclat,

Ttt ij

Et je me tiens déja trop payé par les voſtres
Du ſervice d'un fils & du ſang des deux autres.
VAL. Il ne ſçait ce que c'eſt d'honorer à demy,
Et ſon ſceptre arraché des mains de l'ennemy
Fait qu'il tient cet honneur qu'il luy plaiſt de vous faire
Au deſſous du merite, & du fils, & du pere.
Ie vay luy témoigner quels nobles ſentimens
La vertu vous inspire en tous vos mouvemens,
Et combien vous montrez d'ardeur pour ſon ſervice.
V.HO. Ie vous dévray beaucoup pour un ſi bon office.

SCENE III.

Le vieil HORACE, CAMILLE.

V.HO. MA fille, il n'eſt plus temps de répandre des pleurs,
Il ſied mal d'en verſer où l'on voit tant d'honneurs,
On pleure injuſtement des pertes domeſtiques
Quand on en voit ſortir des victoires publiques.
Rome triomphe d'Albe, & c'eſt aſſez pour nous,
Tous nos maux à ce prix doivent nous eſtre doux.
En la mort d'un amant vous ne perdez qu'un homme
Dont la perte eſt aiſée à reparer dans Rome :
Après cette victoire il n'eſt point de Romain
Qui ne ſoit glorieux de vous donner la main.
Il me faut à Sabine en porter la Nouvelle,
Ce coup ſera ſans doute aſſez rude pour elle,
Et ſes trois freres morts par la main d'un époux
Luy donneront des pleurs bien plus juſtes qu'à vous :
Mais j'eſpere aiſément en diſſiper l'orage,
Et qu'un peu de prudence aidant ſon grand courage
Fera bien-toſt regner ſur un ſi noble cœur
Le genereux amour qu'elle doit au vainqueur.
Cependant étouffez cette laſche triſteſſe,
Recevez-le, s'il vient, avec moins de foibleſſe,
Faites-vous voir ſa ſœur, & qu'en un meſme flanc
Le Ciel vous a tous deux formez d'un meſme ſang.

SCENE IV.

CAMILLE.

OVy, je luy feray voir par d'infaillibles marques
Qu'un veritable amour brave la main des Parques,
Et ne prend point de loix de ces cruels tyrans
Qu'un Astre injurieux nous donne pour parens.
Tu blafmes ma douleur, tu l'ofes nommer lafche,
Ie l'aime d'autant plus que plus elle te fafche,
Impitoyable pere, & par un juste effort
Ie la veux rendre égale aux rigueurs de mon fort.
En vit-on jamais un dont les rudes traverfes
Priffent en moins de rien tant de faces diverfes,
Qui fuft doux tant de fois, & tant de fois cruel,
Et portaft tant de coups avant le coup mortel ?
Vit-on jamais une ame en un jour plus atteinte
De joye & de douleur, d'esperance & de crainte,
Affervie en esclave à plus d'évenemens,
Et le piteux joüet de plus de changemens ?
Vn Oracle m'affeure, un fonge me travaille,
La Paix calme l'effroy que me fait la bataille,
Mon Hymen fe prépare, & presque en un moment
Pour combattre mon frere on choifit mon amant.
Ce choix me defespere, & tous le defavoüent,
La partie eft rompuë, & les Dieux la renoüent :
Rome femble vaincuë, & feul des trois Albains
Curiace en mon fang n'a point trempé fes mains.
O Dieu, fentois-je alors des douleurs trop legeres,
Pour le malheur de Rome, & la mort de deux freres ?
Et me flatois-je trop quand je croyois pouvoir
L'aimer encor fans crime, & nourrir quelque espoir ?
Sa mort m'en punit bien, & la façon cruelle
Dont mon ame éperduë en reçoit la Nouvelle ;
Son rival me l'apprend, & faifant à mes yeux
D'un fi triste fuccès le recit odieux,
Il porte fur le front une allegreffe ouverte
Que le bonheur public fait bien moins que ma perte,
Et baftiffant en l'air fur le malheur d'autruy,
Auffi-bien que mon frere il triomphe de luy.

T tt iij

Mais ce n'eſt rien encor au prix de ce qui reſte.
On demande ma joye en un jour ſi funeſte,
Il me faut applaudir aux exploits du vainqueur,
Et baiſer une main qui me perce le cœur.
En un ſujet de pleurs ſi grand, ſi legitime,
Se plaindre eſt une honte, & ſoûpirer un crime,
Leur brutale vertu veut qu'on s'eſtime heureux,
Et ſi l'on n'eſt barbare, on n'eſt point genereux.

Dégenerons, mon cœur, d'un ſi vertueux pere,
Soyons indigne ſœur d'un ſi genereux frere,
C'eſt gloire de paſſer pour un cœur abatu
Quand la brutalité fait la haute vertu.
Eclatez, mes douleurs, à quoy bon vous contraindre?
Quand on a tout perdu que ſçauroit-on plus craindre?
Pour ce cruel vainqueur n'ayez point de reſpect,
Loin d'éviter ſes yeux, croiſſez à ſon aſpect,
Offenſez ſa victoire, irritez ſa colere,
Et prenez, s'il ſe peut, plaiſir à luy déplaire.
Il vient, préparons-nous à montrer conſtamment
Ce que doit une amante à la mort d'un amant.

SCENE V.

a *Procule porte en ſa main les trois épées des Curiaces.*

HORACE, CAMILLE, PROCVLE.[a]

HOR. **M**A ſœur, voicy le bras qui vange nos deux freres,
Le bras qui rompt le cours de nos Deſtins contraires,
Qui nous rend maiſtres d'Albe, enfin voicy le bras
Qui ſeul fait aujourd'huy le ſort de deux Etats.
Voy ces marques d'honneur, ces témoins de ma gloire,
Et rens ce que tu dois à l'heur de ma victoire.
CAM. Recevez donc mes pleurs, c'eſt ce que je luy dois.
HOR. Rome n'en veut point voir après de tels exploits,
Et nos deux freres morts dans le malheur des armes
Sont trop payez de ſang pour exiger des larmes,
Quand la perte eſt vangée, on n'a plus rien perdu.
CAM. Puiſqu'ils ſont ſatisfaits par le ſang épandu,
Ie ceſſeray pour eux de paroiſtre affligée,
Et j'oubliray leur mort que vous avez vangée.
Mais qui me vangera de celle d'un amant,
Pour me faire oublier ſa perte en un moment?

HOR. Que dis-tu, malheureufe? *CAM.* O mon cher Curiace!
HOR. O d'une indigne fœur infupportable audace!
   D'un ennemy public dont je reviens vainqueur
   Le nom eft dans ta bouche, & l'amour dans ton cœur!
   Ton ardeur criminelle à la vangeance aspire!
   Ta bouche la demande, & ton cœur la respire!
   Suy moins ta paffion, regle mieux tes defirs,
   Ne me fay plus rougir d'entendre tes foûpirs,
   Tes flames deformais doivent eftre étouffées,
   Banny-les de ton ame, & fonge à mes trophées,
   Qu'ils foient dorefnavant ton unique entretien.
CAM. Donne-moy donc, barbare, un cœur comme le tien,
   Et fi tu veux enfin que je t'ouvre mon ame,
   Rens-moy mon Curiace, ou laiffe agir ma flame.
   Ma joye & mes douleurs dépendoient de fon fort,
   Ie l'adorois vivant, & je le pleure mort.
      Ne cherche plus ta fœur où tu l'avois laiffée,
   Tu ne revois en moy qu'une amante offenfée,
   Qui comme une Furie attachée à tes pas
   Te veut inceffamment reprocher fon trépas.
   Tigre alteré de fang, qui me défens les larmes,
   Qui veux que dans fa mort je trouve encor des charmes,
   Et que jusques au Ciel élevant tes exploits
   Moy-mefme je le tuë une feconde fois.
   Puiffent tant de malheurs accompagner ta vie
   Que tu tombes au point de me porter envie,
   Et toy bien-toft foüiller par quelque lafcheté
   Cette gloire fi chere à ta brutalité.
HOR. O Ciel, qui vit jamais une pareille rage!
   Crois-tu donc que je fois infenfible à l'outrage,
   Que je fouffre en mon fang ce mortel deshonneur?
   Aime, aime cette mort qui fait noftre bonheur,
   Et préfere du moins au fouvenir d'un homme
   Ce que doit ta naiffance aux interefts de Rome.
CAM. Rome, l'unique objet de mon reffentiment!
   Rome à qui vient ton bras d'immoler mon amant!
   Rome qui t'a veu naiftre, & que ton cœur adore!
   Rome enfin que je hay parce qu'elle t'honore!
   Puiffent tous fes voifins enfemble conjurez
   Sapper fes fondemens encor mal affeurez,
   Et fi ce n'eft affez de toute l'Italie,
   Que l'Orient contre elle à l'Occident s'allie,

Que cent Peuples unis des bouts de l'Vnivers
Paſſent pour la détruire, & les monts, & les mers,
Qu'elle meſme ſur ſoy renverſe ſes murailles,
Et de ſes propres mains déchire ſes entrailles:
Que le couroux du Ciel allumé par mes vœux
Faſſe pleuvoir ſur elle un deluge de feux.
Puiſſay-je de mes yeux y voir tomber ce foudre,
Voir ſes maiſons en cendre, & tes lauriers en poudre:
Voir le dernier Romain à ſon dernier ſoûpir,
Moy ſeule en eſtre cauſe, & mourir de plaiſir.

[a] Il met la main à l'épée, & pourſuit ſa ſœur qui s'enfuit.
[b] Derriere le theatre.
[c] Il revient ſur le thea-tre.

HOR.[a] C'eſt trop, ma patience à la raiſon fait place.
　　Va dedans les Enfers plaindre ton Curiace.
CAM.[b] Ah,traiſtre! HOR.[c] Ainſi reçoive un châtiment ſoudain
　　Quiconque oſe pleurer un ennemy Romain.

SCENE VI.

HORACE, PROCVLE.

PRO. Qve venez-vous de faire? HOR. Vn acte de juſtice.
　　Vn ſemblable forfait veut un pareil ſupplice.
PRO. Vous deviez la traiter avec moins de rigueur.
HOR. Ne me dy point qu'elle eſt, & mon ſang, & ma ſœur.
　　Mon pere ne peut plus l'avoüer pour ſa fille,
　　Qui maudit ſon païs renonce à ſa famille,
　　Des noms ſi pleins d'amour ne luy ſont plus permis,
　　De ſes plus chers parens il fait ſes ennemis,
　　Le ſang meſme les arme en haine de ſon crime,
　　La plus prompte vangeance en eſt plus legitime,
　　Et ce ſouhait impie, encore qu'impuiſſant,
　　Eſt un monstre qu'il faut étouffer en naiſſant.

SCENE VII.

HORACE, SABINE, PROCVLE.

SAB. A Quoy s'arreste icy ton illustre colere?
    Vien voir mourir ta sœur dans les bras de ton pere,
Vien repaistre tes yeux d'un spectacle si doux;
Ou si tu n'es point las de ces genereux coups,
Immole au cher païs des vertueux Horaces
Ce reste malheureux du sang des Curiaces,
Si prodigue du tien, n'épargne pas le leur,
Ioins Sabine à Camille, & ta femme à ta sœur.
Nos crimes sont pareils, ainsi que nos miseres,
Ie soûpire comme elle & déplore mes freres,
Plus coupable en ce point contre tes dures loix,
Qu'elle n'en pleuroit qu'un, & que j'en pleure trois:
Qu'aprés son châtiment ma faute continuë.
HOR. Seche tes pleurs, Sabine, ou les cache à ma veuë,
    Rens-toy digne du nom de ma chaste moitié,
Et ne m'accable point d'une indigne pitié.
Si l'absolu pouvoir d'une pudique flame
Ne nous laisse à tous deux qu'un penser & qu'une ame,
C'est à toy d'élever tes sentimens aux miens,
Non à moy de descendre à la honte des tiens.
Ie t'aime, & je connoy la douleur qui te presse,
Embrasse ma vertu pour vaincre ta foiblesse,
Participe à ma gloire au lieu de la soüiller,
Tasche à t'en revétir, non à m'en dépoüiller.
Es-tu de mon honneur si mortelle ennemie,
Que je te plaise mieux couvert d'une infamie?
Sois plus femme que sœur, & te reglant sur moy
Fay-toy de mon exemple une immuable loy.
SAB. Cherche pour t'imiter des ames plus parfaites.
    Ie ne t'impute point les pertes que j'ay faites,
I'en ay les sentimens que je dois en avoir,
Et je m'en prens au Sort plûtost qu'à ton devoir.
Mais enfin je renonce à la vertu Romaine,
Si pour la posseder je dois estre inhumaine,
Et ne puis voir en moy la femme du vainqueur,
Sans y voir des vaincus la déplorable sœur.

Tome I.   V u u

Prenons part en public aux victoires publiques,
Pleurons dans la maison nos malheurs domestiques,
Et ne regardons point des biens communs à tous,
Quand nous voyons des maux qui ne sont que pour nous.
Pourquoy veux-tu, cruel, agir d'une autre sorte?
Laisse en entrant icy tes lauriers à la porte,
Mesle tes pleurs aux miens. Quoy? ces lasches discours
N'arment point ta vertu contre mes tristes jours?
Mon crime redoublé n'émeut point ta colere?
Que Camille est heureuse! elle a pû te déplaire,
Elle a receu de toy ce qu'elle a prétendu,
Et recouvre là bas tout ce qu'elle a perdu.
Cher époux, cher auteur du tourment qui me presse,
Ecoute la pitié, si ta colere cesse,
Exerce l'une ou l'autre après de tels malheurs
A punir ma foiblesse, ou finir mes douleurs.
Ie demande la mort pour grace, ou pour supplice,
Qu'elle soit un effet d'amour, ou de justice,
N'importe, tous ses traits n'auront rien que de doux,
Si je les voy partir de la main d'un époux.
HOR. Quelle injustice aux Dieux, d'abandonner aux femmes
Vn empire si grand sur les plus belles ames,
Et de se plaire à voir de si foibles vainqueurs
Regner si puissamment sur les plus nobles cœurs!
A quel point ma vertu devient-elle reduite!
Rien ne la sçauroit plus garantir que la fuite.
Adieu, ne me suy point, ou retien tes soûpirs.

[a] Elle est seule. *SAB.* [a] O colere, ô pitié sourdes à mes desirs!
Vous negligez mon crime, & ma douleur vous lasse,
Et je n'obtiens de vous ny supplice, ny grace.
Allons-y par nos pleurs faire encor un effort,
Et n'employons après que nous à nostre mort.

ACTE V.

SCENE PREMIERE.

Le vieil HORACE, HORACE.

V.HO. RETIRONS nos regards de cet objet funeste
Pour admirer icy le jugement celeste.　　　(faut
Quand la gloire nous enfle, il sçait bien comme il
Confondre noftre orgueil qui s'éleve trop haut,
Nos plaifirs les plus doux ne vont point fans tristeffe,
Il mefle à nos vertus des marques de foibleffe,
Et rarement accorde à noftre ambition
L'entier & pur honneur d'une bonne action.
Ie ne plains point Camille, elle étoit criminelle,
Ie me tiens plus à plaindre, & je te plains plus qu'elle:
Moy, d'avoir mis au jour un cœur fi peu Romain,
Toy, d'avoir par fa mort deshonoré ta main.
Ie ne la trouve point injuste, ny trop prompte,
Mais tu pouvois, mon fils, t'en épargner la honte,
Son crime, quoy qu'énorme & digne du trépas,
Etoit mieux impuny, que puny par ton bras.
HOR. Difpofez de mon fang, les loix vous en font maiftre,
I'ay crû devoir le fien aux lieux qui m'ont veu naiftre:
Si dans vos fentimens mon zéle eft criminel,
S'il m'en faut recevoir un reproche éternel,
Si ma main en devient honteufe & profanée,
Vous pouvez d'un feul mot trancher ma Destinée.
Reprenez tout ce fang de qui ma lafcheté
A fi brutalement foüillé la pureté;
Ma main n'a pû fouffrir de crime en voftre race,
Ne fouffrez point de tache en la maifon d'Horace.
C'eft en ces actions dont l'honneur eft bleffé
Qu'un pere tel que vous fe montre intereffé,
Son amour doit fe taire où toute excufe eft nulle,
Luy-mefme il y prend part lors qu'il les diffimule,

Et de sa propre gloire il fait trop peu de cas
Quand il ne punit point ce qu'il n'approuve pas.
V.HO. Il n'use pas toûjours d'une rigueur extresme,
Il épargne ses fils bien souvent pour soy-mesme,
Sa vieillesse sur eux aime à se soûtenir,
Et ne les punit point de peur de se punir.
Ie te voy d'un autre œil que tu ne te regardes,
Ie sçay.... Mais le Roy vient, je vois entrer ses Gardes.

SCENE II.

TVLLE, *VALERE*, *Le vieil HORACE*,
HORACE, *Troupe de Gardes.*

V.HO. AH, Sire, un tel honneur a trop d'excés pour moy,
Ce n'est point en ce lieu que je doy voir mon Roy,
Permettez qu'à genoux.... *TVL.* Non, levez-vous, mon pere,
Ie fais ce qu'en ma place un bon Prince doit faire.
Vn si rare service, & si fort important
Veut l'honneur le plus rare, & le plus éclatant :
Vous en aviez déja sa parole pour gage,
Ie ne l'ay pas voulu differer davantage.
    I'ay sçeu par son rapport (& je n'en doutois pas)
Comme de vos deux fils vous portez le trépas,
Et que déja vostre ame étant trop resoluë,
Ma consolation vous seroit superfluë :
Mais je viens de sçavoir quel étrange malheur
D'un fils victorieux a suivy la valeur,
Et que son trop d'amour pour la cause publique
Par ses mains à son pere oste une fille unique.
Ce coup est un peu rude à l'esprit le plus fort,
Et je doute comment vous portez cette mort.
V.HO. Sire, avec déplaisir, mais avec patience.
TVL. C'est l'effet vertueux de vostre experience.
Beaucoup par un long âge ont appris comme vous
Que le malheur succéde au bonheur le plus doux ;
Peu sçavent comme vous s'appliquer ce remede,
Et dans leur interest toute leur vertu céde.
Si vous pouvez trouver dans ma compassion
Quelque soulagement pour vostre affliction,

Ainſi que voſtre mal ſçachez qu'elle eſt extreſme,
Et que je vous en plains autant que je vous aime.
VAL. Sire, puisque le Ciel entre les mains des Rois
Dépoſe ſa justice, & la force des loix,
Et que l'Etat demande aux Princes legitimes
Des prix pour les vertus, des peines pour les crimes,
Souffrez qu'un bon Sujet vous faſſe ſouvenir
Que vous plaignez beaucoup ce qu'il vous faut punir,
Souffrez...*V.HO.* Quoy? qu'on envoye un vainqueur au ſupplice?
TVL. Permettez qu'il acheve, & je feray justice.
I'aime à la rendre à tous, à toute heure, en tout lieu,
C'eſt par elle qu'un Roy ſe fait un demy-Dieu,
Et c'eſt dont je vous plains qu'aprés un tel ſervice
On puiſſe contre luy me demander justice.
VAL. Souffrez donc, ô grand Roy, le plus juste des Rois,
Que tous les gens de bien vous parlent par ma voix.
Non que nos cœurs jaloux de ſes honneurs s'irritent,
S'il en reçoit beaucoup, ſes hauts faits les meritent,
Ajouſtez-y plûtoſt que d'en diminuer,
Nous ſommes tous encor preſts d'y contribuer.
Mais puisque d'un tel crime il s'eſt montré capable,
Qu'il triomphe en vainqueur & periſſe en coupable,
Arrétez ſa fureur, & ſauvez de ſes mains,
Si vous voulez regner, le reste des Romains,
Il y va de la perte, ou du ſalut du reste.
La guerre avoit un cours ſi ſanglant, ſi funeste,
Et les nœuds de l'Hymen durant nos bons Destins
Ont tant de fois uny des peuples ſi voiſins,
Qu'il eſt peu de Romains que le party contraire
N'intereſſe en la mort d'un gendre, ou d'un beau-frere,
Et qui ne ſoient forcez de donner quelques pleurs
Dans le bonheur public à leurs propres malheurs.
Si c'eſt offenſer Rome, & que l'heur de ſes armes,
L'authoriſe à punir ce crime de nos larmes,
Quel ſang épargnera ce barbare vainqueur
Qui ne pardonne pas à celuy de ſa ſœur,
Et ne peut excuſer cette douleur preſſante
Que la mort d'un amant jette au cœur d'une amante,
Quand prés d'eſtre éclairez du nuptial flambeau
Elle voit avec luy ſon espoir au tombeau?
Faiſant triompher Rome, il ſe l'eſt aſſervie,
Il a ſur nous un droit, & de mort, & de vie,

V u u iij

Et nos jours criminels ne pourront plus durer,
Qu'autant qu'à sa clemence il plaira l'endurer.
   Ie pourrois ajouster aux interests de Rome
Combien un pareil coup est indigne d'un homme;
Ie pourrois demander qu'on mist devant vos yeux
Ce grand & rare exploit d'un bras victorieux.
Vous verriez un beau sang, pour accuser sa rage,
D'un frere si cruel rejallir au visage,
Vous verriez des horreurs qu'on ne peut concevoir,
Son âge, & sa beauté vous pourroient émouvoir :
Mais je hay ces moyens qui sentent l'artifice.
Vous avez à demain remis le sacrifice,
Pensez-vous que les Dieux, vangeurs des innocens,
D'une main parricide acceptent de l'encens ?
Sur vous ce sacrilege attireroit sa peine,
Ne le considerez qu'en objet de leur haine,
Et croyez avec nous qu'en tous ses trois combats
Le bon Destin de Rome a plus fait que son bras,
Puisque ces mesmes Dieux autheurs de sa victoire
Ont permis qu'aussi-tost il en soüillast la gloire,
Et qu'un si grand courage après ce noble effort
Fust digne en mesme jour de triomphe & de mort.
Sire, c'est ce qu'il faut que vostre Arrest décide,
En ce lieu Rome a veu le premier parricide,
La suite en est à craindre, & la haine des Cieux.
Sauvez-nous de sa main, & redoutez les Dieux.
TVL. Défendez-vous, Horace. *HOR.* A quoy bon me défendre?
Vous sçavez l'action, vous la venez d'entendre,
Ce que vous en croyez me doit estre une loy.
   Sire, on se défend mal contre l'avis d'un Roy,
Et le plus innocent devient soudain coupable
Quand aux yeux de son Prince il paroit condamnable.
C'est crime qu'envers luy se vouloir excuser,
Nostre sang est son bien, il en peut disposer,
Et c'est à nous de croire alors qu'il en dispose
Qu'il ne s'en prive point sans une juste cause.
Sire, prononcez donc, je suis prest d'obeir,
D'autres aiment la vie, & je la doy haïr.
Ie ne reproche point à l'ardeur de Valere
Qu'en amant de la sœur il accuse le frere,
Mes vœux avec les siens conspirent aujourd'huy,
Il demande ma mort, je la veux comme luy.

Vn seul point entre nous met cette difference,
Que mon honneur par-là cherche son asseurance,
Et qu'à ce mesme but nous voulons arriver,
Luy, pour flestrir ma gloire, & moy, pour la sauver.
   Sire, c'est rarement qu'il s'offre une matiere
A montrer d'un grand cœur la vertu toute entiere;
Suivant l'occasion elle agit plus, ou moins,
Et paroit forte, ou foible, aux yeux de ses témoins.
Le Peuple qui voit tout seulement par l'écorce
S'attache à son effet pour juger de sa force,
Il veut que ses dehors gardent un mesme cours,
Qu'ayant fait un miracle, elle en fasse toûjours.
Aprés une action pleine, haute, éclatante,
Tout ce qui brille moins remplit mal son attente:
Il veut qu'on soit égal en tout temps, en tous lieux,
Il n'examine point si lors on pouvoit mieux,
Ny que s'il ne voit pas sans cesse une merveille,
L'occasion est moindre, & la vertu pareille.
Son injustice accable & détruit les grands noms,
L'honneur des premiers faits se perd par les seconds,
Et quand la Renommée a passé l'ordinaire,
Si l'on n'en veut déchoir, il faut ne plus rien faire.
   Ie ne vanteray point les exploits de mon bras,
Vostre Majesté, Sire, a veu mes trois combats,
Il est bien malaisé qu'un pareil les seconde,
Qu'une autre occasion à celle-cy réponde,
Et que tout mon courage, aprés de si grands coups,
Parvienne à des succés qui n'aillent au dessous;
Si bien que pour laisser une illustre memoire,
La mort seule aujourd'huy peut conserver ma gloire.
Encor la falloit-il si-tost que j'eus vaincu,
Puisque pour mon honneur j'ay déja trop vécu.
Vn homme tel que moy voit sa gloire ternie
Quand il tombe en peril de quelque ignominie,
Et ma main auroit sçeu déja m'en garantir;
Mais sans vostre congé mon sang n'ose sortir,
Comme il vous appartient, vostre aveu doit se prendre,
C'est vous le desrober qu'autrement le répandre.
Rome ne manque point de genereux guerriers,
Assez d'autres sans moy soûtiendront vos lauriers,
Que vostre Majesté desormais m'en dispense;
Et si ce que j'ay fait vaut quelque recompense,

Permettez, ô grand Roy, que de ce bras vainqueur
Ie m'immole à ma gloire, & non pas à ma sœur.

SCENE III.

TVLLE, VALERE, Le vieil HORACE,
HORACE, SABINE.

SAB. Sire, écoutez Sabine, & voyez dans son ame
Les douleurs d'une sœur, & celles d'une femme,
Qui toute desolée à vos sacrez genoux
Pleure pour sa famille, & craint pour son époux.
Ce n'est pas que je veüille avec cet artifice
Desrober un coupable au bras de la justice,
Quoy qu'il ait fait pour vous, traitez-le comme tel,
Et punissez en moy ce noble criminel;
De mon sang malheureux expiez tout son crime,
Vous ne changerez point pour cela de victime,
Ce n'en sera point prendre une injuste pitié,
Mais en sacrifier la plus chere moitié.
Les nœuds de l'Hymenée & son amour extresme
Font qu'il vit plus en moy qu'il ne vit en luy-mesme,
Et si vous m'accordez de mourir aujourd'huy,
Il mourra plus en moy qu'il ne mourroit en luy.
La mort que je demande, & qu'il faut que j'obtienne,
Augmentera sa peine, & finira la mienne.
Sire, voyez l'excès de mes tristes ennuis,
Et l'effroyable état où mes jours sont reduits.
Quelle horreur d'embrasser un homme dont l'épée
De toute ma famille a la trame coupée,
Et quelle impieté de haïr un époux
Pour avoir bien servy les siens, l'Etat, & vous!
Aimer un bras soüillé du sang de tous mes freres!
N'aimer pas un mary qui finit nos miseres!
Sire, delivrez-moy par un heureux trépas
Des crimes de l'aimer & de ne l'aimer pas.
I'en nommeray l'Arrest une faveur bien grande:
Ma main peut me donner ce que je vous demande,
Mais ce trépas enfin me sera bien plus doux
Si je puis de sa honte affranchir mon époux,

Si je

Si je puis par mon fang appaifer la colere
Des Dieux qu'a pû fafcher fa vertu trop fevere, .
Satisfaire en mourant aux Manes de fa fœur,
Et conferver à Rome un fi bon défenfeur.
V. HO.[a] Sire, c'eft donc à moy de répondre à Valere,
Mes enfans avec luy confpirent contre un pere,
Tous trois veulent me perdre, & s'arment fans raifon
Contre fi peu de fang qui refte en ma maifon.
[b] Toy, qui par des douleurs à ton devoir contraires
Veux quitter un mary pour rejoindre tes freres,
Va plûtoft confulter leurs Manes genereux;
Ils font morts, mais pour Albe, & s'en tiennent heureux.
Puifque le Ciel vouloit qu'elle fuft affervie,
Si quelque fentiment demeure après la vie,
Ce mal leur femble moindre, & moins rudes fes coups,
Voyant que tout l'honneur en retombe fur nous.
Tous trois defavoûront la douleur qui te touche,
Les larmes de tes yeux, les foûpirs de ta bouche,
L'horreur que tu fais voir d'un mary vertueux.
Sabine, fois leur fœur, fuy ton devoir comme eux.
[c] Contre ce cher époux Valere en vain s'anime,
Vn premier mouvement ne fut jamais un crime,
Et la loüange eft deuë au lieu du châtiment
Quand la vertu produit ce premier mouvement.
Aimer nos ennemis avec idolatrie,
De rage en leur trépas maudire la Patrie,
Souhaiter à l'Etat un malheur infiny,
C'eft ce qu'on nomme crime, & ce qu'il a puny.
Le feul amour de Rome a fa main animée,
Il feroit innocent s'il l'avoit moins aimée.
Qu'ay-je dit, Sire? il l'eft, & ce bras paternel
L'auroit déja puny s'il étoit criminel,
J'aurois fçeu mieux ufer de l'entiere puiffance
Que me donnent fur luy les droits de la naiffance,
J'aime trop l'honneur, Sire, & ne fuis point de rang
A fouffrir ny d'affront, ny de crime en mon fang.
C'eft dont je ne veux point de témoin que Valere,
Il a veu quel accueil luy gardoit ma colere,
Lors qu'ignorant encor la moitié du combat
Je croyois que fa fuite avoit trahy l'Etat.
Qui le fait fe charger des foins de ma famille?
Qui le fait malgré moy vouloir vanger ma fille?

Tome I. X x x

Et par quelle raiſon dans ſon juſte trépas
Prend-il un intereſt qu'un pere ne prend pas?
On craint qu'après ſa ſœur il n'en maltraite d'autres!
Sire, nous n'avons part qu'à la honte des noſtres,
Et de quelque façon qu'un autre puiſſe agir,
Qui ne nous touche point ne nous fait point rougir.
ᵃ A Valere. ᵃ Tu peux pleurer, Valere, & meſme aux yeux d'Horace,
Il ne prend intereſt qu'aux crimes de ſa race,
Qui n'eſt point de ſon ſang ne peut faire d'affront
Aux lauriers immortels qui luy ceignent le front.
Lauriers, ſacrez rameaux qu'on veut reduire en poudre,
Vous qui mettez ſa teſte à couvert de la foudre,
L'abandonnerez-vous à l'infame coûteau
Qui fait choir les méchans ſous la main d'un bourreau?
Romains, ſouffrirez-vous qu'on vous immole un homme
Sans qui Rome aujourd'huy ceſſeroit d'eſtre Rome,
Et qu'un Romain s'efforce à tacher le renom
D'un guerrier à qui tous doivent un ſi beau nom?
Dy, Valere, dy-nous, ſi tu veux qu'il periſſe,
Où tu penſes choiſir un lieu pour ſon ſupplice?
Sera-ce entre ces murs, que mille & mille voix
Font reſonner encor du bruit de ſes exploits?
Sera-ce hors des murs, au milieu de ces places
Qu'on voit fumer encor du ſang des Curiaces,
Entre leurs trois tombeaux, & dans ce champ d'honneur
Témoin de ſa vaillance, & de noſtre bonheur?
Tu ne ſçaurois cacher ſa peine à ſa victoire,
Dans les murs, hors des murs, tout parle de ſa gloire,
Tout s'oppoſe à l'effort de ton injuſte amour,
Qui veut d'un ſi bon ſang ſoüiller un ſi beau iour.
Albe ne pourra pas ſouffrir un tel ſpectacle,
Et Rome par ſes pleurs y mettra trop d'obstacle.
ᵇ Au Roy. ᵇ Vous les préviendrez, Sire, & par un juſte Arreſt
Vous ſçaurez embraſſer bien mieux ſon intereſt,
Ce qu'il a fait pour elle il peut encor le faire,
Il peut la garantir encor d'un ſort contraire.
Sire, ne donnez rien à mes debiles ans,
Rome aujourd'huy m'a veu pere de quatre enfans,
Trois en ce meſme jour ſont morts pour ſa querelle,
Il m'en reste encor un, conſervez-le pour elle,
N'oſtez pas à ſes murs un ſi puiſſant appuy,
Et ſouffrez pour finir que je m'adreſſe à luy.

[a] Horace, ne croy pas que le Peuple stupide
Soit le maistre absolu d'un renom bien solide.
Sa voix tumultueuse assez souvent fait bruit,
Mais un moment l'éleve, un moment le détruit,
Et ce qu'il contribuë à nostre Renommée
Toûjours en moins de rien se dissipe en fumée.
C'est aux Rois, c'est aux Grands, c'est aux esprits bien faits,
A voir la vertu pleine en ses moindres effets,
C'est d'eux seuls qu'on reçoit la veritable gloire,
Eux seuls des vrais Heros asseurent la memoire.
Vy toûjours en Horace, & toûjours auprès d'eux
Ton nom demeurera grand, illustre, fameux,
Bien que l'occasion moins haute, ou moins brillante,
D'un vulgaire ignorant trompe l'injuste attente.
Ne hay donc plus la vie, & du moins vy pour moy,
Et pour servir encor ton païs & ton Roy.
　Sire, j'en ay trop dit, mais l'affaire vous touche,
Et Rome toute entiere a parlé par ma bouche.
VAL. Sire, permettez-moy.... *TVL.* Valere, c'est assez,
Vos discours par les leurs ne sont pas effacez,
I'en garde en mon esprit les forces plus pressantes,
Et toutes vos raisons me sont encor presentes.
　Cette enorme action faite presque à nos yeux
Outrage la Nature, & blesse jusqu'aux Dieux.
Vn premier mouvement qui produit un tel crime
Ne sçauroit luy servir d'excuse legitime,
Les moins severes loix en ce point sont d'accord,
Et si nous les suivons, il est digne de mort.
Si d'ailleurs nous voulons regarder le coupable,
Ce crime, quoy que grand, enorme, inexcusable,
Vient de la mesme épée, & part du mesme bras
Qui me fait aujourd'huy maistre de deux Etats.
Deux sceptres en ma main, Albe à Rome asservie,
Parlent bien hautement en faveur de sa vie.
Sans luy j'obeïrois où je donne la loy,
Et je serois Sujet où je suis deux fois Roy.
Assez de bons Sujets dans toutes les Provinces
Par des vœux impuissans s'acquitent vers leurs Princes.
Tous les peuvent aimer, mais tous ne peuvent pas
Par d'illustres effets asseurer leurs Etats,
Et l'art & le pouvoir d'affermir des Couronnes
Sont des dons que le Ciel fait à peu de personnes,

[a] *A Ho-*
race.

X x x ij

De pareils ferviteurs font les forces des Rois,
Et de pareils auffi font au deffus des loix.
Qu'elles fe taifent donc, que Rome diffimule
Ce que dès fa naiffance elle vit en Romule;
Elle peut bien fouffrir en fon liberateur
Ce qu'elle a bien fouffert en fon premier auteur.

    Vy donc, Horace, vy, guerrier trop magnanime,
Ta vertu met ta gloire au deffus de ton crime,
Sa chaleur genereufe a produit ton forfait,
D'une caufe fi belle il faut fouffrir l'effet.
Vy pour fervir l'Etat, vy, mais aime Valere,
Qu'il ne refte entre vous, ny haine, ny colere,
Et foit qu'il ait fuivy l'amour, ou le devoir,
Sans aucun fentiment refous-toy de le voir.

    Sabine, écoutez moins la douleur qui vous preffe,
Chaffez de ce grand cœur ces marques de foibleffe,
C'eft en fechant vos pleurs que vous vous montrerez
La veritable fœur de ceux que vous pleurez.

    Mais nous devons aux Dieux demain un facrifice,
Et nous aurions le Ciel à nos vœux mal propice,
Si nos Preftres avant que de facrifier
Ne trouvoient les moyens de le purifier.
Son pere en prendra foin ; il luy fera facile
D'appaifer tout d'un temps les Manes de Camille.
Ie la plains, & pour rendre à fon fort rigoureux
Ce que peut fouhaiter fon esprit amoureux,
Puisqu'en un mefme jour l'ardeur d'un mefme zéle
Acheve le Destin de fon amant, & d'elle,
Ie veux qu'un mefme jour témoin de leurs deux morts
En un mefme tombeau voye enfermer leurs corps.

F I N.

CINNA,

TRAGEDIE.

ACTEVRS.

OCTAVE CESAR AVGVSTE, *Empereur de Rome.*

LIVIE, *Imperatrice.*

CINNA, *Fils d'une Fille de Pompée, Chef de la conjuration contre Auguste.*

MAXIME, *autre Chef de la conjuration.*

ÆMILIE, *Fille de C. Toranius tuteur d'Auguste, & proscrit par luy durant le Trium-virat.*

FVLVIE, *Confidente d'Æmilie.*

POLYCLETE, *Affranchy d'Auguste.*

EVANDRE, *Affranchy de Cinna.*

EVPHORBE, *Affranchy de Maxime.*

La Scene est à Rome.

CINNA,
TRAGEDIE.

ACTE I.

SCENE PREMIERE.

ÆMILIE.

IMPATIENS defirs d'une illustre vangeance
Dont la mort de mon pere a formé la naiffance,
Enfans impetueux de mon reffentiment,
Que ma douleur feduite embraffe aveuglément,
Vous prenez fur mon ame un trop puiffant empire :
Durant quelques momens fouffrez que je respire,
Et que je confidere, en l'état où je fuis,
Et ce que je hazarde, & ce que je pourfuis.
Quand je regarde Auguste au milieu de fa gloire,
Et que vous reprochez à ma triste memoire
Que par fa propre main mon pere maffacré
Du Trofne où je le voy fait le premier degré;
Quand vous me prefentez cette fanglante image,
La caufe de ma haine, & l'effet de fa rage,
Ie m'abandonne toute à vos ardens transports,
Et croy pour une mort luy devoir mille morts.

Au milieu toutefois d'une fureur si juste,
J'aime encor plus Cinna que je ne hais Auguste,
Et je sens refroidir ce boüillant mouvement,
Quand il faut pour le suivre exposer mon amant.
Ouy, Cinna, contre moy moy-mesme je m'irrite
Quand je songe aux dangers où je te précipite.
Quoy que pour me servir tu n'apprehendes rien,
Te demander du sang, c'est exposer le tien.
D'une si haute place on n'abat point de testes,
Sans attirer sur soy mille & mille tempestes,
L'issuë en est douteuse, & le peril certain :
Vn amy déloyal peut trahir ton dessein,
L'ordre mal concerté, l'occasion mal prise,
Peuvent sur son autheur renverser l'entreprise,
Tourner sur toy les coups dont tu le veux fraper,
Dans sa ruine mesme il peut t'enveloper,
Et quoy qu'en ma faveur ton amour execute,
Il te peut en tombant écraser sous sa chûte.
Ah ! cesse de courir à ce mortel danger,
Te perdre en me vangeant ce n'est pas me vanger.
Vn cœur est trop cruel quand il trouve des charmes
Aux douceurs que corrompt l'amertume des larmes,
Et l'on doit mettre au rang des plus cuisans malheurs
La mort d'un ennemy qui coûte tant de pleurs.

    Mais peut-on en verser alors qu'on vange un pere?
Est-il perte à ce prix qui ne semble legere?
Et quand son assassin tombe sous nostre effort,
Doit-on considerer ce que coûte sa mort?
Cessez, vaines frayeurs, cessez, lasches tendresses,
De jetter dans mon cœur vos indignes foiblesses;
Et toy qui les produis par tes soins superflus,
Amour, sers mon devoir, & ne le combats plus.
Luy céder c'est ta gloire, & le vaincre ta honte,
Montre-toy genereux souffrant qu'il te surmonte,
Plus tu luy donneras, plus il te va donner,
Et ne triomphera que pour te couronner.

SCENE

SCENE II·

ÆMILIE, FVLVIE.

ÆMI. IE l'ay juré, Fulvie, & je le jure encore,
Quoy que j'aime Cinna, quoy que mon cœur l'adore,
S'il me veut posseder, Auguste doit perir,
Sa teste est le seul prix dont il peut m'acquerir,
Ie luy prescris la loy que mon devoir m'impose.
FVL. Elle a pour la blasmer une trop juste cause,
Par un si grand dessein vous vous faites juger
Digne sang de celuy que vous voulez vanger :
Mais encor une fois souffrez que je vous die
Qu'une si juste ardeur devroit estre attiedie.
Auguste chaque jour à force de bien-faits
Semble assez reparer les maux qu'il vous a faits;
Sa faveur envers vous paroit si declarée,
Que vous étes chez luy la plus consideritée,
Et de ses Courtisans souvent les plus heureux
Vous pressent à genoux de luy parler pour eux.
ÆMI. Toute cette faveur ne me rend pas mon pere,
Et de quelque façon que l'on me considere,
Abondante en richesse, ou puissante en credit,
Ie demeure toûjours la fille d'un Proscrit.
Les bien-faits ne font pas toûjours ce que tu penses,
D'une main odieuse ils tiennent lieu d'offenses,
Plus nous en prodiguons à qui nous peut haïr,
Plus d'armes nous donnons à qui nous veut trahir.
Il m'en fait chaque jour sans changer mon courage,
Ie suis ce que j'étois, & je puis davantage,
Et des mesmes presens qu'il verse dans mes mains
I'achéte contre luy les esprits des Romains.
Ie recevrois de luy la place de Livie
Comme un moyen plus seur d'attenter à sa vie,
Pour qui vange son pere il n'est point de forfaits,
Et c'est vendre son sang que se rendre aux bien-faits.
FVL. Quel besoin toutefois de passer pour ingrate?
Ne pouvez-vous haïr sans que la haine éclate?
Assez d'autres sans vous n'ont pas mis en oubly
Par quelles cruautez son Trosne est estably;

Tome I.   Y y y

Tant de braves Romains, tant d'illustres victimes
Qu'à son ambition ont immolé ses crimes,
Laiffent à leurs enfans d'affez vives douleurs,
Pour vanger voftre perte en vangeant leurs malheurs.
Beaucoup l'ont entrepris, mille autres vont les fuivre,
Qui vit haï de tous, ne fçauroit long-temps vivre,
Remettez à leurs bras les communs interefts,
Et n'aidez leurs deffeins que par des vœux fecrets.
ÆMI. Quoy, je le haïray fans tafcher de luy nuire?
l'attendray du hazard qu'il ofe le détruire,
Et je fatisferay des devoirs fi preffans
Par une haine obscure, & des vœux impuiffans?
Sa perte que je veux me deviendroit amere
Si quelqu'un l'immoloit à d'autres qu'à mon pere;
Et tu verrois mes pleurs couler pour fon trépas,
Qui le faifant perir ne me vangeroit pas.
     C'eft une lafcheté que de remettre à d'autres
Les interefts publics qui s'attachent aux noftres.
Ioignons à la douceur de vanger nos parens
La gloire qu'on remporte à punir les Tyrans,
Et faifons publier par toute l'Italie,
La liberté de Rome eft l'œuvre d'Æmilie,
On a touché fon'ame, & fon cœur s'eft épris,
Mais elle n'a donné fon amour qu'à ce prix.
FVL. Voftre amour à ce prix n'eft qu'un prefent funeste
Qui porte à voftre amant fa perte manifeste.
Penfez mieux, Æmilie, à quoy vous l'expofez,
Combien à cet écueil fe font déja brifez,
Ne vous aveuglez point quand fa mort eft vifible.
ÆMI. Ah! tu fçais me fraper par où je fuis fenfible.
Quand je fonge aux dangers que je luy fais courir,
La crainte de fa mort me fait déja mourir,
Mon esprit en defordre à foy-mefme s'oppofe,
Ie veux, & ne veux pas, je m'emporte, & je n'ofe,
Et mon devoir confus, languiffant, étonné,
Céde aux rebellions de mon cœur mutiné.
     Tout-beau, ma paffion, deviens un peu moins forte,
Tu vois bien des hazards, ils font grands, mais n'importe,
Cinna n'eft pas perdu pour eftre hazardé.
De quelques Legions qu'Auguste foit gardé,
Quelque foin qu'il fe donne, & quelque ordre qu'il tienne,
Qui méprife fa vie eft maiftre de la fienne;

Plus le peril eſt grand, plus doux en eſt le fruit,
La vertu nous y jette, & la gloire le ſuit.
Quoy qu'il en ſoit, qu'Auguſte, ou que Cinna periſſe,
Aux Manes paternels je doy ce ſacrifice,
Cinna me l'a promis en recevant ma foy,
Et ce coup ſeul auſſi le rend digne de moy.
Il eſt tard aprés tout de m'en vouloir dédire,
Aujourd'huy l'on s'aſſemble, aujourd'huy l'on conspire,
L'heure, le lieu, le bras ſe choiſit aujourd'huy,
Et c'eſt à faire enfin à mourir aprés luy.

SCENE III.

CINNA, ÆMILIE, FVLVIE.

ÆMI. **M**Ais le voicy qui vient. Cinna, voſtre Aſſemblée
　　　　Par l'effroy du peril n'eſt-elle point troublée,
Et reconnoiſſez-vous au front de vos amis
Qu'ils ſoient preſts à tenir ce qu'ils vous ont promis?
CIN. Iamais contre un Tyran entrepriſe conceuë
Ne permit d'esperer une ſi belle iſſuë,
Iamais de telle ardeur on n'en jura la mort,
Et jamais conjurez ne furent mieux d'accord.
Tous s'y montrent portez avec tant d'allegreſſe,
Qu'ils ſemblent comme moy ſervir une Maîtreſſe;
Et tous font éclater un ſi puiſſant couroux,
Qu'ils ſemblent tous vanger un pere comme vous.
ÆMI. Ie l'avois bien préveu, que pour un tel ouvrage
Cinna ſçauroit choiſir des hommes de courage,
Et ne remettroit pas en de mauvaiſes mains
L'intereſt d'Æmilie, & celuy des Romains.
CIN. Pleuſt aux Dieux que vous-meſme euſſiez veu de quel zéle
Cette troupe entreprend une action ſi belle!
Au ſeul nom de Ceſar, d'Auguſte, & d'Empereur,
Vous euſſiez veu leurs yeux s'enflamer de fureur,
Et dans un meſme inſtant par un effet contraire
Leur front paſlir d'horreur, & rougir de colere.
Amis, leur ay-je dit, voicy le jour heureux
Qui doit conclurre enfin nos deſſeins genereux,
Le Ciel entre nos mains a mis le ſort de Rome,
Et ſon ſalut dépend de la perte d'un homme,

Si l'on doit le nom d'homme à qui n'a rien d'humain,
A ce Tigre alteré de tout le sang Romain.
Combien pour le répandre a-t'il formé de brigues?
Combien de fois changé de partis, & de ligues,
Tantost amy d'Antoine, & tantost ennemy,
Et jamais insolent ny cruel à demy?
Là par un long recit de toutes les miseres
Que durant nostre enfance ont enduré nos peres,
Renouvelant leur haine avec leur souvenir,
Ie redouble en leurs cœurs l'ardeur de le punir.
Ie leur fais des tableaux de ces tristes batailles
Où Rome par ses mains déchiroit ses entrailles,
Où l'Aigle abatoit l'Aigle, & de chaque costé
Nos Legions s'armoient contre leur liberté;
Où les meilleurs soldats, & les Chefs les plus braves
Mettoient toute leur gloire à devenir esclaves;
Où pour mieux asseurer la honte de leurs fers,
Tous vouloient à leur chaîne attacher l'Vnivers,
Et l'execrable honneur de luy donner un maistre
Faisant aimer à tous l'infame nom de traistre,
Romains contre Romains, parens contre parens,
Combatoient seulement pour le choix des Tyrans.
   I'ajouste à ces tableaux la peinture effroyable
De leur concorde impie, affreuse, inéxorable,
Funeste aux gens de bien, aux riches, au Senat,
Et pour tout dire enfin, de leur Trium-virat.
Mais je ne trouve point de couleurs assez noires
Pour en représenter les Tragiques histoires.
Ie les peins dans le meurtre à l'envy triomfans,
Rome entiere noyée au sang de ses enfans,
Les uns assassinez dans les Places publiques,
Les autres dans le sein de leurs Dieux domestiques,
Le méchant par le prix au crime encouragé,
Le mary par sa femme en son lit égorgé,
Le fils tout degouttant du meurtre de son pere,
Et sa teste à la main demandant son salaire,
Sans pouvoir exprimer par tant d'horribles traits,
Qu'un crayon imparfait de leur sanglante paix.
   Vous diray-je les noms de ces grands personnages
Dont j'ay dépeint les morts pour aigrir les courages,
De ces fameux Proscrits, ces demy-Dieux mortels,
Qu'on a sacrifiez jusques sur les Autels?

Mais pourrois-je vous dire à quelle impatience,
A quels fremiſſemens, à quelle violence,
Ces indignes trépas, quoy que mal figurez,
Ont porté les esprits de tous nos conjurez?
Ie n'ay point perdu temps, & voyant leur colere
Au point de ne rien craindre, en état de tout faire,
I'ajouſte en peu de mots : *Toutes ces cruautez,*
La perte de nos biens & de nos libertez,
Le ravage des champs, le pillage des villes,
Et les proscriptions, & les guerres civiles,
Sont les degrez ſanglans dont Auguste a fait choix
Pour monter dans le troſne, & nous donner des loix :
Mais nous pouvons changer un Destin ſi funeste,
Puisque de trois Tyrans c'eſt le ſeul qui nous reste,
Et que juste une fois il s'eſt privé d'appuy
Perdant, pour regner ſeul, deux méchans comme luy.
Luy mort, nous n'avons point de vangeur, ny de maiſtre,
Avec la liberté Rome s'en va renaiſtre,
Et nous meriterons le nom de vrais Romains
Si le joug qui l'accable eſt brisé par nos mains.
Prenons l'occaſion tandis qu'elle eſt propice,
Demain au Capitole il fait un ſacrifice,
Qu'il en ſoit la victime, & faiſons en ces lieux
Iustice à tout le Monde à la face des Dieux.
Là presque pour ſa ſuite il n'a que noſtre troupe,
C'eſt de ma main qu'il prend, & l'encens, & la coupe,
Et je veux pour ſignal, que cette meſme main
Luy donne au lieu d'encens d'un poignard dans le ſein.
Ainſi d'un coup mortel la victime frapée
Fera voir ſi je ſuis du ſang du grand Pompée,
Faites voir après moy ſi vous vous ſouvenez,
Des illustres Ayeux de qui vous étes nez.
A peine ay-je achevé, que chacun renouvelle
Par un noble ſerment le vœu d'eſtre fidelle,
L'occaſion leur plaiſt, mais chacun veut pour ſoy
L'honneur du premier coup que j'ay choiſy pour moy.
La raiſon regle enfin l'ardeur qui les emporte,
Maxime & la moitié s'aſſeurent de la porte,
L'autre moitié me ſuit, & doit l'environner,
Preſte au moindre ſignal que je voudray donner.
    Voilà, belle Æmilie, à quel point nous en ſommes,
Demain, j'attens la haine ou la faveur des hommes,

    Le nom de parricide, ou de liberateur,
    Cesar celuy de Prince, ou d'un usurpateur.
    Du succés qu'on obtient contre la Tyrannie
    Dépend, ou nostre gloire, ou nostre ignominie,
    Et le Peuple inégal à l'endroit des Tyrans,
    S'il les deteste morts, les adore vivans.
    Pour moy, soit que le Ciel me soit dur, ou propice,
    Qu'il m'éleve à la gloire, ou me livre au supplice,
    Que Rome se declare, ou pour, ou contre nous,
    Mourant pour vous servir, tout me semblera doux.
ÆMI. Ne crains point de succés qui soüille ta memoire,
    Le bon & le mauvais sont égaux pour ta gloire,
    Et dans un tel dessein le manque de bonheur
    Met en peril ta vie, & non-pas ton honneur.
    Regarde le malheur de Brute & de Cassie.
    La splendeur de leurs noms en est-elle obscurcie?
    Sont-ils morts tous entiers avec leurs grands desseins?
    Ne les conte-t'on plus pour les derniers Romains?
    Leur memoire dans Rome est encor précieuse,
    Autant que de Cesar la vie est odieuse:
    Si leur vainqueur y regne, ils y sont regrettez,
    Et par les vœux de tous leurs pareils souhaitez.
    Va marcher sur leurs pas où l'honneur te convie,
    Mais ne perds pas le soin de conserver ta vie,
    Souvien-toy du beau feu dont nous sommes épris,
    Qu'aussi-bien que la gloire Æmilie est ton prix,
    Que tu me dois ton cœur, que mes faveurs t'attendent,
    Que tes jours me sont chers, que les miens en dépendent.
    Mais quelle occasion méne Evandre vers nous?

SCENE IV.

CINNA, ÆMILIE, EVANDRE,
FVLVIE.

EVA. SEigneur, Cesar vous mande, & Maxime avec vous.
    CIN. Et Maxime avec moy! le sçais-tu bien, Evandre?
EVA. Polyclete est encor chez vous à vous attendre,
    Et fust venu luy-mesme avec moy vous chercher,
    Si ma dexterité n'eust sceu l'en empescher.

Ie vous en donne avis de peur d'une furprife,
Il preffe fort. *ÆMI.* Mander les Chefs de l'entreprife !
Tous deux ! en mefme temps ! vous étes découverts.
CIN. Esperons mieux, de grace. *ÆMI.* Ah ! Cinna, je te perds,
Et les Dieux obftinez à nous donner un maiftre
Parmy tes vrais amis ont meflé quelque traiftre.
Il n'en faut point douter, Auguste a tout apris;
Quoy, tous deux ! & fi-toft que le confeil eft pris !
CIN. Ie ne vous puis celer que fon ordre m'étonne,
Mais fouvent il m'appelle auprès de fa perfonne,
Maxime eft comme moy de fes plus confidens,
Et nous nous alarmons peut-eftre en imprudens.
ÆMI. Sois moins ingenieux à te tromper toy-mefme,
Cinna, ne porte point mes maux jufqu'à l'extrefme,
Et puifque deformais tu ne peux me vanger,
Defrobe au moins ta tefte à ce mortel danger,
Fuy d'Auguste irrité l'implacable colere;
Ie verfe affez de pleurs pour la mort de mon pere,
N'aigry point ma douleur par un nouveau tourment,
Et ne me reduy point à pleurer mon amant.
CIN. Quoy ! fur l'illufion d'une terreur Panique
Trahir vos interefts & la caufe publique !
Par cette lafcheté moy-mefme m'accufer,
Et tout abandonner quand il faut tout ofer !
Que feront nos amis, fi vous étes deceuë ?
ÆMI. Mais que deviendras-tu, fi l'entreprife eft fçeuë ?
CIN. S'il eft pour me trahir des efprits affez bas,
Ma vertu pour le moins ne me trahira pas.
Vous la verrez brillante au bord des précipices
Se couronner de gloire en bravant les fupplices,
Rendre Auguste jaloux du fang qu'il répandra,
Et le faire trembler alors qu'il me perdra.
Ie deviendrois fuspect à tarder davantage,
Adieu, raffermiffez ce genereux courage.
S'il faut fubir le coup d'un Destin rigoureux,
Ie mourray tout enfemble heureux & malheureux,
Heureux pour vous fervir de perdre ainfi la vie,
Malheureux de mourir fans vous avoir fervie.
ÆMI. Ouy, va, n'écoute plus ma voix qui te retient,
Mon trouble fe diffipe & ma raifon revient,
Pardonne à mon amour cette indigne foibleffe,
Tu voudrois fuir en vain, Cinna, je le confeffe,

Si tout eft découvert, Auguste a fçeu pourvoir
A ne te laiffer pas ta fuite en ton pouvoir.
Porte, porte chez-luy cette mafle affeurance
Digne de noftre amour, digne de ta naiffance,
Meurs, s'il y faut mourir, en Citoyen Romain,
Et par un beau trépàs couronne un beau deffein.
Ne crains pas qu'après-toy rien icy me retienne,
Ta mort emportera mon ame vers la tienne,
Et mon cœur auffi-toft percé des mefmes coups....
CIN. Ah! fouffrez que tout mort je vive encor en vous,
Et du moins en mourant permettez que j'espere
Que vous fçaurez vanger l'amant avec le pere.
Rien n'eft pour vous à craindre, aucun de nos amis
Ne fçait ny vos deffeins, ny ce qui m'eft promis,
Et leur parlant tantoft des miferes Romaines
Ie leur ay teu la mort qui fait naiftre nos haines,
De peur que mon ardeur touchant vos interefts
D'un fi parfait amour ne trahift les fecrets.
Il n'eft fçeu que d'Evandre, & de voftre Fulvie.
ÆMI. Avec moins de frayeur je vay donc chez Livie,
Puisque dans ton peril il me reste un moyen
De faire agir pour toy fon credit & le mien.
Mais fi mon amitié par là ne te delivre,
N'espere pas qu'enfin je veüille te furvivre,
Ie fais de ton Destin des regles à mon fort,
Et j'obtiendray ta vie, ou je fuivray ta mort.
CIN. Soyez en ma faveur moins cruelle à vous-mefme.
ÆMI. Va-t'en, & fouvien-toy feulement que je t'aime.

ACTE

ACTE II.

SCENE PREMIERE.

AVGVSTE, CINNA, MAXIME,
Troupe de Courtisans.

AVG. QVe chacun se retire, & qu'aucun n'entre icy,
Vous Cinna, demeurez, & vous Maxime aussi. [a]
    Cet empire absolu sur la Terre & sur l'Onde,
Ce pouvoir souverain que j'ay sur tout le Monde,
Cette grandeur sans borne, & cet illustre rang
Qui m'a jadis coûté tant de peine & de sang,
Enfin tout ce qu'adore en ma haute fortune
D'un Courtisan flateur la presence importune,
N'est que de ces beautez dont l'éclat éblouit,
Et qu'on cesse d'aimer si-tost qu'on en jouit.
L'ambition déplaist quand elle est assouvie,
D'une contraire ardeur son ardeur est suivie,
Et comme nostre esprit jusqu'au dernier soûpir
Toûjours vers quelque objet pousse quelque desir,
Il se raméne en soy n'ayant plus où se prendre,
Et monté sur le faiste il aspire à descendre.
I'ay souhaité l'Empire, & j'y suis parvenu,
Mais en le souhaitant je ne l'ay pas connu.
Dans sa possession j'ay trouvé pour tous charmes,
D'effroyables soucis, d'éternelles alarmes,
Mille ennemis secrets, la mort à tous propos,
Point de plaisir sans trouble, & jamais de repos.
Sylla m'a precedé dans ce pouvoir supresme,
Le grand Cesar mon pere en a joüy de mesme,
D'un œil si different tous deux l'ont regardé,
Que l'un s'en est démis, & l'autre l'a gardé :
Mais l'un cruel, barbare, est mort aimé, tranquille,
Comme un bon Citoyen dans le sein de sa ville,
L'autre tout debonnaire, au milieu du Senat,
A veu trancher ses jours par un assassinat.

[a] *Tous se retirent, à la reserve de Cinna & de Maxime.*

Tome I.   Z z z

Ces exemples récens suffiroient pour m'instruire,
Si par l'exemple seul on se devoit conduire,
L'un m'invite à le suivre, & l'autre me fait peur :
Mais l'exemple souvent n'est qu'un miroir trompeur,
Et l'ordre du Destin qui gesne nos pensées
N'est pas toûjours écrit dans les choses passées.
Quelquefois l'un se brise où l'autre s'est sauvé,
Et par où l'un perit un autre est conservé.
    Voila, mes chers amis, ce qui me met en peine.
Vous qui me tenez lieu d'Agrippe & de Mecéne,
Pour resoudre ce point avec eux debatu
Prenez sur mon esprit le pouvoir qu'ils ont eu.
Ne considerez point cette grandeur supresme,
Odieuse aux Romains, & pesante à moy-mesme,
Traitez-moy comme amy, non comme Souverain ;
Rome, Auguste, l'Etat, tout est en vostre main.
Vous mettrez & l'Europe, & l'Asie, & l'Afrique,
Sous les loix d'un Monarque, ou d'une Republique,
Vostre avis est ma regle, & par ce seul moyen
Ie veux estre Empereur, ou simple Citoyen.
CIN. Malgré nostre surprise & mon insuffisance,
Ie vous obeïray, Seigneur, sans complaisance,
Et mets bas le respect qui pourroit m'empescher
De combatre un avis où vous semblez pancher.
Souffrez-le d'un esprit jaloux de vostre gloire
Que vous allez soüiller d'une tache trop noire,
Si vous ouvrez vostre ame à ces impressions,
Iusques à condamner toutes vos actions.
    On ne renonce point aux grandeurs legitimes,
On garde sans remords ce qu'on acquiert sans crimes,
Et plus le bien qu'on quitte est noble, grand, exquis,
Plus qui l'ose quitter le juge mal acquis.
N'imprimez pas, Seigneur, cette honteuse marque
A ces rares vertus qui vous ont fait Monarque,
Vous l'étes justement, & c'est sans attentat
Que vous avez changé la forme de l'Etat.
Rome est dessous vos loix par le droit de la guerre
Qui sous les loix de Rome a mis toute la Terre,
Vos armes l'ont conquise, & tous les conquerans
Pour estre usurpateurs ne sont pas des Tyrans.
Quand ils ont sous leurs loix asservy des Provinces,
Gouvernant justement ils s'en font justes Princes :

C'eſt ce que fit Ceſar , il vous faut aujourd'huy
Condamner ſa memoire , ou faire comme luy.
Si le pouvoir ſupreſme eſt blaſmé par Auguſte,
Ceſar fut un Tyran , & ſon trépas fut juste,
Et vous devez aux Dieux conte de tout le ſang
Dont vous l'avez vangé pour monter à ſon rang.
N'en craignez point, Seigneur , les tristes Destinées,
Vn plus puiſſant Démon veille ſur vos années,
On a dix fois ſur vous attenté ſans effet,
Et qui l'a voulu perdre, au meſme instant l'a fait.
On entreprend aſſez , mais aucun n'execute,
Il eſt des aſſaſſins, mais il n'eſt plus de Brute ;
Enfin s'il faut attendre un ſemblable revers,
Il eſt beau de mourir maiſtre de l'Vnivers.
C'eſt ce qu'en peu de mots j'oſe dire , & j'estime
Que ce peu que j'ay dit eſt l'avis de Maxime.
MAX. Ouy , j'accorde qu'Auguste a droit de conſerver
L'Empire où ſa vertu l'a fait ſeule arriver,
Et qu'au prix de ſon ſang, au peril de ſa teſte,
Il a fait de l'Etat vne juste conqueste :
Mais que ſans ſe noircir il ne puiſſe quitter
Le fardeau que ſa main eſt laſſe de porter,
Qu'il accuſe par là Ceſar de tyrannie,
Qu'il approuve ſa mort , c'eſt ce que je dénie.
   Rome eſt à vous, Seigneur, l'Empire eſt voſtre bien,
Chacun en liberté peut dispoſer du ſien,
Il le peut à ſon choix garder, ou s'en défaire,
Vous ſeul ne pourriez pas ce que peut le vulgaire,
Et ſeriez devenu , pour avoir tout dompté,
Eſclave des grandeurs où vous étes monté !
Poſſedez-les, Seigneur , ſans qu'elles vous poſſedent,
Loin de vous captiver , ſouffrez qu'elles vous cédent,
Et faites hautement connoiſtre enfin à tous
Que tout ce qu'elles ont eſt au deſſous de vous.
Voſtre Rome autrefois vous donna la naiſſance,
Vous luy voulez donner voſtre toute-puiſſance,
Et Cinna vous impute à crime capital,
La liberalité vers le païs natal !
Il appelle remords l'amour de la Patrie!
Par la haute vertu la gloire eſt donc fleſtrie,
Et ce n'eſt qu'un objet digne de nos mépris,
Si de ſes pleins effets l'infamie eſt le prix.

Ie veux bien avoüer qu'une action si belle
Donne à Rome bien plus que vous ne tenez d'elle;
Mais commet-on un crime indigne de pardon,
Quand la reconnoissance est au dessus du don?
Suivez, suivez, Seigneur, le Ciel qui vous inspire,
Vostre gloire redouble à méprifer l'Empire,
Et vous serez fameux chez la Posterité
Moins pour l'avoir conquis, que pour l'avoir quitté.
Le bonheur peut conduire à la grandeur supresme,
Mais pour y renoncer il faut la vertu mesme,
Et peu de genereux vont jusqu'à dédaigner,
Après un sceptre acquis, la douceur de regner.
　　Considerez d'ailleurs que vous regnez dans Rome,
Où de quelque façon que vostre Cour vous nomme,
On hait la Monarchie, & le nom d'Empereur
Cachant celuy de Roy ne fait pas moins d'horreur.
Ils passent pour Tyran quiconque s'y fait maistre,
Qui le sert, pour esclave, & qui l'aime, pour traistre,
Qui le souffre a le cœur lasche, mol, abatu,
Et pour s'en affranchir tout s'appelle vertu.
Vous en avez, Seigneur, des preuves trop certaines,
On a fait contre vous dix entreprises vaines,
Peut-estre que l'vnziéme est preste d'éclater,
Et que ce mouvement qui vous vient agiter
N'est qu'un avis secret que le Ciel vous envoye,
Qui pour vous conserver n'a plus que cette voye.
Ne vous exposez plus à ces fameux revers,
Il est beau de mourir maistre de l'Vnivers,
Mais la plus belle mort soüille nostre memoire
Quand nous avons pû vivre & croistre nostre gloire.
CIN. Si l'amour du païs doit icy prévaloir,
C'est son bien seulement que vous devez vouloir,
Et cette liberté qui luy semble si chere,
N'est pour Rome, Seigneur, qu'un bien imaginaire,
Plus nuisible qu'utile, & qui n'approche pas
De celuy qu'un bon Prince apporte à ses Etats.
　　Avec ordre & raison les honneurs il dispense,
Avec discernement punit & recompense,
Et dispose de tout en juste possesseur,
Sans rien précipiter de peur d'un successeur.
Mais quand le Peuple est maistre, on n'agit qu'en tumulte,
La voix de la raison jamais ne se consulte,

Les honneurs font vendus aux plus ambitieux,
L'authorité livrée aux plus feditieux.
Ces petits Souverains qu'il fait pour une année,
Voyant d'un temps fi court leur puiffance bornée,
Des plus heureux deffeins font avorter le fruit,
De peur de le laiffer à celuy qui les fuit.
Comme ils ont peu de part au bien dont ils ordonnent,
Dans le champ du Public largement ils moiffonnent,
Affeurez que chacun leur pardonne aifément,
Esperant à fon tour un pareil traitement.
Le pire des Etats c'eft l'Etat populaire.
AVG. Et toutefois le feul qui dans Rome peut plaire.
Cette haine des Rois que depuis cinq cens ans
Avec le premier lait fuccent tous fes enfans,
Pour l'arracher des cœurs, eft trop enracinée.
MAX. Ouy, Seigneur, dans fon mal Rome eft trop obstinée,
Son Peuple qui s'y plaift en fuit la guerifon,
Sa coûtume l'emporte, & non-pas la raifon,
Et cette vieille erreur que Cinna veut abatre
Eft une heureufe erreur dont il eft idolaftre,
Par qui le Monde entier affervy fous fes loix
L'a veu cent fois marcher fur la tefte des Rois,
Son Epargne s'enfler du fac de leurs Provinces;
Que luy pouvoient de plus donner les meilleurs Princes ?
    J'ofe dire, Seigneur, que par tous les climats
Ne font pas bien receus toutes fortes d'Etats,
Chaque Peuple a le fien conforme à fa nature,
Qu'on ne fçauroit changer fans luy faire une injure:
Telle eft la loy du Ciel, dont la fage équité
Seme dans l'Vnivers cette diverfité.
Les Macedoniens aiment le Monarchique,
Et le reste des Grecs la liberté publique,
Les Parthes, les Perfans veulent des Souverains,
Et le feul Confulat eft bon pour les Romains.
CIN. Il eft vray que du Ciel la prudence infinie
Depart à chaque Peuple un different Genie;
Mais il n'eft pas moins vray que cet ordre des Cieux
Change felon les temps, comme felon les lieux.
Rome a receu des Rois fes murs & fa naiffance,
Elle tient des Confuls fa gloire & fa puiffance,
Et reçoit maintenant de vos rares bontez
Le comble fouverain de fes prosperitez.

Sous vous l'Etat n'eſt plus en pillage aux Armées,
Les portes de Ianus par vos mains ſont fermées,
Ce que ſous ſes Conſuls on n'a veu qu'une fois,
Et qu'a fait voir comme eux le ſecond de ſes Rois.
MAX. Les changemens d'Etat que fait l'ordre celeste
Ne coûtent point de ſang, n'ont rien qui ſoit funeste.
CIN. C'eſt un ordre des Dieux qui jamais ne ſe rompt,
De nous vendre bien cher les grands biens qu'ils nous font.
L'exil des Tarquins meſme enſanglanta nos terres,
Et nos premiers Conſuls nous ont coûté des guerres.
MAX. Donc voſtre ayeul Pompée au Ciel a reſiſté,
Quand il a combatu pour noſtre liberté?
CIN. Si le Ciel n'euſt voulu que Rome l'euſt perduë,
Par les mains de Pompée il l'auroit défenduë,
Il a choiſy ſa mort pour ſervir dignement
D'une marque eternelle à ce grand changement,
Et devoit cette gloire aux Manes d'un tel homme,
D'emporter avec eux la liberté de Rome.
    Ce nom depuis long-temps ne ſert qu'à l'éblouïr,
Et ſa propre grandeur l'empeſche d'en jouïr.
Depuis qu'elle ſe voit la maîtreſſe du Monde,
Depuis que la richeſſe entre ſes murs abonde,
Et que ſon ſein fecond en glorieux exploits
Produit des Citoyens plus puiſſans que des Rois,
Les Grands pour s'affermir achetant les ſuffrages
Tiennent pompeuſement leurs maiſtres à leurs gages,
Qui par des fers dorez ſe laiſſant enchaiſner
Reçoivent d'eux les loix qu'ils penſent leur donner.
Envieux l'un de l'autre ils ménent tout par brigues,
Que leur ambition tourne en ſanglantes ligues.
Ainſi de Marius Sylla devint jaloux,
Ceſar de mon ayeul, Marc Antoine de vous;
Ainſi la liberté ne peut plus eſtre utile
Qu'à former les fureurs d'une guerre Civile,
Lors que par un deſordre à l'Vnivers fatal
L'un ne veut point de maiſtre, & l'autre point d'égal.
    Seigneur, pour ſauver Rome, il faut qu'elle s'uniſſe
En la main d'un bon Chef à qui tout obeïſſe.
Si vous aimez encore à la favoriſer,
Oſtez-luy les moyens de ſe plus diviſer.
Sylla quittant la place enfin bien uſurpée,
N'a fait qu'ouvrir le champ à Ceſar & Pompée,

Que le malheur des temps ne nous euſt pas fait voir,
S'il euſt dans ſa famille aſſeuré ſon pouvoir.
Qu'a fait du grand Ceſar le cruel parricide,
Qu'élever contre vous Antoine avec Lepide,
Qui n'euſſent pas détruit Rome par les Romains,
Si Ceſar euſt laiſſé l'Empire entre vos mains?
Vous la replongerez en quittant cet Empire,
Dans les maux dont à peine encor elle respire,
Et de ce peu, Seigneur, qui luy reste de ſang
Vne guerre nouvelle épuiſera ſon flanc.
    Que l'amour du païs, que la pitié vous touche,
Voſtre Rome à genoux vous parle par ma bouche.
Conſiderez le prix que vous avez coûté,
Non pas qu'elle vous croye avoir trop acheté,
Des maux qu'elle a ſoufferts elle eſt trop bien payée,
Mais une juste peur tient ſon ame effrayée.
Si jaloux de ſon heur & las de commander
Vous luy rendez un bien qu'elle ne peut garder,
S'il luy faut à ce prix en acheter un autre,
Si vous ne préferez ſon intereſt au voſtre,
Si ce funeſte don la met au deſespoir,
Ie n'oſe dire icy ce que j'oſe prévoir.
Conſervez-vous, Seigneur, en luy laiſſant un maiſtre,
Sous qui ſon vray bonheur commence de renaiſtre,
Et pour mieux aſſeurer le bien commun de tous,
Donnez un ſucceſſeur qui ſoit digne de vous.
AVG. N'en deliberons plus, cette pitié l'emporte,
Mon repos m'eſt bien cher, mais Rome eſt la plus forte,
Et quelque grand malheur qui m'en puiſſe arriver,
Ie conſens à me perdre afin de la ſauver.
Pour ma tranquillité mon cœur en vain ſoûpire,
Cinna, par vos conſeils je retiendray l'Empire,
Mais je le retiendray pour vous en faire part,
Ie voy trop que vos cœurs n'ont point pour moy de fard,
Et que chacun de vous dans l'avis qu'il me donne
Regarde ſeulement l'Etat & ma perſonne,
Voſtre amour en tous deux fait ce combat d'esprits,
Et vous allez tous deux en recevoir le prix.
    Maxime, je vous fais Gouverneur de Sicile.
Allez donner mes loix à ce terroir fertile,
Songez que c'eſt pour moy que vous gouvernerez,
Et que je répondray de ce que vous ferez.

Pour époufe, Cinna, je vous donne Æmilie,
Vous fçavez qu'elle tient la place de Iulie,
Et que fi nos malheurs & la neceffité
M'ont fait traiter fon pere avec feverité,
Mon Epargne depuis en fa faveur ouverte
Doit avoir adoucy l'aigreur de cette perte.
Voyez-la de ma part, tafchez de la gaigner,
Vous n'étes point pour elle un homme à dédaigner,
De l'offre de vos vœux elle fera ravie.
Adieu, j'en veux porter la Nouvelle à Livie.

SCENE II.

CINNA, MAXIME.

MAX. **Q**Vel eft voftre deffein après ces beaux discours?
　　CIN. Le mefme que j'avois, & que j'auray toûjours.
MAX. Vn Chef de conjurez flate la Tyrannie!
CIN. Vn Chef de conjurez la veut voir impunie!
MAX. Ie veux voir Rome libre. *CIN.* Et vous pouvez juger
　　Que je veux l'affranchir enfemble, & la vanger.
　　　Octave aura donc veu fes fureurs affouvies,
　　Pillé jusqu'aux Autels, facrifié nos vies,
　　Remply les champs d'horreur, comblé Rome de morts,
　　Et fera quitte après pour l'effet d'un remords!
　　Quand le Ciel par nos mains à le punir s'aprefte,
　　Vn lafche repentir garantira fa tefte!
　　C'eft trop femer d'appas, & c'eft trop inviter
　　Par fon impunité quelqu'autre à l'imiter.
　　Vangeons nos Citoyens, & que fa peine étonne
　　Quiconque après fa mort aspire à la Couronne,
　　Que le Peuple aux Tyrans ne foit plus expofé;
　　S'il euft puny Sylla, Cefar euft moins ofé.
MAX. Mais la mort de Cefar que vous trouvez fi juste
　　A fervy de prétexte aux cruautez d'Auguste,
　　Voulant nous affranchir, Brute s'eft abufé,
　　S'il n'euft puny Cefar, Auguste euft moins ofé.
CIN. La faute de Caffie, & fes terreurs Paniques
　　Ont fait rentrer l'Etat fous des loix tyranniques,
　　Mais nous ne verrons point de pareils accidens
　　Lors que Rome fuivra des Chefs moins imprudens.
　　　　　　　　　　　　　　　　　MAX. Nous

MAX. Nous sommes encor loin de mettre en évidence
  Si nous nous conduirons avec plus de prudence ;
  Cependant c'en est peu que de n'accepter pas
  Le bonheur qu'on recherche au peril du trépas.
CIN. C'en est encor bien moins, alors qu'on s'imagine
  Guerir un mal si grand sans couper la racine.
  Employer la douceur à cette guerison,
  C'est en fermant la playe y verser du poison.
MAX. Vous la voulez sanglante, & la rendez douteuse.
CIN. Vous la voulez sans peine, & la rendez honteuse.
MAX. Pour sortir de ses fers jamais on ne rougit.
CIN. On en sort laschement si la vertu n'agit.
MAX. Iamais la liberté ne cesse d'estre aimable,
  Et c'est toûjours pour Rome un bien inestimable.
CIN. Ce ne peut estre un bien qu'elle daigne estimer
  Quand il vient d'une main lasse de l'opprimer.
  Elle a le cœur trop bon pour se voir avec joye
  Le rebut du Tyran dont elle fut la proye,
  Et tout ce que la gloire a de vrais partisans
  Le hait trop puissamment pour aimer ses presens.
MAX. Donc pour vous Æmilie est un objet de haine ?
CIN. La recevoir de luy me seroit une gesne,
  Mais quand j'auray vangé Rome des maux soufferts,
  Ie sçauray le braver jusque dans les Enfers.
  Ouy, quand par son trépas je l'auray meritée,
  Ie veux joindre à sa main ma main ensanglantée,
  L'épouser sur sa cendre, & qu'après nostre effort
  Les presens du Tyran soient le prix de sa mort.
MAX. Mais l'apparence, amy, que vous puissiez luy plaire
  Teint du sang de celuy qu'elle aime comme un pere ?
  Car vous n'étes pas homme à la violenter.
CIN. Amy, dans ce Palais on peut nous écouter,
  Et nous parlons peut-estre avec trop d'imprudence
  Dans un lieu si mal-propre à nostre confidence.
  Sortons, qu'en seureté j'examine avec vous
  Pour en venir à bout les moyens les plus doux.

ACTE III.

SCENE PREMIERE.

MAXIME, EVPHORBE.

MAX. Vy-mesme il m'a tout dit, leur flame est mutuelle,
Il adore Æmilie, il est adoré d'elle,
Mais sans vanger son pere il n'y peut aspirer,
Et c'est pour l'acquerir qu'il nous fait conspirer.
EVP. Ie ne m'étonne plus de cette violence
Dont il contraint Auguste à garder sa puissance :
La ligue se romproit s'il s'en étoit démis,
Et tous vos conjurez deviendroient ses amis.
MAX. Ils servent à l'envy la passion d'un homme,
Qui n'agit que pour soy feignant d'agir pour Rome ;
Et moy par un malheur qui n'eut jamais d'égal,
Ie pense servir Rome, & je sers mon rival.
EVP. Vous étes son rival ! *MAX.* Ouy, j'aime sa Maîtresse,
Et l'ay caché toûjours avec assez d'adresse.
Mon ardeur inconnuë, avant que d'éclater,
Par quelque grand exploit la vouloit meriter :
Cependant par mes mains je voy qu'il me l'enleve,
Son dessein fait ma perte, & c'est moy qui l'acheve,
I'avance des succès dont j'attens le trépas,
Et pour m'assassiner je luy préte mon bras.
Que l'amitié me plonge en un malheur extresme !
EVP. L'issuë en est aisée, agissez pour vous-mesme,
D'un dessein qui vous perd rompez le coup fatal,
Gaignez une Maîtresse accusant un rival.
Auguste à qui par là vous sauverez la vie
Ne vous pourra jamais refuser Æmilie.
MAX. Quoy, trahir mon amy ! *EVP.* L'amour rend tout permis,
Vn veritable amant ne connoit point d'amis,
Et mesme avec justice on peut trahir un traistre
Qui pour une Maîtresse ose trahir son Maistre.

Oubliez l'amitié comme luy les bien-faits.
MAX. C'eft un exemple à fuïr que celuy des forfaits.
EVP. Contre un fi noir deffein tout devient legitime,
On n'eft point criminel quand on punit un crime.
MAX. Vn crime par qui Rome obtient fa liberté !
EVP. Craignez tout d'un esprit fi plein de lafcheté.
L'intereft du païs n'eft point ce qui l'engage,
Le fien, & non la gloire, anime fon courage,
Il aimeroit Cefar s'il n'étoit amoureux,
Et n'eft enfin qu'ingrat, & non-pas genereux.
Penfez-vous avoir leu jusqu'au fond de fon ame ?
Sous la caufe publique il vous cachoit fa flame,
Et peut cacher encor fous cette paffion
Les detestables feux de fon ambition.
Peut-eftre qu'il prétend après la mort d'Octave,
Au lieu d'affranchir Rome, en faire fon esclave,
Qu'il vous conte déja pour un de fes Sujets,
Ou que fur voftre perte il fonde fes projets.
MAX. Mais comment l'accufer fans nommer tout le reste ?
A tous nos conjurez l'avis feroit funefte,
Et par là nous verrions indignement trahis
Ceux qu'engage avec nous le feul bien du païs.
D'un fi lafche deffein mon ame eft incapable,
Il perd trop d'innocens pour punir un coupable,
I'ofe tout contre luy, mais je crains tout pour eux.
EVP. Auguste s'eft laffé d'eftre fi rigoureux,
En ces occafions ennuyé de fupplices,
Ayant puny les Chefs, il pardonne aux complices.
Si toutefois pour eux vous craignez fon couroux,
Quand vous luy parlerez, parlez au nom de tous.
MAX. Nous disputons en vain, & ce n'eft que folie
De vouloir par fa perte acquerir Æmilie ;
Ce n'eft pas le moyen de plaire à fes beaux yeux
Que de priver du jour ce qu'elle aime le mieux.
Pour moy, j'estime peu qu'Auguste me la donne,
Ie veux gagner fon cœur plûtoft que fa perfonne,
Et ne fais point d'état de fa poffeffion
Si je n'ay point de part à fon affection.
Puis-je la meriter par une triple offenfe ?
Ie trahis fon amant, je détruis fa vangeance,
Ie conferve le fang qu'elle veut voir perir,
Et j'aurois quelque espoir qu'elle me pûft cherir !

EVP. C'eſt ce qu'à dire vray je voy fort difficile,
　　L'artifice pourtant vous y peut eſtre utile,
　　Il en faut trouver un qui la puiſſe abuſer,
　　Et du reſte, le temps en pourra dispoſer.
MAX. Mais ſi pour s'excuſer il nomme ſa complice?
　　S'il arrive qu'Auguſte avec luy la puniſſe?
　　Puis-je luy demander pour prix de mon rapport
　　Celle qui nous oblige à conspirer ſa mort?
EVP. Vous pourriez m'oppoſer tant & de tels obstacles,
　　Que pour les ſurmonter il faudroit des miracles,
　　J'espere toutefois qu'à force d'y reſver....
MAX. Eloigne-toy, dans peu j'iray te retrouver,
　　Cinna vient, & je veux en tirer quelque choſe,
　　Pour t'aller dire après ce que je me propoſe.

SCENE II.

CINNA, MAXIME.

MAX. Vous me ſemblez penſif. *CIN.* Ce n'eſt pas ſans ſujet.
　　MA. Puis-je d'un tel chagrin ſçavoir quel eſt l'objet?
CIN. Æmilie, & Ceſar. L'un & l'autre me geſne,
　　L'un me ſemble trop bon, l'autre trop inhumaine.
　　Pleuſt aux Dieux que Ceſar employaſt mieux ſes ſoins,
　　Et s'en fiſt plus aimer, ou m'aimaſt un peu moins,
　　Que ſa bonté touchaſt la beauté qui me charme,
　　Et la pûſt adoucir comme ellé me deſarme.
　　Je ſens au fond du cœur mille remords cuiſans
　　Qui rendent à mes yeux tous ſes bienfaits preſens:
　　Cette faveur ſi pleine & ſi mal reconnuë,
　　Par un mortel reproche à tous momens me tuë.
　　Il me ſemble ſur tout inceſſamment le voir
　　Dépoſer en nos mains ſon abſolu pouvoir,
　　Ecouter nos avis, m'applaudir, & me dire;
　　Cinna, par vos conſeils je retiendray l'Empire,
　　Mais je le retiendray pour vous en faire part.
　　Et je puis dans ſon ſein enfoncer un poignard!
　　Ah plûtoſt.... Mais helas! j'idolatre Æmilie,
　　Vn ſerment execrable à ſa haine me lie,
　　L'horreur qu'elle a luy me le rend odieux,
　　Des deux coſtez j'offenſe, & ma gloire, & les Dieux,

Ie deviens facrilege, ou je fuis parricide,
Et vers l'un ou vers l'autre il faut eftre perfide.
MAX. Vous n'aviez point tantoft ces agitations,
Vous paroifliez plus ferme en vos intentions,
Vous ne fentiez au cœur ny remords, ny reproche.
CIN. On ne les fent aufli que quand le coup approche,
Et l'on ne reconnoit de femblables forfaits
Que quand la main s'aprefte à venir aux effets.
L'ame de fon deffein jusques-là poffedée
S'attache aveuglément à fa premiere idée,
Mais alors quel esprit n'en devient point troublé?
Ou plûtoft quel esprit n'en eft point accablé?
Ie croy que Brute mefme, à tel point qu'on le prife,
Voulut plus d'une fois rompre fon entreprife,
Et qu'avant que fraper elle luy fit fentir
Plus d'un remords en l'ame, & plus d'un repentir.
MAX. Il eut trop de vertu pour tant d'inquietude,
Il ne foupçonna point fa main d'ingratitude,
Et fut contre un Tyran d'autant plus animé
Qu'il en receut de biens, & qu'il s'en vit aimé.
Comme vous l'imitez, faites la mefme chofe,
Et formez vos remords d'une plus jufte caufe,
De vos lafches confeils, qui feuls ont arrété
Le bonheur renaiffant de noftre liberté.
C'eft vous feul aujourd'huy qui nous l'avez oftée,
De la main de Cefar Brute l'euft acceptée,
Et n'euft jamais fouffert qu'un intereft leger
De vangeance ou d'amour l'euft remife en danger.
N'écoutez plus la voix d'un Tyran qui vous aime,
Et vous veut faire part de fon pouvoir fuprefme;
Mais entendez crier Rome à voftre cofté,
Rends-moy, rends-moy, Cinna, ce que tu m'as ofté,
Et fi tu m'as tantoft préferé ta Maîtreffe,
Ne me préfere pas le Tyran qui m'oppreffe.
CIN. Amy, n'accable plus un esprit malheureux
Qui mefme fait en lafche un acte genereux.
Envers nos Citoyens je fçay quelle eft ma faute,
Et leur rendray bien-toft tout ce que je leur ofte,
Mais pardonne aux abois d'une vieille amitié
Qui ne peut expirer fans me faire pitié,
Et laiffe-moy, de grace, attendant Æmilie,
Donner un libre cours à ma melancolie,

A a a a iij

Mon chagrin t'importune, & le trouble où je suis
Veut de la solitude à calmer tant d'ennuis.
MAX. Vous voulez rendre conte à l'objet qui vous blesse
De la bonté d'Octave, & de vostre foiblesse.
L'entretien des amans veut un entier secret.
Adieu, je me retire en confident discret.

SCENE III.

C I N N A.

DOnne un plus digne nom au glorieux empire
Du noble sentiment que la vertu m'inspire,
Et que l'honneur oppose au coup précipité
De mon ingratitude & de ma lascheté.
Mais plûtost continuë à le nommer foiblesse,
Puisqu'il devient si foible auprès d'une Maitresse,
Qu'il respecte un amour qu'il devroit étouffer,
Et que s'il le combat, il n'ose en triompher!
En ces extrémitez quel conseil doy-je prendre?
De quel costé pancher? à quel party me rendre?
    Qu'une ame genereuse a de peine à faillir!
Quelque fruit que par là j'espere de cueillir,
Les douceurs de l'amour, celles de la vangeance,
La gloire d'affranchir le lieu de ma naissance,
N'ont point assez d'appas pour flater ma raison
S'il les faut acquerir par une trahison,
S'il faut percer le flanc d'un Prince magnanime,
Qui du peu que je suis fait une telle estime,
Qui me comble d'honneurs, qui m'accable de biens,
Qui ne prend pour regner de conseils que les miens.
O coup, ô trahison trop indigne d'un homme!
Dure, dure à jamais l'esclavage de Rome,
Perisse mon amour, perisse mon espoir,
Plûtost que de ma main parte un crime si noir.
Quoy! ne m'offre-t'il pas tout ce que je souhaite,
Et qu'au prix de son sang ma passion achete?
Pour joüir de ses dons faut-il l'assassiner?
Et faut-il luy ravir ce qu'il me veut donner?
    Mais je dépens de vous, ô serment temeraire,
O haine d'Æmilie, ô souvenir d'un pere,

Ma foy, mon cœur, mon bras, tout vous eſt engagé,
Et je ne puis plus rien que par voſtre congé.
C'eſt à vous à regler ce qu'il faut que je faſſe,
C'eſt à vous, Æmilie, à luy donner ſa grace,
Vos ſeules volontez préſident à ſon ſort,
Et tiennent en mes mains & ſa vie & ſa mort.
O Dieux, qui comme vous la rendez adorable,
Rendez-la comme vous à mes vœux exorable,
Et puiſque de ſes loix je ne puis m'affranchir,
Faites qu'à mes deſirs je la puiſſe fléchir.
Mais voicy de retour cette aimable inhumaine.

SCENE IV.

ÆMILIE, CINNA, FVLVIE.

ÆMI. GRaces aux Dieux, Cinna, ma frayeur étoit vaine,
　　　Aucun de tes amis ne t'a manqué de foy,
Et je n'ay point eu lieu de m'employer pour toy.
Octave en ma preſence a tout dit à Livie,
Et par cette Nouvelle il m'a rendu la vie.
CIN. Le deſavoûrez-vous, & du don qu'il me fait
Voudrez-vous retarder le bien-heureux effet?
ÆMI. L'effet eſt en ta main. *CIN.* Mais plûtoſt en la voſtre.
ÆMI. Ie ſuis toûjours moy-meſme, & mon cœur n'eſt point autre,
Me donner à Cinna, c'eſt ne luy donner rien,
C'eſt ſeulement luy faire un preſent de ſon bien.
CIN. Vous pouvez toutefois... O Ciel! l'oſay-je dire!
ÆMI. Que puis-je, & que crains-tu? *CIN.* Ie tremble, je ſoûpire,
Et voy que ſi nos cœurs avoient meſmes deſirs,
Ie n'aurois pas beſoin d'expliquer mes ſoûpirs.
Ainſi je ſuis trop ſeur que je vay vous déplaire,
Mais je n'oſe parler, & je ne puis me taire.
ÆMI. C'eſt trop me geſner, parle. *CIN.* Il faut vous obeïr,
Ie vay donc vous déplaire, & vous m'allez haïr.
　Ie vous aime, Æmilie, & le Ciel me foudroye
Si cette paſſion ne fait toute ma joye,
Et ſi je ne vous aime avec toute l'ardeur
Que peut un digne objet attendre d'un grand cœur.
Mais voyez à quel prix vous me donnez voſtre ame,
En me rendant heureux, vous me rendez infame,

Cette bonté d'Auguste.... *ÆMI.* Il suffit, je t'entens,
Ie voy ton repentir & tes vœux inconstans;
Les faveurs du Tyran emportent tes promesses,
Tes feux & tes sermens cédent à ses caresses,
Et ton esprit credule ose s'imaginer
Qu'Auguste pouvant tout peut aussi me donner,
Tu me veux de sa main plûtost que de la mienne;
Mais ne croy pas qu'ainsi jamais je t'appartienne.
Il peut faire trembler la Terre sous ses pas,
Mettre un Roy hors du Trosne, & donner ses Etats,
De ses proscriptions rougir la Terre & l'Onde,
Et changer à son gré l'ordre de tout le Monde;
Mais le cœur d'Æmilie est hors de son pouvoir.
CIN. Aussi n'est-ce qu'à vous que je veux le devoir;
Ie suis toûjours moy-mesme, & ma foy toûjours pure,
La pitié que je sens ne me rend point parjure,
I'obeïs sans reserve à tous vos sentimens,
Et prens vos interests par-de-là mes sermens.
      I'ay pû, vous le sçavez, sans parjure & sans crime
Vous laisser échaper cette illustre victime;
Cesar se dépoüillant du pouvoir souverain
Nous ostoit tout prétexte à luy percer le sein,
La conjuration s'en alloit dissipée,
Vous desseins avortez, vostre haine trompée:
Moy seul j'ay raffermy son esprit étonné,
Et pour vous l'immoler ma main l'a couronné.
ÆMI. Pour me l'immoler, traistre! & tu veux que moy-mesme
Ie retienne ta main! qu'il vive, & que je l'aime!
Que je sois le butin de qui l'ose épargner,
Et le prix du conseil qui le force à regner!
CIN. Ne me condamnez point quand je vous ay servie,
Sans moy vous n'auriez plus de pouvoir sur sa vie,
Et malgré ses bienfaits je rends tout à l'amour
Quand je veux qu'il perisse, ou vous doive le jour.
Avec les premiers vœux de mon obeïssance
Souffrez ce foible effort de ma reconnoissance,
Que je tasche de vaincre un indigne couroux,
Et vous donner pour luy l'amour qu'il a pour vous,
Vne ame genereuse & que la vertu guide
Fuit la honte des noms d'ingrate, & de perfide,
Elle en hait l'infamie attachée au bonheur,
Et n'accepte aucun bien aux dépens de l'honneur.

ÆMI. Ie

ÆMI. Ie fais gloire pour moy de cette ignominie,
  La perfidie eſt noble envers la Tyrannie,
  Et quand on rompt le cours d'un ſort ſi malheureux,
  Les cœurs les plus ingrats ſont les plus genereux.
CIN. Vous faites des vertus au gré de voſtre haine.
ÆMI. Ie me fais des vertus dignes d'une Romaine.
CIN. Vn cœur vraiment Romain.... *ÆMI.* Oſe tout pour ravir
  Vne odieuſe vie à qui le fait ſervir,
  Il fuit plus que la mort la honte d'eſtre esclave.
CIN. C'eſt l'eſtre avec honneur que de l'eſtre d'Octave,
  Et nous voyons ſouvent des Rois à nos genoux
  Demander pour appuy tels esclaves que nous,
  Il abaiſſe à nos pieds l'orgueil des Diadeſmes,
  Il nous fait ſouverains ſur leurs grandeurs ſupreſmes,
  Il prend d'eux les tributs dont il nous enrichit,
  Et leur impoſe un joug dont il nous affranchit.
ÆMI. L'indigne ambition que ton cœur ſe propoſe!
  Pour eſtre plus qu'un Roy tu te crois quelque choſe!
  Aux deux bouts de la Terre en eſt-il un ſi vain
  Qu'il prétende égaler un Citoyen Romain?
  Antoine ſur ſa teſte attira noſtre haine
  En ſe deshonorant par l'amour d'une Reine:
  Attale, ce grand Roy dans la pourpre blanchy,
  Qui du peuple Romain ſe nommoit l'affranchy,
  Quand de toute l'Aſie il ſe fuſt veu l'arbitre,
  Euſt encor moins priſé ſon Troſne que ce tître.
  Souvien-toy de ton nom, ſoûtien ſa dignité,
  Et prenant d'un Romain la generoſité,
  Sçache qu'il n'en eſt point que le Ciel n'ait fait naiſtre
  Pour commander aux Rois, & pour vivre ſans maiſtre.
CIN. Le Ciel a trop fait voir en de tels attentats
  Qu'il hait les aſſaſſins, & punit les ingrats,
  Et quoy qu'on entreprenne, & quoy qu'on execute,
  Quand il éleve un Troſne, il en vange la chûte,
  Il ſe met du party de ceux qu'il fait regner,
  Le coup dont on les tuë eſt long-temps à ſaigner,
  Et quand à les punir il a pû ſe reſoudre,
  De pareils châtimens n'appartiennent qu'au foudre.
ÆMI. Dy que de leur party toy-meſme tu te rens,
  De te remettre au foudre à punir les Tyrans.
    Ie ne t'en parle plus, va, ſers la Tyrannie,
  Abandonne ton ame à ſon laſche Genie,

Tome I. B bbb

Et pour rendre le calme à ton esprit flotant,
Oublie, & ta naissance, & le prix qui t'attend.
Sans emprunter ta main pour servir ma colere
Ie sçauray bien vanger mon païs & mon pere,
I'aurois déja l'honneur d'un si fameux trépas,
Si l'Amour iusqu'icy n'eust arrété mon bras.
C'est luy qui sous tes loix me tenant asservie
M'a fait en ta faveur prendre soin de ma vie;
Seule contre un Tyran en le faisant perir
Par les mains de sa Garde il me falloit mourir,
Ie t'eusse par ma mort desrobé ta captive;
Et comme pour toy seul l'Amour veut que je vive,
I'ay voulu, mais en vain, me conserver pour toy,
Et te donner moyen d'estre digne de moy.

　　Pardonnez-moy, grands Dieux, si je me suis trompée,
Quand j'ay pensé cherir un neveu de Pompée,
Et si d'un faux semblant mon esprit abusé
A fait choix d'un esclave en son lieu supposé.
Ie t'aime toutefois, quel que tu puisses estre,
Et si pour me gagner il faut trahir ton Maistre,
Mille autres à l'envy recevroient cette loy,
S'ils pouvoient m'acquerir à mesme prix que toy.
Mais n'apprehende pas qu'un autre ainsi m'obtienne,
Vy pour ton cher Tyran, tandis que je meurs tienne,
Mes jours avec les siens se vont précipiter
Puisque ta lascheté n'ose me meriter.
Vien me voir dans son sang & dans le mien baignée,
De ma seule vertu mourir accompagnée,
Et te dire en mourant d'un esprit satisfait:
　N'accuse point mon sort, c'est toy seul qui l'as fait,
　Ie descens dans la tombe où tu m'as condamnée,
　Où la gloire me suit qui t'étoit destinée,
　Ie meurs en détruisant un pouvoir absolu,
　Mais je vivrois à toy si tu l'avois voulu.
CIN. Et bien, vous le voulez, il faut vous satisfaire,
Il faut affranchir Rome, il faut vanger un pere,
Il faut sur un Tyran porter de justes coups:
Mais apprenez qu'Auguste est moins Tyran que vous.
S'il nous oste à son gré nos biens, nos jours, nos femmes,
Il n'a point jusqu'icy tyrannisé nos ames;
Mais l'empire inhumain qu'exercent vos beautez
Force jusqu'aux esprits & jusqu'aux volontez.

Vous me faites priſer ce qui me deshonore,
Vous me faites hair ce que mon ame adore,
Vous me faites répandre un ſang pour qui je dois
Expoſer tout le mien & mille & mille fois,
Vous le voulez, j'y cours, ma parole eſt donnée,
Mais ma main auſſi-toſt contre mon ſein tournée
Aux Manes d'un tel Prince immolant voſtre amant,
A mon crime forcé joindra mon châtiment,
Et par cette action dans l'autre confonduë
Recouvrera ma gloire auſſi-toſt que perduë.
Adieu.

SCENE V.

ÆMILIE, FVLVIE.

FVL.   VOus avez mis ſon ame au deſeſpoir.
ÆMI. Qu'il ceſſe de m'aimer, ou ſuive ſon devoir.
FVL. Il va vous obeïr aux dépens de ſa vie.
    Vous en pleurez! ÆMI. Helas! cours aprés luy, Fulvie,
    Et ſi ton amitié daigne me ſecourir,
    Arrache-luy du cœur ce deſſein de mourir,
    Dy-luy.... FVL. Qu'en ſa faveur vous laiſſez vivre Auguste?
ÆMI. Ah! c'eſt faire à ma haine une loy trop injuste.
FVL. Et quoy donc? ÆMI. Qu'il acheve, & dégage ſa foy,
    Et qu'il choiſiſſe aprés de la mort, ou de moy.

ACTE IV.

SCENE PREMIERE.

AVGVSTE, EVPHORBE, POLYCLETE,
Gardes.

AVG. Ovt ce que tu me dis, Euphorbe, eſt incroyable.
EV. Seigneur, le recit meſme en paroit effroyable,
On ne conçoit qu'à peine une telle fureur,
Sa ſeule penſée en fait fremir d'horreur.
AVG. Mes plus chers amis! quoy, Cinna! quoy, Maxime!
Les deux que j'honorois d'une ſi haute estime,
A qui j'ouvrois mon cœur, & dont j'avois fait choix
Pour les plus importans & plus nobles emplois!
Aprés qu'entre leurs mains j'ay remis mon Empire,
Pour m'arracher le jour l'un & l'autre conspire!
Maxime a veu ſa faute, il m'en fait avertir,
Et montre un cœur toûché d'un juste repentir,
Mais Cinna! *EVP.* Cinna ſeul dans ſa rage s'obstine,
Et contre vos bontez d'autant plus ſe mutine:
Luy ſeul combat encor les vertueux efforts
Que ſur les conjurez fait ce juste remords,
Et malgré les frayeurs à leurs regrets meſlées
Il taſche à raffermir leurs ames ébranlées.
AVG. Luy ſeul les encourage, & luy ſeul les ſeduit!
O le plus déloyal que la Terre ait produit!
O trahiſon conceuë au ſein d'une Furie!
O trop ſenſible coup d'une main ſi cherie!
Cinna, tu me trahis! Polyclete, écoutez. [a]
POL. Tous vos ordres, Seigneur, ſeront executez.
AVG. Qu'Eraste en meſme temps aille dire à Maxime
Qu'il vienne recevoir le pardon de ſon crime. [b]
EVP. Il l'a trop jugé grand pour ne pas s'en punir,
A peine du Palais il a pû revenir,
Que les yeux égarez, & le regard farouche,
Le cœur gros de ſoûpirs, les ſanglots à la bouche,

Il déteste sa vie & ce complot maudit,
M'en apprend l'ordre entier tel que je vous l'ay dit,
Et m'ayant commandé que je vous advertisse,
Il ajoûte : *Dy-luy que je me fais justice,*
Que je n'ignore point ce que j'ay merité;
Puis soudain dans le Tibre il s'est précipité,
Dont l'eau grosse & rapide, & la nuit assez noire,
M'ont desrobé la fin de sa Tragique histoite.
AVG. Sous ce pressant remords il a trop succombé,
Et s'est à mes bontez luy-mesme desrobé,
Il n'est crime envers moy qu'un repentir n'efface :
Mais puisqu'il a voulu renoncer à ma grace,
Allez pourvoir au reste, & faites qu'on ait soin
De tenir en lieu seur ce fidelle témoin.

SCENE II.

AVGVSTE.

Ciel, à qui voulez-vous desormais que je fie
Les secrets de mon ame, & le soin de ma vie?
Reprenez le pouvoir que vous m'avez commis
Si donnant des Sujets il oste les amis,
Si tel est le Destin des grandeurs souveraines
Que leurs plus grands bien-faits n'attirent que des haines,
Et si vostre rigueur les condamne à cherir
Ceux que vous animez à les faire perir.
Pour elles rien n'est seur, qui peut tout, doit tout craindre.
    Rentre en toy-mesme, Octave, & cesse de te plaindre,
Quoy, tu veux qu'on t'épargne, & n'as rien épargné!
Songe aux fleuves de sang où ton bras s'est baigné,
De combien ont rougy les champs de Macedoine,
Combien en a versé la défaite d'Antoine,
Combien celle de Sexte, & revoy tout d'un temps
Perouse au sien noyée & tous ses habitans.
Remets dans ton esprit, aprés tant de carnages,
De tes proscriptions les sanglantes images,
Où toy-mesme des tiens devenu le bourreau
Au sein de ton tuteur enfonças le coûteau,
Et puis ose accuser le Destin d'injustice
Quand tu vois que les tiens s'arment pour ton supplice.

Et que par ton exemple à ta perte guidez
Ils violent les droits que tu n'as pas gardez.
Leur trahison est juste & le Ciel l'authorise,
Quitte ta Dignité comme tu l'as acquise,
Rens un sang infidelle à l'infidelité,
Et souffre des ingrats après l'avoir été.
　　Mais que mon jugement au besoin m'abandonne!
Quelle fureur, Cinna, m'accuse, & te pardonne?
Toy, dont la trahison me force à retenir
Ce pouvoir souverain dont tu me veux punir,
Me traite en criminel, & fait seule mon crime,
Releve pour l'abatre un Trosne illegitime,
Et d'un zéle effronté couvrant son attentat,
S'oppose pour me perdre au bonheur de l'Etat?
Donc iusqu'à l'oublier je pourrois me contraindre!
Tu vivrois en repos après m'avoir fait craindre!
Non non, je me trahis moy-mesme d'y penser,
Qui pardonne aisément invite à l'offenser,
Punissons l'assassin, proscrivons les complices.
　　Mais quoy! toûjours du sang, & toûjours des supplices!
Ma cruauté se lasse, & ne peut s'arréter,
Ie veux me faire craindre, & ne fais qu'irriter;
Rome a pour ma ruine une Hydre trop fertile,
Vne teste coupée en fait renaistre mille,
Et le sang répandu de mille conjurez
Rend mes jours plus maudits & non plus asseurez.
Octave, n'atten plus le coup d'un nouveau Brute,
Meurs, & desrobe-luy la gloire de ta cheute,
Meurs, tu ferois pour vivre un lasche & vain effort
Si tant de gens de cœur font des vœux pour ta mort,
Et si tout ce que Rome a d'illustre jeunesse
Pour te faire perir tour à tour s'interesse:
Meurs, puisque c'est un mal que tu ne peux guerir,
Meurs enfin puisqu'il faut, ou tout perdre, ou mourir.
La vie est peu de chose, & le peu qui t'en reste
Ne vaut pas l'acheter par un prix si funeste,
Meurs. Mais quitte du moins la vie avec éclat,
Eteins-en le flambeau dans le sang de l'ingrat,
A toy-mesme en mourant immole ce perfide,
Contentant ses desirs puny son parricide,
Fais un tourment pour luy de ton propre trépas,
En faisant qu'il le voye, & n'en joüisse pas.

Mais joüiſſons plûtoſt nous-meſmes de ſa peine,
Et ſi Rome nous hait, triomphons de ſa haine.
  O Romains, ô vangeance, ô pouvoir abſolu,
O rigoureux combat d'un cœur irreſolu
Qui fuit en meſme temps tout ce qu'il ſe propoſe,
D'un Prince malheureux ordonnez quelque choſe.
Qui des deux doy-je ſuivre, & duquel m'éloigner?
Ou laiſſez-moy perir, ou laiſſez-moy regner.

SCENE III.

AVGVSTE, LIVIE.

AVG. MAdame, on me trahit, & la main qui me tuë
Rend ſous mes déplaiſirs ma conſtance abatuë.
Cinna, Cinna le traiſtre... *LIV.* Euphorbe m'a tout dit,
Seigneur, & j'ay paſly cent fois à ce recit.
Mais écouteriez-vous les conſeils d'une femme?
AVG. Helas! de quel conſeil eſt capable mon ame?
LIV. Voſtre ſeverité ſans produire aucun fruit,
Seigneur, juſqu'à preſent a fait beaucoup de bruit.
Par les peines d'un autre aucun ne s'intimide,
Salvidien à bas a ſoûlevé Lepide,
Murene a ſuccedé, Cepion l'a ſuivy,
Le jour à tous les deux dans les tourmens ravy
N'a point meſlé de crainte à la fureur d'Egnace,
Dont Cinna maintenant oſe prendre la place,
Et dans les plus bas rangs les noms les plus abjets
Ont voulu s'ennoblir par de ſi hauts projets.
Aprés avoir en vain puny leur inſolence,
Eſſayez ſur Cinna ce que peut la clemence,
Faites ſon châtiment de ſa confuſion,
Cherchez le plus utile en cette occaſion.
Sa peine peut aigrir une ville animée,
Son pardon peut ſervir à voſtre Renommée,
Et ceux que vos rigueurs ne font qu'effaroucher
Peut-eſtre à vos bontez ſe laiſſeront toucher.
AVG. Gagnons-les tout à fait en quittant cet Empire
Qui nous rend odieux, contre qui l'on conspire;
J'ay trop par vos advis conſulté là deſſus,
Ne m'en parlez jamais, je ne conſulte plus.

 Cesse de soûpirer, Rome, pour ta franchise,
Si je t'ay mise aux fers, moy-mesme je les brise,
Et te rens ton Etat après l'avoir conquis,
Plus paisible & plus grand que je ne te l'ay pris.
Si tu me veux haïr, hay-moy sans plus rien feindre,
Si tu me veux aimer, aime-moy sans me craindre :
De tout ce qu'eut Sylla de puissance & d'honneur,
Lassé comme il en fut, j'aspire à son bonheur.
LIV. Assez & trop long-temps son exemple vous flate,
Mais gardez que sur vous le contraire n'éclate ;
Ce bonheur sans pareil qui conserva ses jours
Ne seroit pas bonheur s'il arrivoit toûjours,
AVG. Et bien, s'il est trop grand, si j'ay tort d'y prétendre,
l'abandonne mon sang à qui voudra l'épandre.
Après un long orage il faut trouver un port,
Et je n'en voy que deux, le repos, ou la mort.
LIV. Quoy ! vous voulez quitter le fruit de tant de peines !
AVG. Quoy ! vous voulez garder l'objet de tant de haines !
LIV. Seigneur, vous emporter à cette extrémité,
C'est plûtost desespoir que generosité.
AVG. Regner & caresser une main si traistresse,
Au lieu de sa vertu c'est montrer sa foiblesse.
LIV. C'est regner sur vous-mesme, & par un noble choix
Pratiquer la vertu la plus digne des Rois.
AVG. Vous m'aviez bien promis des conseils d'une femme,
Vous me tenez parole, & c'en sont-là, Madame.
 Après tant d'ennemis à mes pieds abatus
Depuis vingt ans je regne, & j'en sçay les vertus,
Ie sçay leur divers ordre, & de quelle nature
Sont les devoirs d'un Prince en cette conjoncture.
Tout son peuple est blessé par un tel attentat,
Et la seule pensée est un crime d'Etat,
Vne offense qu'on fait à toute sa Province,
Dont il faut qu'il la vange, ou cesse d'estre Prince.
LIV. Donnez moins de croyance à vostre passion.
AVG. Ayez moins de foiblesse, ou moins d'ambition.
LIV. Ne traitez plus si mal un conseil salutaire.
AVG. Le Ciel m'inspirera ce qu'icy je doy faire,
Adieu, nous perdons temps. *LIV.* Ie ne vous quitte point,
Seigneur, que mon amour n'aye obtenu ce point.
AVG. C'est l'amour des grandeurs qui vous rend importune.
LIV. I'aime vostre personne, & non vostre fortune.

Il

^a Il m'échape, fuivons, & forçons-le de voir
Qu'il peut en faifant grace affermir fon pouvoir,
Et qu'enfin la clemence eft la plus belle marque
Qui faffe à l'Vnivers connoiftre un vray Monarque.

SCENE IV.

ÆMILIE, FVLVIE.

ÆMI. D'Où me vient cette joye, & que mal à propos
Mon esprit malgré moy goufte un entier repos!
Cefar mande Cinna fans me donner d'alarmes!
Mon cœur eft fans foûpirs, mes yeux n'ont point de larmes,
Comme fi j'apprenois d'un fecret mouvement
Que tout doit fucceder à mon contentement!
Ay-je bien entendu? me l'as-tu dit, Fulvie?
FVL. I'avois gagné fur luy qu'il aimeroit la vie,
Et je vous l'amenois plus traitable & plus doux
Faire un fecond effort contre voftre couroux,
Ie m'en applaudiffois, quand foudain Polyclete,
Des volontez d'Auguste ordinaire interprete,
Eft venu l'aborder, & fans fuite, & fans bruit,
Et de fa part fur l'heure au Palais l'a conduit.
Auguste eft fort troublé, l'on ignore la caufe,
Chacun diverfement foupçonne quelque chofe,
Tous préfument qu'il aye un grand fujet d'ennuy,
Et qu'il mande Cinna pour prendre avis de luy.
Mais ce qui m'embaraffe, & que je viens d'apprendre,
C'eft que deux Inconnus fe font faifis d'Evandre,
Qu'Euphorbe eft arrété fans qu'on fçache pourquoy,
Que mefme de fon maiftre on dit je ne fçay quoy,
On luy veut imputer un defespoir funeste,
On parle d'eaux, de Tybre, & l'on fe taift du reste.
ÆMI. Que de fujets de craindre & de defesperer,
Sans que mon triste cœur en daigne murmurer!
A chaque occafion le Ciel y fait defcendre
Vn fentiment contraire à celuy qu'il doit prendre,
Vne vaine frayeur tantoft m'a pû troubler,
Et je fuis infenfible alors qu'il faut trembler.
Ie vous entens, grands Dieux, vos bontez que j'adore
Ne peuvent confentir que je me deshonore,

Tome I. Cccc

Et ne me permettant soûpirs, sanglots, ny pleurs,
Soûtiennent ma vertu contre de tels malheurs.
Vous voulez que je meure avec ce grand courage
Qui m'a fait entreprendre un si fameux ouvrage,
Et je veux bien perir comme vous l'ordonnez,
Et dans la mesme assiette où vous me retenez.
   O liberté de Rome, ô Manes de mon pere,
I'ay fait de mon costé tout ce que j'ay pû faire,
Contre vostre Tyran j'ay ligué ses amis,
Et plus osé pour vous qu'il ne m'étoit permis.
Si l'effet a manqué, ma gloire n'est pas moindre,
N'ayant pû vous vanger je vous iray rejoindre;
Mais si fumante encor d'un genereux couroux,
Par un trépas si noble & si digne de vous,
Qu'il vous fera sur l'heure aisément reconnoistre
Le sang des grands Heros dont vous m'avez fait naistre.

SCENE V.

MAXIME, ÆMILIE, FVLVIE.

ÆMI. **M**Ais je vous voy, Maxime, & l'on vous faisoit mort!
   MA. Euphorbe trôpe Auguste avec ce faux rapport,
Se voyant arrété, la trame découverte,
Il a feint ce trépas pour empescher ma perte.
ÆMI. Que dit-on de Cinna ? *MAX.* Que son plus grand regret,
C'est de voir que Cesar sçait tout vostre secret,
En vain il le dénie & le veut méconnoistre,
Evandre a tout conté pour excuser son maistre,
Et par l'ordre d'Auguste on vient vous arréter.
ÆMI. Celuy qui l'a receu tarde à l'executer,
Ie suis preste à le suivre, & lasse de l'attendre.
M. Il vous attend chez moy. *Æ.* Chez vous! *M.* C'est vous surprẽdre,
Mais apprenez le soin que le Ciel a de vous;
C'est un des conjurez qui va fuir avec nous.
Prenons nostre avantage avant qu'on nous poursuive,
Nous avons pour partir un vaisseau sur la rive.
ÆMI. Me connois-tu, Maxime, & sçais-tu qui je suis?
MAX. En faveur de Cinna je fais ce que je puis,
Et tasche à garantir de ce malheur extresme
La plus belle moitié qui reste de luy-mesme.

Sauvons-nous, Æmilie, & confervons le jour
Afin de le vanger par un heureux retour.
ÆMI. Cinna dans fon malheur eft de ceux qu'il faut fuivre,
Qu'il ne faut pas vanger de peur de leur furvivre.
Quiconque aprés fe perte aspire à fe fauver,
Eft indigne du jour qu'il tafche à conferver.
MAX. Quel defespoir aveugle à ces fureurs vous porte?
O Dieux! que de foibleffe en une ame fi forte!
Ce cœur fi genereux rend fi peu de combat,
Et du premier revers la Fortune l'abat!
Rappellez, rappellez cette vertu fublime,
Ouvrez enfin les yeux, & connoiffez Maxime,
C'eft un autre Cinna qu'en luy vous regardez,
Le Ciel vous rend en luy l'amant que vous perdez,
Et puisque l'amitié n'en faifoit plus qu'une ame,
Aimez en cet amy l'objet de voftre flame.
Avec la mefme ardeur il fçaura vous cherir,
Que... *ÆMI.* Tu m'ofes aimer, & tu n'ofes mourir!
Tu prétens un peu trop, mais quoy que tu prétendes,
Rens-toy digne du moins de ce que tu demandes,
Ceffe de fuïr en lafche un glorieux trépas,
Ou de m'offrir un cœur que tu fais voir fi bas:
Fay que je porte envie à ta vertu parfaite,
Ne te pouvant aimer, fay que je te regrette,
Montre d'un vray Romain la derniere vigueur,
Et merite mes pleurs au defaut de mon cœur.
Quoy? fi ton amitié pour Cinna t'intereffe,
Crois-tu qu'elle confifte à flater fa Maîtreffe?
Apprens, apprens de moy quel en eft le devoir,
Et donne-m'en l'exemple, ou vien le recevoir.
MAX. Voftre jufte douleur eft trop impetueufe.
ÆMI. La tienne en ta faveur eft trop ingenieufe.
Tu me parles déja d'un bien-heureux retour,
Et dans tes déplaifirs tu conçois de l'amour!
MAX. Cet amour en naiffant eft toutefois extrefme,
C'eft voftre amant en vous, c'eft mon amy que j'aime,
Et des mefmes ardeurs dont il fut embrafé....
ÆMI. Maxime, en voila trop pour un homme avifé,
Ma perte m'a furprife & ne m'a point troublée,
Mon noble defespoir ne m'a point aveuglée,
Ma vertu toute entiere agit fans s'émouvoir,
Et je voy malgré moy plus que je ne veux voir.

Cccc ij

MAX. Quoy? vous suis-je suspect de quelque perfidie?

ÆMI. Ouy, tu l'es, puisqu'en vain tu veux que je le die.

 L'ordre de nostre fuite est trop bien concerté

 Pour ne te soupçonnner d'aucune lascheté;

 Les Dieux seroient pour nous prodigues en miracles

 S'ils en avoient sans toy levé tous les obstacles.

 Fuy sans moy, tes amours sont icy superflus.

MAX. Ah! vous m'en dites trop. *ÆMI.* I'en présume encor plus.

 Ne crains pas toutefois que j'éclate en injures,

 Mais n'espere non-plus m'éblouïr de parjures.

 Si c'est te faire tort que de m'en défier,

 Viens mourir avec moy pour te justifier.

MAX. Vivez, belle Æmilie, & souffrez qu'un esclave....

ÆMI. Ie ne t'écoute plus qu'en presence d'Octave.

 Allons, Fulvie, allons.

SCENE VI.

MAXIME.

DEsesperé, confus,
Et digne, s'il se peut, d'un plus cruel refus,
Que resous-tu, Maxime, & quel est le supplice
Que ta vertu prépare à ton vain artifice?
Aucune illusion ne te doit plus flater,
Æmilie en mourant va tout faire éclater,
Sur un mesme échaffaut la perte de sa vie
Etalera sa gloire & ton ignominie,
Et sa mort va laisser à la posterité
L'infame souvenir de ta déloyauté.
Vn mesme iour t'a veu par une fausse adresse,
Trahir ton Souverain, ton amy, ta Maîtresse,
Sans que de tant de droits en un jour violez,
Sans que de deux amants au Tyran immolez,
Il te reste aucun fruit que la honte & la rage
Qu'un remords inutile allume en ton courage.
 Euphorbe, c'est l'effet de tes lâches conseils,
Mais que peut-on attendre enfin de tes pareils?
Iamais un Affranchy n'est qu'un esclave infame,
Bien qu'il change d'état il ne change point d'ame;

La tienne encor servile avec la liberté
N'a pû prendre un rayon de generosité.
Tu m'as fait relever une injuste puissance,
Tu m'as fait démentir l'honneur de ma naissance,
Mon cœur te resistoit , & tu l'as combatu
Iusqu'à ce que ta fourbe ait soüillé sa vertu,
Il m'en coûte la vie, il m'en coûte la gloire,
Et j'ay tout merité pour t'avoir voulu croire.
Mais les Dieux permettront à mes ressentimens,
De te sacrifier aux yeux des deux amans,
Et j'ose m'asseurer qu'en dépit de mon crime
Mon sens leur servira d'assez pure victime,
Si dans le tien mon bras justement irrité
Peut laver le forfait de t'avoir écouté.

ACTE V.

SCENE PREMIERE.

AVGVSTE, CINNA.

AVG. PRENS un siege, Cinna, prens, & sur toute chose
Observe exactement la loy que je t'impose,
Preste sans me troubler l'oreille à mes discours,
D'aucun mot, d'aucun cry n'en interromps le cours,
Tien ta langue captive, & si ce grand silence
A ton émotion fait quelque violence,
Tu pourras me répondre après tout à loisir,
Sur ce point seulement contente mon desir.
CIN. Ie vous obeïray, Seigneur? *AVG.* Qu'il te souvienne
De garder ta parole, & je tiendray la mienne.
Tu vois le jour, Cinna , mais ceux dont tu le tiens
Furent les ennemis de mon pere, & les miens,
Au milieu de leur camp tu receus la naissance,
Et lors qu'après leur mort tu vins en ma puissance,
Leur haine enracinée au milieu de ton sein,
T'avoit mis contre moy les armes à la main,

Cccc iij

Tu fus mon ennemy mefme avant que de naiftre,
Et tu le fus encor quand tu me pûs connoiftre,
Et l'inclination jamais n'a démenty
Ce fang qui t'avoit fait du contraire party.
Autant que tu l'as pû, les effets l'ont fuivie,
Ie ne m'en fuis vangé qu'en te donnant la vie:
Ie te fis prifonnier pour te combler de biens,
Ma Cour fut ta prifon, mes faveurs tes liens,
Ie te reftituay d'abord ton patrimoine,
Ie t'enrichis après des dépoüilles d'Antoine,
Et tu fçais que depuis à chaque occafion
Ie fuis tombé pour toy dans la profufion.
Toutes les Dignitez que tu m'as demandées,
Ie te les ay fur l'heure & fans peine accordées;
Ie t'ay préferé mefme à ceux dont les parens
Ont jadis dans mon camp tenu les premiers rangs,
A ceux qui de leur fang m'ont acheté l'Empire,
Et qui m'ont confervé le jour que je refpire;
De la façon enfin qu'avec toy j'ay vécu
Les vainqueurs font jaloux du bonheur du vaincu.
Quand le Ciel me voulut, en rappellant Mecéne,
Après tant de faveur montrer un peu de haine,
Ie te donnay fa place en ce trifte accident,
Et te fis après luy mon plus cher confident.
Aujourd'huy mefme encor, mon ame irrefoluë
Me preffant de quitter ma puiffance abfoluë,
De Maxime & de toy j'ay pris les feuls avis,
Et ce font malgré-luy les tiens que j'ay fuivis.
Bien plus, ce mefme jour je te donne Æmilie,
Le digne objet des vœux de toute l'Italie,
Et qu'ont mife fi haut mon amour & mes foins,
Qu'en te couronnant Roy je t'aurois donné moins.
Tu t'en fouviens, Cinna, tant d'heur & tant de gloire
Ne peuvent pas fi-toft fortir de ta memoire,
Mais ce qu'on ne pourroit jamais s'imaginer,
Cinna, tu t'en fouviens, & veux maffaffiner.
CIN. Moy, Seigneur, moy que j'euffe une ame fi traiftreffe?
Qu'un fi lafche deffein…. *AVG.* Tu tiens mal ta promeffe,
Sieds-toy, je n'ay pas dit encor ce que je veux,
Tu te juftifiras après, fi tu le peux,
Ecoute cependant, & tien mieux ta parole.
Tu veux m'affaffiner, demain, au Capitole,

Pendant le sacrifice, & ta main pour signal
Me doit au lieu d'encens donner le coup fatal :
La moitié de tes gens doit occuper la porte,
L'autre moitié te suivre & te préter main forte.
Ay-je de bons avis, ou de mauvais soupçons,
De tous ces meurtriers te diray-je les noms ?
Procule, Glabrion, Virginian, Rutile,
Marcel, Plaute, Lenas, Pompone, Albin, Icile,
Maxime qu'après toy j'avois le plus aimé ;
Le reste ne vaut pas l'honneur d'estre nommé,
Vn tas d'hommes perdus de debtes & de crimes,
Que presse de mes loix les ordres legitimes,
Et qui desesperant de les plus éviter,
Si tout n'est renversé, ne sçauroient subsister.
   Tu te tais maintenant, & gardes le silence
Plus par confusion que par obeïssance.
Quel étoit ton dessein, & que prétendois-tu
Après m'avoir au Temple à tes pieds abatu ?
Affranchir ton païs d'un pouvoir Monarchique ?
Si j'ay bien entendu tantost ta Politique,
Son salut desormais dépend d'un Souverain
Qui pour tout conserver tienne tout en sa main,
Et si sa liberté te faisoit entreprendre
Tu ne m'eusses jamais empesché de la rendre,
Tu l'aurois acceptée au nom de tout l'Etat
Sans vouloir l'acquerir par un assassinat.
   Quel étoit donc ton but ? d'y regner en ma place ?
D'un étrange malheur son Destin le menace,
Si pour monter au Trosne & luy donner la loy
Tu ne trouves dans Rome autre obstacle que moy,
Si jusques à ce point son sort est déplorable
Que tu sois après moy le plus considerable,
Et que ce grand fardeau de l'Empire Romain
Ne puisse après ma mort tomber mieux qu'en ta main.
   Apprens à te connoistre, & descens en toy-mesme,
On t'honore dans Rome, on te courtise, on t'aime,
Chacun tremble sous toy, chacun t'offre des vœux,
Ta fortune est bien haut, tu peux ce que tu veux,
Mais tu ferois pitié, mesme à ceux qu'elle irrite,
Si je t'abandonnois à ton peu de merite.
Ose me démentir, dy-moy ce que tu vaux,
Conte-moy tes vertus, tes glorieux travaux,

Les rares qualitez par où tu m'as deû plaire,
Et tout ce qui t'éleve au deſſus du vulgaire.
Ma faveur fait ta gloire, & ton pouvoir en vient,
Elle ſeule t'éleve, & ſeule te ſoûtient,
C'eſt elle qu'on adore, & non-pas ta perſonne,
Tu n'as credit ny rang qu'autant qu'elle t'en donne,
Et pour te faire choir je n'aurois aujourd'huy
Qu'à retirer la main qui ſeule eſt ton appuy.
I'aime mieux toutefois céder à ton envie,
Regne, ſi tu le peux, aux dépens de ma vie.
Mais oſes-tu penſer que les Serviliens,
Les Coſſes, les Metels, les Pauls, les Fabiens,
Et tant d'autres enfin de qui les grands courages
Des Heros de leur ſang ſont les vives images,
Quittent le noble orgueil d'un ſang ſi genereux
Iuſqu'à pouvoir ſouffrir que tu regnes ſur eux?
Parle, parle, il eſt temps. *CIN.* Ie demeure ſtupide,
Non que voſtre colere ou la mort m'intimide,
Ie voy qu'on m'a trahy, vous m'y voyez reſver,
Et j'en cherche l'autheur ſans le pouvoir trouver.
      Mais c'eſt trop y tenir toute l'ame occupée.
Seigneur, je ſuis Romain, & du ſang de Pompée,
Le pere & les deux fils laſchement égorgez
Par la mort de Ceſar étoient trop peu vangez.
C'eſt là d'un beau deſſein l'illuſtre & ſeule cauſe,
Et puiſqu'à vos rigueurs la trahiſon m'expoſe,
N'attendez point de moy d'infames repentirs,
D'inutiles regrets, ny de honteux ſoûpirs.
Le Sort vous eſt propice autant qu'il m'eſt contraire,
Ie ſçay ce que j'ay fait, & ce qu'il vous faut faire,
Vous devez un exemple à la poſterité,
Et mon trépas importe à voſtre ſeureté.
AVG. Tu me braves, Cinna, tu fais le magnanime,
Et loin de t'excuſer tu couronnes ton crime;
Voyons ſi ta conſtance ira juſques au bout.
Tu ſçais ce qui t'eſt deû, tu vois que je ſçay tout,
Fay ton Arreſt toy-meſme, & choiſy tes ſupplices.

SCENE

SCENE II.

AVGVSTE, LIVIE, CINNA,
ÆMILIE, FVLVIE.

LIV. VOus ne connoissez pas encor tous les complices,
    Vostre Æmilie en est, Seigneur, & la voicy.
CIN. C'est elle mesme, ô Dieux ! *AVG.* Et toy, ma fille, aussi !
ÆMI. Ouy, tout ce qu'il a fait, il l'a fait pour me plaire,
    Et j'en étois, Seigneur, la cause, & le salaire.
AVG. Quoy ! l'amour qu'en ton cœur j'ay fait naistre aujourd'huy
    T'emporte-t'il déja jusqu'à mourir pour luy ?
    Ton ame à ces transports un peu trop s'abandonne,
    Et c'est trop tost aimer l'amant que je te donne.
ÆMI. Cet amour qui m'expose à vos ressentimens
    N'est point le prompt effet de vos commandemens,
    Ces flames dans nos cœurs sans vostre ordre étoient nées,
    Et ce sont des secrets de plus de quatre années.
    Mais quoy que je l'aimasse, & qu'il bruflast pour moy,
    Vne haine plus forte à tous deux fit la loy :
    Ie ne voulus jamais luy donner d'esperance
    Qu'il ne m'eust de mon pere asseuré la vangeance.
    Ie la luy fis jurer, il chercha des amis ;
    Le Ciel rompt le succès que je m'étois promis,
    Et je vous viens, Seigneur, offrir une victime ;
    Non pour sauver sa vie en me chargeant du crime,
    Son trépas est trop juste après son attentat,
    Et toute excuse est vaine en un crime d'Etat :
    Mourir en sa presence, & rejoindre mon pere,
    C'est tout ce qui m'améne, & tout ce que j'espere.
AVG. Iusques à quand, ô Ciel, & par quelle raison
    Prendrez-vous contre moy des traits dans ma maison ?
    Pour ses débordemens j'en ay chassé Iulie,
    Mon amour en sa place a fait choix d'Æmilie,
    Et je la voy comme elle indigne de ce rang,
    L'une m'ostoit l'honneur, l'autre a soif de mon sang,
    Et prenant toutes deux leur passion pour guide,
    L'une fut impudique, & l'autre est parricide.
    O ma fille, est-ce-là le prix de mes bien-faits ?
ÆMI. Mon pere l'eut pareil de ceux qu'il vous a faits.

Tome I.   Dddd

AVG. Songe avec quel amour j'élevay ta jeuneſſe.

ÆMI. Il éleva la voſtre avec meſme tendreſſe,
  Il fut voſtre tuteur, & vous ſon aſſaſſin,
  Et vous m'avez au crime enſeigné le chemin.
  Le mien d'avec le voſtre en ce point ſeul differe,
  Que voſtre ambition s'eſt immolé mon pere,
  Et qu'un juſte couroux dont je me ſens bruſler
  A ſon ſang innocent vouloit vous immoler.

LIV. C'en eſt trop, Æmilie, arréte, & conſidere
  Qu'il t'a trop bien payé les bienfaits de ton pere :
  Sa mort dont la memoire allume ta fureur,
  Fut un crime d'Octave, & non de l'Empereur.
      Tous ces crimes d'Etat qu'on fait pour la Couronne,
  Le Ciel nous en abſout alors qu'il nous la donne,
  Et dans le ſacré rang où ſa faveur l'a mis,
  Le paſſé devient juſte, & l'avenir permis.
  Qui peut y parvenir ne peut eſtre coupable,
  Quoy qu'il ait fait, ou faſſe, il eſt inviolable,
  Nous luy devons nos biens, nos jours ſont en ſa main,
  Et jamais on n'a droit ſur ceux du Souverain.

ÆMI. Auſſi dans le diſcours que vous venez d'entendre,
  Ie parlois pour l'aigrir, & non pour me défendre.
      Puniſſez-donc, Seigneur, ces criminels appas,
  Qui de vos favoris font d'illuſtres ingrats,
  Tranchez mes triſtes jours pour aſſeurer les voſtres,
  Si j'ay ſeduit Cinna, j'en ſeduiray bien d'autres,
  Et je ſuis plus à craindre, & vous plus en danger,
  Si j'ay l'amour enſemble, & le ſang à vanger.

CIN. Que vous m'ayez ſeduit, & que je ſouffre encore
  D'eſtre deshonoré par celle que j'adore !
      Seigneur, la verité doit icy s'exprimer,
  I'avois fait ce deſſein avant que de l'aimer.
  A mes plus ſaints deſirs la trouvant inflexible,
  Ie creus qu'à d'autres ſoins elle ſeroit ſenſible,
  Ie parlay de ſon pere & de voſtre rigueur,
  Et l'offre de mon bras ſuivit celle du cœur.
  Que la vangeance eſt douce à l'eſprit d'une femme !
  Ie l'attaquay par là, par là je pris ſon ame,
  Dans mon peu de merite elle me negligeoit,
  Et ne pût negliger le bras qui la vangeoit.
  Elle n'a conſpiré que par mon artifice,
  I'en ſuis le ſeul autheur, elle n'eſt que complice.

ÆMI. Cinna, qu'ofes-tu dire? eft-ce-là me cherir,
   Que de m'ofter l'honneur quand il me faut mourir?
CIN. Mourez, mais en mourant ne foüillez point ma gloire.
ÆMI. La mienne fe fleftrit, fi Cefar te veut croire.
CIN. Et la mienne fe perd, fi vous tirez à vous
   Toute celle qui fuit de fi genereux coups.
ÆMI. Et bien, prens-en ta part & me laiffe la mienne,
   Ce feroit l'affoiblir que d'affoiblir la tienne,
   La gloire & le plaifir, la honte & les tourmens,
   Tout doit eftre commun entre de vrais amans.
      Nos deux ames, Seigneur, font deux ames Romaines,
   Vniffant nos defirs nous unifmes nos haines.
   De nos parens perdus le vif reffentiment
   Nous apprit nos devoirs en un mefme moment,
   En ce noble deffein nos cœurs fe rencontrerent,
   Nos efprits genereux enfemble le formerent,
   Enfemble nous cherchons l'honneur d'un beau trépas,
   Vous vouliez nous unir, ne nous feparez pas.
AVG. Ouy, je vous uniray, couple ingrat & perfide,
   Et plus mon ennemy qu'Antoine, ny Lepide,
   Ouy, je vous uniray puifque vous le voulez;
   Il faut bien fatisfaire aux feux dont vous bruflez,
   Et que tout l'Vnivers, fçachant ce qui m'anime,
   S'étonne du fupplice, auffi-bien que du crime.

SCENE III.

AVGVSTE, LIVIE, CINNA, MAXIME,
ÆMILIE, FVLVIE.

AVG. **M**Ais enfin le Ciel m'aime, & fes bien-faits nouveaux
      Ont enlevé Maxime à la fureur des eaux.
   Approche, feul amy que j'éprouve fidelle.
MAX. Honorez moins, Seigneur, une ame criminelle.
AVG. Ne parlons plus de crime aprés ton repentir,
   Aprés que du peril tu m'as fçeu garantir,
   C'eft à toy que je dois & le jour, & l'Empire.
MAX. De tous vos ennemis connoiffez mieux le pire.
   Si vous regnez encor, Seigneur, fi vous vivez,
   C'eft ma jaloufe rage à qui vous le devez.

　　Vn vertueux remords n'a point touché mon ame,
Pour perdre mon rival j'ay découvert ſa trame;
Euphorbe vous a feint que je m'étois noyé
De crainte qu'aprés moy vous n'euſſiez envoyé.
Ie voulois avoir lieu d'abuſer Æmilie,
Effrayer ſon esprit, la tirer d'Italie,
Et penſois la reſoudre à cet enlevement
Sous l'espoir du retour pour vanger ſon amant;
Mais au lieu de gouſter ces groſſieres amorces,
Sa vertu combatuë a redoublé ſes forces,
Elle a leu dans mon cœur. Vous ſçavez le ſurplus,
Et je vous en ferois des recits ſuperflus,
Vous voyez le ſuccès de mon laſche artifice:
Si pourtant quelque grace eſt deuë à mon indice,
Faites perir Euphorbe au milieu des tourments,
Et ſouffrez que je meure aux yeux de ces amants.
I'ay trahy mon amy, ma Maîtreſſe, mon Maiſtre,
Ma gloire, mon païs par l'avis de ce traiſtre,
Et croiray toutefois mon bonheur infiny,
Si je puis m'en punir aprés l'avoir puny.
AVG. En eſt-ce aſſez, ô Ciel, & le Sort pour me nuire
　　A-t'il quelqu'un des miens qu'il veüille encor ſeduire?
　　Qu'il joigne à ſes efforts le ſecours des Enfers,
　　Ie ſuis maiſtre de moy comme de l'Vnivers:
　　Ie le ſuis, je veux l'eſtre. O Siecles, ô Memoire,
　　Conſervez à jamais ma derniere victoire,
　　Ie triomphe aujourd'huy du plus juſte couroux
　　De qui le ſouvenir puiſſe aller juſqu'à vous.
　　　Soyons amis, Cinna, c'eſt moy qui t'en convie,
　　Comme à mon ennemy je t'ay donné la vie,
　　Et malgré la fureur de ton laſche destin,
　　Ie te la donne encor comme à mon aſſaſſin.
　　Commençons un combat qui montre par l'iſſuë
　　Qui l'aura mieux de nous, ou donnée, ou receuë.
　　Tu trahis mes bien-faits, je les veux redoubler,
　　Ie t'en avois comblé, je t'en veux accabler.
　　Avec cette beauté que je t'avois donnée
　　Reçoy le Conſulat pour la prochaine année.
　　　Aime Cinna, ma fille, en cet illustre rang,
　　Préferes-en la pourpre à celle de mon ſang,
　　Apprens ſur mon exemple à vaincre ta colere,
　　Te rendant un époux je te rends plus qu'un pere.

ÆMI. Et je me rens, Seigneur, à ces hautes bontez,
Ie recouvre la veuë auprès de leurs clartez,
Ie connoy mon forfait qui me fembloit justice,
Et ce que n'avoit pû la terreur du fupplice,
Ie fens naiftre en mon ame un repentir puiffant,
Et mon cœur en fecret me dit qu'il y confent.
  Le Ciel a refolu voftre grandeur fuprefme,
Et pour preuve, Seigneur, je n'en veux que moy-mefme;
I'ofe avec vanité me donner cet éclat,
Puifqu'il change mon cœur, qu'il veut changer l'Etat.
Ma haine va mourir que j'ay creuë immortelle,
Elle eft morte, & ce cœur devient Sujet fidelle,
Et prenant deformais cette haine en horreur,
L'ardeur de vous fervir fuccede à fa fureur.
CIN. Seigneur, que vous diray-je après que nos offenfes
Au lieu de châtimens trouvent des recompenfes?
O vertu fans exemple! ô clemence, qui rend
Voftre pouvoir plus jufte, & mon crime plus grand!
AVG. Ceffe d'en retarder un oubly magnanime,
Et tous deux avec moy faites grace à Maxime,
Il nous a trahis tous, mais ce qu'il a commis
Vous conferve innocens, & me rend mes amis.
  ªReprens auprès de moy ta place accoûtumée,
Rentre dans ton credit, & dans ta renommée,
Qu'Euphorbe de tous trois ait fa grace à fon tour,
Et que demain l'Hymen couronne leur amour.
Si tu l'aimes encor, ce fera ton fupplice.
MAX. Ie n'en murmure point, il a trop de justice,
Et je fuis plus confus, Seigneur, de vos bontez,
Que je ne fuis jaloux du bien que vous m'oftez.
CIN. Souffrez que ma vertu dans mon cœur rappellée
Vous confacre une foy lafchement violée,
Mais fi ferme à prefent, fi loin de chanceler,
Que la chûte du Ciel ne pourroit l'ébranler.
  Puiffe le grand moteur des belles Deftinées
Pour prolonger vos jours retrancher nos années,
Et moy, par un bon-heur dont chacun foit jaloux,
Perdre pour vous cent fois ce que ie tiens de vous.
LIV. Ce n'eft pas tout, Seigneur, une celefte flame
D'un rayon Prophetique illumine mon ame.
Oyez ce que les Dieux vous font fçavoir par moy,
De voftre heureux Deftin c'eft l'immuable loy.

ª *A Ma-*
xime.

Dddd iij

    Aprés cette action vous n'avez rien à craindre,
On portera le joug deformais fans fe plaindre,
Et les plus indomptez renverfant leurs projets
Mettront toute leur gloire à mourir vos Sujets.
Aucun lafche deffein , aucune ingrate envie
N'attaquera le cours d'une fi belle vie,
Iamais plus d'affaffins , ny de conspirateurs;
Vous avez trouvé l'art d'eftre maiftre des cœurs.
Rome avec une joye , & fenfible, & profonde,
Se démet en vos mains de l'Empire du Monde,
Vos Royales vertus luy vont trop enfeigner
Que fon bonheur confiste à vous faire regner.
D'une fi longue erreur pleinement affranchie
Elle n'a plus de vœux que pour la Monarchie,
Vous prépare déja des Temples, des Autels,
Et le Ciel une place entre les Immortels,
Et la posterité dans toutes les Provinces
Donnera voftre exemple aux plus genereux Princes.
AVG. I'en accepte l'augure , & j'ofe l'esperer,
    Ainfi toûjours les Dieux vous daignent infpirer.
     Qu'on redouble demain les heureux facrifices
Que nous leur offrirons fous de meilleurs auspices,
Et que vos conjurez entendent publier,
Qu'Auguste a tout appris, & veut tout oublier.

F I N.

POLYEVCTE
MARTYR,

TRAGEDIE CHRETIENNE.

ACTEVRS.

FELIX, Senateur Romain, Gouverneur d'Armenie.

POLYEVCTE, Seigneur d'Armenie, gendre de Felix.

SEVERE, Chevalier Romain, Favory de l'Empereur.

NEARQVE, Seigneur Armenien, amy de Polyeucte.

PAVLINE, Fille de Felix, & Femme de Polyeucte.

STRATONICE, Confidente de Pauline.

ALBIN, Confident de Felix.

FABIAN, Domestique de Severe.

CLEON, Domestique de Felix.

TROIS GARDES.

La Scene eſt à Melitene capitale d'Armenie,
dans le Palais de Felix.

POLYEVCTE

POLYEVCTE
MARTYR,
TRAGEDIE CHRETIENNE.

ACTE I.

SCENE PREMIERE.

POLYEVCTE, NEARQVE.

NEA. VOY? vous vous arrêtez aux songes
  d'une femme!
 De si foibles sujets troublent cette gran-
  de ame!
 Et ce cœur tant de fois dans la guerre
  éprouvé
 S'alarme d'un peril qu'une femme a
  resvé!
POL. Ie sçay ce qu'est un songe, & le peu de croyance
 Qu'un homme doit donner à son extravagance,
 Qui d'un amas confus des vapeurs de la nuit
 Forme de vains objets que le réveil détruit.
 Mais vous ne sçavez pas ce que c'est qu'une femme,
 Vous ignorez quels droits elle a sur toute l'ame,
 Quand après un long-temps qu'elle a sçeu nous charmer
 Les flambeaux de l'Hymen viennent de s'allumer.
 Pauline sans raison dans la douleur plongée
 Craint & croit déja voir ma mort qu'elle a songée,

Tome I.   Eeee

Elle oppofe fes pleurs au deffein que je fais,
Et tafche à m'empefcher de fortir du Palais;
Ie méprife fa crainte, & je céde à fes larmes,
Elle me fait pitié fans me donner d'alarmes,
Et mon cœur attendry fans eftre intimidé
N'ofe déplaire aux yeux dont il eft poffedé.
L'occafion, Nearque, eft-elle fi preffante,
Qu'il faille eftre infenfible aux foûpirs d'une amante?
Par un peu de remife épargnons fon ennuy,
Pour faire en plein repos ce qu'il trouble aujourd'huy.
NEA. Avez-vous cependant une pleine affeurance
D'avoir affez de vie, ou de perfeverance,
Et Dieu qui tient voftre ame, & vos jours dans fa main,
Promet-il à vos vœux de le pouvoir demain?
Il eft toûjours tout jufte & tout bon, mais fa grace
Ne defcend pas toûjours avec mefme efficace:
Aprés certains momens que perdent nos longueurs
Elle quitte ces traits qui penetrent les cœurs,
Le noftre s'endurcit, la repouffe, l'égare,
Le bras qui la verfoit en devient plus avare,
Et cette fainte ardeur qui doit porter au bien
Tombe plus rarement, ou n'opere plus rien.
Celle qui vous preffoit de courir au Baptefme
Languiffante déja, ceffe d'eftre la mefme,
Et pour quelques foûpirs qu'on vous a fait oüir,
Sa flame fe diffipe, & va s'évanoüir.
POL. Vous me connoiffez mal, la mefme ardeur me brufle,
Et le defir s'accroift quand l'effet fe recule.
Ces pleurs que je regarde avec un œil d'époux
Me laiffent dans le cœur auffi Chrétien que vous;
Mais pour en recevoir le facré caractere
Qui lave nos forfaits dans une eau falutaire,
Et qui purgeant noftre ame, & deffillant nos yeux,
Nous rend le premier droit que nous avions aux Cieux,
Bien que je le préfere aux grandeurs d'un Empire,
Comme le bien fuprefme & le feul où j'afpire,
Ie croy, pour fatisfaire un jufte & faint amour,
Pouvoir un peu remettre, & differer d'un jour.
NEA. Ainfi du genre humain l'ennemy vous abufe,
Ce qu'il ne peut de force, il l'entreprend de rufe.
Ialoux des bons deffeins qu'il tafche d'ébranler,
Quand il ne les peut rompre, il pouffe à reculer:

D'obstacle fur obstacle il va troubler le voftre,
Aujourd'huy par des pleurs, chaque jour par quelqu'autre ;
Et ce fonge remply de noires vifions
N'eft que le coup d'effay de fes illufions.
Il met tout en ufage, & priere, & menace,
Il attaque toûjours, & jamais ne fe laffe,
Il croit pouvoir enfin ce qu'encor il n'a pû,
Et que ce qu'on differe eft à demy rompu.
   Rompez fes premiers coups, laiffez pleurer Pauline,
Dieu ne veut point d'un cœur où le Monde domine,
Qui regarde en arriere, & douteux en fon choix,
Lors que fa voix l'appelle, écoute une autre voix.
POL. Pour fe donner à luy faut-il n'aimer perfonne ?
NEA. Nous pouvons tout aimer, il le fouffre, il l'ordonne,
  Mais à vous dire tout, ce Seigneur des Seigneurs
  Veut le premier amour, & les premiers honneurs.
  Comme rien n'eft égal à fa grandeur fuprefme,
  Il faut ne rien aimer qu'après luy, qu'en luy-mefme,
  Negliger pour luy plaire, & femme, & biens, & rang,
  Expofer pour fa gloire, & verfer tout fon fang :
  Mais que vous étes loin de cette amour parfaite
  Qui vous eft neceffaire, & que je vous fouhaite !
  Ie ne puis vous parler que les larmes aux yeux,
  Polyeucte, aujourd'huy qu'on nous hait en tous lieux,
  Qu'on croit fervir l'Etat quand on nous perfecute,
  Qu'aux plus afpres tourmens un Chrétien eft en butte,
  Comment en pourrez-vous furmonter les douleurs,
  Si vous ne pouvez pas refifter à des pleurs ?
POL. Vous ne m'étonnez point, la pitié qui me bleffe
  Sied bien aux plus grands cœurs, & n'a point de foibleffe.
  Sur mes pareils, Nearque, un bel œil eft bien fort,
  Tel craint de le fafcher qui ne craint pas la mort,
  Et s'il faut affronter les plus cruels fupplices,
  Y trouver des appas, en faire mes delices,
  Voftre Dieu, que je n'ofe encor nommer le mien,
  M'en donnera la force en me faifant Chrétien.
NE. Haftez-vous donc de l'eftre. *PO.* Ouy, j'y cours, cher Nearque,
  Ie brufle d'en porter la glorieufe marque,
  Mais Pauline s'afflige, & ne peut confentir,
  Tant ce fonge la trouble, à me laiffer fortir.
NEA. Voftre retour pour elle en aura plus de charmes,
  Dans une heure au plus tard vous effuîrez fes larmes,

E e e e ij

Et l'heur de vous revoir luy femblera plus doux,
Plus elle aura pleuré pour un fi cher époux.
Allons, on nous attend. *POL.* Appaifez donc fa crainte,
Et calmez la douleur dont fon ame eft atteinte.
Elle revient. *NEA.* Fuyez. *POL.* Ie ne puis. *NEA.* Il le faut,
Fuyez un ennemy qui fçait voftre defaut,
Qui le trouve aifément, qui bleffe par la veuë,
Et dont le coup mortel vous plaift quand il vous tuë.

SCENE II.

POLYEVCTE, NEARQVE, PAVLINE,
STRATONICE.

POL. FVyons, puisqu'il le faut. Adieu, Pauline, Adieu,
    Dans une heure au plus tard je reviens en ce lieu.
PAV. Quel fujet fi preffant à fortir vous convie?
    Y va-t'il de l'honneur? y va-t'il de la vie?
POL. Il y va de bien plus. *PAV.* Quel eft donc ce fecret?
POL. Vous le fçaurez un jour, je vous quitte à regret,
    Mais enfin il le faut. *PAV.* Vous m'aimez? *POL.* Ie vous aime,
    Le Ciel m'en foit témoin, cent fois plus que moy-mefme,
    Mais.... *PAV.* Mais mon déplaifir ne vous peut émouvoir!
    Vous avez des fecrets que je ne puis fçavoir!
    Quelle preuve d'amour! au nom de l'Hymenée
    Donnez à mes foûpirs cette feule journée.
POL. Vn fonge vous fait peur! *PAV.* Ses préfages font vains,
    Ie le fçay, mais enfin je vous aime, & je crains.
POL. Ne craignez rien de mal pour une heure d'abfence,
    Adieu, vos pleurs fur moy prennent trop de puiffance,
    Ie fens déja mon cœur preft à fe revolter,
    Et ce n'eft qu'en fuyant que j'y puis refister.

SCENE III.

PAVLINE, STRATONICE.

PAV. VA, neglige mes pleurs, cours, & te précipite
Au devant de la mort que les Dieux m'ont prédite,
Suy cet Agent fatal de tes mauvais Destins,
Qui peut-eſtre te livre aux mains des aſſaſſins.
Tu vois, ma Stratonice, en quel ſiecle nous ſommes,
Voilà noſtre pouvoir ſur les eſprits des hommes,
Voilà ce qui nous reſte, & l'ordinaire effet
De l'amour qu'on nous offre, & des vœux qu'on nous fait.
Tant qu'ils ne ſont qu'amans nous ſommes ſouveraines,
Et juſqu'à la conqueſte ils nous traitent de Reines,
Mais aprés l'Hymenée ils ſont Rois à leur tour.
STR. Polyeucte pour vous ne manque point d'amour.
S'il ne vous traite icy d'entiere confidence,
S'il part malgré vos pleurs, c'eſt un trait de prudence,
Sans vous en affliger, préſumez avec moy
Qu'il eſt plus à propos qu'il vous céle pourquoy,
Aſſurez-vous ſur luy qu'il en a juſte cauſe.
Il eſt bon qu'un mary nous cache quelque choſe,
Qu'il ſoit quelquefois libre, & ne s'abaiſſe pas
A nous rendre toûjours conte de tous ſes pas.
On n'a tous deux qu'un cœur qui ſent meſmes traverſes,
Mais ce cœur a pourtant ſes fonctions diverſes,
Et la loy de l'Hymen qui vous tient aſſemblez
N'ordonne pas qu'il tremble alors que vous tremblez.
Ce qui fait vos frayeurs ne peut le mettre en peine,
Il eſt Armenien, & vous étes Romaine,
Et vous pouvez ſçavoir que nos deux Nations
N'ont pas ſur ce ſujet meſmes impreſſions.
Vn ſonge en noſtre eſprit paſſe pour ridicule,
Il ne nous laiſſe eſpoir, ny crainte, ny ſcrupule,
Mais il paſſe dans Rome avec authorité
Pour fidelle miroir de la fatalité.
PAV. Quelque peu de credit qu'entre vous il obtienne,
Ie croy que ta frayeur égaleroit la mienne,
Si de telles horreurs t'avoient frapé l'eſprit,
Si je t'en avois fait ſeulement le recit.

Eeee iij

STR. A raconter ſes maux ſouvent on les ſoulage.
PAV. Ecoute, mais il faut te dire davantage,
    Et que pour mieux comprendre un ſi triſte diſcours,
    Tu ſçaches ma foibleſſe & mes autres amours.
    Vne femme d'honneur peut avoüer ſans honte
    Ces ſurpriſes des ſens que la raiſon ſurmonte,
    Ce n'eſt qu'en ces aſſauts qu'éclate la vertu,
    Et l'on doute d'un cœur qui n'a point combatu.
      Dans Rome où je naſquis ce malheureux viſage
    D'un Chevalier Romain captiva le courage,
    Il s'appelloit Severe. Excuſe les ſoûpirs
    Qu'arrache encor un nom trop cher à mes deſirs.
STR. Eſt-ce luy qui n'aguere aux dépens de ſa vie
    Sauva des ennnemis voſtre Empereur Decie,
    Qui leur tira mourant la victoire des mains,
    Et fit tourner le Sort des Perſes aux Romains?
    Luy qu'entre tant de morts immolez à ſon Maiſtre,
    On ne pût rencontrer, où du moins reconnoiſtre,
    A qui Decie enfin pour des exploits ſi beaux
    Fit ſi pompeuſement dreſſer de vains tombeaux?
PAV. Helas, c'étoit luy-meſme, & jamais noſtre Rome
    N'a produit plus grand cœur, ny veu plus honneſte homme.
    Puiſque tu le connois, je ne t'en diray rien,
    Ie l'aimay, Stratonice, il le meritoit bien.
    Mais que ſert le merite où manque la fortune?
    L'un étoit grand en luy, l'autre foible & commune:
    Trop invincible obstacle, & dont trop rarement
    Triomphe auprès d'un pere un vertueux amant.
STR. La digne occaſion d'une rare constance!
PAV. Dy plûtoſt d'une indigne & folle reſistance,
    Quelque fruit qu'une fille en puiſſe recueillir,
    Ce n'eſt une vertu que pour qui veut faillir.
      Parmy ce grand amour que j'avois pour Severe
    I'attendois un époux de la main de mon pere.
    Toûjours preſte à le prendre, & jamais ma raiſon
    N'avoüa de mes yeux l'aimable trahiſon.
    Il poſſedoit mon cœur, mes deſirs, ma penſée,
    Ie ne luy cachois point combien j'étois bleſſée,
    Nous ſoûpirions enſemble & pleurions nos malheurs,
    Mais au lieu d'esperance il n'avoit que des pleurs,
    Et malgré des ſoûpirs ſi doux, ſi favorables,
    Mon pere & mon devoir étoient inexorables.

Enfin je quittay Rome & ce parfait amant,
Pour fuivre icy mon pere en fon Gouvernement,
Et luy defesperé s'en alla dans l'Armée
Chercher d'un beau trépas l'illustre renommée.
Le reste, tu le fçais, mon abord en ces lieux
Me fit voir Polyeucte, & je plûs à fes yeux,
Et comme il eft icy le Chef de la Nobleffe,
Mon pere fut ravy qu'il me prift pour Maîtreffe,
Et par fon alliance il fe creut affeuré
D'eftre plus redoutable, & plus confideré.
Il approuva fa flame, & conclud l'Hymenée,
Et moy, comme à fon lit je me vis destinée,
Ie donnay par devoir à fon affection
Tout ce que l'autre avoit par inclination:
Si tu peux en douter, juge-le par la crainte
Dont en ce triste jour tu me vois l'ame atteinte.
STR. Elle fait affez voir à quel point vous l'aimez:
Mais quel fonge après tout tient vos fens alarmez?
PAV. Ie l'ay veu cette nuit, ce malheureux Severe,
La vangeance à la main, l'œil ardent de colere.
Il n'étoit point couvert de ces tristes lambeaux,
Qu'une Ombre defolée emporte des tombeaux,
Il n'étoit point percé de ces coups pleins de gloire
Qui retranchant fa vie affeurent fa memoire,
Il fembloit triomphant, & tel que fur fon char
Victorieux dans Rome entre noftre Cefar.
Après un peu d'effroy que m'a donné fa veuë,
Porte à qui tu voudras la faveur qui m'eft duë,
Ingrate, m'a-t'il dit, *& ce jour expiré*
Pleure à loifir l'époux que tu m'as préferé.
A ces mots j'ay fremy, mon ame s'eft troublée,
En fuite, des Chrétiens une impie affemblée,
Pour avancer l'effet de ce discours fatal,
A jetté Polyeucte aux pieds de fon rival.
Soudain à fon fecours j'ay reclamé mon pere,
Helas! c'eft de tout point ce qui me defespere,
I'ay veu mon pere mefme un poignard à la main
Entrer le bras levé pour luy percer le fein.
Là ma douleur trop forte a broüillé ces images,
Le fang de Polyeucte a fatisfait leurs rages,
Ie ne fçay, ny comment, ny quand ils l'ont tué,
Mais je fçay qu'à fa mort tous ont contribué.

Voilà quel eſt mon ſonge. *STR.* Il eſt vray qu'il eſt triſte,
Mais il faut que voſtre ame à ces frayeurs reſiste,
La viſion de ſoy peut faire quelque horreur,
Mais non-pas vous donner une juste terreur.
Pouvez-vous craindre un mort ? pouvez-vous craindre un pere,
Qui cherit voſtre époux, que voſtre époux revere,
Et dont le juste choix vous a donnée à luy
Pour s'en faire en ces lieux un ferme & ſeur appuy ?
PAV. Il m'en a dit autant, & rit de mes alarmes,
Mais je crains des Chrétiens les complots, & les charmes,
Et que ſur mon époux leur troupeau ramaſſé
Ne vange tant de ſang que mon pere a verſé.
STR. Leur ſecte eſt inſenſée, impie, & ſacrilége,
Et dans ſon ſacrifice uſe de ſortilege ;
Mais ſa fureur ne va qu'à briſer nos Autels,
Elle n'en veut qu'aux Dieux, & non-pas aux Mortels.
Quelque ſeverité que ſur eux on déploye,
Ils ſouffrent ſans murmure, & meurent avec joye,
Et depuis qu'on les traite en criminels d'Etat,
On ne peut les charger d'aucun aſſaſſinat.
PAV. Tais-toy, mon pere vient.

SCENE IV.

FELIX, ALBIN, PAVLINE, STRATONICE.

FEL.   **M**A fille, que ton ſonge
En d'étranges frayeurs ainſi que toy me plonge !
Que j'en crains les effets qui ſemblent s'approcher !
PAV. Quelle ſubite alarme ainſi vous peut toucher ?
FEL. Severe n'eſt point mort. *PAV.* Quel mal nous fait ſa vie ?
FEL. Il eſt le favory de l'Empereur Decie.
PAV. Après l'avoir ſauvé des mains des ennemis,
L'eſpoir d'un ſi haut rang luy devenoit permis.
Le Destin aux grands cœurs ſi ſouvent mal propice
Se reſout quelquefois à leur faire justice.
FEL. Il vient icy luy-meſme. *PAV.* Il vient ! *FEL.* Tu le vas voir.
PAV. C'en eſt trop, mais comment le pouvez-vous ſçavoir ?
FEL. Albin l'a rencontré dans la proche campagne,
Vn gros de Courtiſans en foule l'accompagne,
Et montre aſſez quel eſt ſon rang & ſon credit.
Mais, Albin, redy-luy ce que ſes gens t'ont dit.

ALB. Vous

ALB. Vous sçavez quelle fut cette grande journée
Que sa perte pour nous rendit si fortunée,
Où l'Empereur captif par sa main dégagé
Rasseura son party déja découragé,
Tandis que sa vertu succomba sous le nombre :
Vous sçavez les honneurs qu'on fit faire à son Ombre,
Après qu'entre les morts on ne le pût trouver ;
Le Roy de Perse aussi l'avoit fait enlever.
Témoin de ses hauts faits, & de son grand courage,
Ce Monarque en voulut connoistre le visage,
On le mit dans sa Tente, où tout percé de coups,
Tout mort qu'il paroissoit, il fit mille jaloux.
Là bien-tost il montra quelque signe de vie,
Ce Prince genereux en eut l'ame ravie,
Et sa joye, en dépit de son dernier malheur,
Du bras qui le causoit honora la valeur.
Il en fit prendre soin, la cure en fut secrette,
Et comme au bout d'un mois sa santé fut parfaite,
Il offrit dignitez, alliance, tresors,
Et pour gagner Severe il fit cent vains efforts.
Après avoir comblé ses refus de loüange,
Il envoye à Decie en proposer l'échange,
Et soudain l'Empereur transporté de plaisir
Offre au Perse son frere, & cent Chefs à choisir.
Ainsi revint au camp le valeureux Severe
De sa haute vertu recevoir le salaire,
La faveur de Decie en fut le digne prix.
De nouveau l'on combat, & nous sommes surpris,
Ce malheur toutefois sert à croistre sa gloire,
Luy seul rétablit l'ordre, & gagne la victoire,
Mais si belle, & si pleine, & par tant de beaux faits,
Qu'on nous offre tribut, & nous faisons la paix.
L'Empereur qui luy montre une amour infinie,
Après ce grand succès l'envoye en Armenie,
Il vient en apporter la Nouvelle en ces lieux,
Et par un sacrifice en rendre hommage aux Dieux.
FEL. O Ciel ! en quel état ma fortune est reduite !
ALB. Voilà ce que j'ay sçeu d'un homme de sa suite,
Et j'ay couru, Seigneur, pour vous y disposer.
FEL. Ah, sans doute, ma fille, il vient pour t'épouser.
L'ordre d'un sacrifice est pour luy peu de chose,
C'est un pretexte faux dont l'amour est la cause.

PAV. Cela pourroit bien eftre, il m'aimoit cherement.
FEL. Que ne permettra-t'il à fon reffentiment?
Et jusques à quel point ne porte fa vangeance
Vne juste colere avec tant de puiffance?
Il nous perdra, ma fille. *PAV.* Il eft trop genereux.
FEL. Tu veux flater en vain un pere malheureux,
Il nous perdra, ma fille. Ah, regret qui me tuë,
De n'avoir pas aimé la vertu toute nuë!
Ah, Pauline, en effet tu m'as trop obeï,
Ton courage étoit bon, ton devoir l'a trahy,
Que ta rebellion m'euft été favorable!
Qu'elle m'euft garanty d'un état déplorable!
Si quelque espoir me reste, il n'eft plus aujourd'huy
Qu'en l'abfolu pouvoir qu'il te donnoit fur luy:
Ménage en ma faveur l'amour qui le poffede,
Et d'où provient mon mal fay fortir le remede.
PAV. Moy! moy, que je revoye un fi puiffant vainqueur,
Et m'expofe à des yeux qui me perçent le cœur!
Mon pere, je fuis femme, & je fçay ma foibleffe,
Ie fens déja mon cœur qui pour luy s'intereffe,
Et pouffera fans doute en dépit de ma foy
Quelque foûpir indigne, & de vous, & de moy,
Ie ne le verray point. *FEL.* Raffeure un peu ton ame.
PAV. Il eft toûjours aimable, & je fuis toûjours femme,
Dans le pouvoir fur moy que fes regards ont eu,
Ie n'ofe m'affeurer de toute ma vertu.
Ie ne le verray point. *FEL.* Il faut le voir, ma fille,
Ou tu trahis ton pere, & toute ta famille.
PAV. C'eft à moy d'obeïr puisque vous commandez,
Mais voyez les perils où vous me hazardez.
FEL. Ta vertu m'eft connuë. *PAV.* Elle vaincra fans doute,
Ce n'eft pas le fuccés que mon ame redoute,
Ie crains ce dur combat & ces troubles puiffans
Que fait déja chez moy la revolte des fens.
Mais puisqu'il faut combatre un ennemy que j'aime,
Souffrez que je me puiffe armer contre moy-mefme,
Et qu'un peu de loifir me prépare à le voir.
FEL. Iufqu'au devant des murs je vay le recevoir,
Rappelle cependant tes forces étonnées,
Et fonge qu'en tes mains tu tiens nos Destinées.
PAV. Ouy, je vay de nouveau dompter mes fentimens,
Pour fervir de victime à vos commandemens.

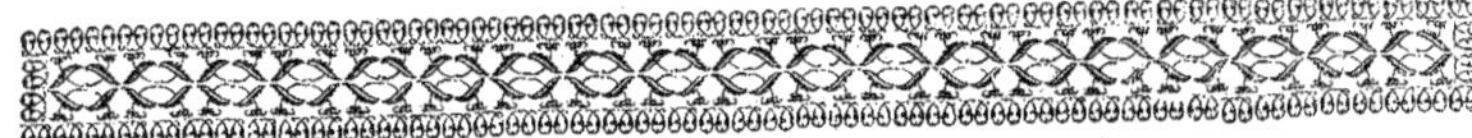

ACTE II.

SCENE PREMIERE.

ŚEVERE, FABIAN.

SEV. Ependant que Felix donne ordre au sacrifice,
Pourray-je prendre un temps à mes vœux si propice,
Pourray-je voir Pauline, & rendre à ses beaux yeux
L'hommage souverain que l'on va rēdre aux Dieux?
Ie ne t'ay point celé que c'est ce qui m'améne,
Le reste est un pretexte à soulager ma peine,
Ie viens sacrifier, mais c'est à ses beautez
Que je viens immoler toutes mes volontez.
FAB. Vous la verrez, Seigneur. *SEV.* Ah, quel comble de joye!
Cette chere beauté consent que je la voye!
Mais ay-je sur son ame encor quelque pouvoir?
Quelque reste d'amour s'y fait-il encor voir?
Quel trouble, quel transport luy cause ma venuë?
Puis-je tout esperer de cette heureuse veuë?
Car je voudrois mourir plûtost que d'abuser
Des lettres de faveur que j'ay pour l'épouser;
Elles sont pour Felix, non pour triompher d'elle,
Iamais à ses desirs mon cœur ne fut rebelle,
Et si mon mauvais sort avoit changé le sien,
Ie me vaincrois moy-mesme, & ne pretendrois rien.
FAB. Vous la verrez, c'est tout ce que je vous puis dire.
SEV. D'où vient que tu fremis, & que ton cœur soûpire?
Ne m'aime-t'elle plus ? éclaircy-moy ce point.
FAB. M'en croirez-vous, Seigneur ? ne la revoyez point,
Portez en lieu plus haut l'honneur de vos caresses,
Vous trouverez à Rome assez d'autres Maîtresses,
Et dans ce haut degré de puissance, & d'honneur,
Les plus Grands y tiendront vostre amour à bonheur.
SEV. Qu'à des pensers si bas mon ame se ravale!
Que je tienne Pauline à mon sort inégale!

Ffff ij

Elle en a mieux ufé , je la dois imiter,
Ie n'aime mon bonheur que pour la meriter.
Voyons-la , Fabian , ton discours m'importune,
Allons mettre à fes pieds cette haute fortune.
Ie l'ay dans les combats trouvée heureufement
En cherchant une mort digne de fon amant;
Ainfi ce rang eft fien , cette faveur eft fienne,
Et je n'ay rien enfin que d'elle je ne tienne.
FAB. Non , mais encor un coup ne la revoyez point.
SEV. Ah , c'en eft trop , enfin éclaircy-moy ce point.
As-tu veu des froideurs quand tu l'en as priée ?
FAB. Ie tremble à vous le dire , elle eft 4... *SE.* Quoy ? *FAB.* Mariée.
SEV. Soûtien-moy , Fabian , ce coup de foudre eft grand,
Et frape d'autant plus que plus il me furprend.
FAB. Seigneur, qu'eft devenu ce genereux courage ?
SEV. La constance eft icy d'un difficile ufage,
De pareils déplaifirs accablent un grand cœur,
La vertu la plus mafle en perd toute vigueur,
Et quand d'un feu fi beau les ames font éprifes,
La mort les trouble moins que de telles furprifes.
Ie ne fuis plus à moy quand j'entens ce discours.
Pauline eft mariée! *FAB.* Ouy , depuis quinze jours,
Polyeucte , un Seigneur des premiers d'Armenie,
Goufte de fon Hymen la douceur infinie.
SEV. Ie ne la puis du moins blafmer d'un mauvais choix,
Polyeucte a du nom , & fort du fang des Rois.
Foibles foulagemens d'un malheur fans remede,
Pauline , je verray qu'un autre vous poffede!
O Ciel , qui malgré moy me renvoyez au jour,
O Sort qui redonniez l'espoir à mon amour,
Reprenez la faveur que vous m'avez prétée,
Et rendez-moy la mort que vous m'avez oftée.
Voyons-la toutefois , & dans ce trifte lieu
Achevons de mourir en luy difant Adieu,
Que mon cœur chez les morts emportant fon image,
De fon dernier foûpir puiffe luy faire hommage.
FAB. Seigneur, confiderez.... *SEV.* Tout eft confideré,
Quel defordre peut craindre un cœur defesperé ?
N'y confent-elle pas? *FA.* Ouy , Seigneur , mais.... *SE.* N'importe.
FAB. Cette vive douleur en deviendra plus forte.
SEV. Et ce n'eft pas un mal que je veüille guerir,
Ie ne veux que la voir , foûpirer , & mourir.

FAB. Vous vous échaperez fans doute en fa prefence,
    Vn amant qui perd tout n'a plus de complaifance,
    Dans un tel entretien il fuit fa paffion,
    Et ne pouffe qu'injure & qu'imprécation.
SEV. Iuge autrement de moy, mon respect dure encore,
    Tout violent qu'il eft, mon defespoir l'adore.
    Quels reproches auffi peuvent m'eftre permis?
    Dequoy puis-je accufer qui ne m'a rien promis?
    Elle n'eft point parjure, elle n'eft point legere,
    Son devoir m'a trahy, mon malheur, & fon pere.
    Mais fon devoir fut juste, & fon pere eut raifon,
    I'impute à mon malheur toute la trahifon,
    Vn peu moins de fortune & plûtoft arrivée
    Euft gagné l'un par l'autre, & me l'euft confervée,
    Trop heureux, mais trop tard, je n'ay pû l'acquerir,
    Laiffe-la moy donc voir, foûpirer, & mourir.
FAB. Ouy, je vay l'affeurer qu'en ce malheur extrefme
    Vous eftes affez fort pour vous vaincre vous-mefme.
    Elle a craint comme moy ces premiers mouvemens
    Qu'une perte impréveuë arrache aux vrais amans,
    Et dont la violence excite affez de trouble,
    Sans que l'objet prefent l'irrite, & le redouble.
SEV. Fabian, je la voy. *FAB.* Seigneur, fouvenez-vous....
SEV. Helas, elle aime un autre, un autre eft fon époux.

S C E N E II.

S E V E R E , P A V L I N E , S T R A T O N I C E ,
F A B I A N.

PAV. **O**Vy, je l'aime, Severe, & n'en fais point d'excufe,
    Que toute autre que moy vous flate & vous abufe,
    Pauline a l'ame noble, & parle à cœur ouvert.
    Le bruit de voftre mort n'eft point ce qui vous perd.
    Si le Ciel en mon choix euft mis mon Hymenée,
    A vos feules vertus je me ferois donnée,
    Et toute la rigueur de voftre premier fort
    Contre voftre merite euft fait un vain effort;
    Ie découvrois en vous d'affez illustres marques,
    Pour vous préferer mefme aux plus heureux Monarques.

Mais puisque mon devoir m'impofoit d'autres loix,
De quelque amant pour moy que mon pere euft fait choix,
Quand à ce grand pouvoir que la valeur vous donne,
Vous auriez ajoufté l'éclat d'une couronne,
Quand je vous aurois veu, quand je l'aurois haï,
I'en aurois foûpiré, mais j'aurois obeï,
Et fur mes paffions ma raifon fouveraine
Euft blafmé mes foûpirs, & diffipé ma haine.
SEV. Que vous étes heureufe, & qu'un peu de foûpirs
Fait un aifé remede à tous vos déplaifirs!
Ainfi de vos defirs toûjours Reine abfoluë,
Les plus grands changemens vous trouvent refoluë,
De la plus forte ardeur vous portez vos efprits
Iufqu'à l'indifference, & peut-eftre au mépris,
Et voftre fermeté fait fucceder fans peine
La faveur au dédain, & l'amour à la haine.
   Qu'un peu de voftre humeur ou de voftre vertu
Soulageroit les maux de ce cœur abatu!
Vn foûpir, une larme à regret épanduë
M'auroit déja guery de vous avoir perduë,
Ma raifon pourroit tout fur l'amour affoibly,
Et de l'indifference iroit jufqu'à l'oubly,
Et mon feu deformais fe reglant fur le voftre,
Ie me tiendrois heureux entre les bras d'une autre,
O trop aimable objet qui m'avez trop charmé,
Eft-ce là comme on aime, & m'avez-vous aimé?
PAV. Ie vous l'ay trop fait voir, Seigneur, & fi mon ame
Pouvoit bien étouffer les reftes de fa flâme,
Dieux, que j'éviterois de rigoureux tourmens!
Ma raifon, il eft vray, dompte mes fentimens,
Mais quelque authorité que fur eux elle ait prife,
Elle n'y regne pas, elle les tyrannife,
Et quoy que le dehors foit fans émotion,
Le dedans n'eft que trouble, & que fedition.
Vn je ne fçay quel charme encor vers vous m'emporte,
Voftre merite eft grand, fi ma raifon eft forte;
Ie le vois encor tel qu'il alluma mes feux
D'autant plus puiffamment folliciter mes vœux,
Qu'il eft environné de puiffance & de gloire,
Qu'en tous lieux après vous il traifne la victoire,
Que j'en fçay mieux le prix, & qu'il n'a point deceu
Le genereux efpoir que j'en avois conceu.

Mais ce mefme devoir qui le vainquit dans Rome,
Et qui me range icy deffous les loix d'un homme,
Repouffe encor fi bien l'effort de tant d'appas,
Qu'il déchire mon ame, & ne l'ébranfle pas.
C'eft cette vertu mefme à nos defirs cruelle
Que vous loüiez alors en blafphemant contre elle,
Plaignez-vous-en encor, mais loüez fa rigueur
Qui triomphe à la fois de vous & de mon cœur,
Et voyez qu'un devoir moins ferme & moins fincere
N'auroit pas merité l'amour du grand Severe.

SEV. Ah, Madame, excufez une aveugle douleur
  Qui ne connoit plus rien que l'excés du malheur;
  Ie nommois inconstance, & prenois pour un crime
  De ce juste devoir l'effort le plus fublime.
  De grace, montrez moins à mes fens defolez
  La grandeur de ma perte, & ce que vous valez,
  Et cachant par pitié cette vertu fi rare,
  Qui redouble mes feux lors qu'elle nous fepare,
  Faites voir des defauts, qui puiffent à leur tour
  Affoiblir ma douleur avecque mon amour.

PAV. Helas! cette vertu, quoy qu'enfin invincible,
  Ne laiffe que trop voir une ame trop fenfible.
  Ces pleurs en font témoins, & ces lafches foûpirs
  Qu'arrachent de nos feux les cruels fouvenirs,
  Trop rigoureux effets d'une aimable prefence,
  Contre qui mon devoir a trop peu de défenfe.
  Mais fi vous estimez ce vertueux devoir,
  Confervez-m'en la gloire, & ceffez de me voir.
  Epargnez-moy des pleurs qui coulent à ma honte,
  Epargnez-moy des feux qu'à regret je furmonte,
  Enfin épargnez-moy ces tristes entretiens
  Qui ne font qu'irriter vos tourmens, & les miens.

SEV. Que je me prive ainfi du feul bien qui me reste!
PAV. Sauvez-vous d'une veuë à tous les deux funeste.
SEV. Quel prix de mon amour! quel fruit de mes travaux!
PAV. C'eft le remede feul qui peut guerir nos maux.
SEV. Ie veux mourir des miens, aimez-en la memoire.
PAV. Ie veux guerir des miens, ils foüilleroient ma gloire.
SEV. Ah, puisque voftre gloire en prononce l'Arreft,
  Il faut que ma douleur cede à fon intereft;
  Il n'eft rien que fur moy cette gloire n'obtienne,
  Elle me rend les foins que je dois à la mienne;

Adieu, je vay chercher au milieu des combats
Cette immortalité que donne un beau trépas,
Et remplir dignement par une mort pompeuſe
De mes premiers exploits l'attente avantageuſe,
Si toutefois aprés ce coup mortel du Sort
I'ay de la vie aſſez pour chercher une mort.
PAV. Et moy dont voſtre veuë augmente le ſupplice,
Ie l'éviteray meſme en voſtre ſacrifice,
Et ſeule dans ma chambre enfermant mes regrets
Ie vay pour vous aux Dieux faire des vœux ſecrets.
SEV. Puiſſe le juste Ciel content de ma ruine
Combler d'heur & de jours Polyeucte, & Pauline.
PAV. Puiſſe trouver Severe aprés tant de malheur
Vne felicité digne de ſa valeur.
SEV. Il la trouvoit en vous. *PAV.* Ie dépendois d'un pere.
SEV. O devoir qui me perd & qui me deſeſpere!
Adieu, trop vertueux objet, & trop charmant.
PAV. Adieu, trop malheureux, & trop parfait amant.

SCENE III.

PAVLINE, STRATONICE.

STR. IE vous ay plaints tous deux, j'en verſe encor des larmes;
Mais du moins voſtre esprit eſt hors de ſes alarmes,
Vous voyez clairement que voſtre ſonge eſt vain;
Severe ne vient pas la vangeance à la main.
PAV. Laiſſe-moy respirer du moins ſi tu m'as plainte,
Au fort de ma douleur tu rappelles ma crainte,
Souffre un peu de relaſche à mes esprits troublez,
Et ne m'accable point par des maux redoublez.
STR. Quoy, vous craignez encor! *PAV.* Ie tremble, Stratonice,
Et bien que je m'effraye avec peu de justice,
Cette injuste frayeur ſans ceſſe reproduit
L'image des malheurs que j'ay veus cette nuit.
STR. Severe eſt genereux. *PAV.* Malgré ſa retenuë
Polyeucte ſanglant frape toûjours ma veuë.
STR. Vous voyez ce rival faire des vœux pour luy.
PAV. Ie croy meſme au beſoin qu'il feroit ſon appuy,
Mais ſoit cette croyance, ou fauſſe, ou veritable,
Son ſejour en ce lieu m'eſt toûjours redoutable;

A quoy

A quoy que fa vertu le puiffe difpofer,
Il eft puiffant, il m'aime, & vient pour m'époufer.

SCENE IV.

POLYEVCTE, NEARQVE, PAVLINE, STRATONICE.

POL. C'Eft trop verfer de pleurs, il eft temps qu'ils tariffent,
Que voftre douleur ceffe, & vos craintes finiffent,
Malgré les faux avis par vos Dieux envoyez
Ie fuis vivant, Madame, & vous me revoyez.
PAV. Le jour eft encor long, & ce qui plus m'effraye
La moitié de l'avis fe trouve déja vraye,
I'ay creû Severe mort, & je le vois icy.
POL. Ie le fçay, mais enfin j'en prens peu de foucy.
Ie fuis dans Meliténe, & quel que foit Severe,
Voftre pere y commande, & l'on m'y confidere,
Et je ne penfe pas qu'on puiffe avec raifon
D'un cœur tel que le fien craindre une trahifon.
On m'avoit affeuré qu'il vous faifoit vifite,
Et je venois luy rendre un honneur qu'il merite.
PAV. Il vient de me quitter affez trifte & confus,
Mais j'ay gagné fur luy qu'il ne me verra plus.
POL. Quoy! vous me foupçonnez déja de quelque ombrage!
PAV. Ie ferois à tous trois un trop fenfible outrage.
I'affeure mon repos que troublent fes regards,
La vertu la plus ferme évite les hazards,
Qui s'expofe au peril veut bien trouver fa perte;
Et pour vous en parler avec une ame ouverte,
Depuis qu'un vray merite a pû nous enflamer,
Sa prefence toûjours a droit de nous charmer.
Outre qu'on doit rougir de s'en laiffer furprendre,
On fouffre à refifter, on fouffre à s'en défendre,
Et bien que la vertu triomphe de ces feux,
La victoire eft penible, & le combat honteux.
POL. O vertu trop parfaite, & devoir trop fincere!
Que vous devez coûter de regrets à Severe!
Qu'aux dépens d'un beau feu vous me rendez heureux,
Et que vous étes doux à mon cœur amoureux;

Tome I.   Gggg

Plus je voy mes defauts, & plus je vous contemple,
Plus j'admire....

SCENE V.

POLYEVCTE, PAVLINE, NEARQVE, SRATONICE, CLEON.

CLE. SEigneur, Felix vous mande au Temple,
La victime est choisie, & le peuple à genoux,
Et pour sacrifier on n'attend plus que vous.
POL. Va, nous allons te suivre. Y venez-vous, Madame?
PAV. Severe craint ma veuë, elle irrite sa flame,
Ie luy tiendray parole, & ne veux plus le voir.
Adieu, vous l'y verrez, pensez à son pouvoir,
Et ressouvenez-vous que sa faveur est grande.
POL. Allez, tout son credit n'a rien que j'apprehende,
Et comme je connoy sa generosité,
Nous ne nous combatrons que de civilité.

SCENE VI.

POLYEVCTE, NEARQVE.

NEA. OV pensez-vous aller? *PO.* Au Temple où l'on m'appelle.
N. Quoy? vous mesler aux vœux d'une troupe infidelle?
Oubliez-vous déja que vous étes Chrétien?
POL. Vous par qui je le suis, vous en souvient-il bien?
NEA. I'abhorre les faux Dieux. *POL.* Et moy, je les deteste.
NEA. Ie tiens leur culte impie. *POL.* Et je le tiens funeste.
NEA. Fuyez donc leurs Autels. *POL.* Ie les veux renverser,
Et mourir dans leur Temple, ou les y terrasser.
Allons, mon cher Nearque, allons aux yeux des hommes
Braver l'Idolatrie, & montrer qui nous sommes;
C'est l'attente du Ciel, il nous la faut remplir,
Ie viens de le promettre, & je vay l'accomplir.
Ie rens graces au Dieu que tu m'as fait connoistre
De cette occasion qu'il a si-tost fait naistre,
Où déja sa bonté preste à me couronner
Daigne éprouver la Foy qu'il vient de me donner.

NEA. Ce zéle eſt trop ardent, ſouffrez qu'il ſe modere.
POL. On n'en peut avoir trop pour le Dieu qu'on revere.
NEA. Vous trouverez la mort. *POL.* Ie la cherche pour luy.
NEA. Et ſi ce cœur s'ébranſle ? *POL.* Il ſera mon appuy.
NEA. Il ne commande point que l'on s'y précipite.
POL. Plus elle eſt volontaire, & plus elle merite.
NEA. Il ſuffit, ſans chercher, d'attendre & de ſouffrir.
POL. On ſouffre avec regret quand on n'oſe s'offrir.
NEA. Mais dans ce Temple enfin la mort eſt aſſeurée.
POL. Mais dans le Ciel déja la palme eſt préparée.
NEA. Par une ſainte vie il faut la meriter.
POL. Mes crimes en vivant me la pourroient oſter,
    Pourquoy mettre au hazard ce que la mort aſſeure ?
    Quand elle ouvre le Ciel, peut-elle ſembler dure ?
    Ie ſuis Chrétien, Nearque, & le ſuis tout à fait,
    La Foy que j'ay receuë aspire à ſon effet,
    Qui fuit croit laſchement, & n'a qu'une Foy morte.
NEA. Ménagez voſtre vie, à Dieu meſme elle importe,
    Vivez pour proteger les Chrétiens en ces lieux.
POL. L'exemple de ma mort les fortifira mieux.
NEA. Vous voulez donc mourir ! *POL.* Vous aimez donc à vivre.
NEA. Ie ne puis déguiſer que j'ay peine à vous ſuivre,
    Sous l'horreur des tourmens je crains de ſuccomber.
POL. Qui marche aſſeurément n'a point peur de tomber,
    Dieu fait part au beſoin de ſa force infinie,
    Qui craint de le nier dans ſon ame le nie,
    Il croit le pouvoir faire, & doute de ſa Foy.
NEA. Qui n'apprehende rien préſume trop de ſoy.
POL. I'attens tout de ſa grace, & rien de ma foibleſſe,
    Mais loin de me preſſer, il faut que je vous preſſe,
    D'où vient cette froideur ? *NEA.* Dieu meſme a craint la mort.
POL. Il s'eſt offert pourtant, ſuivons ce ſaint effort,
    Dreſſons-luy des Autels ſur des monceaux d'Idoles.
    Il faut (je me ſouviens encor de vos paroles)
    Negliger pour luy plaire, & femme, & biens, & rang,
    Expoſer pour ſa gloire & verſer tout ſon ſang.
    Helas, qu'avez-vous fait de cette amour parfaite
    Que vous me ſouhaitiez, & que je vous ſouhaite ?
    S'il vous en reſte encor, n'étes-vous point jaloux
    Qu'à grand peine Chrétien j'en montre plus que vous ?
NEA. Vous ſortez du Bapteſme, & ce qui vous anime
    C'eſt ſa grace qu'en vous n'affoiblit aucun crime ;
Gggg ij

Comme encor toute entiere, elle agit pleinement,
Et tout semble possible à son feu vehement.
Mais cette mesme grace en moy diminuée,
Et par mille péchez sans cesse extenuée,
Agit aux grands effets avec tant de langueur,
Que tout semble impossible à son peu de vigueur.
Cette indigne mollesse, & ces lasches défenses
Sont des punitions qu'attirent mes offenses;
Mais Dieu, dont on ne doit jamais se défier,
Me donne vostre exemple à me fortifier.
　　Allons, cher Polyeucte, allons aux yeux des hommes
Braver l'Idolatrie, & montrer qui nous sommes;
Puissay-je vous donner l'exemple de souffrir,
Comme vous me donnez celuy de vous offrir.
POL. A cet heureux transport que le Ciel vous envoye,
Ie reconnoy Nearque, & j'en pleure de joye.
　　Ne perdons plus de temps, le sacrifice est prest,
Allons-y du vray Dieu soûtenir l'interest,
Allons fouler aux pieds ce foudre ridicule
Dont arme un bois pourry ce peuple trop credule,
Allons en éclairer l'aveuglement fatal,
Allons briser ces Dieux de pierre & de metal,
Abandonnons nos jours à cette ardeur celeste,
Faisons triompher Dieu, qu'il dispose du reste.
NEA. Allons faire éclater sa gloire aux yeux de tous,
Et répondre avec zéle à ce qu'il veut de nous.

ACTE III.

SCENE PREMIERE.

PAVLINE.

QVE de foucis flotants! que de confus nuages
Prefentent à mes yeux d'inconstantes images!
Douce tranquillité que je n'ofe esperer,
Que ton divin rayon tarde à les éclairer!
Mille agitations que mes troubles produifent
Dans mon cœur ébranflé tour à tour fe détruifent,
Aucun espoir n'y coule où j'ofe perfister,
Aucun effroy n'y regne où j'ofe m'arréter;
Mon esprit embraffant tout ce qu'il s'imagine
Voit tantoft mon bonheur, & tantoft ma ruïne,
Et fuit leur vaine idée avec fi peu d'effet,
Qu'il ne peut esperer ny craindre tout-à-fait.
Severe inceffamment broüille ma fantaifie,
I'espere en fa vertu, je crains fa jaloufie,
Et je n'ofe penfer que d'un œil bien égal
Polyeucte en ces lieux puiffe voir fon rival.
Comme entre deux rivaux la haine eft naturelle,
L'entreveuë aifément fe termine en querelle;
L'un voit aux mains d'autruy ce qu'il croit meriter,
L'autre un defesperé qui peut trop attenter;
Quelque haute raifon qui régle leur courage
L'un conçoit de l'envie, & l'autre de l'ombrage,
La honte d'un affront que chacun d'eux croit voir,
Ont de nouveau receuë, ou prefte à recevoir,
Confumant dès l'abord toute leur patience,
Forme de la colere, & de la défiance,
Et faififfant enfemble, & l'époux, & l'amant,
En dépit d'eux les livre à leur reffentiment.
Mais que je me figure une étrange Chimere,
Et que je traite mal Polyeucte & Severe,

Comme si la vertu de ces fameux rivaux
Ne pouvoit s'affranchir de ces communs defauts!
Leurs ames à tous deux d'elles-mesmes maîtresses
Sont d'un ordre trop haut pour de telles bassesses,
Ils se verront au Temple en hommes genereux;
Mais las! ils se verront, & c'est beaucoup pour eux.
Que sert à mon époux d'estre dans Meliténe,
Si contre luy Severe arme l'Aigle Romaine,
Si mon pere y commande, & craint ce Favory,
Et se repent déja du choix de mon mary?
Si peu que j'ay d'espoir ne luit qu'avec contrainte,
En naissant il avorte, & fait place à la crainte,
Ce qui doit l'affermir sert à le dissiper;
Dieux, faites que ma peur puisse enfin se tromper.

SCENE II.

PAVLINE, STRATONICE.

PAV. **M**Ais sçachons-en l'issuë. Et bien, ma Stratonice,
Comment s'est terminé ce pompeux sacrifice?
Ces rivaux genereux au Temple se sont veus?
STR. Ah! Pauline. *PAV.* Mes vœux ont-il esté deçeus?
I'en voy sur ton visage une mauvaise marque.
Se sont-il querellez? *STR.* Polyeucte, Nearque,
Les Chrétiens.... *PA.* Parle donc, les Chrétiens? *STR.* Ie ne puis.
PAV. Tu prépares mon ame à d'étranges ennuis.
STR. Vous n'en sçauriez avoir une plus juste cause.
PAV. L'ont-ils assassiné? *STR.* Ce seroit peu de chose.
Tout voftre songe est vray, Polyeucte n'est plus...
PAV. Il est mort! *STR.* Non, il vit, mais (ô pleurs superflus)
Ce courage si grand, cette ame si divine
N'est plus digne du jour, ny digne de Pauline.
Ce n'est plus cet époux si charmant à vos yeux,
C'est l'ennemy commun de l'Etat & des Dieux,
Vn méchant, un infame, un rebelle, un perfide,
Vn traistre, un scelerat, un lasche, un parricide,
Vne peste execrable à tous les gens de bien,
Vn sacrilege impie, en un mot un Chrétien.
PAV. Ce mot auroit suffy sans ce torrent d'injures.
STR. Ces tiltres aux Chrétiens sont-ce des impostures?

PAV. Il eſt ce que tu dis s'il embraſſe leur Foy,
Mais il eſt mon époux & tu parles à moy.
STR. Ne conſiderez plus que le Dieu qu'il adore.
PAV. Ie l'aimay par devoir, ce devoir dure encore.
STR. Il vous donne à preſent ſujet de le haïr,
Qui trahit tous nos Dieux auroit pû vous trahir.
PAV. Ie l'aimerois encor quand il m'auroit trahie,
Et ſi de tant d'amour tu peux eſtre ébahie,
Apprens que mon devoir ne dépend point du ſien,
Qu'il y manque, s'il veut, je dois faire le mien.
Quoy, s'il aimoit ailleurs, ſerois-je diſpenſée
A ſuivre à ſon exemple une ardeur inſenſée?
Quelque Chrétien qu'il ſoit, je n'en ay point d'horreur,
Ie cheris ſa perſonne & je hay ſon erreur.
Mais quel reſſentiment en témoigne mon pere?
STR. Vne ſecrette rage, un excès de colere,
Malgré qui toutefois un reſte d'amitié
Montre pour Polyeucte encor quelque pitié,
Il ne veut point ſur luy faire agir ſa juſtice,
Que du traiſtre Nearque il n'ait veu le ſupplice.
PAV. Quoy! Nearque en eſt donc? *STR.* Nearque l'a ſeduit,
De leur vieille amitié c'eſt-là l'indigne fruit.
Ce perfide tantoſt en dépit de luy-meſme
L'arrachant de vos bras le traiſnoit au Bapteſme,
Voilà ce grand ſecret, & ſi myſterieux,
Que n'en pouvoit tirer voſtre amour curieux.
PAV. Tu me blaſmois alors d'eſtre trop importune.
STR. Ie ne prévoyois pas une telle infortune.
PAV. Avant qu'abandonner mon ame à mes douleurs
Il me faut eſſayer la force de mes pleurs,
En qualité de femme, ou de fille, j'eſpere
Qu'ils vaincront un époux, ou fléchiront un pere;
Que ſi ſur l'un & l'autre ils manquent de pouvoir,
Ie ne prendray conſeil que de mon deſeſpoir.
Apprens-moy cependant ce qu'ils ont fait au Temple.
STR. C'eſt une impieté qui n'eut jamais d'exemple,
Ie ne puis y penſer ſans fremir à l'inſtant,
Et crains de faire un crime en vous la racontant.
Apprenez en deux mots leur brutale inſolence.
    Le Preſtre avoit à peine obtenu du ſilence,
Et devers l'Orient aſſeuré ſon aſpect,
Qu'ils ont fait éclater leur manque de reſpect.

A chaque occasion de la ceremonie,
A l'envy l'un & l'autre étaloit sa manie,
Des mysteres sacrez hautement se moquoit,
Et traitoit de mépris les Dieux qu'on invoquoit.
Tout le peuple en murmure, & Felix s'en offense,
Mais tous deux s'emportans à plus d'irreverence,
Quoy, luy dit Polyeucte en élevant sa voix,
Adorez-vous des Dieux, ou de pierre, ou de bois?
Icy dispensez-moy du recit des blasphesmes
Qu'ils ont vomy tous deux contre Iupiter mesmes,
L'adultere & l'inceste en étoient les plus doux.
Oyez, dit-il en suite, *oyez, peuple, oyez tous.*
    Le Dieu de Poyleucte & celuy de Nearque
De la Terre & du Ciel est l'absolu Monarque,
Seul estre indépendant, seul maistre du Destin,
Seul principe éternel, & souveraine fin.
C'est ce Dieu des Chrétiens qu'il faut qu'on remercie
Des victoires qu'il donne à l'Empereur Decie,
Luy seul tient en sa main le succès des combats,
Il le veut élever, il le peut mettre bas,
Sa bonté, son pouvoir, sa justice est immense,
C'est luy seul qui punit, luy seul qui recompense,
Vous adorez en vain des Monstres impuissans.
Se jettant à ces mots sur le vin & l'encens,
Après en avoir mis les saints vases par terre,
Sans crainte de Felix, sans crainte du tonnerre,
D'une fureur pareille ils courent à l'Autel.
Cieux, a-t'on veu jamais, a-t'on rien veu de tel?
Du plus puissant des Dieux nous voyons la statuë
Par une main impie à leurs pieds abatuë,
Les mysteres troublez, le Temple profané,
La fuite & les clameurs d'un peuple mutiné
Qui craint d'estre accablé sous le couroux celeste,
Felix.... Mais le voicy qui vous dira le reste.
PAV. Que son visage est sombre, & plein d'émotion!
Qu'il montre de tristesse & d'indignation!

SCENE

SCENE III.

FELIX, PAVLINE, STRATONICE.

FEL. VNe telle infolence avoir ofé paroiftre!
    En public! à ma veuë! il en mourra, le traiftre.
PAV. Souffrez que voftre fille embraffe vos genoux.
FEL. Ie parle de Nearque, & non de voftre époux.
    Quelque indigne qu'il foit de ce doux nom de gendre,
    Mon ame luy conferve un fentiment plus tendre,
    La grandeur de fon crime & de mon déplaifir
    N'a pas éteint l'amour qui me l'a fait choifir.
PAV. Ie n'attendois pas moins de la bonté d'un pere.
FEL. Ie pouvois l'immoler à ma juste colere,
    Car vous n'ignorez pas à quel comble d'horreur
    De fon audace impie a monté la fureur,
    Vous l'avez pù fçavoir du moins de Stratonice.
PAV. Ie fçay que de Nearque il doit voir le fupplice.
FEL. Du confeil qu'il doit prendre il fera mieux instruit,
    Quand il verra punir celuy qui l'a feduit.
    Au fpectacle fanglant d'un amy qu'il faut fuivre,
    La crainte de mourir & le defir de vivre
    Reffaififfent une ame avec tant de pouvoir,
    Que qui voit le trépas ceffe de le vouloir.
    L'exemple touche plus que ne fait la menace,
    Cette indiscrette ardeur tourne bien-toft en glace,
    Et nous verrons bien-toft fon cœur inquieté
    Me demander pardon de tant d'impieté.
PAV. Vous pouvez esperer qu'il change de courage?
FEL. Aux dépens de Nearque il doit fe rendre fage.
PAV. Il le doit, mais helas! où me renvoyez-vous,
    Et quels tristes hazards ne court point mon époux,
    Si de fon inconstance il faut qu'enfin j'espere
    Le bien que j'esperois de la bonté d'un pere?
FEL. Ie vous en fais trop voir, Pauline, à confentir
    Qu'il évite la mort par un prompt repentir,
    Ie devois mefme peine à des crimes femblables,
    Et mettant difference entre ces deux coupables,
    I'ay trahy la justice à l'amour paternel,
    Ie me fuis fait pour luy moy-mefme criminel,

Tome I.   Hhhh

Et j'attendois de vous au milieu de vos craintes
Plus de remercîmens que je n'entens de plaintes.
PAV. Dequoy remercier qui ne me donne rien?
Ie sçay quelle est l'humeur & l'esprit d'un Chrétien,
Dans l'obstination jusqu'au bout il demeure,
Vouloir son repentir c'est ordonner qu'il meure.
FEL. Sa grace est en sa main, c'est à luy d'y resver.
PAV. Faites-la toute entiere. *FEL.* Il la peut achever.
PAV. Ne l'abandonnez pas aux fureurs de sa secte.
FEL. Ie l'abandonne aux loix qu'il faut que je respecte.
PAV. Est-ce ainsi que d'un gendre un beau-pere est l'appuy?
FEL. Qu'il fasse autant pour soy comme je fais pour luy.
PAV. Mais il est aveuglé. *FEL.* Mais il se plaist à l'estre,
Qui cherit son erreur ne la veut pas connoistre.
PAV. Mon pere, au nom des Dieux.... *FEL.* Ne les reclamez pas;
Ces Dieux, dont l'interest demande son trépas.
PAV. Ils écoutent nos vœux. *FEL.* Et bien, qu'il leur en fasse.
PAV. Au nom de l'Empereur dont vous tenez la place....
FEL. I'ay son pouvoir en main, mais s'il me l'a commis,
C'est pour le déployer contre ses ennemis.
PAV. Polyeucte l'est-il? *FEL.* Tous Chrétiens sont rebelles.
PAV. N'écoutez point pour luy ces maximes cruelles,
En épousant Pauline il s'est fait vostre sang.
FEL. Ie regarde sa faute, & ne voy plus son rang.
Quand le crime d'Etat se mesle au sacrilége,
Le sang ny l'amitié n'ont plus de privilége.
PAV. Quel excès de rigueur! *FEL.* Moindre que son forfait.
PAV. O de mon songe affreux trop veritable effet!
Voyez-vous qu'avec luy vous perdez vostre fille?
FEL. Les Dieux & l'Empereur sont plus que ma famille.
PAV. La perte de tous deux ne vous peut arréter!
FEL. I'ay les Dieux & Decie ensemble à redouter.
Mais nous n'avons encor à craindre rien de triste,
Dans son aveuglement pensez-vous qu'il persiste?
S'il nous sembloit tantost courir à son malheur,
C'est d'un nouveau Chrétien la premiere chaleur.
PAV. Si vous l'aimez encor, quittez cette esperance
Que deux fois en un jour il change de croyance:
Outre que les Chrétiens ont plus de dureté,
Vous attendez de luy trop de legereté.
Ce n'est point une erreur avec le lait succée,
Que sans examiner son ame ait embrassée;

Polyeucte eſt Chrétien parce qu'il l'a voulu,
Et vous portoit au Temple un esprit reſolu.
Vous devez préſumer de luy comme du reste.
Le trépas n'eſt pour eux, ny honteux, ny funeste,
Ils cherchent de la gloire à mépriſer les Dieux,
Aveugles pour la Terre ils aspirent aux Cieux,
Et croyant que la mort leur en ouvre la porte,
Tourmentez, déchirez, aſſaſſinez, n'importe,
Les ſupplices leur ſont ce qu'à nous les plaiſirs,
Et les ménent au but où tendent leurs deſirs,
La mort la plus infame ils l'appellent Martyre.
FEL. Et bien donc, Polyeucte aura ce qu'il deſire,
    N'en parlons plus. *PAV.* Mon pere.

SCENE IV.

FELIX, ALBIN, PAVLINE,
STRATONICE.

FEL.   Albin, en eſt-ce fait?
ALB. Ouy, Seigneur, & Nearque a payé ſon forfait.
FEL. Et noſtre Polyeucte a veu trancher ſa vie?
ALB. Il l'a veu, mais, helas! avec un œil d'envie.
    Il bruſle de le ſuivre au lieu de reculer,
    Et ſon cœur s'affermit au lieu de s'ébranſler.
PAV. Ie vous le diſois bien; encor un coup, mon pere,
    Si jamais mon respect a pû vous ſatisfaire,
    Si vous l'avez priſé, ſi vous l'avez chery....
FEL. Vous aimez trop, Pauline, un indigne mary.
PAV. Ie l'ay de voſtre main, mon amour eſt ſans crime,
    Il eſt de voſtre choix la glorieuſe estime,
    Et j'ay pour l'accepter éteint le plus beau feu
    Qui d'une ame bien née ait merité l'aveu.
    Au nom de cette aveugle, & prompte obeïſſance,
    Que j'ay toûjours renduë aux loix de la naiſſance,
    Si vous avez pû tout ſur moy, ſur mon amour,
    Que je puiſſe ſur vous quelque choſe à mon tour.
    Par ce juste pouvoir à preſent trop à craindre,
    Par ces beaux ſentiments qu'il m'a fallu contraindre,
    Ne m'oſtez pas vos dons, ils ſont chers à mes yeux,
    Et m'ont aſſez coûté pour m'eſtre précieux.

FEL. Vous m'importunez trop, bien que j'aye un cœur tendre,
Ie n'aime la pitié qu'au prix que j'en veux prendre,
Employez mieux l'effort de vos justes douleurs,
Malgré moy m'en toucher c'eſt perdre, & temps, & pleurs,
I'en veux eſtre le maiſtre, & je veux bien qu'on ſçache,
Que je la deſavoüe alors qu'on me l'arrache.
Préparez-vous à voir ce malheureux Chrétien,
Et faites voſtre effort quand j'auray fait le mien,
Allez, n'irritez plus un pere qui vous aime,
Et taſchez d'obtenir voſtre époux de luy-meſme.
Tantoſt jusque en ce lieu je le feray venir,
Cependant quittez-nous, je veux l'entretenir.
PAV. De grace permettez.... *FEL.* Laiſſez-nous ſeuls, vous dy-je,
Voſtre douleur m'offenſe autant qu'elle m'afflige,
A gagner Polyeucte appliquez tous vos ſoins,
Vous avancerez plus en m'importunant moins.

SCENE V.

FELIX, ALBIN.

FEL. **A**Lbin, comme eſt-il mort? *ALB.* En brutal, en impie,
En bravant les tourmens, en dédaignant la vie,
Sans regret, ſans murmure, & ſans étonnement,
Dans l'obſtination & l'endurciſſement,
Comme un Chrétien enfin, le blaſphefme à la bouche.
FEL. Et l'autre? *ALB.* Ie l'ay dit déja, rien ne le touche,
Loin d'en eſtre abatu, ſon cœur en eſt plus haut,
On l'a violenté pour quitter l'échaffaut,
Il eſt dans la priſon où je l'ay veu conduire,
Mais vous étes bien loin encor de le reduire.
FEL. Que je ſuis malheureux! *ALB.* Tout le monde vous plaint.
FEL. On ne ſçait pas les maux dont mon cœur eſt atteint.
De penſers ſur penſers mon ame eſt agitée,
De ſoucis ſur ſoucis elle eſt inquietée;
Ie ſens l'amour, la haine, & la crainte, & l'espoir,
La joye & la douleur tour à tour l'émouvoir.
I'entre en des ſentimens qui ne ſont pas croyables,
I'en ay de violens, j'en ay de pitoyables,
I'en ay de genereux qui n'oſeroient agir,
I'en ay meſmes de bas, & qui me font rougir.

I'aime ce malheureux que j'ay choifi pour gendre,
Ie hay l'aveugle erreur qui le vient de furprendre,
Ie déplore fa perte, & le voulant fauver,
I'ay la gloire des Dieux enfemble à conferver,
Ie redoute leur foudre, & celuy de Decie,
Il y va de ma Charge, il y va de ma vie:
Ainfi tantoft pour luy je m'expofe au trépas,
Et tantoft je le perds pour ne me perdre pas.
ALB. Decie excufera l'amitié d'un beau-pere,
Et d'ailleurs Polyeucte eft d'un fang qu'on revere.
FEL. A punir les Chrétiens fon ordre eft rigoureux,
Et plus l'exemple eft grand, plus il eft dangereux.
On ne diftingue point quand l'offenfe eft publique,
Et lors qu'on diffimule un crime domeftique,
Par quelle authorité peut-on, par quelle loy
Châtier en autruy ce qu'on fouffre chez foy?
ALB. Si vous n'ofez avoir d'égard à fa perfonne,
Ecrivez à Decie afin qu'il en ordonne.
FEL. Severe me perdroit fi j'en ufois ainfi.
Sa haine & fon pouvoir font mon plus grand foucy,
Si j'avois differé de punir un tel crime,
Quoy qu'il foit genereux, quoy qu'il foit magnanime,
Il eft homme, & fenfible, & je l'ay dédaigné,
Et de tant de mépris fon efprit indigné,
Que met au defefpoir cet Hymen de Pauline,
Du couroux de Decie obtiendroit ma ruïne.
Pour vanger un affront tout femble eftre permis,
Et les occafions tentent les plus remis.
Peut-eftre (& ce foupçon n'eft pas fans apparence)
Il rallume en fon cœur déja quelque efperance,
Et croyant bien-toft voir Polyeucte puny,
Il rappelle un amour à grand peine banny.
Iuge fi fa colere en ce cas implacable
Me feroit innocent de fauver un coupable,
Et s'il m'épargneroit voyant par mes bontez
Vne feconde fois fes deffeins avortez.
      Te diray-je un penfer indigne, bas, & lafche?
Ie l'étouffe, il renaift, il me flate, & me fafche.
L'ambition toûjours me le vient prefenter,
Et tout ce que je puis c'eft de le detefter.
Polyeucte eft icy l'appuy de ma famille,
Mais fi par fon trépas l'autre époufoit ma fille,

H h h h iij

I'acquerrois bien par là de plus puiſſans appuis
Qui me mettroient plus haut cent fois que je ne ſuis.
Mon cœur en prend par force une maligne joye;
Mais que plûtoſt le Ciel à tes yeux me foudroye,
Qu'à des penſers ſi bas je puiſſe conſentir,
Que jusques-là ma gloire oſe ſe démentir.
ALB. Voſtre cœur eſt trop bon, & voſtre ame trop haute,
Mais vous reſolvez-vous à punir cette faute?
FEL. Ie vay dans la priſon faire tout mon effort
A vaincre cet esprit par l'effroy de la mort,
Et nous verrons aprés ce que pourra Pauline.
ALB. Que ferez-vous enfin, ſi toûjours il s'obstine?
FEL. Ne me preſſe point tant, dans un tel déplaiſir
Ie ne puis que reſoudre, & ne ſçay que choiſir.
ALB. Ie dois vous avertir en ſerviteur fidelle
Qu'en ſa faveur déja la ville ſe rebelle,
Et ne peut voir paſſer par la rigueur des loix
Sa derniere esperance & le ſang de ſes Rois.
Ie tiens ſa priſon meſme aſſez mal aſſeurée,
I'ay laiſſé tout autour une troupe éplorée,
Ie crains qu'on ne la force. *FEL.* Il faut donc l'en tirer,
Et l'améner icy pour nous en aſſeurer.
ALB. Tirez-l'en donc vous-meſme, & d'un espoir de grace
Appaiſez la fureur de cette populace.
FEL. Allons, & s'il perſiste à demeurer Chrétien,
Nous en dispoſerons ſans qu'elle en ſçache rien.

ACTE IV.

SCENE PREMIERE.

POLYEVCTE, CLEON,
Trois autres Gardes.

POL. ARDES, que me veut-on? *CLE.* Pauline vous
 demande.
POL. O prefence, ô combat que fur tout j'ap-
 prehende!
Felix, dans la prifon j'ay triomphé de toy,
I'ay ry de ta menace, & t'ay veu fans effroy,
Tu prens pour t'en vanger de plus puiffantes armes,
Ie craignois beaucoup moins tes bourreaux que fes larmes.
 Seigneur, qui vois icy les perils que je cours,
En ce preffant befoin redouble ton fecours.
Et toy qui tout fortant encor de la victoire
Regardes mes travaux du fejour de la gloire,
Cher Nearque, pour vaincre un fi fort ennemy
Prefte du haut du Ciel la main à ton amy.
 Gardes, oferiez-vous me rendre un bon office,
Non pour me dérober aux rigueurs du fupplice,
Ce n'eft pas mon deffein qu'on me faffe évader:
Mais comme il fuffira de trois à me garder,
L'autre m'obligeroit d'aller querir Severe,
Ie croy que fans peril on peut me fatisfaire,
Si j'avois pû luy dire un fecret important,
Il vivroit plus heureux, & je mourrois content.
CLE. Si vous me l'ordonnez, j'y cours en diligence.
POL. Severe à mon defaut fera ta recompenfe,
 Va ne perds point de temps, & revien promptement.
CLE. Ie feray de retour, Seigneur, dans un moment.

SCENE II.

POLYEVCTE.

SOurce delicieuse en miseres feconde,
Que voulez-vous de moy, flateuses voluptez?
Honteux attachemens de la chair & du Monde,
Que ne me quittez-vous, quand je vous ay quittez?
Allez honneurs, plaisirs, qui me livrez la guerre,
   Toute vostre felicité
   Sujette à l'instabilité
   En moins de rien tombe par terre,
   Et comme elle a l'éclat du verre
   Elle en a la fragilité.

  Ainsi n'esperez pas qu'après vous je soûpire,
Vous étalez en vain vos charmes impuissans,
Vous me montrez en vain par tout ce vaste Empire
Les ennemis de Dieu pompeux & florissans;
Il étale à son tour des revers équitables
   Par qui les Grands font confondus,
   Et les glaives qu'il tient pendus
   Sur les plus fortunez coupables,
   Sont d'autant plus inévitables
   Que leurs coups font moins attendus.

  Tigre alteré de fang, Decie impitoyable,
Ce Dieu t'a trop long-temps abandonné les fiens,
De ton heureux Destin voy la fuite effroyable,
Le Scythe va vanger la Perse & les Chrétiens.
Encor un peu plus outre, & ton heure est venuë,
   Rien ne t'en fçauroit garantir,
   Et la foudre qui va partir,
   Toute preste à crever la nuë,
   Ne peut plus estre retenuë
   Par l'attente du repentir.

  Que cependant Felix m'immole à ta colere,
Qu'un rival plus puissant éblouïsse ses yeux,

         Qu'aux

Qu'aux dépens de ma vie il s'en fasse beau-pere,
Et qu'à tiltre d'esclave il commande en ces lieux :
Ie consens, ou plûtost j'aspire à ma ruine,
    Monde, pour moy tu n'as plus rien,
    Ie porte en un cœur tout Chrétien
    Vne flame toute divine,
    Et je ne regarde Pauline
    Que comme un obstacle à mon bien.

    Saintes douceurs du Ciel, adorables idées,
Vous remplissez un cœur qui vous peut recevoir,
De vos sacrez attraits les ames possedées
Ne conçoivent plus rien qui les puisse émouvoir.
Vous promettez beaucoup, & donnez davantage,
    Vos biens ne sont point inconstans,
    Et l'heureux trépas que j'attens
    Ne vous sert que d'un doux passage
    Pour nous introduire au partage
    Qui nous rend à jamais contens.

    C'est vous, ô feu divin que rien ne peut éteindre,
Qui m'allez faire voir Pauline sans la craindre.
    Ie la voy, mais mon cœur d'un saint zéle enflamé
N'en gouste plus l'appas dont il étoit charmé,
Et mes yeux éclairez des celestes lumieres
Ne trouvent plus aux siens leurs graces coûtumieres.

S C E N E   III.

P O L Y E V C T E ,   P A V L I N E ,   *Gardes.*

POL. **M**Adame, quel dessein vous fait me demander ?
    Est-ce pour me combatre, ou pour me seconder,
Cet effort genereux de vostre amour parfaite
Vient-il à mon secours ? vient-il à ma défaite ?
Apportez-vous icy la haine, ou l'amitié,
Comme mon ennemie, ou ma chere moitié ?
PAV. Vous n'avez point icy d'ennemis que vous-mesme,
Seul vous vous haïssez, lors que chacun vous aime,
Seul vous executez tout ce que j'ay resvé :
Ne veüillez pas vous perdre, & vous étes sauvé,

A quelque extrémité que voftre crime paffe
Vous étes innocent fi vous vous faites grace.
Daignez confiderer le fang dont vous fortez,
Vos grandes actions, vos rares qualitez;
Chery de tout le Peuple, estimé chez le Prince,
Gendre du Gouverneur de toute la Province;
Ie ne vous conte à rien le nom de mon époux,
C'eft un bonheur pour moy qui n'eft pas grand pour vous;
Mais aprés vos exploits, aprés voftre naiffance,
Aprés voftre pouvoir, voyez noftre esperance,
Et n'abandonnez pas à la main d'un bourreau
Ce qu'à nos justes vœux promet un fort fi beau.
POL. Ie confidere plus, je fçay mes avantages,
Et l'espoir que fur eux forment les grands courages.
Ils n'aspirent enfin qu'à des biens paffagers,
Que troublent les foucis, que fuivent les dangers,
La Mort nous les ravit, la Fortune s'en joüe,
Aujourd'huy dans le trofne, & demain dans la bouë,
Et leur plus haut éclat fait tant de mécontens
Que peu de vos Cefars en ont joüy long-temps.
    I'ay de l'ambition, mais plus noble, & plus belle,
Cette grandeur perit, j'en veux une immortelle,
Vn bonheur affeuré, fans mefure, & fans fin,
Au deffus de l'Envie, au deffus du Destin.
Eft-ce trop l'acheter que d'une triste vie,
Qui tantoft, qui foudain me peut eftre ravie,
Qui ne me fait joüir que d'un instant qui fuit,
Et ne peut m'affeurer de celuy qui le fuit?
PAV. Voilà de vos Chrétiens les ridicules fonges,
Voilà jusqu'à quel point vous charment leurs menfonges,
Tout voftre fang eft peu pour un bonheur fi doux,
Mais pour en dispofer ce fang eft-il à vous?
Vous n'avez pas la vie ainfi qu'un heritage,
Le jour qui vous la donne en mefme temps l'engage,
Vous la devez au Prince, au Public, à l'Etat.
POL. Ie la voudrois pour eux perdre dans un combat,
Ie fçay quel en eft l'heur, & quelle en eft la gloire;
Des ayeux de Decie on vante la memoire,
Et ce nom précieux encor à vos Romains
Au bout de fix cens ans luy met l'Empire aux mains.
Ie dois ma vie au Peuple, au Prince, à fa Couronne,
Mais je la dois bien plus au Dieu qui me la donne:

Si mourir pour fon Prince eft un illuftre fort,
Quand on meurt pour fon Dieu, quelle fera la mort?
PAV. Quel Dieu! *POL.* Tout-beau, Pauline, il entend vos paroles,
Et ce n'eft pas un Dieu comme vos Dieux frivoles,
Infenfibles & fourds, impuiffans, mutilez,
De bois, de marbre, ou d'or, comme vous les voulez.
C'eft le Dieu des Chrétiens, c'eft le mien, c'eft le voftre,
Et la Terre, & le Ciel n'en connoiffent point d'autre.
PAV. Adorez-le dans l'ame & n'en témoignez rien.
POL. Que je fois tout enfemble Idolatre, & Chrétien!
PAV. Ne feignez qu'un moment, laiffez partir Severe,
Et donnez lieu d'agir aux bontez de mon pere.
POL. Les bontez de mon Dieu font bien plus à cherir.
Il m'ofte des perils que j'aurois pû courir,
Et fans me laiffer lieu de tourner en arriere
Sa faveur me couronne entrant dans la carriere,
Du premier coup de vent il me conduit au port,
Et fortant du Baptefme il m'envoye à la mort.
Si vous pouviez comprendre, & le peu qu'eft la vie,
Et de quelles douceurs cette mort eft fuivie....
Mais que fert de parler de ces trefors cachez
A des esprits que Dieu n'a pas encor touchez?
PAV. Cruel, car il eft temps que ma douleur éclate,
Et qu'un jufte reproche accable une ame ingrate,
Eft-ce-là ce beau feu? font-ce-là tes fermens?
Témoignes-tu pour moy les moindres fentimens?
Ie ne te parlois point de l'état déplorable
Où ta mort va laiffer ta femme inconfolable;
Ie croyois que l'amour t'en parleroit affez,
Et je ne voulois pas de fentimens forcez.
Mais cette amour fi ferme & fi bien meritée
Que tu m'avois promife, & que je t'ay portée,
Quand tu me veux quitter, quand tu me fais mourir,
Te peut-elle arracher une larme, un foûpir?
Tu me quittes, ingrat, & le fais avec joye,
Tu ne la caches pas, tu veux que je la voye,
Et ton cœur infenfible à ces triftes appas
Se figure un bonheur où je ne feray pas!
C'eft donc là le dégouft qu'apporte l'Hymenée!
Ie te fuis odieufe après m'eftre donnée!
POL. Helas! *PAV.* Que cet helas a de peine à fortir!
Encor s'il commençoit un heureux repentir,

Iiii ij

Que tout forcé qu'il est j'y trouverois de charmes!
Mais courage, il s'émeut, je voy couler des larmes.
POL. I'en verse, & pleust à Dieu qu'à force d'en verser
Ce cœur trop endurcy se pust enfin percer.
Le déplorable état où je vous abandonne
Est bien digne des pleurs que mon amour vous donne,
Et si l'on peut au Ciel sentir quelques douleurs,
I'y pleureray pour vous l'excès de vos malheurs.
Mais si dans ce sejour de gloire & de lumiere
Ce Dieu tout juste & bon peut souffrir ma priere,
S'il y daigne écouter un conjugal amour,
Sur vostre aveuglement il répandra le jour.

Seigneur, de vos bontez il faut que je l'obtienne,
Elle a trop de vertus pour n'estre pas Chrétienne,
Avec trop de merite il vous plut la former,
Pour ne vous pas connoistre, & ne vous pas aimer,
Pour vivre des Enfers esclave infortunée,
Et sous leur triste joug mourir comme elle est née.
PAV. Que dis-tu, malheureux? qu'oses-tu souhaiter?
POL. Ce que de tout mon sang je voudrois acheter.
PAV. Que plutost.... *POL.* C'est en vain qu'on se met en défense,
Ce Dieu touche les cœurs lors que moins on y pense,
Ce bien-heureux moment n'est pas encor venu,
Il viendra, mais le temps ne m'en est pas connu.
PAV. Quittez cette chimere, & m'aimez. *POL.* Ie vous aime
Beaucoup moins que mon Dieu, mais bien plus que moy-mesme.
PAV. Au nom de cet amour ne m'abandonnez pas.
POL. Au nom de cet amour daignez suivre mes pas.
PAV. C'est peu de me quitter, tu veux donc me seduire?
POL. C'est peu d'aller au Ciel, je vous y veux conduire.
PAV. Imaginations. *POL.* Celestes veritez.
PAV. Etrange aveuglement. *POL.* Eternelles clartez.
PAV. Tu preferes la mort à l'amour de Pauline!
POL. Vous preferez le Monde à la bonté divine!
PAV. Va cruel, va mourir, tu ne m'aimas jamais.
POL. Vivez heureuse au Monde & me laissez en paix.
PAV. Ouy, je t'y vay laisser, ne t'en mets plus en peine,
Ie vay....

SCENE IV.

POLYEVCTE, PAVLINE, SEVERE,
FABIAN, Gardes.

PAV. **M**Ais quel deſſein en ce lieu vous améne,
Severe ? auroit-on crû qu'un cœur ſi genereux
Pûſt venir jusqu'icy braver un malheureux?
POL. Vous traitez mal, Pauline, un ſi rare merite,
A ma ſeule priere il rend cette viſite.
Ie vous ay fait, Seigneur, une incivilité,
Que vous pardonnerez à ma captivité.
Poſſeſſeur d'un treſor dont je n'étois pas digne
Souffrez avant ma mort que je vous le reſigne,
Et laiſſe la vertu la plus rare à nos yeux
Qu'une femme jamais pûſt recevoir des Cieux,
Aux mains du plus vaillant, & du plus honneſte homme,
Qu'ait adoré la Terre, & qu'ait veu naiſtre Rome.
Vous eſtes digne d'elle, elle eſt digne de vous,
Ne la refuſez pas de la main d'un époux,
S'il vous a deſunis, ſa mort vous va rejoindre,
Qu'un feu jadis ſi beau n'en devienne pas moindre,
Rendez-luy voſtre cœur, & recevez ſa foy,
Vivez heureux enſemble, & mourez comme moy,
C'eſt le bien qu'à tous deux Polyeucte deſire.
Qu'on me méne à la mort, je n'ay plus rien à dire,
Allons, Gardes, c'eſt fait.

SCENE V.

SEVERE, PAVLINE, FABIAN.

SEV.　Dans mon étonnement
Ie suis confus pour luy de son aveuglement;
Sa resolution a si peu de pareilles
Qu'à peine je me fie encor à mes oreilles.
Vn cœur qui vous cherit, (mais quel cœur assez bas
Auroit pû vous connoistre, & ne vous cherir pas?)
Vn homme aimé de vous, si-tost qu'il vous possede,
Sans regret il vous quitte, il fait plus, il vous cede,
Et comme si vos feux étoient un don fatal
Il en fait un present luy-mesme à son rival !
Certes, ou les Chrétiens ont d'étranges manies,
Ou leurs felicitez doivent estre infinies,
Puisque pour y pretendre ils osent rejetter
Ce que de tout l'Empire il faudroit acheter.
　　Pour moy, si mes destins un peu plûtost propices
Eussent de vostre Hymen honoré mes services,
Ie n'aurois adoré que l'éclat de vos yeux,
I'en aurois fait mes Rois, j'en aurois fait mes Dieux;
On m'auroit mis en poudre, on m'auroit mis en cendre
Avant que... *PAV.* Brisons-là, je crains de trop entendre,
Et que cette chaleur qui sent vos premiers feux
Ne pousse quelque suite indigne de tous deux.
Severe, connoissez Pauline toute entiere.
　　Mon Polyeucte touche à son heure derniere,
Pour achever de vivre il n'a plus qu'un moment,
Vous en étes la cause, encor qu'innocemment.
Ie ne sçay si vostre ame à vos desirs ouverte
Auroit osé former quelque espoir sur sa perte;
Mais sçachez qu'il n'est point de si cruels trépas,
Où d'un front asseuré je ne porte mes pas,
Qu'il n'est point aux Enfers d'horreurs que je n'endure,
Plûtost que de souiller une gloire si pure,
Que d'épouser un homme après son triste sort,
Qui de quelque façon soit cause de sa mort,
Et si vous me croyiez d'une ame si peu saine,
L'amour que j'eus pour vous tourneroit toute en haine.

Vous étes genereux, soyez-le jusqu'au bout;
Mon pere est en état de vous accorder tout,
Il vous craint, & j'avance encor cette parole,
Que s'il perd mon époux, c'est à vous qu'il l'immole.
Sauvez ce malheureux, employez-vous pour luy,
Faites-vous un effort pour luy servir d'appuy.
Ie sçay que c'est beaucoup que ce que je demande,
Mais plus l'effort est grand, plus la gloire en est grande;
Conserver un rival dont vous étes jaloux,
C'est un trait de vertu qui n'appartient qu'à vous;
Et si ce n'est assez de vostre renommée,
C'est beaucoup qu'une femme autrefois tant aimée,
Et dont l'amour peut-estre encor vous peut toucher,
Doive à vostre grand cœur ce qu'elle a de plus cher.
Souvenez-vous enfin que vous étes Severe.
Adieu, resolvez seul ce que vous devez faire,
Si vous n'étes pas tel que je l'ose esperer,
Pour vous priser encor je le veux ignorer.

SCENE VI.

SEVERE, FABIAN.

SEV. Qv'est-ce-cy, Fabian, quel nouveau coup de foudre
Tombe sur mon bonheur & le reduit en poudre?
Plus je l'estime près, plus il est éloigné,
Ie trouve tout perdu quand je croy tout gagné,
Et toûjours la Fortune à me nuire obstinée
Tranche mon esperance aussi-tost qu'elle est née.
Avant qu'offrir des vœux je reçoy des refus,
Toûjours triste, toûjours & honteux & confus,
De voir que laschement elle ait osé renaistre,
Qu'encor plus laschement elle ait osé paroistre,
Et qu'une femme enfin dans l'infelicité
Me fasse des leçons de generosité.
Vostre belle ame est haute autant que malheureuse,
Mais elle est inhumaine autant que genereuse,
Pauline, & vos douleurs avec trop de rigueur
D'un amant tout à vous tyrannisent le cœur.
C'est donc peu de vous perdre, il faut que je vous donne,
Que je serve un rival lors qu'il vous abandonne,

Et que par un cruel & genereux effort
Pour vous rendre en ſes mains je l'arrache à la mort.
FAB. Laiſſez à ſon destin cette ingrate famille,
Qu'il accorde s'il veut le pere avec la fille,
Polyeucte & Felix, l'épouſe avec l'époux,
D'un ſi cruel effort quel prix esperez-vous?
SEV. La gloire de montrer à cette ame ſi belle,
Que Severe l'égale, & qu'il eſt digne d'elle,
Qu'elle m'étoit bien deuë, & que l'ordre des Cieux
En me la refuſant m'eſt trop injurieux.
FAB. Sans accuſer le Sort ny le Ciel d'injustice,
Prenez garde au peril qui ſuit un tel ſervice.
Vous hazardez beaucoup, Seigneur, penſez-y bien,
Quoy, vous entreprenez de ſauver un Chrétien?
Pouvez-vous ignorer pour cette ſecte impie
Quelle eſt & fut toûjours la haine de Decie?
C'eſt un crime vers luy ſi grand, ſi capital,
Qu'à voſtre faveur meſme il peut eſtre fatal.
SEV. Cet avis ſeroit bon pour quelque ame commune.
S'il tient entre ſes mains ma vie & ma fortune,
Ie ſuis encor Severe, & tout ce grand pouvoir
Ne peut rien ſur ma gloire, & rien ſur mon devoir.
Icy l'honneur m'oblige, & j'y veux ſatisfaire;
Qu'après, le Sort ſe montre, ou propice, ou contraire,
Comme ſon naturel eſt toûjours inconstant,
Periſſant glorieux je periray content.
Ie te diray bien plus, mais avec confidence,
La ſecte des Chrétiens n'eſt pas ce que l'on penſe,
On les hait, la raiſon je ne la connoy point,
Et je ne voy Decie injuste qu'en ce point.
Par curioſité j'ay voulu les connoiſtre,
On les tient pour ſorciers dont l'Enfer eſt le maiſtre,
Et ſur cette croyance on punit du trépas
Des mysteres ſecrets que nous n'entendons pas.
Mais Ceres Eleuſine, & la Bonne Déeſſe
Ont leurs ſecrets comme eux, à Rome, & dans la Grece;
Encor impunément nous ſouffrons en tous lieux,
Leur Dieu ſeul excepté, toute ſorte de Dieux;
Tous les Monstres d'Egypte ont leurs Temples dans Rome,
Nos ayeux à leur gré faiſoient un Dieu d'un homme,
Et leur ſang parmy nous conſervant leurs erreurs,
Nous rempliſſons le Ciel de tous nos Empereurs;

Mais à

Mais à parler fans fard de tant d'Apotheofes,
L'effet eft bien douteux de ces Metamorphofes.
   Les Chrétiens n'ont qu'un Dieu, maiftre abfolu de tout,
De qui le feul vouloir fait tout ce qu'il refout: ·
Mais fi j'ofe entre nous dire ce qui me femble,
Les noftres bien fouvent s'accordent mal enfemble,
Et me dûft leur colere écrafer à tes yeux,
Nous en avons beaucoup pour eftre de vrais Dieux.
Enfin chez les Chrétiens les mœurs font innocentes,
Les vices detestez, les vertus floriffantes,
Ils font des vœux pour nous qui les perfecutons,
Et depuis tant de temps que nous les tourmentons,
Les a-t'on veus mutins ? les a-t'on veus rebelles?
Nos Princes ont-ils eu des foldats plus fidelles?
Furieux dans la guerre ils fouffrent nos bourreaux,
Et lyons au combat ils meurent en agneaux.
I'ay trop de pitié d'eux pour ne les pas défendre.
Allons trouver Felix, commençons par fon gendre,
Et contentons ainfi d'une feule action,
Et Pauline, & ma gloire, & ma compaffion.

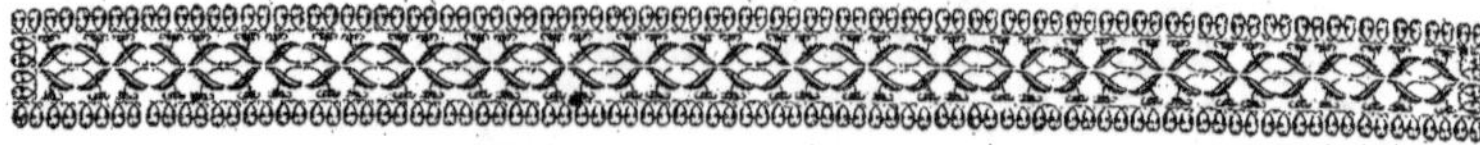

ACTE V.

SCENE PREMIERE.

FELIX, ALBIN, CLEON.

FEL. Lbin, as-tu bien veu la fourbe de Severe?
As-tu bien veu ſa haine, & vois-tu ma miſere?
    ALB. Ie n'ay veu rien en luy qu'un rival genereux,
Et ne voy rien en vous qu'un pere rigoureux.
FEL. Que tu discernes mal le cœur d'avec la mine!
Dans l'ame il hait Felix, & dédaigne Pauline,
Et s'il l'aima jadis, il estime aujourd'huy
Les restes d'un rival trop indignes de luy.
Il parle en ſa faveur, il me prie, il menace,
Et me perdra, dit-il, ſi je ne luy fais grace,
Tranchant du genereux il croit m'épouvanter;
L'artifice eſt trop lourd pour ne pas l'éventer,
Ie ſçay des gens de Cour quelle eſt la Politique,
I'en connoy mieux que luy la plus fine pratique;
C'eſt en vain qu'il tempeſte & feint d'eſtre en fureur,
Ie voy ce qu'il pretend auprès de l'Empereur,
De ce qu'il me demande il m'y feroit un crime,
Epargnant ſon rival je ſerois ſa victime,
Et s'il avoit affaire à quelque mal-adroit,
Le piége eſt bien tendu, ſans doute il le perdroit:
Mais un vieux Courtiſan eſt un peu moins credule,
Il voit quand on le joüe, & quand on diſſimule,
Et moy, j'en ay tant veu de toutes les façons,
Qu'à luy-meſme au beſoin j'en ferois des leçons.
ABL. Dieux! que vous vous gênez par cette défiance!
FEL. Pour ſubſister en Cour c'eſt la haute ſcience.
Quand un homme une fois a droit de nous haïr,
Nous devons préſumer qu'il cherche à nous trahir,
Toute ſon amitié nous doit eſtre ſuspecte.
Si Polyeucte enfin n'abandonne ſa ſecte,

Quoy que son protecteur ait pour luy dans l'esprit,
Ie suivray hautement l'ordre qui m'est prescrit.
ALB. Grace, grace, Seigneur, que Pauline l'obtienne.
FEL. Celle de l'Empereur ne suivroit pas la mienne,
Et loin de le tirer de ce pas hazardeux,
Ma bonté ne feroit que nous perdre tous deux.
ALB. Mais Severe promet.... *FEL.* Albin, je m'en défie,
Et connoy mieux que luy la haine de Décie;
En faveur des Chrétiens s'il choquoit son couroux,
Luy mesme asseurément se perdroit avec nous.
    Ie veux tenter pourtant encor une autre voye,
Amenez Polyeucte, & si je le renvoye,
S'il demeure insensible à ce dernier effort,
Au sortir de ce lieu qu'on luy donne la mort.
ALB. Vostre ordre est rigoureux. *FEL.* Il faut que je le suive
Si je veux empescher qu'un desordre n'arrive.
Ie voy le Peuple émeu pour prendre son party,
Et toy-mesme tantost tu m'en as adverty.
Dans ce zéle pour luy qu'il fait déja paroistre,
Ie ne sçay si long-temps j'en pourrois estre maistre;
Peut-estre dés demain, dès la nuit, dès ce soir,
I'en verrois des effets que je ne veux pas voir,
Et Severe aussi-tost courant à sa vangeance
M'iroit calommier de quelque intelligence.
Il faut rompre ce coup qui me seroit fatal.
ALB. Que tant de prévoyance est un étrange mal!
Tout vous nuit, tout vous perd, tout vous fait de l'ombrage,
Mais voyez que sa mort mettra ce Peuple en rage,
Que c'est mal le guerir que le desesperer.
FEL. En vain après sa mort il voudra murmurer,
Et s'il ose venir à quelque violence,
C'est à faire à ceder deux jours à l'insolence:
I'auray fait mon devoir, quoy qui puisse arriver,
Mais Polyeucte vient, taschons à le sauver.
Soldats, retirez-vous, & gardez bien la porte.

SCENE II.

FELIX, POLYEVCTE, ALBIN.

FEL. **A**S-tu donc pour la vie une haine ſi forte,
    Malheureux Polyeucte, & la loy des Chrétiens
T'ordonne-t'elle ainſi d'abandonner les tiens?
POL. Ie ne hay point la vie, & j'en aime l'uſage,
    Mais ſans attachement qui ſente l'esclavage,
    Toûjours preſt à la rendre au Dieu dont je la tiens,
    La raiſon me l'ordonne & la loy des Chrétiens,
    Et je vous montre à tous par là comme il faut vivre,
    Si vous avez le cœur aſſez bon pour me ſuivre.
FEL. Te ſuivre dans l'abîme où tu te veux jetter?
POL. Mais plûtoſt dans la gloire où je m'en vay monter.
FEL. Donne-moy pour le moins le temps de la connoiſtre,
    Pour me faire Chrétien, ſers-moy de guide à l'eſtre,
    Et ne dédaigne pas de m'instruire en ta Foy,
    Ou toy-meſme à ton Dieu tu répondras de moy.
POL. N'en riez point, Felix, il ſera voſtre juge,
    Vous ne trouverez point devant luy de refuge.
    Les Rois & les bergers y ſont d'un meſme rang,
    De tous les ſiens ſur vous il vangera le ſang.
FEL. Ie n'en répandray plus, & quoy qu'il en arrive,
    Dans la Foy des Chrétiens je ſouffriray qu'on vive,
    I'en ſeray protecteur. *POL.* Non non, perſecutez,
    Et ſoyez l'instrument de nos felicitez.
    Celle d'un vray Chrétien n'eſt que dans les ſouffrances,
    Les plus cruels tourmens luy ſont des recompenſes,
    Dieu qui rend le centuple aux bonnes actions,
    Pour comble donne encor les perſecutions.
    Mais ces ſecrets pour vous ſont faſcheux à comprendre,
    Ce n'eſt qu'à ſes Eleus que Dieu les fait entendre.
FEL. Ie te parle ſans fard, & veux eſtre Chrétien.
POL. Qui peut donc retarder l'effet d'un ſi grand bien?
FEL. La preſence importune…. *POL.* Et de qui? de Severe?
FEL. Pour luy ſeul contre toy j'ay feint tant de colere,
    Diſſimule un moment jusques à ſon depart.
POL. Felix; c'eſt donc ainſi que vous parlez ſans fard?

Portez à vos Payens, portez à vos Idoles
Le fucre empoifonné que fément vos paroles.
Vn Chrétien ne craint rien, ne diffimule rien,
Aux yeux de tout le monde il eft toûjours Chrétien.
FEL. Ce zéle de ta Foy ne fert qu'à te feduire,
Si tu cours à la mort plûtoft que de m'inftruire.
POL. Ie vous en parlerois icy hors de faifon,
Elle eft un don du Ciel & non de la raifon,
Et c'eft là que bien-toft voyant Dieu face à face,
Plus aifément pour vous j'obtiendray cette grace.
FEL. Ta perte cependant me va defesperer.
POL. Vous avez en vos mains dequoy la reparer,
En vous oftant un gendre on vous en donne un autre
Dont la condition répond mieux à la voftre:
Ma perte n'eft pour vous qu'un change avantageux.
FEL. Ceffe de me tenir ce difcours outrageux.
Ie t'ay confideré plus que tu ne merites,
Mais malgré ma bonté qui croift, plus tu l'irrites,
Cette infolence enfin te rendroit odieux,
Et je me vangerois auffi-bien que nos Dieux.
POL. Quoy ! vous changez bien-toft d'humeur & de langage!
Le zéle de vos Dieux rentre en voftre courage!
Celuy d'eftre Chrétien s'échape, & par hazard
Ie vous viens d'obliger à me parler fans fard!
FEL. Va, ne préfume pas que, quoy que je te jure,
De tes nouveaux Docteurs je fuive l'impofture,
Ie flatois ta manie afin de t'arracher
Du honteux précipice où tu vas trébucher,
Ie voulois gagner temps pour ménager ta vie
Après l'éloignement d'un flateur de Decie;
Mais j'ay fait trop d'injure à nos Dieux tout-puiffans,
Choify de leur donner ton fang, ou de l'encens.
POL. Mon choix n'eft point douteux, mais j'aperçoy Pauline,
O Ciel!

SCENE III.

FELIX, POLYEVCTE,
PAVLINE, ALBIN.

PAV. Qvi de vous deux aujourd'huy m'affaffine?
    Sont-ce tous deux enfemble, ou chacun à fon tour?
    Ne pourray-je fléchir la Nature, ou l'Amour,
    Et n'obtiendray-je rien d'un époux, ny d'un pere?
FEL. Parlez à voftre époux. *POL.* Vivez avec Severe.
PAV. Tigre, affaffine-moy du moins fans m'outrager.
POL. Mon amour par pitié cherche à vous foulager.
    Il voit quelle douleur dans l'ame vous poffede,
    Et fçait qu'un autre amour en eft le feul remede.
    Puifqu'un fi grand merite a pû vous enflamer,
    Sa prefence toûjours a droit de vous charmer,
    Vous l'aimiez, il vous aime, & fa gloire augmentée...
PAV. Que t'ay-je fait, cruel, pour eftre ainfi traitée,
    Et pour me reprocher au mépris de ma foy
    Vn amour fi puiffant que j'ay vaincu pour toy?
    Voy pour te faire vaincre un fi fort adverfaire
    Quels efforts à moy-mefme il a fallu me faire,
    Quels combats j'ay donnez pour te donner un cœur
    Si juftement acquis à fon premier vainqueur,
    Et fi l'ingratitude en ton cœur ne domine,
    Fay quelque effort fur toy pour te rendre à Pauline.
    Apprens d'elle à forcer ton propre fentiment,
    Prens fa vertu pour guide en ton aveuglement,
    Souffre que de toy-mefme elle obtienne ta vie,
    Pour vivre fous tes loix à jamais affervie.
    Si tu peux rejetter de fi juftes defirs,
    Regarde au moins fes pleurs, écoute fes foûpirs,
    Ne defefpere pas une ame qui t'adore.
POL. Ie vous l'ay déja dit, & vous le dis encore,
    Vivez avec Severe, ou mourez avec moy.
    Ie ne méprife point vos pleurs, ny voftre foy,
    Mais dequoy que pour vous noftre amour m'entretienne,
    Ie ne vous connoy plus fi vous n'étes Chrétienne.
    C'en eft affez, Felix, reprenez ce couroux,
    Et fur cet infolent vangez vos Dieux & vous.

PAV. Ah, mon pere, fon crime à peine eft pardonnable,
  Mais s'il eft infenfé, vous étes raifonnable,
  La Nature eft trop forte, & fes aimables traits
  Imprimez dans le fang ne s'effacent jamais,
  Vn pere eft toûjours pere, & fur cette affeurance
  I'ofe appuyer encor un reste d'esperance.
    Iettez fur voftre fille un regard paternel,
  Ma mort fuivra la mort de ce cher criminel,
  Et les Dieux trouveront fa peine illegitime,
  Puisqu'elle confondra l'innocence, & le crime,
  Et qu'elle changera par ce redoublement
  En injuste rigueur un juste châtiment.
  Nos Destins par vos mains rendus infeparables
  Nous doivent rendre heureux enfemble, ou miferables,
  Et vous feriez cruel jusques au dernier point,
  Si vous defuniffiez ce que vous avez joint.
  Vn cœur à l'autre uny jamais ne fe retire,
  Et pour l'en feparer il faut qu'on le déchire,
  Mais vous étes fenfible à mes justes douleurs,
  Et d'un œil paternel vous regardez mes pleurs.
FEL. Ouy, ma fille, il eft vray qu'un pere eft toûjours pere,
  Rien n'en peut effacer le facré caractere,
  Ie porte un cœur fenfible, & vous l'avez percé,
  Ie me joints avec vous contre cét infenfé.
    Malheureux Polyeucte, es-tu feul infenfible,
  Et veux-tu rendre feul ton crime irremiffible?
  Peux-tu voir tant de pleurs d'un œil fi détaché?
  Peux-tu voir tant d'amour fans en eftre touché?
  Ne reconnois-tu plus ny beau-pere, ny femme,
  Sans amitié pour l'un, & pour l'autre fans flame?
  Pour reprendre les noms, & de gendre, & d'époux,
  Veux-tu nous voir tous deux embraffer tes genoux?
POL. Que tout cet artifice eft de mauvaife grace!
  Après avoir deux fois effayé la menace,
  Après m'avoir fait voir Nearque dans la mort,
  Après avoir tenté l'amour, & fon effort,
  Après m'avoir montré cette foif du Baptefme,
  Pour oppofer à Dieu l'intereft de Dieu mefme,
  Vous vous joignez enfemble! Ah rufes de l'Enfer!
  Faut-il tant de fois vaincre avant que triompher?
  Vos refolutions ufent trop de remife,
  Prenez la voftre enfin puisque la mienne eft prife.

Ie n'adore qu'un Dieu maiftre de l'Vnivers,
Sous qui tremblent le Ciel, la Terre, & les Enfers,
Vn Dieu qui nous aimant d'une amour infinie
Voulut mourir pour nous avec ignominie,
Et qui par un effort de cet excès d'amour,
Veut pour nous en victime eftre offert chaque jour.
Mais j'ay tort d'en parler à qui ne peut m'entendre,
Voyez l'aveugle erreur que vous ofez défendre.
Des crimes les plus noirs vous foüillez tous vos Dieux,
Vous n'en puniffez point qui n'ait fon maiftre aux Cieux.
La proftitution, l'adultere, l'incefte,
Le vol, l'affaffinat, & tout ce qu'on detefte,
C'eft l'exemple qu'à fuivre offrent vos Immortels;
I'ay profané leur Temple, & brifé leurs Autels,
Ie le ferois encor, fi j'avois à le faire,
Mefme aux yeux de Felix, mefme aux yeux de Severe,
Mefme aux yeux du Senat, aux yeux de l'Empereur.
FEL. Enfin ma bonté cede à ma jufte fureur,
Adore-les, ou meurs. *POL.* Ie fuis Chrétien. *FEL.* Impie,
Adore-les, te dis-je, ou renonce à la vie.
POL. Ie fuis Chrétien. *FEL.* Tu l'es? ô cœur trop obftiné!
Soldats, executez l'ordre que j'ay donné.
PAV. Où le conduifez-vous? *FEL.* A la mort. *POL.* A la gloire,
Chere Pauline, Adieu, confervez ma memoire.
PAV. Ie te fuivray par tout, & mourray fi tu meurs.
POL. Ne fuivez point mes pas, ou quittez vos erreurs.
FEL. Qu'on l'ofte de mes yeux, & que l'on m'obeïffe,
Puifqu'il aime à perir je confens qu'il periffe.

SCENE

SCENE IV.

FELIX, ALBIN.

FEL. IE me fais violence, Albin, mais je l'ay dû,
Ma bonté naturelle aifément m'euft perdu.
Que la rage du Peuple à prefent fe déploye,
Que Severe en fureur tonne, éclate, foudroye,
M'étant fait cet effort j'ay fait ma feureté.
Mais n'és-tu point furpris de cette dureté?
Vois-tu comme le fien des cœurs impenetrables,
Ou des impietez à ce point execrables?
Du moins j'ay fatisfait mon esprit affligé,
Pour amollir fon cœur je n'ay rien negligé,
I'ay feint mefme à tes yeux des lafchetez extrefmes;
Et certes fans l'horreur de fes derniers blasphefmes
Qui m'ont remply foudain de colere & d'effroy,
I'aurois eu de la peine à triompher de moy.
ALB. Vous maudirez peut-eftre un jour cette victoire,
Qui tient je ne fçay quoy d'une action trop noire,
Indigne de Felix, indigne d'un Romain,
Répandant voftre fang par voftre propre main.
FEL. Ainfi l'ont autrefois verfé Brute & Manlie,
Mais leur gloire en a creu, loin d'en eftre affoiblie,
Et quand nos vieux Heros avoient de mauvais fang,
Ils euffent pour le perdre ouvert leur propre flanc.
ALB. Voftre ardeur vous feduit, mais quoy qu'elle vous die,
Quand vous la fentirez une fois refroidie,
Quand vous verrez Pauline, & que fon defespoir
Par fes pleurs & fes cris fçaura vous émouvoir....
FEL. Tu me fais fouvenir qu'elle a fuivy ce traiftre,
Et que ce defespoir qu'elle fera paroiftre
De mes commandemens pourra troubler l'effet.
Va donc y donner ordre, & voir ce qu'elle fait,
Romps ce que fes douleurs y donneroient d'obstacle,
Tire-la, fi tu peux, de ce triste fpectacle,
Tafche à la confoler, va donc, qui te retient?
ALB. Il n'en eft pas befoin, Seigneur, elle revient.

SCENE V.

FELIX, PAVLINE, ALBIN.

PAV. PEre barbare, acheve, acheve ton ouvrage,
Cette seconde hostie est digne de ta rage,
Ioins ta fille à ton gendre, ose, que tardes-tu?
Tu vois le mesme crime, ou la mesme vertu,
Ta barbarie en elle a les mesmes matieres.
Mon époux en mourant m'a laissé ses lumieres,
Son sang dont tes bourreaux viennent de me couvrir
M'a dessillé les yeux & me les vient d'ouvrir.
  Ie voy, je sçay, je croy, je suis desabusée,
De ce bien-heureux sang tu me vois baptisée,
Ie suis Chrétienne enfin; n'est-ce point assez dit?
Conserve en me perdant ton rang, & ton credit,
Redoute l'Empereur, apprehende Severe;
Si tu ne veux perir, ma perte est necessaire.
Polyeucte m'appelle à cet heureux trépas,
Ie voy Nearque & luy qui me tendent les bras.
Méne, méne-moy voir tes Dieux que je déteste,
Ils n'en ont brisé qu'un, je briseray le reste,
On m'y verra braver tout ce que vous craignez,
Ces foudres impuissans qu'en leurs mains vous peignez,
Et saintement rebelle aux loix de la naissance,
Vne fois envers toy manquer d'obeïssance.
Ce n'est point ma douleur que par là je fais voir,
C'est la Grace qui parle, & non le desespoir.
Le faut-il dire encor, Felix? je suis Chrétienne,
Affermy par ma mort ta fortune & la mienne,
Le coup à l'un & l'autre en sera précieux,
Puisqu'il t'asseure en Terre en m'élevant aux Cieux.

SCENE VI.

FELIX, SEVERE, PAVLINE, ALBIN, FABIAN.

SEV. PEre dénaturé, malheureux Politique,
Esclave ambitieux d'une peur chimerique,
Polyeucte eſt donc mort, & par vos cruautez
Vous penſez conſerver vos triſtes Dignitez ?
La faveur que pour luy je vous avois offerte
Au lieu de le ſauver précipite ſa perte,
I'ay prié, menacé, mais ſans vous émouvoir,
Et vous m'avez creu fourbe, ou de peu de pouvoir.
Et bien, à vos dépens vous verrez que Severe
Ne ſe vante jamais que de ce qu'il peut faire,
Et par voſtre ruine il vous fera juger
Que qui peut bien vous perdre euſt pû vous proteger.
Continuez aux Dieux ce ſervice fidelle,
Par de telles horreurs montrez-leur voſtre zéle,
Adieu, mais quand l'orage éclatera ſur vous,
Ne doutez point du bras dont partiront les coups.
FEL. Arrétez-vous, Seigneur, & d'une ame appaiſée
Souffrez que je vous livre une vangeance aiſée.
Ne me reprochez plus que par mes cruautez
Ie taſche à conſerver mes triſtes dignitez,
Ie dépoſe à vos pieds l'éclat de leur faux luſtre ;
Celle où j'oſe aſpirer eſt d'un rang plus illuſtre,
Ie m'y trouve forcé par un ſecret appas,
Ie cede à des transports que je ne connoy pas,
Et par un mouvement que je ne puis entendre
De ma fureur je paſſe au zéle de mon gendre.
C'eſt luy, n'en doutez point, dont le ſang innocent
Pour ſon perſecuteur prie un Dieu tout-puiſſant,
Son amour épandu ſur toute la famille
Tire après luy le pere auſſi-bien que la fille :
I'en ay fait un Martyr, ſa mort me fait Chrétien,
I'ay fait tout ſon bonheur, il veut faire le mien.
C'eſt ainſi qu'un Chrétien ſe vange & ſe courrouce,
Heureuſe cruauté dont la ſuite eſt ſi douce !

Donne la main , Pauline. Apportez des liens,
Immolez à vos Dieux ces deux nouveaux Chrétiens,
Ie le suis, elle l'est, suivez vostre colere.
PAV. Qu'heureusement enfin je retrouve mon pere!
   Cét heureux changement rend mon bonheur parfait.
FEL. Ma fille , il n'appartient qu'à la main qui le fait.
SEV. Qui ne seroit touché d'un si tendre spectacle?
   De pareils changemens ne vont point sans miracle,
   Sans doute vos Chrétiens qu'on persecute en vain
   Ont quelque chose en eux qui surpasse l'humain;
   Ils ménent une vie avec tant d'innocence,
   Que le Ciel leur en doit quelque reconnoissance.
   Se relever plus forts plus ils sont abbatus
   N'est pas aussi l'effet des communes vertus.
   Ie les aimay toûjours, quoy qu'on m'en ait pû dire,
   Ie n'en voy point mourir que mon cœur n'en soûpire,
   Et peut-estre qu'un jour je les connoistray mieux,
   I'approuve cependant que chacun ait ses Dieux,
   Qu'il les serve à sa mode, & sans peur de la peine;
   Si vous étes Chrétien, ne craignez plus ma haine,
   Ie les aime, Felix, & de leur protecteur
   Ie n'en veux pas en vous faire un persecuteur.
     Gardez vostre pouvoir, reprenez-en la marque,
   Servez bien vostre Dieu, servez nostre Monarque,
   Ie perdray mon credit envers sa Majesté,
   Ou vous verrez finir cette severité,
   Par cette injuste haine il se fait trop d'outrage.
FEL. Daigne le Ciel en vous achever son ouvrage,
   Et pour vous rendre un jour ce que vous meritez,
   Vous inspirer bien-tost toutes ses veritez.
     Nous autres benissons nostre heureuse avanture,
   Allons à nos Martyrs donner la sepulture,
   Baiser leurs corps sacrez , les mettre en digne lieu,
   Et faire retentir par tout le nom de Dieu.

FIN DV PREMIER TOME.